dtv
premium

Susanne Kaiser

Im Schatten der Tosca

Ein Opernroman

Deutscher Taschenbuch Verlag

Die Autorin hinterließ ein umfangreiches Manuskript, an dem sie mehr als sieben Jahre gearbeitet hat. Im Einvernehmen mit ihr wurde es von Bettina Blumenberg gekürzt, bearbeitet und in die vorliegende Druckfassung gebracht.

FSC

Mix

Produktgruppe aus vorbildlich
bewirtschafteten Wäldern und
anderen kontrollierten Herkünften

Zert.-Nr.GFA-COC-1278
www.fsc.org
© 1996 Forest Stewardship Council

Originalausgabe
Dezember 2008
© 2008 Deutscher Taschenbuch Verlag GmbH & Co. KG,
München
www.dtv.de
Umschlagkonzept: Balk & Brumshagen
Umschlagbild: © Rafal Oblinski, Courtesy of Patinae, Inc., www.patinae.com
Satz: Fotosatz Reinhard Amann, Aichstetten
Gesetzt aus der Aldus 10,5/13ʹ
Druck und Bindung: CPI – Ebner & Spiegel, Ulm
Gedruckt auf säurefreiem, chlorfrei gebleichtem Papier
Printed in Germany · ISBN 978-3-423-24696-5

Mariana

Mariana Pilovskajas Vater stammte aus Sankt Petersburg und hatte dort als junger Bursche bei seinem Onkel eine kaufmännische Lehre absolviert. Da die Firma gute Beziehungen zu Skandinavien unterhielt, wurde der tüchtige Nicolai nach seiner Volljährigkeit zu einem Geschäftspartner nach Stockholm geschickt. Dort sollte er sich erst einmal umsehen und Auslandserfahrung sammeln.

Das tat er recht hingebungsvoll. Zu Hause hatte die große Familie den jungen Mann umsorgt, das war zwar bequem gewesen, aber manchmal auch lästig. Die neue Freiheit gefiel ihm sehr. Als Erstes schrieb er sich an der Universität ein, Juristerei, Staatskunde, Geschichte, Philosophie. »Das alles kommt meinen kaufmännischen Bestrebungen zugute«, erklärte er in sehr vernünftig klingenden Briefen nach Hause.

Letzten Endes stimmte das sogar. Während er sich eine Zeitlang mit seinen Kommilitonen die Nächte um die Ohren schlug und sich gelegentlich mit brummendem Schädel in eine Vorlesung schleppte, um dort Verabredungen für weitere Abenteuer zu treffen, knüpfte er ganz arglos Freundschaften und Bekanntschaften mit den zukünftigen Rechtsanwälten, Professoren, Richtern, Ärzten, Abgeordneten, Ministern des Landes.

Nicolai hatte nie vorgehabt, sein Studium zu beenden, wozu auch, er hatte einen Beruf, der ihm gefiel. Aber wie die anderen wilden, bald wieder gezähmten jungen Männer fing auch er an, sich nach einer Ehefrau umzuschauen. Dabei ging er keineswegs berechnend vor, davor bewahrte ihn seine schwärmerische Seele. Er tat das für ihn genau Richtige: Er besann sich auf die hübsche Tochter des Geschäftsfreundes seines Onkels.

Die hatte sich ganz der Sangeskunst verschrieben und ihren beeindruckten Freundinnen feierlich gelobt, dass sie nie heiraten werde, sondern Sängerin werden wolle. Da die schwedischen Männer Birgit langweilten und sie eigentlich keinen Nicht-Schweden kannte außer Nicolai, der sich aber bei ihren Eltern kaum je blicken ließ, störte nichts ihren Seelenfrieden. Plötzlich aber kam Unruhe auf, denn der junge Russe erschien nun jeden Tag, mit einem Sträußlein, einem Gedicht, wundersamen Reden, und irgendwann erlag die besonnene Schwedin seinem Charme.

Also doch Ehefrau – statt Sängerin! Wie alle ihre Freundinnen, alle anderen Mädchen auch. Beides miteinander zu verbinden, es wenigstens zu versuchen, auf diese Idee kam kein Mensch. Auch Birgit nicht. Dafür konnte sie sich endlich eingestehen, dass ihr vor der unbürgerlichen, unseriösen Theaterwelt fast ein bisschen gegraust hatte – und vor allem, dass sie eigentlich unglücklich gewesen war über ihre »falsche Stimme«. Die war geschaffen für leichtfüßige Mädchen, leichtsinnige Soubretten, Kammerkätzchen oder für Koloraturen zwitschernde Damen, aber nicht für die schweren, tragischen Heldinnen, die ihrem eher herben Wesen entsprachen. Eine Fotografie aus der Verlobungszeit zeigte sie noch einmal als angehende Sängerin: ein ernstes, blondbezopftes Mädchen, den empfindlichen Hals durch einen Pelzkragen geschützt. Mit einer Notenrolle unter dem Arm.

Immerhin gab Birgit auch nach der Heirat das Singen nicht auf, und so wurde Mariana schon im Mutterleib freundlich umwogt und eingestimmt von weiblichem Gesang, nur gelegentlich aufgeschreckt durch allzu heftige pianistische Einlagen des Begleiters am Klavier.

So vertraut war sie mit dieser Stimme, dass sie ihr erstes Trinken erst aufzunehmen geruhte, als die Mutter der Neugeborenen ein Lied trällerte. Noch Jahre später half alles Zureden nichts, wenn Mariana etwas nicht essen wollte: Es musste gesungen werden, erst dann sperrte sie brav den Schnabel auf. Meist sang die Mutter mit ihrer hohen, biegsamen Stimme schwedische Kinderlieder, Kunstlieder, Arien, die Königin der Nacht, bei der Mariana vor Staunen das Schlucken vergaß. Manchmal erschien auch der Vater und sang mit seiner tiefen Stimme russische Lieder, das gefiel Mariana noch besser. »Dir frisst Mariana wirklich aus der Hand«, sagte die Mutter.

Singen, das war für die kleine Mariana die allernatürlichste menschliche Ausdrucksweise. Nur selbst singen mochte sie nicht. Sie liebte den Sopran der Mutter, sie vergötterte den tiefen Bass des Vaters. Aber ihre eigene Stimme hatte leider weder vom einen noch vom anderen etwas, sie kam nicht in die Höhe und nicht in die Tiefe, und in der Mitte piepste sie nur. »Eine Kinderstimme, wart's ab«, meinte die Mutter. Aber Mariana wusste es besser. Stille sein – und allenfalls Klavierspielen lernen. Um eines Tages den Begleiter der Mutter zu verjagen, dessen allzu ausdrucksstarkes Geklimper ihr auch jetzt noch missfiel.

Mariana erwies sich als recht geschickt, sie hatte guten Grund, fleißig zu sein – sie war ganz einfach musikalisch. Als sie bei einem Hauskonzert zum ersten Mal die Mutter bei ein paar kleinen Liedern begleiten durfte, war Birgit vor Aufregung ganz heiser. Mariana jedoch funkelte mit gerunzelten Brauen zu dem in der ersten Reihe sitzenden Konkurrenten hinüber, dann griff sie mutig in die Tasten. Das Publikum war entzückt, am meisten der Pianist, der sich sogleich erbot, Mariana Klavierunterricht zu geben. »Hast du denn gar kein Lampenfieber gehabt?«, wurde sie gefragt. Sie begriff nicht so recht, was die Leute damit meinten. Ihr hatte der Auftritt gefallen, nur zu kurz war er gewesen.

Mariana konnte so schnell nichts aus der Ruhe bringen.

Das hatte sich bereits bei der Geburt eines kleinen Bruders gezeigt. Allerdings hatten ihr die Eltern schon vorher erklärt, dass bald ein Geschwisterchen käme, wie sehr sie sich darauf freuten, besonders für Mariana, sie sei dann nicht mehr so allein. »Natürlich musst du der Mama viel helfen, du bist ja schon ein großes Mädchen«, hatte der Vater noch gesagt. Das hatte ihr am meisten eingeleuchtet. Mit ihren fünf Jahren, so fand sie, gehörte sie schon fast zu den Erwachsenen. Der kleine Bruder hingegen erschien ihr doch eher überflüssig. Sie hatte sich schon nicht viel aus Puppen gemacht, mit diesem greinenden Wurm ließ sich noch weniger anfangen. Dennoch war sie bei der Betreuung des Kleinen eine durchaus zuverlässige, etwas gönnerhafte Hilfe.

Das ganz große Ereignis in Marianas Kinderleben war eine Reise nach Russland. Ein schneeweißes Schiff trug die Familie von Stockholm nach Sankt Petersburg. Die Eltern bewohnten eine luxuriöse Kabine mit Fenstern, Badezimmer und Doppelbett, daneben, durch eine Türe verbunden, lag die gemütliche Kabine der Kinder, mit einem Bullauge und Etagenbetten.

Wer wollte, ob groß oder klein, konnte ständig etwas unternehmen, in Spielsalons, Sporthallen, Tanzpavillons, wer lieber nichts tat, ließ sich auf Liegestühlen in feine Decken hüllen, um zu lesen, zu schlafen, in die Luft oder aufs Wasser zu schauen, umsorgt von beflissenen Kellnern in schicken Uniformen. Schon zum Frühstück gab es so viel zu essen, dass man den ganzen Tag satt war. Darum beschloss die Mutter schon am zweiten Tag, mit den Kindern das Mittagessen zu überspringen und dafür lieber am Nachmittag in Eisbechern und Sahnetörtchen zu schwelgen. Hierzu gesellte sich auch der Vater, beschwingt, mit vom Champagner geröteten Backen.

Eine Hauptbeschäftigung aller Passagiere, auch der Kinder, war das ständige Umkleiden. Zum Frühstück trug man etwas anderes als im Liegestuhl, unmöglich konnte man Bridge im gleichen Gewand spielen wie Shuffleboard. Mariana war sehr stolz auf ihre rüschenbesetzten Kleider, ihre feinen Lackschuhe, den breitkrempigen Organzahut, den Strohhut mit den Flatterbändern. Auch der kleine Bruder in seinen feschen Matrosenanzügen gefiel ihr. Als er für seine Matrosenmütze ein dunkelblaues Band mit dem Namenszug des Schiffes »S.M. Tsar Alexander« bekam, musste auch Marianas Strohhut mit einem solchen Band geschmückt werden.

Am Abend assistierten die Kinder staunend den Eltern beim großen Ankleidezeremoniell für das Dinner. Der riesige Schrankkoffer offenbarte seine Schätze, die er in Fächern und Schubladen verborgen hielt. Dann ging es um schwerwiegende Entscheidungen: zur großen Kette noch die Ohrringe? Lack- oder Lederschuhe? Diesen Gürtel oder jenen? »Sich schönmachen«, das war nichts, was sich hinschludern ließ. Es war Arbeit, eine ernsthafte, aber auch lustvolle Arbeit. Oder eben Kunst. Das prägte sich beiden Kindern fürs Leben ein.

Am vorletzten Tag der Reise las die Mutter in der Bordzeitung: »Five o'clock tea im Grünen Salon: Tamara Karamasova und das Tanzorchester Charly Kekoonen. Die Künstlerin singt Lieder aus ihrer kirgisischen Heimat. Und vieles mehr.« – »Nie gehört, klingt exotisch, da gehen wir hin«, sagte der Vater. Zunächst schrammelte das Orchester die üblichen Schlager. Dann jedoch spielte es einen Tusch, der Dirigent verbeugte sich, gleichzeitig ging die Türe auf, und eine üppige Dame betrat das Podium. Der gewaltige Busen war in ein violettes Mieder gezwängt wie in eine samtene Brünne, der blaugrün schillernde Taftrock endete in einer bauschigen Schleppe, an den Ohren der Künstlerin baumelten christbaumkugelgroße goldene Klunker, um ihren Hals wand sich eine Federboa. Aus dem porzellanweiß geschminkten Gesicht leuchtete grellrot ein kleingemalter Puppenmund.

Minutenlang, so wirkte es, starrte Frau Karamasova aus schwarz umrandeten Kohleaugen ins Publikum, schmerzlich versunken in die Klagelaute des Orchesters. Endlich, als habe sie einen schrecklichen Entschluss gefasst, ließ sie Luft einströmen in ihren mächtigen Brustkorb, was die stramme

Brünne vollends zu sprengen drohte, das Mündchen öffnete sich zu einem breiten Froschmaul, und heraus strömte so etwas wie ein Orgelton. Tief, herzzerreißend, wunderschön. Daraus formte sich eine Melodie, die warme, volle Stimme glitt mühelos hinauf in höhere Lagen, sie sang eine traurige, alte Geschichte, jeder begriff sie, auch ohne zu verstehen. Das Publikum klatschte begeistert, als das Lied zu Ende war. »Donnerwetter«, rief der Vater, »Mhm«, murmelte die Mutter. Mariana tat keinen Pieps.

Sie saß da wie versteinert. Sie hatte gerade eine Offenbarung erlebt: Es gab auch tiefe Frauenstimmen. Das hohe Gezwitscher der Mutter war nicht die einzig mögliche, einzig richtige Ausdrucksform einer weiblichen Stimme. »Was ist los mit dir, ist dir nicht gut, gefällt es dir nicht, sollen wir gehen?«, fragte die Mutter. Mariana konnte nur mühsam den Kopf schütteln. Nicht einmal ein Erdbeben hätte sie von hier weggebracht, solange diese Wunderstimme in sie eindrang und ihr innerstes Wesen vor Glück erschauern ließ.

Die Liebe zum Singen hatte sie wahrhaftig mit der Muttermilch eingesaugt. Und die Mutter erklärte ihr immer wieder: »Singen können, das ist das Schönste auf der Welt.« Wenn sie sich gerade über ihren wirren Ehemann geärgert hatte, fügte sie noch hinzu: »Aber nicht nur als Liebhaberei. Nein, als Beruf. Wenn du Erfolg hast als Sängerin, dann kann dir der Rest der Welt den Buckel runterrutschen.«

Das glaubte auch die kleine Mariana. Aber etwas hatte sie eben gequält. Ihrer Meinung nach hatten alle Sängerinnen einen Sopran. Alles andere war nur Gekrächze. Ihre Kinderstimme gefiel ihr nicht. Und eine Ahnung sagte ihr, dass ihre Erwachsenenstimme anders klingen würde als die der Mutter. Das hatte sie so traurig gemacht, dass sie darüber nicht sprechen mochte, mit keinem Menschen. Doch nun hörte sie die tiefe Stimme der Russin. Mit einem Schlag waren aller Kummer, alle Mutlosigkeit verflogen. Jetzt konnte Mariana beruhigt und vergnügt abwarten. Ob hoch, ob tief, darauf kam es nicht an. Auch ihre kleine Kinderstimme und ihre eigene Sangeslust brauchte sie nicht mehr zu verstecken.

Noch in Petersburg war Mariana tief erfüllt von ihrem Erlebnis. »Ich werde Sängerin«, erzählte sie jedem der vielen russischen Verwandten, wobei der Vater dolmetschte.

»Ja, ja, bis ein frecher Russe daherkommt und dich heiratet. Schwupp, stehst du am Herd und hast sieben Kinder. Und aus ist's mit der Sängerin. Wie bei deiner Mama. Was, kleines Schwedenmädel«, lachte einer der neuen Onkel und zwickte sie in die Backe.

Die Mama steht nie am Herd. Und hat auch keine sieben Kinder, dachte Mariana. Allerdings, Sängerin war sie auch nicht. Plötzlich, als ändere das alles, maulte sie: »Schwedenmädel. Ich bin eine halbe Russin.«

Wie leid es ihr tat, dass sie die Sprache nicht verstand. Der Tonfall, die Laute waren ihr nicht fremd, sie hatte all die russischen Lieder im Ohr. Wenn sie nur auf den Klang achtete, wunderte sie sich, dass sie den Inhalt nicht erfasste. Sie war so begierig, einen Sinn aus dem Gerede zu erhaschen, dass sie unentwegt nachfragte und nachplapperte. Und dann kam der Augenblick, in dem sie plötzlich einen Satz begriff: »Ach, mein Mäuschen, mein Schätzchen, mein Herzchen, du hast doch sicher noch Hunger«, hatte eine Tante gerufen und ihr das dritte Stück Kuchen auf den Teller gehäuft. Mariana hatte ganz entsetzt auf Russisch geantwortet: »Ach nein, danke, liebe Tante. Ich bin satt!« Zunächst hatte es niemand gemerkt, auch Mariana nicht. Aber plötzlich, im Nachhinein, erkannte man das Wunder, sie wurde in tausend Arme gerissen und geherzt, geküsst, bejubelt.

Von da an gab sie sich wirklich Mühe, und am Ende der Russlandferien konnte sie sich ganz nett unterhalten. Das machte ihr Spaß, nicht nur, weil sie plötzlich die Leute verstand, sondern mehr noch, weil sie ihre Art zu reden, zu gestikulieren annahm. Sie bewegte sich anders, ihre Stimme klang höher.

So stellte die Russlandreise sachte die Weichen in Marianas Leben. Und ein paar Dinge traten ans Licht: Mariana reiste leidenschaftlich gern, weil sie neugierig war, und Schiffsreisen waren besonders schön. Auf Reisen sah und erlebte man viel – fremde Landschaften, Pflanzen, Tiere. Und Menschen. Und noch etwas hatte sich durch die Reise ergeben: Plötzlich schwärmte Mariana für alles Russische, und in Tamara Karamasova sah sie ihr neues Ideal.

Doch zunächst einmal verlief alles ganz friedlich. In der Schule lernte Mariana Französisch und später auch Englisch. Die eine Lehrerin, eine ältliche Französin, ließ die Kinder parlieren, so viel sie wollten, die andere, eine junge, magenkranke Schwedin, quälte sie ausschließlich mit Grammatik, woraufhin die ganze Klasse Englisch hasste. Mit dem Vater sprach Mariana gern Russisch, worüber sich der kleine Bruder ärgerte, weil er nur wenig verstand.

Dann, nach der Konfirmation, erhielt sie endlich Gesangsunterricht, einmal in der Woche bei Professor Wettergren, dem alten Lehrer ihrer Mutter. Der hätte lieber noch eine Weile gewartet, aber weil er Marianas Eifer nicht verpuffen lassen wollte, ließ er sie Lieder und leichte Technikübungen singen.

»Sollen wir deine Gesangsstimme ruinieren, bevor du überhaupt eine hast?«, fragte er. »Noch wissen wir nicht einmal, ob du eine Nachtigall wirst oder ein Frosch, wobei gegen dessen Atemtechnik und stimmliche Durchschlagskraft wahrlich nichts einzuwenden ist.« Professor Wettergren achtete darauf, dass Mariana sich mit dem Inhalt der Lieder gründlich auseinandersetzte. »Auch bei Übersetzungen musst du haargenau wissen, Wort für Wort, was da gesagt wird. Glaub bloß nicht, dass der Text nicht wichtig ist, das tun nur dumme Sänger. Im Übrigen musst du bald Italienisch lernen, das ist die Grundlage des Gesangs. Und Deutsch. Denn, wie ich dich und deine Stimme einschätze, wirst du auch Wagner und Strauss singen.«

In der Opernliteratur kannte sich Mariana schon ganz gut aus. Auch das verdankte sie ihrem Lehrer, denn er hatte schon vor Jahren den Eltern geraten, die Tochter in die Oper mitzunehmen. Mittlerweile hatte sie eine ganze Reihe von Opern gesehen. Und vor allem: Sie hatte den Sängerinnen und Sängern gut zugehört, nicht nur mit den Ohren, auch mit dem Herzen, und ihnen dabei das Geheimnis abgelauscht, worauf es beim Singen wirklich ankam. Dieses heimliche Wissen, das ihr Verstand zunächst gar nicht wahrnahm, sollte bewirken, dass sie später nicht Schiffbruch erlitt, trotz widriger Winde. Bevor es so weit kam, brach der erste Weltkrieg aus. Zuvor hatte die Familie wiederholt weitere Russlandreisen geplant, doch ständig war etwas dazwischengekommen. Jetzt war es damit sowieso zu Ende. Dafür tauchten immer mehr russische Verwandte und Freunde in Schweden auf. Schließlich tummelten sich überall russische Adlige, Gutsbesitzer, Bürger, Künstler, die gerade noch höchst angenehm gelebt und nie gearbeitet hatten. Nun besaßen viele von ihnen kaum mehr als ihr Leben und ein paar Habseligkeiten, Schmuckstücke, Teppiche, Bilder, was man auf der Flucht hatte mitnehmen können. Die wenigsten verloren darüber ihre gute Laune, geschweige denn ihre Haltung. Irgendwie schlug und schnorrte man sich durch. So gut wie niemand hatte einen Beruf erlernt. Aber man besaß gute Manieren, sprach Französisch, konnte Klavierspielen, Reiten, Sticken, Autofahren, Jagen, Tanzen, Singen. Also gab man Privatunterricht. Es galt nur noch, die reichen Schweden von der Notwendigkeit eines solchen zu überzeugen.

Das bescherte Mariana eine neue Gesangslehrerin.

»Sie ist eine Kusine meines Vetters dritten Grades. Sie stammt aus Kasachstan, soweit ich weiß, dort war sie eine erfolgreiche Gesangspädagogin, sie hat eine Reihe berühmter Schüler, dass ich die Namen nicht kenne, besagt wirklich nichts. Wir müssen ihr helfen. Und für Mariana ist es eine Chance. Sie ist fast sechzehn und sollte nicht länger ihre Zeit verplempern. Was hat sie denn bis jetzt bei Professor Wettergren gelernt?« So redete sich der Vater seiner Frau gegenüber in Schwung, bis die widerwillig und ohne Überzeugung nachgab.

Mariana hatte manchmal über den zögerlichen Unterricht gemurrt, aber jetzt hatte sie doch Sorge, ihren lieben alten Lehrer zu kränken. Dann aber erschien Madame Krasnicova.

»Die Gräfin lassen Sie weg, unnütze Titel, nichts für heimatloses Gesindel«, trompetete sie den Gastgebern entgegen.

Mariana schlug das Herz bis in den Hals: Diese bombastische Dame ähnelte der verehrten Tamara Karamasova wie eine Zwillingsschwester. Raumfüllend, hoheitsvoll, laut. Mariana war hingerissen. Diese Wunderfrau würde sie endlich einführen in die Weihen des hohen Gesangs, das spürte sie.

»Um Gottes willen, was hat man dir eigentlich bisher beigebracht?« Das war das Erste, was Mariana zu hören bekam. »Zwei Jahre, sagst du, das ist grauenhaft, eine Katastrophe. Alles falsch, alles. Wir werden lange brauchen, um auszubügeln, was dieser Professor angerichtet hat. Zum Glück bist du noch jung, aber ohne mich, ohne Leonie Krasnicova, wärst du verloren. Diese Piepsstimme, nichts ist da, womit schnaufst du eigentlich?«

Mariana war bestürzt, fast kamen ihr die Tränen. War alles zu Ende, noch ehe es angefangen hatte? Hätte sie nicht selbst etwas merken müssen? Dahin also führte blindes Vertrauen!

»Jetzt machst du nur noch, was ich dir sage. Und du sprichst mit keinem Menschen darüber. Meine Methode ist mein Geheimnis. Mein Kapital. Dafür würden viele wer weiß was geben. Geh ja nicht noch einmal zu deinem alten Lehrer, das verbiete ich dir. Ein ahnungsloser Zerstörer ist das. Wenn er merkt, dass du ihm auf die Schliche gekommen bist, wird er sich rechtfertigen wollen.«

Nach dieser Tirade nestelte Madame Krasnicova aus einem Brusttäschchen eine zierliche Taschenuhr an einer langen Kette hervor.

»Du liebe Güte«, rief sie aus, »die Stunde ist längst vorüber. Ich werde es nie lernen. Aber so bin ich eben, immer denke ich nur an die anderen, nie an mich!« Dann wechselte sie plötzlich den Ton und sagte vergnügt: »So, mein Kind, deine liebe Mutter hat uns sicher einen schönen Tee zubereitet. Hoffentlich gibt es süßes Gebäck. Ich habe einen Bärenhunger.«

»Jetzt wollen wir Atmen lernen«, verkündete Madame Krasnicova in der nächsten Stunde. »Zeig mir mal, wie du das bei deinem Professor gemacht hast.« Mariana ahnte, dass sicherlich alles falsch war, zaghaft holte sie Luft, ihre neue Lehrerin unterbrach sie auf der Stelle: »Ich sehe nichts, ich höre nichts, was ist los mit deinem Brustkorb, deinem Bauch, hast du keinen? Hier, fass mal bei mir an!«

Sie packte Marianas Hände und presste sie sich rechts und links an ihre Rippen. Dann schnaubte sie laut und pumpte in Bauch und Brustkorb Luft, Mariana spürte es deutlich durch das harte Fischbeinkorsett hindurch. Sie erinnerte sich an Tamara Karamasova. Hatte die nicht auch so Luft geholt? Also war es richtig.

Anschließend musste Mariana alles nachmachen, sie schnappte und schnaufte, schließlich wurde ihr schwarz vor den Augen.

»Mir ist schwindlig«, flüsterte sie und wäre fast umgefallen. »Ha, alte russische Schule, endlich hast du einmal richtig Luft geholt.« Nach ein paar weiteren Stunden taten Mariana die Rippen weh, sie hatte keine Ahnung, wohin sie die viele angestaute Luft lenken sollte. Aber Madame Krasnicova war zufrieden. »So, jetzt kümmern wir uns mal um deine Stimme.«

Das wenige, was ihr Professor Wettergren bisher eingeschärft hatte, war gewesen: Raus aus dem Hals. Nach vorne. Denk nach oben, zwischen die Augen.

»So ein Quatsch«, empörte sich Madame Krasnicova. »Hast du da vielleicht Stimmbänder? Na also. Die Stimme besitzt ein Organ, die Kehle. Hier, hör selbst.« Damit spitzte sie die

Lippen und ließ ein dürftiges, hohes Tönchen entweichen. Darauf pumpte sie Luft in gewohnter Weise, und ein gutturales Röhren entströmte Brust und Kehle.

So viel Mühe sich Mariana in der folgenden Zeit auch gab, gelegentlich setzte sie den Ton eben doch noch vorne an, so wie es ihr Professor Wettergren geduldig beigebracht hatte. Und schon höhnte ihre Lehrerin:»Jetzt piepst sie wieder, piep, piep, piep. Nach hinten, zum Donnerwetter! So, und jetzt Druck. Nur so erzeugst du einen vollen Ton.« Weil Mariana offenbar immer noch nicht begriff, stürzte Madame Krasnicova auf sie los, griff nach ihrer Gurgel und drückte mit beiden Händen ihren Kehlkopf nach unten. Mariana konnte tagelang kaum schlucken.

Schließlich waren ihre Stimmbänder so überanstrengt, dass der Ton ganz von selbst in den hintersten Winkel der Kehle rutschte, manchmal sackte er einfach ab, sie konnte es nicht mehr kontrollieren. Oft sang sie schlichtweg zu tief, einen halben Ton, so schien ihr, eigentlich war es unüberhörbar. Aber Madame Krasnicova verlor kein Wort darüber. Dann war es wohl nicht wichtig, sagte sich Mariana. Sobald sie die Technik beherrschte, würde sich das automatisch einstellen.

Offenbar machte sie Fortschritte.»Heute wollen wir eine Rolle durchgehen«, eröffnete Madame Krasnicova eines Tages die Unterrichtsstunde. Mariana strahlte, jetzt war er da, der ersehnte Augenblick. Ihre Lehrerin klappte bedeutungsvoll eine zerfledderte Partitur auf.›Boris Godunov‹. Mariana wunderte sich, was für eine Rolle mochte es da wohl für sie geben, vielleicht den Zarewitsch. Das war ein Mezzosopran, und ihre Stimme hatte sich inzwischen in dieser Stimmlage eingependelt.

Nein, es war die Amme. Eine echte Altpartie – und wahrlich keine Rolle, von der man als sangesbesessenes junges Mädchen träumte.

»Die Amme, ja aber...«, stammelte Mariana fassungslos.

»Ja, vielleicht ist die Partie zu groß für dich, dann nehmen wir die Schankwirtin durch«, schnitt ihr Madame Krasnicova streng das Wort ab. »Spielalt, kleine Rolle.«

An diesem Tag gab es an Marianas Gesang nichts zu bekritteln, die Enttäuschung schnürte ihr ganz von selbst die Kehle zu. Was für ein Einstand in die Karriere einer Sängerin! Erst sehr viel später erfuhr Mariana durch Zufall, dass sich Madame Krasnicova mit diesen beiden Rollen auf irgendwelchen Provinzbühnen jahrelang über Wasser gehalten hatte.

Jetzt aber würgte Mariana an den paar Tönen der Schankwirtin herum, und bald kam auch wieder der Schlachtruf: »Pressen, du musst pressen!«

Und Mariana presste und drückte, sie staute die Töne, die Luft, vor Anstrengung quollen ihr die Augen heraus. Sie war von Kopf bis Fuß verkrampft und verspannt. Ihre Stimme fing an zu tremolieren oder sank in den Keller.

Aber dass irgendetwas an der Unterrichtsmethode von Madame Krasnicova nicht richtig sein könnte, auf diese Idee kam sie nicht. Sie gab sich ganz allein die Schuld, dass sie mit dem Singen kaum Fortschritte machte – wenn man ehrlich sein wollte, waren es eher Rückschritte. Doch das lag wahrscheinlich nur an ihr, an ihrer Ungeschicklichkeit, ihrer Unbegabtheit, wer weiß. Lediglich das Lob, mit dem Madame Krasnicova genauso temperamentvoll um sich warf wie mit ihrem Tadel, hinderte Mariana daran, gänzlich zu verzagen. »Was für ein fleißiges Mäuslein! Mein Herzenstäubchen, bravo, die alte Leonie ist stolz auf dich!«, so konnte sie jauchzen und Mariana dabei an ihren gepanzerten Busen drücken und sie abschmatzen. Und dann schimpfte sie wieder nach Herzenslust – aus Fürsorge und Eifer, sicherlich. Sogar zusätzliche Unterrichtsstunden bot sie Mariana an. Wann setzte sich ein Lehrer so für seinen Schüler ein?

Schließlich, nach einem guten Jahr, trugen Marianas Bemühungen doch Früchte: Eines Tages hatte sie kaum mehr eine Stimme. Zuerst dachte Mariana noch an Erkältung, aber sie hatte keinen Husten, keinen Schnupfen, kein Fieber. Sie war einfach stockheiser.

»Was ist los mit deiner Stimme?«, fragte die Mutter besorgt.

»Ich weiß es nicht«, wollte Mariana sagen, aber sie brachte nur ein kümmerliches Krächzen heraus.

Birgit hatte sich schon längst Sorgen gemacht, auch Vorwürfe. Nach den Unterrichtsstunden wirkte Mariana oft angespannt und erschöpft zugleich, was weder zu ihr selbst noch zum Singen passte, normalerweise wurde man dadurch frisch und vergnügt. Fragen wich sie aus. Aber Birgit wusste aus eigener Erfahrung, wie merkwürdig eng Gesangsschüler meist mit ihren Lehrern verbunden waren – ja sein mussten. Anscheinend fand da ein bedingungsloses sich Ausliefern statt. Hier mit Ratschlägen aufzuwarten, hatte genauso wenig Sinn, wie einem verliebten Paar klarmachen zu wollen, es passe nicht zueinander. Zudem hatte ihr Mann sie ständig beschwichtigt: »Misch dich bloß nicht ein, du hast keine Ahnung, wie empfindlich Russinnen sind!«

Doch jetzt das schaurige Krächzen der Tochter! Zum ersten Mal im Leben geriet Birgit vollkommen aus der Fassung.

»Diese Schreckschraube, dieser aufgetakelte Zirkusgaul«, schrie und schluchzte sie, »hat das Glück meiner Tochter zerstört. Ich erwürge sie, wenn sie noch einmal über unsere Schwelle kommt. Schluss, aus, raus mit ihr, wenn du nicht den Mut hast und sie rausschmeißt, ich tu es mit Vergnügen!« Sie schnappte kurz nach Luft, dann setzte sie nach: »Ha, und das ist der Gipfel. Russinnen sind ja so empfindlich! Und die Schwedinnen? Die sind schwachsinnig: Die lassen sich die schönen Stimmen ihrer Töchter kaputtmachen – und zahlen noch dafür. Aber jetzt reicht es. Vielen Dank, habe die Ehre!«

So glühend, so schwungvoll, so hinreißend hatte Nicolai seine Frau noch nie erlebt.

»Was für ein Temperament«, rief er aus und sank vor ihr

auf die Knie.»Ein Jammer, dass du mich alten Langweiler geheiratet hast. Du gehörst auf die Bühne!«

»Ja, mach dich nur lustig über mich«, empörte sich seine Frau.

Nicolai wurde pathetisch:»Ich meine es ernst. Und das verspreche ich dir: Madame Krasnicova ist aus unserem Leben bereits verschwunden!«

Am liebsten hätten sich Mutter und Tochter reumütig vor Professor Wettergren im Staub gewälzt und ihn um Hilfe angefleht. Aber das ging nicht, sie schämten sich zu sehr, hatten sie ihn doch schnöde verlassen, hintergangen, mit fadenscheinigen Ausreden, plumpen Lügen. Und der momentane Zustand von Marianas Stimme war wirklich gar zu blamabel. Mariana schämte und grämte sich darüber dermaßen, dass sie ein paar Wochen lang den Mund kaum mehr auftat. Was ihrer Stimme hervorragend bekam. Durch das erzwungene Schweigen erholte sie sich rasch, bald klang sie wieder rund und gesund.

Die falsche Technik ließ sich nicht so einfach beheben. Im Grunde hatte Mariana vom Singen nun keine Ahnung mehr, sie war vollkommen durcheinander. Alleine, ohne Anleitung, würde sie aus dieser verkorksten Situation nicht herausfinden. Auch die Mutter konnte ihr nicht helfen. Marianas Not ging ihr zu nahe. Zwar hatte sie selbst Gesang studiert, aber nie unterrichtet. Die Verantwortung erschien ihr zu groß.

Nun gab es unter den russischen Damen eine weitere Gesangslehrerin, das genaue Gegenteil von Madame Krasnicova, klein, zierlich, überaus vornehm. Und zudem tatsächlich eine ehemals erfolgreiche Künstlerin. Doch als Nicolai auf Frau Gregorija zu sprechen kam, stöhnte Birgit nur auf.

»Oh Gott, nicht schon wieder eine Russin!«

»Professorin am Petersburger Konservatorium«, gab Nicolai zu bedenken,»fragen wir sie doch wenigstens.«

Aber Frau Gregorija zierte sich zunächst:»Anfänger unterrichte ich grundsätzlich nicht.«

Darüber ereiferte sich die eben noch misstrauische Birgit: »Hören Sie sich meine Tochter doch erst einmal an.« Schließlich einigte man sich auf eine Probezeit.

»Das ist ja fürchterlich, eine Katastrophe«, war auch hier das Erste, was Mariana zu hören bekam. »Wie heißt diese Person? Krasnicova, sagst du, nie gehört. Du lieber Himmel, alles falsch, alles. Ob ich das jemals ausbügeln kann, was diese Ignorantin angerichtet hat! Lange wird das brauchen, lange. Dieses Geknödel und Gequetsche, wo um Gottes willen glaubst du, dass ein Ton entsteht? Doch nicht hinten im Hals. Von der Maske des Sängers, der Maske, davon hast du wohl noch nie etwas gehört«, bemerkte Madame Gregorija mit spitzem Mündchen.

Als erste Maßnahme musste Mariana nun wochenlang nicht enden wollende Übungen auf die Vokale singen. Madame Gregorija jagte sie über Tonleitern, Triller, Quarten, Quinten, aaa, eee, iii, ooo, uuu, ao, ua, ei, hinauf und hinunter, dabei stach sie mit ihren dürren Fingern erstaunlich kraftvoll auf den Flügel ein, Mariana kam nur mit voller Lautstärke gegen das Getöse an. Dazwischen, selten genug, gab es halsbrecherische kleine Texte mit vielen M und N. All das diente der Stärkung der Kopfstimme.

Doch noch ein weiteres Spezialtraining stand an: Mariana, so befand Madame Gregorija, sei ein verkappter Sopran, »meine magischen Antennen täuschen sich nie«. Also versuchte sie, die Stimme mit forcierten Übungen um das hohe C hochzuschrauben. Selbst als Mariana der Hals kratzte und sie wieder heiser wurde, musste sie weitersingen, über Stock und Stein. Denn wenn sie sich auch nur ein einziges Mal vertat, fing Madame Gregorija an zu lamentieren: »Weißt du eigentlich, wen du vor dir hast?« Und dann folgte eine ausführliche Aufzählung aller Opernhäuser, Rollen, Dirigenten, in und unter denen sie gesungen hatte. »Verehrt, bewundert auf der ganzen Welt, und jetzt plage ich mich mit dir ab, glaubst du, ich habe das nötig?«, damit pflegten diese Ausführungen zu enden, zugleich meist auch die Unterrichtsstunde. Auf Tee, geschweige denn Kuchen, legte die Künstlerin keinen Wert, dafür kassierte sie das vierfache Honorar wie Madame Krasnicova, bar auf die Hand, sofort nach der Stunde.

Madame Krasnicova hatte es fertiggebracht, dass Mariana irgendwann keine Stimme mehr hatte. Nach ein paar Monaten Unterricht bei ihrer neuen Lehrerin besaß sie deren zwei, eine Kopfstimme und eine Bruststimme. Jede für sich funktionierte, miteinander zu tun hatten sie nichts. Einmal wagte Mariana zu fragen, ob diese beiden Stimmen nicht miteinander verbunden werden könnten, worauf Frau Gregorija schroff erklärte:

»Das ist der Registerbruch. Den haben alle Sänger. Stell bitte keine solchen blödsinnigen Fragen mehr, sei lieber froh, dass du jetzt zwei Register hast und nicht nur alles aus dem Hals herausquetschst.«

Über die mühsam wieder herbeigelockte Kopfstimme war Mariana tatsächlich überglücklich. Dennoch versuchte sie, wenn sie alleine war, die beiden Lagen übergangslos miteinander zu verbinden. Als Anfängerin hatte sie damit keine Mühe gehabt, jetzt gelang es ihr überhaupt nicht mehr. Wie immer sie es anzupacken versuchte, im besten Fall konnte sie sich von einer Lage in die andere hinübermogeln, aber der Übergang war immer zu hören, oft knarrend oder zittrig verwackelt und unangenehm. Oder sie schaltete einfach um, dann war es, als tönten zwei verschiedene Stimmen aus ihr. Und immer häufiger war sie auch wieder heiser. Vielleicht kam es von der übertriebenen Höhe, vielleicht vom ständigen Anschreien gegen die Begleitmusik.

Aber diesmal ließ sich Mariana nicht ins Bockshorn jagen. Plötzlich erinnerte sie sich daran, dass sie durch ihre vielen Opernbesuche im Herzen schon lange wusste, wie richtiges Singen klang. Ein müheloses Ineinandergleiten der Töne fand da überall statt, die Stimme war eine Einheit, getragen vom Atem.

Anders als bei Madame Krasnicova gab sie sich nicht länger unbesehen die Schuld an ihrem Unvermögen. Mariana hatte tatsächlich dazugelernt. Sie wurde misstrauisch: War Madame Gregorija gerade dabei, ihr einen Fehler anzudressieren, einen ganz schlimmen, womöglich gar nicht mehr gutzumachenden Fehler?

Der nächste Opernbesuch mit den Eltern bestätigte sie in ihrem Verdacht. Sie liebte den ›Troubadour‹, sie kannte ihn in- und auswendig, wenn die Azucena zu singen anfing, hielt es sie kaum mehr aus auf ihrem Sitz. Jetzt verfolgte sie mit neuer Spannung alle Sänger. Sie hatte es geahnt: Keiner von ihnen praktizierte dieses Unding »Registerbruch«. Da quoll es nicht einmal tief aus der Brust und das andere Mal hell aus der Maske. Wenn ein Bruch vorkam, dann als Stilmittel, weil jemand verzweifelt war, ratlos, außer sich.

»Ha, Registerbruch – den haben alle Sänger!«, fauchte sie im aufbrausenden Schlussapplaus die Eltern an. »Aus, vorbei, nicht eine Stunde mache ich da mehr mit.« In ihrer Aufregung war sie nicht mehr aufzuhalten. »Diese aufgeblasene Person! Wenn ihr's nicht tut, ich sag ihr mit Vergnügen, was ich von ihr halte. Und von wegen Sopran: Die Azucena, das ist meine Rolle. Das habe ich schon immer gewusst.« Und so stand Mariana wieder ohne Lehrer da.

Zwei gefährliche Lehrerinnen hatte ihre offenbar kerngesunde Stimme verkraftet. Weitere Schauermethoden konnte sich Mariana nicht mehr leisten, das Singen war inzwischen für sie mehr als ein spannender Zeitvertreib geworden. Sie hatte nur noch ein Ziel: Sie wollte Sängerin werden. Der nächste Schritt musste der Richtige sein. Auch wenn sie sich vor Verlegenheit dabei wand, sie musste ihn tun.

Als Mariana bei Professor Wettergren erschien, ganz zusammengeschnurrt vor schlechtem Gewissen, einen riesigen Blumenstrauß in der Hand, unterdrückte er alle hämischen Kommentare. Schon auf ihren verworrenen Brief hatte er nur kurz geantwortet: »Na, dann komm halt mal.« Auch jetzt wollte er keine umständlichen Erklärungen, er ließ sie eine Weile reden, bot ihr Tee an, und als sie nicht mehr ganz so unselig auf ihrem Stuhl herumrutschte, fragte er sie:

»Magst du mir vorsingen? Ich begleite dich gerne. Anschließend wissen wir beide mehr.«

Zu Anfang würgte Mariana ein Kloß in der Kehle, aber Professor Wettergren tat so, als merkte er nichts. Nach über einer Stunde hörte er schließlich zu spielen auf, er schaute Mariana aufmerksam an, dann sagte er bewegt:

»Eine wunderschöne Stimme hast du. Natürlich wirst du Sängerin. Was denn sonst? Du gehörst jetzt auf die Musikhochschule, die Aufnahmeprüfung bestehst du mit Sicherheit. Dann ist Schluss mit dem Durcheinander.«

Mariana stürzte sich mit leidenschaftlichem Eifer in ihr Studium, endlich wusste sie, wohin mit ihrem Schwung, ihrer Kraft. Die wichtigsten neuen Lehrer hatte Professor Wettergren für sie ausgesucht.

»Zur Abwechslung mal biedere Schweden, aber glaub bloß nicht, dass die nicht auch kindisch eifersüchtig und missgünstig sind, wechseln könntest du kaum mehr.« Zum Glück kamen Lehrer und Schülerin gut miteinander zurecht.

Mindestens einmal in der Woche, noch jahrelang, pilgerte Mariana zu Professor Wettergren. Sie freuten sich beide auf diese Stunden. Angestachelt durch ihre Begeisterungsfähigkeit, breitete er seine Wissensschätze vor ihr aus, und sie sog alles in sich auf, was er ihr riet. Sie bildeten ein ideales Großvater-Enkelin-Gespann. Zwei glückliche Sangesbesessene. Irgendwann kramte er unter seinen Noten die heißgeliebten Lieder hervor, Schubert, Schumann, Hugo Wolf, Edvard Grieg.

»Gott allein weiß, warum sich an der Hochschule kein Aas um diese Schätze wirklich kümmert, vielleicht nennt man das Tradition«, mokierte er sich. Dort ging es neben dem Gesangsunterricht fast ausschließlich um Opernpartien.

Marianas Stimme war ein Mezzosopran, das bestritt inzwischen niemand mehr. Aber die Grenzen waren fließend, nach oben und nach unten, je nachdem hatte sie eine Tiefe fast wie ein Alt, und bis zu einer bestimmten Höhe blieb die Stimme biegsam und leicht – wer weiß, vielleicht war das Höhentraining von Madame Gregorija doch nicht ganz umsonst gewesen. Zumindest hatte es keinen bleibenden Schaden angerichtet, und Marianas Stimme war einfach von Natur aus so beschaffen. Jedenfalls stand ihr eine Vielfalt interessanter Rollen offen, ganz bestimmt auch die großen dramatischen Mezzopartien, die ihrem leidenschaftlichen Temperament entsprachen.

Daneben gab es noch einen riesigen Stundenplan, Deklamation, Sprechen, Klavierspielen gehörten dazu, Italienisch, Französisch, Deutsch, Theaterspielen, Kompositionslehre, sogar Fechten. Damit all dies Verwendung fände, beschloss Mariana, zusammen mit zwei anderen Mädchen, Erna Erichson und Astrid Berglund, eine Oper zu schreiben: ›Die Drei Musketierinnen‹. Über eine erste Szene mit viel Florettgefuchtel und Geschrei gedieh das Werk nicht hinaus. Doch als dieses Fragment am Ende des ersten Semesters zur Aufführung kam, brachte es seine Sänger-Autorinnen in den Ruf verwegener Ungebärdigkeit. »Trio Infernal« wurden sie von ihren weniger kühnen Kommilitoninnen genannt.

Zwischen Mariana, Erna und Astrid hatte am Tag der Aufnahmeprüfung eine lebenslange Freundschaft begonnen. Zunächst hatten auch sie wie die anderen Prüflinge stumm und in sich gekehrt dagehockt. Alle versuchten sich zu konzentrieren, zu sich zu kommen, bei sich zu bleiben. Mit zitternden Fingern wurde in Noten geblättert, unter leisem Gemurmel eine Arie memoriert, manche saßen wie festgenagelt auf ihrem Stuhl, andere irrten ruhelos umher. Niemand hatte das Bedürfnis, mit einem der Leidensgenossen zu sprechen: Die kostbare Stimme, man hätte sie am liebsten in Watte gepackt.

Mariana fühlte sich ganz wohl in ihrer Haut, aber auch ihr

war nicht nach Reden zumute. Die meisten Eindrücke drangen gar nicht in ihr Bewusstsein, aber bei einem zierlichen rotblonden Mädchen hakte sich ein Stück ihrer Aufmerksamkeit fest.

»Du lieber Himmel, der geht's aber nicht gut.«

Plötzlich sprang das Mädchen auf, käsebleich, und lief auf die Türe zu, im Gang hörte man ihre Absätze klappen, dann war es wieder still.

Das hatten alle gemerkt, doch niemand rührte sich. Nach einer Weile schaute Mariana auf, genau im gleichen Augenblick wie ein blondes Mädchen. Als hätten sie sich abgesprochen, starrten sie sich kurz an, schnellten hoch und rannten zusammen los, schnurgerade zur Toilette. Dort hing die unselige Gefährtin über der Kloschüssel und würgte sich den letzten Rest Galle aus dem Leib. Mariana und das blonde Mädchen knieten neben ihr nieder, tätschelten ihr den schweißnassen Rücken, streichelten die eiskalte Stirn.

»Was hast du, sollen wir einen Arzt holen?«, fragten sie.

Die andere schüttelte den Kopf, schließlich ächzte sie: »Seit vier Tagen warte ich drauf, aber nein, heute muss es kommen, ich hab Bauchweh, mir ist ganz schwindelig.«

Mariana und das blonde Mädchen waren geschickte Hilfsschwestern. Mit Massagen, munterem Gerede, Hin- und Hergeschleppe an der frischen Luft, Tee aus einer Thermoskanne bekamen sie die Geschwächte wieder auf die Beine. Zur endgültigen Stärkung zog Mariana ein Fläschchen aus ihrer Tasche.

»Wodka, den hat mir mein Vater mitgegeben! Übrigens, ich heiße Mariana.«

»Und ich Astrid«, sagte die Blonde.

»Ich Erna. Auf unsere Freundschaft.« Alle drei nahmen einen Schluck aus der Flasche.

Während des Semesters war es gar nicht so einfach, sich überhaupt kennenzulernen, jeder hatte viel zu tun, einige Fächer wurden einzeln unterrichtet, einheitliche Klassen gab es nicht.

Zudem eilten außer den Sängern noch andere Studenten durch die langen, kahlen Gänge, Pianisten, Streicher, Bläser, Komponisten, Choristen, Kirchenmusiker. Mariana versuchte aus dem äußeren Erscheinungsbild das Fach zu erraten. Bei den Kirchenmusikern lag die Trefferquote am höchsten.

Am meisten Allüre zeigten die Sänger. Sie gingen offen auf andere zu, schauten ihr Gegenüber mit wachen Augen an, sie nuschelten nicht, jeder konnte weithin verstehen, was immer sie zu sagen hatten. Sie fühlten sich wohl in ihrem Körper – sie waren lebendig. Einem missachteten Leib konnte kein voller, strahlender Ton entströmen.

Das Gehabe mancher Sänger wirkte allerdings erst einmal aufgeblasen und dumm. Sie gefielen sich in irgendwelchen Posen: der affige Angeber, der tiefsinnige Kauz, die zickige Primadonna. Zum Glück gab es die Abschlussfeste. Da lernte man sich besser kennen, und bald stellte sich heraus: Wenn es ans Singen ging, schwanden die Albernheiten dahin, im Eifer des Gefechts wurden die Posen vergessen.

Auch die Studentenaufführungen hatten erfreuliche Auswirkungen. Als Publikum erschienen dazu Verwandte, Freunde, aber auch Fachleute, Chorleiter, Theatermenschen, Dirigenten. Mariana wurde schon bald gefragt, ob sie nicht bei Messen, Passionen, bei Kirchenkonzerten als Solistin mitwirken könne. Die Bezahlung war kläglich.

»Ach was«, sagte Professor Wettergren, »Kleinvieh macht auch Mist. Wenn du fleißig bist, kannst du deine Mutter und mich mal zum Essen ausführen.« Er war begeistert. »Die Erfahrungen, die du da sammelst, sind unbezahlbar. Als Oratorien-Jule, wie so viele Mezzos, wirst du dein Leben nicht fristen müssen. Welch herrliche Musik lernst du dadurch kennen, allein schon die Altpartie aus dem Verdi-Requiem, gibt es was Schöneres?«

Es war fast unheimlich, wie glatt die Studienzeit verlief, aber Mariana war auch sehr, sehr fleißig. Und wirklich begabt, nicht nur beim Singen. Fremdsprachen machten ihr keine

Mühe, am Klavier war sie beliebt als einfühlsame Begleiterin. Sie spielte tollkühn vom Blatt, mit Vorliebe Opern, denn auf diese Weise lernte sie nicht nur ihre eigene Partie kennen, sondern auch den ganzen musikalischen Zusammenhang. Einzig die Kompositionslehre betrieb sie mit mäßigem Eifer, sie war ihr zu theoretisch und sie spürte, dass sie über ein beflissenes Mittelmaß nie hinauskommen würde – so ziemlich das Trostloseste, was sie sich vorstellen konnte.

Die Erfolge beim Studium hatten sie auf gute Weise selbstbewusst gemacht. Sie war jetzt viel sicherer als noch vor zwei Jahren, sie wusste, was sie konnte und was nicht, ihr Anspruch war hoch, an sich selbst, aber auch an die anderen. Vor allem spürte sie inzwischen sehr deutlich, was ihr guttat, ihrer Stimme, ihrem Körper, ihrer Verfassung, und was nicht.

Im Nachhinein war sie geradezu froh über die beiden russischen Katastrophen. Seinerzeit hatte sie ihrer Mutter Vorwürfe gemacht:»Warum hast du mich nicht gewarnt, du hast doch gemerkt, wie miserabel es mir ging. Warum hast du diese Weiber nicht zum Teufel gejagt?« Damals hatte die Mutter geantwortet:»Was hätte ich dir sagen sollen? Du hättest mir doch nicht geglaubt. Ein paar Bemerkungen habe ich riskiert, aber du warst ganz blind und taub vor lauter Hingabe an diese Wunderwesen. Aber dein Retter stand ja schon bereit. Ich glaube, dir macht von jetzt an kein Mensch mehr weis, etwas sei nur so ›richtig‹ und nicht anders, solange dein eigenes Gefühl dagegen spricht.«

Zu Hause führte Mariana ein bequemes Leben. Man ließ sie in Ruhe, sie hatte keine Pflichten, wenn sie ausnahmsweise einmal einen Handgriff tun wollte, zum Beispiel einen heruntergerissenen Saum wieder hochnähen, kam die Mutter und sagte:»Ach lass doch, du bist fleißig genug.« Dass Marianas Mutter so viel Verständnis zeigte, lag sicher auch daran, dass sie selbst Sängerin hatte werden wollen und jetzt die Tochter, ihr so auffallend begabtes Kind, nach Kräften unterstützte.

Auch die russischen Großeltern sorgten für eine etwas lockerere Lebensart. Sie hatten auf dringendes Anraten ihres Sohnes noch rechtzeitig ihr Haus in Sankt Petersburg verkauft und waren in einen Vorort von Stockholm gezogen, in eine große Villa, die alsbald vollgepfropft war mit Elchgeweihen, Teppichen, Ahnenbildern und Ikonen, mit präparierten Auerhähnen, einem ausgestopften Bären, der in seinen Pranken ein Silbertablett hielt, mottenzerfressenen Wolfsfellen, Samowars, ausladenden Kandelabern mit tropfenden Wachskerzen.

Bald platzte das Haus vollends aus allen Nähten, denn im Laufe der kommenden Jahre trafen aus allen Ecken des riesigen Russland immer neue Verwandte ein, Tanten, Onkel, Vettern, Basen ersten, zweiten, dritten, vierten Grades. Einige von ihnen wanderten weiter nach Paris und Berlin. Sie waren aus ihrem behäbigen Nichtstun herausgeschleudert worden und tummelten sich nun in aufregenden, nicht immer ganz seriösen Branchen. Jeder Erfolg wurde nach Stockholm vermeldet, und alle waren stolz, auch Mariana.

Viele von ihnen blieben in Schweden hängen. Marianas Familie war bisher überschaubar klein gewesen. Wenn jetzt die Eltern mit den Kindern bei den russischen Großeltern vorbeischauten, schnatterte, zwitscherte und zeterte es bei denen wie in einer Voliere. Sie hielten ihr Haus offen für alle, ihr Leben lang. Das war mehr als großzügige Gastfreundschaft, das war herzliche Menschenfreundlichkeit.

Ihr Vater hatte diese geerbt, auch ihre Mutter besaß diese wunderbare Eigenschaft. Die Eltern hatten sofort Astrid und Erna, Marianas neue Freundinnen, unter ihre Fittiche genommen. Die waren von auswärts gekommen, mit wenig Geld und ohne einen Menschen zu kennen. Inzwischen gehörten sie zur Familie. Und die elterlichen Hauskonzerte waren sowieso stadtbekannt. In keinem anderen Haus wurde besser und anspruchsvoller musiziert – und anschließend üppiger geschlemmt und gefeiert. Allein an taufrischem Kaviar, den

Herr Pilovski auch nach der Revolution aus dunklen Kanälen bezog, waren im Laufe der Jahre sicherlich mehrere Fässer verzehrt worden.

Nach drei Jahren hatte Mariana die Musikschule beendet. Ohne auch nur vorsingen zu müssen, wurde sie in die Opernschule übernommen. Und nach deren Abschluss boten ihr zwei Opernhäuser ein Engagement an: Stockholm und Göteborg. Mariana entschloss sich für Göteborg.

Vielleicht war es verrückt, ein Angebot der Stockholmer Oper auszuschlagen. Aber Mariana fühlte deutlich, dass sie erst einmal versuchen musste, auf eigenen Füßen zu stehen. Dazu musste sie von zu Hause weggehen, es half alles nichts. Gewiss, sie hätte eine eigene Wohnung nehmen können. Ja und dann? Dann würde sie ständig zu den Eltern laufen, und nichts hätte sich wirklich geändert. Auch die Eltern sahen es ein, Birgit brachte die Situation auf den Punkt:»Andere junge Leute fliehen aus der Familie, weil sie sich nicht mit ihr vertragen, du solltest gehen, weil wir uns zu gut verstehen.«

Aber auch aus Stockholm musste sie herauskommen. Außer Sankt Petersburg kannte Mariana bisher nur ihre Heimatstadt. Ein vorsichtiger erster Schritt vor die Stadttore empfahl sich also und war nicht überhastet. Sehr viel mehr war es nicht, wenn sie sich jetzt nach Göteborg aufmachte. Professor Wettergren lobte Marianas Entscheidung sehr:
»An einem kleinen Theater wirst du viel mehr zum Zug kommen. Etwas abseits vom Schuss geht es nicht gleich um Kopf und Kragen.« Auch mit dieser Prophezeiung behielt er recht.

In der ersten Zeit tat sich Mariana vor allem als Kammerzofe, Amme, Magd oder Dienerin hervor. Das kam ihr durchaus gelegen, sie musste sich erst einmal eingewöhnen, alles war aufregend und neu, die Theaterwelt, die Stadt, das Alleinsein – wirklich ihr ganzes Leben. Immerhin, so viel merkte sie rasch: Sie war ein richtiges Theatertier. Sobald sie die Bühne betrat, fühlte sie sich verwandelt. Ihre Nüstern blähten sich und schnupperten entzückt die leicht muffige Luft, wollüstig berührten ihre Füße den an einigen Stellen sachte knarrenden Holzboden, die Scheinwerfer oben im Schnürboden erschienen ihr geheimnisvoller und strahlender als jeder kristallene Lüster, nichts fühlte sich zärtlicher an als der samtene große Vorhang.

Nie langweilte sie sich auf den Proben, auch wenn sie lange Zeit nichts zu sagen und nichts zu tun hatte. Sie saß eben da und verfolgte aufmerksam jeden Gang, jeden Satz, jedwedes Geschehen. Sobald sie in ein Kostüm stieg, fühlte sie sich verzaubert, auch wenn es ihr nicht schmeichelte. In den grauen Lumpen einer alten Frau schrumpelte sie zusammen und zog humpelnd ein Bein nach.

Beim ersten Ton unten im Orchester fuhr es ihr in alle Glieder. Schon bei den Proben. Bei den Aufführungen vibrierte jede Faser in ihr, nicht vor Angst oder Aufregung, es war Begeisterung. Doch sobald sie den ersten Ton gesungen hatte, überkam sie konzentrierte Ruhe, nichts konnte sie aus dem Konzept bringen, einen Weltuntergang hätte sie sicher gar nicht gemerkt.

Ein schlaksiger junger Mann war genauso theaterbesessen wie Mariana. Er sauste durchs Haus, von der Bühne hinauf in die Direktion, hinüber zu den Werkstätten, hinunter in die Kantine, er holte Kaffee, schleppte Requisiten herbei, er klopfte die Sänger rechtzeitig für ihren Auftritt aus den Garderoben heraus. Kurzum, als »Mädchen für alles« hatte er sich um alles zu kümmern, jeder schrie nach ihm, der Regisseur, die Garderobiere, die Beleuchter, die Sänger. Er wurde dauernd herumgescheucht und angeschnauzt für Dinge, für die er gar nicht zuständig war, aber man hatte sich so an ihn gewöhnt: »Himmeldonnerwetter, warum ist der Stuhl nicht da? Wo stand er denn vorher?«

Da Mariana gut aufgepasst hatte, sagte sie es dem jungen

Mann. Er hieß Björn Eksell, kam aus Göteborg und hatte gerade die Schule hinter sich gebracht.

»Ich kann nicht singen, nicht tanzen, ich will kein Schauspieler werden. Aber ich muss zum Theater. Das ist mein Leben. Ich weiß das«, erklärte er Mariana in einer kurzen Verschnaufpause.

Sie wurden schnell Freunde. Björn lud Mariana sogar zu sich nach Hause ein. Bald hatte Mariana das Gefühl, ihr Freund würde an der Oper zu schlecht behandelt. Er bekam nicht einmal ein Taschengeld. Weil er sich so eifrig um eine Stelle beworben hatte, nutzte man ihn jetzt aus. Er war beliebt, aber etwas ruppig sprangen doch einige mit ihm um, aus Nervosität oder einfach nur aus schlechter Laune, auch wenn sie ihm anschließend versöhnlich auf die Schulter klopften.

Ein hochgewachsener Schnösel erregte Marianas besonderes Missfallen. Ein blasierter Faulenzertyp. Er gehörte zum Regieteam, seine genaue Funktion ließ sich nicht ausmachen, allenfalls war er der Assistent des Assistenten, ein Hospitant oder ein geduldeter Zuschauer. Was er zu sehen bekam, schien ihn zu langweilen, wenn seine Miene überhaupt etwas ausdrückte, dann allenfalls: »Ich würde das alles anders machen.« Er hing, die Beine lässig übereinandergeschlagen, in einer Reihe hinter dem Regisseur – der ihn einfach nicht zur Kenntnis nahm. Wer immer an ihm vorbeiwollte, der stolperte über seine erstaunlich großen Füße, die in hässlichen gelblichen Schuhen steckten. Mit mürrischer Miene erwartete er eine Entschuldigung des Gestrauchelten.

Von der Bühne aus beobachtete Mariana sein unverschämtes Verhalten, sie hätte dem Kerl etwas gehustet. Die Art und Weise dagegen, wie er mit Björn umsprang, machte sie immer wütender. Denn ausgerechnet dieser Nichtsnutz kommandierte den Armen am meisten herum, schnippte nach ihm mit den Fingern, schickte ihn Kaffee holen und pfiff ihn an: »Ja wird's bald?«

Mariana bekam es von der Bühnenrampe aus mit. Mit einem Sprung war sie im Parkett und fauchte: »Lüpfen Sie doch selbst Ihren Hintern und holen Sie Kaffee. Da wird Ihnen kein Zacken aus der Krone brechen.« Für ein vertrauliches »Du« war ihr der Kerl viel zu unsympathisch. »Sind Sie Russe?« Der Regieassistent kicherte, der Regisseur drehte sich um und blickte den jungen Mann zum ersten Mal an, während er langsam sagte: »Nein, der Herr ist aus Göteborg. Der Sohn des Polizeipräfekten, ein gütiges Schicksal hat ihn uns zugeteilt.«

»So, so«, meinte Mariana laut in das nun folgende Schweigen hinein und drehte sich auf dem Absatz um.

Sie ging schnurstracks in den dritten Stock hinauf zur Direktion und bat die Sekretärin um ein Gespräch mit dem Verwaltungsdirektor.

»Fräulein Pilovskaja, was kann ich für Sie tun, Sie fühlen sich doch hoffentlich wohl bei uns?«, fragte der Direktor überrascht.

»Oh ja«, sagte Mariana, »ich kann Ihnen gar nicht sagen, wie glücklich ich hier bin, es gefällt mir ausgezeichnet. Aber es geht um diesen jungen Mann, Björn Eksell. Der ist wirklich liebenswürdig. Und bienenfleißig, er reißt sich fast in Stücke, wenn wir den nicht hätten, würde vieles nicht so gut klappen. Nur, und da frage ich Sie, ist so jemand als Laufbursche nicht zu schade? Es ist unglaublich, wie der sich in Opern auskennt, wie er sie liebt und was er von Stimmen versteht. Davon könnte sich manch einer etwas abschneiden.« Mariana hielt inne, sie hatte spontan dahergeredet, aber nun fügte sie rasch hinzu: »Bitte verstehen Sie mich recht, der junge Mann hat sich nicht beschwert, ganz im Gegenteil, er ist eifrig wie am ersten Tag, und er hat keine Ahnung, dass ich mich einmische.«

Der Direktor hatte von dem fleißigen Jüngling noch nichts gehört, als Gratis-Hilfskraft hatte man ihn so nebenbei eingestellt. »Erstaunlich«, murmelte er und schaute sich Mariana interessiert an. Die lächelte, aber in ihren Augen glomm ein Fünkchen Aufmüpfigkeit. Das gefiel ihm. »Ich werde mir Ihren Schützling ansehen. Und kein Mensch erfährt von unserem Gespräch«, versicherte er Mariana.

Die Angelegenheit erledigte sich von selbst. Nach einer anstrengenden Probe, bei der nichts klappte, platzte dem Regisseur der Kragen. Er ertrug den nutzlosen Voyeur, der ihm dauernd im Nacken saß, nicht länger. Mit förmlicher Stimme sagte er im Hinausgehen: »So, heute haben Sie gelernt, was alles nicht passieren darf. Jetzt haben Sie einen guten Überblick, wie es auf dem Theater zugeht. Mehr können wir Ihnen nicht bieten hier in der Provinz. Wir möchten Ihre kostbare Zeit nicht länger in Anspruch nehmen. Sie haben sicher Großes vor, toi, toi, toi.«

Für einen Augenblick verrutschte dem Polizeipräfektensohn die Blasiertheitsmaske, hilflos stand er da – kümmerlich. Immerhin gelang ihm ein einigermaßen würdevoller Abgang.

Immer noch ärgerlich, packte der Regisseur Björn am Arm: »Komm, wir gehen zur Direktion.« Dort schimpfte er weiter: »Ihr lasst mich einfach sitzen mit diesem blasierten Idioten. Er hier, ohne ihn hätte ich heute das Handtuch geschmissen. Er ist ab heute mein zweiter Assistent. Gebt ihm einen Vertrag. Und Geld!«

»Da muss ich erst mit dem Intendanten reden. Wie heißt denn der Retter?«, fragte der Direktor.

»Björn«, sagte der Regisseur, »Björn Eksell.«

»Ach so«, entfuhr es dem Direktor. »Na, dann allemal. Machen wir gleich den Vertrag.«

Noch bei einem anderen Göteborger Opernjüngling sollte Mariana Schicksal spielen – wenngleich viele Jahre später und wahrhaftig entgegen ihrer Absicht. Das war Jens Arne Holsteen, ein blutjunger Geselle, der neben seinem Studium bereits die zweite Kapellmeisterstelle innehatte und seine Unsicherheit und geradezu krankhafte Schüchternheit hinter hochfahrender Arroganz zu verstecken suchte. Ebenfalls schüchterne, überempfindliche Wesen brachte er damit völlig durcheinander, stabilere Naturen mit mehr Selbstvertrauen wie etwa Mariana kamen ganz gut mit ihm zurecht. Bei ihnen verzichtete er von vornherein auf alles Imponiergehabe, da gab er sich beflissen, geradezu charmant. Mariana war zwar nicht immer seiner Meinung, doch seine Luchsohren, sein Wissen, sein Können als Musiker und sein fanatischer Eifer imponierten ihr.

Als einmal seine Eltern wie zwei düstere Raben in Göteborg auftauchten, bekam sie eine Ahnung davon, welchen Hintergrund dieser Jens Arne hatte. Der hochaufgerichtete Vater machte in seinem schwarzen Gehrock eigentlich eine gute Figur – wären da nicht die nach unten gezogenen, aufeinandergepressten Lippen und die stechenden Augen gewesen. Überhaupt umgab den ganzen Menschen ein Panzer aus Eiseskälte. Herr Holsteen war ein protestantischer Gottesmann, Inhaber eines höheren geistlichen Amtes, sowie Mitglied mehrerer kirchlicher Gremien und Verfasser moraltheologischer Schriften, in denen er die Sündhaftigkeit der Menschen, ihren Hang zum Bösen, ihre Verführbarkeit mit Bitterkeit umkreiste. »Das Trachten des Menschen ist böse von Jugend auf«, davon war Herr Holsteen durchdrungen.

Auch Frau Holsteen erschien von Kopf bis Fuß in Schwarz gekleidet. Eine Matrone, die stets erhobenen Hauptes hinter ihrem Gatten herwatschelte, wie schnell er auch eilte, und Wert darauf legte, mit Titel angeredet zu werden: »Frau Oberkirchenrat«. Dem hoheitsvollen Paar folgte ein junges Mädchen, ein munterer kleiner Trampel, Jens Arnes jüngere Schwester Amélie. »Ich sing auch schrecklich gern«, erzählte sie gleich Mariana. Aber eine Ausbildung, ach was, sie war ein Mädchen, da lohnte sich das nicht, das Studium des Bruders verschlang schon ein Vermögen. Den Bruder bewunderte sie über die Maßen: »Ein Genie. Ganz einfach.« Dieser Ansicht war auch die Mutter.

Jens Arne hatte sich beim Anblick der Eltern in sich selbst verkrochen.

»Strindberg und Co. lassen grüßen. Das größte Geheimnis ist: Wie kommen diese Fossilien zu der harmlosen, netten Tochter?«, zischelte Mariana Björn zu. »Unser lieber Jens Arne kann sich gratulieren. Ein Funken Genie steckt wohl wirklich in ihm.«

In Marianas zweiter Spielzeit startete die Oper ein ehrgeiziges Projekt: Den ›Ring des Nibelungen‹. Mariana vollführte schwimmend ihren Einzug in Wagners Opernwelt, als Floßhilde, eine der drei Rheintöchter. Auch ihre beiden Nixenschwestern waren Wagner-Neulinge. Der Regisseur hatte sich für die hübschen Mädchen allerhand turnerische Verrenkungen ausgedacht, an Seilen schwebend umgirrten sie den täppischen Alberich, aufreizende Schleiergewänder bedeckten nur knapp ihre Blößen. Darüber empörten sich die älteren Damen im Parkett, während die älteren und auch jüngeren Herrn sehr interessiert durch ihre Operngucker starrten. Die Presse lobte auch den glockenreinen Gesang.

Seit dieser Aufführung bekam Mariana von fremden Menschen Blumen hinter die Bühne geschickt, richtige Angebinde. Das beeindruckte ihre Familie, die zur Premiere erschienen war. Vor allem Alexej, Marianas Bruder, war zum ersten Mal stolz auf die Schwester:

»Siehst du, Kleider machen Leute. In deinen Lumpen, als altes Mütterchen, hast du mir nicht so gut gefallen.«

Als Nächstes trat sie in der ›Walküre‹ auf, als eine der Wotanstöchter durfte sie endlich eine Waffe schwingen, sie schickte gleich ein Foto an Erna und Astrid.

Im ›Siegfried‹ hatte sie nichts zu tun. In dieser Zeit bekam sie Urlaub für eine Gastrolle in Kopenhagen. Dort wurde ›Boris Godunow‹ in der Originalsprache gegeben, und weil man wusste, dass Mariana Russisch konnte, bot man ihr die Rolle des jungen Fjodor an. Zudem wollte man Kontakt aufnehmen mit der jungen Sängerin. Auch Oslo hatte schon Interesse gezeigt, aber aus Termingründen hatte Mariana bisher immer absagen müssen. Jetzt genoss sie den Abstecher in die Fremde, Kopenhagen gefiel ihr, dort kam es ihr weltläufiger vor als in Stockholm.

Dann aber musste sie eilig zurück nach Göteborg, denn in der ›Götterdämmerung‹ wurde sie gleich doppelt eingesetzt. Wiederum als Floßhilde und zusätzlich als eine der Nornen. Zwei Tage vor der Premiere erkrankte die Waltraute. Eine Zweitbesetzung gab es nicht, Mariana hatte an der Opernschule die Partie studiert, über Nacht frischte sie ihre Kenntnisse auf. Jetzt war sie wirklich enorm beschäftigt: In eine düstere Kutte gehüllt, musste sie mythische Webarbeit beraunen, leicht geschürzt den eigensinnigen Helden Siegfried umschmeicheln. Oder in voller Walkürenmontur die Schwester Brünnhilde, die für einen unseligen Augenblick lang glücklich Verliebte, warnen. Vergeblich, umso größer war ihr Erfolg beim Publikum. Auch die Presse war begeistert: Die »sehr erfolgversprechende junge Künstlerin« wurde nun plötzlich zur »großartigen Gestalterin«. So etwas nannte man einen Durchbruch.

Prompt bekam sie ein Angebot aus Stuttgart. Das war in der Opernwelt eine hervorragende Adresse, gerade für junge Sänger, für die sich das Haus besonders interessierte. Es ließ sie durch Späher überall ausfindig machen und bot ihnen gute, mehrjährige Verträge. Ein Engagement in Stuttgart galt als große Chance.

Auch Mariana empfand es so. Sie schaute in Björns Schulatlas nach, sie nahm sogar einen Zirkel: Dieses Stuttgart lag mitten im europäischen Festland, es schien so etwas wie ein Nabel Europas, nun ja, nicht Wien, nicht Paris, nicht Berlin. Aber das war gut so, dorthin hätte sich Mariana noch nicht getraut. Sie fühlte, wie das Fernweh nach ihr griff. Göteborg war der erste Schritt gewesen, gut, dass sie ihn getan hatte. Sie hatte viel gelernt, Erfahrung gesammelt, jetzt war sie keine Anfängerin mehr. Die nächste Etappe durfte ruhig größer sein.

Bevor sich Mariana nach vielen Abschieden auf die große Reise machte, kaufte sie zwei köstlich duftende, edle Lederkoffer. Sie kosteten sie eine Monatsgage, ein Spottpreis für zwei treue Reisegefährten rund um die Welt.

Stuttgart gefiel Mariana auf Anhieb. Die Stadt war von grünen Hügeln umgeben. Doch was da wuchs, waren nicht nur Bäume und Büsche, sondern auch Reben, die Weingärten reichten bis an die Häuser heran. Aus ihnen wurde ein süffiger, »räser« Wein gekeltert, den die Stuttgarter am liebsten selbst tranken, in ziemlichen Mengen, das nannten sie dann »ein Viertele schlotzen«. Und wer keinen Wein hatte, trank Most, Apfel- und Birnbäume wuchsen ja überall.

Die ganze Stadt schien opernnärrisch zu sein. Die Sänger wurden geliebt und verhätschelt, man grüßte sie selig auf der Straße, betrat einer von ihnen einen Laden, eilte der Besitzer herbei und bediente eigenhändig die hohe Kundschaft, und selbstverständlich murrte keiner der anderen Kunden, sie strahlten ihren bewunderten Liebling an und beschnatterten anschließend sein aufregendes Erscheinen.

An der Oper wurden fast ausschließlich hauseigene Sänger eingesetzt, selten Gäste, sie brachten nur Unruhe durch ihre Sonderwünsche und fügten sich meist nicht harmonisch ein in die sorgfältigen Inszenierungen. Neben den jungen Leuten gehörten auch altbewährte, zum Teil berühmte Kräfte zum Ensemble. Das spornte an, jeder wusste, wie gut die anderen waren. Und doch gab es kaum Neid und erstaunlich wenig Intrigen, nicht nur gemessen an anderen Häusern. Denn der Spielplan war so vielfältig gefächert, dass jeder zum Zug kam.

Marianas Einstandsrolle war die Nancy in ›Martha‹ von Flotow. Die Regie besorgte ein bekannter Theaterregisseur. Er und sein Bühnenbildner hatten sich für ihr Operndebüt die leichtfüßige ›Martha‹ ausgesucht und sich für die Partien der beiden jungen Damen und ihrer Verehrer junge, unverbrauchte Sänger erbeten.

Jetzt waren die beiden Herren von ihren vier Protagonisten entzückt. Liebevoll dachten sie sich für sie schnurrige Dinge aus, kleine Pannen, verstohlene Blicke, verräterische Gesten. Es ging *very British* zu, aber fernab der sonst üblichen Klamotte entstand die Komik durch winzige Abweichungen, Ungereimtheiten. Ganz sanft wurde die feine englische Art durch den Kakao gezogen.

Alle amüsierten sich köstlich auf den Proben. Das brauchte nicht unbedingt ein gutes Zeichen zu sein. Gerade wenn sich die Akteure vor Lachen auf die Schenkel schlugen und alles ganz wunderbar fanden, konnte es vorkommen, dass nachher die Premiere bleiern durchfiel. Doch diesmal blieb der fröhliche Schwung erhalten – und das bezaubernde Bühnenbild machte England-süchtig. Die Aufführung wurde ein absoluter Renner und immer wieder auf den Spielplan gesetzt, jahrelang.

Für Mariana war das ein Traumstart. Ein paar Wochen zuvor hatte kein Mensch in Stuttgart jemals von ihr gehört, durch ihre Nancy avancierte sie zu einem der gehätschelten Sängerlieblinge, konnte in mannigfachen Einzelheiten ihren wachsenden Bekanntheitsgrad wahrnehmen: Zum Beispiel bekam sie beim Metzger immer bessere Stücke. Seitdem Mariana eine eigene Küche hatte, brutzelte sie sich nämlich ab und zu ein Steak.

Diese erfreuliche Entwicklung beflügelte Mariana bei ihren zaghaften Kochversuchen. Nach acht Wochen das erste genießbare Steak, das ist doch was, lobte sie sich selbst. In der gleichen Zeit hatte sie ihr Schuldeutsch aufpoliert und fließend Deutsch zu sprechen gelernt. Bald verstand sie auch Schwäbisch.

Mariana wohnte im obersten Stock eines schönen dreigeschossigen Mietshauses in halber Höhe über der Stadt, mitten in einem reichen, gepflegten Viertel. Um das Haus herum lagen Gärten und Villen. Über eine merkwürdige Treppe mit Hunderten von ungewöhnlich breiten, niedrigen Stufen, die sich den Hügel hinunterschlängelten, erreichte Mariana in zwanzig Minuten die Oper. Heimwärts dauerte es sehr viel länger, aber da konnte sie die Straßenbahn nehmen. Wegen der schönen Aussicht, die man dann auf die Stadt hatte, war eine solche Fahrt wie ein Ausflug.

Unter ihr wohnte ein Kunsthistoriker mit seiner Frau. Er sah aus wie ein Ire oder Schotte aus uralter Familie, feingliedrig, rotblond, mit einem scharfgeschnittenen Vogelgesicht. Sie glich einer verführerischen Odaliske, lackschwarz der kurzgeschnittene Bubikopf, schneeweiß die samtweiche Haut. Ein interessantes, schönes Paar, das Vernissagen, Premieren, Konzerten, bei denen es auftauchte, großstädtischen Glanz verlieh.

Rainer Bohnacker hatte sich mit einer Arbeit über den Manierismus in der Europäischen Kunst habilitiert – mittlerweile ein Standardwerk – und war zur zeitgenössischen Kunst vorgestoßen. Sie faszinierte ihn, an der konservativen Akademie übertrug er seine Begeisterung auf seine Studenten, durch eine Reihe von Publikationen weckte er beim allgemeinen Publikum Neugier und Verständnis. Er fand Geldgeber für Ausstellungen und kaufte selbst Bilder und Skulpturen, während seine Frau Lilli Werke der »Primitiven« sammelte.

Die beiden reisten viel und hatten gerne Künstler um sich. Wenn einer von ihnen nach Stuttgart kam, luden sie ihn ein, wenn er wollte, konnte er auch bei ihnen wohnen. Sie hatten einfach gerne Künstler um sich, auch Mariana luden sie bei der ersten Gelegenheit zu einer improvisierten Abendgesellschaft ein. Die Wohnung war angefüllt mit Bildern, zwischen Expressionisten und abstrakten Modernen hingen alte Meister, friedlich umringt von afrikanischen Masken, herrlich ziselierten Lanzen, Eskimo-Arbeiten aus Tierhaut, mit Federn bestückt. Auf dem Boden, auf Sockeln und in Regalen standen Statuen, Skulpturen, Kultgegenstände. Auf den ersten Blick ein phantastischer Wirrwarr. Doch je öfter Mariana sich die Kunstwerke ansah, von denen sie bisher keine Ahnung gehabt hatte, desto stärker fühlte sie ihren inneren Zusammenhang.

Das Ehepaar im Parterre hatte offenbar Geld. Aber auch diese beiden Menschen entsprachen Marianas Vorstellung vom engstirnigen schwäbischen Spießer nicht. Die junge, fröhliche Frau malte federleichte Blumenbilder, zudem spielte sie Geige in einem Quartett, das sich einmal in der Woche in ihrer Wohnung traf.

Ihre Tochter, die kleine Katharina, klingelte kurz nach Marianas Einzug an der Türe und fragte ein wenig schüchtern: »Darf ich reinkommen? Du singst so schön.«

Mariana war ganz gerührt, die Kleine setzte sich aufs Sofa, nein danke, sie wollte nichts essen, nichts trinken, sie wollte einfach nur zuhören. Beim übernächsten Mal brachte sie ihre Katze mit, die beiden rollten sich auf dem Sofa zusammen und gaben stundenlang keinen Mucks von sich, zwei stillzufriedene Zuhörer. Kurz darauf machte Mariana einen Gegenbesuch und war bald mit der ganzen Familie befreundet.

Katharinas Vater, ein Graphiker, gestaltete kostbare Bücher, entwickelte neue Schrifttypen und entwarf, fast wie zum Zeitvertreib, klarlinige, bestechend schlichte Gegenstände, Geschirr, kleine Möbel, Lampen. »Kleinvieh«, nannte Peter Kiderlen das. Er war schon damals ein bekannter Künstler, seine Schriftzüge wurden auf der ganzen Welt verwendet, das »Kleinvieh« wanderte bald in die wichtigsten Museen.

Diese Schwaben waren schon ein wunderliches Völkchen, wie Mariana immer wieder fand, zumindest die Bewohner ihres Viertels. Durch ihre Freunde im eigenen Haus lernte sie immer mehr von ihnen kennen. Hatten sich denn da nur Künstler angesiedelt? Nichts als Maler, Komponisten, Pianisten, Bildhauer, auch Philosophen und intellektuelle Kauze. Dazu noch auffallend viele Anthroposophen. Lauter Sonderlinge, eigensinnig, originell, ob Mann oder Frau.

Zu Silvester wurde die ›Fledermaus‹ gespielt, Mariana sang den Prinzen Orlofsky. In ihrem eleganten Frack sah sie entzückend aus. Nicht nur die Männer, auch Frauen schwärmten für sie, ihre Garderobe glich manchmal einem Blumenladen. Bis dahin hatte sie gelegentlich ein paar freundliche Zeilen bekommen, jetzt erhielt sie stapelweise Verehrerbriefe und auch Päckchen. Der Postbote tat Mariana leid, aber er ließ es sich nicht nehmen, ihr alles eigenhändig hochzutragen in den dritten Stock. Ein Opernbesessener auch er.

Ein Autogramm von ihr rahmte er ein und hängte es übers Sofa, wie er ihr stolz erzählte. Als sie ihm Opernkarten schenkte, geriet er vor Glück so aus dem Häuschen, dass Mariana ihm zur Stärkung ein Gläschen Wodka einschenkte. »Das hilft in allen Lebenslagen«, hatte ihr Vater gesagt, darum hatte sie auch immer eine Vorratsflasche im Haus.

Die Päckchen enthielten die fürsorglichsten Geschenke. Amulette, Heiligenbilder, Halstabletten, große und kleine Kerzen, getrocknete Kräuter, Blumen und Blätter für Aufgüsse, genähte, gestrickte, gehäkelte Schals aus Wolle und Seide, Bettflaschen, Hausschuhe, Murmeltierfett, Marmelade, häufig mit ausführlichen Gebrauchsanweisungen versehen. Das originellste Geschenk war ein Spätzlehobel samt Rezept, der nötigen Menge Mehl, Salz und drei dick in Holzwolle verpackten Eiern. Ein schicksalhaftes Geschenk.

Ein paar Tage später ging Mariana einen Stock tiefer auf eine Einladung von Rainer und Lilli. Sie hatte einen langen Probentag hinter sich und fühlte sich ein wenig schlapp, aber zugleich auch aufgekratzt, und das eine Stockwerk würde sie schon noch schaffen. Drunten herrschte ein fürchterliches Gewühl, die Leute drängten sich zwischen den Skulpturen, Mariana erschien es immer wieder ein Wunder, dass nie etwas passierte. Irgendjemand drückte ihr ein Glas Wein in die Hand. Sie lachte und plauderte, eigentlich hatte sie Hunger, aber der Weg zur Küche war erst einmal verstopft. Bald hatte Mariana einen Schwips.

»Stellen Sie sich vor, was ich geschenkt bekommen habe«, sagte sie und erzählte von ihrem Spätzlehobel.

»Spätzle, das ist doch kinderleicht, mein Dienstmädchen

macht die mit links«, bemerkte eine Dame etwas herablassend.

»Ich habe kein Dienstmädchen«, antwortete Mariana.

»Das haben wir gleich, ich hole mal Didi, unseren Meisterkoch«, meinte ein Bildhauer.

Nach einer Weile kam er zurück, hinter sich einen dunkelhaarigen, hochgewachsenen Mann. Mariana hatte ihn noch nie gesehen. Er gefiel ihr auf den ersten Blick.

»Oh, was für eine Ehre«, sagte der Herr erfreut und küsste Mariana die Hand. Mariana zuckte zusammen. Sie hatte wohl wirklich zu viel getrunken. »Haben Sie die ganzen Sachen in Ihrer Küche oben?«, fragte der Unbekannte, nachdem ihm Mariana das Spätzleproblem dargelegt hatte. »Dann gehen wir doch zu Ihnen hinauf. Und wenn das Wasser wallet, siedet, brauset, bekommen Sie Ihre Spätzle.«

Die Gruppe um Mariana setzte sich in Bewegung.

»Wo geht ihr hin?«, riefen andere, schnappten sich noch schnell etwas zu trinken und schlossen sich dem Zug an.

Droben in der Küche machte sich der Fachmann flink ans Werk, Mariana schaute ihm bewundernd zu, was für hübsche Hände er hatte, was für geschickte, geschmeidige Bewegungen. Munter plaudernd schlug er den Teig; kurz bevor das Wasser zu sieden begann, griff er nach seinem Glas, erhob es und blickte Mariana in die Augen.

»Ich führe mich hier auf, als sei ich zu Hause. Dabei hab ich mich noch nicht einmal vorgestellt: Andreas Schlemmer. Maler und Gelegenheitskoch. Auf ein gutes Gelingen.«

Darauf tat er den Teig in den Hobel, die Umstehenden klatschten, Mariana errötete. Was hatte dieser Andreas oder auch Didi mit seinem »Auf ein gutes Gelingen« gemeint? Die Spätzle? Ihre Bekanntschaft? Die Spätzle waren im Nu verzehrt, so gut schmeckten sie. Auch die Bekanntschaft gedieh vorzüglich, oder vielmehr: Sie ging rasch über in eine Freundschaft, und dann, noch rascher, in eine Liebschaft.

»Für die Liebe habe ich gar keine Zeit. Und überhaupt: Mir

reicht die Leidenschaft auf der Bühne, da kann ich mich austoben«, so hatte Mariana immer behauptet. Sie flirtete gern, auch gegen Küsse hatte sie nichts einzuwenden. Aber nach mehr stand ihr absolut nicht der Sinn. Zumal das in ihrer Vorstellung fast automatisch zum Heiraten führte. Und das wiederum, so fand Mariana, ließ sich mit den Berufswünschen der Frauen so gut wie nicht vereinbaren. Sie musste nur an ihre Mutter denken. Die wäre eine gute Sängerin geworden, ihre Stimme war heute noch voll und schön. Ach was, Singen und Heiraten, das ging in den wenigsten Fällen zusammen. Vielleicht später einmal, wenn Mariana eine weltberühmte Diva war, dann konnte sie sich einen Ehemann leisten, der fabelhafte Verträge für sie aushandelte. Doch das waren eher flotte Sprüche, keine ernsthaften Überlegungen. Das ganze Getue der anderen Mädchen um einen Bräutigam, einen Ehemann hatte Mariana nie verstanden. Sie wollte Sängerin werden. Sängerin sein. Dafür hatte sie gearbeitet, voller Kraft und Begeisterung. Für aufwendige Männergeschichten blieb da kein Platz. Und noch etwas kam hinzu: Kein Mann hatte sie bisher besonders beeindruckt.

Jetzt plötzlich, zum ersten Mal in ihrem Leben, war Mariana richtig verliebt. Den tapsigen Liebkosungen ihrer bisherigen Verehrer hatte sie mühelos widerstanden. Bei dem viel älteren Andreas schmolz sie im Handumdrehen dahin. Möglicherweise war es ein Geständnis, das ihre Zurückhaltung vollends verfliegen ließ. Andere Frauen hätte es wahrscheinlich abgeschreckt, Mariana beruhigte es eher, nahm ihr die Sorge, auch dieser Mann wolle sie auf der Stelle zum Traualtar schleppen.

Während er sie küsste, hatte Andreas plötzlich gesagt:»Mariana, ich möchte, dass nichts zwischen uns steht. Du sollst alles von mir wissen: Ich bin verheiratet. Aber meine Frau und ich leben seit Jahren getrennt. Unsere Ehe besteht nur noch auf dem Papier, reine Formsache. Meine Frau ist ein liebes, armes Geschöpf, sie hat es nicht leicht. Bitte verlange nicht nähere Einzelheiten von mir, aber siehst du, in dem spießigen Kaff, in dem sie lebt, hätte sie als geschiedene Frau einen schweren Stand. Warum ihr unnötig wehtun, sie tut mir leid. Bist du jetzt böse auf mich?«

Ach nein, wahrhaftig nicht. Mariana fand Andreas einfach wunderbar. Sie war hingerissen von seinem Charme, seinem Sex-Appeal. Und lustig konnte er sein, richtig kindisch-verspielt. Wo gab es denn das bei einem Mann? Auch sein weiches Stuttgarter Schwäbisch liebte sie, die bildhaften, drolligen Wörter und Wendungen. Von einer kränkelnden Bekannten sagte er: »Die sieht aus wie's Kätzle am Bauch.« Mariana nannte er »Moggele«. Wenn das nicht zärtlicher klang als »Kälbchen«.

In ihrer Begeisterung schrieb Mariana an ihre Eltern:»Geliebte Eltern, ich hab mich in einen schönen Schwaben verliebt. Keine Sorge, ich hänge meinen Beruf nicht an den Nagel und werde Hausfrau. Zum Glück ist der Kerl verheiratet und hat, soviel ich weiß, irgendwo Weib (und Kind?). Aber leider gefällt er mir sehr. Malen tut er auch sehr gut. Stellt Euch vor, sie haben mir den Octavian im ›Rosenkavalier‹ angeboten. Da müsst Ihr zur Premiere unbedingt kommen. Viele, viele Küsse, Eure fast schon schwäbisch verwirrte Tochter Mariana.«

In Stockholm war man über diesen Brief etwas erschrocken. Nur Alexej meinte brüderlich schnöde:»Höchste Zeit. Dann weiß sie endlich, wovon sie singt.«

Nach ihrem schmucken Orlofsky galt Mariana als Spezialistin für alles, was als weibliches Wesen auf der Bühne Hosen trug und nicht gerade hohen Sopran oder kellertiefen Alt sang. Da der ›Rosenkavalier‹ als Festspielaufführung erst für den Sommer geplant war, übertrug man ihr schon vorher zwei andere Rollen, zum einen den Hänsel, zum anderen den Orpheus. Bei ›Hänsel und Gretel‹ von Humperdinck erschien ihr der Text zunächst herztausig und naiv, aber dann bezauberte sie doch die märchenhafte Lauterkeit der Musik. Bei ›Orpheus und Eurydike‹ von Gluck gab es ein anderes Problem: An bestimmten Stellen bekam Mariana vor lauter Ergriffenheit immer wieder einen Kloß in die Kehle, so dass sie Mühe hatte, ruhig weiterzusingen. Bei den Proben hieß es bald: »Vorsicht, Taschentuch!«, dann musste Mariana lachen, und die Stimme schwankte nicht mehr.

Etwas Schöneres als die Arbeit an diesem Opernhaus konnte sich Mariana nicht vorstellen. Sie genoss die Proben, und wenn sie abends Vorstellung hatte, war sie oft ganz überwältigt vor Freude. Sie hatte einen herrlichen Beruf. Und in ihrem privaten Leben, da hatte sie ihren Andreas. Was für ein Glückskind sie war.

Ihr geliebter Freund holte sie häufig von der Oper ab. Mariana musste ihm erzählen, er wollte alles wissen, ging ganz auf sie ein. Wenn sie ihn fragte, was er den Tag über getrieben habe, lachte er: »Was tut ein Maler schon? Er wartet auf Eingebung. Ach was, auf dich hab ich gewartet, Moggele.« Eins fiel Mariana auf: Andreas hatte nie Eile. Immer hatte er Zeit für irgendwelche Unternehmungen. Durch ihn fand sie auch Geschmack am Spazierengehen, was im schönen Stuttgart naheliegend war, aber vor lauter Arbeiten war sie bisher nicht dazu gekommen.

Am liebsten fuhren sie mit der Straßenbahn hoch zum Frauenkopf, einfach schon darum, weil dort hinter einer Kurve auf den Schienen immer ein großer Schweizer Sennenhund lag. Die Straßenbahn musste jedes Mal anhalten, schließlich erhob sich das schwarze Riesentier langsam und würdevoll und machte für einen Augenblick so viel Platz, dass die Straßenbahn vorbeifahren konnte.

Auf der gegenüberliegenden Seite lag Andreas' Lieblingscafé, dort kehrten sie auf dem Rückweg von ihrem Waldspaziergang ein. Sie mussten nämlich einen Besuch abstatten. Beim ersten Mal hatte Andreas zu Mariana gesagt: »Ich muss dich unbedingt mit meinem Freund bekanntmachen.« Der

Freund hieß Loro und war ein grüner Papagei. Wenn er Andreas sah, schlug er begeistert mit den Flügeln und krächzte »Didi«. Bald konnte er auch »Ana« sagen. Das hatte ihm Andreas heimlich beigebracht, während Mariana auf den Proben war. Sie fiel ihm um den Hals: »So eine Idee kannst nur du haben.«

Manchmal besuchte Mariana den Malerfreund in seinem Atelier, einem recht komfortablen Holzhaus in einem sehr großen Garten. Das Grundstück lag zwischen zwei Straßenzügen, vorne, mit Blick auf die Stadt, stand eine mächtige Villa aus der Gründerzeit, ein hinteres, ebenfalls stattliches Tor führte zum Atelier. Einmal begegnete Mariana dort einer hoheitsvollen Dame, die sie unfreundlich, fast verächtlich musterte. »Wer war denn das, warum hat die mich so giftig angeschaut?«, fragte Mariana ihren Geliebten. »Wahrscheinlich meine Hausbesitzerin, eine alte Schreckschraube«, antwortete Andreas gelangweilt.

In dem Atelier hingen, standen und lagen überall Bilder herum, die meisten schienen noch nicht ganz fertig. »Das kommt schon noch«, sagte Andreas. Ein mittelgroßes Bild auf einer Staffelei liebte Mariana besonders. Es war ein Seestück mit türkisblauen, aufgewühlten Wellen, am Horizont ein weißes, geblähtes Segel gegen dahintreibende rosa-orangefarbene Wolken. »Wenn's dir so gut gefällt, schenk ich es dir. Aber irgendwie stimmt es noch nicht, ich geh noch mal drüber.« Eigentlich fand Mariana das schade, sie mochte das Bild, so wie es war. Ein einziges Mal hatte sie Andreas beim Malen zugesehen. Da hatte er auch nur noch ein paar Akzente setzen wollen, und am Ende war das Bild regelrecht kaputtgemalt. »Ich hätte heute keinen Pinsel anrühren dürfen«, hatte er damals gejammert. Darum schaute Mariana jedes Mal nach ihrem Bild, wenn sie ins Atelier kam. Noch hatte sich nichts geändert. »Was willst du hier in der Stadt? Soll ich mich vor den Anlagensee stellen und dort die Wellen studieren?«

Im Übrigen hatte er es gar nicht so gerne, wenn ihn Mariana im Atelier besuchte. »Hier zieht es, du wirst dich erkälten, womöglich schaden die giftigen Ausdünstungen der Farben deiner Stimme. Und überhaupt, es ist zu unordentlich hier«, so hieß es. »Na hör mal«, wunderte sich Mariana, »ich bin doch nicht deine Schwiegermutter.« – »Ha, ha, sehr komisch«, knurrte Andreas.

Viel gemütlicher fand er es in Marianas Wohnung. Dort fühlte er sich inzwischen wie zu Hause – aber das hatte er ja schon am ersten Abend getan. Nur einen Schlüssel hatte er nicht. Mariana war einfach nicht auf die Idee gekommen, ihm einen zu geben. Eigentlich sonderbar, wie sie später fand. Einen Pfiff hatten sie ausgemacht und das entsprechende Klingelzeichen: »Auf in den Kampf.«

Mariana war es sehr recht, wenn Andreas zu ihr nach Hause kam. So viele freie Abende hatte sie ja nicht. Wenn sie nach einem Probentag heimkam, war sie abends oft müde und mochte nicht noch einmal ausgehen. Zufrieden saß sie dann erst einmal auf ihrem Stuhl in der Küche. Wie sehr genoss sie es, jetzt liebevoll umsorgt zu werden. Staunend sah sie zu, wie Andreas lässig am Herd hantierte. Wenn sie sich nur ein Schnitzel briet, war sie nachher mit Flecken übersät, so groß konnte keine Schürze sein, dass nicht auch das Kleid etwas abgekriegt hätte. Andreas hingegen blieb makellos rein, selbst bei Suppen und Soßen.

Eine häusliche Idylle. Dann, nach dem Essen, wandelte sich der geschickte Koch zu einem stürmisch-raffinierten Gesellen, so dass Marianas Lebensgeister wieder erwachten. Der Abend endete nicht in der Küche.

Eines Abends war alles anders als sonst. Schon das Klingelzeichen klang irgendwie schrill, dann ließ Andreas die Zwiebeln anbrennen, schnitt sich in den Finger, schüttete sich Soße übers Hemd und versalzte auch noch das Essen. »Ungenießbar«, stellte er gereizt fest. »Du machst mir Konkurrenz«, versuchte ihn Mariana aufzuheitern. Sie war wirklich verwundert. Auch Andreas konnte muffig sein, selbst er war nicht immer zu Späßen aufgelegt, aber so richtig schlechte Laune hatte sie bei ihm noch nie erlebt. Heute schien er das nachholen zu wollen. »Ich brauch mehr Wein«, blaffte er nach der ersten geleerten Flasche, und als ihm auch noch der Korken abbrach, fluchte er in einem gar nicht mehr lieblichen Schwäbisch: »Herrgottsack, Mistvieh, verrecktes.«

Schließlich kam es aus ihm heraus: »Die blöde Kuh! Ich muss hin zu ihr. Die Gnädige wünscht mich zu sprechen. Eine Krise, ein Anfall, irgendwo brennt es lichterloh!«

Von wem sprach er? Von seiner Frau? »Ist sie krank?«, fragte Mariana, was sonst sollte passiert sein. »Ja, krank«, maulte er. »Was soll ich tun? Man ist ja kein Unmensch. Wenn sie mich braucht, kann ich sie nicht hängen lassen, oder?« – »Nein, natürlich nicht«, fand auch Mariana, eigentlich war es anständig von ihm, dass er nach seiner kranken Frau schaute. »Heidebimbam, des hätt's wirklich net braucht«, lallte Andreas mit schwerer Zunge.

Nach ein paar Tagen kam er gutgelaunt von der Reise zurück. »Gott sei Dank, sie hat sich wieder beruhigt.« – »Was heißt beruhigt, ich denke, sie ist krank«, sagte Mariana irritiert. »Ach Engele, du bist eine starke, vernünftige Frau. Was soll ich dich anlügen? Die ist pumperlgesund. Aber sie hat Wind gekriegt von dir, von uns, und da hat sie sich ziemlich aufgeführt. Aber jetzt ist alles wieder gut. Mach dir keine Sorgen«, redete er schwungvoll auf Mariana ein. »Ich mach mir keine Sorgen, ich doch nicht«, regte sich Mariana auf. »Aber ich versteh nicht ganz: Jeder von euch führt sein eigenes Leben, hast du doch immer betont. Und jetzt schnaubt sie vor Eifersucht und macht Szenen. Wie passt das zusammen? Bitte erklär's mir.«

Andreas hatte inzwischen seinen Arm um sie gelegt und sich an ihren Haaren zu schaffen gemacht. »Ach, da kenne sich einer aus. Ein verwöhntes Weibsbild ist sie. Sie hockt auf ihrem Geld und denkt, sie kann sich alles kaufen. Ich bin ihr schnurzegal, aber dass ich eine andere habe, das gönnt sie mir nicht. Diesmal kann sie sich aber auf den Kopf stellen – das hat sie auch eingesehen. Komm, vergiss das Ganze. Ich hab die Sache wieder hingebügelt. Ich bin wieder da. Und ich liebe dich!« Dabei wirbelte er Mariana wie ein Kind im Kreis herum. Sie wollte weiterreden, für sie war die Sache noch nicht in Ordnung,»hingebügelt« oder nicht. Aber Andreas küsste sie so lange, bis sie endlich Ruhe gab.

Dennoch: Ihren Schmelz hatte die lustige Liebelei eingebüßt. Die Leichtigkeit hatte einen Knacks bekommen. Aus dem ganzen Gefasel hatte Mariana so viel verstanden: Zwischen Andreas und seiner Frau bestand noch eine Beziehung. Sie redete sich gut zu:»Du hast doch gewusst, dass er verheiratet ist. Jetzt sei nicht spießiger als dieses spießige Eheweib.«

Aber darum ging es nicht. Viel schlimmer war: Andreas hatte sie angelogen. Warum, warum nur – sie hatte nichts von ihm verlangt. Mariana fühlte sich hintergangen. Zu beschönigen gab es nichts: Ihr strahlender Geliebter hatte sich wie ein schäbiger Angsthase benommen.»Weiber sind halt so«, hatte Andreas gesagt. Männer offenbar auch. Solange sie in diesen Schwachkopf verliebt war, musste sie sich wohl damit abfinden. Mariana wollte aber nicht länger darüber nachdenken. Das Singen half ihr dabei. Die Liebe ist schön, dachte Mariana. Aber noch tausendmal schöner das Singen!

Zum Glück hatten die Proben zum ›Rosenkavalier‹ begonnen. Es war eine sehr aufwendige Produktion, mit einer Riesenbesetzung, Chor, Ballett, Statisten, auch Tieren, Hunden, Katzen, Papageien, sogar einem Pferd, was immer das zu tun haben mochte. Dazu ein fabelhaftes Solistenensemble. Und sie, Mariana, mittendrin.

Jeden Morgen schwebte sie vergnügt die vielen Stufen von ihrem Haus den Hügel zur Oper hinunter. Wenn sie dann auf der Bühne stand, vergaß sie alles andere um sich herum. Der Regisseur war der gleiche wie schon bei ›Martha‹. Auch jetzt probte er mit den Sängern jeden Blick, jede Geste, bei dem klugen, eleganten Text achtete er auf jede Nuance. Mariana war hingerissen.

Ganz zu Anfang hatte sie sich befangen gefühlt: Die Sängerin der Marschallin, eine schöne blonde Frau, war berühmt in dieser Rolle, aber Mariana hatte noch nie mit ihr zusammen gespielt. Jetzt hatten sie als Erstes gleich eine Bettszene, Mariana genierte sich, wo sollte sie hinfassen an diesem üppigen Frauenkörper? Bertram, der Regisseur, ließ nicht locker:»Los, los, du bist ein junger, verliebter Bursche, ihr habt eine Liebesnacht hinter euch, keine Bibelstunde.« Nach ein paar Tagen knisterte es wirklich zwischen den beiden Frauen, jetzt waren sie voll eingestiegen in das Spiel.

Nach der ersten Probenwoche lag Mariana eines Abends bereits sehr zufrieden im Bett, als Andreas klingelte. Unter dem Arm hielt er ein in Packpapier eingewickeltes Bild, Mariana bemerkte es zunächst gar nicht – so verdrossen blickte er drein. Die Tür war kaum geschlossen, da jammerte er schon:»Wenn ich nicht zurückkomme, reicht sie die Scheidung ein.« – »Ja und, sei doch froh, dann hast du endlich klare Verhältnisse. Reine Formsache, eure Ehe, ich hab's noch im Ohr«, rief Mariana wütend aus.»Sie ist schwanger!« Andreas starrte Mariana vorwurfsvoll an; wieder streckte er ihr das Bild hin, sie nahm es, ohne es überhaupt zu merken:»Von wem? Von dir?« – »Von wem sonst. Ich bin ihr Mann!«, gab er weinerlich zur Antwort. Mariana klappte den Mund auf, aber sie brachte keinen Ton heraus. Sie stand da wie festgefroren, eine ganze Weile. Ihre Augen fielen auf das Paket, was hielt sie da in ihren Händen? Mit zusammengepressten Lippen sog sie ganz tief Luft ein und schleuderte mit einer gewaltigen Geste, als sei es eine Bombe, die jede Sekunde explodieren könnte, das Bild auf den gebohnerten Boden, wo es bis zur Wand schlitterte und heftig dagegenprallte.»Verschwinde, hau ab, raus mit dir, du Jammerlappen«, tobte sie. Ihre wohlgeschulte Stimme überschlug sich. Sie wollte Andreas zur Tür hinausschieben. Weil er sich nicht rührte, trommelte sie mit den Fäusten gegen seine Brust, trat nach ihm. Dann brach sie schluchzend zusammen. Sie hielten sich beide umklammert, es war ein schreckliches Geschniefe. Nach einer langen Zeit suchten sie beide nach einem Taschentuch. Sie saßen auf dem Fußboden. In seiner Manteltasche fand Andreas schließlich ein Taschentuch. Er reichte es Mariana. Als er es zurückbekam, war es klatschnass. Er musste sich ein paar Mal räuspern, bis er herausbrachte: »Ich hab uns eine Flasche Champagner mitgebracht.« – »Du denkst wirklich an alles«, hätte Mariana jetzt normalerweise gesagt. Aber hier war nichts normal. Ächzend kam sie auf die Beine und holte zwei Gläser. Die Flasche war bald geleert. »Komm«, sagten sie beide in ein und demselben Augenblick. Sie stützten sich wie zwei Kranke, schleppten sich in Marianas Schlafzimmer und sanken auf ihr Bett.

Gegen Morgen fuhr Mariana im Bett hoch und zog Andreas die Decke weg. Wortlos schlug er die Augen auf, kroch aus dem Bett, hinein in seine Kleider und Schuhe, zur Tür hinaus.

Mariana hörte nur noch, wie die Haustür ins Schloss fiel. Sie schlief für ein paar Stunden wieder ein. Endlich wankte sie ins Bad. Erst nach einer Weile hatte sie den Mut, in den Spiegel zu schauen: Augen verschwollen, Haut fleckig, Haare wie ein ausgedienter Mopp. Die Stimme? Mariana ging in die Küche und machte sich einen Kaffee. Ihr Magen knurrte. Gab es irgendetwas im Leben, was ihr für längere Zeit den Appetit verschlug? Nach dem zweiten Honigbrot getraute sie sich endlich, ganz vorsichtig einen winzigen Ton auszuprobieren, doch krächzte sie nur. Sie kramte in ihren Geschenkpaketen nach den Aufgussblüten, setzte Wasser auf und zog sich ein dickes Handtuch über den Kopf. Tief und regelmäßig atmete sie den heißen Dampf ein und wieder aus. Bald lief ihr der Schweiß übers Gesicht – und es flossen auch wieder die Tränen. Dennoch war es ganz gemütlich in der schummerigen, feuchtwarmen Höhle. »Schluss mit den Seelenverrenkungen«, meldete es sich in ihr. »Fürs Erste hast du genug geheult. Jetzt kümmere dich um deine Stimme. Das ist wichtiger.«

Das Schicksal meinte es gut mit ihr: Die beiden folgenden Tage hatte sie spielfrei. Zeit genug, um wieder in Form zu kommen. Ganz sachlich machte sie einen Plan, sie wusste genau, was sie zu tun hatte – und was zu lassen.

Mit der Straßenbahn fuhr Mariana hoch zum Frauenkopf. Von dort ging sie durch den Wald. Sie hörte den Vögeln zu, atmete tief die frische Luft ein, in den bequemen, weichen Schuhen spürten ihre Füße den federnden Boden. In einem Waldcafé trank sie erst einen heißen Tee, dann ein Glas Rotwein, sie aß ein Stück Kuchen, dann eine Maultaschensuppe. Auf dem Heimweg schritt sie zügig voran, sie ließ die Arme schlenkern, ihr Kopf wippte beim Gehen mit. Sie fühlte sich munter und klar. So ein Liebeskummer hat einen starken Sog, da kann man schon hineingeraten, überlegte sie sich. Aber so ganz verstand sie sich selbst nicht. Im Grunde war sie doch ein Gefühlsmensch, auch wenn sich ihr klarer Verstand nicht einfach ausschalten ließ: Sie konnte sich freuen, sich aufregen, ärgern, wahnsinnig traurig sein und genauso lustig. Und jetzt, beim ersten richtigen Liebeskummer, schien ihr Bedarf an seelischem Durcheinander, an Gefühlswallungen nach ein paar durchlittenen Stunden bereits gedeckt? War das nicht sonderbar?

Wenn sie auf der Bühne stand, dann zeigte sie echte Gefühle, ihre eigenen, sie konnte nichts darstellen, was sie nicht selbst spürte. Sie schlüpfte hinein in eine andere Figur, sie machte sie sich zu eigen. Aber vielleicht war es auch genau andersherum, und die Figur ergriff von ihr Besitz. Es kam ihr ja auch immer so vor, als habe sie schon viel erfahren, durchgemacht, viele, viele Leben gelebt. Womöglich brauchte ein Künstler, ein Musiker, ein Sänger gar kein »echtes« Leben. Ach was, Unsinn, das echte Leben war schon eine phantastische Einrichtung. Nur musste man es nicht auch noch aufplustern, es dramatisieren. Plötzlich schoss es ihr durch den Kopf: Kein Mann der Welt wird mir jemals so wichtig sein wie mein Gesang. Wenn ich wirklich wählen müsste, ich würde mich immer für das Singen entscheiden und es verteidigen – mit Zähnen und mit Klauen.

Nach Stunden war Mariana wieder am Frauenkopf angelangt. Sie wollte nicht versäumen, bei Loro vorbeizuschauen. Der hüpfte bei ihrem Anblick hocherfreut auf seiner Stange herum, schlug mit den Flügeln, krächzte »Ana, Ana«, plusterte das Gefieder und bog den Kopf zur Seite, Mariana kraulte und streichelte ihn, mit einem zarten Gegurre und Geschnarre unterhielten sie sich.

Auf dem Heimweg kicherte Mariana plötzlich los: Andreas mit seinem flauen Gefasel und seiner Bemerkung, er habe die Sache wieder hingebügelt. »Hinbügeln« nennt man das also. Das werde ich in meinen schwäbischen Wortschatz aufnehmen, als Stuttgarter Spezialbedeutung.

Zu Hause stolperte sie über das immer noch eingewickelte Bild am Boden. Der Rahmen war leicht aus den Fugen geraten, das Bild selbst jedoch unbeschädigt. Es war Marianas Seestück. Unverändert, unverbessert – welch ein Glück. Kurz entschlossen klopfte Mariana einen Nagel in die Wand neben dem Bett und hängte das Bild dort auf.

In der Nacht und auch am folgenden Tag klingelte es ein paar Mal im Takt von »Auf in den Kampf«. Mariana rührte sich nicht. Zwei Tage lang würde kein lautes Wort über ihre Lippen kommen. So hatte es Mariana beschlossen. Schade, Geliebter. Wirklich schade. Ein richtiges Geschrei hätte ihr jetzt schon gefallen.

Einmal klopfte Katharina an ihre Tür: »Warum übst du nicht, bist du krank?« Mariana zuckte die Achseln, deutete auf ihren Hals und legte den Finger auf den Mund. Sie setzten sich schweigend nebeneinander aufs Sofa. Nach einer Weile flüsterte Katharina: »Bist du traurig?« – »Hm, hm, hm«, brummte Mariana, dann fing sie an zu weinen, ganz friedlich und sanft. Wie gut das tat, ihrer Seele, ihrem Herzen. Als sie zwei Tage später in der Oper erschien, war ihre Stimme wieder leuchtend. Und sie selbst? Nun ja. Die Proben lenkten sie ab.

Der Octavian war Marianas bisher größte, interessanteste Rolle. So sehr viele große Partien gab es gar nicht für ihre Stimmlage. Zudem war noch nicht einmal eindeutig entschieden, wohin sich ihre Stimme entwickeln würde. Vom Temperament her lagen ihr die dramatischen Rollen. Nicht umsonst war sie von jeher in die Azucena vernarrt. Aber gerade dieses Fach war in Stuttgart von einer berühmten Sängerin in Beschlag genommen. Hier, an diesem Haus, das wusste Mariana, würde sie ihre Traumrolle nie singen, auch nicht die Carmen, die Ortrud, die Brangäne – bei allem Wohlwollen, das man ihr entgegenbrachte.

Dafür konnte sie sich hier in aller Ruhe ein Repertoire aufbauen – und das war sicher viel mehr wert und keineswegs selbstverständlich. Oft wurden junge Kräfte zu früh in exponierte Positionen hinaufkatapultiert, und ein paar Jahre später hieß es:»Der oder die ist ausgesungen.« Grässlich. Mariana musste dabei an einen ausgewrungenen Putzlappen denken, den man einfach wegwarf, wenn er einem nicht mehr gefiel.

Hier im Hause dagegen wachte eine Reihe vernünftiger Leute über die Sänger, der Intendant selbst, Dirigenten, Kapellmeister, hervorragende Korrepetitoren, auch ehemalige erfahrene Sänger. Es war durchaus üblich, jungen Sängern, die gerade eine große Partie hatten singen dürfen, das nächste Mal eine mittlere, ja sogar kleine Rolle zu übertragen. Manche protestierten und waren beleidigt, Mariana hatte Vertrauen, ihr schien es, dass sie im richtigen Moment die richtige Rolle bekam. So wie jetzt den Octavian. Bei ihm kamen alle ihre Stärken zur Geltung: ihre Musikalität, ihre warme, jugendfrische Stimme, ihr Aussehen, ihre Darstellungskraft, ihre Leidenschaftlichkeit, ihr Humor, ja sogar ihre Sprachbegabung.

Bertram Inzell, der die Genauigkeit liebte, verlangte von allen Sängern eine leichte Wiener Färbung. Er erklärte auch, warum: Die Wiener Stimmung entstehe nicht nur durch die Walzermusik, den Dreivierteltakt. Auch der Text habe eine ganz eigene Sprachmelodie, auf Hochdeutsch könne man ihn gar nicht sprechen, nicht einmal denken. »Aber ihr dürft nicht einfach wahllos durcheinandermauscheln. Dafür ist das Stück zu genau angesiedelt, zeitlich, örtlich, vom Milieu her. Jede Figur hat ihren eigenen, charakterisierenden Zungenschlag, der präzise sein muss: der neureiche Faninal, die feinsinnige Marschallin, das Volk, der derb-eitle Landadlige.«

Zu Mariana meinte er: »Der Octavian, das vornehme Bürschchen, spricht mit Sicherheit kein Schwäbisch, so wie du es dir zurechtgelegt hast. Aber die Richtung ist gar nicht schlecht, ein weiches, charmantes, leicht arrogantes Gemaunze schwingt bei ihm mit. Als Mariandl kniet er sich nach Herzenslust in einen übertriebenen, derb-dümmlichen Dialekt – einfach weil es ihm Spaß macht.«

Auch Mariana machte es Spaß, sich ihren Octavian noch genauer zurechtzulegen. Ein alter Wiener Kammersänger half ihr dabei. »Du bist ein Phänomen«, lobte Bertram Inzell. »Wir sollten den ›Rosenkavalier‹ in Wien zusammen machen – die Wiener könnten sich die Finger lecken. Das müssen wir uns überlegen.«

Durch ihre Arbeit bekam Mariana wieder Auftrieb. Aber auf der Heimfahrt wurde ihr oft ganz flau. Sie würde in die leere Wohnung kommen, vielleicht ein Bad nehmen, Zeitung lesen, Radio hören oder sich etwas zu essen machen. Und dabei die ganze Zeit wissen: Nie wieder klingelt es »Auf in den Kampf«.

Einmal noch hatte Andreas auf sie gewartet. Mariana war vor Freude zusammengezuckt, als sie ihn auf der Treppe vor ihrer Wohnungstür sitzen sah. Ganz spontan hatte sie ihm zur Begrüßung die Wange hingehalten und ihn in die Wohnung gebeten. Etwas ratlos hatten sie in der Diele gestanden. »Hast du schon gegessen?«, fragte er. Die alten Küchenrituale empfanden beide als wohltuenden Halt.

Mariana hatte keine Abwehrtaktik gegen Andreas ersonnen. Dem leibhaftig ihr gegenüber Sitzenden und schwungvoll auf sie Einredenden konnte sie keinen Widerstand entgegenhalten. Im Gegenteil, Mariana fühlte, wie sie drauf und dran war, mit fliegenden Fahnen zu dem Belagerer überzulaufen. Doch plötzlich hörte sie sich sagen: »Wer war die Dame, der ich auf dem Weg zum Atelier begegnet bin?« – »Was soll das? Das ist doch ganz egal. Was hat denn das mit uns zu tun?«, stotterte Andreas verblüfft, völlig aus dem Konzept gebracht. »Die Hausbesitzerin«, fügte er zögernd hinzu. Mariana schaute ihn ruhig an. »Und? Ist sie sonst noch was?« – »Ach Gott, du stellst Fragen.« Jetzt schrie er fast. »Sie ist meine Schwiegermutter, verdammt noch mal!«

Darauf war es eine Weile still, bis Mariana schließlich feststellte: »Und das alles gehört ihr. Die Villa, das Riesengrundstück mit dem Wäldchen, dein Atelier…« Andreas wand sich vor Unbehagen, aber er sagte kein Wort. Fast heiter fuhr Mariana fort: »Wie schön für dich als Künstler. Dann musst du dich ja nicht ums schnöde Geld kümmern, sondern kannst deine ganze Kraft und Zeit der Kunst widmen – und bist sogar unabhängig vom Publikumsgeschmack. Du Armer, das muss ja ein schöner Schrecken für dich gewesen sein, als es meinetwegen Stunk gegeben hat. So eine fette Pfründe gibt man nicht auf, da müsste man ja bekloppt sein. Aber jetzt ist zum Glück ja alles wieder in Ordnung. Du hast die Sache wieder ›hingebügelt‹ – jetzt freust du dich sicher auf das Bügelergebnis.«

Andreas starrte Mariana nur hilflos an. Was hätte er schon sagen sollen?

Mariana war nicht stolz auf ihren Sieg. Durch Andreas hatte sie eine großartige Erfahrung gemacht: Sie konnte lieben, ziemlich leidenschaftlich sogar. Wie traurig, dass sie demselben Mann noch eine weitere unerwartete Einsicht verdankte: Sie konnte verachten, nicht gerade heftig, eher energielos – aber vielleicht war gerade das so trostlos. Diese sanfte Verachtung schob sich jetzt zwischen sie und Andreas, spinnwebfein, undurchdringbar. Da saß er vor ihr, hübsch, charmant, sympathisch wie eh und je – allein, was sollte Mariana mit diesen netten Eigenschaften noch anfangen?

Das Herumhängen in der leeren Wohnung hatte Mariana bald satt. Wie schon in der Anfangszeit ging sie nach getaner Arbeit mit den anderen wieder in die gemütliche schwäbische Gastwirtschaft, in der seit Generationen die Opernmenschen zusammenhockten. Das war nämlich auch eine Stuttgarter Spezialität: Anderswo mochten die lieben Kollegen Intrigen gegeneinander spinnen, hier futterte man lieber einträchtig Spätzle mit sauren Linsen, Maultaschen mit geschmelzten Zwiebeln und Kartoffelsalat, Gaisburger Marsch.

Als die Eltern zur ›Rosenkavalier‹-Premiere kamen und zaghaft nach dem Wunderknaben fragten, deutete Mariana auf das Seestück neben ihrem Bett: »Hier, das ist mir von ihm geblieben. Stellt euch vor, er wäre Amtsgerichtsrat gewesen, Mathematiklehrer oder Gasableser.«

Seit ihrem ›Rosenkavalier‹ gehörte Mariana zur ersten Riege der jungen Mezzosopranistinnen. Von überall her erhielt sie jetzt Angebote. Ein besonders reizvolles kam aus Paris, die ›Carmen‹. Mariana bat um Urlaub, aufgeregt und neugierig fuhr sie los. Gleich nach der Ankunft ging sie die Avenue de l'Opéra hinauf zur Oper. Mein Gott, wie sie dalag, stolz, ausladend, wohlgestalt. Das grüne Kuppeldach wie eine Krone. Und obenauf zwei stämmige, harfespielende Damen, zwischen ihnen ein nackter Jüngling, Orpheus, der seine Lyra hochhielt. Dazu noch, etwas tiefer postiert, auf den beiden Längsseiten jeweils ein sich spielerisch aufbäumendes geflügeltes Pferd. In diesem Prachtbau werde ich die Carmen singen, dachte sie ehrfurchtsvoll.

Sehr viel mehr als das Opernhaus bekam sie in der ersten Woche nicht zu sehen. Vom Ehrgeiz besessen, ein makelloses Französisch zu singen, übte sie mit einem Korrepetitor, bis ihr der Kopf rauchte, noch im Einschlafen murmelte sie: »L'amour est enfant de Bohème – enfant – enfin...«, diese Nasale sollte der Teufel holen.

Über ihrem Bett, an einer hässlichen Streifentapete, hing eine Lithografie, darauf räkelte sich eine üppige, halbnackte Schöne. Nach ein paar Tagen nahm Mariana das Bild von der Wand. »Sonst muss ich irgendwann kotzen«, hatte sie das Gefühl. Regel Nummer eins für reisende Künstlerinnen: Nimm einen Zaubergegenstand mit aus der eigenen Wohnung und banne damit die Hässlichkeit deines Hotelzimmers. Sehnsüchtig dachte sie an ihr Seestück.

Doch schon bald sollte sie auf andere Weise wieder an die Heimat denken. Die russische Kolonie hatte nämlich Wind von ihrer Anwesenheit bekommen, plötzlich war sie umringt von Vettern und Basen, Onkelchen und Tantchen samt Anhang. Fortan gestaltete sich ihr Aufenthalt in Paris sehr viel lustiger, ständig wurde sie eingeladen, die russisch-chaotische Herzlichkeit riss Mariana mit, sie musste bei diesen Nachteulen nur aufpassen, dass sie früh genug zum Schlafen kam.

Zweimal war sie allein in die Oper gegangen, in die beiden Publikumsrenner dieser Saison. ›Les Indes Galantes‹ von Rameau und ›Aida‹. Beide Male war sie enttäuscht. Was für ein Riesenaufwand mit plüschigem Pomp in Pappkulissen, endlosen Balletteinlagen, Theaterdonner. Und die Sänger standen wie die Klötze vorne an der Rampe und sangen gefühllos ihre Arien. War das der raffinierte Pariser Geschmack?

Als sie ihre Russen danach fragte, lachten die herzlos: »Die Pariser sind reine Snobs. Musik interessiert sie nicht. Nur das große Spektakel.« – »Das kann ja heiter werden«, grauste es Mariana. »Mach dir keine Sorgen«, wurde sie beruhigt. »Sei sinnlich und etwas exotisch, dann kann nichts schiefgehen. Und vor allem: Sprich gebrochen Französisch.«

Mariana erzählte von ihrem mühsamen, aber erfolgreichen Sprachtraining. »Vollkommen falsch«, wurde sie belehrt. »Du musst das ›R‹ hart rollen und verführerisch-fremdländisch gurren, so stellen sich die Franzosen eine Zigeunerin vor. Schau zu, dass du ein tiefdekolletiertes, prachtvolles Kostüm bekommst. Und noch was: Du kommst viel zu normal und natürlich daher. Solche Schuhe kannst du in Stuttgart tragen, aber doch nicht hier. Kauf dir Stöckelschuhe, schicke Kleider, das ist das Mindeste, was man von einer künftigen Carmen erwartet. Und mach auf ›Russisch‹, das ist hier zurzeit groß in Mode.«

Ihre russischen Verwandten hatten wahrscheinlich recht. Bisher hatte sich noch kein Franzose für sie ein Bein ausgerissen. Es war sicher naiv gewesen, sich zu sagen: »Die wissen doch, dass ich was kann, sonst hätten sie mich nicht haben wollen.« In Stuttgart war sie ein Publikumsliebling, aber hier in Paris, wer außer den Fachleuten kannte sie denn? Mariana war nicht beleidigt, sie begriff nur, dass sie es nicht ganz richtig angepackt hatte. Also gut: Jetzt werden wir die blasierten Pariser um den Finger wickeln! »Auf in den Kampf.« Raffiniertes Getue war eigentlich nicht Marianas Art, und Taktieren schon gar nicht. Aber das hier machte Spaß. Mit dem Regisseur, Frédéric Dupont de Miller, der seine Glatze mittels langer Strähnen, die er von den Seiten über den Schädel gepappt hatte, zu kaschieren suchte, wollte sie gleich anfangen. Viel zu ehrfürchtig hatte sie bisher seinen langweiligen Ausführungen gelauscht.

Jetzt gab es plötzlich Momente, in denen sich Marianas Französisch in Luft auflöste. Wie es ihr gerade einfiel, starrte sie den Regisseur dann schweigend an, stampfte mit zierlichen Schühchen auf den Boden und warf den Kopf in den Nacken, dass ihre ondulierten Haare dekorativ flogen, und übergoss die Anwesenden mit einem gänzlich unverständlichen, jedoch stets höchst melodischen Redeschwall. Ein unvorhersehbares, kapriziöses junges Weib. Mariana fand sich maßlos übertrieben. Doch der Trick funktionierte, Monsieur Dupont de Miller biss an und er wurde ganz eifrig.

So ein Gekünstel hatte Mariana beim Dirigenten nicht nötig. Er war es gewesen, der Mariana nach Paris geholt hatte. Sie kannten sich aus Stuttgart – durch ihren dortigen ›Rosenkavalier‹ war er auf Mariana gekommen –, aber sie hatten noch nicht miteinander gearbeitet. Jetzt stellten sie vergnügt und erleichtert fest, dass ihre musikalischen Vorstellungen in den wichtigen Punkten übereinstimmten. Und wenn sie nicht der gleichen Meinung waren, dann diskutierten sie sachlich und vernünftig miteinander und fanden schließlich eine Lösung, die sie beide überzeugte.

Marcello Rainardi liebte und verehrte die Komponisten, jede Note, die sie geschrieben hatten, war etwas Heiliges für ihn. Er versenkte sich so lange in eine Partitur, bis schließlich ihr Geist auf ihn überging – den er dann beim Dirigieren wie ein Medium zum Klingen brachte. Auf diese Weise gab es für ihn keine Effekthascherei, keine eitle Selbstdarstellung, solche Dirigentenmätzchen verachtete er. Sein Einfühlungsvermögen galt auch den Sängern, er ließ ihnen Luft und deckte sie nicht zu mit unnötig lautem Orchesterdonner. Dabei war er alles andere als ein sanftmütiger Langweiler, er konnte hitzig sein bis zum Exzess. Wenn er wollte, brachte er die Töne zum Glühen. Er galt als schwierig, was Mariana damals noch nicht wusste und später, als sie es erfuhr, nicht begreifen konnte. Sie verstand nur allzu gut, dass dieser nervöse Hitzkopf außer sich geriet, wenn jemand sich nicht genug Mühe gab. »Du armselige Beamtenseele!«, schrie er dann wutentbrannt. »Hock dich hinter einen Schalter und zähl Briefmarken. Was hast du hier verloren?!« Dafür brachte er eine Engelsgeduld auf bei Menschen, die einmal einen schlechten Tag hatten. Als ein Hornist mehrere Male hintereinander falsch einsetzte, weil er in Gedanken bei seinem kranken Kind war, schickte er den Mann für diesen Tag nach Hause.

Im Übrigen hatte er wie alle Neapolitaner Sinn für Komik.

Als er sah, wie Mariana mit dem Regisseur umsprang, lachte er schadenfroh:»Ein aufgeblasener Wicht, zum Weinen konventionell, aber leider der Hausgott hier. Bravo, wie du den auf Trab gebracht hast! Ehrlich gesagt habe ich mir am Anfang Sorgen gemacht. Aber jetzt werden wir eine wunderschöne ›Carmen‹ auf die Beine stellen.« Das gelang ihnen wirklich. Und es ging ohne erotisch-exotisches Spaniengetue. Mariana brauchte nur in Carmens Haut zu schlüpfen, und schon bekam ihr Französisch ganz von selbst einen rauen, unbändigen Klang, Härte und Stolz schwangen mit und tief aus dem Herzen kommende Sehnsucht. Marianas Carmen war kein tändelndes, oberflächliches Zigeunerweib, sie war wie ein schöner, wilder Vogel, der es in keinem Käfig aushält.

Das angeblich so versnobte Pariser Publikum war gerührt und betroffen, es klatschte und jubelte, und die versammelte russische Kolonie schrie sich die Kehlen heiser. In der feinen Pariser Gesellschaft riss man sich nun um Mariana, sie bekam sehr viel mehr Einladungen auf edlem Büttenpapier, als sie Abende frei hatte.

Zurück in ihrem vertrauten Stuttgart, musste sie sich erst einmal erholen. Aber sie war auf den Geschmack gekommen. Ihre Stuttgarter Termine kannte sie auswendig. Jetzt legte sie einen Kalender an und trug alles säuberlich ein. Dann konnte sie auf einen Blick erkennen, wann sie Zeit für Gastspiele hatte. Große Sprünge machen konnte sie als festes Ensemblemitglied nicht. Ständig stand sie auf dem Spielplan, inzwischen auch noch als Emilia, Giulietta, Frau Reich, Annina, in ›Otello‹, ›Hoffmanns Erzählungen‹, den ›Lustigen Weibern‹, der ›Traviata‹.

Nach einem Gespräch mit dem Intendanten nahmen die Verpflichtungen sogar noch zu. Denn man wollte sie noch länger halten, und so hieß es:»Mozart haben Sie ja noch gar nicht gesungen. Fangen wir an mit dem Cherubino. Und dann haben wir auch noch ›Così‹ geplant – da bekommen Sie entzückende Kostüme als Dorabella. Sie sollen bei uns ja nicht nur in Hosen herumlaufen müssen. Und im Übrigen muss sich Frau Kunert einer Operation unterziehen. Nichts Schlimmes, hoffen wir, aber eine Zeitlang fällt sie sicherlich aus. Könnten Sie für sie die Eboli übernehmen? Natürlich bekommen Sie von uns jede Unterstützung, die Sie für eine Übernahme brauchen.«

Wie hätte Mariana da widerstehen können? Zudem zögerte sie vor einem endgültigen Sprung in die Ungebundenheit. Sie fühlte sich in diesem Opernhaus künstlerisch und menschlich sehr gut aufgehoben, und sie hing an ihrer wunderschönen Wohnung und dem idyllischen Stadtviertel mit seinen schnurrigen Bewohnern – selbst wenn manche von ihnen bei näherer Betrachtung doch nicht so bewundernswert waren, wie sie Mariana zu Anfang erschienen waren.

Einmal war Andreas an ihr vorbeigefahren, in einem vornehmen schwarzen Auto, neben sich eine nicht mehr ganz junge, irgendwie spießig wirkende Frau, da halfen auch die übertrieben großen Ohrringe und Ketten nichts. Auf dem Schoß hielt sie ein Wickelkind. Im Fond thronte die hoheitsvolle Schwiegermutter. Neben ihr langweilte sich ein etwa sechsjähriges Mädchen. So, so, davon hat er mir also auch nichts gesagt, hatte Mariana gedacht. Sie konnte ihm nicht einmal böse sein. Jetzt saß der arme Kerl ganz schön in der Tinte. Sie fühlte so etwas wie wehmütige Schadenfreude.

München, Frankfurt, Dresden – Marianas Terminkalender platzte aus den Nähten. Manchmal sprang sie nach der Vorstellung in den Schlafwagen und fuhr noch nachts heim. Sogar der mit Bertram Inzell geplante ›Rosenkavalier‹ in Wien kam zustande. Auch die Wiener drückten Mariana ans Herz, sie ließen sich verführen von ihrem schwärmerisch maunzenden Rosenkavalier. Sie waren sehr heikel, jeder Taxifahrer entpuppte sich als Opernfachmann, bei ihnen konnte man sich nicht anbiedern, bei Nicht-Gefallen buhten sie weltberühmte Sängergrößen aus. Doch wenn sie einen Sänger erst einmal liebten, trugen sie ihn auf Händen. »Die sind ja noch opernverrückter als die Stuttgarter«, sagte Mariana glücklich zu Bertram nach dem dreißigsten Vorhang.

Auch die Eltern waren nach Wien gekommen. Sie wollten Österreich kennenlernen und anschließend zu Mariana nach Stuttgart fahren und dort ein wenig bleiben. Auf einem Bummel durch Wien kamen sie mit Mariana zu dem Schluss: In dieser großzügig angelegten, rosendurchdufteten Stadt ließ es sich sicherlich sehr gut leben – zumal als gehätschelte Sängerin.

Dann holte Bayreuth Mariana auf den Grünen Hügel. Für die Floßhilde und die zweite Norne im ›Ring‹, im nächsten Jahr sollte mehr folgen, so hieß es. Wahrlich keine großen Rollen, aber Mariana empfand es als Ehre, an dieser heiligen Stätte singen zu dürfen. Zudem dachte sie voller Liebe an ihre Floßhilde in Göteborg. Als sie erfuhr, wer die Wellgunde singen sollte, geriet sie ganz aus dem Häuschen vor Freude: Ihre Freundin Erna! Endlich trafen sich ihre Wege wieder.

Eines Tages brachte der Briefträger zwei Briefe. Einen aus Stockholm: »Intendanz der Stockholmer Oper« stand auf dem Absender. Er enthielt ein fabelhaftes Angebot: Zwei Opern von Mozart und zwei von Strauss. ›Figaro‹ und ›Così‹, ›Rosenkavalier‹ und ›Frau ohne Schatten‹. Jeweils drei Aufführungen. Mariana wusste auf der Stelle, dass sie das Angebot annehmen würde, sie konnte es gar nicht ausschlagen. Sie sah ihre Eltern vor sich, das Haus, die Großeltern, glitzerndes Wasser, den durchsichtig blauen Himmel, sie roch die frische Luft, die vom Meer herwehte. Am liebsten wäre sie auf der Stelle losgefahren. So sehr brannte plötzlich das Heimweh.

Der andere Brief stammte von einer Agentin. Sie stelle für eine Südamerikatournee ein internationales Sängerensemble zusammen. Schwerpunkt Argentinien. Ob Mariana nicht mitmachen wolle. »Im Teatro Colón in Buenos Aires im ›Troubadour‹ die Azucena singen.« Vor Aufregung verschwamm Mariana der Text vor den Augen.

»Ach, mein liebes Stuttgart, unsere Zeit ist um, bald müssen wir scheiden«, seufzte sie. Mariana hatte auf ein Zeichen gewartet, jetzt war es gekommen.

»Ich komme wieder, ich komme wieder«, so sagte Mariana allen, als sie Stuttgart schweren Herzens verließ. Doch als der Zug in Stockholm langsam in den Bahnhof einfuhr und sie auf dem Bahnsteig ihre Familie sah, da machte ihr Herz vor Freude einen Satz. Heimat, das war eben doch nur ein einziges Land. Wie vertraut alles war. Was sollte sich daran geändert haben in drei Jahren?

Und trotzdem rief sie nach ein paar Wochen erneut: »Ich komme wieder, ich komme wieder!« Ein riesiger Ozeandampfer trug sie nach Südamerika. Mariana hatte eine komfortable Einzelkabine und wurde wie eine Königin oder Millionärin verwöhnt. Das hab ich mir alles ersungen, dachte sie stolz. Nicht einmal ihre edlen Koffer durfte sie selbst auspacken. Ein schneeweiß uniformierter Steward verstaute mit flinken Griffen ihre Kleider, Schuhe und Noten in Schränken und Regalen. Zum Schluss hielt er etwas ratlos das Seestück in Händen. Mit einer huldvollen Geste wies ihn Mariana von ihrem Sessel aus an: »Tun Sie das andere Bild bitte herunter und hängen dafür dieses an die Wand.« Noch am gleichen Tag schrieb sie an ihre Eltern: »Dieses Riesenschiff würde Euch auch gefallen. Ich muss ständig an unsere Fahrt nach St. Petersburg denken. Das nächste Mal müsst Ihr mitkommen, unbedingt.«

Hollands flache Küste zog vorüber. Als sich das Schiff der offenen See näherte, veränderte sich die Farbe des Wassers von graugrün in dunkelblau. Vor Boulogne-sur-Mer machte das Schiff Halt, neue Passagiere stiegen zu, ein Pulk von Französinnen und Franzosen, die aussahen, als seien sie einem Modejournal entsprungen.

Die Küste Englands kam zum Greifen nahe, große Schwärme von Möwen umkreisten das Achterdeck. Die Küste Nordspaniens zeigte sich, La Coruña, Vigo mit seinem Märchenkastell, in dessen ungezählten Fenstern die Abendsonne glühte. Leuchttürme blitzten auf in der Nacht. Jeden Morgen und jeden Abend ließ die Sonne den Himmel in immer neuen atemberaubenden Farben leuchten, fahler Gewitterglanz ging über in endlos sich wölbende Regenbogen. Lissabon tauchte auf, Las Palmas, jedes Mal kamen Händler an Bord. Je weiter das Schiff nach Süden zog, desto exotischer wurden die Waren, die sie unter gellendem Geschrei anboten. Nie gesehene Früchte, unglückselige Papageien, die in der Sonnenglut stumm und angekettet auf den Booten hockten. Auch die Luft wurde immer feuchter und heißer, sie liefen Pernambuco an, ein Kranz von Land und Häusern um das Schiff, Bahia mit seinem schönen Panorama, danach Rio de Janeiro. Hier gingen viele der Passagiere von Bord. Die Menschen, die neu hinzukamen, hatten fast alle eine dunkle Haut, wobei die Gesichter der Frauen oft wie Masken wirkten, so stark waren sie geschminkt und gepudert. Mitten im August wurde es kühl. Das Schiff fuhr in den Winter hinein. Es zog vorbei an Santos, an Montevideo. Und ging schließlich in Buenos Aires vor Anker.

Mariana hatte die Reise genossen. Sie hatte getanzt und geflirtet, an der Tafel des Kapitäns als Ehrengast gespeist, alle möglichen Spiele gespielt, in vielen Sprachen geplaudert und in einigen langen Sternennächten ernsthafte Gespräche geführt. Auch die Äquatortaufe hatte sie über sich ergehen lassen, man hatte ihr den Namen »Nachtigall« verpasst. Die Damen kamen meist glimpflich davon, die Herrn und die Kinder dagegen wurden recht rüde behandelt, man seifte sie ein und schubste sie samt Schuhen und Kleidern in einen aus gewachstem Segeltuch erbauten Pool.

Mariana hatte gerne bei dem ganzen Treiben mitgemacht und ihren Spaß daran gehabt. Aber es war ihr nicht wichtig gewesen. Lieber saß sie allein in ihrer Kabine oder lag an einem windgeschützten Platz zwischen zwei Rettungsbooten in einem Liegestuhl. Manchmal die halbe Nacht. Sie hatte sich diesen Platz sorgsam ausgesucht, kaum je verirrte sich einer der anderen Passagiere in ihre Nähe.

Mariana empfand diese Schiffsfahrt als magische Reise. Sie gab ihr ein Vorgefühl auf ihr künftiges Leben: immer wieder neue Städte, Länder, Kontinente, Menschen, die man kennenlernte und wieder aus den Augen verlor, ein kurzes Hineinschnuppern in fremde Welten, unzusammenhängende, bunte Szenen, die sich zu keinem festen Bild formen konnten. Denn es gab kein Verweilen. Die Zeit der Sesshaftigkeit war zu Ende, Mariana gehörte jetzt zum fahrenden Volk. Das klang sehr nach Abenteuer – und eine Abenteuerreise war es nicht. Sie führte von einem Ziel zum anderen, und stets würde es dort einen Ort geben, an dem für Mariana alles vertraut war: die Bühne. In jedem Opernhaus, zu dem sie ihre Reise führte, würde sie eintauchen in eine ihr bekannte Welt, zu der auch die Menschen gehörten, die sich dort tummelten. Mariana schien es, als sei sie Mitglied eines Ordens. Und ihr neues Leben war so etwas wie ein Pilgerreise.

Mariana war für die Reise gut gerüstet. Schon jetzt sprach sie mehrere Sprachen, und solange sie noch nicht Spanisch konnte, behalf sie sich munter plappernd mit einem Kauderwelsch, sie war da ganz hemmungslos. So garnierte sie fürs Erste ihr Italienisch mit spanischen Brocken. Bis sie nach Mexiko kamen, hatte es sich schon in ein ganz passables Spanisch verwandelt. Auch ihr klug aufgebautes Repertoire verschaffte ihr überall Interesse, zumal sie immer auf neue Rollen erpicht war und sie rasch lernte.

Eine Riesenhilfe auf all den Reisen waren ihre eiserne Gesundheit und Konstitution. Kaum jemals rebellierte ihr Magen, sie bekam keine Erkältung, keine Migräne. Bald verfütterte sie ihre Pillen und Säftchen, die sie vorsichtshalber mit sich führte, an ihre ständig von Zipperlein geplagten Kollegen. Auch Schlafen konnte sie in jeder Lebenslage. Sie setzte sich in einen Zug, einen klapprigen Bus, und schwupps fielen ihr die Augen zu. Beim Anblick ihrer übernächtigten Kollegen, die durch ihren Schlafmangel wirklich beeinträchtigt waren, kam ihr der Verdacht, dieses kindliche Schlafvermögen sei womöglich ihre wichtigste Gabe. Nun gut, es kamen auch noch andere Fähigkeiten hinzu, künstlerische Qualitäten, aber über die verfügte jeder der fahrenden Sänger. Was sonderbarerweise einigen abging, das war Selbstvertrauen. Bei den häufig wechselnden Regisseuren und Dirigenten barg das mancherlei Gefahr. Feiges Kuschen machte sich nicht bezahlt. Wenn dem Publikum etwas nicht gefiel, war es ihm egal, wer dafür verantwortlich war, und so hielt es sich eben an den Sänger.

Auf jeder Reise schloss Mariana neue Freundschaften, und immer häufiger traf sie auf alte Freunde und Bekannte. Auch Jens Arne Holsteen war darunter. Sie begegnete ihm zwar nur kurz auf dem Bahnhof, aber so viel sah sie doch: Die Pickel waren verschwunden und die ehemals strähnigen Haare zu einem modischen Bürstenschnitt zurechtgestutzt. Richtig flott sah er aus.

Viele ihrer Kollegen hatte Mariana das letzte Mal zu einer Zeit gesehen, in der noch nicht abzusehen war, ob sie Karriere machen würden. Jetzt erzählte man sich stolz und vergnügt die Erfolge und Pleiten und schwelgte in Erinnerungen: »Weißt du noch ... damals ... oh Gott ...«, so ging das die halbe Nacht. Man lachte über verrutschte Perücken, vergessene Texte, verpatzte Einsätze, je absurder die Situation gewesen war, desto ergiebiger ließ sie sich aufbauschen. Häufig erwiesen sich gerade die Vertreter der schweren Fächer, die sonst nur leiden, morden oder sterben durften, als die witzigsten Erzähler.

Mariana hatte nach ihrem Entschluss, als freie Künstlerin zu arbeiten, etwas planlos eine Reihe von Angeboten angenommen und dabei leider nicht bedacht, dass vielleicht etwas anderes nachkommen könnte und sie dann blockiert sein würde. Bald geriet sie tatsächlich in die Klemme. Schon die erfolgreiche Südamerikatournee brachte neue Möglichkeiten, weitere ergaben sich nach der Rückkehr. Einige Offerten musste sie zähneknirschend absagen, andere stopfte sie in die letzten zeitlichen Löcher.

Rast- und ruhelos sauste sie jetzt von Stadt zu Stadt, sie kannte die Eisenbahnfahrpläne besser als jeder Zugbeamte. Eine weniger stabile Natur hätte das nicht lange durchgestanden, aber auch Mariana war drauf und dran, den Überblick zu verlieren. Jede noch so kleine Zeitverschiebung ließ sie zittern, und wo, um Himmels willen, fuhr sie dieser Zug gerade hin, nach Paris, nach Berlin, nach Wien?

Zum Glück besann sie sich auf ihren Kalender. Sie erstellte neue Listen, mit verschiedenfarbigen Stiften trug sie ihre Termine ein, die sicheren, die wackeligen, die heißersehnten, die möglicherweise verschiebbaren. Jede Änderung wurde sofort vermerkt, so dass auf einen Blick Mariana immer den neuesten Stand sah. Sie wurde wählerischer, und wo immer es möglich war, bestand sie auf einem Aufführungspaket. Zudem legte sie Wert auf eine ausreichend lange Probenzeit, besonders bei Neuinszenierungen. Dadurch konnte sie eine Zeitlang an Ort und Stelle bleiben, sie kannte inzwischen überall angenehme Hotels oder gemütliche Pensionen, und manchmal mietete sie sich auch eine kleine Wohnung. Dort hängte sie ihr Bild an die Wand, und schon fühlte sie sich wieder zu Hause.

Umso mehr, als sie jetzt auch die Menschen außerhalb der Oper kennenlernte. Sie schloss neue Freundschaften, es gab auch ein paar neue Flirts. »Bald bin ich wie ein Seemann: in jeder Stadt ein anderer«, schrieb Mariana vergnügt den Eltern. Gegen ein paar feurige Verehrer war wirklich nichts einzuwenden. Die sollten sie bewundern, umschwärmen, in die feinsten Lokale ausführen, zum Essen und Tanzen, und ihr ruhig auch Geschenke machen. Allerdings mussten sie nett und sympathisch sein, aufdringliche Widerlinge, selbst steinreiche, die Mariana ebenfalls umlauerten, blitzten bei ihr ab. Doch auch die Auserkorenen durften keine großen Gefühle von Mariana erwarten, ein wenig Verliebtheit von ihrer Seite war schon ein riesiger Erfolg. Noch leckte Mariana ihre Andreas-Wunden.

Aber sich immer nur auf der Bühne von einem Mann umarmen lassen, das wollte sie auch nicht. Sonderbarerweise oder auch zum Glück hatte sich Mariana noch nie in einen ihrer Partner verliebt. Auch gegen Dirigenten und Regisseure und das ganze sonstige Bühnenvolk schien sie immun. Dabei ging es bei der Arbeit durchaus »sinnlich« zu. Bei den heftigen Emotionen, dem Glühen der Musik, das in jede Pore drang, kam es zu richtigen Liebesgefühlen. Das Geschlecht war nicht entscheidend, es gab auch Augenblicke, da fühlte sich Mariana von heißer Liebe zu einer Partnerin erfüllt. Doch es war eine geistige Sympathie, etwas Reines, Freies, das nicht belastete, nicht klebrig hängenblieb. Wenn die Aufführung zu Ende war, ging sie über in ein warmes Gefühl von Zusammengehörigkeit. Dadurch entstanden besondere Freundschaften, zu kostbar, als dass man sie durch eine Liebelei »normalisieren« und damit womöglich aufs Spiel setzen mochte.

Gerade als sich Marianas neues Leben angenehm eingependelt hatte, kam aus Stockholm eine Schreckensmeldung. Ihr Vater hatte einen Herzschlag erlitten und war, noch nicht einmal sechzig Jahre alt, tot umgefallen. Überstürzt reiste Mariana nach Hause.

Die Mutter war vollkommen aufgelöst, stand unter Schock. Mariana war sich mit ihrem Bruder einig: Wenn die Mutter ihren Kummer überwinden sollte, musste sie heraus aus der alten Umgebung. Irgendwie musste sie auf andere Gedanken gebracht werden. Immer wieder hatte Mariana den Eltern geschrieben, sie müssten das nächste Mal mit dabei sein. Jetzt trat der Fall schneller ein und anders, als sie gedacht hatte.

Marianas nächste Etappe war Berlin. Meist wohnte sie in einer plüschigen Jugendstilpension in der Fasanenstraße. Dort stiegen Künstler aus aller Herren Länder ab, auch Asta Nielsen hatte dort schon »residiert«. Das letzte Mal hatte sich Mariana beim gemeinsamen Frühstück mit einem Dompteur und seinem Leopardenbaby angefreundet.

Auch ihre Mutter Birgit fühlte sich wohl in dieser etwas ungewöhnlichen Atmosphäre. Sie konnte recht gut Deutsch – und vom Singen verstand sie allemal viel. Sie ging mit zu den Proben und achtete mit scharfen Ohren auf jeden Ton. Von selbst hätte sie wahrscheinlich nichts gesagt, aber Mariana bettelte: »Wann bekomme ich schon einmal eine ehrliche, fachkundige Meinung zu hören?« Bald fachsimpelten sie munter miteinander, wie in Marianas Kindertagen.

Die Kollegen waren alle reizend zu Birgit. Ein paar von ihnen kannten sie schon von früher, kein Mensch hatte also etwas gegen die Zuhörerin hinten im Parkett, ganz im Gegenteil. Als Birgit einmal an einem Vormittag nicht kam, hieß es gleich: »Wo waren Sie denn? Sie sind unser Maskottchen, unsere Muse. Wir wissen nicht, ob wir gut waren heute Morgen.« Denn inzwischen wollten auch Marianas Kollegen von Birgit beraten werden. »Privat-Kritikerin an der Berliner Oper, Mama, du machst dich«, sagte Mariana und klopfte Birgit auf die Schulter.

Die erste Oper, die Birgit ohne ihren Mann miterlebte, war ›Figaros Hochzeit‹. Marianas Cherubino war ein aufgeregter, reizender Bursche, der kaum wusste, wohin mit seinen Liebesgefühlen. Jedes weibliche Wesen entflammte sein junges Herz. Noch hatte er eine kindliche Unschuld, sein stürmisches Werben machte den Frauen keine Angst, sie hatten Spaß mit ihm, und er gefiel ihnen auch, mehr als sie es selbst merkten. Und überall stand er im Weg. So wie Mariana unter dem Tuch hervorkroch, wie ein verlegener Hund, der sich unauffällig zum Zimmer hinausdrücken möchte, war es kein Wunder, dass der Graf rasend wurde. Birgit platzte vor Stolz. Zum ersten Mal seit dem schrecklichen Tod ihres Mannes konnte sie wieder lachen.

Als Mariana nach ein paar Wochen die Mutter zum Zug brachte, ging es der schon viel besser. Das nächste Zusammensein war bereits geplant.

Inzwischen sang Mariana an fast allen großen europäischen Opernhäusern – in Spanien, Holland, Dänemark, in Frankreich, England, Portugal, in Deutschland, Österreich, Schweden allemal. Mariana freute sich jedes Mal, wenn die Mutter sie besuchen kam. Dann machten sie zusammen Ausflüge und erfuhren so etwas über die jeweilige Stadt und das Land. Wenn Mariana allein war, nahm sie sich dafür oft nicht die Zeit. Sie war auch froh, dass es jetzt jemanden gab, der ihre Stimme haargenau kannte, jede Veränderung hörte und darauf achtete, dass sich keine Unarten oder gar Fehler einschlichen. Selbst merkte man das längere Zeit nicht, und es gab wenige Menschen, die einen darauf hinwiesen.

Nur in Italien gelangte Mariana über Venedig nicht hinaus. Es war wie verhext: Da wurde verhandelt mit Mailand, Florenz und Rom, auf beiden Seiten bestand großes Interesse, doch immer kam etwas dazwischen, Krankheiten, Umbauten, Todesfälle, Streitereien zwischen den vorgesehenen Partnern und vor allem ständige Terminverschiebungen, so dass Mariana, die sich extra freigehalten hatte, plötzlich ihrerseits durch ein anderes Engagement blockiert war.

Schließlich nahm Marcello Rainardi die Sache in die Hand. Seit Paris hatten sie immer wieder zusammen gearbeitet, jetzt fand er, dass auch die Süditaliener endlich Marianas Stimme zu hören bekommen sollten:»Schluss, aus, das gibt es doch nicht. Du singst jetzt bei mir in Neapel, am Teatro San Carlo, und zwar die Amneris, im kommenden Frühjahr, sag mir, wann du Zeit hast, dann kriegen wir das schon hin.«

Mariana war entzückt über dieses Traumangebot. Da stimmte wirklich alles. Das Werk, das Haus, die Rolle, die

Stadt, der Dirigent. Ach, und auch die Gegenspielerin, die Aida. Denn es war niemand anderes als Astrid Berglund, ihre alte Freundin aus der Stockholmer Opernschule. »Ich hab's geahnt, dass ihr euch kennt. Aber jetzt auch noch Busenfreundinnen«, seufzte Marcello. »Macht mir bloß keine Dummheiten! Vor allem: Lasst die Finger von den Neapolitanern. Die können verdammt ungemütlich werden, wenn sie etwas in den falschen Hals kriegen. Und das täten sie bei euch zwei nordländischen Teufelsbraten immerzu. Ich will euch nicht im Krankenhaus besuchen müssen – oder im Leichenschauhaus.«

»Um Gottes willen«, wunderte sich Mariana, »du bist doch selbst Neapolitaner.« – »Ebendrum. Schon die Art, wie du daherkommst, wie du dreinschaust und was du sagst, wie du reagierst... Wenn du meine Frau wärst, hätte ich dich sicher schon lange erwürgt«, meinte Marcello und schaute Mariana finster an.

Er meinte das ziemlich ernst, das spürte Mariana. Sie war beeindruckt. Sie kannten sich ganz gut und mochten sich wirklich. Als besessener Musiker verlangte Marcello von allen Beteiligten, dass sie sich rückhaltlos auf die gemeinsame Arbeit einließen, da war er äußerst anspruchsvoll und unbequem und zu keinem Kompromiss bereit. Mariana gefiel das, aber sie hatte nie darüber nachgedacht, ob er vielleicht auch als Mann einen so rigorosen Standpunkt vertrat. Über private Dinge hatten sie wenig miteinander gesprochen.

Jetzt stellte sich also heraus, dass die Neapolitaner noch viel eifersüchtiger waren als jeder Otello. Bevor sie nach Barcelona gegangen war, hatte eine Kollegin Mariana schon vor den Spaniern gewarnt. »Die sind schlimmer als die Araber. Unsereins kann eigentlich nichts richtig machen. Selbst bei ganz harmlosen Bekanntschaften, mit denen du nur zum Essen ausgehst. Gleich spielt sich der Kerl als dein Besitzer auf. Ein falscher Blick, den du als Frau einem anderen Mann zuwirfst, und schon gibt es eine Szene. Im Glücksfall nur verbal, oft setzt es aber auch Ohrfeigen.« Interessant. Aber in der Tat nicht verlockend für eine »Nordländerin«, wie Marcello sie nannte. Das Leben war für eine Frau schon kompliziert genug, da musste man sich nicht auch noch in fremden, archaischen Landessitten verheddern. Doch zunächst ließ sich alles ganz fabelhaft an.

Astrid und Mariana waren selig, sich endlich wiederzutreffen. Nach den Proben gluckten sie ständig zusammen, erforschten die Stadt, auch die verrufensten und schmutzstarrenden Viertel. Noch kurz vor einem gemeinsamen Abendessen mit Marcello und den Kollegen stopften sie sich in einer der vielen winzigen Kneipen mit einer der vielen tausend nicht immer definierbaren Köstlichkeiten voll, wobei sie sich gegenseitig anspornten: »Sängerinnen müssen schön fett sein, das ist ja bekannt.«

An anderen Tagen steigerten sie sich gegenseitig in einen Kaufrausch, es gab prächtige Stoffe, wunderschöne Handarbeiten, Lederwaren, Kleider, Geschirr, alles, alles gefiel ihnen. Nur wie sollten sie das Zeug heimschleppen, fragten sich die Freundinnen. »Wenn sie es nicht allzu eilig haben, schicken wir Ihnen die Sachen selbstverständlich nach Hause«, hieß es überall. Aber wohin eigentlich? Zumindest Mariana hatte gar keine feste Adresse mehr. Seit sie ihre Stuttgarter Wohnung aufgegeben hatte, betrachtete sie ihr Elternhaus als einen festen Ankerplatz, auch wenn sie nur selten dorthin kam. »Gut, dann schicken Sie das erst mal nach Stockholm«, entschied sie sich schließlich. Neapel–Stockholm, sehr viel weiter ging es kaum mehr innerhalb von Europa. Aber per Schiff gelangten die Kisten erstaunlich schnell an ihren Bestimmungsort. Schon nach kurzer Zeit telegrafierte Birgit entgeistert: »Ist das deine Aussteuer?«

Manchmal mieteten sie sich auch ein Boot samt einem uralten Fischer. Der konnte ihnen bestimmt nicht gefährlich werden. Aber siehe da, der klapprige Greis hatte enormen Charme, aus seinen strahlend blauen Augen schaute er verschmitzt die jungen Frauen an, und während er sie über die strahlend blauen Wogen ruderte, sang er ihnen mit samtener Stimme neapolitanische Lieder vor, die sie mitträllerten, ohne ein Wort zu verstehen. Zu zweit, so entdeckten die Freundinnen vergnügt, konnte man sich auch in einer südländischen Stadt als Frau wunderbar amüsieren.

Mariana und Astrid waren Genießerinnen. Aber auch Arbeitstiere. Ständig wollten sie noch etwas ausprobieren, verbessern. Schließlich musste sogar Marcello sie bremsen. »Gut, gut, zwei Schwedinnen in der ›Aida‹, ich weiß schon, die Neapolitaner fressen uns, wenn das nicht hundertprozentig hinhaut. Aber wenn wir uns selbst umbringen, bevor es überhaupt richtig losgeht, hat es auch keinen Sinn.«

Astrid hatte die Aida schon gesungen. Für Mariana war die Amneris neu. Sie versuchte, die menschliche Seite der Figur hervorzuheben. Das war keine schnöde, kalte Person, auch sie liebte hingebungsvoll, die Zurückweisung durch Radames – auch noch wegen einer Sklavin – musste dieser schönen, stolzen Königstochter als absolut unerträgliche Kränkung erscheinen. Am Ende, wenn der Geliebte eingemauert wurde, verzweifelte sie. Ihr hoher Stand, ihre Macht, aber auch ihre Liebe hatten ihr nicht geholfen. Eigentlich, so fand Mariana, war das Schicksal der Amneris spannender und auch tragischer als das der Aida, der immerhin der Liebestod vergönnt war.

Dann, eines Tages, aus heiterem Himmel, mitten in die schwungvollen Proben hinein, bekam Astrid abscheuliches Halsweh. Gegen Nachmittag brachte sie kaum mehr einen Ton heraus. Der Arzt schüttelte besorgt den Kopf. Möglicherweise war es nur eine Erkältung, aber etwas Ernsteres mochte er auch nicht ausschließen, er traute sich in einem so heiklen Fall keine Entscheidung zu. Es kam hier nur ein einziger Mensch in Frage: Professor Bernini, der größte Kehlenspezialist landauf, landab, noch aus New York und Buenos Aires flehte man ihn um Rat an. Nur leider lebte der Professor in

Rom. Nach umständlichen Telefonaten stand fest, dass er nicht nach Neapel kommen konnte: Für den nächsten Morgen hatte er eine Reihe unaufschiebbarer Operationen anberaumt. Deshalb riet er dringend, die Patientin so schnell wie möglich nach Rom zu bringen, noch diesen Abend, er würde auf sie warten und gleich mit der Behandlung beginnen.»Ich gehe mit«, sagte Mariana.»Niemand kennt Astrid so gut wie ich. Da sie nicht selbst sprechen kann, werde ich halt diesem Wundermenschen verklickern, wie sie so lebt und was wir in der letzten Zeit getrieben haben.«

Astrid wurde im Fond der Direktionslimousine in Decken gehüllt wie eine kostbare chinesische Vase aus der Ming-Zeit, Mariana setzte sich neben den Chauffeur. Gegen 21 Uhr trafen sie in der Praxis von Professor Bernini ein, der die Damen in einem hübschen Salon empfing, heiter und entspannt, als kämen sie auf einen kleinen Abendbesuch. Kein Stirnrunzeln, kein Wort der Sorge, keine Eile.»Darf ich Ihnen etwas anbieten, ein Gläschen Champagner, Tee, einen Kräuterlikör aus den Albaner Bergen?« Mariana verspürte dankbar, wie sich ihre Angst legte, die jeden Sänger befällt, sobald seiner kostbaren Stimme Gefahr droht. Sie schaute hinüber zu Astrid, sie wirkte schon nicht mehr so verkrampft und verängstigt wie beim Betreten der Praxis.»Gut, dann will ich mir das mal ansehen«, sagte Professor Bernini in diesem Augenblick, als fiele ihm das so nebenbei ein.»Kommen Sie doch mit«, wandte er sich an Mariana, als sie zögerte.

Während er sich die kranke Gurgel besah, stellte er ein paar harmlose Fragen. Mariana antwortete, sie dolmetschte gewissermaßen, aber auch Astrid versuchte etwas zu sagen, sie rollte die Augen, sie fuchtelte mit den Händen, doch außer einem unverständlichen Gegurgel brachte sie nichts heraus, schon weil ihr der Professor mit einem Spachtel die Zunge niederdrückte. Schließlich mussten alle drei lachen.

»Wunderbar«, sagte er sachlich,»Sie haben keine Knötchen. Und auch sonst nichts Schlimmes. Nicht der kleinste Grund zur Aufregung. Ich schicke Sie nur schnurstracks ins Bett. Im Hotel verpasst Ihnen die Krankenschwester noch einen feinen Halswickel und ausnahmsweise ein Schlafmittel. Ruhe, Ruhe, und nochmals Ruhe – und keinen Pieps die nächsten Tage, das ist alles, was Sie brauchen. Ach ja, wenn Sie Hunger haben, eine Hühnerbrühe dürfen Sie schon noch essen.«

Professor Bernini brachte die Damen zum Wagen. Als Astrid wieder im Fond saß, beugte er sich noch einmal zu ihr hinunter, strich ihr kurz über die Haare wie einem kleinen Kind und sagte ganz sanft:»Gute Nacht, träumen Sie was Schönes im guten, alten Rom. In zwei, drei Tagen sind Sie bei den Proben wieder dabei.«

Während Astrid im Hotel ihrer Genesung entgegenschwitzte, verzehrten Mariana und Professor Bernini wohlgemut Nudeln bei»Alfredo«, samt Vor- und Nachspeise und einem köstlichen Wein. Dabei stellten sie fest, dass sie einen ganz ähnlichen Sinn für Humor hatten – was bei den grundverschiedenen Nationalitäten gar keine Selbstverständlichkeit war. Überhaupt schien es viele Gemeinsamkeiten zu geben. Professor Bernini, ein sympathischer, quirliger Römer mit einem scharfen Vogelgesicht, erwies sich als großer Musik- und Opernliebhaber. Durch seinen Beruf hatte er viel mit Sängern zu tun, er bewunderte sie und war mit vielen gut befreundet.»Von allen Künstlern sind mir die Musiker am liebsten, und da wiederum die Sänger«, meinte er.»Alle anderen, die Maler, Schauspieler, Tänzer, müssen einem immer wieder beweisen, wie toll und einmalig sie sind. Bei euch Sängern ist das viel leichter nachweisbar, geradezu messbar, ich spreche jetzt nicht vom hohen C. Drum seid ihr auch ausgeglichener, nicht so aggressiv. Warum immer von den zickigen Primadonnen geredet wird, ist mir schleierhaft – wenn ich da nur an meinen eigenen Berufsstand denke, was gibt es da für eitle, aufgeblasene Affen! Aber die Angst um die Stimme macht manchmal nervös, darum bin ich so zufrieden, wenn ich wieder eine von diesen heiklen, edlen Gurgeln aufpolieren und schmieren kann. Da fühle ich mich wie ein Handwerker, der gute Arbeit macht.« – »Gesang ist in weiten Teilen nichts als Handwerk. Aber das ist das Gute daran, das kann man lernen, da muss man einfach arbeiten und fleißig sein. Der Rest, na ja ...«, pflichtete Mariana ihm bei. »So ist das wahrscheinlich bei allem. Ich nehme an, ein hervorragender Straßenkehrer schwingt seinen Besen auch leichter und eleganter als seine lustlosen Kollegen«, erwiderte der Professor. Es kam ihnen so vor, als würden sie sich schon seit Jahren kennen. Dabei waren es erst drei Stunden. Beim Abschied, unter den irritierten Blicken des würdevollen Hotelportiers, kicherten sie wie zwei Schulkinder. Am nächsten Tag allerdings, als sie sich noch einmal sahen, waren sie beide richtig aufgeregt und befangen. Darum gaben sie sich beim erneuten Abschied ganz besonders förmlich die Hand.

Obwohl Astrid, wie prophezeit, rasch ihre Stimme wiederfand, bestand Doktor Bernini auf einer gründlichen Nachuntersuchung in seiner Praxis. Höchst erleichtert über den geretteten Premierentermin entsandte die Oper des Teatro di San Carlo ihre beiden Hauptdarstellerinnen noch einmal per Luxuskarosse nach Rom, wo Professor Bernini wieder ausführlich Astrids Kehle untersuchte und allerhand aufbauende Spritzen und Pulver verabreichte. Dann lud er die beiden Damen in ein altrömisches Lokal in der Nähe des Teatro di Marcello zu einem wunderbar bodenständigen Essen ein, das er nach einem genüsslichen Palaver mit dem Oberkellner, unter Einbeziehung eventueller Sonderwünsche seiner Gäste, zusammengestellt hatte: »Damit Sie nicht denken, wir Italiener essen immer nur Spaghetti.« Er war ein liebenswürdiger, aufmerksamer Gastgeber, ab und zu nickte er Astrid, die der Stimme zuliebe nicht viel sagte, freundlich zu: »Alles in Ordnung, alles in Ordnung.« Mariana schaute er seltener an und blickte dann gleich wieder weg. Auch sie ging mehr auf die Freundin ein. Drei artige, sympathische Menschen.

Auf der Heimfahrt nach Neapel kuschelte sich Mariana an

ihre Freundin Astrid. Eine ganze Weile schwieg sie. Schließlich tat sie eine tiefen Seufzer. In den letzten Probenwochen kam Professor Bernini, oder eben Pietro, wie ihn Mariana und Astrid jetzt nannten, noch zweimal auf einen Sprung nach Neapel. »Zur Nachbehandlung«, wie er sagte.

Die Premiere riss die Neapolitaner zu Begeisterungsstürmen hin, auch in der Presse wurden alle Beteiligten bejubelt, die Sänger, der Regisseur, der Kostüm- und Bühnenbildner, der Dirigent, der Chor, die Tänzer, sogar die niedlichen kleinen Mohrensklaven (deren Verwandtschaft die oberen Ränge halb füllte). Aber am überschwänglichsten schwärmten die Zeitungen von den »makellosen Verdi-Stimmen der zwei Schwedinnen«.

Schon während der Probenzeit waren Berichte über die beiden erschienen, dass sie zusammen studiert hätten, innige Freundinnen seien. Sogar die Geschichte von den »Drei Musketierinnen« hatte jemand ausgegraben: »Wo ist die Dritte?«, hieß es. Die Begeisterung war herzlich und echt. Neapel feierte zwei neue Heldinnen!

Auch Pietro war zur Premiere erschienen. Bevor er am nächsten Tag wieder heimfuhr, machten Mariana und er einen Spaziergang am Meer. Er wirkte etwas konfus, schließlich stammelte er: »Ich hab dich vor der Premiere nicht aufscheuchen wollen. Kurzum: Willst du mich heiraten?« Mariana war so überrascht, dass sie auf der Stelle »Ja« sagte. Dann, nach einer Weile, fragte sie erschreckt: »Oder bist du vielleicht Neapolitaner?« – »O nein, nur das nicht. Ich bin Römer, seit einigen tausend Jahren, wenn du so willst.«

Erst jetzt merkten sie beide, dass sie sich noch nicht einmal richtig geküsst hatten. Sie hatten sich immer nur angeschaut und nur ein paarmal wie zufällig angefasst. Nun standen sie sich gegenüber, und wenn sie sich jetzt angefasst hätten, hätte es Funken geschlagen. »Sind wir jetzt verlobt? Aber ich glaube, in Neapel küsst man sich auch dann nicht auf der Straße«, sagte Pietro leise.

Später musste Mariana über sich selbst lachen: Da war sie jahrelang vor jedem Mann davongelaufen, der auch nur im Entferntesten Heiratsabsichten zu hegen schien, zumindest hatte sie es einzurichten gewusst, dass ihre Verehrer gar keine Gelegenheit fanden, die fatalen Worte auszusprechen. Da sie nicht heiraten wollte, hätte sie mit »Nein« antworten müssen, und das hörte niemand gern.

Und nun machte ihr ein fast Unbekannter einen Heiratsantrag – und sie willigte ein, einfach so, Hals über Kopf. Mehr als sonderbar! Oder war es gar Torschlusspanik? In ihrem Alter, mit knapp über dreißig, galt man als überfällig. Aber Mariana hätte schwören können, dass sie noch nie ans Heiraten gedacht hatte. Dafür fand sie ihr Leben viel zu spannend. Einen schöneren Beruf als den ihren konnte sie sich gar nicht vorstellen, sie reiste in der ganzen Welt herum, schon jetzt gab es Verpflichtungen für die nächsten Jahre. Wie sollte sie das mit einer Ehe verbinden?

Hatte die rasende Liebe zu Pietro ihren Verstand getrübt, zumindest zeitweilig? Sie fand ihn hinreißend, sie war ernstlich verliebt, aber zu mehr war es – so aus der Ferne – noch nicht gekommen. Änderte man dafür sein Leben? Doch ganz so kopflos und unverständlich, wie es scheinen mochte, war Marianas Entschluss nicht. Sie hatte nämlich in Pietro den Artgenossen erkannt. Und zwar auf der beruflichen Ebene: den kundigen, ernsthaften, arbeitsamen Fachmann, der sich, wenn es darauf ankam, wirklich engagierte. Zu ihm eilten Patienten aus der ganzen Welt, ständig forschte er weiter, für ihn gab es keine Routine, er wollte der Beste sein, aber nicht aus Eitelkeit, sondern um den Menschen helfen zu können. Daneben, und das hatte für Mariana den Ausschlag gegeben, war er kein vertrockneter, ausschließlich auf seine Arbeit fixierter Spezialist, sondern ein lebenslustiger, herzlicher Mensch. Nach dieser Mischung hatte sie wahrscheinlich, ohne es zu wissen, gesucht.

Bis zur Hochzeit dauerte es noch eine Weile, dafür hatten

sie einfach zu viel zu tun. »Mein zweites Jawort gebe ich dir nicht mehr so en passant, sonst heißt es eines Tages, ich hätte mich dir an den Hals geschmissen«, erklärte Mariana lachend. Doch besuchten sie sich, so oft sie konnten. Meist kam Pietro. Als Mariana in Bayreuth probte und sang, legte er seine Ferien so, dass sie zum ersten Mal ein paar Wochen zusammen verbringen konnten. Die Floßhilde gehörte der Vergangenheit an, neben der Waltraute sang Mariana jetzt auch die Brangäne. Eingehüllt in die Tristan-Musik fühlten sich Mariana und Pietro immer tiefer verbunden. Die strahlend grüne, hügelige Landschaft ließ sie eine gemeinsame Leidenschaft entdecken, von der zumindest Pietro bis dahin noch nichts gewusst hatte: das Wandern. Wenn Mariana frei hatte, schnürten sie ihre Wanderschuhe und zogen los. »Hier ist der Wagner auch überall herumgelaufen. Siehst du dort die Drachenhöhle? Und da den Walkürenfelsen.« Irgendwann endete der Ausflug in einer gemütlichen Gastwirtschaft, bei Bratwürsten, Knödeln und Bier.

In Bayreuth lernte Pietro auch Birgit kennen. Birgit hatte von Anfang an versucht, bei ihren Besuchen nicht ständig am Rockzipfel der Tochter zu hängen, sondern auch alleine oder mit ihren neuen Bekannten und Freunden etwas zu unternehmen. Und schon darum zögerte sie, als ihr Mariana von Pietro erzählte. Aber die beschwor sie: »Ich habe für dich und mich vor einem Jahr ein Haus gemietet, da ist Platz für eine ganze Familie, jeder kann tun und lassen, was er will. Das wäre ja furchtbar, wenn du nicht mehr kämest, bloß weil ich verlobt bin. Zudem gehörst du längst zum Tross, wir brauchen dich alle, du bist hier einer der wenigen Menschen, der nicht ständig mit sich selbst beschäftigt ist, du würdest uns fehlen.« Das stimmte tatsächlich. Aber erst als Birgit ihren künftigen Schwiegersohn kennenlernte, war sie vollends beruhigt: »Ja wirklich, der ist der richtige Mann für dich und das verrückte Leben, das du führst. Der kommt auch noch mit einer Schwiegermutter zurecht.« Und Pietro? Wie alle Italiener verehrte er »la mamma«. Für ihn schien es selbstverständlich, dass sich Mariana nach dem Tod des Vaters um die Mutter kümmerte. Ein paarmal besuchte Mariana Pietro in Rom. Er besaß eine Wohnung im sechsten Stock, zu der zwei Dachterrassen gehörten, ganz in der Nähe der Piazza di Spagna. Als Mariana zum ersten Mal die Wohnung betrat, konnte sie nicht fassen, dass es so etwas gab: diese Aussicht ringsherum, aus welchem Fenster man auch blickte. Gegen Nachmittag schwirrten riesige Vogelschwärme vom Pincio quer über die ganze Stadt, in blitzschnell sich ändernden Formationen, wolkengleich warfen sie sich in den Himmel, stürzten sich senkrecht hinunter zum Tiber. Abends sah man die Sonne hinter dem Petersdom untergehen.

Die Wohnung war so geschnitten, dass man sich auf der Stelle gut aufgehoben fühlte. Auf dem dunkelroten Terracottaboden standen ein paar bequeme, klassisch schöne Möbel, und an den weißen Wänden hingen einige Bilder, alte und moderne gemischt. Eines Tages wird sich mein Seestück hier gut machen, dachte Mariana. Irgendwann würde sie Pietro die Geschichte des Bildes erzählen.

Rom gefiel Mariana über alle Maßen, auch wenn sie in der kurzen Zeit, die sie sich hatte abzwacken können, kaum wusste, wo sie die Stadtbesichtigung beginnen sollte. »Wie wär's mit Bernini? Dann zeige ich dir das sinnlichste Marmorbildnis von ganz Rom«, versprach ihr Pietro. »Eine Heilige, die unter ihrer zartgemeißelten Kutte wie nackt wirkt und dahinschmilzt vor Hingabe, und einen merkwürdig lächelnden Seraphen, dem seine Aufgabe, das Herz der Teresa mit einem Pfeil zu durchbohren, nicht wenig Vergnügen zu bereiten scheint.« – »Aha, das also ist die göttliche Liebe«, meinte Mariana überwältigt. »Ein Teufelskerl, dieser Bernini. Bist du mit ihm verwandt?«

Er war es tatsächlich. Er stammte aus einem uralten Römergeschlecht, von dessen einstiger Bedeutung immerhin noch ein alter, wenn auch leicht verstaubter Palazzo in der Via Giulia zeugte. Dort wohnten Pietros Eltern, zusammen mit einem Dienerpaar, zwei Katzen, einem Hund und einer Köchin, allesamt rüstig und klapprig zugleich. Wie aus einer vergangenen Zeit. Vielleicht entstand dieser Eindruck auch wegen der hohen, düsteren Räume, in die das Licht nur durch schmale Lamellen eindrang.

Pietros Eltern, die Marchesa und der Marchese, wie Mariana erst durch die Anrede des Dieners begriff, schienen hocherfreut, eine berühmte Opernsängerin bei sich empfangen zu dürfen. Dass es sich dabei auch noch um die zukünftige Schwiegertochter handelte, war offenbar weniger wichtig. Die beiden erinnerten Mariana an ihre russischen Großeltern, und das sagte sie ihnen auch. »Oh, Sankt Petersburg, dorthin haben wir unsere Hochzeitsreise gemacht«, riefen sie.

»Du hast ihnen sehr gefallen«, meinte Pietro auf dem Heimweg. »Ich weiß, du wirst jetzt sagen, sie seien entzückend, aber glaub mir, wenn sie jemand nicht mögen, dann beißt der bei ihnen auf Granit.« – »Haben sie überhaupt begriffen, dass wir heiraten wollen?«, fragte Mariana. »Na klar, die haben dich sehr viel genauer begutachtet, als du dir vorstellen kannst. Von jetzt an gehörst du zur Familie. Sie haben dich ins Herz geschlossen und sind sehr stolz auf dich, Madame la Marquise.«

Doch erst zwei Jahre später war es dann so weit, dass sie heiraten konnten. In Stockholm, »der Heimat der Braut«. Mit allem Pomp und der ganzen Familie, Schweden, Russen, Italienern, dazu mit vielen Freunden. Es war ein grandioses Fest, das Essen fand in der Stockholmer Oper statt. Am Tag zuvor hatten Astrid und Mariana die ›Aida‹ gesungen, unter der Leitung von Marcello Rainardi und mit der neapolitanischen Originalbesetzung.

Die Heirat änderte an Marianas und Pietros Lebensstil nicht viel. Auch jetzt versuchten sie nicht, einen gemeinsamen Hausstand zu gründen. Immerhin planten sie noch sorgfältiger als vorher ihre Termine und trafen sich irgendwo auf der Welt. Das ließ sich umso besser bewerkstelligen, als sich alle Opernintendanten selig priesen, wenn Professor Bernini bei ihnen zu Gast weilte. Allein seine Anwesenheit genügte, und schon sangen die nervösesten, zickigsten Stars beschwingt und munter. Pietro plauderte niemals Krankengeschichten aus. Er sagte höchstens Allgemeines:»Die Seele sitzt in der Gurgel. Da kommen sie zu mir wegen Halsbeschwerden, in Wirklichkeit haben sie einen bösen Ehepartner oder Streit mit dem Dirigenten. Ich pinsele ihnen trotzdem den Hals aus, spreche mit ihnen – und höre ihnen zu. Kummer, den man runterschluckt, schnürt die Kehle zu.« Mariana gab ihm recht:»Traurige Vögel singen nicht.«

Zwei der lustigsten Produktionen, die Mariana jemals erlebte, fanden in München statt.›Figaros Hochzeit‹ und›Der Rosenkavalier‹. Endlich war das»Trio Infernal«, Mariana, Astrid und Erna, wieder vereint. Die freuten sich darüber wie die Kinder. Der Einfall stammte von Björn Eksell, Marianas Jugendfreund aus Göteborg, der sich inzwischen vom Laufburschen zum Oberspielleiter gemausert hatte. Als Dirigenten hatte er noch einen Schweden engagiert, Jens Arne Holsteen, den ehemaligen zweiten Göteborger Kapellmeister. Der war noch keine dreißig, für einen Dirigenten also immer noch fast ein Wunderkind, aber schon mit einem umfangreichen Repertoire ausgestattet und bereits ziemlich bekannt. Nicht nur als spannender, ausgesprochen herrischer, pingeliger Dirigent mit gelegentlichen Wutausbrüchen, sondern auch als verwegener Sportler. Zusammen mit einem knorrigen Bergführer erklomm er die steilsten Bergwände oder donnerte mit seinem Rennwagen über glühend heiße Wüstenpisten, Hauptsache, es war gefährlich. Zudem hatte er einen etwas zweifelhaften Ruf als Frauenheld. Aber sehr viel Glück schien er auf Dauer bei den Frauen nicht zu haben – oder sie nicht bei ihm.

»Ich weiß nicht so recht, so wie du ihn von damals schilderst, als er noch so schrecklich schüchtern war, vielleicht war er da netter«, meinte Erna mäßig begeistert nach dem ersten Treffen. »Na ja, arrogant ist er noch immer. Dann knöpfen wir uns den Knaben halt mal vor«, tröstete sie Astrid.

Jens Arne Holsteen war gewitzt genug, sich nicht mit dem brillanten »Trio Infernal« anzulegen, im Gegenteil, er hofierte die drei Damen, und bei der flotten Astrid hatte er wirklich Feuer gefangen.

»Ein ziemlich raffinierter Bursche«, sagte Astrid anerkennend zu Erna. »Aber leider sind wir auch ziemlich raffiniert. Auf die Masche vom schwermütigen, schwierigen Nordländer fallen wir schon lange nicht mehr herein, auch der Sportskamerad zieht nicht und nicht der elegante Mann von Welt. Zudem: Auf Schweden stehe ich sowieso nicht. Außerdem bin ich ja in festen Händen und noch nicht lebensmüde.«

Erna kicherte. »Wir sollten es halten wie die Rheintöchter mit Alberich, nur etwas geschickter: Wir werden ihm schöntun, ihn umgarnen, ihn flattieren, bis er nicht mehr weiß, ob er Männchen oder Weibchen ist. Und dann lassen wir ihn stehen und lachen ihn aus. Die Blamage wird den eitlen Burschen treffen.«

Als sie Björn Eksell von ihrem Plan erzählten, meinte der nur: »Vielleicht gibt eure kleine Lektion unserem Unterfangen noch den letzten Kick. Sie passt gut zu den beiden Stücken. Da wird auch viel geschwindelt und den Männern ziemlich übel mitgespielt. Aber ölt eure Gurgeln. Damit er sich nicht an euch rächen kann als Dirigent.«

Das Ergebnis gab ihm recht. Die Klangfülle, der Schmelz der drei Frauenstimmen harmonierten, die gemeinsame Stimmkultur, die Herkunft aus dem gleichen Stall, fiel auf. Drei junge Frauen standen da auf der Bühne, ihre Stimmen waren voll erblüht, aber noch ganz jugendfrisch. Sie galten allesamt als exzellente Sängerdarstellerinnen, aber weil sie sich kannten und einander vertrauten, entstand zwischen den Figuren eine ungewohnt intime Schwingung, eine subtile Erotik. Jens Arne, der bald gemerkt hatte, dass die drei Damen etwas gegen ihn im Schilde führten, ließ sich von ihnen mitreißen – ein verführter Verführer.

Schon vor der Premiere erhielten die drei Freundinnen, samt ihrem Dirigenten, gemeinsame Angebote. Das Reizvollste, das sie auf der Stelle annahmen, kam aus Salzburg.

Obwohl Mariana oft in Deutschland und Österreich arbeitete, bekam sie von der politischen Entwicklung nicht viel mit. Die Welt der Oper hatte mit der Wirklichkeit eher wenig zu tun. Da nutzte kein Parteibuch, keine noch so schneidige Uniform oder Gesinnung, mittelmäßige Gestalten hatten auf den großen Bühnen nichts verloren. Immer wieder lernte Mariana irgendwelche Parteigrößen kennen. Sie waren ihr ganz einfach unsympathisch. Wie anders erschienen sie ihr doch als die Menschen, mit denen sie normalerweise zusammen war, die sie mochte, liebte, respektierte, all ihre Freunde, die Kollegen, andere Künstler, Komponisten, Maler, Schriftsteller, Schauspieler – ihre Familie.

Nun gut, Leute wie diese neuen Machthaber in Deutschland gab es sicher überall, und Mariana war ihnen schon immer aus dem Weg gegangen. Ein paar wenige von ihnen mochten richtige Fanatiker sein, und wenn Mariana etwas verabscheute, dann Fanatismus. Das war das Böse, Starre, Todbringende, das Gegenteil von Leben, Bewegung, Liebe. Aber die meisten waren ganz einfach Dummköpfe, Wichtigtuer, Schwätzer. Leider verehrten sie Mariana, die nordische Künstlerin, und quatschten ihr die Ohren voll mit krausem »Gedankengut«. So priesen sie ihr die Überlegenheit der germanischen Rasse, der sie als Schwedin offenbar auch die Ehre hatte anzugehören. »Gehören die Russen auch dazu?«, fragte sie scheinheilig. »Wissen Sie, mein Vater ist Russe.« Noch ärgerlicher fand sie das von jeder Kenntnis ungetrübte Geschwätz über Wagner, über die fabelhaften germanischen Götter, die Lichtgestalt Siegfried, den Helden Tristan. »Betrüger, Lügner, Gescheiterte, Gebrochene«, versuchte Mariana diesen Schwätzern zu erklären. Aber das ging über deren Verstand. Besonders in Bayreuth schwärmten rudelweise diese sonderbaren Wagner-Verehrer herum. Ordenbestückt, in ihren SA-Uniformen mit den übermäßig weit ausgestellten Reithosen, sahen sie noch klobiger aus, als sie waren. Der breite braune Gürtel über den Bäuchen unterstrich diesen Eindruck. Dagegen wirkten die Uniformen der Waffen-SS wie das strenge Gefieder von Raben. Die Gattinnen dieser Herrn trugen meist dirndlartige Kleider, dazu weiße Söckchen und flache Schuhe, die Haare zu Zöpfen geflochten und mit riesigen Haarnadeln um den Hinterkopf geschlungen. Das weibliche Bayreuther Publikum war immer schon etwas eigenwillig gewandet gewesen, oft in handgewebten, wallenden Gewändern, umklirrt von edlen Ketten, doch wahrlich nicht modisch-elegant, eher verschroben.

In Bayreuth wurde Mariana auch Hitler vorgestellt. Er vergötterte Wagner ganz offensichtlich und kannte sich erstaunlich gut aus. Mit Mariana sprach er sehr vernünftig, wenn auch nicht besonders originell über ihre Gestaltung der Ortrud. Man behauptete, er kenne jeden Ton des ›Rings‹, fast war Mariana geneigt, es zu glauben. Den Künstlern gegenüber gab er sich höflich und interessiert, doch sonderbarerweise, Mariana hätte kaum sagen können warum, wirkte seine Freundlichkeit verkrampft und aufgesetzt. Vielleicht kam es von den starren Augen, mit denen er seine Gesprächspartner fixierte, als wolle er sie mit seinem Blick bannen. Das empfand Mariana als unangenehm.

Im Übrigen verwischten sich bei Mariana durch die vielen Reisen bis hin nach Nord- und Südamerika die Eindrücke. Wenn sie bestimmte Sänger in Berlin oder Wien oder Dresden nicht mehr traf, dann begegnete sie ihnen eben wieder in New York oder Chicago. Zudem hatte sie als Schwedin, die jetzt auch noch einen italienischen Pass besaß, mit den Verhältnissen in Deutschland eigentlich nichts zu tun. Sie bedauerte viel eher, dass sie nicht nach Russland reisen konnte, wie gerne, ach wie gerne hätte sie dort gesungen und nach Herzenslust Russisch gesprochen und die verlorene Heimat besucht. Aber damit war es wohl ein für alle Mal vorbei.

Nur in Stuttgart, wo sie wirklich gute Freunde hatte, wurde Mariana stutzig. Aber zunächst fiel ihr auch dort nichts auf. Die kleine Katharina war inzwischen ein recht großes Mädchen geworden, sie ging in die Waldorfschule und wollte Geigerin oder Sängerin werden, so genau wusste sie es noch nicht. Das schien bei Marianas früheren Nachbarn die einzige Veränderung zu sein. Rainer und Lilli waren unternehmungslustig und elegant wie immer. Als unüberhörbare Neuerung dröhnte aus dem großen Souterrainzimmer, in dem sie oft ihre Gäste untergebracht hatten, wildes, nicht gerade einschmeichelndes Klavierspiel. »Wer ist denn das?«, wollte Mariana wissen. »Nun ja, du hörst es selbst, ein ›entarteter‹ Künstler«, sagte Rainer leichthin.

Erst als Mariana kurz vor der Abreise stand, sie wollte diesmal direkt nach Stockholm fahren, fragte Rainer sie leicht verlegen: »Wäre es sehr lästig für dich, wenn du ein paar Bilder in deinem Gepäck mitnehmen würdest?« Weil Mariana etwas verdutzt dreinschaute, erklärte er: »Es wäre mir einfach lieber, wenn ich die Sachen aus dem Haus hätte. Erstens sind sie hier nicht mehr ganz sicher und zweitens sollten wir die Kerle nicht unnötig ärgern, falls sie bei uns rumschnüffeln.« Mariana begriff immer noch nicht. »Nun ja, wegen Lilli«, sagte Rainer etwas verzagt. Und dann, schließlich: »Sie ist doch Jüdin.« Mariana hatte keine Ahnung gehabt.

Ein paar Tage später machte sich Mariana mit einem dritten Kofferungetüm auf die Reise, das, wie auch ihre eigenen Koffer, vollgepfropft war mit einem Durcheinander von Unterwäsche, Bildern, Schuhen, Noten, Skulpturen, Abendkleidern. Obendrauf ein paar besonders eindrucksvolle Rollenfotos von Mariana. Und in ihrer Handtasche eine kuriose Liste mit Namen wie »Die Zwitschermaschine« und einigen Unterschriften, darauf hatte Mariana bestanden: »Ich kann ja plötzlich tot umfallen, und dann weiß kein Mensch, dass euch die Sachen gehören.«

Natürlich kam kein Zollbeamter auf die Idee, das Gepäck der berühmten Operndiva zu kontrollieren. »Das nächste Mal möchte ich mehr von der köstlichen Wurst und dem Kuchen«, schrieb Mariana. Zum ersten Mal hatte sie ein mulmiges Gefühl, wenn sie an die Zukunft dachte.

Zum Glück vergaß sie es auch wieder. Pietro kam zu Besuch. So wie sich Mariana in seine römische Wohnung verliebt hatte, so glücklich fühlte er sich in dem kleinen Holzhaus auf dem Land, das Marianas Großeltern gehörte. Halbe Tage lang ruderten und segelten Pietro und Mariana durch die Schären, eingemummelt in Felljacken und Filzstiefel, sie sammelte Pilze und Beeren, er beobachtete die Tiere, vor allem die vielen Vögel, er hackte Holz, machte Feuer, briet und brutzelte hingebungsvoll. Wahrscheinlich war Pietro, der Stadtmensch aus dem Süden, in einem anderen Leben ein Lappe gewesen, anders konnte es kaum sein, dachte Mariana verwundert.

Sie waren überglücklich und zufrieden miteinander. Gerade weil sie nicht ständig zusammenhockten und zwei Berufe hatten, die sie mit Leidenschaft und Erfolg ausübten und gegenseitig wertschätzen konnten, führten sie eine Ehe, um die sie alle ihre Kollegen heftig beneideten.

Anfang 1938 unternahm Mariana eine zweite Südamerikatournee. Wieder bestieg sie einen riesigen Ozeandampfer, diesmal jedoch begleitet von der halben Familie, von Pietro, ihrer Mutter, ihrem Bruder Alexej samt dessen Frau und den Zwillingen, zwei hübschen sechsjährigen Buben. Unterwegs gesellte sich sogar noch Pietros Schwester Silvana samt Mann dazu. Sie hatte Anfang des Jahres einen Sohn, den kleinen Stefano, zur Welt gebracht. Ein gewaltiger Familienausflug also, der allen Spaß machte.

Doch in Buenos Aires gab es plötzlich Augenblicke, in denen sich Mariana müde und zerschlagen fühlte. Sie war froh, dass die »Meute«, wie Alexej das nannte, wunderbar ohne sie zurechtkam. Die vielen Empfänge und die endlos langen Essen nach den Vorstellungen strengten sie mit einem Mal an. »Ich werde alt. Ich würde jetzt am liebsten schlafen gehen«, sagte sie zu Pietro. Und manchmal tat sie das dann auch.

Schließlich begriff sie: Sie war schwanger. Zunächst wusste sie nicht so recht, was sie davon halten sollte. Bis jetzt war sie immer froh gewesen, dass es bei ihr mit dem Kinderkriegen offenbar nicht klappte, sie hatte es auch wahrhaftig nicht darauf angelegt. In ein derart unruhiges, mit Arbeit vollgepfropftes Leben passte nicht auch noch ein Kind. Aber würde sich das jemals ändern? Irgendwann wäre sie dann zu alt. Mariana fing an, sich auf das Kind zu freuen.

Eine ganze Weile behielt sie das Geheimnis für sich. Ihr ganzes Leben schien sich umzukrempeln, erst als sie sich wirklich sicher war, dass sie die Veränderung auch wollte, sie selbst, aus freien Stücken, erzählte sie Pietro davon. Der war hingerissen: »Wir werden das Kind schon schaukeln, keine Sorge.« Sonst sollte zunächst niemand davon erfahren, nur Birgit. Und ein paar Opernintendanten, das war unumgänglich, immerhin wollte Mariana nicht während einer Vorstellung niederkommen. Doch eine Riesenpause plante sie nicht. Schon viele andere Kolleginnen hatten hochschwanger gesungen, anschließend nahmen sie das Baby eben mit. So wollte es auch Mariana halten.

Zum Glück legten sich ihre Beschwerden nach der ersten körperlichen Umstellung. »Das ist meine östliche Bärennatur. Wer bei so einem Klima überlebt, bei dreißig Grad Kälte, ich meine über ein paar Generationen, der hält schon was aus«, sagte sie zu Pietro. »Unsere Bauersfrauen, die kommen auf dem Feld nieder und schnallen sich dann ihr Neugeborenes in einem Tuch vor die Brust und arbeiten weiter«, meinte Pietro herzlos. Doch ohne dass sie es so richtig merkte, passte er auf, dass sie sich nicht übernahm.

Sie sang bis Ende November, ausgerechnet die wunderschöne Prinzessin Eboli. Aber der Kostümbildner hüllte sie in so prächtige, sich bauschende Gewänder, dass kaum jemand etwas bemerkte. Bei den vielen dicken Sängerinnen hatte er gelernt, übertriebene Ausmaße dekorativ zu überlagern. Dem Kind, das spürte Mariana, gefiel die Singerei. Manchmal strampelte es vergnügt in ihrem Bauch. Aber es merkte auch, wann es Ruhe geben sollte. So verhielt es sich bei den Aufführungen mucksmäuschenstill. Offenbar fühlte es die Konzentration der Mutter, manchmal schien es Mariana, als spitze es gespannt die Ohren und atme mit.

Mitte Dezember brachte Mariana einen Jungen zur Welt. Selbstverständlich in Stockholm. Sosehr sie Pietro und Italien liebte, in einem so wichtigen Augenblick ihres Lebens wollte sie nach Hause, zu ihrer Mutter, heim in ihr Nest. Dort war sie gut aufgehoben, dort konnte sie sich erholen, das hatte sie schon früher erprobt.

Pietro schickte ihr aus Rom einen gewaltigen Rosenstrauß. Und dazu ein paar Zeilen:»Mit diesem Kind hast du mir das schönste, das größte Geschenk in meinem Leben gemacht... Das allergrößte, il massimo.« Damit, so fand Mariana, hatte Pietro seinem Sohn auch gleich den Namen mit auf den Weg gegeben: Massimo.

Der kleine Massimo war noch keine drei Monate alt, da wurde er in ein Körbchen gepackt und auf seine erste Reise mitgenommen. So klein und handlich wird er nie mehr sein, dachte Mariana. Sie stillte ihn noch, aber ein paar Stunden bis zur nächsten Mahlzeit hielt er durch, zudem gab es lange Pausen. Wenn sie den kleinen Kerl im Arm hielt und er vor sich hin schmatzte, überkam sie ein tiefes, friedvolles Glücksgefühl. Viele ihrer Sängerkolleginnen strickten, schrieben Briefe oder legten Patiencen, um sich zu entspannen.»Wenn sie wüssten, wie wohl so ein Baby tut, müssten die Opernhäuser Kindergärten einrichten«, sagte Mariana zu Birgit, die, entzückt über ihre Rolle als Großmama, den Kleinen mit betreute. Er war ausgesprochen brav und unkompliziert, ein fabelhaftes Reisebaby, schon im Mutterleib hatte es ihn in so vielen Zügen und auf Schiffen durcheinandergerüttelt, dass er dieses Schwanken offenbar liebte und brauchte.

Ein Problem gab es aber: Mariana hatte zugenommen. Doch sie wollte die neuentdeckte Mütterlichkeit nicht auch noch auf ihre Rollen übertragen. Knusprige junge Damen, schlanke Burschen, selbst alte, vom Leben gebeutelte Frauen wie die Azucena konnte sich Mariana nicht dicklich vorstellen, eher schienen sie ihr hager und verhärmt. Mariana fand es lächerlich, wenn es auf den Proben darum ging, ob jemand nach dem Hinknien wieder mit Anstand aufstehen konnte oder in diesen oder jenen Stuhl passte – eine besonders dicke Tosca blieb einmal in ihrem Sessel stecken, so dass sich Scarpia schließlich geistesgegenwärtig über sie warf, um von ihr ermordet werden zu können. Nein, dafür war Mariana eine zu leidenschaftliche Darstellerin. Vor allem schienen ihr die Opernfiguren Idealtypen zu sein – normale Menschen singen nicht –, und dazu gehörte auch eine schöne Erscheinung. Also hungerte Mariana tapfer, bis sie wieder in ihre alten Kostüme passte. Obwohl ihr dabei manchmal laut der Magen knurrte, die ungewohnten Hungergefühle kamen wahrscheinlich vom Stillen. Auf Alkohol verzichtete sie ganz. Das Glas Champagner gleich nach der Aufführung vermisste sie am meisten und beim Essen einen guten Wein.

Bald nahm das Leben für Mariana wieder seinen gewohnten, wenn auch etwas gemäßigteren Gang. Der kleine Massimo war immer dabei. Mariana hatte die animalische Vorstellung, dass eine Mutter und ihr Junges in der ersten Zeit möglichst eng zusammenkuscheln sollten. Das tat beiden gut, und das Kind bekam dadurch Vertrauen ins Leben.

Mariana konnte Massimo jedoch nicht Tag und Nacht mit sich herumschleppen, und sie wollte es auch nicht. Sobald sie auf der Bühne stand oder sich vorbereitete, dachte sie nur noch an ihre Arbeit. Darum hatte sie ein Kindermädchen engagiert, auf das sie sich voll und ganz verlassen konnte, war es doch die Tochter ihrer eigenen Kinderfrau.

Im Frühjahr trafen sich Mariana und Pietro in Wien. Endlich konnte er seinen kleinen Sohn so richtig erleben und herzen. »Ich weiß gar nicht, was ich sagen soll, ich komme mir vor wie ein Rabenvater. Stockholm und Rom, das ist aber auch gar so weit auseinander«, klagte Pietro. Zum ersten Mal zeigte sich in ihrem idyllischen Eheleben auch eine mühsame Seite. Sehr familienfreundlich war es offenbar nicht.

Auch jetzt konnte Pietro nicht länger als eine Woche bleiben. »Aber im Sommer in Bayreuth gebe ich meinen Massimo nicht mehr her, da kannst du Ragna in die Ferien schicken«, machte sich Pietro Mut. »Vergiss nicht, dass du noch eine Frau hast und dass es vielleicht doch ganz lieb wäre, wenn du abends zu mir in die Oper kämst. Soviel ich weiß, dürfen Kleinkinder und Hunde nicht in den Zuschauerraum«, sagte Mariana besorgt. Italiener galten als völlig kindernärrisch. Hoffentlich vergötterte Pietro nicht bald nur noch das Kind und stellte sie auf den »Mamma-Sockel«, wo sie dann – hochverehrt – verstaubte.

Sie verspürte tatsächlich so etwas wie Eifersucht, die kurzen, kostbaren Stunden mit Pietro hatte sie bisher mit niemand teilen müssen. »Beim Wandern kann ich Massimo ja in den Rucksack packen. Wir werden es schon hinkriegen. Das Kindermädchen muss doch dableiben«, sagte Pietro, als hätte er ihre Gedanken erraten.

Sie wollten sich nach einer großen Wohnung in Rom umschauen, überlegten sie. Möglichst mit einem Garten, aber doch nicht zu weit von der Praxis entfernt, schließlich würde Pietro häufig allein der Familie vorstehen müssen. »Dann bin ich die Rabenmutter, die wegfliegt. Und anderswo krächzt«, meinte Mariana.

Rom als das neue Nest, das schien das Vernünftigste zu sein. Im Grunde ging es gar nicht anders. Pietro konnte seine

Praxis nicht auf lange Zeit im Stich lassen. Und damit bestimmte er, ohne es darauf anzulegen, den Wohnort des Kindes. Lange konnte Mariana das Kind ohnehin nicht mehr auf ihren Reisen mitnehmen. Es brauchte einen festen Platz, wo es gut aufwachsen konnte. Eine Muttersprache, die nun eher seine Vatersprache sein würde, Nachbarskinder, einen Kindergarten, später die Schule. Und ein paar Menschen, die zuverlässig da waren, wenn es morgens die Augen aufschlug und sie abends wieder zumachte – im eigenen Zimmer. Im eigenen Bett.

Mariana und Pietro hatten noch Zeit, es eilte nicht. Nach Bayreuth allerdings wollten sie mit dem Pläneschmieden ernsthaft anfangen und auch mit der Wohnungssuche. Vorher wollten sie aber unbedingt noch ein paar idyllische Tage in den Schären verbringen. Mariana trug sich alles schön säuberlich in ihren Kalender ein. Er war so eine Art Anker, der verhinderte, dass sie von unberechenbaren Böen und Winden plötzlich auf und davon geweht wurde.

In der Zwischenzeit tat sich einiges Merkwürdige – noch offener als bisher. Immer wieder kam es jetzt vor, dass Mariana plötzlich auf neue Sänger traf, die man gegen die alten ausgetauscht hatte, sie waren einfach verschwunden, ohne dass man sie davon in Kenntnis gesetzt hätte. Sie hasste das. Sie musste im Vorfeld wissen, mit wem sie es zu tun hatte. Sie legte ihre Rollen sehr sorgfältig an und stimmte sie auch auf die jeweiligen Partner ab. Das betraf sehr stark die darstellerische Seite, aber auch das Gesangliche. Sie wollte mit ihrem durchschlagenden Mezzosopran nicht irgendwelche zarten Soprane oder kleinen Tenöre in Grund und Boden singen. Keine Figur war von vornherein vollkommen festgelegt, das jeweilige Umfeld ließ bald diesen, bald jenen Charakterzug stärker hervortreten.

Es gab günstige Partnerkonstellationen, die Mariana inspirierten und beflügelten, und ungünstige, die sie niederzogen – es war wie mit den Regisseuren und Dirigenten. Wenn der

Rahmen gar nicht stimmte, nahm Mariana die Rolle nicht an. Das hieß nicht unbedingt, dass sie die anderen Künstler schlecht fand, schließlich konnte es ja auch sie, Mariana, sein, die einfach vom Typ her nicht zu den anderen passte. Wenn es sich um gute, intelligente Leute handelte und sich alle rechtzeitig darauf einstellen konnten, fand sich eigentlich immer eine Lösung. Doch nicht bei mittelmäßigen, da war Hopfen und Malz verloren, das hatte Mariana inzwischen gelernt. Darum hatte sie erst im vergangenen Jahr schweren Herzens die Ortrud abgesagt, weil sie keine Lust hatte, gegen einen völlig ausgesungenen, abgeschlafften Telramund anzukämpfen. Die Ortrud sah Mariana nicht als böse, alte Hexe, so wie sie oft dargestellt wurde, sondern als stolze, leidenschaftliche junge Frau, immerhin die Tochter des ehemaligen Friesenherrschers. Auch war sie sich sicher, dass zwischen Telramund und Ortrud eine heftige, sinnliche Beziehung bestand, aber wie man die dann zum Ausdruck brachte, als Hörigkeit, kalte Leidenschaft, sogar Liebe, zu der auch Hass gehören konnte, das kam auf den Partner an. Vieles war möglich, doch einen alten, halbtoten Sack konnte man nicht becircen. Allerdings hatte Mariana auch die übrige Besetzung missfallen, eine weinerliche Elsa und ein an sich nicht schlechter, aber grauenvoll eitler und zu allem Überfluss intriganter Lohengrin, der immer, wenn er mit einer Sängerin ein Verhältnis hatte, diese als Partnerin durchdrückte. Wie eben auch hier die Elsa.

Dergleichen ließ sich Mariana schon lange nicht mehr gefallen, und das war auch den Opernhäusern bekannt. Gerade darum war sie so wütend, dass man es jetzt offenbar nicht für nötig hielt, sie rechtzeitig zu benachrichtigen. Als sie sich beschwerte, bekam sie vom Direktor, einem alten Bekannten, zu hören: »Sei doch froh, dass es der Leo endlich gepackt hat, er wollte ums Verrecken nicht fort. Sein schönes neues Haus, die Kinder, seine Frau, die Rechtsanwältin ist, was meinst du, wie ungern die alles haben liegen und stehen lassen?« Mariana verspürte einen Kloß im Hals. Das hatte sie alles nicht so richtig mitbekommen, vor lauter Singen und Kinderkriegen und eigenen Plänen. Immerhin, so tröstete sie sich, konnten ihre Kollegen überall sonst auf der Welt weitersingen und sicher auch angenehm leben. Nur fehlten sie hier jetzt sehr.

Das Gespräch hatte Mariana aufgeschreckt und traurig gemacht, aber immer noch begriff sie nicht ganz, um was es eigentlich ging. Vor fast zehn Jahren war sie zum ersten Mal nach Deutschland gekommen, von Anfang an hatte sie dort viele musische, beschauliche, aufgeschlossene Menschen kennengelernt, und das hatte sich bis jetzt nicht geändert. Nun gut, sie hatte auch immer mehr dieser Parteigenossen getroffen, die waren zwar lästig, ein durchaus unsympathischer Menschenschlag, aber doch keine blutrünstigen Verbrecher, vor denen man Hals über Kopf die Flucht ergreifen musste. Was konnte denn überhaupt etwas so Schreckliches passieren, mitten im Frieden, in einem kultivierten Land? Sicher war da viel Panikmache im Spiel.

In Italien herrschten doch ganz ähnliche Zeitgenossen, aber niemand machte sich dort allzu große Sorgen. Allenfalls rangen einige wenige Leute die Hände über die furchtbaren städtebaulichen Zerstörungen, die auf Befehl Mussolinis seit Jahren in Rom und wer weiß wo sonst noch im Gange waren. Einmal hatte Pietro Mariana zu den Kaiserforen geführt und auf die Unmengen von Baumaschinen gedeutet, Bagger, Abrissbirnen, Betonmischer, Kräne, Lastwagen, die sich dort gleich emsigen Ungeheuern über die antiken Überreste hermachten, sie wühlten sich durch sie durch, trampelten darüber hinweg, rannten dagegen an. »Was immer sich ihnen in den Weg stellt, alles, alles muss weg. Ganze Berge tragen sie ab. Und den Rest, die unterirdischen Schätze, begraben sie unter Asphalt wie unter einem riesengroßen Sargdeckel. Niemand wehrt sich dagegen, wir haben ja noch genug alte Trümmer«, erklärte Pietro ganz verzweifelt.

Ähnliche Aktionen schienen Mariana undenkbar in Deutschland, sicherlich hätte sie dort die Bevölkerung auch nicht stillschweigend hingenommen. Zeugte nicht allein das schon von einer zivilisierten, friedfertigen Haltung? Wie zur Bestätigung blieb auch weiterhin eine Reihe jüdischer Kollegen in ihrem deutschen Heimatland. Sonderbarerweise fing nun Mariana an, unruhig zu werden. Allein schon, dass man plötzlich wusste, wenn einer Jude war, fand sie mehr als befremdlich. Am Ende nahmen die Nationalsozialisten ihr Getue um die nordische Rasse doch ernst. Aber wenn sie die überlegen fanden, dann hielten sie andere Rassen für unterlegen, das Wort »minderwertig« mochte Mariana kaum denken, so abscheulich fand sie es. Wer weiß, vielleicht war es für die Betroffenen doch besser, wenn sie dieses Land verließen.

Bald sagte sie auch nichts mehr, wenn wieder einmal eine unvorhergesehene Umbesetzung stattfand. Zumal in den Direktionsbüros neue, recht undurchschaubare Gestalten auftauchten. Vor einigen wurde sie sogar gewarnt: »Vor dem halt die Schnauze. Das ist ein Spitzel.« Eine merkwürdig gespannte Stimmung entstand dadurch in den Opernhäusern.

So langsam machte sie sich auch um Lilli Sorgen. Sie lud sie zusammen mit Rainer ein nach Bayreuth und redete auf die beiden ein, aber die sahen nach dem anfänglich unbehaglichen Gefühl die Lage ganz entspannt, bisher war alles gut gegangen. Schließlich wurde doch beschlossen, Lilli solle nach den Festspielen zusammen mit der Familienkarawane nach Stockholm reisen. Sich ein wenig umschauen konnte nicht schaden.

Es gab auch begrüßenswerte Veränderungen, gerade in Bayreuth. Dort stolzierten längst nicht mehr so viele Uniformträger wie sonst auf dem grünen Hügel herum. Und das Mitteilungsbedürfnis der Dagebliebenen schien auch nicht mehr so ausgeprägt. Jetzt steckten sie die Köpfe zusammen, tuschelten und taten sich wichtig. Mochten sie ihr Geheimnis für sich behalten, Hauptsache, sie ließen die Künstler in Ruhe.

Wehrmachtsangehörige, vor allem die höheren Ränge, waren noch dünner gesät. Hitler bekam Mariana diesmal gar nicht zu Gesicht. Der vorgesehene Empfang wurde kurzfristig abgeblasen. Mariana war heilfroh, sie hatte so etwas längst satt. Wie abkommandiert kam sie sich immer vor und ärgerte sich, schon weil es für sie und ihre Kollegen eigentlich unmöglich war, sich einer solchen offiziellen Angelegenheit zu entziehen, vor allem nicht, wenn es sich um das Staatsoberhaupt handelte, ganz gleich welchen Landes. Irgendjemand, der immer alles wusste, behauptete, der Führer sei abgereist. Was offenbar doch nicht stimmte, denn ein paar Tage später wurde er neben Winifred Wagner im Fond eines Wagens gesichtet.

Nirgendwo, auf keiner anderen Bühne der Welt, herrschte eine so hochgestimmte, intensive Arbeitsatmosphäre wie in Bayreuth. Auch in diesem Sommer 1939. Wer als Künstler auf den grünen Hügel berufen wurde, fühlte sich aufgenommen in einen Orden. Manche von ihnen, ausgerechnet die knurrigsten Dirigenten, pilgerten voller Ehrfurcht an ihre Wirkungsstätte und walteten gleich Priestern demütig ihres Amtes. Besonders an Tagen der Aufführung zogen sie sich völlig zurück, um sich, wie in einer Klause, auf die große Aufgabe einstimmen zu können. Aber selbst die anderen, die sich trotzdem noch unbefangen ihr Essen schmecken ließen und an spielfreien Tagen ganz harmlosen Ferienvergnügungen nachgingen, überkam, sobald sie durch den Bühneneingang das Festspielhaus betraten, eine Art Weihestimmung. Für die Mitwirkenden des ›Parsifal‹ galt das am allermeisten.

Auch Mariana hatte von Anfang an den besonderen Geist des Ortes verspürt. Was sie aber durchaus nicht an ihren Wanderungen und verliebten Abenden mit Pietro gehindert hatte. Doch in diesem Jahr geriet auch Mariana in den Sog des ›Parsifal‹. Sie sang die Kundry.

Eine größere Herausforderung, aber auch Ehre gab es an diesem Haus nicht für eine Mezzosopranistin. Auf eine neue Kundry wartete die ganze Wagner-Welt, begierig darauf, sie mit den berühmten Vorgängerinnen zu vergleichen. Einige von ihnen kannte Mariana. Das machte ihr keine Angst, aber noch nie hatte sie eine Aufgabe so ernst genommen. Darüber hinaus war sie einfach glücklich, mit dabei sein zu dürfen, sicher geleitet vom tiefsinnigsten dieser Priesterdirigenten, umgeben von ergreifenden, selbst ergriffenen Sängerkollegen. Immer wieder kam es zu Augenblicken, in denen die Zeit stillstand, eine mystische Welt sich auftat, in der es darauf ankam, die richtige Frage zu stellen und endlich Erlösung zu finden.

Mariana hatte sich für Bayreuth alles ganz fabelhaft ausgedacht: hier nur die eine, schöne Rolle, dort endlich einmal das Familienleben, mit Kind und Mann und allem, was dazugehörte. Doch wie Kundry stand auch sie unter einem Bann. Mitten bei einem gemütlichen Essen lockte sie etwas zu ihrer Kundry-Figur, wie abwesend saß sie dann da und hatte Mühe, zu den anderen zurückzufinden. Sobald sie aber auf der Bühne stand, blieb alles andere verschwunden. Mariana war ganz ratlos, so hartnäckig hatte noch nie eine Bühnenfigur von ihr Besitz ergreifen wollen. Schließlich ergab sie sich willig dem Zauber. Jetzt hatte Pietro tatsächlich den kleinen Massimo ganz für sich.

Bis dahin hatten meist sehr reife Künstlerinnen in Bayreuth die Kundry gesungen. So war sie zu jenem Fabelwesen geworden, das im ersten und dritten Aufzug in düsteren Gewändern herumkroch, fast wie ein struppiges Tier, im zweiten Aufzug jedoch prächtig frisiert und gewandet auf einem üppigen Lager thronte und von dort, aus der Ferne, Parsifal zu verführen suchte. Durch Mariana veränderte sich diese nicht sehr überzeugende Situation. Schon zu Anfang erschien sie als ein schlankes, sportliches Wesen, dem man die strapaziösen Ritte nach Arabien und wieder zurück durchaus zutraute. Vor allem der zweite Aufzug geriet mit ihr zur Sensation: Endlich begriff man, warum der fromme, keusche Amfortas Klingsors strahlender Geheimagentin in Sünde erliegen musste. Und auch Parsifals Standhaftigkeit geriet durch Kundrys zärtliche Umarmungen deutlich ins Wanken. Zwischen den beiden entspann sich eine echte Liebesszene, sie verliebten sich und begehrten einander. Einzig die anrührende Innigkeit, mit der Kundry dem jungen Menschen vom Tod seiner Mutter erzählte, brachte die Liebessehnsucht ins Stocken. Als sie ihm eröffnete »Und Herzeleide starb«, brach nicht nur Parsifal in Tränen aus. Auch dem Publikum ging plötzlich das einsame Leben dieser von ihrem unbedarft-naiven Sohn sorglos verlassenen Frau zu Herzen. Es war aufregend mitzuerleben, wie hier die Verführerin wider Willen, die inzwischen doch Leidenschaft verspürte, von ihrem eigenen Mitgefühl aus dem Konzept gebracht wurde. Ausgerechnet sie, die vor endlosen Zeiten beim Anblick des gemarterten Christus in ihr schauderhaftes Lachen ausgebrochen war.

Schon seit Jahren war Mariana ein Publikumsliebling auf dem grünen Hügel. Doch erst die Kundry trug ihr die höchsten Bayreuth-Weihen ein. Das hatte keine Waltraute und Fricka, keine Ortrud und Brangäne vermocht. Jetzt wurde Mariana in einem Atemzug mit den anderen Wagner-Heroinen der Vergangenheit und Gegenwart genannt. Am meisten bewunderte man ihre Fähigkeit, gleichermaßen als Sängerin und als Schauspielerin Spannung zu erzeugen und die Herzen zu rühren. Dadurch erwachten die Figuren zum Leben, das Publikum bestaunte sie jetzt nicht mehr als schöne, aber doch ferne Kunstwesen, sondern konnte sie lieben und betroffen Anteil an ihrem Schicksal nehmen.

Es gab berühmte Sängerinnen und Sänger, die wurden fast ausschließlich ob ihrer prachtvollen Stimmen bewundert, was sie sangen, war gar nicht so wichtig. Wieder andere wurden wegen ihrer Rollen geliebt, mit denen sie das Publikum erschüttert hatten: eine süße, junge Mimi, die so gerne hätte leben wollen, ein trotz aller Erfolge unsicherer, unseliger Otello... Mariana gehörte ganz eindeutig zur zweiten Kategorie. Sie wollte nicht sich selbst, sondern die Figur in den Vordergrund stellen. Sie bedauerte auch nicht, dass sie als Mezzosopran nur selten die stücketragenden Rollen bekam.

Jede Figur, so fand sie, hatte ein eigenes Schicksal und wurde interessant, sobald man sie ernst nahm.

Aber die Kundry erschütterte dieses Konzept ein wenig. Schuld daran war der als überaus kritisch verschriene ›Parsifal‹-Dirigent mit einer Bemerkung, die er eines Tages während der Proben machte: »Bei jedem anderen Dirigenten würde ich es für Selbstmord halten, merken Sie sich das. Aber warum wollen Sie nicht einmal mit mir die Isolde singen?« Sosehr Mariana ihre Brangäne liebte, die Isolde besaß für sie als dramatische Sängerin einen größeren, fast unwiderstehlichen Reiz. Dabei wusste sie – vom Instinkt her und weil sie ihre Stimme kannte –, dass sie in der Höhe wohl nie jene volle stimmliche Durchschlagskraft erreichen würde, die zu einer derart emotionsgeladenen, leidenschaftlichen Partie gehörte. Es gab genügend Sängerinnen, die sich ganz geschickt durchmogelten, aber derartige Kompromisse kamen für sie nicht in Frage.

Die hohen Töne zu erreichen, das war nicht das Problem. Gerade in der letzten Zeit hatte sich Marianas Repertoire etwas verlagert oder zumindest erweitert. Von der schwergewichtigen Azucena mochte sie zwar immer noch nicht lassen, aber jetzt tummelte sie sich auch mit großem Behagen in den lichteren, leichteren Gefilden einer Rosina im ›Barbier von Sevilla‹ mit allen Koloraturen und Trillern.

Darauf hatte sie Marcello Rainardi gebracht, als er sich überlegte, mit welcher Rolle sich Mariana in der Mailänder Scala vorstellen sollte: »Mit so was fängst du die Italiener. Nur nicht immer diese schweren, tristen Brocken«, hatte er ihr geraten und wahrlich recht behalten. Sogar die giftigen Spezialisten auf ihren Stehplätzen im Olymp hatten sie bejubelt und ihr, mangels Blumen, Kusshände zugeworfen. Seither galt Mariana gewissermaßen als Ehrenitalienerin, was ihre Ehe mit Pietro nicht vermocht hatte. Sie hatte die Rolle selbstverständlich in der originalen Mezzoversion gesungen. Denn die eigentliche Leuchtkraft und Fülle ihrer Stimme kam besonders in den tieferen Lagen zur Wirkung. Die Isolde jedoch war eine Sopranpartie. Daran konnte selbst der eigenwilligste Dirigent nichts ändern.

Immerhin, die Kundry hatte Mariana noch einmal ein neues Feld erschlossen. Vieles gab es zu überdenken, reizvolle, auch finanziell sehr lukrative Angebote wie die Leonore im ›Fidelio‹ in Wien, den eventuellen zusätzlichen Sprung in ein anderes Fach und vor allem: Wie sollte sie das alles mit einem Zusammenleben mit »ihren beiden Männern« unter einen Hut bringen?

Nach der letzten Aufführung des ›Parsifal‹ kam auch noch der Direktor der Met hinter die Bühne gestürzt und beschwor Mariana ganz aufgewühlt, doch noch in diesem Winter in New York die Kundry zu singen. »Sie sind in der Form Ihres Lebens, davon wollen wir profitieren.«

Etwas verwirrt, aber sehr, sehr glücklich machte sich Mariana gleich nach den Festspielen mit der Familie auf nach Stockholm. Von dort fuhr sie mit Pietro weiter zum Holzhaus in den Schären.

Mitten in ihre Idylle hinein platzte der Postbote. Er schwenkte etwas in der Hand, was sich als Telegramm entpuppte, dazu schrie er laut immer wieder die gleichen Worte: »Krieg! Krieg! Es ist Krieg!«

Jawohl, es war Krieg. Hitler, der glühende Wagner-Verehrer, hatte ihn vom Zaun gebrochen. Jetzt wollte er sein eigenes Schauspiel in Szene setzen. »Er ist genauso dumm wie seine Genossen. Da kennt er Wort für Wort den ›Ring‹, aber er hat nicht begriffen, wohin Machtgier führt«, sagte Mariana entsetzt.

Nach den paar wenigen persönlichen Begegnungen mit Hitler hatte sie ihn offenbar völlig falsch eingeschätzt, seine großen Auftritte als redegewaltiger Volkstribun hatte sie nicht erlebt. Zwar war sie sich nie wirklich sicher gewesen, was sie von ihm denken sollte, zu viel Widersprüchliches ging von ihm aus, schwärmerische Verstiegenheit, Kälte und Starrheit, Charme, Überheblichkeit. Und dass er sich für ein Ausnahmewesen hielt, konnte man schon an dem zackigen, beflissenen, fast götzendienerischen Verhalten seiner Entourage ablesen. Aber bei aller Zwiespältigkeit hatte sie ihn doch für einen korrekten, auf das Wohl seines Volkes bedachten Menschen und Staatsmann gehalten. Jetzt fiel er räuberisch über andere Länder her und nahm einen großen Krieg in Kauf! Damit hatte er alle Moralgesetze außer Kraft gesetzt und endlich seine Machtgier zu erkennen gegeben.

Auf den Opernbühnen gab es genug solcher brutaler Abenteurergestalten, und meist gingen sie auf historische Vorbilder zurück. Jetzt war Mariana tatsächlich einem solchen Machtungeheuer leibhaftig begegnet. Unter der Maske des schwärmerischen Biedermanns hatte sie ihn nicht erkannt, doch nun wusste sie Bescheid. Darum war sie so erschrocken: »Das ist einer von diesen wildgewordenen Fanatikern, durch die das ganze Elend der Welt über die Menschen kommt«, versuchte sie Pietro zu erklären. »Sie glauben sich im Besitz der allein selig machenden Wahrheit, stets verfolgen sie gnadenlos ein angeblich herrliches, edles Ziel, und alle Gräueltaten, die sie begehen, geschehen im Namen ihres jeweiligen Gottes, denn sie fühlen sich als seine von ihm höchstpersönlich auserwählten Vollstrecker. Falls sie aber scheitern, wollen sie wenigstens einen gewaltigen Abgang, mit größenwahnsinniger Arroganz stürzen sie auch ihrem Ende zu. Wenn dabei die Welt um sie herum in Trümmer geht, ist ihnen das vollkommen gleich. Wer weiß, vielleicht betrachten sie es als gerechte Strafe für diese schnöde Welt, die ihrer nicht würdig war.«

»Mein Gott, Mariana, übertreibst du nicht ein wenig?«, meinte Pietro. »Der Kerl ist ein Aggressor, aber doch kein Dämon. Gut, wir haben jetzt Krieg in Europa. Aber schau dir die Landkarte an, Hitler muss diesen Krieg verlieren, es wird alles ganz schnell gehen.«

»Und wir, was machen wir?«, fragte Mariana und fing an zu weinen. Sie wunderte sich selbst über ihre hoffnungslose Verzagtheit. Sie als Schwedin war doch gar nicht direkt betroffen, und Italien und Deutschland standen im allerbesten Einvernehmen. Aber vielleicht war sie einfach noch nie im Leben so zufrieden, noch nie so erfolgreich gewesen. Auch die Zukunft hatte rosig vor ihr gelegen, gerade noch hatten Pietro und sie die schönsten Pläne geschmiedet, und das alles schien nun zunichtegemacht.

Pietro wollte sie trösten. »Was willst du denn, in Italien ist doch alles einigermaßen in Ordnung. Vielleicht lässt sich Mussolini gar nicht hineinziehen in den Schlamassel. Ich finde, wir warten erst einmal ab, wie sich das Ganze entwickelt.« – »Und die Wohnung in Rom? Ob das so eine gloriose Idee ist, wenn ich ausgerechnet jetzt mit Massimo nach Rom übersiedle?«, fragte Mariana immer noch verzagt. »Vielleicht ist es doch besser, wenn der Kleine erst einmal in Stockholm bleibt, da ist er einfach sicherer«, musste Pietro einräumen. Aber dann fuhr er munter fort: »Dann geht es eben weiter wie bisher: Wir besuchen uns. Zudem werde ich einen Stellvertreter engagieren, ich weiß auch schon, wen, dann habe ich massenhaft Zeit.«

Zunächst sah es tatsächlich so aus, als sollte Pietro mit seinem Optimismus recht behalten. Allerdings schien er der momentanen Ruhe doch nicht ganz zu trauen. Jedenfalls riet er Mariana ungewöhnlich eindringlich, das überraschende Angebot der Met noch für den kommenden Winter festzumachen und nicht auf die nachfolgende Wintersaison zu verschieben, so wie Mariana es vorschlagen wollte: »Was man hat, das hat man. Dann feiern wir Weihnachten in New York.« Eigentlich hatte Mariana wegen Massimo einen gemütlichen schwedischen Winter geplant, darum ließ sich die USA-Reise tatsächlich einschieben. Schließlich bestand die größte Schwierigkeit darin, für Mariana, Birgit und Massimo Plätze auf einem Schiff zu bekommen. Denn seit Kriegsbeginn waren alle

Schiffspassagen so gut wie ausgebucht. Zum Schluss fand sich doch noch eine komfortable, wenn auch keineswegs besonders geräumige Kabine in der ersten Klasse.

Anders als sonst herrschte dort keine vornehme Stille, sondern eine Mischung aus Melancholie und Hochstimmung. Kinder sprangen herum, es wurde geschluchzt und schallend gelacht, trüb ins Meer gestarrt, gestritten, umarmt. Außer Mariana und ihrer kleinen Familie hatte kaum jemand die Rückfahrt gebucht. Bis in die stickigen, düsteren Tiefen seines Bauches war das Schiff angefüllt mit hoffenden, angstvollen Menschen. Fast alle kamen aus Deutschland, und viele von ihnen hatten dieses Land schon vor einiger Zeit verlassen, Richtung Holland, Belgien, Skandinavien. Jetzt, nach Kriegsausbruch, fühlten sie sich auch dort nicht mehr sicher. Vergnügt, aus freien Stücken hatte sich keiner von ihnen auf die große Reise gemacht. Doch nun, je weiter man sich von der alten Heimat entfernte, rührte sich aufgeregte Neugier auf die neue Welt. Vor allem bei den jungen Leuten.

Marianas Mitreisende aus der ersten Klasse hatten allesamt Geld oder reiche Verwandte oder auch Hilfsorganisationen, die ihnen die Überfahrt bezahlten und wohl auch später für sie aufkommen würden. Auf einige wenige Wissenschaftler und Ärzte wartete bereits eine Stelle als Hochschulprofessor oder Klinikarzt, doch die meisten wussten nicht, wie ihre Zukunft aussehen würde.

Die meisten von ihnen liebten Musik, viele ganz besonders die Oper – und ihren Hausgott Wagner. Wie glücklich waren sie jetzt, Mariana auf der Passagierliste zu finden. Die hatte sich zu Anfang gegenüber diesen aufgescheuchten, aus ihrer Heimat verjagten Menschen sehr unbehaglich gefühlt. Jetzt war sie froh und erleichtert, ihnen eine Freude machen zu können. Sie saß mit ihnen zusammen, hörte ihnen zu, erzählte ihnen von ihrem eigenen Leben, sie kannte das Emigrantendasein. »Einer hilft immer, und es ist ja auch eine Chance, noch einmal ganz von vorne anfangen zu können«, versuchte sie ihnen Mut zu machen. Sie gab Matineen, sang zum *five o'clock tea* und am Abend und lauschte geduldig dem Gekratze und Geklimper hoffnungsvoller kleiner Nachwuchskünstler; sie schrieb sich Namen auf und verteilte Adressen und versprach dem halben Schiff, sich um Karten für ihren Opernauftritt zu kümmern. In New York plante sie mit Kollegen eine Art Schule für Emigrantenkinder, mit Unterrichtsstunden, Übungsräumen, Kursen. Die Begegnung mit diesen vielen entwurzelten Menschen hatte sie besonders empfindlich gemacht für Ungerechtigkeit und Leid.

Ein Jahr zuvor hatte Mariana in London einen jungen, noch fast unbekannten amerikanischen Dirigenten kennengelernt, einen genialischen, wilden Burschen jüdisch-russischer Herkunft. Über die wunderbare Gesanglichkeit der russischen Sprache waren sie in begeisterten Gedankensprüngen zu Mozart und Beethoven gelangt und von da zu Mahler, den sie beide so verehrten und liebten, dass sie auf der Stelle gemeinsame Konzertprogramme ersannen.

Eines dieser Projekte kam jetzt in New York tatsächlich zur Aufführung, einige einflussreiche Herrschaften hatten es – auf den leicht erpresserischen Wunsch von Mariana – in aller Eile einzurichten gewusst: ein Mahler-Liederabend, mit Georges Goldberg, dem jungen Dirigenten, der sich als hervorragender musikalischer Begleiter am Flügel erwies. Daraufhin schrieb ein als schnöde verschriener Kritiker: »Mariana Pilovskaja ging uns schon mit ihrer ›Kundry‹ zu Herzen. Wie sie jetzt sang: ›Wo die schönen Trompeten blasen‹, hat sie es uns fast gebrochen. Zudem müssten jetzt dank ihrer Entdeckerfreude selbst stockkonservative Zuhörer begriffen haben, dass hier in dieser Stadt ein vor Begabung strotzender junger Musiker lebt. Welch ein Gespann!«

Erst durch diesen Liederabend wurde sich Mariana richtig bewusst, wie sehr ihr in den langen Opernjahren die geliebten Lieder gefehlt hatten. Dabei lag es auf der Hand, dass sich die beiden Gattungen ideal ergänzten. Allerdings, so empfand es

Mariana, war beim Lied die Einheit von Sänger und Begleiter noch weit wichtiger als in der Oper. Ein passionierter Sänger konnte sich notfalls über ein lahmes Orchester hinwegschwingen, auch wenn das viel Kraft und Nerven kostete, während ein tumber, ungeschickter Klavierbegleiter ihn unweigerlich mit hinunterzog in die Niederungen der Mittelmäßigkeit. Aber gerade das Lichte, Leichte, Zerbrechliche machte diese Kunstform so reizvoll. Nach dem Liederabend mit Georges Goldberg war Mariana wieder auf den Geschmack gekommen. »Schumann, Schubert, Hugo Wolf, was für Schätze!«, hörte sie ihren alten Professor sagen. Stoff für ein gutes Dutzend Liederabende und daneben noch allerhand Russisches, so überlegten sich Mariana und Georges unternehmungslustig.

Auf der Heimfahrt – Pietro war jetzt mit von der Partie – konnte sich die Familie gemütlich in zwei großen Kabinen ausbreiten. Wer fuhr jetzt schon nach Europa? Geschäftsleute, millionenschwere Müßiggänger, Salonabenteurer, deren Langeweile größer war als ihre Angst. Doch was hieß hier schon Angst? Niemand schien sie zu haben. Amerika lag weitab vom Schuss, da war die Welt noch in Ordnung. Solange man sich dort befand, rückten die Ereignisse in Europa in weite Ferne. Doch auch als sich das Schiff wieder europäischen Gefilden näherte, zerbrach sich keiner der Reisenden den Kopf über irgendwelche Kriegsgefahren. Allenfalls ging es darum, sich in dem kalten Winterwetter keine Erkältung zu holen. Wenn irgendwo in den Weiten der Meere ein paar Torpedos und U-Boote herumschwirrten, hatten sie es wohl nicht ausgerechnet auf einen schwedischen Passagierdampfer abgesehen.

Auch Mariana und die Ihren ließen sich gerne von dieser Sorglosigkeit einlullen. Ein paar Tage nach der Rückkehr aus den USA brachte Mariana ihren Mann zum Flugplatz. Pietro legte schon seit Jahren längere Strecken mit dem Flugzeug zurück. Beide taten sie so, als sei es ein ganz normaler Abschied. Sie glaubten auch daran.

London war Marianas erste Gastspielstation im Jahr 1940. Durch den kurzfristig eingeschobenen New-York-Aufenthalt hatte sie jetzt kaum Zeit, die Koffer auszupacken. »Wie willst du da eigentlich hinkommen? Der Kanal ist gesperrt. Von der Blockade und einem Handelskrieg hast du offenbar noch nichts gehört?«, fragte Alexej seine Schwester verwundert. »Ach Gott, dann fliege ich halt«, sagte sie leichthin. Immerhin verzichtete sie diesmal darauf, den kleinen Massimo mitzunehmen.

Wieder hatte sie Glück. Noch während Mariana als Lady Macbeth auf der Bühne stand, überrollte die deutsche Wehrmacht Dänemark in Richtung Norwegen, wo sie schließlich auf den Widerstand britischer Truppen stieß. Jetzt herrschte in England einige Aufregung, und auch Mariana wurde es mulmig: Das Kriegsgeschehen war plötzlich recht nahe gerückt. Vor allem zeigte sich nun mit aller Deutlichkeit: Hitlers Überfälle im vergangenen Jahr waren tastende Versuche gewesen, gewissermaßen Fingerübungen. Jetzt wollte er sich das für die Rüstung unentbehrliche Eisenerz sichern, und dann würde er zum eigentlichen Sprung ansetzen. Wohin? Nach Frankreich? Nach England? Oder gar nach beiden Ländern?

Mariana dankte Gott, dass er die Engländer mit ihrem sonderbaren Humor und der fast auf einen Tick hinauslaufenden Fähigkeit ausgestattet hatte, alles zu untertreiben. Auch durch London schwirrten die Gerüchte, und alle Welt hing am Radio. Doch nachdem der Ernst der Lage feststand, wurde das nicht theatralisch-lustvoll bejammert und aufgebauscht, wie es Marianas geliebte Italiener vielleicht getan hätten, sondern eine sportlich-heitere Entschlossenheit überkam die Nation: Nun gerade nicht! Man würde sich nicht kopfscheu machen lassen und nicht den Mut verlieren. Contenance, Disziplin, Kampfgeist, das waren auf der Insel keine leeren Worte. Auch in der Oper hielt man sich daran, ein patriotischer Schwung wehte durchs Haus, niemand, auch Mariana nicht, kam auf die Idee, die Arbeit hinzuschmeißen und vorzeitig abzureisen.

Gewissermaßen zur »Belohnung« für ihr tapferes Ausharren durfte sie dann die Anfänge des modernen Luftkrieges aus der Nähe miterleben, eine Erfahrung, auf die sie gern verzichtet hätte. Denn kurz vor dem geplanten Rückflug begann die deutsche Westoffensive, in Holland und dann auch in Belgien wurde mächtig geschossen, zu Lande und auch in der Luft. Tagelang wusste Mariana nicht, ob überhaupt noch ein Flugzeug nach Schweden aufbrechen würde – Schiffe taten es mit Sicherheit nicht mehr. Zwischendurch war von Schottland die Rede, der Start von dort und der nördlichere Kurs seien möglicherweise weniger gefährlich. Verloren saß Mariana mit ihren beiden Koffern auf dem Londoner Flughafen herum und dachte an Massimo. Würde sie ihn jemals wiedersehen? Plötzlich kam ein hoher Offizier auf sie zugestürmt, verbeugte sich zackig, packte ihre Koffer: »*Please, Madam. I am so sorry to disturb you, we are in a little hurry*«, rief er ihr zu und keuchte über das Rollfeld hin zu einer Militärmaschine, in der schon einige Menschen stumm warteten. Lauter bedeutende Persönlichkeiten, wie Mariana später begriff. Kaum war sie an Bord, wurde die Tür geschlossen und der Motor angeworfen. Das Flugzeug war schon eine Weile in der Luft, da bemerkte Mariana zwei kleine Jagdflugzeuge, die wie emsige Bullterrier die kostbare Sondermaschine begleiteten und bewachten.

Als im Spätsommer die ersten deutschen Bomben auf England fielen und zugleich immer mehr Schiffe torpediert wurden, zum Teil auch solche in friedlicher Mission, erging es Mariana wie dem Reiter über den Bodensee: Im Nachhinein brach ihr noch der Angstschweiß aus. Zum Glück hatte sie kein Pferd, von dem sie tot hätte herunterfallen können.

Immerhin, so viel stand bald fest: England war für Mariana unerreichbar geworden. Ach, und auch Amerika. »Meine Weltkarriere! Zum Schluss muss ich froh sein, wenn noch jemand in Stockholm bei mir Gesangsunterricht nehmen will«, schrieb sie bitter an Pietro. Der schrieb zurück: »Nimm die

Eisenbahn und komm nach Italien. Dort warten so viele Menschen auf dich, nicht nur dein vor Sehnsucht schon ganz kranker Ehemann. Und bring Massimo mit, damit er seine italienischen Großeltern kennenlernt.«

Mariana hatte tatsächlich einen Augenblick lang überlegt, ob sie nur noch in Schweden singen und alle anderen Engagements absagen sollte. Doch dann rührte sich ihr alter Kampfgeist.»Wenn mir jemand sagen könnte, der ganze Spuk dauert nur ein paar Jahre, dann würde ich vielleicht zurückstecken«, erklärte sie Birgit.»Aber soll ich warten, bis ich womöglich gar keine Stimme mehr habe? Ach was, ohne Singen kann ich nicht leben. Und ohne Pietro auch nicht.«

Ungefähr zwei Jahre lang fuhr Mariana, vom Krieg so gut wie unbehelligt, durch die Lande: Deutschland, Frankreich, Österreich, gelegentlich auch Holland, Belgien, Dänemark und Norwegen. Und natürlich Italien: Mailand, Rom, Neapel, das war ihr»magisches Dreieck«, so empfand sie es.

Massimo nahm sie wenn möglich mit und ließ ihn dann bei Silvana, Pietros Schwester. Die hatte selbst zwei Töchter und einen Sohn und dazu die Traumkinderfrau, eine Bäuerin aus Ischia, resolut, mit einem stolzen Sarazenengesicht und einem großen Herzen. Sie war seinerzeit als Amme für Silvanas erstes Kind ins Haus gekommen, in der Hand ein Kleiderbündel. Vor sich, in einem Tuch um den Leib gebunden, ihren eigenen winzigen Sohn. Ihr Aufenthalt war für einige Wochen geplant gewesen, allenfalls Monate, aber bald dachte niemand mehr an Trennung, so sehr hatte man sich aneinander gewöhnt – auch an die schmackhaften Inselgerichte, die Esmeralda hinter dem Rücken der Köchin kochte, wenn die einmal Ausgang hatte. Der kleine Bruno wuchs zusammen mit seinen Milchgeschwistern auf, Silvana bekam noch zwei weitere Kinder, irgendwann tauchte auch Brunos Vater auf und machte seiner Frau ein neues Kind, bevor er wieder verschwand. In dieses Kindergewusel passte auch noch Massimo hinein.»Lass ihn doch ganz da«, sagte Pietro einmal, allerdings eher im Scherz, denn Mariana zeigte gleich die Krallen wie ein aufgeregtes Muttertier, dem man sein Junges wegnehmen will. Auch Birgit hätte sich nie darauf eingelassen, sie sah es schon mit Grausen, dass Mariana den Kleinen quer durch das kriegerische Europa mitschleppte. Ihr zuliebe nahm ihn Mariana schließlich nur noch mit, wenn es zum Vater ging.

Zu Marianas großer Erleichterung fand in Bayreuth nach Kriegsausbruch keine ›Parsifal‹-Aufführung mehr statt, auch kein ›Tristan‹ und kein ›Lohengrin‹. Sie hatte Hitler gegenüber jede Unbefangenheit verloren, vor einer Begegnung mit ihm schauderte es ihr, schon allein darum war ihr der ganze Grüne Hügel suspekt. Aber zumindest die Kundry hätte sie nicht absagen können, solange sie sich nicht direkt anlegen wollte mit den mächtigsten Kulturbonzen, die ihr sowieso schon übel nahmen, dass sie sich zu ihrem Nordländertum so gar nicht hatte bekennen wollen und sogar nach Kriegsausbruch ins feindliche Ausland gereist war, wenn auch nicht von deutschem Boden aus. Mehr durfte sie sich nicht herausnehmen. Sie und Pietro waren darauf angewiesen, dass sie sich in Deutschland ungehindert bewegen konnten, möglichst sogar noch unter privilegierten Bedingungen, zum Beispiel einem garantiert reservierten Platz im Schlafwagen bei den manchmal zum Bersten vollen Zügen.

Darum kam Mariana ein reichlich sonderbares Angebot der Berliner Oper sehr gelegen, der sie schon ein paarmal unter recht fadenscheinigen Ausreden abgesagt hatte, weil sich dort mehr als irgendwo sonst die allerhöchsten Nazigrößen einmischten, allen voran Goebbels, der zudem gutaussehenden Sängerinnen nachzustellen pflegte. Auch Mariana war er schon peinlich nahe auf die Pelle gerückt, sie hatte ihn sich nur mit einer ausführlichen Schilderung der Wohltaten des Stillens vom Leib halten können.

Dieses Angebot aus Berlin war eine ›Tristan‹-Aufführung in Lissabon! Dagegen war wirklich nichts einzuwenden, Propagandaabsichten hin oder her. Mariana vertraute auf die Musik, die sicher auch ein ahnungsloses Publikum fesseln würde, mit ihrer Brangäne wollte sie nach besten Kräften nachhelfen.

Gleich nach ihrer Ankunft in Lissabon ging Mariana hinunter zum Meer. Und plötzlich, während sie dastand und einige an der Reede liegende Überseedampfer bestaunte, überfiel sie eine ungeheure Sehnsucht, wie ein jäher, stechender Schmerz, es schnürte ihr die Kehle zu. Mariana war völlig überrumpelt, was nur trieb sie so verzweifelt hinüber zu diesen Schiffen? Was sie verspürte, war Verzweiflung, geradezu Panik, mit Fernweh hatte das nichts zu tun.

Natürlich nagte die Enttäuschung an ihr, dass ihr Amerika verschlossen war, ausgerechnet jetzt, da man sie dort überall, im Süden und Norden, Osten und Westen mit offenen Armen aufgenommen hätte. Sie war mit Leib und Seele Sängerin, jetzt brachten äußere Wirren sie wahrscheinlich um den ganz großen Erfolg. Das schmerzte, und wie – aber es ging nicht um Leben und Tod. Zudem, so schoss es Mariana durch den Kopf, wenn sie es unbedingt darauf anlegte und darüber hinaus in Kauf nahm, möglicherweise von einer Mine oder einem Torpedo in Stücke gerissen zu werden, dann würde es ihr schon gelingen, mit einem dieser Schiffe die Überfahrt zu machen, ganz legal, notfalls mit Kind und Kegel.

Schließlich begriff Mariana: Was sie da verspürte, waren gar nicht ihre eigenen Gefühle. Wieder einmal hatte sie die Atmosphäre eines Ortes aufgesogen, die Gefühle, Gedanken, Ängste, Sorgen, die ihn unsichtbar, aber nicht unfühlbar umgaben. Mariana passierte das immer wieder, oft erkannte sie den Zusammenhang gar nicht, wenn sie sich ohne ersichtlichen Grund plötzlich flau und niedergeschlagen oder auch glücklich fühlte. Allenfalls dachte sie an energetische Schwingungen, die einen Ort positiv oder negativ aufluden, woraus immer die sich zusammensetzten. Sie wusste jetzt auch, dass sie dieses Gefühl in schwachen Ansätzen schon einmal empfunden hatte: an Bord des Schiffes, das sie das letzte Mal nach

New York getragen hatte. Aber dort hatte sie auch Hoffnung und Zuversicht verspürt. Hier jedoch herrschte nur Angst. Verstört blickte Mariana hinüber zu den schönen Schiffen, wie abweisend wirkten sie, streng und korrekt: Für Unbefugte Zutritt verboten! Nein, ohne die nötigen Papiere, Stempel und Bürgschaften würde hier keine Menschenseele an Bord gelangen.

Von Lissabon flog Mariana direkt nach Wien, seit Jahren sang sie dort große Rollen, im Augenblick war es die Leonore in Beethovens ›Fidelio‹. Keine andere Oper brachte so herzergreifend zum Ausdruck, was Menschen anderen Menschen zuleide tun können, keine andere Oper, so fand Mariana, passte besser in die augenblickliche Zeit: Ein bösartiger Diktator unterdrückt ein ganzes Volk und martert und tötet seine Gegner – aber gegen die Liebe und die Treue ist er machtlos, sie bringen Hoffnung in die Welt und geben den Menschen die Kraft, weiterzuleben, trotz Elend und Furcht.

Mariana fühlte sich in die Figur der Leonore hinein, so wie sie es noch niemals getan hatte und nicht unbedingt für gut erachtete: Es hatte keinen Sinn, sich im Getümmel der Emotionen vollkommen aufzugeben, zum einen hielt man das nicht lange aus, zum anderen riskierte man, den musikalischen Überblick zu verlieren. Wehe, wenn man aus einem solchen Rausch aufschreckte und plötzlich nicht mehr wusste, an welcher Stelle man sich gerade befand.

Doch in den großen Augenblicken dieser Oper gab es keine Vorsicht mehr, hier ging es nicht um psychologisch erklärbare Emotionen wie in dramatischen Liebesmomenten. Das war Ekstase, Hoffnungsraserei, hier litt und bebte die Menschheit und zeigte, beflügelt durch die Verzweiflung, einen Löwenmut – der das Wunder schließlich wahr machte, es herbeizwang. Es musste einfach kommen: sonst war die Welt nicht mehr auszuhalten.

Schon nach der Premiere hatte in einer großen Zeitung gestanden: »Mariana Pilovskaja besitzt ein Geheimnis, ein

Geheimnis, das einige wenige Sänger haben: Herz. Ein Ton, der aus dem Herzen kommt, geht zu Herzen, er beglückt den Zuhörer und vermag ihn tief zu erschüttern.«Doch bei dieser Aufführung jetzt fand noch etwas anderes statt: Das Ereignis in Lissabon hatte Mariana wie ein Medium die ganze Aufregung und Angst und Hoffnungslosigkeit der wartenden Flüchtlinge mitfühlen lassen. Nun floss diese Erfahrung unbewusst auch in ihre Leonore ein. Ihr Glühen befeuerte auch die anderen Musiker, es war ein Aufschrei, der zum Himmel loderte.

Minutenlang, so schien es, konnte das Publikum nicht applaudieren, es war ganz benommen, so wie es geschieht, wenn man ein wirkliches Wunder erlebt. Dann aber wankte das Haus unter dem Klatschen und Jubeln. Jedermann begriff, dass er hier nicht nur einer musikalischen Offenbarung beigewohnt hatte. Wem aber die Aussage, die dahinterstand, nicht gefiel, der konnte so tun, als hätte er das nicht bemerkt: »Eine hervorragende Idee, die Rolle einem Mezzosopran anzuvertrauen, er hat einfach mehr Schlagkraft«, erklärte ein ordenbehängter SA-Mann seinen verstörten Kameraden.

Auf dem Rückweg nach Stockholm legte Mariana einen Halt in Stuttgart ein. Elegant, mit akkurat geschnittenem pechschwarzen Pony wie immer, öffnete ihr Lilli. Sie war damals, nach dem ›Parsifal‹ nach Stockholm mitgekommen, aber bald darauf wieder heimgefahren, nachdem sie einige Kontakte mit Galerien und Sammlern geknüpft hatte. »Ach, machen Sie uns doch bitte einen Tee«, sagte sie streng zu Fräulein Paula, die verschrumpelt und vergrämt, ebenfalls wie immer, aus der Küche herüberäugte. An den Wänden hingen neue Bilder: »Lauter Maler, die nicht mehr malen dürfen und schon gar nicht ausstellen. Da hängen eben wir ein paar ihrer Bilder an die Wand. Hier, die sind von deinem Andreas«, erklärte Lilli vergnügt. Fräulein Paula kam herein und knallte fahrig die edle Silberkanne auf das Glastischchen. Dann zog sie ganz vorsichtig etwas aus ihrer Schürzentasche, eine kleine

Schachtel samt Dokument, die zeigte sie voller Stolz Mariana: »Das habe ich vom Führer bekommen. Für treue Dienste. Immer bei der gleichen Herrschaft.« Mariana verschluckte sich an dem von Fräulein Paula selbstgebackenen Butterkeks, in den sie gerade gebissen hatte. »Seit 25 Jahren gehen wir uns auf die Nerven, dafür verdient man schon einen Orden, was, Fräulein Paula?«, kicherte Lilli. Als Mariana schon unter der Tür stand, umarmte Lilli sie plötzlich: »Solange Rainer sich nicht in einen blonden BDM-Trampel verliebt und mich vor die Tür setzt, mach dir mal keine Sorgen um mich«, flüsterte sie. »Ein paar Wichtigtuer schikanieren ihn, aber im großen Ganzen lässt man das verrückte Künstlervölkchen hier oben in Ruhe.«

Bei den Kiderlens drunten wurde die Schließung der Waldorfschule bejammert: »Katharina ist jetzt so schrecklich schlecht in der Schule. Alles, was sie bis jetzt gelernt hat, zählt nicht mehr, es geht nur noch um Orthografie und ähnlich banales Zeug.« – »Warum hört sie nicht auf mit der Schule, sie wollte doch Musik studieren?«, fragte Mariana. »Sie hat einen hübschen Sopran. Aber sie hasst hohe Stimmen, sie will singen wie du, und jetzt weiß sie nicht so recht, was sie machen soll«, erklärte Elsbeth. »Nicht zu fassen, alles wiederholt sich«, wunderte sich Mariana und erzählte, wie sehr sie lange Zeit unter ihrer tiefen Stimme gelitten hatte.

Zum Abschluss besuchte sie tatsächlich Andreas. In der allerersten Überraschung zeigte sich auf seinem Gesicht das alte charmante Strahlen. Doch dann wurde er gleich förmlich: »Oh, welch eine Ehre, einfach reizend. Darf ich Ihnen meine Frau vorstellen? Das ist Mariana Pilovskaja, eine wunderbare Sängerin. Ich habe sie in ihrer Anfängerzeit sehr bewundert.« Nun gut, wenn du dieses scheinheilige Getue für richtig hältst, dachte sich Mariana. Die Ehegattin schien immer noch dieselbe zu sein, allerdings sah sie inzwischen noch verbitterter aus. »Besser, sie begreift nicht, wer du bist. Sie hat immer Angst, dass ich mich als Augenmensch in schöne Frauen verliebe«, sagte Andreas und grinste spitzbübisch. »Wie geht es dir, darfst du wirklich nicht mehr malen?«, fragte Mariana irritiert. »Nein, aber wen interessiert das schon? Und sonst? Bei mir ist alles beim Alten, wie du siehst«, antwortete Andreas zweideutig. Ein immer noch gutaussehender, charmanter Mensch, aber seine Munterkeit wirkte aufgesetzt, irgendetwas stimmte nicht. »Dein Bild ist schon auf der ganzen Welt rumgekommen. Ich nehme es auf meinen Reisen immer mit«, sagte Mariana.

Wahrscheinlich brachte ihn das aus der Fassung. Zum ersten Mal sah er Mariana voll in die Augen. Es war so viel Traurigkeit in seinem Blick, dass Mariana wegschauen musste. »Das ist schön, dass du mir das sagst. Ich war so feig, ich hab dich so viel angelogen, da musst du mir jetzt auch nicht glauben. Aber ich habe dich wirklich geliebt«, murmelte Andreas, Mariana konnte ihn kaum verstehen. Etwas deutlicher fuhr er fort: »Abends geh ich hinüber zum Ortsgruppenleiter und sauf mit ihm. Der Obernazi und der Schmierant. Tagsüber male ich in meinem Atelier, wo sonst, in aller Heimlichkeit, versteht sich, offiziell habe ich Malverbot. Den paar Freunden, die sich noch für meine Arbeiten interessieren, erzähle ich, es seien alte Bilder. Pass auf dich auf, Moggele, ganz so verträumt und kunstnärrisch wie hier in unserem komischen Viertel sind nicht alle.« Andreas' Frau kam wieder herein. Sie hielt ein altes Rollenfoto von Mariana in der Hand und sagte seelenruhig: »Würden Sie das bitte auch für mich signieren?« Mariana nahm das Bild, es zeigte sie als schmucken Prinzen Orlofsky, darunter prangte schwungvoll: »Für meinen Andreas, ewig deine Mariana.«

Marianas Beklommenheit war mit einem Mal verflogen, sie musste lauthals lachen. Andreas wurde zuerst blass und dann rot und stammelte: »Ich hätte es dir nachher gesagt.« Komischerweise klang es sogar ehrlich. »Ja, warum auch nicht?«, rief Mariana, und noch schwungvoller, als vor Jahren, fing sie an: »Und für...«, dann merkte sie, dass sie den

Namen vergessen hatte. »Gerlinde«, half ihr Andreas weiter. »Und für Gerlinde. Toi, toi, toi, uns allen vom Gänsheide-Völkchen.«

Wie viele erfolgreiche Künstler besaß Mariana zwei Eigenschaften, die auf den ersten Blick grundverschieden und unvereinbar wirken mochten, sich in Wahrheit jedoch ergänzten, sich ausglichen, gegenseitig unterstützten: ungewöhnlich robuste, strapazierfähige Nerven und eine große Empfindsamkeit. Eine Mischung, die ihr so viel Kraft und inneren Halt gab, dass sie sich, ohne angstvoll bremsen zu müssen, in lichte Himmelssphären hinaufschwingen und in düstere Grabestiefen hinunterwagen konnte. Im Grunde ruhte sie in sich, so schnell brachte sie nichts aus dem Gleichgewicht. Es sei denn, eine finstere, unwägbare Gewalt brach von außen in ihr Leben ein. Zum Beispiel der Krieg.

Den ersten Weltkrieg hatte Mariana nur aus der Entfernung erlebt, doch seit Ausbruch des zweiten großen Krieges in Europa wusste auch sie, wie sich das anfühlte, wenn man vor Niedergeschlagenheit und Erschrecken völlig durcheinandergeriet und sich am liebsten vollends aufgelöst hätte in einer passiven, schlaffen Verzagtheit. Allerdings hatte sich schon bald wieder ihr alter Lebenswille geregt. Sogar ihr Humor kehrte zurück: »Auf der Bühne zeige ich mich als das tapfere Heldenweib, und in der Wirklichkeit stecke ich beim ersten kleinen Ungemach den Kopf in den Sand«, verspottete sie sich selbst.

Wie ein Arzt, der einen Rückfall vermeiden möchte, hatte sich Mariana zwei starke Hilfsmittel verschrieben: so viel Arbeit wie möglich. Und: so wenig sehen, hören, mitkriegen wie möglich von allen Ereignissen, die der Krieg mit sich bringen mochte. Folglich nahm sie eine ganze Zeitlang diverse Unannehmlichkeiten einfach nicht zur Kenntnis. Die gehörten eben zum Leben fahrender Sängerinnen.

Die Verspätung der Züge wurde mit der Zeit allerdings

doch etwas lästig, hauptsächlich durch ihre Unregelmäßigkeit. Bei einer Verspätung konnte es sich um Stunden handeln, um Minuten, es half alles nichts, man musste auf dem Bahnsteig auf seinen Koffern hocken bleiben und brav warten, denn niemand wusste Bescheid, nicht einmal, ob der Zug auf dem vorgesehenen Gleis einfahren würde. Im Wartesaal wurden vorsichtshalber schon gar keine Ansagen mehr gemacht. Wenn Mariana im Zug saß und der wieder einmal auf offener Strecke stehen blieb, fand sie das fast schon gemütlich, sie saß ja im Trockenen.

Beim ersten Fliegeralarm war auch sie aufgestanden und in den Luftschutzkeller geeilt. Dort musste sie drei Stunden ausharren, alles war so aufregend und ungewohnt, dass sie ans Schlafen gar nicht dachte. Irgendwann ertönte Entwarnung, nichts war passiert, doch am nächsten Tag fühlte sich Mariana müde und schlecht gelaunt, so dass sie beschloss, das nächste Mal ganz einfach im Bett zu bleiben. Auf eventuelles Sirenengeheul und entferntes Gerumpel achtete sie bald nicht mehr.

Bis sie eines Nachts in einem fremden Hotel – ihre alte, vertraute Pension war ein paar Wochen zuvor ausgebombt worden – davon aufwachte, dass unter enormem Geklirre und Getöse etwas Hartes, Schweres, Großes unten auf ihrer Bettdecke landete und zugleich ein gewaltiger Luftdruck durchs Zimmer fauchte. Erschreckt zog sie die Beine hoch, im Zimmer war es dunkel, der Lichtschalter bewirkte nichts mehr, aber nachdem sich ihre Augen daran gewöhnt hatten, erkannte sie im Schein der niederschwebenden »Christbäume« und im Aufflammen der Flakabwehr das Ding auf ihrem Bett als einen Fensterrahmen. Jetzt hatte es Mariana doch recht eilig, in ihre Kleider zu fahren und in den Keller zu gelangen, aber wo immer sie hinfasste, waren Glassplitter, selbst in den Schuhen. Als sie sich endlich unter grässlichem Knirschen aus dem Zimmer tastete, krachte, ballerte und blitzte es draußen immer stärker, der fensterlose, stockdunkle Gang schien kein Ende zu nehmen, aber irgendwann gelangte sie an die eiserne

Kellertüre und donnerte mit Händen und Füßen dagegen, weil sie in der Aufregung den Mechanismus der Verriegelung nicht begriff.

Marianas Entschlossenheit, bestimmte Lästigkeiten nicht zur Kenntnis zu nehmen, schnurrte nach diesem Erlebnis ziemlich in sich zusammen. Dafür machte sie jetzt recht interessante Luftschutzkellererfahrungen. Da immer noch keine besonders schweren Angriffe erfolgten und Mariana auch das Glück hatte, keinen unmittelbaren Bombenhagel mitzuerleben, waren die meisten sogar ganz lustig. Man schwatzte miteinander, manche spielten Karten, einige schliefen, irgendjemand zog eine Thermoskanne oder eine Schnapsflasche oder Kekse hervor und bot den in der Nähe Sitzenden davon an.

Die Leute, so fand Mariana, waren erstaunlich gefasst und nett zueinander, fremde Kinder durften sich auf wertvollen Taschen und Mänteln ausstrecken, wenn jemand vor Angst schlotterte, versuchte man ihn aufzumuntern.

Fast immer ertönte der Alarm, wenn Mariana schon im Hotel oder noch in der Oper war, daher kannte sie dort die Luftschutzräume. Die waren ganz gemütlich eingerichtet mit Sesseln und Decken, nicht gerade die allererste Garnitur, dafür bequeme, ausrangierte Modelle vom Dachboden oder aus alten Bühnenbildern.

Nur einmal verschlug es Mariana in einen öffentlichen Bunker, einen gewaltigen Höllenschlund, einen aufgelassenen Tunnel. Die klamme Kühle ließ schon den Hereinkommenden frösteln, von der Decke schien ein fahles Licht auf die hölzernen Bänke, Pritschen, Stockbetten, es roch nach Moder, nach einer Weile schien es Mariana, als sei sie schon in einem Zwischentotenreich. Die Menschen saßen da, stumm in sich versunken, hier und da wurde leise geflüstert, einmal weinte ein Kind, seine Mutter konnte es nicht beruhigen, die Umsitzenden starrten die beiden feindselig an. Was für eine ungute Atmosphäre! Neugierig fing Mariana an, sich ihre Schicksalsgenossen näher anzuschauen.

Vier von ihnen fielen ihr besonders auf. Ein Schüler hatte gleich nach dem Hinsetzen aus seiner abgewetzten Ledermappe Bücher, Hefte und Schreibzeug hervorgeholt, mit einer winzigen, akkuraten Handschrift machte er sich Notizen, mit einem Vierfarbstift und einem kleinen Lineal unterstrich er hier und da Wörter, ab und zu bedeckte er mit der Hand das soeben Geschriebene und bewegte lautlos murmelnd die Lippen. Offenbar lernte er den Text auswendig. Irgendwann schaute er auf seine Uhr und dann auf seinen Stundenplan, klappte die bisherigen Bücher zu, verstaute sie in der Ledermappe und zog ein anderes Buch hervor. Aha, jetzt war Physik an der Reihe, wie Mariana feststellen konnte. Alles an dem jungen Mann wirkte bestürzend ordentlich, er konnte gar nichts anderes als der Klassenprimus sein, jedenfalls nahm er von seiner Umwelt keinen Hauch zur Kenntnis.

Neben ihm saß eine »Frau aus dem Volke«, wie es in den Textbüchern zu stehen pflegte, vielleicht Mitte vierzig, abgearbeitete Hände, ein ganz liebes Gesicht, mit vielen Fältchen um die Augen. Ich glaube, die kommen vom Lachen, auch wenn sie jetzt so grantig dreinschaut, dachte Mariana.

Schräg gegenüber hockten zwei mausgraue Frauen, alles an ihnen war grau, Haare, Gesicht, Kleider, ihre Taschen, die Schuhe, sogar die kleinen Augen. Mariana erfasste es auf der Stelle: Von diesen beiden Nornen ging die ungute Stimmung aus, sie saßen auf der Lauer, sie waren gefährlich. Wie auf ein Stichwort fing in diesem Augenblick die grantige »Frau aus dem Volk« an zu schimpfen: »Der Göring, die fette Sau, der ist schuldig, dass wir hier sitzen und frieren. Der Herr Maier! ›Wenn ein einziges feindliches Flugzeug nach Deutschland kommt, dann will ich Maier heißen.‹ Ha, ha! Maier, das ist noch viel zu schön für den. Die gewinnen den Krieg nie, warum hören sie nicht endlich auf, jetzt helfen den anderen auch noch die Amerikaner. Ich habe seit Wochen keine Fensterscheiben, mein Nachbar, der Herr SA-Sturmbannführer, der hat seine schon am nächsten Tag bekommen.« Die Frau redete zornig auf den jungen Mann neben sich ein, der nicht einmal merkte, dass er gemeint war. Dafür spitzten die Nornen begierig die grauen Rattenohren. Mariana wurde es angst und bange: Mehr hatte dieser Unglücksrabe von jungem Klaviergenie sicher auch nicht gesagt, der vor ein paar Wochen in Berlin denunziert worden war und jetzt vom Sondergericht wahrscheinlich zum Tode verurteilt werden würde! Sehr von oben herab, würdevoll-entrüstet, herrschte sie die leichtsinnige Schwätzerin an: »Jetzt halten Sie endlich den Mund. Sie wollen uns doch nur provozieren. Ich kenne Sie doch, Ihr Mann ist Blockwart hier um die Ecke, und Sie haben fünf Söhne und das Mutterkreuz. Ich nehme an, Sie meinen es gut, aber Sie vertun Ihre Zeit: Wir hier sind lauter genauso überzeugte Parteigenossen wie Sie selbst.«

Der Frau blieb vor Verwunderung der Mund offen stehen. Was für einen Schwachsinn ich da daherrede, dachte Mariana, aber immerhin, die beiden Mausgrauen stutzten. »Ruhe, belästigen Sie uns nicht länger«, fauchte Mariana die Frau noch einmal an, die, wie ihr schien, etwas erwidern wollte. Endlich schien sie zu begreifen. Völlig verwirrt blickte sie sich um, übersah die grauen Frauen, aber Angst bekam sie doch. »Ich muss mal«, murmelte sie und verschwand.

Wie alle Menschen, die in Deutschland lebten oder dort arbeiteten, wusste selbstverständlich auch Mariana, dass die Bevölkerung von einem Heer von Spitzeln überwacht wurde. Meist waren das ganz unauffällige Leute, die nette Sekretärin, der freundliche Portier – wer würde auch schon einem stadtbekannten Nationalsozialisten, am besten gleich einem der gefürchteten Blockwarte, seine Unzufriedenheit mit den herrschenden Zuständen kundtun? Nein, nein, das Überwachungsnetz war feiner gesponnen, Kinder zeigten die Eltern an, es ging hinein bis mitten in die Familien.

Gerade die Luftschutzkeller waren, wie Mariana erfuhr, gefährliche Orte: In ihrer Aufregung und Angst verplapperten sich dort die Leute, zumal durch die gemeinsame Bedrohung eine Art Zusammengehörigkeitsgefühl zu entstehen schien und man fälschlicherweise glaubte, auch die anderen hätten die Nase voll und begriffen, wer ihnen diese Suppe eingebrockt hatte.

Solange Mariana in Schweden war, wusste sie immer recht gut Bescheid über die allgemeine Kriegssituation, auch wenn sie manchmal zu Birgit sagte: »Wenn ich noch viel höre, dann habe ich gar keinen Mut mehr loszufahren.« Doch wenn sie dann in Deutschland herumreiste und arbeitete, hatte sie keine Zeit und auch keine Lust mehr, sich ausführlich zu informieren. So wusste sie lange nichts von der ständigen Propagandaberieselung, die auf die Deutschen niederging und sie aufhetzte und in Furcht und Schrecken versetzte.

Nur auf Marianas geliebter Gänsheide schien alles ein wenig anders als sonst wo. Aus Anhänglichkeit sang Mariana immer noch ab und zu an der Stuttgarter Oper, für sie waren das ein paar kurze, glückliche Ferientage. Je nachdem, wie es sich gerade ergab, wohnte sie bei Lilli oder bei Elsbeth, sie fühlte sich dort zu Hause, sie schlief aus, las viel, werkelte im Garten, ging spazieren, und immer führte sie ihr Weg hoch zum Frauenkopf, zu ihrem Freund Loro. Der legte erst einmal den Kopf schief, wenn sie zur Tür hereinkam, äugte zu ihr hinüber, war sie es auch wirklich? Dann aber ging es los, er hüpfte und sprang, er schlug mit den Flügeln, plusterte sich auf, »Ana, Ana, Ana«, gurrte und krächzte er. Ach, was gab es nicht alles zu erzählen, endlos zu kraulen und zu knabbern! Irgendwann schlurfte die alte Bedienung herbei, der Konditor tauchte auf, die Wirtin. »Bis zum nächsten Mal, bis zum nächsten Mal. Oh ja, oh ja.«

Am Abend dann heulten die Sirenen, Rainer tranchierte gerade ein zartes Stück Tafelspitz, das Mariana aus Wien mitgebracht hatte. Hier oben über der Stadt wird nicht viel passieren, dachte Mariana und wollte in aller Ruhe weiteressen, da schoss Lilli schon hoch, ergriff ein neben der Türe bereitstehendes Köfferchen, schnappte sich ihren Mantel und eilte mit klappernden Absätzen in den Keller, dicht gefolgt von Fräulein Paula, die es in ihrer Küche auch nicht mehr aushielt.

Auf der Treppe begegneten sie einer jungen Frau mit ihren beiden Kindern, einem blondbezopften Mädchen und einem halbwüchsigen Jungen, die in Marianas ehemaliger Wohnung lebten. Die Mutter schleppte einen Koffer und ein paar Decken, die Kleine hatte zwei Käthe-Kruse-Puppen im Arm und einen abgegriffenen Stoffelefanten, und der Junge trug einen mit einem seidenen Tuch bedeckten Vogelkäfig, der so groß war, dass er nicht darüber hinwegblicken konnte und sich darum vorsichtig Fuß für Fuß die Stufen hinuntertasten musste. »Wenn du willst, tauschen wir«, sagte Rainer, der nur eine rote Saffianledermappe mit einem halbfertigen Manuskript bei sich hatte. Der Junge bedankte sich und erklärte, die Vögel müssten mit in den Keller, weil ihnen sonst bei Luftminen durch den Druck die Lungen platzten. »Auch großen Papageien?«, fragte Mariana erschrocken. »Ja klar, und wie. Alle Vögel sind sehr empfindlich«, beschied der Junge.

Unten im Keller verspeisten die Kiderlens ihr restliches Abendessen, Elsbeth hatte zwei Geigenkästen neben sich liegen, Katharina hielt die Katze Mona auf dem Schoß. Sie gähnte gelangweilt, als der Käfig mit den Vögeln an ihr vorbeigetragen und vorsichtshalber in einem abgetrennten Kellerabteil abgestellt wurde. Durch das Gerüttel waren die Wellensittiche aufgewacht und fingen unter ihrem Tuch an, leise vor sich hin zu schwatzen. Mariana sorgte sich um ihren Papagei und versank in Gedanken.

Eine silberhelle Frauenstimme ließ sie aus ihrer Versenkung hochschrecken: »Die feindlichen Fliegerverbände befinden sich im Anflug auf den Großraum Stuttgart. Die Bevölkerung...« Hier wurde die Stimme von Lilli abgewürgt: »Aus, aus, ich kann es nicht hören!« Mariana hatte gar nicht bemerkt, dass sich in der Ecke, wo Lilli und Fräulein Paula steif und verkrampft auf ihren Stühlen saßen, auch ein Radio befand.

Während sie sich noch über die gute Kellerausstattung wunderte, rumpelte es oben an der Kellertür. Eigentlich, so hatte Mariana gedacht, waren alle Hausbewohner inzwischen hier unten versammelt, doch nun ging die Kellertür noch einmal auf, und ein untersetzter Herr um die fünfzig schnaufte herein.

Speckige, wirre Strähnen umstanden seinen viereckigen Schädel, seine Augen wirkten riesig hinter den ungewöhnlich dicken Brillengläsern, doch das Ungewöhnlichste an ihm war ein graues Steingutkrüglein mit einem Zinndeckel, das er sehr achtsam in der rechten Hand hielt. Beim Hereinkommen hatte er nur ein kurzes »'n Abend« vor sich hin geknurrt und sich auf der Stelle etwas abseits von den anderen in einen alten Lehnstuhl verdrücken wollen, doch Rainer zog ihn am Ärmel seiner ebenfalls speckigen roten Samtjacke und stellte ihn Mariana vor. »Du meine Güte, wenn ich gewusst hätte, dass ich Sie heute Abend hier treffe, dann hätte ich mich doch wenigstens gekämmt! Aber wissen Sie, ich war schon im Nachthemd, und bevor ich in den Keller gehe, muss ich noch rüber in die Wirtschaft und mir mein Krüglein nachfüllen lassen. Ohne das geht's nicht«, stammelte Professor Baumeister und schaute Mariana aus seinen Käuzchenaugen treuherzig an.

Ein dumpfes Gerumpel irgendwo draußen enthob ihn einer weiteren Konversation. »Jesus Maria, jetzt kommen sie. Rainer, Rainer, wo bist du?«, rief Lilli schrill. »Ach du liabs Hergöttle«, murmelte Fräulein Paula, aber alle anderen blieben gelassen. »Das ist noch weit weg«, meinte die Kleine mit ihren Puppen. Aber die Einschläge kamen dann doch näher, auch Elsbeth wurde jetzt nervös; um sich abzulenken, stand sie auf, machte das Radio an und drehte daran herum. Statt der Silberstimme war jetzt ein Mann zu hören. Es ging um Maul- und Klauenseuche, wie sie entstand und zu behandeln sei. Mariana traute ihren Ohren kaum. Was dieser Mann da erzählte, erstaunte sie nicht so sehr, auch wenn es im Moment für die Anwesenden dringlichere Themen geben mochte, es war seine Sprache: markiges, selbstgefälliges Schweizerdeutsch! »Beromünster«, sagte Katharina lässig dahin. »Und das hört ihr, einfach so, ihr alle zusammen?«, fragte Mariana verblüfft. »Der Empfang ist doch gut, finden Sie nicht?«, mischte sich nun Professor Baumeister ein, als rede auch er von etwas Selbstverständlichem.

Die Bombeneinschläge kamen noch näher, ein paarmal schien das Haus zu wanken. Aus der Ecke, wo Lilli und Fräulein Paula inzwischen auf den Knien lagen, drang leises Gezischel: »Heilige Mutter Gottes, bitte für uns, jetzt und in der Stunde unseres Todes«, konnte Mariana nach einer Weile verstehen, erstaunlich, aber die anderen waren offenbar daran gewöhnt, wer weiß, vielleicht beruhigte es auch sie. Die Vögel zwitscherten nun ganz munter, Mona schnurrte laut unter Katharinas heftigem Streicheln, und auf jeden Fall, so erklärte der Herr aus Beromünster, sei eine penible Stallhygiene zur Vorbeugung unabdingbar. Mariana schaute sich in der Kellerrunde um. »Ach, bei euch ist es gemütlich«, sagte sie gerührt.

Am nächsten Tag ging sie noch einmal hoch zum Frauenkopf. »Den Loro, aber ja doch, den lassen wir nie allein. Der und die Oma, die kommen immer als Erste in den Keller. Es geht gar nicht anders, die beiden fallen vor Schreck schon vom Stängel, wenn sie bloß die Sirenen hören. Die geben erst im Keller wieder eine Ruh.« Mariana fühlte sich beruhigt.

Liebenswerte kleine Begebenheiten. Doch die Mühseligkeiten in Marianas Wanderleben mehrten sich. Auf den Bahnhöfen der großen Städte ging es oft zu, als führen hier die allerletzten Züge, der Teufel schien den Menschen auf den Fersen, wer hier nicht mehr mitkam, der war wohl verloren. Kämpferische Menschenknäuel klumpten sich vor den Zugtüren, wer gar keine Hoffnung mehr sah, sich auch noch hineinzudrängeln, der riss eines der Fenster herunter, schob erst seine Kinder durch den schmalen Spalt, dann seine Koffer und versuchte sich hinterherzuhangeln, manchmal halfen dabei die

Zuginsassen, manchmal schlugen sie ihnen auch auf die Finger und wehrten sie ab.

Auch Scharen von Soldaten quollen plötzlich in die Eisenbahnwagen, sie streckten sich aus auf ihren Tornistern, Stahlhelmen, Gasmasken, Waffen. Die Fronturlauber waren vergnügt, trotz allerlei leichter Verbände um Kopf und Glieder, galant hoben sie Mariana über schlafende Kameraden hinweg, wenn sie auf die Toilette wollte oder aussteigen musste. Mit ihnen war die Reise unterhaltsam, man teilte sich Essen und Trinken und erzählte sich Geschichten. Wer zurück an die Front fuhr, war nicht so mitteilsam, Mariana brach schier das Herz, wenn sie die armen Kerle sah mit ihren sorgenvollen Mienen. Was mochte draußen auf sie warten, was daheim mit ihren Lieben geschehen?

Die Ankunfts- und Abfahrtszeiten der Züge waren jetzt vollends aus den Fugen geraten. Einmal stand Mariana in Berlin auf dem Bahnsteig und beobachtete, wie ein für seine Verspätung berüchtigter Fernzug aus dem Osten schnaufend mit zehn Minuten Verspätung auf dem Nachbargleis einfuhr. »Na, was sagen Sie nun«, bemerkte sie erfreut zu einem Schaffner, der neben ihr stand: »Klasse, wa, fast uff de Minute«, meinte der. »Aber det is der Zuch von jestern.«

Viele Züge führten jetzt vorne und hinten ein auf einen flachen Waggon montiertes Flakgeschütz mit sich. Zunächst hatte sich Mariana vor diesen martialischen Zugbegleitern gefürchtet, aber dann gewöhnte sie sich daran und fand sie sogar beruhigend. Nur wenn sie an die mageren Buben in ihren schlotterigen Uniformen dachte, war ihr nicht wohl in ihrer Haut, sechzehn, siebzehn Jahre schätzte sie, Milchgesichter allesamt. Wie mochten die sich fühlen an ihren Geschützen, selbst ungeschützt wie auf dem Präsentierteller, und das bei Wind und Wetter. Mariana hortete Schokolade und Zigaretten für sie und steckte sie ihnen vor der Abfahrt in die Taschen.

Immer häufiger kam es vor, dass Mariana auf ihren nächtlichen Reisen irgendwann darüber aufwachte, dass der Zug schon eine ganze Weile auf den Gleisen stillstand. Dann schaute sie kurz zum Fenster hinaus, und wenn es draußen finster war und nur die Sterne funkelten, schlief sie auf der Stelle tief und fest weiter. Einmal saß sie viele Stunden in dem wartenden Zug, inmitten vor Erschöpfung wie betäubt schlafender Reisegenossen, und starrte auf einen glutroten Feuerschein, der den ganzen Himmel entflammte, wie das brennende Walhalla in der ›Götterdämmerung‹. Er war noch lange nicht erloschen, als die Morgenröte erschien und ihn verblassen ließ. Es war Nürnberg, das diese Nacht in Schutt und Asche fiel.

Schlimme Zeiten. Und doch wurde an allen Opernhäusern unverdrossen weitergesungen. Wenn da nicht Pietro und die immer verwickelter werdenden Zustände in Italien gewesen wären, hätte Mariana sich vielleicht gar keine Sorgen gemacht, es war sonderbar genug, an was man sich als vielbeschäftigte, gesunde, nicht übertrieben ängstliche junge Frau und Künstlerin alles gewöhnte. Massimo war in Stockholm gut aufgehoben, Birgit musste gar nicht mehr warnen, Mariana fand jetzt selbst das Reisen zu gefährlich für ihn.

Bei den Salzburger Festspielen 1943 sang Mariana die Dorabella in ›Così fan tutte‹. Auch Astrid und Erna waren mit von der Partie, als Fiordiligi und Despina. Wie schon die Jahre zuvor, hatte das »Trio Infernal« ein gemütliches Haus außerhalb der Stadt gemietet, hoch oben auf grünen, kuhbestandenen Matten und groß genug für Kind und Kegel. Doch nur Pietro wurde noch zur Premiere erwartet, die anderen Hausgenossen blieben in diesem Jahr vorsichtshalber daheim.

Auch Jens Arne Holsteen – im vergangenen Jahr noch der Premierendirigent – war inzwischen nach Amerika verschwunden. Weniger aus politischen Skrupeln, wie zum Beispiel Marcello Rainardi – hatte er es doch verstanden, unter den braunen Machthabern seine Karriere zielstrebig voranzutreiben –, als vielmehr seiner momentanen Gattin zuliebe, einer milliardenschweren amerikanischen Südstaatlerin. Von ihr vor die Wahl gestellt:»Die Braunen oder ich«, brach er seine Zelte in Europa ab. Hier wie dort standen ihm alle Türen offen, dort jedoch wartete darüber hinaus ein luxuriöses Nest auf ihn. Wozu sich also das Leben unnötig schwer machen?

Die drei Freundinnen genossen die unvorhergesehene Dreisamkeit durchaus, wann schon konnten sie halbe Tage und Nächte ungestört zusammenhocken und in Erinnerungen schwelgen? Erna war inzwischen mit einem sympathischen Hünen aus einer uralten Stockholmer Verlegersippe verheiratet und hatte drei Kinder, zwei Töchter und das kleine Karlchen. Offenbar hatte sie es mit ihrem Holger ganz gut getroffen. Er war ein empfindsamer, eher scheuer, musischer Mensch, der Bücher liebte, nicht nur aus beruflichen Gründen, und manchmal mehrere Tage an einen einsamen Fjord zum Nachdenken und Fischen ging.

In den folgenden Jahren ersang sich Erna weltweit einen unangefochtenen Platz in der allerersten Sängerriege. Für bestimmte Rollen gab es eigentlich nur sie. Wenn sie der Kinder wegen vor ausgedehnten Tourneen zögerte, ermunterte sie Holger:»Du bist doch nicht dafür geschaffen, hier als Mutter und Hausfrau zu versauern. Kriegen kann ich die Kinder nicht für dich, aber auf sie aufpassen, das kann ich genauso gut.«

Als aber der Krieg ausbrach und es in Europa immer unruhiger wurde, bekam Holger Angst um Erna. Um sie von den gefährlichen Reisen abzuhalten, appellierte er plötzlich an ihre Mutterpflicht:»Du darfst kein unnötiges Risiko eingehen, das bist du den Kindern schuldig.« Einen Hinweis auf die wagemutige Mariana schmetterte er energisch ab:»Die hat eine Rossnatur. Und nur ein Kind. Außerdem ist ihr Mann in Rom.«

Schon um des lieben Friedens willen, aber auch aus eigener Angst, beschränkte sie ihre Engagements immer mehr auf Skandinavien und pickte sich auf dem kriegerischen Festland nur noch ein paar Rosinen heraus, wie eben jetzt Salzburg, auf das sie schon der Freundinnen wegen nicht verzichten mochte. Zudem erschienen ihr Österreich und gar das kleine Salzburg nicht so gefährdet:»Glaubst du vielleicht, die Amerikaner bombardieren den ›Jedermann‹ und das Café Tomaselli und die Mozartkugeln«, beschwichtigte sie ihren besorgten Gatten.

»Das würde mir gerade noch fehlen, einen Ehemann um eine Reiseerlaubnis bitten zu müssen«, entsetzte sich Astrid. Von den drei Freundinnen war sie die Freiheitsdurstigste. Im Gegensatz zu der braven Erna konnte sie eine lange Verehrerliste aufweisen, lauter drahtige, besitzergreifende, glutäugige Gesellen, Südamerikaner, Italiener, Portugiesen, Korsen, Griechen. Und Marcello Rainardi, oh ja. In Neapel, bei der Premierenfeier, hatte die Sache ihren zaghaften Anfang genommen, dann, auf Marianas Hochzeit, befeuert durch viel Aquavit, war sich das Paar in die Arme gesunken.»Astrid, ich warne dich, ein Neapolitaner!«, hatte Mariana zu bremsen versucht und ihr von Marcellos finsteren Ansichten berichtet. Doch da war es bereits zu spät, eine turbulente Liaison nahm ihren Lauf, die lange Zeit die gesamte Opernwelt in Atem hielt.

Marcello war noch eifersüchtiger als erwartet, ein genialer Teufelsbraten, der es kaum mehr dulden mochte, dass Astrid unter einem anderen Dirigenten sang. Als Marcello aus politischen Gründen nach Amerika ging, weigerte sich Astrid, ihre Zelte in Europa gänzlich abzubrechen, wie es Marcello selbstverständlich von ihr erwartete.»Ich bin Schwedin, ich bleibe hier«, sagte sie blauäugig-stur. Marcello war tief beleidigt abgerauscht und hatte bisher nichts mehr von sich hören lassen.

Jetzt hatte sich Astrid zur Abwechslung einen Spanier zugelegt, der seit dem Franco-Regime in Frankreich lebte, hin und wieder malte, sehr viel plante, Filme, Theaterdekorationen, Ausstellungen, und wirklich sehr charmant war. Aber ebenfalls rasend eifersüchtig. Er selbst schaute hinter jedem weiblichen Wesen her, aber Astrid sollte sich in seiner Anwesenheit mit keinem anderen Mann auch nur über das Wetter unterhalten. Irgendwie gefiel ihr das Getue und Getöse wohl, aber bevor es zur lästigen Routine wurde, reiste sie schon wieder ab.

Das mit den Männern war gar nicht so einfach, darüber waren sich die Freundinnen einig. »Mein Gott, haben wir es gut, wir kommen in der Welt herum; wenn wir arbeiten, tun wir das, was wir sowieso am liebsten tun, und dafür kriegen wir auch noch einen Haufen Geld«, sagten die drei Damen lachend und brachen einem weiteren Fläschchen den Hals.

Als Pietro spätabends leicht erschöpft eintraf, wurde ihm selig zugeprostet: »Auf dein Wohl, du wunderbarer, einsamer weißer Rabe.« So vergnügt waren die drei Schwedenmädel schon lange nicht mehr gewesen. Nicht einmal Pietros Schauergeschichten aus Italien vermochten sie zu erschüttern: Mussolini gestürzt und verhaftet, die Alliierten vor Sizilien gelandet – nun denn, dann ging der Schlamassel hoffentlich rasch zu Ende!

Am nächsten Morgen begriff Mariana entsetzt: »Dann warst du womöglich in Lebensgefahr! Und wie kommst du jetzt wieder zurück?« Zwar beschwichtigte Pietro: »Halb so schlimm, du kennst doch die Italiener. Und im Norden ist alles in Butter.« Aber die heitere, leichte Stimmung hatte einen Knacks bekommen.

Bald nach der Premiere musste Pietro wieder nach Hause fahren. Erst als er gesund und munter anrief, die Reise sei völlig harmlos verlaufen und Rom ohne die vielen Fremden so friedlich und angenehm wie schon lange nicht mehr, verließ Mariana die Angst.

Dann aber, mitten hinein in die Festspiele, kam aus Mailand eine Nachricht, die einschlug wie eine Bombe: »Scala total zerstört.« Die Sänger, die Künstler, all die vielen Menschen, die hier zusammenströmten, weil sie die Musik inniglich liebten, konnten es nicht fassen. Die Scala, der heiligste Tempel in der großen, weiten Opernwelt, einfach vernichtet. Gar nicht vorstellbar, eine solche Schandtat.

Bald jedoch erwachte eine verzweifelte Trotzreaktion: nun gerade. Auch in Mailand dachte man offenbar so. Schon wenige Tage später sickerte nach Salzburg die Meldung durch: Wir spielen weiter, im Teatro lirico. Auch die drei Freundinnen beschlossen, unerschrocken durchzuhalten.

Von Salzburg reiste Mariana nach Wien und dann weiter nach München, wo die Proben für die ›Frau ohne Schatten‹ begannen. Viele Jahre zuvor hatte sie in dieser Oper die Amme gesungen und sang sie auch jetzt noch leidenschaftlich gern. Diesmal jedoch sollte sie die Färberin übernehmen. Mariana stürzte sich mit Begeisterung und Bravour in das Wagnis dieser hochdramatischen Partie. So wie sie jetzt sang, traute sie sich fast alles zu, irgendwie gab es für sie keine festgelegten Rollenbegrenzungen mehr.

Dann kam eine Nacht Anfang Oktober. Wieder einmal heulten die Sirenen, schon im Luftschutzkeller war zu verspüren, was für ein langer, schwerer Bombenhagel unmittelbar über der Stadt niederging. Als Mariana schließlich ganz benommen wieder nach oben tappte, verschlugen ihr beißender Rauch und Qualm den Atem. Überall brannte und loderte es, unter Sausen und Krachen fielen Dächer und Hauswände in sich zusammen.

Mariana wohnte mitten in der Stadt, und ohne nachzudenken, sie wusste gar nicht warum, lief sie hinüber zur Oper. Haushohe Flammen schlugen aus dem Dach, sie loderten und waberten zwischen den Säulen hervor, wehende, undurchdringliche Feuervorhänge. Mariana schossen die Tränen in die vom Rauch geröteten Augen, aber bei aller Trauer und Verzweiflung bestaunte sie auch die erhabene Schönheit, mit der das geliebte Haus hier verglühte. Das brennende Rom, musste Mariana denken, kein Wunder, dass Nero bei dessen Anblick in wilder Begeisterung sang.

In dieser Nacht verbrannte für Mariana zusammen mit dem Opernhaus auch ihre Hoffnung, mitten in einem vom Krieg gebeutelten Land weitersingen zu können. Selbst nach der Zerstörung der Scala hatte sie noch gedacht, dass die Kunst die Menschen gerade in schlimmen, wirren Zeiten zu trösten und zu erheben vermochte, ja dass es geradezu eine ihrer Aufgaben war, das zu tun. Jetzt wusste sie nicht mehr, wie es sich damit verhielt.

Einige Sängerkollegen waren auch hierher geeilt, wie verstörte Tiere, die mitansehen müssen, wie ihre Heimat in Flammen aufgeht, drängten sie sich nahe aneinander. Tapfer wehrte sich das stattliche Gebäude gegen seinen Tod, doch die gierigen Flammen fanden immer neue Nahrung, loderten gen Himmel, bis zu den Sternen hob der Feuersturm die stiebenden Funken. Schließlich gaben die ersten Balken ächzend nach, bis nach vielen Stunden der Dachstuhl schauerlich donnernd in die Tiefe krachte.

Mariana hatte einige Wochen für den Münchner Aufenthalt eingeplant. Die lagen nun plötzlich vor ihr als sinnlose freie Zeit. Sie wusste nicht mehr, was sie damit anfangen sollte. Ihr Hotel war wundersamerweise so gut wie unversehrt geblieben, und irgendwann ging sogar das Licht wieder an. Mühsam zerrte sie das Radio vom Nachttisch auf ihr Bett, das Kabel war recht kurz, aber es reichte gerade, und verkroch sich mit ihm unter die Bettdecke. Sie schaltete Radio London ein. Was sie zu hören bekam, klang abenteuerlich, vor allem die Nachrichten aus Italien. Mussolini war inzwischen wieder befreit, der König geflohen und die Deutschen hatten sich in Rom eingenistet, das wusste Mariana bereits. Doch von Kämpfen südlich von Rom zwischen den Deutschen und den anrückenden Alliierten hörte sie zum ersten Mal. Mariana hob den Telefonhörer hoch, die Verbindung kam tatsächlich zustande, Triumph der Technik: »Ja, ja, Rom steht noch, es geht uns prächtig, aber komm um Himmels willen nicht hierher, das ganze Land starrt vor Waffen.«

Am nächsten Tag trieb Mariana in einer Notunterkunft den Verwaltungsdirektor auf, er verfasste für sie ein hochtrabendes Schreiben: »... in dringender Mission ... Kontaktgespräche zwecks Übernahme einiger Münchner Produktionen durch die römische Oper...« Das Ganze auf vergilbtem Büttenpapier, verziert mit einigen sonderbaren, uralten Marken, das offizielle Briefpapier und die schönen Stempel waren zusammen mit dem Betriebsbüro verschmort. Mariana rollte das Schreiben zusammen wie eine Bulle aus Pergament, es fehlte nur noch ein prächtiges Siegel. Jetzt hatte sie eine Art Passierschein, für den Fall, dass man sie aufhalten und ihr Schwierigkeiten machen wollte. Sie fühlte sich wieder wohlgemut, wie in einer Verschwörerrolle.

Vorbei an marschierenden Soldaten, Staub aufwirbelnden Panzern, Gräben, Palisaden und schweren Geschützen, gekleidet in ihr elegantestes Reisekostüm, fuhr sie nach Rom. »Die Ratten betreten das sinkende Schiff. Ich hätte schwören können, dass du kommst«, begrüßte Pietro sie und nahm sie in die Arme.

Kurz vor der Rückreise kramte Mariana in ihren beiden mittlerweile zerschrammten Lederkoffern herum. »Weißt du was? Den einen Koffer lasse ich hier, die Züge sind jetzt immer so voll«, sagte sie zu Pietro. Dann klopfte sie einen Nagel in die Wand und hängte ihr Seestück zwischen die anderen Bilder: »So, jetzt hat es seinen festen Platz. Da gehört es hin.« Pietro nickte stumm. Was sollten sie nur machen?

Vor dem Bahnhof wurden Flugblätter verteilt: »Italien erklärt Deutschland den Krieg.« Diesmal, das wussten Mariana und Pietro, war es kein normaler Abschied, so wie sie es sich drei Jahre zuvor auf dem Stockholmer Flugplatz noch hatten vormachen können. Rom und Stockholm. Und dazwischen nichts als Krieg.

»Hast du noch deinen schwedischen Pass?«, fragte Pietro. Mariana nickte: »Und meinen Opern-Passierschein: In dringender Mission. Es ist nicht übertrieben. Ich fahre durch bis nach Stockholm. Schau dich schon mal um nach einer Wohnung. Wenn dieser wahnsinnige Krieg irgendwann vorbei ist, kommt Massimo wahrscheinlich bereits in die Schule. In Rom, wo sonst?«

Fast auf den Tag genau, im Herbst 1945, sahen sie sich wieder. Diesmal war es Pietro, der die weite Reise antrat, in einem der ersten Züge, die von Rom wieder über den Apennin krochen. Das propere, so gänzlich intakte Stockholm wirkte auf ihn wie eine Fata Morgana. So viel Zerstörungen, Verletzungen und Trümmer hatte er auf seiner langen Fahrt gesehen, sogar die Wälder und Felder bluteten aus Wunden, die der Krieg ihnen geschlagen hatte. Nicht nur in den Städten, auch über den wechselnden Landschaften hing noch der Brandgeruch.

»Bleibt noch ein Weilchen auf eurer Insel der Seligen«, riet Pietro, aber Mariana widersprach ihm:»Nein, nein, wir waren lange genug getrennt. Von jetzt an bleiben wir drei beieinander.« Nichts konnte sie davon abhalten, ihr Vorhaben in die Tat umzusetzen. Bereits auf der Rückreise wurde Pietro von Frau und Sohn begleitet.

Noch bei der Abfahrt nach Rom hatte Mariana geglaubt, sie könne nichts mehr erschüttern. Dann aber ratterte der Zug durch eine nicht enden wollende Trümmerwüste, Kilometer um Kilometer nichts als Ruinen, jedwedes Leben schien hier erloschen, es sah aus wie nach dem Ende der Welt. Nur etwas war noch am Leben, es irrte durch die Trümmer, hallte nach als endlos gebrochenes Echo: die Schreie der Geschöpfe, der Menschen, Pflanzen, Tiere, die dort zu Schaden gekommen waren und vielleicht noch jetzt unter den Trümmern ihrer geborstenen Häuser begraben lagen.

Mariana starrte durch die schmutzigen Fensterscheiben, sie schloss die Augen, aber es war zu spät: Die lautlosen Klagen waren schon zu ihr durchgedrungen, nicht fordernd, nicht bedrängend, nur ein stummes, schüchternes Flüstern, ein scheues:»Denk an uns. Auf dass wir endlich Ruhe finden.«

Brennendes Mitgefühl durchströmte Marianas Gemüt, glühende Liebe, der Schweiß brach ihr aus, sie merkte es nicht. Irgendwann spürte sie Massimos kleine Hand. Nach einer langen Stille brach Pietro endlich den Bann: »Also gut, jetzt haben wir Berlin hinter uns. Schauen wir mal nach, was uns die Oma auf unsere Vesperbrote getan hat.«

In Rom waren zu den unzähligen historischen Trümmern nur wenige neue hinzugekommen. Endlich war der Spuk vorbei. Dankbar und unternehmungslustig genossen die Römer den milden, friedvollen Herbst. Vielleicht knurrte ihnen manchmal der Magen, aber das kam eben ab und zu vor im Laufe der Jahrtausende, damit hatten sie umzugehen gelernt, die heimische Küche verstand sich aufs Zaubern in mageren Zeiten, mit Geduld und Strategie schmurgelte stets etwas in den Töpfen. Auch der Anblick fremder Soldaten in den eigenen Mauern schreckte schon lange nicht mehr. Gerade noch waren die Deutschen durch die Stadt stolziert, jetzt schlenderten Amerikaner umher und klebten Kaugummi unter Tische und Bänke. Barbaren, allesamt, nicht der Aufregung wert. Aber es machte Spaß, sie nach besten Kräften zu schröpfen. Gerade die arglosen Amerikaner eigneten sich sehr dafür: Noch der falscheste Barockengel ergab kistenweise gutes Corned Beef und viele Stangen Zigaretten. Immerhin ging es nicht um einen plumpen Betrug, stets war die schöne Fälschung kunstvoll eingewickelt in eine herzzerreißende Geschichte, in der verarmte Adelige, verzweifelte Mütter oder hungernde Nonnen sich unter Tränen von ihren wertvollsten Schätzen trennten, selbstverständlich unter der Bedingung, dass sie in gute Hände kamen: »Sonst verhungern wir lieber.« Dieser unter Augenrollen, Gesten und Seufzern dargebotene Bericht machte die eigentliche Gegenleistung für die Naturalien aus: Auf seine Ehre ließ ein Römer nichts kommen.

Jawohl, man hatte Lebensart in der ewigen Stadt. Das empfand auch Mariana. Zumal Pietros Familie die beiden Neuankömmlinge gleich rührend besorgt unter ihre Fittiche nahm. Vor allem Silvana, die gleich um die Ecke wohnte, erwies sich als große Hilfe. Mit dem Hinweis auf die Bekehrungschance einer verirrten Seele meldete sie den evangelisch getauften Massimo bei den Patres an, zu denen auch Stefanos und Esmeraldas Söhne, Bruno und Umberto, in die Schule gingen, sie überredete die tüchtige Marta, die eigentlich nur ihre Kusine Esmeralda hatte besuchen wollen, sich um Marianas Haushalt zu kümmern, und sie machte sich auf Wohnungssuche im Viertel, denn Massimo, darüber war man sich einig, sollte möglichst nahe bei den anderen Kindern aufwachsen – welch ein Glück, dass er sie schon von klein auf kannte und von Anfang an gut mit ihnen zurechtkam, vor allem mit Stefano und Umberto, die kaum älter waren als er.

Die ersten paar Monate hauste die kleine Familie in Pietros Wohnung, dann fand sich ein Zusatzquartier, ein entzückendes Häuschen inmitten wuchernder Gärten, gleich hinter Silvanas großer Wohnung in der Via Margutta und dem Hügel der Villa Borghese. Es gehörte zu einer Gruppe von Künstlerateliers, zu denen man durch einen engen Gang unterhalb eines düsteren Hinterhauses und über eine dahinterliegende, sich den Hügel emporschlängelnde, moosbewachsene Treppe gelangte. Ein richtiges Gartenlaubenidyll im Herzen des alten Rom. Leider fauchte der Wind arg durch die Ritzen. Nun gut, selbst in einem Provisorium konnten ein paar neue Fenster nicht schaden, so befanden alle, und wenn man schon dabei war, sollte man auch eine Heizung einbauen, und auch das Bad ließ zu wünschen übrig.

Bald war es wirklich gemütlich, allerdings immer noch etwas eng. Aber Massimo war sowieso nur selten da, ständig verschwand er ins Vorderhaus zu den anderen Kindern. Sie lungerten gerne bei den Amerikanern herum, dort schnappten sie ein paar Brocken Englisch auf, vor allem aber Schokolade, Kaugummi und sogar Zigaretten, die sie dann geschäftstüchtig auf dem Schwarzmarkt verhökerten. Einmal waren gerade Diebe in das amerikanische Lebensmitteldepot eingebrochen, unter Motorradgeknatter und Sirenengeheul erschienen italienische Polizisten und behinderten mit ihrem Getöse die Feldpolizei bei der Spurensuche. Die Kinder beäugten das Ganze aus der Ferne, sie hatten genau gesehen, wo ein Teil der Beute von den Dieben auf der Flucht fortgeworfen worden war, dort, hinter ein paar Sträuchern, jetzt galt es nur noch, unauffällig dahin zu gelangen. Wer achtete schon auf drei nette brave Buben? Selbst als die irgendwann etwas steifbeinig davonstelzten, drehte sich niemand nach ihnen um. Erst zu Hause zogen sie ihre Beute unter den Pullovern und aus den Hosenbeinen hervor: mehrere Tafeln Schokolade und einige Packen Butter, beides durch die Körperwärme bereits leicht verformt, zwei Stangen Zigaretten und fünf Pfund Kaffee – ein Vermögen! Sollte das wirklich alles auf den Schwarzmarkt wandern? Oder sollten Esmeralda und Marta endlich wieder einen echten Bohnenkaffee bekommen? Die beiden waren zunächst sprachlos, dann fragte Esmeralda zögernd: »Habt ihr das gestohlen?« Als die Kinder treuherzig verneinten, meinte sie: »Na, dann holt mal die Kaffeemühle.«

Auch die Großeltern besuchte Massimo. Anders als den anderen Kindern gefiel es ihm in den düsteren, hohen Räumen. Schon wenn er den schweren Türklopfer gegen das gewaltige Eingangstor klappern ließ, freute er sich, er war gerne mit älteren Menschen zusammen, daran war er gewöhnt, von Kindesbeinen an, auf sie konnte er sich verlassen.

Die Großmutter zeigte ihm Fotoalben, da gab es ordenbehangene Herren und elegante Damen mit wagenradgroßen Hüten, aber sie sagte nicht einfach, das ist ein Admiral, das deine Großtante Chiara, sondern sie wusste zu jedem Bild eine Anekdote, in der es wimmelte von Entführungen und Duellen und anderen spannenden Ereignissen. Der Großvater erzählte lieber aus der Geschichte. Auch er schleppte Bücher herbei, dicke Schwarten, oft mit lateinischen Texten, die er aus dem Stand übersetzte.

Manchmal fiel die gesamte Kinderschar wie ein Vogelschwarm in Marianas Häuschen ein, so dass es fast aus den Nähten platzte. Dann floh sie nach einiger Zeit zu ihrem Flügel, der noch in Pietros Wohnung stand. Ein ziemliches Wohnungsdurcheinander, ständig flatterte jemand von Nest zu Nest, doch niemand störte sich daran. »Polnische Wirtschaft hätte man das bei uns genannt. Als Hausfrau, fürchte ich, bin ich etwas chaotisch«, tat Mariana zerknirscht. »Eine grauenvolle Vorstellung, gar nicht auszuhalten, wenn du da auch noch so ordentlich und bienenfleißig wärst wie als Künstlerin«, erwiderte Pietro schmunzelnd. »Was bleibt mir anderes übrig? Du jagst mich ja dauernd in der Welt herum«, jammerte sie.

Ganz aus der Luft gegriffen war die Behauptung nicht, denn nach und nach schwirrte Mariana wieder fast genauso viel umher wie in ihren reiselustigsten Zeiten: Mailand, London, Paris, Lissabon, Barcelona, Genf, Amsterdam, Kopenhagen, Wien. Selbstverständlich auch Stockholm, immer wieder, schon um die Familie zu sehen, die Großeltern, den Bruder, Birgit, die sich als Reisebegleiterin langsam zu alt fühlte: »Lieber besuche ich euch in Rom.« Daneben Tourneen in Nord- und Südamerika, irgendwann auch Australien, Angebote kamen aus der ganzen Welt.

Die aufregendste Anfrage erhielt Mariana aus Leningrad, ihrem verklärten alten Sankt Petersburg. Man bewundere und verehre sie, eine Zusammenarbeit mit ihr würde das Haus mit Stolz erfüllen, nur zahlen könne man leider so gut wie nichts. »Endlich in Russland und auf Russisch singen! Dafür würde ich noch draufzahlen und sogar die verhasste Schankwirtin singen«, hatte Mariana oft gesagt. Sie hoffte natürlich auf ein Zustandekommen, aber sie zögerte auch.

Es war tatsächlich Pietro, der Mariana gut zuredete, die Reisestrapazen noch einmal auf sich zu nehmen: »Der Krieg hat deine Karriere durcheinandergebracht, aber zum Glück nicht zerstört. Sei froh, dass du noch so gefragt bist. Wenn du dich jetzt nicht auf die Socken machst, ist es zu spät. Dann ärgerst du dich zu Tode, das Gejammer möchte ich mir nicht anhören müssen. Komm, komm, keine Müdigkeit vorschützen, du bist ein altes Zirkuspferd, das trabt auch lieber in der Manege herum, als dass es auf einer fetten Wiese sein Gnadenbrot frisst.« – »Oder geschlachtet wird«, ergänzte Mariana lachend. Wie froh war sie, dass Pietro sie so antrieb, ihr bedingungslos den Rücken freihielt und nicht zuließ, dass sie aus einem sentimentalen Pflichtgefühl heraus und dem kleinen, frisch entwurzelten Massimo zuliebe ein ganz überflüssiges Opfer brachte und schon jetzt mit dem Singen aufhörte oder es zumindest stark einschränkte.

Ein klein wenig hatte sie mit solchen Gedanken kokettiert, zum ersten Mal in ihrem Sängerleben. Pietros Meinung war eindeutig. »›Ich hab mich für die Familie geopfert!‹ Das möchte ich niemals hören, wenn ich nur daran denke, kriege ich eine Gänsehaut. Damit haben Generationen unzufriedener Frauen ihre Lieben tyrannisiert und lahmgelegt.« Auch Mariana begriff: Was da als Edelmut daherkam, war eigentlich Bequemlichkeit, geradezu Faulheit. Einfach alle viere von sich strecken und das Leben genießen, Frau Professor Bernini, die ehemalige Diva, was musste sie sich denn noch beweisen? Mariana schmunzelte, derartige Anwandlungen kannte sie bis dahin noch nicht bei sich, aber das sonnige, verlockend schöne Rom vermochte es wirklich, noch den umtriebigsten Nordländer zum Nichtstun zu verführen. Im Grunde war gegen dieses *dolce far niente* nichts einzuwenden, auch nicht dagegen, dass sie jetzt gern gemütlich mit Mann und Kind zusammengeblieben wäre, außer eben, dass sie es nicht lange ausgehalten hätte. Dafür brodelten immer noch viel zu viel Tatenlust und Kraft und Ehrgeiz in ihr – auch wenn sie jetzt Mitte vierzig war. Vielleicht sogar aus diesem Grund: Sie hatte keine Zeit mehr zu verlieren, Pietro hatte recht: Wie ein großer, starker Vogel musste sie noch einmal zum Flug ansetzen und etwas Unterbrochenes zum Abschluss bringen.

Etwas machte Mariana allerdings doch zu schaffen: Wäre der Krieg nicht dazwischengekommen, hätte sie wahrscheinlich ins hochdramatische Fach hinübergewechselt wie so viele andere Sängerinnen, die aus dem Mezzofach kamen, mochte es auch für die Stimme Gefahren mit sich bringen! Ihre Kundry in Bayreuth war schon der erste sinnvolle Schritt auf diesem Weg gewesen, denn für die hochdramatischen Wagnerpartien bedurfte es als Fundament einer soliden Tiefe und einer reichen, klangvollen Mittellage. Bei vielen der schweren Sopranpartien hatte Wagner das Zentrum des Singens in dieser Lage angesiedelt. Die berüchtigten Spitzentöne, das wusste Mariana, wären bei der leidenschaftlichen Art, mit der sie sich ihren Rollen hingab, ganz von selbst gen Himmel gelodert. Brünnhilde, Isolde, um diese Herrlichkeiten hatten sie also die Kriegswirren gebracht. Sosehr das schmerzte, jetzt schien es Mariana zu spät, um den Sprung in das neue Fach noch zu wagen.

Immerhin, ein Gutes hatte dieser erzwungene Verzicht mit sich gebracht: Ihre Stimme klang noch genauso kraftvoll und geschmeidig wie zu den besten Zeiten. Es hatte ihr wohl gutgetan, dass sie eine Zeitlang nicht mehr so viel zum Einsatz gekommen und unfreiwillig geschont worden war. Auch jetzt, obwohl es im geschundenen Nachkriegseuropa ungewöhnlich rasch wieder aufwärtsging, dauerte es noch ein Weilchen, bis wieder einigermaßen normale Zustände herrschten. Nicht nur auf den Bühnen, auch bei der Eisenbahn, beim Fliegen. Mariana flog jetzt öfter als früher, ihr saßen die vergangenen Eisenbahnerlebnisse noch in den Knochen.

Der zögerliche Anfang hatte noch einen weiteren Vorteil: Mariana konnte ausprobieren, wie Massimo ihre erneute Abwesenheit aufnahm. Das Ergebnis war erleichternd: Offenbar erschien sie ihm selbstverständlich. Er war von jeher daran gewöhnt. Wenn Mariana wegfuhr, nahm er ihr das nicht übel, und wenn sie zurückkam, freute er sich, er kroch zu ihr ins Bett, sie musste ihm alles erzählen, stolz begleitete er sie durch die Stadt. Das ging so ein, zwei Tage, aber dann reichte es auch schon, »Ciao Mamma«, hieß es, »ich geh jetzt zu Stefano.«

»Ich hab den Eindruck, ihr kommt recht gut ohne mich aus«, sagte Mariana irgendwann pikiert zu Pietro, sie wusste selbst, wie kindisch es war. Immerhin protestierte Pietro: »Mir fehlst du manchmal schon. Und Massimo ist eben ein Held.« Doch als seine Großmutter Birgit zum ersten Mal zu Besuch kam, war es um Massimos Heldentum geschehen: Er warf sich ihr an die Brust, er krallte sich an ihr fest, sie konnte kaum ihren Mantel ausziehen, ein schwedischer Wortschwall brach aus ihm heraus, vor Aufregung verhaspelte er sich. Den ganzen Aufenthalt über bewachte er seine Großmutter wie ein eifersüchtiger Hütehund, eigentlich sollte sie überhaupt nur mit ihm zusammen sein. Er allein wollte ihr Rom zeigen, sein Rom, so wie er es entdeckt hatte. Dazu gehörten auch die römischen Großeltern. Pietro und Mariana durften mit dabei sein, Massimo strahlte: Seine Familie. Eine richtige Familie.

Birgit musste ihre Heimfahrt immer wieder verschieben, erst als alle geschworen hatten, dass Massimo in den nächsten Ferien nach Stockholm fahren durfte, notfalls sogar allein, ließ er die Großmutter unter lautem Abschiedsgeheul ziehen. »Der arme kleine Kerl, sie liebt er wirklich, ich bin eben doch nur die Rabenmutter!«, jammerte Mariana. Zum Trost lud Silvana die ganze Familie zum Abendessen ein. Nach einer Weile sah der Tisch wie ein Schlachtfeld aus, Brotreste, Weinflecken, Krabbenschwänze, Spuren von Tomatensoße, abgenagte Knochen. Oben am Tisch lachten und plauderten die Erwachsenen, unten lärmten die Kinder, Massimo mitten unter ihnen, fuchtelnd, witzig, vergnügt. »Massimo wird das schon hinkriegen«, beschloss Mariana, allzu viele Zukunftssorgen hatten wirklich wenig Sinn.

Immer wieder feierte Mariana ein Wiedersehen mit Künstlern, die sie seit Jahren nicht mehr gesehen hatte. In New York fiel ihr Georges Goldberg um den Hals: »Endlich! So, jetzt legen wir zusammen los.« Der Wunderknabe hatte sich inzwischen zum Star gemausert, seine Musicalsongs summte ganz Amerika, aber zum Komponieren kam er kaum mehr, leider auch nicht zum Klavierspielen, denn überall riss man sich um ihn als Dirigenten.»Mahler, weißt du noch«, sagte Mariana, »durch dich bin ich wieder zum Lied gekommen, in den letzten Kriegsmonaten in Schweden habe ich eine ganze Reihe von Liederabenden gegeben, mein Gott, hat mir das gefallen. Schubert, Schumann, Strauss, Wolf, nur mit Mahler habe ich auf dich gewartet.« – »Ich auch, mit dem ›Lied von der Erde‹. Auch wenn ich es noch sosehr liebe, oder gerade darum, ohne dich wollte ich es nicht machen.«

Begeistert stürzten sie sich in die Arbeit. Und als Mariana behauptete, bei einer ihrer Herzensrollen, der Leonore aus dem ›Fidelio‹, womöglich nicht mehr ihr altes Feuer entfachen zu können, fegte Georges ihre Bedenken dahin und riss sie wieder mit. Dieser glühende Schwung, der sich stets auch den Zuhörern mitteilte, sollte ihnen all die Jahre über erhalten bleiben, die sie noch miteinander musizierten.»Eigentlich kann ich's nur mit Besessenen, mit Verrückten. Bei den Normalen, den Vorhersehbaren, langweile ich mich und werde selbst langweilig«, gestand sich Mariana.

Auch Jens Arne Holsteen und zum Glück auch Marcello Rainardi waren wieder aufgetaucht. Jens Arne begegnete Mariana zum ersten Mal wieder in London, wo sie als Ulrica gerade mit den Proben zum ›Maskenball‹ begonnen hatte und er für ein Sinfoniekonzert probte. Sie wohnten im selben Hotel, und so liefen sie sich immer wieder über den Weg.

Er kam ihr sehr verändert vor. Noch bei ihrem letzten Treffen in Salzburg hatte er, trotz Allüren und Ticks, etwas Jungenhaftes an sich gehabt. Selbst wenn er sich Mühe gab, es zu verbergen, etwas Linkisches, Unsicheres schimmerte ab und zu durch, was ihn dann ärgerte, falls er es überhaupt merkte. Gerade dieses Gefühlskuddelmuddel machte ihn letzten Endes liebenswert, zumindest für Menschen, die ihn gut kannten.

Jetzt, in den wenigen amerikanischen Jahren, hatte sich der kleine Provinzler vollends in einen perfekten Weltmann verwandelt. Alles an ihm war tadellos, sein Auftreten, der Schnitt seines Anzugs, die Frisur, Schuhe, die edelsteinbesetzten Knöpfe an seinem Frackhemd, an der gestärkten Hemdbrust und an den Manschetten. Überall exquisite Schlichtheit, Kaschmir, feinstes Tuch, Saffian- und Juchtenleder. Er trug es mit überzeugender Selbstverständlichkeit.

Die leichten Narben in seinem Gesicht, die von der Jugendakne stammten, mochten zunächst überraschen, aber besonders die Damen, wie Mariana feststellen konnte, sahen in ihnen die geheimnisvoll verwitterten Spuren eines schmerzlich bewegten Innenlebens. Zudem verliehen sie seiner Perfektion einen Hauch von anrührender Natürlichkeit.

Seine Frau, die Amerikanerin, hatte sich nicht ganz so gut gehalten. Mariana hatte sie nur einmal getroffen, kurz vor Kriegsausbruch, eine schmale Erscheinung in einem märchenhaft schönen Abendkleid wie aus flüssigem Silber. Jetzt merkte man ihr die paar Jährchen Vorsprung vor ihrem schlanken Ehemann an. Alles an ihr wirkte schwerer geworden, die Augenlider, das Kinn, der Busen, der Schmuck, auch die Kleidung, nicht protzig, aber wahrhaftig auch nicht diskret.

Rebecca Holsteen besaß Witz und Verstand. Und sie strotzte vor Selbstbewusstsein – das mitnichten auf einem Ehemann gründete. Sie genoss das glanzvolle Leben, das ihr die Position ihres Mannes bot, aber als Spross einer steinreichen Tabakdynastie fand sie daran nichts Außergewöhnliches, es stand ihr einfach zu.

In Jens Arnes Brust saß kein Herz aus Stein – wie bei seinem Vater. Mariana erinnerte sich mit leichtem Schauder an die damalige Begegnung. Weltmann hin oder her: Vor allem anderen war Jens Arne Musiker, Künstler, ein leidenschaftlicher Dirigent. Als solcher gehörte er zu den besten seiner Generation, den die berühmtesten Orchester und Künstler umbuhlten. Dank seiner Begabung und Besessenheit hatte er es so weit gebracht, niemand hatte ihm dabei helfen müssen, schon gar keine Ehefrau. Selbst in Amerika hätte er seinen Weg alleine gemacht, Rebeccas fabelhafte Kontakte hatten allenfalls ein paar Stolpersteine entfernt und zusätzlich einen weichen Teppich ausgerollt. Gewiss ein recht angenehmer, aber nicht notwendiger Luxus. Wer weiß, ob ihm als hartnäckigem Kletterer nicht ein paar spitze Steine und Felsbrocken hie und da gefallen hätten. Geschadet jedenfalls hätten sie ihm bestimmt nicht. Gerade ein selbstherrlicher Geselle wie er brauchte gelegentlich Widerstand, zum Beispiel Kollegen, andere Künstler, Kritiker, die ihm sagten, was ihrer Meinung nach einmal nicht so gut gelungen war. Das rückte dann die Lobhudeleien wieder zurecht, die solch ein Mensch im Überfluss zu hören bekam. Schließlich konnten auch Fachleute verschiedene Vorstellungen über die Gestaltung eines Werkes besitzen.

Früher hatte auch Jens Arne solche Auseinandersetzungen geschätzt. Jetzt jedoch ließ er sich lieber von einem zwitschernden Hofstaat umschwirren. Der sollte ihm schöntun und ihn unterhalten. Wenn er genug davon hatte, stand er auf und ging einfach weg.

Das Konzert versöhnte Mariana dann. Jens Arne hatte es effektvoll zusammengestellt, Beethovens Vierte und Tschaikowskis Sechste Symphonie, klassische Strenge und aufgewühlter Herzenserguss. Wunderbar durchsichtig und straff, aber doch arg kühl der Beethoven, Tschaikowski dann so wild und schluchzend und dem Untergang zustürzend. Die Zuhörer tobten. Sieh mal an, der Junge hat wirklich seinen Stil gefunden. Vielleicht etwas glatt, aber mit viel Schwung. Wir sollten auch mal wieder zusammenarbeiten. Das Drumherum kann mir egal sein, dachte Mariana.

Mit Marcello Rainardi hingegen war es vom ersten Augenblick an wie früher. Er schien sich überhaupt nicht verändert zu haben, er war noch der alte Hitzkopf, und sie kamen wunderbar miteinander zurecht. In der wiederaufgebauten Scala arbeiteten sie mit großem Eifer zusammen. Mariana sang für sie neue Belcantopartien wie die Adalgisa aus der ›Norma‹ von Bellini und die Giovanna Seymour aus der ›Anna Bolena‹ von Donizetti. »Siehst du, als stimmgewaltige Wagnerheroine müsstest du diese differenzierten Rollen vergessen«, sagte Marcello, der um Marianas geheimen Kummer wusste.

Nur über Astrid durfte lange Zeit nicht gesprochen werden. Traurig dachte Mariana an die fabelhafte gemeinsame ›Aida‹, wie gerne hätte sie die jetzt wiederholt! Umso mehr, als Astrid und sie mit diesem Stück sogar auf Tournee gingen und dabei Riesenerfolge erlebten, trotz der meist mittelmäßigen Dirigenten. »Ja, ja, Mariana, probier's halt mal«, meinte irgendwann auch Astrid ohne rechte Überzeugung. Doch Marcello blieb nachtragend und bockig. Dadurch kam eine ganze Reihe sicherlich sehr schöner Aufführungen erst einmal nicht zustande.

Schließlich, in Glyndebourne, liefen sich Astrid und Marcello doch noch über den Weg. Es war eher erstaunlich, wie lange sie das hatten vermeiden können. Alle Anwesenden zogen die Köpfe ein, aber zunächst passierte nicht viel, ein paar Belanglosigkeiten, so, so, aha, kühle Blicke. Ein paar Tage später geriet Marcello wie zufällig in eine Probe von Astrid, gegen ein gemeinsames Essen war eigentlich nichts einzuwenden, und dann, Mariana konnte nur noch die Augen rollen, ging die ganze Geschichte von vorne los. »Astrid, ich flehe dich an, bist du verrückt«, »Marcello, bitte, tu dir das nicht an, dir nicht, Astrid nicht, uns nicht«, beschwor Mariana die Freunde. Genauso gut hätte sie den dahinstürmenden Wolken Einhalt predigen können.

»Was willst du, ich habe doch bloß unsere ›Aida‹ gerettet«, sagte Astrid betont schnoddrig und fügte hinzu:»Ich habe meine südländischen Gockel satt, diese Leichtgewichte, die nichts auf die Beine bringen und sich trotzdem aufplustern, einfach weil sie ein Männchen sind. Marcello ist doch wenigstens als Musiker ein toller Kerl.« Vielleicht brauchten die beiden sich wirklich, an Temperament und Eigensinn blieben sie sich jedenfalls nichts schuldig. Aber eben auch nichts an kreativem Feuer, die Musikwelt konnte sich über die Versöhnung freuen.

Mariana hielt nichts von solchen amourösen Verstrickungen im Berufsleben, schon gar nicht bei Sängern. Sie machte aus ihrer Ansicht Astrid gegenüber keinen Hehl, aber ihre Vorhaltungen fruchteten nichts: »Wenn ich dich so höre, frage ich mich, wie wir Sänger es überhaupt je mit einem Menschen aushalten können – und der mit uns. Warum nicht gleich Einsiedler werden, der Welt entsagen, als ›Hohe Priesterin der Kunst‹. ›Dienen, dienen‹, wie die verehrte Kundry, das wäre doch was für uns.«

»So ein Quatsch«, verteidigte sich Mariana. »Ich finde, man sollte die Dinge nicht unnötig komplizieren. Mit der Liebe zurechtkommen, das ist bereits eine hohe Kunst, und das Gleiche gilt fürs Singen. Wenn man beides miteinander verpantscht, riskiert man Kopf und Kragen, ohne Not, es wäre nicht nötig gewesen. Aber natürlich brauchen wir Partner in unserem Beruf, treue, kampferprobte Partner. Freunde! Mensch Astrid, wem sage ich das? Das ist das sichere, solide Terrain, von dem aus ich agieren kann, soll ich mir das mutwillig durch Sentimentalität gefährden?«

Ohne verlässliche Freunde, Partner, konnte sich Mariana ihr Sängerdasein gar nicht vorstellen. Auf das Zusammensein mit ihnen, die gemeinsame Arbeit, freute sie sich schon Monate vorher. Alles machte ihr mit diesen Menschen Spaß, die Proben, die Aufführungen, die Reisen, das Zusammenhocken, Trinken und Essen. Ihnen zuliebe übernahm sie sogar mühselige Verpflichtungen, wie seinerzeit im Krieg, als sie unter Lebensgefahr in Notunterkünften spielte, nachdem die Opernhäuser bereits zerstört waren. Selbst die schönste Gage, das fabelhafteste Programm konnten sie nicht dazu bewegen, sich auf eine Tournee einzulassen, auf der nicht die richtigen Leute mit von der Partie waren. Sich mit arroganten Kollegen herumzuärgern, dafür war ihre Zeit zu kostbar. Doch stets bestand Mariana auf ihrer Unabhängigkeit. So treu sie ihrerseits den Gefährten war, sie brauchte auch Abwechslung. Immer nur ein und derselbe Dirigent, womöglich noch mit einem gleichbleibenden Team, das hätte ihr nicht behagt. »Beständigkeit in der Abwechslung oder abwechselnde Beständigkeit« nannte sie das und empfahl es auch ihrer Freundin Astrid. »Ach, Mariana, du hast gut reden«, sagte die nur.

Mariana war nämlich etwas gelungen, von dem viele ihrer Kolleginnen behaupteten, es sei ganz unmöglich: Sie hatte ihre Sängerkarriere und ihr Familienleben unter einen Hut gebracht. Eigentlich konnte man sogar sagen: Sie hatte sich eine Sängerkarriere geleistet und zugleich ein Familienleben, das hatte sie gewagt und auf sich genommen. Darin bestand der eigentliche Luxus. Wenn beides auch noch gut ging, dann war das unverschämtes Glück. »Erarbeitetes« Glück, hart erarbeitet.

Die bejubelte Wiederaufnahme ihrer ›Aida‹ machte den beiden Freundinnen Mut, noch weitere erfolgsträchtige Renner auf ihr Gemeinschaftsprogramm zu setzen: »Wunderbarerweise lacht uns das Publikum noch nicht aus, wenn wir uns als heißbegehrte oder verschmähte Liebhaberinnen auf der Bühne die Augen auskratzen. Lass uns solange noch Geld scheffeln«, überzeugten sie Marcello. Eine Reihe von Aufführungen kam so zustande, überall auf der Welt stürmten Opernnarren die Kassen, um das große Ereignis mitzuerleben: ›Norma‹, ›Anna Bolena‹ und ›Troubadour‹. Zudem von Mozart ›Così‹ und der ›Titus‹. Das hatte sich Mariana gewünscht, zum Ausgleich für die viele »Italianità«.

Die Rolle des Sextus war neu für Mariana, die leidenschaftliche Brillanz des Stückes riss sie mit, wenn sie durch die Flammen des brennenden Kapitols irrte, empfand sie wirkliche Verzweiflung, jedes Mal musste sie an die Schreckensnacht in München denken. »Dass wir das noch erleben dürfen, neue Rollen als uralte Opern-Zirkusgäule«, sagte Mariana glücklich.

Selbst Wagner kam nicht zu kurz. Meist dirigierte Georges Goldberg, häufig genug auch in Italien, an allen möglichen Orten, denn wundersamerweise vergötterten die Italiener mehr denn je dessen Musikdramen. »Ich glaube, Wagner ist ihnen nicht ganz geheuer, irgendwie finden sie ihn germanisch-exotisch, aber gerade darum schwärmen sie für ihn«, beschied Georges. Mariana nahm mit Freude ihre alten Partien wieder auf, Brangäne, Ortrud, im ›Ring‹ Fricka und Waltraute.

Auch neue Musiktheaterwerke lernte sie durch Georges Goldberg kennen. Er liebte Alban Berg und beschwor Mariana, die Marie im ›Wozzeck‹ zu singen. Zu Anfang zierte sie sich: »Das liegt zu hoch für mich. Dafür bin ich zu alt, so ein junges, lebenshungriges Ding.« Aber Georges blieb ungerührt: »Ach was. Um die Höhe mach dir mal keine Sorgen. Und wenn Frank Carstens Regie führt, ist es sowieso zappenduster, du musst allenfalls aufpassen, dass du nicht zu früh in den See stolperst.« Die Schwierigkeit kam von einer anderen Seite: Das Mitleid mit ihrer Marie schnürte Mariana auf den Proben immer wieder die Kehle zu. »Nicht zu fassen«, murmelte sie und schnäuzte sich in ihr Taschentuch. »Was bin ich nicht schon verzweifelt gewesen, außer mir geraten und vor Kummer gestorben in tausend Rollen. Kalten Blutes. Jetzt sing ich meinem kleinen Sohn ein Liedlein vor und fang das Heulen an.« Georges nickte nur.

So gut es ging, achtete Mariana bei der Planung ihrer Termine darauf, dass sie nicht allzu lange von Rom oder Italien fernblieb. Sie sang in Bologna und Florenz, in Palermo und Neapel, an der Scala liebte man sie als fesselnde Partnerin der berühmtesten Gesangsstars, in Rollen wie der Ulrica, der Giovanna Seymour oder ihrer geliebten Azucena.

Auch bei der Uraufführung von ›The Rake's Progress‹ von Stravinsky war sie mit von der Partie, im schönen Fenice, wo sie mit Genuss und zur allgemeinen Freude eine monströse, plappernde, schimpfende Türkenbab hinlegte, mit wallendem Bart und wabbeligem Riesenleib. »Alte Schreckschrauben, wahrscheinlich wird das später einmal mein Schicksal sein, nun gut, mir macht's Spaß«, erklärte sie der Familie.

Pietro besuchte sie regelmäßig zu den Premieren und begleitete sie sogar manchmal ein Stück weit auf ihren Reisen. Dazu hatte Massimo keine Zeit mehr, er ging inzwischen aufs Gymnasium, in die gleiche Klasse wie Stefano, und konnte nicht einfach die Schule schwänzen, aber für einen Abstecher nach Mailand, Neapel oder Venedig reichte es doch. Aus dem kleinen Schwedenbübchen war ein waschechter Römer geworden, ohne Mühe glitt er von einer Sprache, einer Identität in die andere. In Rom lebte er sein Alltagsleben, und in den Ferien verschwand er nach Schweden.

Einmal, in Salzburg beim ›Titus‹, war alles wie in alten Zeiten. Hier sang auch Erna mit, und wieder hatten die drei Damen ein Haus gemietet, für sämtliche Männer, Mütter, Kinder. Alle kamen, sogar Birgit, so dass Massimo diesmal nicht nach Schweden fahren musste, um seine Großmutter zu sehen. Pietros Eltern allerdings fühlten sich für die weite Reise zu alt.

Jens Arne Holsteen dirigierte, auch das war fast schon Tradition. Wenn er in Europa nicht herumreiste, lebte er meist in der Nähe von London. Rebecca hatte dort ein »europäisches Pied à Terre« gekauft, wie sie es nannte, ein mächtiges Tudor-Landhaus mit Türmen und Zinnen und bestimmt hundert Zimmern, die außer dem Architekten wohl noch niemand gezählt hatte.

Häuser kaufen war offenbar ihre Leidenschaft. Vor Kurzem hatte sie bei Salzburg »ein gemütliches Refugium für uns und unsere Gäste« erstanden, diesmal einen klotzigen Zwitter aus Ferienvilla und Jagdschlösschen, der mitten im dichten Wald auf einer Lichtung thronte und zu dem man durch eine Schlucht über eine schotterbestreute Privatstraße gelangte. Die Freitreppe flankierten zwei gewaltige gusseiserne Hirsche. Auch innen im Haus Hirschgeweihe, wohin das Auge fiel, als Kronleuchter oder Mantelhalter. Die mächtigsten hingen als Trophäen entlang der beiden Längsseiten eines auf altdeutsch getrimmten Rittersaals. An den Wänden und auf dem Boden kündeten Tigerfelle, Elefantenfüße, ein Nashornkopf und dergleichen von den Schießkünsten des Vorbesitzers, eines Nazibonzen, der während des deutschen Afrikafeldzuges zusammen mit ein paar hohen Parteigenossen auf Safari zu gehen beliebt hatte.

Ein stattlicher Rahmen, den Rebecca majestätisch zu füllen wusste, genauso wie das tief dekolletierte Abenddirndl aus schwarzem Moiré mit der blau-violett changierenden Seidenschürze. Jens Arne hingegen, in seinem Salzburger Trachtenjanker aus Leinen, wirkte hier völlig verloren. »Wollt ihr noch ein Gläschen Champagner?«, fragte er wie ein artiges Kind seine Gäste, zu denen auch Mariana, Erna, Astrid und ihr Anhang gehörten. »Wahrscheinlich hast du jetzt auch einen Sepplhut mit Gamsbart und eine Flinte und gehst im Walde so vor dich hin«, amüsierte sich Astrid.

»Lachen Sie nicht«, bemerkte Rebecca. »Früher hat er immer gesagt, Spazierengehen sei todlangweilig, aber inzwischen streift er stundenlang durch den Wald. Die Waldluft tut ihm gut, wenn er heimkommt, ist er immer frisch und aufgeräumt.« – »Oh, wenn du so gerne wanderst, dann komm doch mal mit uns mit«, lud Mariana ihn ein, aber Jens Arne lehnte dankend ab: »Nein, nein, ich bleibe lieber in meinem Wald und allein.«

Ganz stimmte das offenbar nicht. Als Mariana und Pietro ein paar Tage später in einer hochgelegenen Almhütte ein Glas Milch trinken wollten, entdeckten sie am Tisch in der Stube ihren Freund. Weder im Wald noch allein. Denn neben ihm saß ein zierliches junges Mädchen mit blonden Zöpfen.

Die Stube war so klein, dass man nicht so tun konnte, als sähe man einander nicht. Erstaunlicherweise winkte Jens Arne den Eintretenden sogar zu:»Kommt, setzt euch zu uns. Das ist das Dorle. Sie zeigt mir ein bisschen die Gegend.«

Mariana und Pietro setzten sich doch lieber draußen auf die Bank:»Das Dorle«, meinte Mariana gerührt.»Undine müsste sie heißen, das liebreizende Geschöpf. Wie eine taufrische Bergwiesenblume.« Pietro pflichtete ihr bei:»Hast du ihre vergissmeinnichtblauen Augen gesehen?«

Inzwischen, ein paar Jahre nach dem Krieg, tummelte sich wieder ein internationales und betuchtes Publikum in der kleinen Stadt. Rebecca und ihr Clan jedoch, der Gebirge und Mozart zur Abwechslung ganz lustig fand, bildeten auch hier eine Klasse für sich.

Schon dass sie sich in ihren Cadillacs, Chevis, Pontiacs und sonstigen »Amischlitten« von ihren Chauffeuren zum Festspielhaus fahren ließen, während normale Menschen entweder kein Auto besaßen oder in der engen Altstadt lieber zu Fuß gingen, wurde heftig bestaunt, und Rebecca erhielt von den Zaungästen beim Verlassen ihres schwarzen Rolls-Royce ehrfürchtigen Applaus.

Ihre Auftritte setzte sie sorgfältig in Szene. Erst wenn fast das gesamte Publikum saß, betrat sie den Saal und schritt am Arm eines schönen Begleiters zu ihrem Platz, Mitte rechts in der sechsten Reihe. Dort blieb sie noch einen Augenblick stehen, schaute wie suchend ins Publikum, lächelte kurz hierhin, dorthin, schenkte ihren Lieblingen ein Wedeln mit der Hand, dann endlich ließ sie sich nieder, und das Licht im Saal konnte erlöschen. Wo andere Damen sich mit einer kleinen Nerzstola schmückten, reichten ihre Capes und Mäntel mindestens bis zum Boden, allein für ihren seidenzarten Chinchillamantel hatte eine Pelztierfarm zwei Jahre lang die makellosesten Felle sammeln müssen.

Nach den Aufführungen dinierte der ganze Pulk mit Vorliebe in einem rustikal eingerichteten Kellergewölbe, wo es zu

Phantasiepreisen kleine Portionen österreichischer Schman-
kerl gab. Meist stieß irgendwann Jens Arne dazu, allerdings
verschwand er nach kurzer Zeit wieder. In diesem Jahr erschien er von vornherein nur äußerst selten.
»Ob sie was ahnt?«, rätselten Mariana und die Ihren. »Ich
glaube nicht. Da sie und ihre Entourage keinen Schritt zu Fuß
tun, kann der lieber Jens Arne in aller Seelenruhe mit seiner
Waldfee herumspazieren«, schmunzelte Pietro. Ach, wie
schön, endlich wieder ein richtiger Klatsch. Wie würde es weitergehen? Nach den Festspielen war es wohl aus mit der
Idylle. »Hoffentlich fällt die Kleine nicht rein auf den verkorksten Kerl«, regte sich Erna auf. Auch Mariana und Astrid
wünschten es ihr von Herzen.

Zu Hause in Rom hatten Pietro und Mariana andere Sorgen.
Es ging um Pietros Eltern, die nicht mitgefahren waren nach
Salzburg. Schon einmal, vor einigen Jahren, hatte Massimo
seinen Vater gefragt: »Warum wohnen wir eigentlich nicht
bei den Großeltern?« Doch der hatte fast schockiert geantwortet: »Da würden wir nur stören.« Der Palazzo war so
etwas wie ein Familienmuseum, dort residierten die hochver-
ehrten Alten zwischen den ererbten uralten Möbeln, Gemäl-
den, Gobelins, Trophäen, im Übrigen aber ganz so, wie es ihnen beliebte. Jede Generation hielt das anders, und nie mischte
sich jemand ein, die Kinder und sonstigen Verwandten ging
das überhaupt nichts an.
Jetzt aber stellte sich für Pietro und Silvana doch die Frage,
ob sie die klapprigen Eltern weiterhin allein ihrem Schicksal
überlassen konnten. Gewiss, da gab es die Köchin und das
Zimmermädchen und den Hausmeister, aber die waren selbst
schon alt und umständlich und kamen mit überraschenden
Situationen wahrscheinlich nicht mehr zurecht. »Vielleicht
könntet ihr ins obere Stockwerk ziehen«, meinte Silvana unsicher zu ihrem Bruder, aber der zögerte auch: »Wie soll ich
das den Eltern beibringen. Vielleicht hat Mariana gar keine

Lust. Und überhaupt, man müsste sich den alten Kasten mal anschauen, gibt's da oben eigentlich Wasser und Strom und eine Heizmöglichkeit?« Nicht einmal das wusste er – vor lauter Respekt und Diskretion.

Massimo nahm die Angelegenheit schwungvoll in die Hand, und siehe da, die alten Herrschaften waren sehr erleichtert, sie hatten nur nicht gewagt, von sich aus den Vorschlag zu machen. Auch Mariana rief nur verwundert: »Warum nach zwanzig Jahren Ehe nicht auch mal gemeinsam unter einem Dach leben?« Und die Räume, kaum waren die verdüsternden Läden aufgestoßen, erstrahlten in einem verstaubten Liebreiz. »Wie ein verwunschenes Märchenschloss«, so befanden alle. Sogar der uralte Hund, der ächzend mit ihnen getappt war, wedelte freudig erstaunt mit dem Schwanz, als ein Sonnenschwall plötzlich seine graue Schnauze beschien.

»Komisch, wie groß und hell die Zimmer sind. Dagegen ist meine Dachwohnung die reinste Hundehütte, vom Gartenhäuschen ganz zu schweigen. Mir kam das immer eng und dumpf und düster vor, wenn wir früher als Kinder zwischen den verhängten Möbeln herumgekrochen sind und Verstecken gespielt haben«, sagte Pietro verwundert zu seiner Schwester. Der ging es genauso, sie war hocherfreut über den guten Zustand der Räume: »Schau mal, die Stuckdecken sind noch ziemlich intakt, die schönen Öfen können wir lassen, die Läden repariert mein Schreiner...«, und schon fingen die Geschwister an zu planen.

In der Zwischenzeit ging Mariana ganz still durch die Räume, es war nicht ihr kritischer Verstand, der da Erkundungen einzog, eher ihr Herz, ihr Gemüt, die sich öffneten. Und freundliche, friedliche Signale empfingen, heitere, luftige Schwingungen, von nirgendwo drohte Gefahr: Ein lichter, kraftvoller Ort.

Mariana holte tief Luft, sie blickte sich um, als wachte sie gerade auf, dann ging sie zu Pietro hinüber. Sie nahm ihn an der Hand und führte ihn zu dem Platz, an dem sie vorher lange gestanden hatte: »Hier stellen wir meinen Flügel hin.«

Ihren eigenen Flügel! Den sie bis dahin, so sonderbar es erscheinen mochte, noch immer nicht besaß. Der Flügel in Stockholm gehörte ihrer Mutter, und als die ihr einmal anbot, ihn doch mitzunehmen, hatte Mariana entgeistert geantwortet: »Ich trage dir auch nicht dein Bett unterm Hintern weg.« Unterwegs, bei Gastspielen und Tourneen, stellten ihr die Hotels oder Opernhäuser ein Instrument zur Verfügung, und wenn Mariana länger an einem Ort blieb, lieh sie sich eines. Auch der Flügel in Pietros Wohnung stammte von der nahe gelegenen Accademia Santa Cecilia.

Mariana hatte diese Lösung immer praktisch gefunden und das auch begründet: ihre vielen Reisen, die Kriegswirren, in Stockholm brauchte sie doch auch einen Flügel, die Wohnung war zu klein für ein großes Instrument, und so weiter. In Wirklichkeit graute ihr wohl vor dem Ballast, darum besaß sie auch so gut wie keine Möbel.

Nun aber, kaum war der Umzug in die Via Giulia beschlossen, machte sich Mariana mit großem Eifer auf die Suche nach einem eigenen Instrument. Was sonst noch an Möbeln in die neue Wohnung kommen sollte, erschien ihr nicht so wichtig, aber diesen Flügel sah sie deutlich vor sich stehen, sie musste ihn nur noch finden. So eilte sie, wo immer sie in der nächsten Zeit hinkam, in Mailand, Venedig, Paris, in Hamburg, Berlin und München, in Fachgeschäfte, Klavierfabriken, zu Auktionen, hoffnungsvoll näherte sie sich dem vielgepriesenen Instrument, manchmal wusste sie schon von Weitem: »Nein, das ist er nicht«, manchmal erst nach den ersten paar Takten, die sie darauf anschlug.

Schließlich ging sie noch einmal in das Piano-Geschäft in Rom, in dem sie gleich zu Anfang nachgeschaut hatte. Als sie die Türe aufmachte, funkelte es ihr entgegen: ein prachtvolles, schwarzes, riesengroßes Ungeheuer. Marianas Herz ruckelte aufgeregt, mit zitternden Händen klappte sie den Deckel auf, wie gebleckte Zähne lachten ihr die Tasten entgegen:»Na endlich!« Noch im Stehen fing sie an, die As-Dur-Polonaise von Chopin hinzuschmettern: von der samtigen, klaren Tiefe bis zur leuchtenden, schwebenden Höhe ein einziger glutvoller, jubelnder Wohlklang. Mariana gab dem Flügel einen Klaps, als sei er ein Pferd. Ein Steinway! Da hatte er also das Rennen gemacht, vor allen anderen Konkurrenten.

Als einige Wochen später das Prachtstück in die neue Wohnung hochgetragen wurde, überkam Mariana feierliche Rührung. Ich halte Einzug, dachte sie und wunderte sich über die gespreizte Formulierung – zumal es nicht einmal sie selbst war, die gerade einzog. Es war kein beliebiger Augenblick: Etwas kam hier zum Abschluss. War es das Wanderleben? Aber sie war noch immer unterwegs und würde es auch bleiben, manche Verträge liefen über Jahre hinaus. Schließlich begriff Mariana: Mit ihrem Flügel setzte sie ein Zeichen: Hier bin ich. Und hier will und werde ich bleiben. So etwas wie eine Landnahme fand hier statt und zugleich ein sich Festlegen.

Wo immer sie in ihrem Leben als »fahrende Sängerin« gewohnt hatte, seit ihrem Aufbruch aus dem Elternhaus, in Hotelzimmern, großen Wohnungen, kleinen Apartments, bei Freunden, für Tage, Wochen oder sogar Jahre, stets war der Aufenthalt befristet gewesen, niemals auf Dauer angelegt. Es waren Durchgangsstationen, Rastplätze auf ihrer Lebensreise gewesen, die man eines Tages wieder verließ, ganz gleich, ob man sie liebte oder ungemütlich fand oder einfach nur zweckmäßig. Sogar die Via Margutta hatte von Anfang an nur als Provisorium gegolten.

Nun aber war Mariana angekommen: Pietros Elternhaus war jetzt auch ihr Zuhause. Von allen Reisen, die sie vielleicht noch machte, würde sie dorthin zurückkehren wie ein Schiff in seinen Heimathafen. Wenn Gott es so gefiel, würde sie dort bleiben bis an ihr Lebensende. Allenfalls, wenn Pietro und sie dereinst selbst die Alten waren, würden sie ein Stockwerk tiefer in das Piano Nobile ziehen. Ihr Flügel, so fand Mariana, besiegelte diese Endgültigkeit.

Willig ließ sich Mariana vom Zauber des alten Hauses umfangen, jeden Tag freute sie sich über neue Einzelheiten, elegante Stuckarbeiten, entzückende handbemalte Ofenkacheln, geschnitzte Balken und Türen mit kuriosen Fratzen und reizenden Blumen und Tieren.

Bis dahin hatte sie sich aus Möbeln, Vorhängen oder gar Teppichen nicht viel gemacht, eine Wohnung hatte ihr gefallen wegen ihres Schnittes, ihrer Lage und Aussicht. Was darin stand, war nicht so wichtig, Hauptsache, so wenig und so einfach wie möglich. Jetzt wandelte Mariana sinnend durch die Räume: Was passte hier noch hin, was nahm sich dort gut aus, in dieser Nische, an jener Wand?

Auf der Suche nach ihrem Flügel hatte sie im Vorbeihuschen, halb aus den Augenwinkeln, allerhand Raritäten erspäht. »Alter Plunder«, so war es ihr vorgekommen, nun aber erschien ihr das in einem anderen Licht. Bald schleppte sie wie ein eifriger Hamster von überall her ihre Trophäen in das neue Heim, Bilderrahmen, Gobelins, Spiegel. In ihrem Terminkalender vermerkte sie wichtige Auktionen, in altbekannten Städten lernte sie auf ihren Streifzügen plötzlich ganz neue Menschen und auch Stadtteile kennen, und wo es ihr an Fachwissen fehlte, bewahrten sie ihr anderswo geschulter Sinn für Qualität und ihr guter Instinkt davor, sich billigen Schund oder teure Imitationen andrehen zu lassen.

Zu Anfang hatte sie ziemlich wahllos irgendwelche hübschen Stücke gekauft. Als sie sich besser auskannte, fing sie an, gezielter zu sammeln, aber immer war es Liebe auf den ersten Blick, die den Ausschlag gab, allenfalls auf den zweiten. Wenn sie dann noch nicht vor Begehrlichkeit glühte, ließ sie sich nicht zum Kauf überreden, mochte die Gelegenheit auch sehr günstig sein. »Dass ich das noch erleben darf, auf meine alten Tage: Mein Herz klopft wieder vor Leidenschaft«, berichtete sie Pietro aufgeregt.

Im Übrigen musste Mariana nur einen Schritt vor die Tür tun, und schon fand sie in den verwinkelten, düsteren Lädchen der römischen Altstadt die edelsten Schätze. Die ergiebigsten Fundgruben bildeten vielleicht sogar der Dachboden und die muffigen Abstellräume im eigenen Haus. Ein Grund mehr, Rom von Tag zu Tag mehr zu lieben.

Immer häufiger murrte Mariana jetzt, wenn sie wieder ihre getreuen Koffer packen musste: »Eigentlich würde ich jetzt lieber hierbleiben.« Das meinte sie wirklich. Nach wie vor fühlte sie sich gesund und munter an Körper und Seele und auch an Stimme, aber bei manchen Rollen überkamen sie inzwischen doch Bedenken: »Carmen in den Wechseljahren. Das ist bestimmt ein interessanter Ansatz, vielleicht lässt sich damit manches erklären, ihre Schroffheit und Kratzbürstigkeit. Aber ich möchte damit nicht in die Operngeschichte eingehen. Ich schenke die Idee gerne einer meiner altbewährten Kolleginnen«, ächzte sie in gespielter Verzweiflung.

Immer häufiger sang sie in Rom, nicht nur in der Oper, auch in Palästen und Kirchen, wo manchmal die Engel an der Decke so schwungvoll mitmusizierten, dass es Mariana vor Glück schwindlig wurde. Angebote, die sie vor Kurzem noch gereizt hatten, vor allem die aus fernen Ländern, sagte sie jetzt entschlossen ab. Alte Verträge ließ sie mehr und mehr auslaufen, bei den wenigen Verträgen, die sie aufrechterhielt, stellte sie jetzt so wählerische Bedingungen, wie sie es sich bisher nicht getraut hatte. Sie hatte nichts zu verlieren, nur ihren guten Ruf. Alles musste stimmen, das Geld schon auch, aber noch viel mehr die künstlerische Seite. Und die menschliche wohl am meisten.

Da haperte es bei Jens Arne Holsteen. Gerade in der letzten Zeit wieder einmal, Mariana war richtig ärgerlich auf ihn: Warum, um Himmels willen, hatte er seine Finger nicht von dem unschuldigen Dorle lassen können? Zwei Festspielsommer hatte er sie umworben und schließlich zur Strecke gebracht, anders konnte man es gar nicht nennen. Natürlich war das arme Ding bald schwanger geworden. Das wiederum versetzte Jens Arnes Eifer einen Dämpfer: Dieses Naturkind passte tatsächlich nicht zu ihm und zu dem Leben, das er führte. Sein eigentlicher Reiz hatte gerade darin bestanden, dass es lieb und nett in seinem Wald gesessen hatte oder auf Almwiesen herumgesprungen war. Nun hieß es:»Also, heiraten kann ich dich selbstverständlich nicht, eine Scheidung ist ganz unmöglich. Kleine, wie stellst du dir das alles vor?«

Ach, Dorle hatte sich nichts vorgestellt, jedenfalls kein lediges Kind und auch kein Verhältnis mit Jens Arne. Die Arbeit in einer Gärtnerei gefiel ihr, sie liebte Pflanzen, und die Pflanzen liebten sie und wuchsen und gediehen unter ihren Händen. Wenn sie noch besser Bescheid wusste, konnte sie einen Beruf aus dieser Begabung machen. Damit war es jetzt erst einmal aus.

Der Vater hätte am liebsten nach seiner Flinte gegriffen, die Mutter rang die Hände, Dorle wurde ganz blass und verschreckt, aber Jens Arnes freundlicher Rat:»Lass es doch einfach wegmachen«, war ihnen keine Überlegung wert. Und so kam das Kind auf die Welt.

Immerhin behauptete Jens Arne diesmal nicht, das Kind sei wahrscheinlich gar nicht von ihm, so wie er es schon manchmal getan hatte. Im Gegenteil, nach dem ersten Schmollen fand er sogar Gefallen an der Situation. Zwischen Rebecca und ihm blieb alles beim Alten, aber daneben, wenn ihm gerade danach zumute war, tauchte er bei Dorle und dem Baby auf, unangemeldet, versteht sich, und ließ dann wieder monatelang nichts von sich hören.

Rebecca hatte, als sie schließlich von der Romanze erfuhr, zunächst geschwiegen. Sie wollte kein Öl ins Feuer gießen, und zudem hielt auch sie sich in ihrem Hofstaat ein paar Favoriten. Ein Kind jedoch erschien ihr mehr als geschmacklos, sie bekam einen Wutanfall, das Nashorn verlor sein Horn auf der

Nase durch eine heransausende Whiskyflasche, und Jens Arne musste sich arg drehen und winden, um seine Gattin zu besänftigen: »Ich schwöre dir, es ist nichts Ernstes, was soll ich denn mit der Kleinen, da klaffen doch Welten, so wie du versteht mich sonst keine.«

Dennoch beschloss Rebecca, selbst nach dem Rechten zu sehen. Als sie energisch beim Forsthaus angerauscht kam, war sie auf allerhand gefasst, einen drallen Trampel, eine Gänseliesel. Nur darauf nicht: auf eine süße kleine Madonna, die still vor dem Haus saß und ihr Kind auf dem Schoß hielt.

Der hochfahrende Ton und das barsche »Du«, mit dem sie das Mädchen hatte ansprechen wollen, blieben ihr im Hals stecken, schließlich fragte sie ganz sanft: »Wie heißt es denn?«

»Rudolph. Rudi«, sagte Dorle. Die beiden Frauen schauten sich an. Viel zu besprechen gab es nicht.

Ihren Freunden gegenüber behauptete sie lässig: »Jens Arne hat sich eben ein Kind gewünscht, das ich ihm nicht schenken konnte.« Der wiederum tat so, als stünde ihm der unerwartete Frieden zu. Ein außergewöhnlicher Künstler wie er durfte wohl Rücksichtnahme erwarten.

Mariana gegenüber brüstete er sich mit seiner neuen Freiheit. Sie fauchte ihn giftig an: »Selbstverständlich, das hat dir wirklich noch gefehlt, du großer Wundermann: eine eigene heile kleine Welt hinter den sieben Bergen bei den sieben Zwergen.« Wenn sie an die reizende Dorle dachte, die jetzt in der Patsche saß, krampfte sich ihr das Herz zusammen, und zum ersten Mal tat ihr sogar die hoheitsvolle Rebecca leid. Nein wirklich, es gab nicht viele Menschen, mit denen sie noch zusammenarbeiten mochte.

Höchst erfreulich hingegen verlief das Engagement in Leningrad. Man hatte sich für Marianas Debüt tatsächlich auf ›Boris Godunow‹ geeinigt, aber nicht auf die Schankwirtin, sondern auf die schöne, ehrgeizige Marina Mnicheck aus dem »Polenakt«.

Wie vor vielen, vielen Jahren trat Mariana ihre Reise von

Stockholm aus an, allerdings mit dem Flugzeug. Kurz vor dem Abflug geriet sie in Panik: Sankt Petersburg, das war für sie ein glückseliger Kindheitstraum, war es nicht ein Frevel, die Erinnerung ans Paradies durch eine hässliche Wirklichkeit zu zerstören? Die großzügige, elegante Leichtigkeit von damals war mit Sicherheit dahin. Niemand von den vielen Verwandten und Freunden lebte mehr dort, und später, während der aberwitzigen Belagerungsjahre im Zweiten Weltkrieg, waren Tausende von Menschen in ihren eiskalten Wohnungen verhungert oder erfroren. Dieses Leid hing bestimmt noch in den Mauern der Stadt.

Doch schon auf dem Flugplatz, als sie die ersten russischen Laute vernahm, verschwand ihre Angst: das gleiche Geschnatter und Gezwitscher und Geküsse wie eh und je. Dort hinein durfte sie eintauchen, wochenlang! Da mochte ruhig der Putz von den einstmals glanzvollen Häusern rieseln, das schwere, schlechte Essen wie ein Stein im Magen liegen, die Kleidung der Leute derb und unförmig sein. Selbst an der spannenden Rolle der Marina war das Allerschönste, dass Mariana sie auf Russisch sang. Die Laute schmiegten sich der Musik an, besonders bei den großen Chorszenen entstand dadurch ein farbiger, atmosphärisch ausdrucksvoller Klangteppich. »Russisch satt, endlich einmal wieder«, schrieb Mariana an Pietro.

Auch wenn Künstler wie Marcello Rainardi und Georges Goldberg sie baten, machte sie sich mit der alten Begeisterung auf die Reise. Pietro unterstützte sie dabei. »Die Katze lässt das Mausen nicht. Zum Glück. Ich lasse meine Patienten auch nicht sausen. Zudem: Ein paar Raritäten aus Amsterdam, Paris oder Schanghai fehlen ganz einfach noch in der Wohnung.«

Mariana war froh über Pietros Zuspruch, so richtig bereit zur endgültigen Sesshaftigkeit fühlte sie sich noch nicht. Aber wenn sie dann wieder daheim saß, beim Frühstück, und ihren Tee schlürfte, überkam es sie doch: »Ich werde noch ein richtiges Familientier.« Zufrieden lehnte sie sich in ihrem Korbstuhl zurück, das morsche Geflecht ächzte, die Scheiben der Glasveranda waren an einigen Stellen blind, auf der anderen Seite des Tisches erhitzten sich »ihre Männer« über den sträflichen Leichtsinn ihres Lieblingsvereins »Lazio Rom«. »Diese blasierten Idioten, sich ein paar Sekunden vor dem Schlusspfiff noch ein Tor unterjubeln lassen!«, schnaubte Massimo und schlug mit der Faust auf den Tisch, dass die silbernen Löffelchen in den hauchfeinen Tassen klirrten. In einem solchen Augenblick gab es für Mariana nur die eine Wahrheit: »Eigentlich, wenn ich ehrlich bin, fühle ich mich nirgendwo so wohl wie hier zu Hause.«

Eines Tages meldete das Hausmädchen, ein Padre Ironimo wünsche die Signora zu sprechen. Ein munteres Dickerchen mit einem wettergegerbten Kugelkopf mit blanker Tonsur kam schnellen Schrittes ins Zimmer, stürmte fast auf Mariana zu und packte überschwänglich ihre Hände: Wunderbar, göttlich sei ihr Gesang, was für ein überwältigendes Glück für ihn, ihr leibhaftig gegenüberstehen zu dürfen. Dann aber unterbrach er sich selbst: »Du lieber Schreck! Wie oft mögen Sie das schon gehört haben? Für so ein Gerede müssen Sie sich nicht auch noch zu Hause überfallen lassen. Was will der Kerl denn, werden Sie denken!« Mariana lachte, offenbar konnte ihr ungebetener Gast Gedanken lesen, aber sie fand ihn nett.

Es ging um seinen Schützling, ein junges Mädchen, fast noch ein Kind, ein Wunderwesen, so schien es. »Sie steckt voller Musik. Unlängst habe ich sie ins Verdi-Requiem mitgenommen. Seitdem ist sie wie verzaubert, irgendetwas ist mit ihr passiert, sie sagt mir nicht, was, aber es hat mit Ihnen zu tun. Sie müssten sie sehen. Ich schwöre Ihnen, sie wird Ihnen gefallen.«

Mariana machte eine abwehrende Handbewegung, aber ehe sie etwas sagen konnte, fuhr Padre Ironimo in einem anderen Tonfall fort, ernst und besorgt: »Es geht ihr nicht gut, sie grämt sich schrecklich um ihren Vater, zu sehr, finde ich. Er schwebt immer noch zwischen Leben und Tod, vielleicht haben Sie von dem Fall Barbaroli gelesen.« Mariana erinnerte sich: ein versuchter Raubüberfall auf die Villa eines schwerreichen Bauunternehmers, bei dem sich der Chauffeur der Familie heldenhaft vor seinen Herrn geworfen hatte und dabei selbst lebensgefährlich verletzt worden war.

»Das ist ihr Vater, der Chauffeur. Seine Frau und ich sind aus dem gleichen Dorf. Wir kommen alle aus dem Süden. Ich bin seit ein paar Jahren hier, und seitdem sehen wir uns oft. Eine liebe Familie. Ja, und die Tochter, die singt wie eine Lerche. Könnten Sie ihr nicht Unterricht geben?«, meinte er treuherzig.

Endlich kam Mariana zu Wort: »Um Himmels willen, nein. Ich habe noch nie im Leben Unterricht gegeben. Dazu bin ich viel zu viel von zu Hause fort. Und auch viel zu ungeduldig. Sicher würde ich meine Schüler erwürgen. Gibt's was Schlimmeres als Gesangsübungen? Jede Kreissäge ist dagegen ein Ohrenschmaus!« Aber sie hatte nicht mit der warmherzigen Beredsamkeit gerechnet, mit der dieser liebe Seelenhirte sein Schäfchen anzupreisen wusste. Schließlich sagte sie ermattet: »Ja gut, dann kommen Sie morgen mit der Kleinen vorbei. Wie heißt sie denn?« Der Padre strahlte: »Elia.«

So trat Elia in Marianas Leben.

Elia

Elias Familie kam tatsächlich aus dem Süden, Padre Ironimo hatte das ganz richtig gesagt, dabei aber doch vereinfacht. Denn die Einwohner von Salerno fühlten sich eher dem geordneteren Norden Italiens zugehörig als der von der Sonne gebrannten Stiefelspitze. Der Großvater väterlicherseits war bereits in Salerno geboren, und da er seine Eltern früh verloren hatte, war er in einem Waisenhaus aufgewachsen. Der kleine Giovanni dachte, da all die anderen Jungen dort auch keine Eltern hatten, es müsse so sein. In dem von Patres geführten Haus wurde oft gebetet, bei glühender Hitze oder in stockdunkler Nacht und häufig mit knurrendem Magen.

Die Kinder lernten viel, denn die Patres waren der ehrlichen und wohl auch berechtigten Meinung, Wissen sei für Habenichtse die beste Aussteuer. »Später wirst du es mir danken«, sagten sie, wenn sie einem Faulpelz mit dem Rohrstock beim Lesen nachhalfen. Daneben werkelten die Kinder im Haus und im Garten. Bei allem, was dort an Arbeit anfiel, mussten sie mithelfen, sie weißelten Wände, reparierten kaputte Möbel, leerten Latrinen, und vor den Feiertagen durften sie auch einmal ein paar Hühnern den Kopf abhacken. Das war ein Fest, Fleisch gab es selten.

Noch etwas wurde mit großem Eifer betrieben, und hier drückte sich keiner, auch nicht die Faulen und Unbegabten: die Musik. Mit ihren Zaubertönen durchwärmte sie den zugigen

Ort. Es gab nicht nur einen Chor, sondern auch eine Banda, das Waisenhausorchester. Darin wirkten alle erdenklichen Blasinstrumente sowie Trommeln und Pauken. Padre Anselmo, der auch den Chor leitete, teilte den Kindern je nach Geschick ein Instrument zu. Giovanni kam auf diese Weise zu einer Flöte, die er bald inniglich liebte und manchmal sogar heimlich mit ins Bett nahm, sie sollte sich nicht erkälten.

Drunten in der Stadt, im Park, stand ein Musikpavillon, dort gaben die Waisenhauskinder regelmäßig ihre Künste zum Besten, ein buntgemischtes Repertoire, darunter auch Schmissiges von Verdi und Rossini, und daneben spielten sie bei allen möglichen Festen. Die Jungen wurden angestaunt und beklatscht und waren in der ganzen Stadt bekannt. Waisenkind zu sein, hatte auch seine guten Seiten oder wenigstens diese eine.

Giovanni kam bei einem Schmied in die Lehre. Die Arbeit war hart und schmutzig, aber sie gefiel ihm ganz gut. Nur ließ der Meister oft seine schlechte Laune an dem schüchternen, ernsten Burschen aus. Die Meisterin wiederum war der Meinung, sie könne an ihm mit dem Essen sparen, ganz unrecht hatte sie damit nicht, Giovanni war Hunger gewöhnt. Manchmal wunderte er sich über den zänkischen Ton zwischen den Eheleuten, so hatte er sich ein Familienleben nicht vorgestellt. Zum Glück besaß er noch immer seine Flöte, mit ihr konnte er reden. Und er durfte auch weiterhin in der Banda mitspielen.

Der Schmied und seine Frau hatten eine einzige Tochter, Matilda. Als Giovanni seine Lehre anfing, war sie noch ein Kind, dem er kaum Aufmerksamkeit schenkte, zumal er jahrelang hingebungsvoll, aber aussichtslos einer koketten Bäckerstochter den Hof machte. Die schwerfällige, scheue Matilda hingegen himmelte den Flötenspieler an. Lange Zeit heimlich, aber schließlich fiel es Giovanni doch auf.

Die Bäckerstochter heiratete bald einen anderen, und er war um die Erfahrung reicher, dass unter einer appetitlichen Schale nicht immer ein bekömmlicher Kern steckte. Auf Matilda traf eher das Gegenteil zu, das begriff Giovanni jetzt: Sie wirkte herb und hatte ein ehrliches, geradliniges Wesen. Und blieb in das Flötenspiel vernarrt und in den Spieler obendrein. Als der jähzornige Schmied durch einen Schlaganfall hinweggerafft wurde, ergab sich alles Weitere wie von selbst: Matilda und Giovanni heirateten, er übernahm die Schmiede, sie bekamen Kinder. Erst einen Sohn, dann vier Töchter, und als schon niemand mehr ans Kinderkriegen dachte, noch einen Sohn, den kleinen Roberto. Er war ein hübscher Schalk, der seine Eltern um den Finger wickelte und auch seine viel älteren Geschwister. Die ganze Familie küsste und knuddelte ihn, er konnte tun und lassen, was immer ihm behagte – und das bekam ihm hervorragend. Er wuchs und gedieh, er liebte das Leben und die Menschen.

Der Vater ließ ihn sogar auf seiner Flöte spielen, keines der anderen Kinder hätte sich jemals getraut, dieses heilige Instrument auch nur anzurühren. Und weil er sich gelehrig und geschickt anstellte, bekam der Kleine bald eine Piccoloflöte und durfte manchmal in der Banda im Musikpavillon mitspielen. Als er fünfzehn war, überließ ihm der Vater immer häufiger die eigene Flöte: »Spiel du heute für mich.«

Antonio, der große Bruder, hatte inzwischen seinem Vater einen Teil der Schmiede abgeschwatzt und zu einer Autowerkstatt ausgebaut. Dort war jetzt eine alte Schrottlaube aufgebockt, der er wieder zu ihrem ehemaligen Glanz verhelfen wollte. Seitdem sah man von Roberto oft stundenlang nur seine Beine und Füße unter dem verrosteten Auto hervorragen. Der reinen Schmiedearbeit hatte Roberto nichts abgewinnen können. Aber alles, was sich mit Hilfe eines Motors fortbewegte, faszinierte ihn. Je kniffliger das Problem, desto besser. Automechaniker, jawohl, das war es! Auch wenn es in Salerno noch nicht viele Autos gab.

Es dauerte nicht lange, bis er und sein Bruder in dem zu neuem Leben erweckten Automobil durch die Stadt knatterten und damit gewaltiges Aufsehen erregten. Die einen staunten und winkten ihnen fröhlich zu, die anderen streckten ihnen den Zeigefinger und den kleinen Finger der rechten Hand entgegen, wie um den Leibhaftigen abzuwehren.

Aber pünktlich am Sonntagnachmittag saß Roberto im Musikpavillon und spielte in der Banda. Ihm war aufgefallen, dass seit ein paar Wochen ein junges Mädchen regelmäßig unter den Zuhörern stand und ihm – gerade ihm, wenn ihn nicht alles täuschte – gespannt bei seinem Spiel lauschte. Frisch und lustig sah sie aus, er musste sie unbedingt kennenlernen, aber wie? Bloß nichts falsch machen, er konnte ihr ja nicht einfach zuwinken, womöglich war sie in Begleitung. Nein, nein, er musste hingehen zu ihr und sie höflich ansprechen, aber es war wie verhext: Bis er seine Flöte verstaut hatte und nach ihr sehen konnte, war sie jedes Mal wie vom Boden verschluckt. Vor lauter Eifer wurde der sonst recht flotte Roberto ganz schüchtern.

Schließlich erbarmte sich einer seiner Mitspieler. »Signorina«, rief er am Ende der Darbietung dem Mädchen zu, »ich glaube, uns ist ein Notenblatt heruntergefallen. Sind Sie so nett und schauen mal nach?« Dann schubste er Roberto an den Rand des Podiums: »So, jetzt bist du dran.«

Was so ein Notenblatt doch alles bewirken konnte. Bald schon wunderten sich Roberto und Teresa, so hieß das Mädchen, nur noch darüber, dass sie sich irgendwann im Leben einmal nicht gekannt haben sollten. Über diese einsame Vergangenheit ließen sie sich genüsslich aus, und ihre Zukunft stand für sie fest: Sie gehörten zueinander. Sie würden zusammenbleiben, ein Leben lang.

Teresa war erst ein paar Wochen vor der Begegnung mit Roberto in die Stadt gekommen, aus einem kleinen Seitental nördlich von Salerno, das bekannt war für seine saftigen Zitronen. Um das windschiefe Häuschen der Eltern scharrten ein paar Hühner, irgendwo grunzten zwei Schweine, auf einer steil abfallenden Wiese zwischen Felsen und Zitronenbäumen kletterten die Ziegen.

Als Roberto zum ersten Mal seine zukünftigen Schwiegereltern besuchte, fand er alles so vor, wie Teresa es ihm beschrieben hatte. Dennoch blieb ihm vor Staunen der Mund offen stehen: Die hübsche, jugendliche Frau in dem bunten Kleid, das sollte Teresas Mutter sein? Sie schien ihm halb so alt wie die eigene Mutter, die allerdings, seitdem er denken konnte, nur schwarze, strenge Kleider trug. »Darüber hab ich noch nie nachgedacht«, sagte Teresa.

Ihr Vater, so stellte sich heraus, war nicht viel jünger als Robertos Vater. In erster Ehe war er mit der älteren Schwester von Alina, Teresas Mutter, verheiratet gewesen. Als die im vierten Wochenbett starb, kümmerte sich die sehr viel jüngere Alina um die mutterlosen Kinder, die sie von klein auf kannte. Alina und Bruno hatten sich immer schon gut verstanden, und jetzt, nachdem sie so eng beieinander lebten, verliebten sie sich und heirateten.

Ein Jahr später kam Teresa zur Welt. Die Ehe mit der jungen Frau hatte Bruno munter gehalten, und sein Alter hatte nicht auf sie abgefärbt, im Gegenteil, auch sie wirkte jünger, als sie war. Man merkte ihnen an, wie sehr sie sich mochten. Teresa hatte etliche jüngere Geschwister, die alle bei den Eltern lebten. »Jetzt siehst du, wie eng es bei uns ist. Darum haben mich die Eltern aus dem Nest geschmissen«, erklärte Teresa. »Einmal im Leben solltest du ein eigenes Bett haben. Aber damit ist es bald schon wieder vorbei«, lachte ihre Mutter. »Hast du ein eigenes Bett?«, fragte ehrfürchtig Teresas jüngste Schwester. »Sogar ein eigenes Zimmer. Und ein Waschbecken ganz für mich. Als Dienstmädchen bei feinen Leuten hat man es gut. Wenn du groß bist, darfst du das auch werden.«

Auch nach der Heirat blieb Teresa als Dienstmädchen in Stellung und behielt auch ihre Dienstbotenkammer. Denn bis Roberto ein altes Motorrad oder Auto instand gesetzt und an den Mann gebracht hatte, dauerte es oft Monate, und was dabei heraussprang, musste er mit Antonio teilen. Er wohnte zu

Hause und bekam dort sein Essen, zu mehr reichte es nicht. Die Eltern waren froh, wenn sie in diesen wirtschaftlich harten Zeiten selbst durchkamen, auch Antonio lebte noch bei ihnen im Haus und zwei der Töchter mit Ehemännern und eigenen Kindern.

Roberto verdiente mit Gelegenheitsarbeiten ein wenig nebenher, doch nur dank Teresas magerem, aber regelmäßigem Lohn konnten sie es sich recht gut gehen lassen. Mal schlich sich Roberto in Teresas Kammer – solche Besuche, selbst von Ehegatten, waren nicht erlaubt –, mal schlüpfte Teresa bei ihm zu Haus ins Bett. Jung und verliebt, wie sie waren, fanden sie das sehr lustig. Irgendwann stellten sich die Folgen dieser Besuche ein. Doch als verheiratete Frau musste sich Teresa nicht schämen, im Gegenteil, sie strahlte so sehr, dass Signora Elvira Lupino sie fragte: »Na, Teresa, was ist los mit dir?« Und als sie den Grund erfuhr, war sie es, die sich Sorgen machte: »Ja und jetzt? Ach, die Unbekümmertheit der Jugend.«

Die gute Dame fühlte sich verantwortlich für ihr Personal, ganz wie man es bei ihr zu Hause auf dem Familiengut seit Generationen tat. »Wenn das Kind da ist, könnt ihr zwei Zimmer im Souterrain haben. Dann regeln wir auch deine Arbeit neu«, verfügte sie. Und so kamen Teresa und Roberto zu ihrer ersten gemeinsamen Wohnung, in der sie eine Reihe von Jahren vergnügt und zufrieden leben sollten. Zuerst mit der kleinen Laura, dann mit Robertino, ihrem Zweitgeborenen.

Teresa arbeitete nicht mehr als Dienstmädchen, sie war jetzt zuständig für die Wäsche des großen Haushalts. Unmengen von Leintüchern, Kissen, Bettbezügen, Handtüchern, Tischtüchern, Servietten, Unterwäsche, Hemden, Kleidern, Vorhängen fielen an und mussten sortiert, gezählt, gewaschen, gebügelt, ausgebessert und wieder in die Schränke eingeordnet werden. Manche Arbeiten überwachte Teresa nur, in der Nähstube aber war sie die Alleinherrscherin. Umgeben von allerhand Kindervolk, eigenem und fremdem, ratterte sie begeistert auf ihrer Nähmaschine, und wenn es gar nichts mehr auszubessern gab, nähte sie den Kindern Schürzen oder Kleidchen für die Puppen.

In der Zwischenzeit, und mit wachsendem Erfolg, erweckte Roberto, immer noch zusammen mit seinem Bruder, heruntergekommene Fahrzeuge zu neuem Leben. Die alte Schmiede gab es nicht mehr, sie war vollends in eine Werkstatt umgewandelt worden, im Hof konnte man Benzin tanken, und vorne, in einem kleinen Laden, verkaufte Tonios Frau allerlei Nützliches.

So ging das gemächlich dahin, bis 1940 auch in Italien der Krieg anfing.

Roberto, ein kerngesunder Mann Ende zwanzig, wurde sofort eingezogen. Als Automechaniker kam er zur Nachschubtruppe, wo er sich mit mehreren Kameraden um den Fuhrpark zu kümmern hatte. »Fernab vom Schuss führe ich hier ein feines Leben. Glaub bloß nicht, dass ich nur an Lastern und Kübelwagen herumschrauben muss. Wenn irgendwo eine Nobelkarosse den Geist aufgibt, holen sie mich wie einen Arzt, die Fabrikanten, Gräfinnen, Filmschauspieler. Du siehst, ich mache mich ums Vaterland verdient«, schrieb er an Teresa. Alles bekam Roberto wieder flott, Kradfahrzeuge, Lamborghinis, Kettenpanzer, selbst die Gulaschkanone. Die Geschicklichkeit des freundlichen Sergente sprach sich herum.

Hauptmann Barbaroli, dem die Transportkompanie unterstand, befahl ihn zu sich: »Aus Salerno kommen Sie. Meine Familie auch, tüchtige Leute, was? Na, dann werde ich Sie mir mal etwas näher anschauen«, befand er gutgelaunt. Bald avancierte Roberto zum persönlichen Fahrer des Hauptmanns. Für beide entwickelte sich daraus eine sehr erfreuliche, verlässliche Verbindung. Auf den langen gemeinsamen Fahrten kreuz und quer durchs Land lernten sich die beiden Männer immer besser kennen und schätzen, doch wurde daraus nie eine kumpelhafte Vertraulichkeit. Privat wussten sie wenig voneinander, und auch Hauptmann Barbaroli blieb stets beim korrekten »Sie«.

Aber über ihre Kinder sprachen die beiden frischgebackenen Väter doch. »Mitten im Krieg! Mussten Sie mir das nachmachen?«, lachte der Hauptmann, als Roberto erzählte, dass seine Frau nach fast achtjähriger Pause ein Kind erwartete. Er selbst hatte gerade seine zweite Tochter bekommen, die ältere war jetzt drei und der Sohn sechs. Kurz vor Teresas Niederkunft gab er Roberto frei: »Im Urlaub haben Sie das Kind gemacht. Jetzt tun Sie im Urlaub auch was Nützliches.«

Und so war Roberto dabei, als seine Teresa an einem kühlen Tag im Dezember 1942 einem Mädchen das Leben schenkte: der kleinen Elia. Das Kind kam mit einem schwarzen Haarschopf zur Welt. Und wo andere Neugeborene meist nur kümmerlich quarren und greinen, bekundete sie ihr Erscheinen mit weithin hörbarem, energischem Geschrei.

Die italienischen Soldaten tummelten sich inzwischen an mehreren Fronten, auch an der Seite der Deutschen. Aber das alles hatte sich bisher außerhalb des eigenen Landes abgespielt, in Russland, Afrika und anderswo. Im Frühjahr 1943 jedoch begannen die Alliierten, Sizilien und die süditalienischen Hafenstädte aus der Luft anzugreifen.

Hauptmann Barbaroli, als vorausblickender Mann, erkannte sofort, was das zu bedeuten hatte. Kurz entschlossen kommandierte er zwei Lastwagen samt ein paar kräftigen Mannen zu einem Sondereinsatz nach Rom ab. Zu Roberto sagte er: »Es geht los. Sie kommen angerollt. Irgendwann werden sie auf der Stiefelspitze landen. Mir soll es recht sein. Aber erst einmal müssen wir Frauen und Kinder in Sicherheit bringen.«

Auf diese Weise bekam Roberto kurz Frau Barbaroli zu Gesicht. Wie ein aufgescheuchtes Huhn sprang sie herum zwischen Kisten und Kasten: »Hierhin ... dorthin ... ich habe Ihnen doch gesagt ...« Im Auto kreischte sie auf: »Ach, die Kinder«, worauf sich ein dickliches Kindermädchen mit den Kleinen im Fond auf die Klappsitze zwängte.

Unterwegs wurde bald der Mutter, bald den Töchtern schlecht. In stockdunkler Nacht erreichte man das Ziel, Signora Barbaroli wankte grußlos aus dem Wagen, die Kinder wurden hinterhergetragen, schon nach kurzer Zeit erschien Hauptmann Barbaroli wieder und ließ sich in den Fond fallen: »So, das hätten wir. Betrachten Sie das als einen dienstlichen Einsatz. Wenn Sie noch können, fahren Sie zum Standort zurück.« Bevor er einschlief, knurrte er noch: »Nehmen Sie sich drei Tage Urlaub und ein Fahrzeug. Wenn irgendwas die Amis zum Landen einlädt, dann der Golf von Salerno. Ich sage Ihnen, dann geht's rund.«

Teresa murrte zunächst und hielt Robertos Sorgen für stark übertrieben: »Du weißt, wie eng es bei den Eltern ist. Wie stellst du dir das vor?« Aber Roberto insistierte: »Der Mann hat einen enormen Riecher. Womit glaubst du, hat der seine Millionen gemacht?«

Die kleine Elia verbrachte den ersten Sommer, Herbst und Winter ihres Lebens im Schatten uralter Zitronenbäume oder auf der Ofenbank, umschnurrt von der Katze. Auch das Wehen und Rauschen, das Grunzen und Gackern senkten sich ihr tief in die Seele. Die menschlichen Stimmen, der Duft der Kräuter, Blumen, Blüten, Früchte, der Erde und Tiere. Wenn sie später nur die Augen schloss, spürte sie die Stille eines endlosen blauen Sommers.

Teresa staunte schon bald über die prophetischen Gaben von Hauptmann Barbaroli. Von ihrem sicheren Nest aus beobachtete sie einen winzigen Ausschnitt des Kriegsgetümmels. Kriegsschiffe, die durch das blaue Wasser zogen und ab und zu Feuer spien, oder ein Bombengeschwader am Himmel, von dem bald die Bomben, nahezu proper in Reih und Glied, zu Boden fielen. Sie konnte nicht wegschauen, aber dann musste sie sich die Ohren zuhalten, obwohl sie den Einschlag nicht sah und nicht hörte. Um ihre Familie und sich selbst machte sie sich keine Sorgen: »Die Straße hier herauf ist so miserabel, da kommt keiner hoch, der nicht jedes

Schlagloch und jeden Stein kennt«, hatte Roberto schon immer gesagt. Wenn sie an ihn dachte und an die Menschen drunten, wurde ihr ganz flau im Magen.

Roberto erlebte inzwischen ziemlich turbulente Tage. Nach Mussolinis Sturz setzte sich Hauptmann Barbaroli mit der Kompanie in den Süden ab. Angesichts der politisch konfusen Lage beschloss er abzuwarten: »Am besten, wir gehen allen aus dem Weg, den Deutschen, den Amerikanern, den Briten. Hier wie dort riskieren wir, dass sie uns gefangen nehmen oder uns zum Mitmachen zwingen, womöglich zum Kämpfen.« Erst nach der Kriegserklärung der Königlichen Regierung an die Deutschen befand er, jetzt sei der Augenblick gekommen, sich bei den Alliierten zu melden. Die übernahmen schnurstracks die gut ausgerüsteten, ortskundigen Italiener. Das Kämpfen besorgten sie lieber selbst, ganz geheuer waren ihnen die neuen Verbündeten nicht. Mochten die sich um den Nachschub kümmern.

Roberto machte bei der ersten Gelegenheit eine Stippvisite in Salerno. Die Altstadt sah übel aus, auch sein Elternhaus hatte ein paar Treffer abbekommen, bei der Werkstatt hing die halbe Decke herunter. Roberto war sehr erschrocken, am liebsten hätte er die Ärmel hochgekrempelt und beim Aufräumen geholfen. Aber dazu war keine Zeit, auch nicht für einen Besuch bei Teresa und den Kindern. Es ging ihnen gut, so viel wusste die Familie zu berichten, die zum Glück ebenfalls mit heiler Haut davongekommen war. »Dieser Krieg dauert entschieden zu lange«, murrte Roberto verzagt, als er wieder in den Wagen stieg. Hauptmann Barbaroli nickte verständnisvoll.

Im Juni darauf marschierten die Alliierten in Rom ein. »So, ich finde, wir haben genug fürs Vaterland getan. Die kommen jetzt auch ohne uns aus«, sagte Hauptmann Barbaroli zu Roberto. Ein paar Tage später hielt er seinen Entlassungsschein in Händen: »Zum Wiederaufbau dringend benötigt.« Herr Barbaroli gab Roberto die Hand: »Viel Glück. Und vielen

Dank. Wir hören voneinander. Alles Gute Ihnen und Ihrer Frau, und geben Sie der Kleinen ein Küsschen von mir.« Wenige Tage später stand Roberto bei Teresa vor der Tür.

Bald saß Teresa wieder im Hause Lupino an der Nähmaschine. Neue Kinder krabbelten um sie herum, darunter Elia. Teresa hatte ihre kleine Schwester Luisa mitgebracht, die nun in der Dienstbotenkammer wohnte, mit einem eigenen Bett. In der Souterrainwohnung ging es noch enger zu, aber das störte niemand, tagsüber hatten alle zu tun, und abends kuschelten sie sich nach der langen Trennung gerne zusammen. Laura steckte stundenlang bei der Mutter und lernte bei ihr das Nähen, sie war sehr geschickt und wollte gleich nach der Schule mit einer Schneiderlehre anfangen.

Roberto wühlte sich, zusammen mit Antonio und dessen ältestem Sohn, einem kräftigen Mannsbild, unverzagt durch Berge von Schutt und fing mit dem Wiederaufbau der Werkstatt an. Auch Robertino half eifrig mit, er war elf und ein großer Autonarr:»Ich werde Rennfahrer«, das stand für ihn fest. Die Löcher im Haus mauerte der alte Vater Giovanni eigenhändig zu:»Das habe ich im Waisenhaus gelernt, keine schlechte Schule«, erklärte er seinem erstaunten Enkel.

Irgendwann stand die Werkstatt wieder. Aber wer fuhr in dieser Zeit schon Auto? Nun gut, irgendetwas zu reparieren gab es immer, Landmaschinen, dreirädrige Pritschenwagen, Fahrräder, Nähmaschinen sogar, und ein paar reiche Schieber gab es zum Glück auch schon. Aber ob das für zwei große Familien auf die Dauer genug zum Leben abwarf? Antonio und Roberto ließen den Mut nicht sinken, und wieder waren Teresas Lohn und die freie Wohnung der größte Beitrag zum Lebensunterhalt.

Über all das zerbrach sich die kleine Elia nicht den Kopf. Sie spielte mit den Lupino-Kindern, bald auch mit anderen Kindern aus der Nachbarschaft. Wie ein zwitschernder Vogelschwarm fielen sie allesamt in die Gärten und Höfe ein, auch in die Ruinen. Jedes Kind hatte etwas zu bieten, eine schnell strickende Großmutter, eine Kuchen backende Tante, eine Riesenwohnung mit marmorgefliesten Bädern, eine fünfhundert Jahre alte Libanonzeder, einen Onkel mit einem Glasauge. Auch Elias Eltern standen hoch im Kurs: Die Mutter nähte die Puppenkleider, und der Vater spielte sonntags im Musikpavillon in der Banda. Manchmal gab er sogar im Hof vor dem Haus für die Kinder ein Flötenkonzert.

Den Sommer verbrachte die Familie Lupino mit Mann und Maus auf dem Landgut. Die Vorbereitungen für diesen Aufenthalt dauerten Tage. Dann fiel endlich die Tür ins Schloss, und man hörte nur noch die große Standuhr ticken. Dann endlich fing auch Teresa an zu packen, und auf ging es zu ihren Eltern, in Robertos erstem, von ihm selbst instand gesetzten uralten Automobil. Er hatte es bei seinen Aufräumungsarbeiten wiederentdeckt, eingeklemmt zwischen Balken und Trümmern, und liebevoll befreit. »Ihr könnt es mir glauben oder nicht. Es hat mich angestrahlt. Das hat sich genauso gefreut wie ich«, erzählte er.

So lustig es Elia in der Stadt fand, auf dem Land, bei den Großeltern, war sie einfach glücklich. Viele Stunden lang saß sie im Schatten unter den Bäumen, allein, sie schaute, hörte, spürte, drunten, weit, weit entfernt, glitzerte das Meer, über die Steine huschte eine Eidechse, die Grillen gaben ihr Konzert. Langsam, ganz sachte, löste sich das Einzelne auf, und alles verschmolz miteinander.

Das war die eine Elia. Die andere rannte mit zerzausten Haaren hinter den Ziegen her, über Stock und Stein, sie kroch durch Dornenhecken und kletterte auf Bäume, immer noch einen Ast höher als die Nachbarsjungen. Wenn ihr die Mutter wieder einmal einen Verband ums blutende Knie wickeln musste, stampfte sie ungeduldig mit dem Fuß auf: »Mach schon, ich muss weiter.« Wenn die Mutter fertig war, gab sie Elia einen Klaps: »Na los, Capretta.« So wurde sie oft gerufen. Mit ihren funkelnden Augen, den krausen schwarzen Locken, berstend vor Energie, hatte sie wirklich etwas von einem munteren Zicklein.

Was wollte nicht alles getan werden an diesen langen Sommertagen? Mit dem Großvater fütterte Elia die Schweine und die Kaninchen. Die Schweine hatten einen kleinen Auslauf und waren sehr klug. Die Muttersau schwärmte für Kuchen, wenn Elia sie rief:»Komm, gib Küsschen«, kam sie angetrabt, stemmte die Vorderbeine gegen den Zaun und streckte ihr hingebungsvoll die Rüsselschnauze entgegen. Elia versuchte, auch den Kaninchen ein kleines Kunststück beizubringen, aber die begriffen nichts, lieb, mollig, mit schnuppernden Näschen saßen sie auf ihrem Arm. Zarter und weicher als ihr Fell konnte nichts sein. Elia liebte sie sehr.

Gegen Abend, wenn es nicht mehr so heiß war, ging sie manchmal mit ihrer Mutter und der Großmutter hinüber zum Dorf. Alle waren sie miteinander verwandt, verschrumpelte Weibchen, sabbernde Säuglinge, bärtige Männer erwiesen sich als Tanten, Onkel, Neffen. Die verwinkelten weißen Häuser waren links und rechts der löchrigen Straße an den Hang gepappt, es gab eine nach Weihrauch duftende Kirche, in der durfte Elia eine Kerze anzünden vor der Madonna mit ihrem Kind, die stand auf einer Mondsichel und trug einen himmelblauen, sternenübersäten Samtmantel und auf dem Kopf ein schimmerndes Strahlendiadem. Anschließend bekam Elia in einer düsteren Bar ein Eis, das quoll aus einer silbrigen Maschine in die Waffeltüte.

Zum Abschluss besuchten sie Tante Ambrosia, eine Halbschwester von Teresa. Um ihr Häuschen, zwischen Tomaten, Auberginen, Zucchini und Melonen, blühten Blumen, Lavendel und Rosmarin, eine wild verschlungene Bougainvillea ergoss ihren violetten Blütenschwall hoch hinauf zu einem wackeligen Balkon und tief hinunter zu einer hölzernen Pergola, von der aus man, durch Ranken und Blüten hindurch, aufs Meer blicken konnte. Und immer lag im Schatten, schnurrend hingegossen, die Katzenmama und säugte ihre

Jungen. »So stell ich mir das Paradies vor«, sagte Teresa zu ihrer Schwester.

Doch etwas fehlte hier: die Flöte. Mit dem Wohlklang der Flöte verband sich Elias erste Erinnerung an den Vater. Sobald die ersten Töne erklangen, war die Kleine glücklich. Im Sommer, bevor Elia in die Schule kam, fing Roberto an, seiner Tochter die Flöte zu erklären, er spielte ihr Tonleitern vor, Lieder, und ließ sie dann selbst das Instrument ausprobieren. Toll war es nicht, was dabei herauskam, die Finger waren noch zu klein und zu schwach. »Ja, was machen wir da? Sollen wir die Flöte abschneiden«, fragte Roberto. »Nein, nein«, protestierte Elia, worauf ihr Vater meinte: »Weißt du was: Ich glaube, sie hat ein Kind. Schau doch mal nach in meiner Jackentasche.« Dort fand Elia die Piccoloflöte.

Von jetzt an steckten Vater und Tochter noch mehr zusammen als bisher. Bald konnte Elia ein paar Melodien auf ihrer kleinen Flöte spielen, der Vater antwortete auf der großen, Elia piepste zurück. »Musik machen« nannten sie das, Elia bekam vor Aufregung und Eifer feuerrote Backen. Wenn sie allzu sehr danebengriff, ärgerte sie sich fürchterlich, sie wusste ganz genau, wie es eigentlich klingen sollte. Manchmal taten ihr von dem schrillen Gefiepe die Ohren weh. Ob sie das Flötenkind wirklich mochte? Singen wie die große Flöte konnte es nicht.

Eines Tages, im Jahr 1949, bekam Roberto einen Brief aus Rom. Von Herrn Barbaroli: »Lieber Roberto, mein Haus habe ich inzwischen wieder bestellt. Ich arbeite viel und muss noch mehr herumreisen, und dabei ärgere ich mich noch zu Tode über unpünktliche Menschen und überflüssige Pannen. Da habe ich an Sie gedacht. Was mir vorschwebt: Sie werden wieder mein persönlicher Fahrer und kümmern sich zusätzlich um unsere Autos, die beiden Sportwagen von meiner Frau und mir, die große Limousine und die Nutzfahrzeuge. Am besten, Sie kommen baldmöglichst nach Rom, die Höhe Ihres

Gehaltes und alles Weitere können wir dann mündlich besprechen. Eine eigene, abgeschlossene Wohnung für Sie und Ihre Familie steht zur Verfügung. Mit freundlichen Grüßen, auch an Ihre Frau, Ihr Luigi Barbaroli.« Ein verlockendes Angebot, fanden Teresa und Roberto, ja eigentlich eine freundliche Fügung des Schicksals. Denn die Autowerkstatt warf immer noch nicht genügend Geld ab für den großen Familienclan: die alten Eltern, Antonio und seine Familie, längst schon mit Kind und Kindeskindern, eine verwitwete Schwester und deren Kinder sowie Roberto und die Seinen.

Was Roberto bei einem Besuch in Rom zu sehen bekam, gefiel ihm sehr. Mit Herrn Barbaroli verstand er sich auf Anhieb wieder ausgezeichnet, das Gehalt erschien ihm geradezu üppig, und die Wohnung über der Garage war luftiger und größer als die bisherigen, immerhin drei Zimmer. »Wenn du willst, kannst du wieder die Wäsche betreuen, hat Herr Barbaroli gesagt, das würde natürlich extra bezahlt, ist aber keine Bedingung«, sagte Roberto zu Teresa. »Ach, weißt du, Rom hat mir schon sehr gefallen«, schloss er seinen Bericht ab.

Also Rom. Teresa freute sich sogar. Warum nicht mal etwas Neues? So völlig aus der Welt lag es ja nicht. Zudem gab es die Eisenbahn. Nicht einmal umsteigen musste man. Laura, so viel stand fest, würde nicht mitkommen. Sie hatte ihre Schneiderlehre beendet und war schon so gut wie verlobt. Auch Robertino wollte nicht mitgehen. Die Schule hatte er hinter sich, er war jetzt fünfzehn, ihm gefiel es in der Werkstatt. »Wenn ich mein eigenes Auto habe, komme ich euch besuchen«, sagte er.

Eine ganz große Veränderung stand Elia bevor: Überall hatte sie Freunde, sie liebte ihre Großeltern und überhaupt die ganze Familie. Und sie ging schrecklich gerne in die Schule. In fast allen Fächern war sie die Beste, nur in Handarbeiten nicht.

Elias Schule hatte Roberto und auch Herrn Barbaroli Kopfzerbrechen gemacht. Roberto hatte an eine ganz normale Grundschule gedacht, aber die gab es nicht in diesem feinen

Viertel, die nächste öffentliche Schule lag so weit entfernt, dass auch Herr Barbaroli der Meinung war: »Das können wir der Kleinen nicht zumuten, einen so weiten Schulweg.« Schließlich fand er die Lösung, und Robertos Bedenken wischte er auch gleich vom Tisch: »Dann kommt sie halt in die gleiche Schule wie meine Töchter. Was wollen Sie, ist doch prima, meine Margareta und Ihre Elia sind sogar gleich alt. Das Schulgeld übernehme ich, das ist ja wohl selbstverständlich. Sie können die Gören allesamt morgens in die Schule karren, die Nonnen fangen bei nachtschlafender Zeit an, weiß der Teufel, warum.«

Dem Umzug stand nichts mehr im Weg. Außer dass Elia ihn von Herzen hasste. »Ich will nicht nach Rom«, schrie sie und klammerte sich schluchzend an Luisa. Sie wurde krank und bekam Fieber, wurde ebenso plötzlich wieder gesund, und die Eltern erzählten ihr von der schönen neuen Wohnung und der feinen neuen Schule und den netten neuen Kindern und von der großen, schönen Stadt. »Darfst du da auch in der Banda Flöte spielen?«, brach es schließlich aus Elia heraus. »Na, das will ich doch hoffen. Da werden wir uns gleich mal erkundigen. Gut, dass du dran denkst. Siehst du, die Mama und ich kennen uns ja auch nicht aus. Aber zu dritt kriegen wir das schon hin, was, Capretta?«, antwortete Roberto gerührt. Elia kroch schniefend auf seinen Schoß.

Der Hausrat der kleinen Familie nahm nicht viel Platz ein, Kleider, Bettzeug, Wäsche, Kochtöpfe, eine große Truhe, ein uralter Lehnstuhl mit einem Fußschemel und, als Geschenk von Signora Lupino, die Nähmaschine. Andere Möbel besaßen sie nicht, beide Wohnungen, die alte so gut wie die neue, waren nur mit dem Notwendigsten bestückt. Diese Habseligkeiten fanden mühelos Platz auf einem Lieferwagen, den Antonio chauffierte. Neben ihn auf die Fahrerbank hatten sich die beiden alten Väter gequetscht: »Einmal im Leben wollen wir Rom sehen.« Elias Großmütter blieben lieber zu Hause.

Roberto fuhr mit den Seinen im kleinen Auto vorneweg. Auf dem Rücksitz, neben Elia, waren die Lebensmittelvorräte verstaut, Einweckgläser, Marmeladentöpfe, viele Flaschen mit hausgemachter Tomatensoße, daneben Würste, Gewürze, Zwiebeln, Zitronen, Orangen und Berge von Spaghetti und anderer Pasta. Wer konnte schon wissen, was die Römer so aßen.

Die Wohnung gefiel allen, es gab ein Schlafzimmer, ein kleines Zimmer für Elia, eine große, helle Küche und ein Wohnzimmer. Dort hinein stellte Teresa die Nähmaschine: »Dann steht's nicht gar so leer, wir wohnen ja doch nur in der Küche.«

Ach ja, hier ließ es sich leben. Aber das Hauptgebäude auf der anderen Seite des Gartens versetzte Teresa in Staunen. Die Villa war ein gewaltiger rosa-gelber Würfel mit riesigen Erkern an den vier Ecken, die, gleich quadratischen Türmen, bis zum dritten Stock hinaufreichten, um den sich ein steinerner Fries zog. Der vierte Stock war leicht nach innen versetzt, und obenauf thronte so etwas wie ein kleines Haus, in dem eine vielköpfige Familie Platz gefunden hätte. Jetzt pflegte Signora Barbaroli dort ihr Mittagsschläfchen zu halten.

Das Haus stand am Hang, aber das ganze Gelände, auf dem es sich befand, samt dem parkähnlichen Garten und den Nebengebäuden, war bis auf das obere Straßenniveau aufgeschüttet worden und wurde, je steiler die um das Grundstück herumführende Straße abfiel, von einer mächtigen Mauer gestützt. Auf diese Weise sah man vom Haus aus weit über die Stadt, andererseits war dadurch auch das Haus selbst weithin sichtbar, wie eine Festung und ungeschützt zugleich. Ein paar riesige Palmen und einige Büsche konnten die Kahlheit kaum mildern.

Frau Barbarolis Vater, Adriano Morelli, hatte das Anwesen in den dreißiger Jahren von seinem ersten Besitzer erworben, der kurz nach dem Einzug in seinen Prunkpalast Pleite gemacht hatte. Morelli konnte seinen Schwiegersohn noch in die geheimsten Verflechtungen seiner Geschäfte einweihen, bevor er starb und ihm den Besitz hinterließ. In den folgenden Jahren dachte Luigi Barbaroli oft:»Mein Gott, wenn das der alte Adriano miterleben könnte.« Dessen kühne Pläne, die der Krieg unterbrochen hatte, begannen sich nun zu realisieren. Luigi durfte mit der Ernte beginnen. Bald raste er von einer Baustelle, von einer Besprechung zur anderen. Das war der Augenblick, in dem er Roberto als Privatchauffeur zu sich holte.

Bei ihrem Antrittsbesuch in der Villa Barbaroli wurden Roberto, Teresa und Elia vom Dienstmädchen in einen düsteren Raum geführt. Draußen schien die Sonne, innen bedeckten dichte, an den Seiten durch quastenverzierte Kordeln geraffte Brokatvorhänge die Fenster mehr als zur Hälfte. Um einen schweren Eichentisch standen lederbezogene Stühle mit hohen Lehnen, von der hohen Decke hing ein Kristallleuchter, zwei lange, schmale Spiegel zu beiden Seiten der Türe reflektierten nichts als die dunkel verkleideten Wände und unterstrichen die Frostigkeit des Zimmers: wie für die Ewigkeit geschaffen.

Herr Barbaroli erschien auf der Stelle.»Guten Tag, willkommen in Rom! Wie schön, Sie endlich kennenzulernen, meine Frau kommt gleich«, begrüßte er herzlich seine Gäste und schüttelte ihnen die Hand. Er freute sich wirklich.»Deine Geburt habe ich gewissermaßen miterlebt«, sagte er zu Elia. Das Hausmädchen brachte auf einem Tablett Kaffee für die Herren und Limonade für die Damen. Man plauderte angeregt, Herr Barbaroli erzählte Schnurren aus der gemeinsam verbrachten Zeit im Krieg. Irgendwann hätte auch Frau Barbaroli auftauchen sollen, schließlich wusste sie um den Besuch.»Also, sie muss jeden Augenblick kommen«, entschuldigte sich ihr Mann schon zum zweiten Mal.

Endlich hörte man Absätze klappern, die Tür ging auf, und die Dame des Hauses eilte herein. Sie trug ein lindgrünes Kleid und darauf abgestimmte Ohrringe. Auf ihrem üppigen

Busen wallten goldene Ketten. »Oh, es tut mir leid, ich wollte Sie nicht warten lassen. Aber heute ist der Teufel los, unglückseligerweise muss ich auch gleich wieder weg«, flötete sie und streckte den Besuchern huldvoll ihre Hand entgegen. Ihr gerade noch freundlicher Gatte blickte sie an, als habe er auf etwas Saures gebissen.

»Ja, ich glaube, wir müssen so langsam gehen«, sagte Teresa nach einer Weile und stand auf. »Kommen Sie doch bald wieder vorbei. Sie sind immer willkommen«, rief Signora Barbaroli schon unter der Tür, und zu Elia gewandt: »Rena soll mit dir zu den Kindern hochgehen, dann lernst du deine neuen Schulkameradinnen gleich kennen.« – »Nein, nein, das mach ich schon selbst«, sagte Signor Barbaroli und nahm Elia an der Hand.

Auch die Lupino-Kinder hatten in großen Zimmern gewohnt, aber im Hause Barbaroli hatte jedes Kind mehrere Zimmer und ein eigenes Bad. Allein schon Margaretas Puppenschar füllte ein großes Zimmer, sie besaßen alles, was ein Puppenherz begehrt, Betten, Liegestühle, eine Küche, Schulranzen, Tennisschläger und für jeden Anlass schränkeweise Kleidungsstücke. Nicht nur hübsche Kleidchen und Mäntel wie Elias Puppen, auch Abendkleider, Pelzstolen, Hüte, Skianzüge, Tennisröckchen, Lodenjacken. Elia hatte gar nicht gewusst, dass es das gab.

Leo, der Älteste, hob nur kurz muffig den Kopf, als der Vater mit Elia unter der Tür erschien, die Mädchen starrten wenigstens neugierig auf die neue Hausbewohnerin. Monica, die Ältere, trug eine Brille und wirkte ganz nett und ein wenig ungelenk mit ihren dicken Armen und Beinen. Margareta, mit der Elia in eine Klasse kommen sollte, hatte etwas von einer hurtigen Maus. Unter ihrem abschätzigen Blick verschränkte Elia, ohne es zu merken, ihre Arme über der Brust. Als Herr Barbaroli sie fragte, ob er sie bei den Kindern lassen solle, sagte Elia ganz erschrocken: »Ach nein, bitte, darf ich jetzt heimgehen?«

Zum ersten Schultag hatte Elia ihr schönstes Kleid angezogen. »Wie eine Prinzessin siehst du aus. Steigen Sie ein, Hoheit«, sagte Roberto und hielt ihr den Wagenschlag zum Beifahrersitz auf. Er selbst trug seine neue hellgraue Chauffeursuniform, die ihm hervorragend stand, wie Teresa und Elia fanden. Er fuhr vor dem Hauptportal der Villa vor, um die beiden Mädchen einsteigen zu lassen, sie würden es sich im Fond bequem machen, so hatte es ihre Mutter angeordnet.

Als sie Elia sahen, fingen sie an zu kichern: »Pah, was trägst denn du, willst du so in die Schule gehen?« Kein Mensch hatte die Schuluniform erwähnt, die für alle Kinder vorgeschrieben war: weiße Bluse mit blauer Krawatte, blauer Faltenrock und blaue Jacke, weiße Kniestrümpfe, dazu schwarze Lackschuhe mit blauen Bändern. »Mhm, was machen wir da? Dann gehst du erst mal so in die Schule, und dann schauen wir weiter. Die Mamma kann das sicher nähen. Pass auf, ich geh mit und spreche kurz mit der Lehrerin, ja?«, sagte Roberto und legte Elia beruhigend die Hand aufs Knie. Die schrumpfte auf ihrem Sitz zusammen, sie malte sich ihr erstes Erscheinen in der neuen Schule aus: Alle würden sie anstarren und sich über sie lustig machen, die Mitschülerinnen und die Lehrerinnen.

So ähnlich verlief es dann auch, aber noch mehr Interesse erweckte Roberto in seiner Uniform. Elia sah, wie die Kinder die Köpfe zusammensteckten, verstehen konnte sie ihr Getuschel zwar nicht, aber sie las es von den Gesichtern ab: »Was haben denn die hier verloren?« Sie war froh, als sie von der Lehrerin, einer ältlichen, schmallippigen Nonne, einen Platz in der hintersten Schulbank zugewiesen bekam.

Es stellte sich heraus, dass Teresa die Schuluniform nicht nachnähen konnte, jede Falte, auch das Material, waren vorgeschrieben. Entweder alles stimmte, oder man konnte es vergessen. Allerbeste Qualität, sicher kostete die komplette Uniform ein Vermögen. »Ich werde das mal drüben besprechen«, sagte Teresa. Nach einer Weile kam sie mit einer von Monicas abgelegten Uniformen zurück. Die war für Elia viel zu groß, aber das ließ sich beheben. Zum Glück passten die

Schuhe einigermaßen. »So, jetzt können die Nonnen nichts mehr sagen«, befand Teresa. Leider täuschte sie sich da.

Vor allem Schwester Evelina, die Klassenlehrerin, hackte genüsslich auf der neuen Schülerin herum. Der Neid auf die reichen, verwöhnten Kinder nagte schon lange an ihrem Herzen. Aber aus Angst vor den einflussreichen Eltern, von denen die Schule auch finanziell abhing, musste sie ihr Gift hinunterschlucken und den Kindern schöntun.

Dieses Kind nun schickte ihr der Himmel. Selbstverständlich durfte es nur gnadenhalber die Schule besuchen, so viel stand fest – ein Chauffeur konnte sich das teure Schulgeld niemals leisten. Es hatte hier keinen Rückhalt, nicht einmal Margareta Barbaroli setzte sich für Elia ein, wie Schwester Evelina nach ein paar Probegehässigkeiten befriedigt feststellte, im Gegenteil, das schadenfrohe Ding schien die Schikanen mit gespanntem Behagen zu verfolgen.

Jeder Schultag begann mit einer Morgenandacht in der selbst im Sommer frostigen Kapelle. Damit niemand einfach weiterdöste, wurden die Kinder auf Trab gehalten durch Niederknien, Aufstehen, Niederknien, Singen, Beten. War dann der Gottesdienst beendet, knurrte den meisten Kindern der Magen, wer brachte schon in aller Herrgottsfrühe ein ausgiebiges Frühstück herunter? Doch dann fing der Unterricht an.

In der ersten Unterrichtsstunde gab es regelmäßig Rechnen bei Schwester Dagoberta, die in ihrer Ordenstracht aussah wie eine Bauersfrau auf einem alten Gemälde. Wenn sie hereinkam, rieb sie sich die Hände: »Huh, mir ist kalt, Kinder, wir brauchen Bewegung!« Und so fing die Stunde mit Gymnastik an. Nun wachten auch die Langschläfer vollends auf, und das Rechnen war gar nicht mehr so schlimm.

Es war gar nicht so einfach, Elia den Spaß an der Schule zu verleiden oder ihr irgendwelche Fehler unter die Nase zu reiben, schließlich wurde sie nicht von einem Augenblick auf den anderen träge und dumm. Das stachelte Schwester Evelinas Ehrgeiz an. Was immer Elia tat, es war falsch. Meldete sie sich, hieß es: »Warte gefälligst, bis du dran bist«, saß sie schweigend in ihrer Bank: »Du kannst ruhig auch mitmachen.« Schließlich verlor Elia ihren Schwung. Sie konnte das Verhalten von Schwester Evelina überhaupt nicht einordnen, und darum sagte sie den Eltern kein Wort davon, was hätte sie ihnen auch erzählen können? In einem Kampf, von dem nur die eine Seite wusste, gab es nichts zu begreifen, schon gar nicht für ein Kind. Elia hatte bisher nur Menschen gekannt, die sie liebten und ihr wohlwollten. Nun war sie einfach fassungslos und bis ins Mark erschüttert. Der gerade noch freundliche, sichere Untergrund schien zu wanken. Elia reagierte darauf wie auf eine Vergiftung. Zum ersten Mal im Leben bekam sie Kopfweh, sie fühlte sich müde und abgeschlagen. Wenn sie von der Schule heimkam, mochte sie nichts essen, sie wollte nur noch ins Bett. Dort zog sie sich die Decke über den Kopf.

Ihre Eltern machten sich große Sorgen. Teresa ging in die Schule, um mit den Lehrerinnen zu sprechen. Der Direktorin war nichts Auffälliges über Elia bekannt, Schwester Dagoberta lobte das freundliche, kluge Kind, Schwester Evelina verschanzte sich hinter ihrem zuckersüßen Lächeln und erging sich in vagen Andeutungen: »Nicht ganz einfach ... Sie muss ihren Platz noch finden ... sich fügen lernen ...« Schließlich fragte Teresa irritiert: »Was heißt das? Ist sie frech? Macht sie ihre Schulaufgaben nicht?« Statt zu antworten, fragte Schwester Evelina mit lauerndem Blick: »Hat sich Elia bei Ihnen beschwert?« Teresa fing an zu lächeln: »Sie macht den Mund nicht auf, liebe Schwester Evelina. Aber ich bin ja nicht blind.«

Jetzt klärten sich die Fronten. Teresa spürte instinktiv: Von dieser Schwester Evelina mit ihrem Haifischlächeln rührte Elias Niedergeschlagenheit her. Entschlossen nahm sie den Kampf auf, auch wenn sie die Spielregeln noch nicht durchschaute. Als fröhlicher, offener Mensch konnte sie sich in die Gehirnwindungen einer verbitterten Heuchlerin nicht hineindenken. Dafür besaß sie Mut und Mutterwitz. Elia und auch Roberto wollte sie nach Möglichkeit aus dem Getümmel heraushalten, ihnen fehlte, so schien ihr, der nötige Biss. Roberto war der liebste, beste Mann auf der Welt, aber schon die kleinsten Unstimmigkeiten brachten ihn durcheinander. Wahrscheinlich hatte Elia das von ihm geerbt.

Teresa war von vornherein auf Schwierigkeiten bei der Eingewöhnung gefasst gewesen, darum hatte sie gleich nach dem Umzug mit einer Reihe von Verwandten und Bekannten Kontakt aufgenommen, zum Glück schien ein Gutteil von Salerno und Umgebung in Rom zu leben. So war die Familie bald schon wieder eingesponnen in einen Kokon mit vertrauten Gesichtern, wenngleich man sich wegen der weiten Entfernungen nicht allzu oft treffen konnte.

Eine der erfreulichsten familiären Neuerwerbungen war Enzo, ein Vetter von Roberto, der im Zoo als Tierpfleger arbeitete. Zu ihm pilgerten Elia und Teresa mindestens einmal in der Woche zu Fuß, der Weg dorthin dauerte nicht einmal eine halbe Stunde. Der Zoo war hübsch angelegt mit vielen Bäumen und gewundenen Wegen, die an den Gehegen und Behausungen der Tiere vorbeiführten. In einem Teich stolzierten Flamingos, auf den Kletterfelsen hüpften Affen herum und allerlei Ziegen, Antilopen und Steinböcke, in einem von Felsen flankierten Wasserbecken plantschten zwei Eisbären. Für die Vögel gab es ein geschlossenes Haus und davor eine Voliere mit verschiedenen Taubenarten, kleinen Exoten, heimischen Singvögeln, und draußen auf ihren Stangen kreischten die Papageien.

Bald kannte Elia alle Tiere, und mit einigen von ihnen schloss sie nähere Freundschaft. Die beiden Robben fraßen ihr aus der Hand, auch das Hängebauchschwein und die Ziegen. Ein paar Karotten und etwas Brot hob sie sich bis zum Schluss auf für die Kaninchen und Hühner, die im hintersten Winkel des Zoos in einem Schuppen hausten und Onkel Enzo gehörten. Jedes Huhn und jedes Kaninchen hatte einen Namen, und wenn Elia eines von ihnen auf dem Arm hielt, versank der Zoo. Und mit ihm ganz Rom.

Eine weitere wichtige Persönlichkeit war Herr Grassi, ein ehemaliger Busfahrer, der in der Banda der Römischen Verkehrsbetriebe die Tuba spielte. Es war ein richtiges Orchester von über siebzig Mitgliedern. Viele stammten aus dem Süden, und die Waisenhaus-Banda aus Salerno kannten alle. Nicht nur, weil sie einen guten Ruf hatte, sondern auch, weil seit Generationen ehemalige Waisenhauskinder in der römischen Kapelle mitspielten. So auch der alte Herr Grassi, ein Jugendfreund von Giovanni, Robertos Vater. Nun redete er seinen Kollegen gut zu: »Meine Güte, hat der Flöte gespielt. Jetzt schreibt er mir, ob wir nicht seinen Sohn Roberto in die Banda aufnehmen können, auch wenn er kein Busfahrer ist. Aber immerhin Chauffeur ist er. Und spielt ebenfalls Flöte.«

So wurde Roberto ehrenhalber in die Banda der Römischen Straßenbahner und Busfahrer aufgenommen. Das Orchester probte regelmäßig in einem Straßenbahndepot. Anspruchsvolle Programme, manchmal mit recht bekannten Instrumentalisten und Sängern. Roberto nahm Elia gelegentlich mit zu den Proben. Sie saß stundenlang mucksmäuschenstill auf ihrem harten Stuhl und verfolgte gespannt das Geschehen. Nach ein-, zweimaligem Hören kannte sie die Stücke, und wenn der Dirigent genau in dem Augenblick abklopfte, in dem auch sie einen Patzer vernommen hatte, war sie sehr zufrieden.

Aber richtig begeistern konnte sie sich für die Sänger. Sie schienen ihr noch viel schöner und besser zu singen als die in Salerno. Es gab da einen Bassbariton, wenn der nur den Mund auftat, wurde ihr ganz komisch in der Magengrube. Er schmetterte Opernarien und war offenbar spezialisiert auf Schurken und Finsterlinge. Unter seinem Hohn, seinen fiesen Gemeinheiten erschauerte Elia beglückt.

Es war das erste Mal in ihrem Leben, dass sie dem Schmelz einer Stimme erlag. Wenn sie die Handlung der Opernwerke noch nicht kannte, malte sie sich eine Frau aus, die sich aus

Liebe für diesen Mann opferte. Vielleicht wollte ihn gerade der Teufel holen oder ein Nebenbuhler ihn erdolchen, da musste sich dann die edle Heldin dazwischenwerfen. Als der Vater sie ihrem Idol mit den Worten vorstellte:»Das ist meine Tochter Elia. Der haben Sie den Kopf verdreht«, fauchte sie ihm anschließend zu:»Das war gemein von dir.« Viele Jahre später wurde ihr Enrico Tarlazzi noch einmal vorgestellt. Und wieder ging ihr der Klang seiner Stimme durch Mark und Bein.

In der Schule hatte Schwester Evelina ihre Taktik geändert: Elia konnte jetzt tun und lassen, was sie wollte, für ihre Lehrerin war sie Luft. Einen Augenblick lang war Elia erleichtert gewesen, als die Sticheleien aufhörten. Bald jedoch wäre sie froh gewesen über irgendeine Bosheit. Durch dieses völlige Ignoriertwerden verlor Elia nach und nach den letzten Boden unter den Füßen. Die Gemeinheiten hatten ihn zum Wanken gebracht, aber er war doch noch vorhanden gewesen. Jetzt schien es Elia, als löse er sich auf. Und sie gleich mit. Elia musste immer wieder die Augen schließen und ganz tief durchatmen, um nicht einfach aus der Bank zu sinken, so schwindlig wurde ihr, wenn Schwester Evelina wieder durch sie hindurchblickte. Andere Kinder hätten sich jetzt vielleicht zur Wehr gesetzt und durch Unartigsein und Gelärme auf sich aufmerksam gemacht. Elia dagegen, in ihrer Hilflosigkeit, saß wie gelähmt auf ihrem Stuhl.

Gewiss, Schwester Evelina benahm sich ungeheuerlich, aber auch Elias Verhalten war sehr sonderbar. Sogar ihren Klassenkameradinnen fiel es auf. Einige ergriffen sogar Partei für sie:»Los, wehr dich, lass dir das nicht gefallen«, versuchten sie ihr in der Pause Mut zu machen. Aber erst, als eines der Mädchen den Arm um sie legte, kam sie zu sich, als wache sie auf aus einer Erstarrung, aus einer Abwesenheit.

Ihre Mutter hatte inzwischen auch schon gemerkt, dass sich Elia, wie ihr Vater, nur dann wohlfühlte, wenn allseits

Harmonie herrschte, zumindest kein Streit. Sie war ganz einfach ungewöhnlich empfindsam und sensibel. Als strecke ihr Gemüt zarte Fühler aus und nehme durch sie Botschaften auf, welche die wenigsten Menschen überhaupt wahrnehmen konnten. Gerüche, Geräusche, Farben, aber auch Schwingungen, Stimmungen, Atmosphäre. Oft drang es nicht einmal in ihr Bewusstsein. Bei extremen Situationen wurden die Fühler ruckartig eingezogen und die Verbindungen nach außen gekappt. Das war ein Schutzmechanismus, den Schwester Evelinas harte Schule zutage gefördert hatte. Den eigentlichen Zusammenhang begriff jedoch niemand.

Das erste Zwischenzeugnis strotzte von schrecklichen Noten in Schwester Evelinas Fächern. Teresa ging ohne Umschweife zur Direktorin: »Wenn Schwester Evelina meine Tochter nicht in Ruhe lässt, werde ich Herrn Barbaroli einschalten. Ich darf darauf hinweisen, dass Herr Barbaroli und mein Mann alte Kriegskameraden sind.«

Den Rest des Schuljahrs vollbrachte Schwester Evelina das Kunststück, Elia von Zeit zu Zeit ein giftgeschwollenes Lächeln zu schenken. Damit kam Elia inzwischen zurecht, so viel hatte sie gelernt. Vor allem der freundschaftliche Zuspruch einiger Mädchen stärkte ihr den Rücken und rettete sie vor einem erneuten Versinken. Und im nächsten Schuljahr übernahm Schwester Dagoberta die Klasse.

Margareta Barbaroli hatte sich aus dem ganzen Debakel herausgehalten. Sie war Elia nicht zur Seite gesprungen, aber sie hatte bald aufgehört, Schwester Evelinas Treiben interessiert zu begrinsen und verächtlich nach Elia zu schielen: Warum setzte sie sich nicht zur Wehr? Wenn Elia nun in ihrer Verwirrung wieder etwas liegen ließ, rief ihr Margareta sogar hinterher: »He, dein Ranzen, deine Mütze.«

Große Sympathien füreinander bestanden nicht, aber immerhin eine Art Zusammengehörigkeitsgefühl. Auf dem gemeinsamen Heimweg von der Schule trottete Elia als fünftes

Rad am Wagen neben den anderen Kindern her. Aber das war niemandes Schuld, schon vor ihrem Auftauchen hatten sich die vier Freundinnen ihre jeweilige Busenfreundin ausgesucht, jetzt gab es zwei Pärchen und Elia. Das eine Paar verabschiedete sich auf der halben Strecke, Margaretas beste Freundin wohnte in der Nähe, oft mussten die beiden etwas wahnsinnig Wichtiges miteinander besprechen und verschwanden zusammen. Elia ließen sie stehen.

Nur wenn Margareta und Liliana Krach miteinander hatten, und das kam immer wieder vor, wurde plötzlich Elia umworben. Es war nicht nur wichtig, auf wessen Seite sich die beiden anderen Freundinnen schlugen, es galt auch, Elia auf die eigene Seite zu ziehen, manchmal gab sie sogar den Ausschlag, und eines der vier anderen Mädchen stand für ein paar schreckliche Tage alleine da.

Die wenigen Male, die Elia zu Margareta zum Spielen ging, hoffte sie immer, dass auch die dicke Monica dabei wäre. Die hatte Asthma und erklärte Elia ausführlich, jeder Mensch würde einmal dick, sie sei sehr froh, das jetzt als Kind hinter sich zu bringen. Draußen im Garten herumspringen mochte sie nicht, aber sie spielte gerne Theater. Sie war die Prinzessin, ihre Schwester der Prinz. Elia übertrug man die Dienerrollen. Wenn Margareta keine Lust mehr hatte, durfte sie für sie einspringen. Doch kaum hatte Elia ihr schönes Prinzengewand übergestreift, erschien meist schon wieder die erste Besetzung und schob sie beiseite: »Wie stehst du denn da? Du hast ja keine Ahnung, lass mich machen.«

Margaretas Mutter sah es gar nicht gerne, wenn die Kinder miteinander spielten. »Was soll diese Verbrüderung mit dem Personal?«, fragte sie spitz. Das brachte Herrn Barbaroli in Rage: »Robertos Vater ist Schmied. Deiner war Maurer, der es zu Geld gebracht hat. Aber dadurch ist er nicht feiner geworden. Das hat er auch nie behauptet.«

Seinen Schwiegereltern war das viele Geld nicht zu Kopf gestiegen, doch genossen sie mit großem Behagen die Vorzüge. Besondere Ansprüche stellten sie nicht, aber sie hatten lange genug jeden Pfennig umdrehen müssen, wenn sie sich jetzt etwas leisteten, durfte es ruhig vom Feinsten sein. Auch die Prunkvilla hatten sie nicht aus Angeberei gekauft, sondern weil sie ihnen gefiel, nicht zuletzt die riesige, hochmodern eingerichtete Küche, die sie nur ungern einer Köchin überließen. Selbst jetzt noch stellte sich die alte Dame am liebsten selbst an den Herd.

Worüber sich Frau Barbaroli jedes Mal entsetzte. Sie ging Herrn Barbaroli immer mehr auf die Nerven, leider schlug sie nur äußerlich den Eltern nach. Je breiter ihre Hüften wurden, je plumper die Hände, desto vornehmer wurde ihr Getue. Sie spielte jetzt Bridge und ging zum *five o'clock tea*, sie gab Cocktailpartys in ihrem Haus, auf denen neureiche Schieber, aufgetakelte Blondinen und abgehalfterte Adelige Smalltalk durcheinanderplapperten.

»Bald kannst du nicht mehr Italienisch«, murrte Herr Barbaroli. Er versuchte seine Kinder zu vernünftigen Menschen zu erziehen. »Bloß weil wir Geld haben, sind wir noch nichts Besonderes. Wenn ihr euch trotzdem dafür haltet, dann benehmt euch wenigstens manierlich: *Noblesse oblige.*«

Er erwartete auch von seinen Kindern, dass sie zu Elia nett waren und sich um sie kümmerten. Davon würden beide Seiten profitieren, war seine Meinung. Darüber hinaus fühlte er sich für Roberto und die Seinen verantwortlich: Er hatte sie hierher geholt und ihnen versprochen, dass Elia auch in diesem vornehmen Viertel Spielkameraden finden würde. Zum Beispiel seine eigenen Kinder.

Als Herr Barbaroli bei Margaretas Geburtstagseinladung feststellen musste, dass Elia nicht eingeladen war, kam es zu einem richtigen Streit. »So, du gehst jetzt auf der Stelle hinüber und entschuldigst dich bei Elia. Und dann bittest du sie in meinem Namen, doch so nett zu sein und herüberzukommen«, schrie er seine Tochter an, worauf die losheulte: »Die Mamma hat es nicht gewollt.« – »Dann kann die auch gleich mitgehen«, hätte er gerne zurückgebrüllt, nur die vielen gespannten Kinderaugen hinderten ihn daran.

So stand er auf, knallte die Tür zu und ging hinüber in die Chauffeurswohnung. Dort saßen Teresa und Elia und taten so, als wäre alles in Ordnung. Dafür hatte Elia allerdings erstaunlich rote Augen. »Ja, also, die Margareta hat dich einfach vergessen. Und jetzt magst du nicht mehr hingehen, hm?«, sagte er zu Elia, die schließlich den Kopf schüttelte. »Siehst du, ich auch nicht«, fuhr er fort. »Vielleicht sollten wir einen kleinen Ausflug machen. Wo ist denn euer Vater?«

Auf diese Weise sahen Elia und ihre Eltern zum ersten Mal die Villa d'Este. Und das Abendessen in einem Landgasthof schmeckte allen vieren. »Vielleicht können wir das ja wiederholen. Und meine Töchter haben dann auch Zeit«, sagte Herr Barbaroli ganz vergnügt zum Abschluss. Von seiner Frau war gar nicht die Rede. Ein paar solcher Ausflüge kamen im Laufe der Zeit zustande, zur allgemeinen Zufriedenheit. Vor allem das von Teresa wunderbar in einen Korb verpackte Picknick fand Anklang. Im Übrigen hielten sich Roberto und Teresa sehr zurück. »Elia muss ihren Platz finden«, zitierte Teresa Schwester Evelina. »Ja, und wir den unseren.«

In der ersten Zeit ging die kleine Familie jeden Sonntag in die nächstgelegene Kirche, einen gewaltigen, mit weißen Säulen bestückten Backsteinbau, nur ein paar Minuten von der Villa Barbaroli entfernt und um die gleiche Zeit erbaut, im neoklassizistischen Stil. Das Innere der Kirche wurde in der Mitte von einer Kuppel dominiert, um die sich die Seitenkapellen gruppierten. Bei aller Nüchternheit herrschte eine gute, ruhige Atmosphäre in dem Raum, daran konnte es also nicht liegen, wenn sich Roberto und die Seinen dort nicht wohlfühlten.

Der eine Grund mochte der Pfarrer sein, auch von ihm ging eine gepflegte Kühle aus; scharfsinnig und streng, mit schmaler Miene und blitzenden Brillengläsern las er der Gemeinde am liebsten die Leviten. Mit hoher, spröder Stimme intonierte er die liturgischen Gesänge, selbst wenn er das Kreuz über den Häuptern seiner Schäfchen schlug, wirkte er distanziert. Wenn man ihm zuschaute, wunderte man sich, dass er sich als ganz normaler Pfarrer mit ganz normalen Menschen abgab und nicht als Kardinal mit anderen Kardinälen zu Rate ging. Ihm selbst mochte es nicht anders ergehen, seine neuen Gemeindemitglieder jedenfalls schienen ihm wenig am Herzen zu liegen. Roberto und Teresa kannten außer den Barbarolis niemand. Er hätte sie schon unter seine Fittiche nehmen und mit anderen Leuten bekanntmachen können, so fanden sie. Aber er dachte nicht daran, nicht einmal aus Arroganz, weil sie ihm nicht fein genug erschienen, er versetzte sich erst gar nicht in ihre Lage.

Zum Glück entdeckte Teresa eine andere, nicht weit entfernte Kirche, einen länglichen, düsteren Kasten. Doch nach einer Weile, wenn sich das Auge daran gewöhnt hatte, lichtete sich das Mosaik an den Wänden; von oben, durch einen turmartigen Aufsatz auf der Kuppel, floss jetzt ein goldener Schimmer, und durch die schmalen Seitenfenster strahlte das Licht. Plötzlich wirkte der Raum stimmungsvoll.

Vor dem von zwei kleinen Türmen flankierten Eingang gab es einen durch ein Mäuerchen abgeschirmten, gepflasterten Hof. Hier stand die Gemeinde nach der Messe zusammen. Ob arm, ob reich, jeder kannte jeden und redete miteinander, schon beim ersten Mal wurden Roberto, Teresa und Elia angesprochen, auch der freundliche alte Pfarrer kam dazu, und als er hörte, dass sie aus Salerno waren, lachte er: »Hier ist der halbe Süden versammelt.«

Die Gemeinde, so stellte sich heraus, war unternehmungslustig, es gab einen kleinen Chor, und die Frauen trafen sich gerne, manchmal zu einem guten Zweck, oft auch nur zu Kaffee und Kuchen. Sie luden Teresa ein, bald hatte sie neue Freundinnen und, woran sie nie gedacht hätte, auch wieder einen Beruf. Mit Ausbessern und Ändern fing es an, aber es dauerte nicht lange, und Teresa war vollauf beschäftigt mit

Nähen und Schneidern. Wie froh war sie jetzt, dass sie gleich nach der ersten Begegnung mit Frau Barbaroli auf eine Stelle in der Villa verzichtet und zu Roberto gesagt hatte: »Glaub mir, es ist besser, ich hab mit dieser Ziege nichts zu tun.«

Als sich herumsprach, dass Roberto Flöte spielte, wurde er für den Chor angeworben, auch Frau und Tochter, so hieß es, waren willkommen. Bei den begrenzten Möglichkeiten der Orgel und vor allem der Orgelspielerin wagte man sich nur an leichte Stücke, Gesangbuchlieder, alte Volkslieder mit frommen Texten, zu besonderen Anlässen auch einmal Motetten. Der Pfarrer hielt den Chor mehr durch seine Herzensgüte als durch sein musikalisches Wissen zusammen. Er hörte nicht mehr gut und verlor auch sonst manchmal den Überblick, aber jedermann gab sich große Mühe, um den lieben alten Mann nicht zu enttäuschen. Viele der Sänger konnten keine Noten lesen und versuchten, so gut es eben ging, den nicht immer richtigen Tönen der Orgel zu folgen. Das ergab oft ein rechtes Gejaule und Gewimmer.

Seitdem Roberto den Chor anführte, wobei er auf Teresa und Elia als verlässliche Stützen baute, erreichten die wackeren Sänger sehr viel sicherer ihr Ziel. Bald wurden Pläne geschmiedet, doch Roberto winkte ab: »Nein, nein, für so viel Proben habe ich leider keine Zeit. Zudem bin ich kein guter Lehrer.«

Bisher hatte er es selbstverständlich gefunden, dass Elia vom Blatt weg die richtigen Töne traf, denn oft ließ er sie eine Melodie erst einmal singen, bevor sie sie auf der Flöte nachspielte. Jetzt wunderte er sich, dass die meisten Menschen damit offenbar Schwierigkeiten hatten. Aber vielleicht waren gerade die Pannen das Schöne an der Singerei – und dass man darüber lachen durfte.

Wenn es nicht gerade wie aus Kübeln goss, wurde der Kirchgang mit einem Besuch im nahe gelegenen Zoo abgeschlossen. Dort fühlte sich Elia inzwischen ganz zu Hause. Unter der

Woche half sie Onkel Enzo beim Ställeausmisten und Füttern der Tiere, in ihrem Sonntagskleid konnte sie das nicht. Aber ihren Lieblingen guten Tag sagen und auf der Krankenstation, die sie mit Onkel Enzo für eine aus dem Nest gefallene Drossel eröffnet hatte, nach dem Rechten sehen, das wollte sie doch. Wenn Elia im Zoo herumwerkeln konnte, war sie sehr zufrieden. Es gab nur eine einzige andere Sache, die sie mit ähnlichem Eifer betrieb, das Flötenspielen.

Die Piccoloflöte hatte ihr längst nicht so viel Spaß gemacht, jetzt endlich waren ihre Fingerkuppen groß und gepolstert genug, um die Löcher der großen Flöte zu decken. Eigentlich, so fand Elia, ließ es sich darauf leichter spielen, sie erforderte nicht ganz so geschmeidige, genauest gestellte Lippen. Genüsslich fachsimpelte sie mit ihrem Vater über die Flatter- und die Doppelzunge, bei den notwendigen Übungen gab es für beide viel zu lachen.

Die Schule hingegen hatte für Elia jeden Glanz verloren. Da sie nicht dumm war, kam sie irgendwie zurecht, aber die Freude am Lernen hatte ihr Schwester Evelina gründlich ausgetrieben. Nur bei Schwester Dagoberta gab sie sich Mühe, diese Lehrerin liebte sie, bei ihr wollte sie sich nicht blamieren. Und so war sie die Beste in Rechnen und Turnen.

Schwester Evelina ließ sich in der Schule irgendwann nicht mehr blicken, eines Tages hieß es, sie sei an einem Gallenleiden gestorben, worauf Teresa meinte: »Die ist an ihrer Bosheit erstickt.« Elia zuckte nur unbeteiligt die Schultern. Sie hatte diese Person in eine Schublade gesperrt, die sie nie mehr im Leben aufzumachen gedachte.

In der Schule wehte immer noch ein strenger, unfroher Geist, bei allem freundlichen Getue. Immerhin wurde Elia schon lange genauso behandelt wie alle anderen Kinder, genauso gerecht oder ungerecht, und auch mit den Kindern verhielt es sich nicht anders: Man mochte sich oder auch nicht.

Dennoch überkam Elia ab und zu das Gefühl: Ich gehöre nicht hierher. Darüber sprach sie auch mit Gwendolyn, einem blondlockigen, hübschen Mädchen, das sie als Erste gegen Schwester Evelina in Schutz genommen hatte. Inzwischen waren die beiden eng befreundet und steckten häufig zusammen, Gwendolyn besuchte Elia gerne, sie fand es bei ihr viel gemütlicher als daheim.

Gwendolyn war mit Abstand die Klügste in der Klasse, sie wusste einfach alles, obwohl sie zu Hause absichtlich kein Buch mehr aufschlug: »Nichts als Bücherwürmer, seit Generationen, Gelehrte mit dicken Brillen, sogar die Frauen in der Familie. Wenn ich nicht so unsportlich wäre, würde ich zum Zirkus gehen«, erklärte sie Elia. Doch trotz aller Klugheit verstand sie Elias Problem mit den anderen Mädchen nicht: »Ja, magst denn du diese blöden Kühe, die nichts von dir wissen wollen? Vielleicht gefällt ihnen deine Nase nicht. Also, ich würde mich bedanken, wenn die sich an mich ranwanzen würden. Zum Glück tun sie es nicht.«

Seit einiger Zeit sahen sich die Freundinnen weniger oft, Gwendolyn hatte nämlich das Kino für sich entdeckt. Ständig stürzte sie ins Kino, wenn möglich täglich, oft blieb sie nach einer Vorstellung einfach sitzen und sah sich den gleichen Film noch einmal an. Oder sie fuhr mit dem Bus quer durch die halbe Stadt in irgendein Vorstadtkino, wo ein alter Film lief, den man sonst nicht zu sehen bekam.

Elia ging manchmal mit, längst nicht immer, dafür reichte weder ihr Taschengeld noch ihre Zeit, auch nicht ihre Begeisterung. Zwar mochte sie Kino, aber eher wegen der Schauspieler, oft übersah sie Details, über die sich Gwendolyn hingebungsvoll auslassen konnte. Überhaupt waren sie bei den Filmen nicht immer einer Meinung, aber gemeinsame Lieblingsfilme gab es doch, auffallend viele französische waren darunter: ›Les visiteurs du soir‹, ›Les enfants du paradis‹, ›Orphée‹. Bei den Filmschauspielerinnen hatten sie den gleichen Geschmack: Anna Magnani, Arletti, Simone Signoret. Gina Lollobrigida gehörte zwar nicht in diese hehre Schauspieleriege, aber sie liebten sie doch. Und Rita Hayworth vergötterten sie, alle beide. Bei den Männern einigten sie sich auf Gregory Peck, Vittorio Gassman und Gérard Philipe, daneben schwärmte Gwendolyn für Jean Gabin und Elia für Errol Flynn. Und zwar als »Herr der sieben Meere«. Diesen Film hatte sogar sie ein paarmal verschlungen. »Du Kindskopf, dabei bist du doch älter als ich«, lachte Gwendolyn. Elia war nämlich drei Tage älter, sie hatte am fünfzehnten Dezember Geburtstag, Gwendolyn am achtzehnten, eigentlich also waren sie Zwillinge, schon darum verstanden sie sich wohl so gut.

Mit Margareta hatte Elia noch weniger zu tun als zu Anfang der Schulzeit, bei der drehte sich alles nur noch um ihr Pferd. Außerhalb der Schule traf man sie nur noch im Reitdress an; wenn sich ein kurzes Gespräch mit einem pferdelosen Wesen, Elia zum Beispiel, gar nicht vermeiden ließ, klatschte sie dabei mit der Reitgerte ungeduldig gegen die blankgewienerten Stiefel.

Auch mit Monica ließ sich nicht mehr viel anfangen. Sie ging jetzt in die Tanzstunde, und ihr ganzes Lebensglück schien davon abzuhängen, welcher Tanzstundenherr sie zum letzten Tanz aufforderte, um sie anschließend bis vor die Haustür zu begleiten.

Entgegen ihrer Theorie hatte sie ihren Kinderspeck nicht verloren und sich inzwischen noch zusätzlich einen gewaltigen Busen zugelegt. Sie selbst konnte ihn zwar nicht leiden, aber angeblich entsprach diese Üppigkeit einem Schönheitsideal – im Gegensatz zu ihrer Taille, die ihr schlaflose Nächte bereitete. Denn um sie irgendwie, und sei es gewaltsam, zu verschlanken und in Fasson zu bringen, trug sie sogar im Bett ein zum Platzen eng geschnürtes Korsett: »Zwei Männerhände müssen eine Taille umfassen können. So steht es überall geschrieben«, erklärte sie Elia unter Tränen und deutete auf einen Haufen illustrierter Zeitungen, von denen zierliche Zauberwesen mit weiten, wippenden Röcken und Wespentaille herablächelten.

Leo hingegen traf Elia häufiger an als bisher. Früher hatte er anfallsweise geruht, ihr Angst einzujagen. »Weißt du eigentlich, dass ein Ungeheuer bei euch haust?«, hatte er sie einmal gefragt und dabei im Hof vor der Garage einen Schachtdeckel aufgerissen: »Dort unten lebt es. Jetzt schläft es, hörst du es schnarchen? Aber nachts wacht es auf und schleicht bei euch ums Haus. Huh, ich möchte da nicht wohnen!« Elia hatte es drunten im tiefen Dunkel rauschen hören. Oder war es doch ein Schnarchen? Jedenfalls hätten sie von da an keine zehn Pferde mehr am Abend allein vors Haus gebracht. Jetzt tauchte Leo plötzlich hinter irgendwelchen Büschen und Häuserecken auf, auch auf dem Schulweg begegnete ihm Elia. Meist war er allein, manchmal lümmelten ein paar junge Burschen um ihn herum, die sie anstarrten und zu Leos Gerede wenig vertrauenerweckend lachten: »Ach, da kommt ja die Prinzessin. Besuch mich mal, ich zeig dir meine Briefmarkensammlung.« Elia fiel darauf keine Antwort ein, und so ging sie einfach weiter. »Taub ist sie auch noch«, meckerte Leo hinter ihr drein.

Elia erzählte es entrüstet ihrer Mutter, die lachend meinte: »Jetzt hast du also einen Verehrer, Capretta.« Teresa schaute sich gerührt die Tochter an. Zwar wirkte Elia immer noch ganz kindlich, aber aus dem Zicklein war inzwischen ein staksiges Füllen geworden, mit dunkel schimmernden, riesigen Augen und einer dichten, krausen schwarzen Mähne. Ein Füllen, das nicht so recht wusste, wohin mit seiner Kraft. Elia hüpfte und sprang ständig herum, oft schien die Wohnung zu klein für sie, sie rempelte gegen die Möbel, holte sich blaue Flecke, Geschirr ging zu Bruch. Draußen im Freien passierte ihr das nicht.

In den Sommerferien fuhr die kleine Familie nach Salerno. Robertos Eltern waren inzwischen sehr alt und hinfällig, wer weiß, vielleicht war es der letzte Sommer, den sie noch erleben würden. Elia saß ein paar Tage lang geduldig und liebevoll bei ihnen, sie hielt ihre Hand, hörte zu, erzählte, egal ob die Nonna nach einem Weilchen dabei einschlief und der Nonno nicht mehr gut hörte. Aber als es schließlich hieß:»So, jetzt besuchen wir die anderen Großeltern«, schnellte sie vor Freude mit einem Satz hoch, Teresa gelang es gerade noch, die Kaffeekanne auf dem Tisch festzuhalten.

Teresas Vater war zwar nicht viel jünger als Robertos Eltern, aber nach wie vor munter und unternehmungslustig, und Alina wirkte immer noch wie die große Schwester ihrer ältesten Tochter. Bei diesen Großeltern war es einfach sehr viel lustiger.

In der Kirchengemeinde stand nach den Ferien ein Wechsel bevor. Nachdem der liebenswürdige alte Pfarrer sein Amt aus gesundheitlichen Gründen hatte aufgeben müssen, wurde ein Padre Ironimo als neuer Pfarrer erwartet. Dabei kam es zu einem unerwarteten Wiedersehen. Als Teresa den neuen Pfarrer zum ersten Mal sah, stutzte sie und jubelte dann:»Luigi, nein so was, das gibt es doch nicht, Padre Ironimo, das bist also du!« Auch der Padre strahlte, sein kahler Kugelkopf wurde vor Freude ganz rot, die beiden fielen sich um den Hals – zwei uralte Kinderfreunde, die sich wiedergefunden hatten.

»Seine Eltern sind unsere nächsten Nachbarn. Wir sind zusammen in die Schule gegangen. Der Luigi war immer ein ganz Lieber und hat prima Orgel gespielt. Als er wegging, war ich ganz traurig«, sagte Teresa zu Roberto. Es dauerte nicht lange, und Padre Ironimo gehörte zur Familie.

»Sag mal, hattest du nicht eigentlich Sänger werden wollen«, fragte Teresa, als sie wieder einmal in der Chauffeurswohnung zusammen beim Essen saßen. Luigi nickte:»Nun ja, klein und dick und arm wie eine Kirchenmaus. Und schrecklich mutig und entschlossen war ich ebenfalls nicht. Da bin ich lieber aufs Priesterseminar gegangen. Aber das Singen hab ich nicht aufgeben müssen. Und das Orgelspielen auch nicht. Im Gegenteil, als Priester kommt mir das sehr zupass. Die Musik macht mir noch genauso viel Spaß wie früher. Ich hab auch schon Pläne für unseren Chor.«

Sobald er sich in sein Amt eingelebt hatte, machte er sich an deren Ausführung. Die heikelste Aufgabe bestand wohl darin, die Organistin vom Spielen abzubringen, ohne sie zu Tode zu kränken. »Auch die scheppernsten Stimmen müssen verschwinden, sonst kommen wir nie auf einen grünen Zweig«, erklärte Padre Ironimo entschlossen und überrollte die Betroffenen mit so viel Schwung, dass sie sich im Handumdrehen auf den Kirchenbänken wiederfanden, wo sie mit der neuen Aufgabe betraut worden waren, den Gemeindegesang musikalisch zu unterstützen: »Da müsst ihr mir helfen, sonst geht es schief!«

Seitdem Padre Ironimo geduldig Takt um Takt und Stimme um Stimme mit dem Chor probte und selbst an der Orgel saß, war es zu Ende mit dem Gejaule und Geschwanke, bald entstand ein straffer, klarer, homogener Klang, auch die Orgel durfte plötzlich zeigen, dass sie trotz ihrer wenigen Register einen Teppich aus leuchtenden Farben zu weben verstand.

Nach und nach ersang sich der Chor eine Anzahl von Werken bedeutender Komponisten. Monteverdi, Palestrina, Gabrieli, Albinoni, sogar Mozart und gelegentlich Bach: »Auch wenn manche Leute Bach für einen Ketzer halten und meinen, man müsse seine Musik anschließend wie den Teufel mit Weihwasser aus der Kirche austreiben«, schmunzelte der Gottesmann. Selbst die Kirchengemeinde band Padre Ironimo mehr in das musikalische Geschehen ein, indem er bei der Liturgie statt einer simplen Standardtonabfolge eine ausdrucksvollere, reichere Musik auswählte.

Er besuchte regelmäßig seine Freundin Teresa und deren Familie, oft brachte er Essensgeschenke von Gemeindemitgliedern mit, Fasanen, Wachteln, Forellen, Trüffel. Auch Gemüse und Kräuter. In der Küche band er sich eine Schürze über die Soutane, suchte sich das schärfste Messer und fing an zu schnipseln und zu hacken. »Ach was, ich kann nicht immer nur beten und an den lieben Gott denken. Ich muss auch mal was mit meinen Händen tun. Aber ihr könnt mir gern was zu trinken geben«, wehrte er Hilfsangebote ab. Dafür unterbreitete er der Familie genüsslich seine musikalischen Pläne und wollte ihre Meinung dazu wissen: »Glaubt ihr, das schafft unser Chor? Wie viele Proben brauchen wir dafür?«

Roberto betrachtete er als Musikerkollegen und hatte ihn auch schon zum Mitspielen auf der Flöte überredet. Teresa spielte zwar kein Instrument, war aber sehr musikalisch. Und was Elia betraf, so versuchte er ihren Eltern klarzumachen, dass sie ein musikalisches Wunderwesen zur Welt gebracht hatten: »Irgendwie habe ich den Eindruck, ihr begreift gar nicht, wie begabt sie ist. Ihr haltet das für normal, dass sie hübsch singt, auf der Flöte in Windeseile Fortschritte macht, alles vom Blatt abliest, nie aus dem Takt kommt, so was kann man halt bei euch in der Familie. Es macht ja auch Spaß, als nette Nebenbeschäftigung. Aber fürs richtige Leben braucht man einen seriösen Beruf. Was soll sie denn werden, eurer Meinung nach?«

Elia selbst hatte sich noch keine Gedanken darüber gemacht. Nun gut, sie liebte Tiere und die Musik. Verbinden ließ sich das wohl nicht, es sei denn, sie ginge zum Zirkus, aber davon träumte allenfalls Gwendolyn. Vielleicht irgendetwas mit kranken Tieren, aber welche Möglichkeiten hatte man da als Mädchen? Wahrscheinlich galt das auch für die Flöte und alle anderen Instrumente, sie schienen doch Männersache zu sein. Und nur vom Singen konnte man auch nicht leben. Wer im Kirchenchor oder in einer Banda mitsang, bekam, soviel sie wusste, kein Geld. Allenfalls einen Blumenstrauß.

Darum zuckte Elia auf Padre Ironimos Frage die Schultern. Teresa wiederum meinte: »In der Schule ist sie im Rechnen gut. Vielleicht könnte sie Sekretärin werden oder auf einer Bank arbeiten.« Jetzt zog Elia doch ein schiefes Maul, und Roberto meinte, man könne doch noch abwarten: »Mindestens bis zur mittleren Reife soll Elia noch in die Schule gehen, das hat mir Herr Barbaroli versprochen. Dann sehen wir weiter.«

»Weißt du, Laura und Robertino haben von Anfang an gewusst, was sie werden wollen«, versuchte Teresa zu erklären. »Vielleicht haben sie es leichter gehabt«, gab Padre Ironimo zu bedenken. »Die konnten bei euch sehen, wie das so ist. Aber wie man aus der Musik einen Beruf macht, das kann sich Elia bei euch nicht abschauen. Ich hab mir seinerzeit die Singerei auch nicht so richtig vorstellen können. Mangelnde Phantasie? Kein Selbstvertrauen? Was weiß ich. Aber hier in Rom muss es doch mit Gottes Hilfe möglich sein, Anregungen zu sammeln. Es ist gut und schön, dass ihr immer brav in unsere liebe, kleine Kirche geht. Aber ich glaube, wir hören uns mal an, wie das klingt, wenn ein riesiger, geschulter Chor in einer prunkvollen Kirche eine große Messe singt und ein Orchester dazu spielt. Oder ich nehme Elia mit in ein Konzert, das ist doch auch eine gute Idee.« Doch dazu sollte es nicht so schnell kommen.

Wie schon oft war es spät in der Nacht, als Roberto vor dem Haupteingang der Villa anhielt, ausstieg und den hinteren Wagenschlag aufmachte. Gerade als Signor Barbaroli einen Fuß auf die Erde setzen wollte, lösten sich zwei Gestalten aus dem Schatten der überdachten Auffahrt und stürzten sich auf ihn. Ohne nachzudenken, schlug Roberto auf die beiden ein, stieß Signor Barbaroli in den Wagen zurück, knallte die Türe zu und rannte zurück ans Steuer. Dann fuhr er mit quietschenden Reifen im Rückwärtsgang den Weg hinüber zur Garage, wendete dort und kam so zum Stehen, dass sich die hintere rechte Wagentür direkt gegenüber einer kleinen, in eines der Garagentore eingelassenen Tür befand. Durch sie gelangte man in die Garage und von dort über eine schmale Treppe in die Chauffeurswohnung, zu der auch eine Außentreppe führte. Die beiden Angreifer waren inzwischen schon wieder in der Nähe. »Hier, das ist der Schlüssel für oben, unten ist offen. Schnell, ich halt die Kerle solange in Schach«, flüsterte Roberto aufgeregt. Signor Barbaroli schlüpfte aus dem Auto und verschwand ins Dunkel der Garage: »Ich ruf die Polizei an!« Roberto gab noch einmal Gas und setzte den Wagen mit einem scharfen Manöver ganz dicht vor die kleine Tür, die damit blockiert war.

Die beiden Männer kamen einen Augenblick zu spät angerannt und schäumten vor Wut. Einer von ihnen brüllte Roberto an: »Los, fahr weg, mach hier Platz!« Da Roberto sich nicht rührte, riss er die Wagentür auf, packte ihn und wollte ihn aus dem Auto zerren, aber Roberto klammerte sich am Steuer fest. »Lass mich machen«, schrie der andere, schob den Kumpan beiseite, zog seinen Revolver und feuerte auf Roberto ab. »Idiot«, fluchte sein Genosse. In der gleichen Sekunde ging die große Außenbeleuchtung an. Die beiden Räuber ergriffen die Flucht.

Oben in der Wohnung hatte man die Schüsse gehört. Teresa, die abends immer auf Roberto wartete, saß noch der Schreck über das plötzliche Auftauchen von Signor Barbaroli in den Gliedern. Als sie jetzt die Schüsse hörte, schrie sie auf und rannte durch die Garage in den Hof hinunter. Mit aufgedrehten Scheinwerfern und offener Fahrertüre stand da der große Wagen. Roberto hing, mit dem Kopf nach vorne gestürzt, über dem Lenkrad. Wie ein Toter. Als Teresa ihn anfasste, griff sie in warmes, quellendes Blut. Teresa umschlang Roberto, als könnte sie ihn noch schützen.

Zugleich mit der Polizei war ein Arzt mit einem Krankenwagen erschienen, und so konnte Roberto gerettet werden. Vorsichtig holte man den Blutüberströmten aus dem Auto heraus und bettete ihn auf eine Bahre. Roberto kam aus der Bewusstlosigkeit zu sich und schlug die Augen auf. Sprechen konnte er nicht, aber Teresa verstand sofort, was er sah: Über dem Sirenengeheul und Gelärme war Elia aufgewacht und lautlos, noch halb im Schlaf, die Außentreppe heruntergeglitten und dort auf der halben Höhe stehen geblieben, von niemandem bemerkt. Selbst als Teresa zu ihr stürzte und sie in die Arme schloss, gab sie keinen Laut von sich. Elia blieb stumm, wie eine Schlafwandlerin blickte sie ins Leere, mit schneeweißem Gesicht. Aber sie zitterte am ganzen Leib, noch viele Stunden später.

Roberto war von zwei Kugeln getroffen worden. Die eine Kugel steckte in der Lunge und konnte herausoperiert werden, so dass höchstwahrscheinlich keine schweren Schäden zurückbleiben würden. Die Verletzungen durch das zweite Projektil ließen sich jedoch zunächst nicht einschätzen. Die Kugel hatte Robertos Leib schräg durchschlagen und dabei seine untere Wirbelsäule verletzt. Die Wunde sah übel aus, möglicherweise waren Nerven zerstört. Immerhin schienen zum Glück keine inneren Organe in Mitleidenschaft gezogen. Genauere Abklärung hätte eine weitere Operation erbringen können, doch angesichts von Robertos labilem Zustand und der drohenden Gefahr einer Querschnittslähmung beschlossen die Ärzte, lediglich die Rückenwunde zu versorgen und im Übrigen den Patienten zu beobachten und abzuwarten, wie die Organe ihre Funktionen wieder aufnahmen und ob Lähmungen auftreten würden.

Die Ärzte verrieten Teresa ihre Bedenken mit keinem Wort: Verzweifelte Familienangehörige konnten sie jetzt nicht brauchen. Als sie aus dem OP herauskamen, graute schon der Morgen. Teresa und Elia hatten die ganze Nacht über in einem ungemütlichen Vorraum gewartet, eng aneinandergekauert wie zwei Vögel im eisigen Winter. Elia war barfuß, im Nachthemd, in den Krankenwagen eingestiegen und schlotterte am ganzen Leib. Jemand brachte eine Decke, aber das Zittern hörte nicht auf. Schließlich löste sich etwas in ihr, ein winziger, zittriger Seufzer entstieg ihrer Brust: der erste Laut, den sie endlich von sich gab. Teresa streichelte sie und murmelte ihr beruhigend zu, zugleich machte sie sich selbst Mut: »Das wird schon, er hat uns sogar erkannt.«

Bald stellte sich heraus, dass Roberto seine Beine nicht mehr richtig bewegen konnte. Allerdings musste dieser Zustand nicht endgültig sein, es hing alles davon ab, wie die Heilung verlief. Eines war sicher: Die Genesung würde nicht rasch vonstattengehen. Wochenlang war Robertos Krankenlager von verschiedenen Fachleuten umschwirrt, bis er schließlich aus seinem Bett kriechen durfte und am Arm von zwei stämmigen Krankenschwestern mit den ersten Gehversuchen beginnen konnte. Jeden Tag trugen ihn die Beine ein Stückchen weiter, dazwischen kurvte er in seinem Rollstuhl herum. Als nach fast zwei Monaten die Behandlung der Lunge abgeschlossen war, kam er mit zwei Krücken bereits ganz gut alleine zurecht.

Signor Barbaroli kümmerte sich sehr um Roberto und seine Familie: »Wir haben jede Menge Zeit. Wenn Roberto die Treppe nicht mehr hochkommt, gibt es noch eine ebenerdige Wohnung im großen Haus«, sagte er. Zusammen mit der Polizei war er den Tätern bereits auf der Spur. Sein Schwiegervater Adriano, so viel wusste er, war seinerzeit beim Kauf einiger wertvoller Grundstücke einem sizilianischen Dunkelmann zuvorgekommen, der im Verlauf der Jahre immer wieder versucht hatte, doch noch in ihren Besitz zu gelangen, auf allen erdenklichen krummen Wegen, indem er die Baubehörden bestach, wilde Lügengeschichten über die Firma Morelli in Umlauf setzte und damit ständig für Schwierigkeiten sorgte. Erst vor Kurzem hatte Signor Barbaroli eine wichtige Baugenehmigung nicht erhalten, dafür aber ein obskures Kaufangebot, das eher schon einer Drohung glich. Er hatte die Drohung nicht ernst genommen und das erpresserische Angebot wortlos ignoriert.

Jetzt, das schwor er sich, würde er die Schurken zur Strecke bringen. Mit den sinnlosen, brutalen Schüssen auf Roberto hatten sie einen groben Fehler begangen, im Zweifelsfall ließ sich hier ein Hebel ansetzen, denn auch die straff organisierten Verbrechersyndikate schätzten es nicht, wenn ihnen Dilettanten ins Handwerk pfuschten. Noch bevor Roberto aus dem Krankenhaus entlassen war, saß die ganze Bande tatsächlich bereits hinter Schloss und Riegel.

Alina, Teresas Mutter, und auch Laura und Robertino waren aus Salerno zu Hilfe geeilt. Laura musste bald wieder heimfahren zu ihrem Mann und dem Baby, Robertino hingegen, so wurde beschlossen, sollte erst einmal dableiben und seinen Vater vertreten und sich daneben umschauen, wie er vielleicht von Rom aus seinen Kindertraum wahr machen könnte: Rennfahrer zu werden. In Salerno hatte er bereits ein paar kleine Rennen als Mechaniker betreut, dort wusste man um seinen phänomenalen Instinkt für Motoren. Jetzt war Robertino einundzwanzig, höchste Zeit, dass auch die übrige Rennwelt davon erfuhr.

Auch Alina entschied sich nach einigem Zögern, ihren römischen Aufenthalt zu verlängern. Padre Ironimo riet ihr dazu: »Dein alter Bruno kommt bestimmt eine Zeitlang alleine zurecht, jeder im Dorf wird ihm helfen. Wer dich jetzt wirklich braucht, ist Teresa, sie muss jetzt ganz für Roberto da sein. Aber das geht nur, wenn du hierbleibst und dich um Elia kümmerst. Um sie mache ich mir die allermeisten Sorgen! Sie hat etwas sehr Schlimmes mit ansehen müssen. Zwar hat ihr Vater überlebt und erholt sich so langsam, aber auch sie müsste sich endlich wieder beruhigen. Doch ich sag dir, sie wirkt zwar recht vernünftig, aber in Wahrheit ist sie noch immer außer sich.«

Während der ersten Nacht in Robertos Zimmer hatte sich Elia tapfer zusammengenommen. Einmal war sie für einen kurzen Augenblick vor Robertos Bett in die Knie gesunken, hatte seine Hand in ihre Hände genommen, sie gestreichelt und geküsst und mit verzweifelter Inbrunst geflüstert: »Papa, Papa, Papa, Papa ...«

Schon auf dem Heimweg glühte sie vor Fieber. Schweißüberströmt, tief in ihre Kissen und Decken vergraben, regungslos wie ein heißer Stein lag sie im Bett, aber im Schlaf schlug sie um sich und knirschte mit den Zähnen. Doch sie schrie nicht und weinte nicht. Erst als Laura kam und zu ihr unter die Decke kroch, flossen endlich die Tränen und hörten gar nicht mehr auf.

Als Elia wieder gesund war, gab sie sich munter, doch jedes ungewohnte Geräusch ließ sie zusammenzucken, nachts musste plötzlich ein kleines Licht in ihrem Zimmer brennen und die Türe einen Spalt offen stehen. Den Vater besuchte sie am liebsten zusammen mit Robertino, der machte Witze oder fachsimpelte über Motoren, da konnte sie lachen oder schweigen und musste selbst nicht viel sagen. Wenn sie heimkam, ging sie sofort ins Bett und schlief stundenlang.

Ihre kranken Tiere im Zoo versorgte sie weiterhin liebevoll und pünktlich. Aber ihre Flöte rührte sie nicht mehr an. »Spiel doch mal was«, bettelte Teresa, doch Elia runzelte die Augenbrauen, kniff die Lippen zusammen und schüttelte den Kopf. Auch im Chor mochte sie nicht mehr mitsingen.

Das war der eigentliche Grund für Padre Ironimos Sorgen: »Irgendwie macht sie uns was vor und hat Angst, durch die Musik die Kontrolle zu verlieren«, überlegte er sich. »Ja, oder aufzuwachen. So wie man sich schlafend stellen kann, stellt sich Elia wach«, sagte Teresa. Padre Ironimo besprach sich mit einem alten, klugen Prior, der mehr von den unsichtbaren Kräften verstand, die zwischen Himmel und Erde wirkten, als die Kirche offiziell zu wissen geruhte. Notfalls trieb er auch einmal einen Teufel aus, aber sehr viel lieber bat er die Engel um ihren Beistand. Das wollte er jetzt auch für Elia tun. »Ihre Seele steht unter Schock. Ich werde das nächste Mal die Messe mit dir gemeinsam zelebrieren und ihr dabei einen speziellen Segen schicken, ich meine ihrer Seele, deinen kleinen Schützling wollen wir damit gar nicht erschrecken.«

Nach diesem Gottesdienst hatte Elia zum ersten Mal wieder rosige Backen. Vergnügt begleitete sie ihre Mutter und Großmutter in die Sakristei. »Darf ich wieder mitsingen?«, lachte sie Padre Ironimo an und schaute sich dabei wie suchend um. In diesem Augenblick trat der Prior, der sich inzwischen umgezogen hatte, in den Raum. Elias ganzer Körper reckte sich, etwas in ihr nahm Witterung auf. Sie ging auf den fremden Priester zu, knickste sehr tief vor ihm, küsste seinen

Ring, schaute ihm ins Gesicht und sagte mit fester Stimme: »Danke, Padre, danke.« Der zog Elia hoch, küsste sie auf beide Wangen und legte seine Hand auf ihre Schulter. Beide standen eng nebeneinander, als kennten sie sich schon immer.

Als die beiden Männer wieder allein waren, sagte der Prior bewegt: »Alles um sie herum ist licht und hell und leuchtet. Wie bei einer wunderschönen Blume. Sehr kostbar. Und sehr, sehr verletzlich. Das freut die Engel. Und zieht die Teufel an. Sie hassen es und wollen es mit aller Macht zerstören. Elia heißt sie, ich werde sie in mein Gebet einschließen, sie wird es immer wieder brauchen können.«

Da Roberto die Treppe alleine hinaufhumpeln konnte, wollte die Familie nicht in eine andere Wohnung umziehen. Auch mit dem Autofahren kam er wieder zurecht, aber für einen geregelten Einsatz als Chauffeur fühlte er sich noch zu schwach. Darum war er froh, dass Robertino ihn vertrat.

Signor Barbaroli erwartete wahrhaftig nichts dergleichen. Immer wieder beschwor er Roberto: »Kümmern Sie sich nicht um uns. Werden Sie erst mal wieder gesund, das ist das Wichtigste, auch für mich. Eigentlich müssten Sie zur Kur, aber ich verstehe, dass Sie nicht schon wieder von zu Hause wegwollen. Dann lassen Sie sich wenigstens regelmäßig behandeln.« Da Roberto weiterhin Beschwerden hatte, manchmal auch Schmerzen, blieb ihm gar nichts anderes übrig. Das hielt ihn auch in Rom fest: Dort kannten ihn jetzt die Ärzte und kümmerten sich um ihn, vor allem Teresa fand das wichtig. Wer weiß, vielleicht wären sie sonst lieber in die Heimat zurückgekehrt.

Durch die Schüsse war zwar Robertos Körper versehrt, aber seinem fröhlichen Wesen hatten sie zum Glück nichts anhaben können. Nachdem er ohne größere Schwierigkeiten wieder Luft bekam und von Tag zu Tag besser gehen konnte, regten sich seine Lebensgeister aufs Neue. Auch Teresa hatte keinen Hang zum Trübsalblasen, bald war es in der kleinen

Wohnung wieder so gemütlich wie früher, ständig kam Besuch, auch junge Leute, seitdem Robertino da war. Es waren nette Burschen darunter, die Elia gerne einmal ausgeführt hätten, auf ein Eis oder auf einen Bummel hinüber zum Pincio, von dem aus seit Generationen halb Rom den Sonnenuntergang bestaunte. Auch Teresa meinte: »Geh doch mit, die fressen dich schon nicht, dein großer Bruder ist ja dabei.«

Aber Elia blieb lieber zu Hause, die jungen Männer interessierten sie nicht. Dafür ging sie jetzt in die Bibelstunde, in der sie unter der Anleitung einer edel denkenden Dame nach ewigen Wahrheiten schürfte. »Du schaust schon ganz fromm drein. Hoffentlich willst du nicht ins Kloster«, nahm sie der Vater auf den Arm. Elia lächelte milde.

Roberto sang wieder im Chor und spielte auch wieder in der Banda. »Das stärkt meine Lungen«, erklärte er. Elia begleitete ihn gerne zu den Proben. Manchmal stützte sich Roberto auf seine Tochter, »seinen getreuen Spazierstock«, wie er es nannte. Er jammerte nie, manchmal übertrieb er absichtlich, schleppte theatralisch ein Bein nach, schnappte nach Luft zum Gotterbarmen und brachte so die anderen zum Lachen. Teresa behauptete rundheraus, das Hinken gefiele ihr, sie fände es interessant. Wahrhaftig, das Leben ging weiter, welch ein Riesenglück im Unglück hatte Roberto doch gehabt! Darüber waren sich alle einig, auch Signor Barbaroli.

Nur Elia ließ sich nicht ganz überzeugen. Auch wenn der Vater über sein Humpeln lachte, ihr kam es oft vor, als stäche ihr selbst bei jedem Schritt ein Messer in den Leib, und wenn sie merkte, wie er beim Flöten plötzlich nach Luft rang, schnürte es ihr die Kehle zu.

Vor der Musik hatte Elia keine Angst mehr. Im Chor bei Padre Ironimo war sie jetzt Stimmführerin für den Sopran, ihre Stimme hatte sich verändert, sie war immer noch kindlich, besaß aber viel mehr Klang. Die Flöte rührte sie erst wieder an, nachdem der Vater aus dem Krankenhaus entlassen war. Sie liebte sie wie ein gemeinsames Spielzeug, das ohne den anderen keinen Spaß machte. »Du hast mir alle meine Tricks abgeschaut und ein paar neue dazuerfunden. Ich glaube, ich nehme jetzt Unterricht bei dir«, tat Roberto bekümmert. Über dem Musizieren vergaßen sie alles andere um sich herum, sie waren einander so nahe und glücklich, ganz einfach glücklich.

Endlich kam Padre Ironimo auf seinen alten Vorschlag zurück, sich einmal in anderen Kirchen umzuhören, Roberto war ja wieder gesund. »Zum Einstieg hab ich uns eine Kostbarkeit ausgesucht. Die Marienvesper von Monteverdi. Da ist alles beieinander, was uns interessieren könnte: Knabenstimmen, zwei Chöre, Solisten, Instrumentalisten, Orgel, eine Himmelsmusik und virtuose Kunstfertigkeit.«

Staunend ließ sich Elia von den Tönen umrauschen, strahlend und stolz brandeten sie hinauf bis zur himmelhohen Decke, dann wieder umspielten sie die schlanken Säulen, feierlich mystischer Ernst wechselte sich ab mit heiterem Schwung. Es gab Augenblicke, in denen sich nur zwei Stimmen über die ganze Länge des Kirchenschiffes ihre verschnörkelten Melodielinien zusangen, wie zwei Vögel von Baum zu Baum; auch ein Echo, das die Worte geheimnisvoll missverstand und damit umdeutete, war zu hören. Auf innige, intime Schlichtheit folgte rhythmisch ineinander verwobener Jubel von Stimmen und Instrumenten. Einmal sangen die beiden Chöre zehnstimmig so tänzerisch-beschwingt gegeneinander an, dass Elia auf ihrer Bank mitwippte. Fanfaren schmetterten, hohe Geigen rasten, doch auf Pomp und Glanz folgten fremdartige, tiefgründige Akkorde.

Nie im Leben hatte Elia etwas Ähnliches vernommen. Und doch, während sie in der festlichen Kirche diesem kunstvoll von einem Menschen ersonnenen Wunder lauschte, dachte sie auch an das Meer und den Wind. Musik und Natur, beides war ihr vertraut. Und beides hatte miteinander zu tun, versuchte sie auf dem Heimweg den anderen zu erklären.

Elia, aber auch die Eltern und Padre Ironimo waren so aufgekratzt wie schon lange nicht mehr. Beim Kochen summten sie Melodiefetzen. Während sie ihre Spaghetti um die Gabel wickelten, brachten sie zu viert Teile des zehnstimmigen ›Nisi Domus‹ zusammen, das mit seinem schwungvollen Rhythmus ein rechter Ohrwurm war. Padre Ironimo versprach, nach den Noten zu fahnden. »Das nächste Mal könnten wir uns auf das Stück vorbereiten.«

Dieses nächste Mal sollte das Verdi-Requiem sein, das für den Spätherbst mit seinen tristen Regen- und Totentagen in der Kirche Santa Maria in Aracoeli angekündigt war. »Ein schwerer Brocken, da muss alles stimmen, die vier Solisten, der Dirigent, der Chor, das Orchester, darum wird es nur selten aufgeführt. Ich freue mich am meisten auf die Mezzosopranistin, eine weltberühmte Opernsängerin. Sie heißt Mariana Pilovskaja, ist Schwedin und lebt schon lange in Rom. Einmal bin ich ihretwegen nach Neapel gefahren, da hat sie die Amneris gesungen. Göttlich. Den Bass kennst du auch, Enrico Tarlazzi, weißt du noch, dieser hübsche Kerl? Er hat bei deinem Papa in der Banda mitgesungen, inzwischen ist er recht bekannt«, erklärte Padre Ironimo. Elia wurde feuerrot.

Er hatte einen Klavierauszug mitgebracht, aber sehr weit gediehen Roberto und Elia damit nicht. Die einzelnen Stimmen ließen sich auf der Flöte nachspielen, doch was das Orchester alles trieb, vermochten sie sich nicht wirklich vorzustellen. »Wir werden bei der Aufführung mitlesen«, sagte Roberto. Die ganze Familie war gespannt.

Doch dann überfiel Roberto wieder eine seiner Schmerzattacken. Vom Rücken gingen die Schmerzen bis in den Bauch und strahlten hinunter in die Beine, die er wieder kaum rühren konnte. Es war ganz undenkbar, dass Roberto in das Konzert mitgehen würde, schon die unendlich vielen Treppenstufen bildeten ein unüberwindbares Hindernis, zudem hätte er es auf einem harten Sitz nicht lange ausgehalten. »Dann bleiben wir beide zu Hause, und du gehst mit Padre Ironimo, ihr hört einfach für uns mit. Das wird schon wieder«, versuchte Teresa ihre Tochter zu trösten, während sie Roberto, der ganz krumm vor Schmerzen in dem alten Lehnstuhl kauerte, eine warme Decke über Bauch und Beine legte.

In Elia wallte die alte Angst hoch, gleich einer Flamme. Alles in ihr wurde davon erfüllt und zugleich in höchste Alarmbereitschaft versetzt. Etwas in ihr lauschte nach einer Gefahr, die sie nicht ausmachen konnte. Wie sollte sie den Vater schützen? Als sie mit Padre Ironimo die Treppe zu Aracoeli hinaufstieg, war sie sehr niedergeschlagen.

Die heraufdämmernden Töne und das demütige Anfangsgemurmel der Messe taten Elias Gemüt gut. Besänftigt gab sie sich dem Schönklang der Stimmen hin, selbst das wie ein gewaltiges Unwetter hereinbrechende ›Dies irae‹ riss sie erst einmal durch seinen düsteren Schwung hin. Doch je mehr die Töne verebbten, desto unheimlicher klang die Musik. Von irgendwoher, anfangs leise, dann grell-triumphal, ertönten die Posaunen des Jüngsten Gerichts. Schließlich entlud sich das Schmettern und Donnern in einer lärmenden, lang anhaltenden Explosion, so dass die ganze Kirche wankte. Plötzlich endete das Tosen. Nach einer Schreckenspause, auf ein paar dumpfe Streicher- und Trommelklänge hin, fing der Bass an, vom Schrecken des Todes zu singen. Immer verzagter, dreimal hintereinander, hauchte er düster: »*Mors, mors, mors.* Tod, Tod, Tod.« Elia bekam eine Gänsehaut.

Als der Mezzosopran einsetzte, zuckte Elia zusammen wie unter einem Stromschlag. Hatte sie auf den Ruf dieser Stimme gewartet?

Mit furchtbarer Strenge wurde berichtet von einem Buch, in dem alle Schuld auf Erden vermerkt ist, eine verängstigte Trommel und der verzagte Chor flüsterten hin und wieder dazu. Die Stimme war nur noch ein Hauch: »Nichts kann vor der Strafe flüchten. *Nil – inultum – remanebit – nil – nil – nil.*« Elia fing an zu zittern. Als die Sängerin schmelzend und zart ihre Klage anhob: »Weh, was werd ich Arme sagen?«, war es um ihre Fassung geschehen. Tränen stürzten ihr aus den Augen. Willig ergab sie sich dem innigen Ernst dieser Stimme.

Über die helle Tenorstimme war Elia geradezu erleichtert, ihretwegen versank sie nicht völlig in ihrer Rührung, selbst die unheimliche Düsternis von Chor und Orchester ließ sich ertragen. Doch als die beiden Frauenstimmen Jesus anflehten, sie nicht zu verdammen, flossen wieder die Tränen. Aber sie waren jetzt süß. Lächelnd nahm Elia das Taschentuch, das ihr Padre Ironimo reichte, glücklich und entspannt gab sie sich den magischen Klängen hin. Je länger sie lauschte, desto mehr faszinierte sie die Musik. Zuerst hatte sie gefühlsmäßig reagiert, jetzt erfassten auch ihre Ohren und ihr Gehirn, wie kunstvoll ineinander verschlungen die Töne waren. Elia konnte nicht vergleichen, erst vor Kurzem hatte sie zum ersten Mal ein volles Orchester gehört, und jetzt überrollten sie die großen Stimmen. Dann aber, bei aller Rührung, fing sie auch an zu genießen, es gab sogar Augenblicke, da wurde sie ganz heiter. Und als der Chor und das Orchester das ›Sanctus‹ schmetterten, schoss es ihr durch den Kopf: »Das sollte der Papa einmal mit seiner Banda spielen.«

Beim ›Libera me‹ war es ihr, als flehe sie selbst zu Gott, ängstlich, zaghaft-bescheiden, dann panisch-gehetzt. Schauderhaft dräute der Tag des Schreckens. Doch die Angst verlieh den Stimmen der Menschen Flügel, mit dem erhabenen Mut der Verzweiflung schwangen sie sich zum Himmel empor und schrien um Hilfe: »Rette mich, rette mich, Herr!« Elia glühte vor Erschütterung, aber auch vor Begeisterung. Verdis feuriger Bitte konnte sich Gott bestimmt nicht verschließen.

Noch etwas war geschehen, gleich zu Beginn der Musik: Mit dem Einsetzen von Mariana Pilovskajas Stimme ging ein Zittern durch Elia, der warme Mezzosopran drang tief in sie hinein, ganz nach innen, hin zu Elias Seele. »Hörst du, wach auf«, lockte die Stimme, »dafür bist auch du auf der Welt.

Komm, ich zeige dir den Weg.« Das war die Botschaft, die Elia an diesem Abend empfing.

Darum sagte Elia nur eines, lange nachdem die letzten Töne verklungen waren:»Ich kann es dir nicht richtig erklären: Ich muss zu Mariana Pilovskaja, sie hat mich gerufen. Hilf mir, Padre Ironimo, bitte!«

Elia hatte sich nicht getäuscht. Auf dem Weg zu Mariana Pilovskaja allerdings jammerte sie:»Mein Gott, wie aufdringlich. Wenn jeder sie zu Hause überfallen würde, der ihre Stimme liebt, das wäre ja schrecklich für die Arme.« Am liebsten hätte Elia auf dem Absatz kehrtgemacht. Noch als sie verlegen den Salon betrat, fühlte sie sich entsetzlich unbehaglich. Doch schon beim ersten Ton von Marianas Stimme verflog alle Scheu. Elia lächelte glücklich, sie machte einen tiefen Knicks und sagte:»Da bin ich also. Vielen, vielen Dank für die Einladung.«

Mariana wunderte sich nicht über die etwas sonderbaren Worte, sie staunte über etwas ganz anderes: Beim Anblick des jungen Mädchens tat es in ihrem Inneren einen Ruck. Beim Singen hatte Mariana schon mancherlei ungewöhnliche Phänomene erlebt. Aber das noch nicht. Und doch erfasste sie, was hier geschah: Ihre beiden Seelen hatten sich erkannt.

Viel später, als Mariana und Elia Freundinnen geworden waren, lachten sie darüber. Jetzt herrschte eher Verblüffung, vor allem bei Mariana. Anders als Elia hatte sie während des Konzertes keine Vorzeichen empfangen.»Ja, wenn das so ist, dann setz dich erst mal hin. Padre Ironimo, bitte nehmen Sie Platz«, murmelte sie. Nun kam sie auch dazu, sich Elia genauer anzusehen. In ihrem schlichten Kleid, mit ihren schlanken Gliedern, den dunklen Augen und den schwarzen Haaren wirkte sie zerbrechlich und zäh, scheu und wild zugleich. Eine Diana, die noch nichts von ihrer Göttlichkeit wusste.

Heitere Ruhe überkam Mariana. So sah das also aus, wenn sich das Schicksal in die Karten schauen ließ. Ihre Zeit als fahrende Sängerin neigte sich dem Ende zu. Nicht von einem Augenblick auf den anderen, es gab Termine in ihrem Kalender, die reichten noch in die kommenden Jahre hinein, aber auf neue Verpflichtungen wollte sie sich nicht mehr einlassen. Es sei denn, nun ja, aufhören mit dem Singen würde sie wohl auch dann noch nicht ...

Aber so viel stand fest: Irgendwann, bald, würde sie dieses Mädchen unter ihre Fittiche nehmen. Lehrerin, also, sagte sie sich. Vielleicht so etwas wie Geburtshelferin. Irgendetwas muss ich schließlich tun, zumal ich, wenn es nach Pietro geht, nicht pelzmantelbehängt im Café sitzen und Kuchen essen darf.

»Um dich regelmäßig unterrichten zu können, bin ich im Augenblick noch zu viel unterwegs«, sagte sie nun zu ihr. »Und du bist auch noch zu jung. Das schließt nicht aus, dass wir uns ab und zu sehen können. Aber damit du keine Zeit verlierst, schlage ich dir vor, dass du die Aufnahmeprüfung für das Conservatorio Santa Cecilia machst, da helfe ich dir gerne, das ist die beste Musikschule weit und breit. Dort bekommst du eine solide Grundausbildung, von der du dein Leben lang zehren kannst.« Mariana kam gar nicht auf die Idee, Elia vorsingen zu lassen. Als erfahrene Künstlerin konnte sie auch ein Instrument einschätzen, ohne darauf zu spielen.

Während sie redeten, ging die Tür auf und Massimo kam ins Zimmer. Er begrüßte kurz mit einem Kopfnicken den Besuch und schaute dann grimassierend und auf seine Armbanduhr deutend zu seiner Mutter hinüber.

»Um Himmels willen, wie viel Uhr ist es denn?«, rief Mariana, nie im Leben hatte sie geglaubt, dass schon so viel Zeit mit ihren Gästen vergangen war. »Das ist mein Sohn Massimo«, stellte sie vor, »und das sind Padre Ironimo und Elia. Meine zukünftige Schülerin.«

Jetzt musterte Massimo, der vorher kaum hingeschaut hatte, neugierig das junge Mädchen: »Wie hast du denn das hingekriegt? Meine Mamma und Lehrerin!« Mariana und ihre

Besucher waren inzwischen aufgestanden. Massimo ging zu seiner Mutter, legte den Arm um ihre Schulter und lachte: »Meine Mutter ist sicher ein pädagogisches Genie. Sie hat es zwar noch nicht ausprobiert, aber wenn sie etwas macht, dann hundertfünfzigprozentig.«

Innerhalb weniger Tage geriet Elias Leben in ganz neue Bahnen. Sie ging zwar weiterhin in die Schule, darauf hatte Teresa bestanden, und auch Mariana fand es richtig, schon wegen der Fremdsprachen. Vielleicht, so meinte sie, sollte sie neben Französisch und Englisch sogar noch Deutsch lernen. Aber daneben besuchte sie an drei Nachmittagen das Konservatorium, das sich zwischen der Piazza del Popolo und der Spanischen Treppe befand.

Die Aufnahmeprüfung war reibungslos vonstattengegangen, der Empfehlung von Mariana hätte es gar nicht bedurft. Die meisten waren jünger, wenn sie mit der Musikschule begannen, aber dank ihrer Vorkenntnisse, insbesondere der Fähigkeit, fehlerfrei vom Blatt zu singen – genau das wurde nämlich zu Anfang mit Nachdruck geübt –, durfte Elia einige Klassen überspringen und kam gleich in die Klasse ihrer Altersgenossen. Das war bereits das vierte von fünf Schuljahren, an deren Ende das Abschlussexamen stand, das zum Eintritt in die Musikhochschule, die Accademia Santa Cecilia, berechtigte.

»Ich sei eine *Quereinsteigerin*, hat einer der Lehrer gesagt«, erzählte Elia den Eltern. »Was es nicht alles für Wörter gibt, bisher habe ich nur von Querschlägern gehört. Aber sei froh, dass du nicht mit den Kleinen in die Klasse gehen musst«, meinte Teresa lachend. Sie und Roberto waren zwar immer noch überrascht über die Wende in Elias Leben, aber auch sehr erleichtert. Ohne es so richtig zu merken, hatten sie sich inzwischen doch Sorgen um Elias Zukunft gemacht und sich auch gefragt, ob es seinerzeit richtig gewesen war, Elia aus ihrem gewohnten Umfeld herauszureißen und sie nach Rom zu verpflanzen, wo sie zwischen allen Stühlen saß. Es war Teresa nicht entgangen, dass Elia nirgendwo richtig dazugehörte. Plötzlich tat sich nun dieser neue Weg auf – welch ein Wunder! Denn sosehr die Eltern Elia liebten: Sich eine Karriere als Sängerin für sie vorzustellen, dafür fehlte ihnen die Phantasie.

Zur gleichen Zeit wurden auch für Robertino die Lebensweichen neu gestellt. Seine Tätigkeit als Chauffeur bei den Barbarolis war von Anfang an nur als Aushilfsposten gedacht gewesen, und er hatte ihm inzwischen eine Reihe sonderbarer Erfahrungen beschert, die aus einer gänzlich unerwarteten Ecke herrührten: aus der Welt der feinen Damen.

Von dort hatte der schneidige junge Mann inzwischen einige Angebote erhalten, in denen es nur bedingt um seine Fahrkünste ging. Meist waren es Damen mittleren Alters, die, wenn er sie nach einem der mondänen Empfänge im Hause Barbaroli nach Hause fuhr, plötzliche Schwächeanfälle erlitten. Sie begannen mit einer Ohnmacht und gingen dann über in gehauchte: »Oh, halt mich fest! Ach, wenn mich nur einer mal so im Arm gehalten hätte...« Robertino versuchte es so einzurichten, dass es bei diesen Seufzern blieb. Doch manchmal gewannen die Damen schlagartig neue Lebensgeister, sie umklammerten Robertino, küssten ihn, wenn er nicht schnell genug auswich, sogar auf den Mund. Robertino musste sein ganzes Geschick aufbieten, um sich aus der Affäre zu ziehen. Aufgetakelte, alte Schnepfen, dachte er erzürnt. Er war nicht erpicht darauf, sich ihretwegen mit einem erbosten Ehemann anzulegen oder gar mit Herrn Barbaroli Ärger zu bekommen.

Zumal sich auch noch von einer anderen Seite Gefahr anbahnte. Von der göttlichen Liliana, Margaretas Busenfreundin. Bis dahin hatte sie noch nicht ein einziges Mal geruht, Elia nach Hause einzuladen, und das Margareta gegenüber ausdrücklich begründet: »Mir wäre es letzten Endes egal, aber meinen Eltern möchte ich das nicht zumuten. Die Tochter eines Chauffeurs! Alles, was recht ist.« Was Margareta prompt und hocherfreut an Elia weiterreichte: »Diese Adligen mit ihrem Standesdünkel!« Als Elia nicht zu lachen, sondern fast zu weinen anfing, tat Margareta bestürzt: »Ach, wie blöd von mir. Ich habe damit sagen wollen, im Grunde bin ich denen sicher auch nicht fein genug. Aber wir haben eben Geld.« Elia hatte Robertino mit zittriger Stimme die Geschichte erzählt. »Schade, dass ich denen nicht mal ein paar runterhauen kann«, hatte er geknurrt.

Eines Tages tauchte Liliana mit wippendem Petticoat und Pferdeschwanz vor der Garage der Barbarolis auf, in der Robertino seit einiger Zeit an einem uralten Bugatti herumwerkelte, den ihm eine seiner reichen Gönnerinnen überlassen hatte, in der Hoffnung, den jungen Mann damit für sich einzunehmen.

Eine Weile stolzierte Liliana wie zufällig auf und ab, schließlich wandte sie sich errötend an Robertino: »Bitte entschuldigen Sie mich, wenn ich Sie einfach anspreche und bei der Arbeit störe, aber Sie sind doch, wenn ich nicht irre, der Bruder meiner lieben Freundin Elia, und da hab ich mir gedacht, sicher sind Sie genauso nett und können mir vielleicht helfen.« – »Bitte, bitte, nur zu, mit Vergnügen, ich stehe ganz zu Diensten«, tat Robertino zuckersüß. »Ja, sehen Sie«, sagte sie, »mein Vater möchte mir zum sechzehnten Geburtstag ein Auto schenken. Nun gut, das hat schon noch Zeit, aber ich kenne mich so gar nicht aus. Was würde denn zu mir passen?« – »Oh, nur das Allerfeinste, vielleicht dieser kleine Bugatti, bis dahin wird er startklar sein, und Geld spielt für Ihren Herrn Vater sicher keine Rolle. Aber haben Sie überhaupt einen Führerschein?«, fragte Robertino grinsend. »Nein, noch nicht. Aber vielleicht könnten ja Sie ... ich meine, so ab und zu ... in Ihrer Freizeit, bitte halten Sie mich nicht für unverschämt ...«, stammelte Liliana entzückend verwirrt. »Aber, aber, eine so schöne junge Dame, das ist doch eine Ehre für einen einfachen Burschen wie mich ...«, sagte Robertino. Liliana kam gar nicht auf die Idee, dass er sich über sie lustig machte.

Noch bevor er mit seinen Lehrstunden beginnen konnte, kam jedoch ein gänzlich anderes Angebot dazwischen. Als er das nächste Mal Herrn Barbaroli zur Arbeit chauffierte, sagte der hochbefriedigt: »Ich habe der Werksleitung von Ferrari von Ihnen berichtet. Die sind ganz begierig, Sie kennenzulernen. Am besten, Sie fahren bald mal hin und sprechen selbst mit den Leuten.«

Nach der Rückkehr von seinem Vorstellungsgespräch erzählte Robertino begeistert: »Diese Rennwagen, ein Traum! Die Motoren, Papa, da bleibt dir die Spucke weg, wenn du nur hineingucken darfst. Und die Menschen dort, Verrückte allesamt, Künstler, Besessene! Und ich gehöre jetzt zu ihnen. Signor Ferrari höchstpersönlich hat mit mir gesprochen und mich vom Fleck weg als Mechaniker eingestellt.« – »Alles Weitere hängt von dir ab. Aber da mache ich mir keine Sorgen«, sagte Roberto.

Schon kurze Zeit später brach Robertino auf nach Maranello, das aus einem langen Dornröschenschlaf, träge träumend von seiner uralten Vergangenheit, mitten im Zweiten Weltkrieg von ein paar Autonarren wachgeküsst worden war. »So geht es uns Menschen aus dem Süden. Wenn wir tüchtig sind, dann verschlägt es uns immer mehr in den Norden«, meinte Teresa und umarmte ihren Sohn. Der lachte: »Ach was, Mamma, in dem Kaff bleibe ich doch nicht mein Leben lang. Aber im Moment ist es dort einfach wahnsinnig spannend.«

Seit Mariana sich entschlossen hatte, Elia in absehbarer Zeit zu unterrichten, empfand sie so etwas wie Erleichterung. »Komisch, das Reisen war doch nie eine Last für mich, und jetzt lechze ich dennoch seinem Ende entgegen«, sagte sie verwundert zu Pietro. Der meinte: »Du hast einfach auf ein Zeichen gewartet. Du hast doch schon lange weniger tun wollen. Mariana, du bist eine Künstlerin und brauchst entsprechende Aufgaben. Diese Elia scheint eine davon zu sein.«

Irgendwie hatte Mariana bisher immer geglaubt, jeder sangesfreudige Mensch müsse von Kindesbeinen an die Oper lieben und kennen, so wie sie selbst. War das nicht für die musikalische Entwicklung von grundlegender Bedeutung? Jetzt stellte sie überrascht fest, dass Elia noch nie in der Oper gewesen war. Einfach weil die Karten dafür zu teuer waren, wie Padre Ironimo zu bedenken gab. Nun gut, hier ließ sich Abhilfe schaffen, auch in ihrer Abwesenheit. »Die Karten werde ich besorgen«, erklärte Mariana. »Und den Klavierauszug. Zumindest den Text. Jetzt kommt es erst mal darauf an, dass Elia den Text aufmerksam liest. Wenn man sich allein von der Musik berauschen lässt und keine Ahnung hat, was da gesungen wird, kriegt man nur eine oberflächliche Vorstellung von einem Opernwerk. Erst Musik und Text zusammen charakterisieren die Personen und dramatischen Situationen. Entgegen der landläufigen Meinung sind die Librettisten nicht allesamt Schwachköpfe, und die Komponisten legen Wert auf einen schlüssigen Text, notfalls quälen sie die Schreiberlinge mit Vorschriften und Änderungswünschen oder biegen sich den Text selbst zurecht. Fangen wir mit was Lustigem und nicht allzu Langem an. Schauen wir mal, was der Spielplan zu bieten hat.«

Man einigte sich auf ›Don Pasquale‹ von Donizetti. Es war ein großer Augenblick in Elias Leben, als sie an Padre Ironimos Seite zum ersten Mal zu einer Opernaufführung pilgerte. Bisher kannte sie nur das hässliche Eingangsportal, das man zu Mussolinis Zeiten an die Stirnseite des Gebäudes gepappt hatte. Umso mehr überraschte Elia der Zuschauerraum, sechs übereinandergetürmte, in der Form eines Cellos geschwungene Ränge, in der Mitte die Königsloge, der riesige Vorhang, die Sessel, alles in tiefrotem Samt. Hoch oben, in schwindelerregender Höhe, drei dramatische Deckengemälde und darunter ein gewaltiger Lüster aus funkelndem Kristall. Welch eine Pracht.

Auch was sie im Laufe der Aufführung zu hören und zu sehen bekam, gefiel Elia über die Maßen. »Weißt du, ich spüre so richtig den Spaß, den die Sänger beim Singen und Spielen haben«, sagte sie in der Pause zu Padre Ironimo. Ganz zum Schluss hatte sie fast Mitleid mit dem geplagten Don Pasquale: »Was kann der Arme dafür, dass er sich in die hübsche junge Frau verliebt, er hat keine Ahnung von deren Liebe zu dem Neffen.« Die kraftvolle, tiefe Stimme des Alten gefiel ihr fast besser als der etwas weinerliche Tenor des jugendlichen Helden. Von den halsbrecherischen Gesangskünsten der kessen Norina war Elia hingerissen. »Ja, vielleicht war der Alte noch nicht alt und der Junge nicht mehr jung genug«, meinte auch Padre Ironimo, als sie nach Hause schwebten wie auf Flügeln.

Der ›Barbier von Sevilla‹, der bald darauf folgte, gefiel den beiden noch besser. Hier war der Alte kein Verliebter, sondern ein raffgieriger Geizkragen. Den durfte man wirklich nach Herzenslust drangsalieren und betrügen. Am liebsten wäre Elia nun jeden Abend in die Oper gegangen. Aber mehr als ein bis zwei neue Opern im Monat konnte man nicht verkraften, befand Mariana.

Sie versuchte, Elia zwischen den Reisen regelmäßig zu sehen, und ging dann die Stücke noch einmal mit ihr durch und fragte sie um ihre Meinung: »Was glaubst du, was für einen Charakter hat diese Norina? Wenn sie den Alten so quält, macht ihr das Spaß oder hat sie Mitleid mit ihm, so wie du? Und die Rosina im ›Barbier‹, die lügt nicht ungeschickt. Ist sie raffiniert oder liebt sie ihren Lindoro so sehr und ist dadurch beflügelt? Sie ist nicht viel älter als du. Wie würdest du dich anstellen? Es geht nicht darum, dass man sich mit einer Bühnenfigur identifiziert, aber man muss ihr auf die Schliche kommen, ihren Hintergrund erfassen, ihre Motive, Gedanken, Gefühle.«

Noch aus einem anderen Grund suchte Mariana diese Treffen mit ihrem Schützling einzuhalten: Bei Stimmen konnte man gar nicht vorsichtig genug sein. Zwar verschonten die Lehrer des Conservatorio ihre Schüler mit schädlichen Gesangsmethoden oder Theorien, dafür war der Lehrstoff weit hergeholt. Viel Sperriges aus der altitalienischen Musikliteratur, manches davon hatte sogar Mariana noch nie im Leben gehört. Das nahmen sie nun zusammen durch. Elias Stimme war noch unausgegoren, aber sie besaß schon ein sehr persönliches Timbre. Etwas überraschend Raues, Herbes schwang da mit, die Stimme hatte jetzt schon Biss. Mariana war sehr gespannt, wohin sich das entwickeln mochte.

Über Elia musste sie manchmal schmunzeln. Die besaß doch wahrhaftig das absolute Gehör, hatte aber keine Ahnung um die Besonderheit dieser Begabung, sondern meinte nur ganz naiv: »Das kommt bestimmt vom Flöten. Mein Vater trifft auch jeden Ton.« Doch zum Glück, wie Mariana fand, war Elia nicht auf allen Gebieten ein musikalisches Wunderkind. Nach wie vor vertrat Mariana unerschütterlich die Meinung: »Ein Sänger braucht kein Klaviervirtuose zu sein, aber er muss sich seine Partie jederzeit auf dem Klavier erarbeiten können.« Darum nahm Elia inzwischen auch Klavierunterricht. Bisher mit mäßigem Erfolg. Außer im Konservatorium hatte sie keine Gelegenheit zu üben, und die Instrumente dort waren häufig belegt.

Schließlich befand Mariana: »Gut, wenn es gar nicht anders geht, dann spielst du eben bei mir, auch wenn ich nicht da bin. Du musst dich nur mit Massimo absprechen, der hat inzwischen meinen Flügel mit Beschlag belegt.« Massimo nahm die Konkurrenz gelassen hin, er war sowieso neugierig auf dieses Wunderwesen, das seine Mutter im Handumdrehen umgestimmt hatte. Solange Elia alleine war, spielte sie brav ihre Clementi-Sonatinen oder übte Tonleitern und die lästigen, aber nützlichen Czerny-Etüden. Oft tauchte dann Massimo auf und sie spielten vierhändig Stücke von Diabelli, das machte ihnen beiden Spaß. Sie kamen auf Anhieb sehr gut miteinander zurecht, Massimo war ganz anders als die meisten Jungen, die Elia bisher kannte, kein blöder Angeber, nicht verlegen, einfach freundlich und normal. »Weißt du, irgendwie erinnerst du mich an meinen Bruder Robertino«, sagte Elia. Das wollte einiges heißen.

Gerade in der letzten Zeit dachte Elia sehr viel an den Bruder. Indirekt hatte sie nämlich durch ihn noch eine neue Leidenschaft entdeckt: Bei seinem Aufbruch nach Maranello hatte er den halbfertigen Bugatti in der Garage zurückgelassen, was Roberto nicht lange mit ansehen konnte. Elia leistete dem Vater zunächst nur hin und wieder Gesellschaft, doch schon bald mauserte sich die Handlangerin zur geschickten Gehilfin. Auch Elia wurde vom Autofieber gepackt, es lag einfach in der Familie. Da der Vater Schwierigkeiten beim Bücken hatte, kroch die Tochter für ihn unter den Wagen. »Jetzt darf ich die ölverschmutzten Sachen von zwei Leuten waschen«, beschwerte sich Teresa.

Mariana sang regelmäßig und gerne in Stuttgart und München, denn dort kamen auch unbekannte, moderne Stücke zur Aufführung und daneben immer wieder Strauss und Wagner. Zudem hatte ein frischer Wind die Pappkulissen, falschen Bärte und schweren Brünnen hinweggefegt, besonders in Stuttgart, gewissermaßen dem Bayreuther Winterquartier, wo man, befreit von allen vorherigen Zwängen, ganz auf die Symbolkraft strenger, reduzierter Bilder und Gesten setzte. Mehr denn je kam es nun bei einem Sänger nicht nur auf seine Stimme an, sondern auch auf seine Ausdruckskraft und Bühnenpräsenz. Kein Wunder, dass sich Mariana in ihrem Element fühlte.

Zudem liebte sie Stuttgart nach wie vor, auch wenn die schöne Stadt an vielen Stellen durch einen allzu raschen, kopflosen Wiederaufbau arg verschandelt worden war. Immer noch trafen sich die Kollegen in der gleichen alten Stammkneipe und verzehrten friedlich zusammen Maultaschen oder Gaisburgermarsch, und auch droben auf der Gänsheide hatte sich nicht viel geändert.

Alle waren älter und grauer geworden, und die kleine Katharina hatte inzwischen selbst ein Kind. Mit ihrer Geige hatte sie sich nicht an eine Solokarriere gewagt, was Mariana schade fand. Immerhin hatte sie ein Klaviertrio gegründet, und so ertönte aus Marianas ehemaliger Wohnung, in der Katharina jetzt lebte, gelegentlich Kammermusik, während unten im Erdgeschoss Elsbeth mit ihrem Quartett zugange war. Nur das Klaviergerumpel drunten im Souterrain war verstummt, Professor Baumeister, der von den Nazis aus Amt und Würden verjagte »entartete« Künstler, hatte in Hohenheim eine Professur erhalten und war dorthin gezogen. Selbst Marianas alter Freund Loro saß noch munter auf seiner Stange und krächzte bei jedem Wiedersehen flügelschlagend »Ana, Ana, Ana«.

Andreas war inzwischen weltberühmt, seine Bilder wurden zu Höchstpreisen gehandelt. »Na schön, dann hat sich die Aufregung doch gelohnt, da hängt also mit meinem Seestück ein Vermögen zu Hause an der Wand«, war Marianas Kommentar. Aber besuchen mochte sie Andreas nicht, da gab es nichts mehr aufzuwärmen.

In München freute sich Mariana auf das Wiedersehen mit ihrem knurrigen Bayreuther ›Parsifal‹-Dirigenten. Alte geliebte und neue faszinierende Rollen von Strauss erarbeiteten sie zusammen, so die Amme in ›Frau ohne Schatten‹ und die Klytemnästra in ›Elektra‹, die fast immer als abstoßendes, bösartiges Monstrum dargestellt wurde. Mariana entdeckte rasch, wie oberflächlich und ungerecht das war. Aus ihrem eigenen Mitgefühl heraus gelang es ihr, Mitleid für die Unselige zu wecken, deren Seele zutiefst verletzt war von den heldenhaften griechischen Männern, allen voran dem eigenen Ehemann Agamemnon, die ihr dereinst die Tochter geraubt hatten, um sie ihren kriegerischen Interessen zu opfern. Wie sollte eine Mutter das jemals verzeihen?

Mariana sah in dem alten Bayreuther Meister so etwas wie eine Vaterfigur, der sie voll und ganz vertraute, und schon darum hätte sie damals, in weniger wirren Zeiten, unter ihm sicherlich doch noch die Isolde gesungen. Trotzdem konnte er Mariana nicht dazu überreden, in Bayreuth wieder die Kundry aufzunehmen. »Niemals werde ich nach Bayreuth zurückkehren, nicht einmal als Besucherin«, so hatte sich Mariana längst vor der Wiedereröffnung der Festspiele geschworen. Nirgendwo, an keinem anderen Ort, war Mariana glücklicher gewesen, schön, strahlend, erfolgreich, voller Pläne und Hoffnungen, als Frau und junge Mutter in dem vertrauten Häuschen zusammen mit Pietro und dem winzigen Massimo – und droben, auf dem grünen Hügel als Künstlerin. An geweihter Stätte hatte sie ohne zu zögern Kundry, die verwunschene Schattengestalt, mit ihrem eigenen Herzblut genährt und sich ihr anverwandelt. Ein Wunder hatte sich damals vollzogen, so hatte sie es empfunden. So wollte sie es in Erinnerung behalten.

»Gut, Wunder wiederholen sich normalerweise nicht. Dann lassen wir Bayreuth. Fangen wir in München mit einem neuen ›Parsifal‹ an. Die Kundry hat viele Gesichter«, so beschied der Meister streng und hatte damit den Bann gebrochen. Mariana war ihm von Herzen dankbar dafür.

Noch über die Jahre hin borgte sie der Gequälten ihren Körper, ihre Stimme, so dass deren innerste Gefühle durch sie zum Ausdruck kamen. Marianas Kopf schien dabei ausgeschaltet, mit bewusster künstlerischer Gestaltung hatte das wenig zu tun. Mariana liebte diesen Zustand absoluter Hingabe, doch brauchte sie dazu den Schutz eines Dirigenten, der den gleichen musikalischen Atem und Herzschlag besaß wie sie. Ach, wie selten kam so ein Glücksfall zustande, außer bei dem väterlichen Meister nur noch bei Georges Goldberg, etwa wenn sie sich zusammen in den ›Fidelio‹ stürzten.

Der Erfolg hatte dem Meister recht gegeben. Auch das Prinzregententheater, in dem seit der Zerstörung des Nationaltheaters gespielt wurde, war ein besonderer Ort und hatte mit seiner guten Akustik und Atmosphäre sicherlich Anteil daran, dass die Aufführungen stets trefflich gediehen. Darüber waren sich alle einig, die Künstler, das Publikum, sogar die Kritiker, die Marianas neue Kundry bewundernd und ergriffen begrüßten.

Einmal brach Mariana, wohlversehen mit den ›Parsifal‹-Weihen, von München direkt nach Wien auf, um dort die Marschallin im ›Rosenkavalier‹ zu singen. Über zehn Jahre zuvor hatte sie die Rolle zum ersten Mal übernommen, schon damals mit gemischten Gefühlen. War sie doch ein Abschied vom geliebten Quinquin. »Irgendwann kann man diese blutjungen, niedlichen Burschen einfach nicht mehr singen«, hatte sie seinerzeit gejammert. Jetzt fand sie sich eigentlich auch für die Marschallin zu alt, und so sagte sie das Engagement zunächst ab: »Die ist Anfang, Mitte dreißig und nicht Mitte fünfzig.« Doch der Dirigent – es war Jens Arne Holsteen – hatte nicht lockergelassen: »Mariana, das kannst du mir nicht antun. Ich brauche dich! Deine Stimme passt genau in meine Klangvorstellung.« – »Meine Stimme! Wie ich inzwischen aussehe, das ist ihm wohl egal«, hatte Mariana geknurrt, schließlich aber doch zugesagt. Wien lockte zu sehr.

Nach ein paar Probentagen merkte sie, dass ihr etwas abging: Rebeccas pompöse Auftritte. Wo war sie überhaupt, samt ihrem närrischen Hofstaat? Auf ihre Frage bemerkte Jens Arne lässig: »Sie findet Wien provinziell. Sie hat sich zu sehr an London gewöhnt.« Sprach's und drehte sich um. Hinter seinem Rücken schnitt Laurenz Vogler, ein uralter Freund Marianas, Grimassen: »Zufällig kann Rebecca Wien nicht mehr leiden, seit Jens Arne hier ein Haus gekauft und Dorle und den Buben hineingesetzt hat. Angeblich weil hier Dorles Schwester lebt, aber ich glaube, ihm gingen eher die vorwurfsvollen Blicke der wackeren Förstersleute auf die Nerven.« – »So was, dann liebt er Dorle doch«, staunte Mariana. »Wenn du mich fragst, ich fürchte, er ist vor allem in das Kind vernarrt. Dem Holsteen werden seine Frauen schnell fad, weiß der Teufel warum«, meinte Laurenz Vogler. »Aber seinen Rudi, den lässt er manchmal heraufbringen zu den Proben, er sitzt dann stundenlang neben der Pauke, ganz brav. Und hinterher gehen Vater und Sohn beim Demel Kuchen essen.« Irgendwann saß bei der Probe tatsächlich ein blondlockiger, etwa vier Jahre alter Knabe. Mariana war gerührt: »Genau die gleichen vergissmeinnichtblauen Augen wie Dorle. Gib deiner Mama ein ganz liebes Küsschen von mir.«

Mehr und mehr wuchs das staksige Füllen zu einem rassigen Fräulein heran, aus der kindlichen Elia wurde ein junges Mädchen. Ihre mageren Glieder, ihr eckiger Leib setzten sanfte Rundungen an, auch ihre Bewegungen wurden weniger eckig, doch immer noch waren die Augen riesengroß und die dunklen Locken ungewöhnlich dicht und widerborstig, was ihrem Aussehen etwas Fremdartiges verlieh. Dazu kam ihre Scheu unbekannten Menschen oder Situationen gegenüber. Eine Vorsicht, wie sie ein Tier walten lässt, das auf Grund seiner feinen Sinne instinktiv alles Grelle, Schrille, Unechte beargwöhnt und darum meidet.

Traditionsgemäß wurde in Elias Schule ein Jahr vor dem Einjährigen, mit dem die meisten Mädchen ihre Schulausbildung abschlossen, die berühmte Tanzstunde abgehalten. Ebenfalls seit Generationen wurden die zwei Jahre älteren Schüler eines Knabengymnasiums als Tanzstundenherren herangezogen. So war man unter sich, junge Menschen aus gutsituierten, gutbürgerlichen oder adeligen Kreisen. Die Tanzstunde bewährte sich auch als Heiratsmarkt, manche der Eltern und Großeltern hatten auf diese Weise schon zueinandergefunden. Chauffeurstöchter hatten hier eigentlich nichts verloren. Elia selbst hatte aber wahrhaftig auch nicht vor, ihren Mitschülerinnen in die Quere zu kommen, zumal nach der ersten Begegnung mit den Tanzstundenherren: hochnäsige, pickelige Langweiler, Milchgesichter allesamt, dagegen besaß sogar Leo, Margaretas Bruder, einen rüpelhaften Charme.

Den Tanzunterricht gab Signor Brustellini, ein schmächtiges Männlein undefinierbaren Alters – manche Großeltern behaupteten, schon zu ihrer Zeit habe er genauso ausgesehen. Ihm assistierte Signorina Belaqua, die über ihrer hochgeschlossenen Bluse angestrengt lächelte, als habe sie Zahnweh. Ausgerechnet Signor Brustellini bewirkte, dass Elia recht bald auffiel. Zu Demonstrationszwecken griff er sich gelegentlich das Mädchen, das gerade am nächsten stand, und schob mit ihm übers Parkett. Nach einiger Zeit packte er immer wieder ganz gezielt Elia an der Hand, jedenfalls bei den rascheren oder den südamerikanischen Tänzen. Er zerrte sie gewissermaßen ans Licht der Öffentlichkeit – und zwar aus Eitelkeit, wusste er doch, dass er mit einer leichtfüßigen Tänzerin eine sehr viel bessere Figur abgab als mit einem ungeschickten Trampel.

Tatsächlich bestand kein Zweifel: Sobald es auf Sinn für Rhythmus ankam, auf Freude an der Bewegung, auf Temperament, stach Elia die anderen Mädchen schlichtweg aus – ohne es darauf angelegt zu haben. Die Bevorzugung war ihr sogar peinlich, sah sie doch die giftigen Blicke, die schiefen Mäuler. Und was ihre lieben Mitschülerinnen einander zuflüsterten, konnte sie sich ausmalen. Aber eine flotte Rumba fuhr ihr dann doch in die Beine, und sie genoss die elegante Führung des Meisters. Auch die jungen Männer erkannten Elias Geschicklichkeit, und so stürzten die wagemutigen, tanzfreudigen auf sie zu, um sie als Erste aufzufordern, die Zuspätgekommenen mussten sich mit weniger guten Tänzerinnen begnügen.

Außerhalb der Tanzstunde veranstalteten einige Eltern der Mädchen Tanzpartys. Elia wurde selten dazu eingeladen, aber wohl weniger ihrer Tanzkünste wegen, nein: Sie gehörte einfach nicht dazu, mochte sie noch so lange mit den anderen zusammen in die gleiche Klasse gegangen sein.

Zu ihrer Überraschung lud Liliana sie zu sich ein, zum ersten Mal überhaupt.»Das hast du deinem schneidigen Robertino zu verdanken«, klärte Margareta sie auf. Als es aber darum ging, Elia den Eltern vorzustellen, wie es Liliana bei allen übrigen Neulingen tat, löste sie sich plötzlich in Luft auf und erschien erst wieder, als die Eltern verschwunden waren. Elia hatte den Vorfall gar nicht bemerkt, umso mehr aber Gwendolyn, die Liliana wütend anfauchte. Liliana zeigte sich höchst verwundert: »Oh nein, wie schrecklich, das tut mir aber leid, wenn mir das wirklich passiert ist, ausgerechnet Elia ...« Gwendolyns Vorwürfe schmetterte sie lächelnd ab: »Meine Liebe, du siehst Gespenster, was redest du dir nur immer ein?«

Dann wandte sie sich Elia zu und fragte ganz unauffällig, wie sie glaubte, nach Robertino und ob er bald wiederkäme. »Keine Ahnung«, sagte Elia wahrheitsgemäß. Zweimal schon war Robertino überraschend in einem Testwagen aufgetaucht, einem »Erlkönig«. Auf einer Familienspritztour saßen die Damen im Fond, die beiden Männer vorne nebeneinander. Elia verstand wenig von deren Fachkauderwelsch, doch das tiefe, kraftvolle Brummen des Wundermotors drang in sie ein, durch jede Pore ihres Körpers, und berauschte sie. »Gibt es eigentlich auch Rennfahrerinnen?«, wollte sie beim Aussteigen wissen. »Nein. Aber warum eigentlich nicht ...? Schaut mal das Raubtierfunkeln in Elias Augen«, sagte Robertino überrascht.

Zu Margaretas Tanzveranstaltungen wurde Elia selbstverständlich eingeladen, nicht nur Signor Barbaroli, auch Leo legte inzwischen großen Wert darauf. Denn noch immer, wenngleich weniger aus brennender Liebe denn aus Sportsgeist, stellte er der spröden Nachbarin nach. Durch geschickte Planung gelangte er dabei schließlich zu einem bescheidenen Ziel. Nachdem sich alle müde getanzt hatten, schlug Leo ein Pfänderspiel vor. Wer eine Aufgabe nicht lösen konnte, musste ein Pfand abgeben. Elia büßte auf diese Weise einen Schuh ein. »Ich kann Gedanken lesen«, sagte Leo. »Elia, setz dich auf diesen Stuhl, schließ die Augen, denk an was. Ich sag dir, was es war, und dann bekommst du deinen Schuh wieder.« Elia setzte sich arglos hin, schloss die Augen und dachte ganz fest an ihren Schuh, den ihr Leo wieder anziehen sollte. Auch als einige der Umstehenden zu kichern anfingen, öffnete sie die Augen nicht. Da fühlte sie plötzlich zwei Lippen auf ihrem Mund. Elia erschrak so sehr, dass sie fast vom Stuhl gesunken wäre. Einer Ohnmacht nahe riss sie die Augen auf und sah Leos Gesicht dicht vor dem ihren. Er grinste triumphierend. Zitternd stieß sie ihn weg, sie fühlte sich verletzt und war fassungslos. Sie wollte wegrennen, nach Hause, nur nach Hause. An der Tür hielt sie jedoch einer der jungen Männer auf und legte schützend seinen Arm um sie. Es war der blonde junge Mann, mit dem sie vorher vergnügt getanzt hatte. »Komm, Kleines, das war doch nur ein dummer Scherz, bleib hier, mir zuliebe.« Elia seufzte tief und vergoss ein paar Tränen, die ihr der unbekannte Kavalier mit dem Taschentuch wegtupfte. Das war nicht unangenehm. Der erste Kuss war also kein Erfolg. Doch er brachte ganz sachte Elias erste Liebe ins Rollen.

In der folgenden Zeit trafen sich Elia und Federico, so hieß der gutaussehende Jüngling, immer wieder. Plötzlich spazierte auch Elia zusammen mit den anderen Mädchen am Wochenende durch den Park der Villa Borghese – die Bibelstunden hatten sich in Luft aufgelöst. Wie von ungefähr traf man dort auf die jungen Männer, grüppchenweise strömte man zusammen, bis schließlich am Pincio alle versammelt waren, kichernd, verlegen, betont lässig, man ließ nicht erkennen, auf wen man es abgesehen hatte, aber irgendwann standen dann doch bestimmte Pärchen beieinander. So auch immer häufiger Federico und Elia. Höflich und korrekt begleitete er Elia nach Hause, und während sie munter plauderten, griff er irgendwann nach ihrer Hand.

Erst in der Hofeinfahrt der Villa Barbaroli, wenn Margareta mit ihrem Begleiter im Gartenpavillon verschwunden war, drückte Federico Elia an sich. Wie eine zufriedene Katze, mit geschlossenen Augen, genoss sie das Streicheln und Schmusen, doch wenn Federico etwas fester zupacken wollte, klappte sie die Augen wieder auf und machte sich los aus der Umarmung: »Ich muss jetzt gehen, meine Eltern warten.«

Ein weiteres Vergnügen der jungen Leute war es, auf ihren Vespas knatternd durch die Stadt zu sausen. Elia saß hinter Federico auf dem Sozius und schlang die Arme um ihn. Lachend, mit wehenden Röcken und Haaren freute sie sich ihres Lebens. Das letzte Schuljahr brach an, durch Rom wehte ein leichtsinniges Lüftchen. Elia war verliebt.

Doch als Mariana sie mit einem ungewöhnlichen Vorschlag überraschte, folgte Elia dem Zauberruf entzückt und ohne zu zögern.

Dem Direktor der römischen Oper war es gelungen, Mariana und Astrid für seine geplante Neuinszenierung der ›Aida‹ zu erwärmen. Er bekniete sie, wenigstens die ersten vier Vorstellungen zu singen. Zunächst hatten die beiden rundweg abgesagt: »Die ›Aida‹ war unser größter gemeinsamer Erfolg, wir möchten die gute Erinnerung daran nicht zerstören.« Doch als auch Marcello Rainardi den Plan absegnete und sich bereitfand zu dirigieren, gaben die Damen nach: »So nimm denn Schicksal deinen Lauf. Unsere Stimmen jedenfalls sind immer noch frisch und geläufig.« Die ›Aida‹ war tatsächlich ihr Schicksalsstück. Sogar ihre Männer verdankten sie ihm. Mariana freute sich mit zunehmender Rührung darauf. Würdiger als mit der Amneris konnte sie sich in der geliebten Stadt nicht verabschieden. Denn ein Abschied, zumindest von den ganz großen, jugendlichen Rollen, sollte es werden.

Diese festliche Besonderheit brachte Mariana auf die Idee, selbst Schicksal zu spielen und Elia mit einzubeziehen. Ihr gefiel der symbolische Akt, dass ihr Schützling im Augenblick ihres eigenen Abschieds zum ersten Mal die Bühnenbretter betrat: als blutjunge, liebliche Priesterin, den Göttern der Amneris geweiht. Das war die sentimentale Seite. Abgesehen davon, so fand Mariana, bedeutete es für jedes musikalische Menschenkind einen Glücksfall, einmal aus nächster

Nähe eine große Opernproduktion miterleben zu dürfen. Wer weiß, ob und wann die Umstände jemals wieder so günstig zusammentreffen würden: in der eigenen Stadt, mit hervorragenden Künstlern und einer wahrlich großartigen Oper. ›Figaro‹, ›Tristan‹, was reichte sonst noch daran? Es gab Zeiten, da liebte Mariana die ›Aida‹ als die Oper schlechthin.

Was Mariana Elia gegenüber nicht aussprach: Selten fand sich ein aufregenderes Aida-Amneris-Gespann als mit Astrid und ihr. Gerade weil sie einander im Wesen ähnelten. Und auch in ihren biegsamen, warmen, ausdrucksvollen Stimmen. In Mariana und Astrid standen sich zwei gleichwertige Rivalinnen gegenüber: zwei stolze Königstöchter, die unseligerweise denselben Mann liebten. Erst daraus entwickelte sich die Tragödie: Aus einer Prinzessinnenlaune heraus begehrt Amneris den Radames, sie liebt ihn wahrlich, genauso stark wie Aida. Nur äußerlich besitzt sie die Macht, ihre Liebe lässt sie innerlich unsicher und nervös werden. Sie schnaubt nicht nur Rache, sie vergießt echte Tränen. Am Ende ist sie vor Verzweiflung außer sich, weil sie den Geliebten nicht retten kann. Aida wiederum beklagt nicht nur ergeben ihr trauriges Los, immer wieder bricht es aus ihr heraus, hochfahrend, wild und entschlossen. Nicht aus Mutlosigkeit ist sie verzweifelt, redet sie vom Tod, fleht um Gnade, sondern sie will so gerne leben, in ihrem schönen Heimatland, zusammen mit dem Geliebten. Aber sie erkennt die Ausweglosigkeit ihrer Lage, ihre Intelligenz macht sie hellsichtig. Im Gegensatz zu Radames, der noch auf verlorenem Posten von Hochzeit träumt und markig verspricht, Aida und ihren Vater zu beschützen.

Die Oper war Marianas Reich – und Elia ein geliebter, willkommener Gast. »Jetzt kannst du Theaterluft schnuppern«, sagte man zu ihr, aber für Elia bedeutete es viel mehr, nicht nur den Eintritt in ein Märchenreich. Jetzt fand sie, wonach ihr Herz in der Kunst wirklich lechzte. Tod und Verzweiflung, ausweglose, ewige Liebe. Die großen Leidenschaften erzeugten in ihr ein lustvolles Schaudern.

Unter den Choristinnen nahm sich Elia wie ein buntes Singvögelchen aus. Alles war vertreten, spindeldürre, kleine dicke, mehr ältliche als junge, und Elia war mit Abstand die jüngste. Schon gleich zu Anfang hatte Mariana zu ihr gesagt: »Der Chor, das ist eine Welt für sich, damit haben wir Solisten nicht viel zu tun. Am besten, wir halten uns daran. Vor allem die Damen, die sind zwar ganz lieb, aber auch empfindlich, sobald sie eine Extrawurst spüren.« Elia hielt sich an den Rat, und so kam sie mit ihren Kolleginnen gut aus.

Allerdings: Wann immer es sich einrichten ließ, schlich sie sich zwischen die Kulissen und beobachtete das Probengeschehen. Marianas Stimme fühlte sich Elia in der Seele verbunden. Jetzt hörte sie zum ersten Mal Astrids Stimme und war ganz verwirrt. Ein solches Strahlen und Leuchten ging von ihr aus, dass Elia die Augen schließen musste, wie geblendet. Ein hochdramatischer Sopran! Wie ein Signal erschien er ihr, ein Signal, das ihr galt, sie spürte es körperlich. Zugleich flüsterte eine innere Stimme ihr zu: »Sperr die Ohren auf! Wäre das nicht etwas für dich?« Aber die Antwort warnte sogleich: »Jetzt wirst du vollends größenwahnsinnig.« Verlegen wischte Elia das Gerede beiseite. Aber ein Köder war ausgeworfen.

So viel Neues in diesen Tagen auf Elia einstürmte, einiges erschien ihr auch merkwürdig vertraut. Ob sie nun im Kirchenchor den Gott der Christenheit anflehte oder als Priesterin in der Oper, zumal hinter der Bühne, einen der altägyptischen Götter anrief, das lief so ziemlich aufs Gleiche hinaus. Die geheimnisvoll-mystische Musik ähnelte sich allemal.

Das galt allerdings nicht für den zweiten Akt. Da wurden die beschäftigungslosen »Priesterinnen« dem »Volk« beigesellt, und so erlebte Elia von der Bühne aus den grandiosen Aufmarsch des Königs und seiner siegreichen Mannen, der Priester, Sklavinnen und Sklaven, der Tänzerinnen und der Gefangenen. Vor den Augen entfaltete sich ein gigantisches

Spektakel. Für Elia ein Rausch, wie sie da eingepfercht stand, inmitten all der Menschen, Fahnen, Feldzeichen, Tiere. Doch die eigentliche Urgewalt kam von der Musik, die mit schmetterndem, stampfendem, rhythmischem Pomp über alles hereinbrach wie turmhohe Wellen. Hier entstand mehr als lustvolles Schaudern. Man wurde mitgerissen bis zur Ekstase, auch wenn man bei dem Getöse fast ertaubte. Wer das einmal miterlebt hatte, der mochte schwerlich je wieder darauf verzichten.

Die beiden Freundinnen hatten einander eine ganze Zeitlang nicht mehr gesehen. Und so freuten sie sich sehr aufeinander. Astrid war Marianas Gast, da kam es schon vor, dass sie auf einen Plausch vor dem Schlafengehen in ihren Sesseln hingen, bereits im Schlafrock, die Beine hochgelegt. »Pietro ist ein Schatz«, meinte Astrid gähnend. »Ich finde es wahnsinnig nett von ihm, dass er uns in Ruhe reden lässt. Marcello wäre spätestens nach fünf Minuten dazwischengeplatzt.« Mariana wunderte sich: »Ja, hör mal, das ist doch normal, warum auch nicht, was treiben wir denn Böses? Für einen Dritten ist unser Gerede doch langweilig. Oder interessiert sich Marcello für Weiberklatsch?« – »Natürlich nicht, im Gegenteil, er hasst so was«, rief Astrid. »Aber wir könnten ja über ihn herziehen oder, schlimmer noch, ausnahmsweise gar nicht über ihn sprechen. Er ist stinkeeifersüchtig!« Mariana runzelte die Brauen und schwieg. Astrid richtete sich in ihrem Sessel auf: »Ich weiß, was du denkst: Der hat's nötig. Aber die Weiber rennen ihm tatsächlich die Bude ein. Was soll der Ärmste machen?« Es war bekannt, dass überall, wo Marcello Rainardi hinkam, sich ihm die Damen der Gesellschaft vor die Füße warfen, sie drängten in seine Garderobe, belagerten das Hotel, Marcello hatte nur noch die Qual der Wahl. »Solange es nur um diese Zimtziegen geht, ist es mir egal. Aber mit ihm zusammenleben, so wie du mit Pietro, das könnte ich nicht«, murrte Astrid.

»Wie und wann seht ihr euch überhaupt«, wollte Mariana wissen. »Gar nicht so einfach«, sagte Astrid. »Wir haben das Haus in Südfrankreich, das sollte unsere gemeinsame Bleibe werden. Ich bin da inzwischen oft und gern, habe jetzt auch eine Werkstatt, meine Skulpturen werden mir immer wichtiger. Leider hält es Marcello nie länger als ein paar Tage aus.« Mariana nickte voller Mitgefühl: »Umtriebig war er ja immer schon und ein kleiner Tyrann dazu. Aber meistens hat er recht gehabt, zumindest vom musikalischen Standpunkt aus. Ihm geht es um Qualität, Perfektion. Schlamperei macht ihn rasend. Inzwischen haben die Leute manchmal Angst vor ihm, kein Wunder, wie er sie zusammenstaucht. Verkrampft starren sie ihn an und werden dadurch nicht besser, das fällt mir schon auf.« Astrid schnaubte: »Wenn er mich anschreit, dann fliegen die Fetzen. Das weiß er, und schon darum lässt er es sein. Nur, wenn er so rumtobt und mit Taktstöcken schmeißt, könnte ich ihn erwürgen. Warum tut er das? Nicht mal ich kann es dir sagen. Als sei der Teufel in ihn gefahren. Vielleicht verhunzt dieser Beruf den Charakter und macht größenwahnsinnig.«

Mariana musste lachen: »Apropos Größenwahn: Da fällt mir unser lieber Jens Arne ein. Was hörst du denn von dem?«

»Ach, nur das Allerbeste«, amüsierte sich Astrid. »Rebecca hat sich inzwischen scheiden lassen, keineswegs wegen Dorle, die tat ihr sogar leid. Nein, sie hatte eines Tages einfach genug von den vielen aufstrebenden jungen Sängerinnen. Sie hat alles verkauft, das Londoner Heim, mit dem Jens Arne so angegeben hat, die Villa an der Côte d'Azur, das Chalet in St. Moritz. Das Salzburger Haus hat ihnen wohl zusammen gehört, ihren Teil hat sie auf den kleinen Rudi überschrieben, stell dir vor. Dann ist sie in die USA gezogen. Und damit aus Jens Arnes Leben verschwunden. Der hat es kaum gemerkt. Dafür ist ihm was anderes aufgefallen: Dorle ist plötzlich aufgeblüht und selbstsicherer geworden und hat sich mehr und mehr von ihm zurückgezogen. Das hat bei Jens Arne einen

uralten Mechanismus in Gang gesetzt: Gab's da einen Riva-
len? Den musste man ausstechen und das wieder interessant
gewordene Weibchen umbalzen. Plötzlich bekam Dorle teure
Geschenke, Pelze, Schmuck, Abendkleider. Das alte Rezept:
Charme und Champagner. Das hat sie vollends zur Strecke
gebracht. Dabei ist wieder ein Kind entstanden. Und es geht
noch weiter. Der neueste Stand ist nämlich: Jens Arne hat
Dorle inzwischen geheiratet!«

Mariana fiel vor Erstaunen fast vom Sessel:»Das gibt es
doch nicht. Ein Happy End, wer hätte das gedacht!«

»Ob man das ein Happy End nennen kann, sei dahingestellt«, unterbrach Astrid ihren Jubel.»Eher hat sich Jens
Arne wohl gedacht:›Auf eine Ehefrau mehr oder weniger
kommt es auch nicht mehr an.‹«

»Die armen Frauen, die an solche Kerle geraten«, stöhnte
Mariana auf.»Wer immer es mit diesen genialischen Egomanen aufnehmen will, der muss schon enorm viel Kraft und
Selbstbewusstsein und Unabhängigkeit besitzen. Man darf
sich von Anfang an nichts gefallen lassen.«

»Ja, ja, schau mich an«, meinte Astrid trocken.»Als erfolgs-
verwöhnte Diva kann man es mit einem Halbgott gerade noch
aufnehmen. Aber wenn ich mit dem Singen wirklich aufhöre,
vielleicht hab ich dann auch mal Lust auf einen ganz normalen Menschen. So was soll es nämlich geben.« – »Oh, là, là,
wie sieht er denn aus?«, rief Mariana überrascht. Astrid kicherte:»Blond und blauäugig. Und das mir! Nach all den
dunklen Gesellen. Aber vorerst haben wir ja noch was anderes
zu tun. Gehen wir schlafen.« Genüsslich streckte sie sich.»Ich
habe heute auf der Probe übrigens deinen Schützling beobachtet. Sie ist ja gar nicht groß. Auf der Bühne herrscht ein
Riesengetümmel, aber sie sticht aus der Menschenmasse heraus, man muss zu ihr hinschauen. Die anderen singen und
agieren seelenruhig, mit möglichst wenig Kraftaufwand. Aber
sie wirkt wie unter Strom. Wenn sie plötzlich aufgesprungen
wäre und die Aida gesungen hätte, mich hätte es nicht gewun-

dert. Jetzt verstehe ich, warum du deinen Entschluss, niemals zu unterrichten, über den Haufen geworfen hast.« Sie nahm Mariana freundschaftlich in den Arm. »Wenn sie dir über den Kopf wächst, dann schick sie zu mir.«

Schwester Evelinas Giftpfeile hatten Elia seinerzeit gänzlich unvorbereitet getroffen und gerade dadurch so tief verletzt. Inzwischen verstand sie es ganz geschickt, sich zu schützen, nicht nur gegen Bosheit und Gemeinheit, auch gegen Schmerz. Um sich einen undurchdringlichen Panzer zu schmieden, dafür war sie zu jung – und die Not wahrscheinlich nicht groß genug. Elia wob sich lieber einen Schutzmantel aus dem reichen Angebot von Jungmädcheneigenschaften – hier ein Fädchen Zahmheit, da ein wenig Ungestüm, dort ein bisschen Mattigkeit, einen Schuss nett und lustig sein – und tarnte sich damit. Nicht einmal zu Hause legte sie ihn wirklich ab, denn er bewährte sich auch gegen die ständig lauernde Sorge um den Vater.

In der Schule und auch im Conservatorio musste Elia den durch die Proben versäumten Stoff nachholen, der Vater hatte mit dem kleinen Bugatti auf sie gewartet, weil ihnen die gemeinsame Arbeit so viel Spaß machte. Daneben übte sie plötzlich mit leidenschaftlichem Eifer Klavier.

Bis dahin hatte Elias Liebe zur Musik immer noch etwas von unverbindlicher Schwärmerei an sich gehabt. Musik, der konnte man sich hingeben, in ihr schwelgen, sich von ihr berühren lassen. Aber daneben gab es noch anderes, was einem das Herz erwärmte: die Liebe der Eltern, das goldene Licht über dem abendlichen Rom, eine schnurrende Katzenmutter mit ihren Jungen, Tanzen mit Federico, ach, so viele wunderschöne Dinge. Schön blieben sie immer noch, aber tausendmal schöner war die Musik. Vor allem wichtiger: Durch sie allein, so fühlte Elia, bekam ihr Leben überhaupt einen Sinn.

Darum hatte ihr schon das Flöten und Chorsingen so gefallen – aber das reine Zuhören auch. Jetzt aber wollte Elia zu denen gehören, die selbst zum Klingen brachten, was die Komponisten hervorgebracht hatten. Zu den Musikern wollte sie gehören. Die ›Aida‹ hatte endgültig für Klarheit gesorgt, jetzt gab es ein festes Ziel: Sie wollte Sängerin werden. Denn unter allen Musikern hatten sie den wunderbarsten Part, darüber bestand für Elia kein Zweifel.

»Du kommst mir vor wie ein junges Pferd, das vor Kraft und Tatendrang schnaubt und mit den Hufen scharrt und das niemand mehr zurückhalten kann«, bemerkte Mariana. »Also gut: Es geht los! Machen wir uns auf den Weg, über Stock und Stein. Passen wir auf, dass dir die Puste nicht ausgeht und du dir nicht die Knochen brichst. Mit meinen Terminen werden wir das schon irgendwie hinkriegen.«

Bei aller musikalischen Begabung war der Anfang nicht spektakulär. Elias Stimme besaß in der Höhe schon viel Ausdruck, auch in der Tiefe sprach sie recht gut an, doch in der Mittellage, so um das E herum, geriet sie in Bedrängnis, bröckelte der Ton ab. Darum begannen die Übungen, hinauf und hinunter, auch über die mühsame Klippe vom Piano ins Mezzoforte und umgekehrt, mit viel Geduld und Gespür. Schon bald war das Register sehr viel ausgeglichener. Zur Aufmunterung und Abwechslung kramte Mariana zauberhafte Lieder der alten Italiener hervor, Gluck, Monteverdi, Alessandro Scarlatti, zum gemeinsamen Liebling avancierte ein kleines Madrigal von Caccini: »*Amarilli, mia bella …*«

Seitdem Mariana unterrichtete, musste sie immer wieder an ihre eigenen Anfänge denken, an Madame Krasnicovas dröhnenden Schlachtruf: »Pressen, du musst pressen«, und Frau Gregorijas rechthaberisches Gekreisch: »Registerbruch, den haben alle!« Um ein Haar hätten ihr die beiden Spezialistinnen die Stimme ruiniert. Die Stimme – und damit das Leben. Selbst jetzt, nach all den Jahren, krochen in Mariana die einstige Panik und Verzweiflung wieder hoch und griffen nach ihrer Kehle. Ja, ohne Professor Wettergren wäre sie verloren gewesen! Manches von dem, was sie ihm verdankte und was sie von ihm gelernt hatte, konnte sie jetzt an Elia weitergeben.

Elia hatte von den Gefahren, die von schlechten oder falschen Ratgebern drohten, keine Ahnung. Sie vertraute Mariana blind, und wenn sie von ihr verlangt hätte, zum Üben auf einen Baum zu klettern, sie hätte es getan. Nur eines ging ihr vollkommen ab: ein wenig Zeit zum Tanzen und Flirten und mit den anderen jungen Leuten einfach nur herumhängen. Aber es tat ihr nicht leid, sie schwebte auf den Flügeln des Gesangs. Selbst Federico traf sie nur zufällig hin und wieder. Während der ›Aida‹-Proben hatte er manchmal auf sie gewartet und sie dann heimgefahren. Aber dann hatte er mit dem Studium angefangen und sich immer seltener blicken lassen. Elia machte sich keine Gedanken.

Schließlich ging die Schulzeit zu Ende, und im Conservatorio begannen die Ferien. »Vielleicht gibst du uns die Ehre und kommst zu unserem Sommerfest. Gewisse Leute werden wohl auch erscheinen«, sagte Margareta mit einem sonderbar schiefen Grinsen. Plötzlich merkte Elia, dass ihr Federico doch sehr gefehlt hatte. Als sie zu den Barbarolis hinüberging, hatte sie nach ein paar Metern Herzklopfen.

Federico kam erst spät. Lässig schlenderte er in die Eingangshalle, die eine Hand in der Hosentasche, in der anderen eine Zigarette, hinter sich zwei junge Männer oder auch Herren, so distinguiert wirkten sie in ihren dunklen, klassisch-streng geschnittenen Anzügen. Federico trug einen grauen Anzug aus feinstem Tuch, dazu Weste, Krawatte, schneeweißes Hemd. Gegen die übrigen sommerlich und leger gekleideten jungen Leute stachen die drei Neuankömmlinge merkwürdig ab. Neugierig auf das Fest schienen sie nicht zu sein, mit dem Rücken zu den anderen Gästen setzten sie sich an die Hausbar und bestellten sich etwas zu trinken, rauchten Zigaretten und vertieften sich ins Gespräch.

Elia hatte Federico sofort beim Hereinkommen gesehen und war zuerst verwundert und dann enttäuscht. Eigentlich, so hatte sie gedacht, würde er bei den Barbarolis bereits auf sie warten oder doch zumindest nach ihr Ausschau halten. Nun gut, dann würde eben sie zu ihm hingehen. Sie stellte sich neben ihn und tippte ihm lachend auf die Schulter.

»Federico, guten Abend, du kommst aber spät!«

Betont langsam drehte er sich um, dann schien ihn doch etwas zu überraschen. Er schaute Elia eine Weile wortlos an, wie prüfend, so kam es ihr vor, schließlich sagte er, von der Höhe seines Barhockers herab: »Oh, là, là, Kleines, du hast dich aber gemacht.«

Pfiff er dabei anerkennend durch die Zähne? Oder bildete Elia sich das später ein? Und dieses »Kleines«: Hatte das früher nicht anders geklungen? Im Augenblick allerdings konnte ihr die gestelzte Art ihres Freundes die gute Laune nicht verderben. Als Federico keine Anstalten machte, sie zum Tanzen aufzufordern, obwohl gerade ihre Lieblingsmusik lief, packte sie ihn entschlossen an der Hand.

»Auf, komm schon, darauf hab ich den ganzen Abend gewartet.«

Aus den Lautsprechern dröhnte Südamerikanisches, Samba, Rumba, Pasodoble, auf der vollen Tanzfläche rempelte man sich an, trat sich auf die Füße. Einigen Tänzern ging schon bald die Puste aus, und so ergatterten Federico und Elia ein freies Eckchen im Saal und setzen zu den kühnen Drehungen und Ausfallschritten an, um derentwillen sie von den anderen Paaren bestaunt und beneidet wurden. Lachend ließ sich Elia von ihrem schweigsamen Partner herumschwenken. Dann folgte ein Tango. Federico zog Elia näher zu sich heran. Während jemand die Platte wechselte, standen sie beide stumm beieinander, mit ernsten, verschlossenen Gesichtern. Als Federico den Arm fester um sie legte, schrak Elia zusammen, sie glühte und fror zugleich, im Bauch spürte sie ein Wirbeln und Kribbeln. Schließlich, als die Musik ein zweites Mal aufhörte, murmelte Federico: »Lass uns nach draußen gehen«, und nahm Elia bei der Hand. Auf dem Balkon schauten sie sich zum ersten Mal an diesem Abend in die Augen. Der Kuss, in den sie irgendwann versanken, hatte nichts mehr gemein mit den kameradschaftlichen Abschiedsküsschen unter der Haustüre.

Beide küssten sie jetzt anders. Federico hatte mittlerweile Erfahrung gesammelt, und Elia wusste durch ihr Mitwirken in der Oper, wie sich Leidenschaft ausnahm. Federico war überrascht über Elias Offenheit, ihre Ungeziertheit, und das kam ihm sehr gelegen. Elia hingegen blieb ganz arglos. Sie war glücklich und fand es wunderschön, wie sie sich, an die Balkonbrüstung gelehnt, in den Armen lagen und küssten. Mehr kam ihr nicht in den Sinn. Als Federico anfing, an ihrer Bluse zu nesteln, gefiel ihr das nicht, auch seine raffinierten Zungenküsse mussten nicht sein, dafür durfte er ihr nach Herzenslust in den Haaren wühlen. Doch diesmal ließen sich Federicos Hände nicht aufhalten. Von den Haaren glitten sie über den Hals und verschwanden unter dem seidenen Blusenstoff, Elias Herz begann wie rasend zu klopfen, erschrocken wollte sie sich wehren und wurde ganz steif, aber nicht lange, denn Federicos Glut versetzte auch Elia in Flammen ...

Irgendwann stolperten sie zurück zu den anderen. Elia sah ganz zerzaust aus, sie merkte es gar nicht. Federico versuchte ihr die Strähnen aus dem Gesicht zu streichen und die Bluse zurechtzuzupfen. Was ihm offenbar nicht hinlänglich gelang. Liliana jedenfalls rümpfte wieder einmal die Nase: »In einem derart derangierten Zustand lässt sich keine Dame blicken.«

Am nächsten Tag war bei Mariana die letzte Unterrichtsstunde vor der Sommerpause. Trällernd kam Elia die Treppen hochgesprungen, sie stellte die Noten verkehrt hin und wollte sich halb tot darüber lachen. Nach dem ersten Erstaunen schmunzelte Mariana: »Aha, dich hat es offenbar erwischt!« Elia bekam einen roten Kopf, aber dann begann sie von Federico zu schwärmen. »Er ist kein faules Muttersöhnchen, so wie die meisten aus diesem Klüngel. Er will was lernen, sogar in den Semesterferien. Jetzt fährt er nach Cambridge zu einem Sommerkurs«, erzählte sie stolz. Schließlich unterbrach sie Mariana:»Das scheint ein wahrer Wunderknabe zu sein. Aber wollen wir nicht doch noch ein paar Takte singen?« So voll und rund wie in dieser Stunde hatte Elias Stimme bisher kaum geklungen.

Obwohl Federico längst nach England abgefahren war und als Lebenszeichen nur eine magere Postkarte schickte, blieb Elias Hochstimmung bestehen. Das Singen war inzwischen ein breiter, zuverlässiger Strom, Elias Gefühle für Federico nahmen sich dagegen aus wie ein munteres Bächlein, fast schien es, als würden sie sich selbst genügen und bedürften der leibhaftigen Anwesenheit des Freundes nicht.

Während Elia in den Ferien bei den Großeltern unter einem Olivenbaum lag und schläfrig in den blauen Himmel blickte, träumte sie sich Federico herbei. Er lag neben ihr und nahm sie in die Arme, und das war wunderschön. Der Aufruhr in Elias Körper hatte sich aber gelegt. Ich habe einen Geliebten, dachte sie glücklich. Sie kam sich sehr erwachsen vor, die Zeit, in der sie mit den Nachbarsjungen herumgetobt und auf Bäume geklettert war, lag hundert Jahre zurück.

Mit dem Singen kam sie allein längst nicht so gut zurecht. Erst jetzt wurde ihr bewusst, über welche Klippen und Tücken ihr Marianas fürsorgliche Hand bisher hinweggeholfen hatte. Darum wartete sie nach ihrer Rückkehr nach Rom voller Ungeduld auf die geliebte Meisterin.»Ohne Sie fühle ich mich wie ein verlassenes Hündchen – das allein nicht mehr bellen kann, nur noch winseln«, jammerte sie. Wunderbarerweise gewann sie schon in der ersten Unterrichtsstunde ihren alten Mut und Schwung zurück.»Wenn du so weitermachst, können wir uns bald an eine Opernpartie wagen«, freute sich Mariana.

Doch bei aller Sangesfreude überkam Elia immer häufiger ein Gefühl der Niedergeschlagenheit, aber auch Gereiztheit: Wo steckte Federico? Warum ließ er sich nicht blicken? Obwohl sie Angst hatte vor einer schnippischen Antwort, befragte sie schließlich Margareta.»Ach, das weißt du nicht? Der ist doch noch in England«, triumphierte die.»Was tut er denn da, das Semester hat doch schon lange angefangen? Ich denke, er will studieren«, fragte Elia verwundert.»Vielleicht hat er was Besseres zu tun«, meinte Margareta mit funkelnden Augen. Elia ärgerte sich:»Was soll das heißen?«Margareta war jetzt sehr zufrieden mit sich:»Mein Gott, diese Herren Studenten, die sind doch alle gleich. Ich seh es ja an Leo, der schläft den halben Tag, und dann läuft er irgendwelchen Weibern nach.« – »Wie kannst du die beiden vergleichen, da liegen doch Welten dazwischen!«, rief Elia empört. »Ach wie süß«, flötete Margareta gutgelaunt,»Ganz wie du meinst! Aber ja doch, Federico ist ein Engel, wer was anderes sagt, der lügt. Schau mich nicht so giftig an, ich sag kein Wort mehr.« Damit ließ sie Elia stehen.

Ein paar Tage später, als Elia gegen Abend heimkam, wartete Federico auf sie an der Toreinfahrt. Strahlend kam er auf sie zu:»Elia, ich hab dich so vermisst«, als sei sie es, die ihn hatte warten lassen. Dann aber machte er, charmant grinsend, einen Kratzfuß wie ein Kavalier bei Hofe, wedelte mit der Linken eine Reverenz in die Luft und streckte dann mit der Rechten Elia eine rote Rose entgegen, die er hinter seinem Rücken verborgen gehalten hatte. Sollte Elia ihm da noch böse sein?

Glücklich durchschwebte Elia die folgenden Wochen. In der Oper erlebte sie ›Figaros Hochzeit‹. Zum ersten Mal Mozart! Im ersten Akt erschien es ihr, als sprängen vor ihr die Pforten zu einem Paradies auf. Verdis Klangemotionen hatten ihr Gemüt überrollt, Mozarts Musik mochte die Sprache der Seele sein, glühend und elegant, federnd, hurtig und hell, und dazwischen glitzerte Trauer. Vielleicht auch der Tod.

Schon beim Lesen des Textes hatte Elia immer wieder laut gelacht. Gesungen wirkte alles noch komischer, charakteristischer, auch die Handlung, die Situationen. Aber es war ein liebevoller, verspielter Humor, die Musik milderte manche Bosheit, niemand wurde blamiert oder denunziert, nichts war plump oder billig. Selbst leicht vertrottelte Figuren bekamen zauberhafte Melodien, wenn Susanna und Marzelina sich angifteten, blieben sie geistreich, nicht einmal die Begehrlichkeit des Grafen machte ihn zum unsympathischen Lustmolch. Denn auch er war wirklich verliebt, so wie die jungen Leute. Und darum durften sie alle so wunderbar singen. Als Mozart den ›Figaro‹ schrieb, hatte er selbst viel Spaß dabei gehabt. Und verliebt war er auch gewesen, da war sich Elia sicher. Mozart war ein Genie, und seine Musik kam direkt vom Himmel, und doch konnte Elia ihn sich vorstellen, fühlte sich ihm nahe. Ich glaube, Papa ist ein wenig wie er, dachte sie. »Dass du den Mozart lieben wirst und seinen ›Figaro‹, das hab ich gewusst. Aber wer das nicht tut, dem ist nicht zu helfen«, sagte Mariana. »Ob ich wohl irgendwann die Susanna singen kann?«, fragte Elia und wurde rot, allein schon die Idee erschien ihr für eine Anfängerin reichlich vermessen. Doch Mariana antwortete ganz sachlich: »So genau kann man das noch nicht sagen. Wenn überhaupt, dann wohl eher die Gräfin. Beide Rollen sind enorm diffizil, die notwendige Leichtigkeit dafür erwirbst du dir nur durch viel Arbeit. Nirgendwo kannst du weniger mogeln als bei Mozart. Aber du kannst auch nirgendwo mehr lernen, in jeder Beziehung, stimmlich, darstellerisch, musikalisch. Das ist noch so ein Knackpunkt, es gibt nämlich quasi unmusikalische Sänger, so komisch es klingt. Die kommen bei allen möglichen Komponisten ganz gut über die Runden, doch bei Mozart brechen sie gnadenlos ein. Nun gut, die Sorge müssen wir uns bei dir nicht machen.«

Mariana überlegte kurz, dann fuhr sie fort: »Eines können wir ja probieren, wo du gerade so entflammt bist vom ›Figaro‹. Sicher erinnerst du dich an die kleine Cavatina der Barbarina?« – »Oje, die ist so schrecklich traurig«, meinte Elia ganz erschrocken.

»Na ja, in Moll steht sie schon, da hast du recht, aber es gibt schlimmere Fälle«, sagte Mariana trocken. Sie holte den Klavierauszug und setzte sich an den Flügel. »Gut, vierter Akt, erste Szene. Barbarina sucht am Boden nach der Nadel. Ich sing es dir mal vor.« Mariana rückte die Noten zurecht und begann zu spielen, ein kurzes, verzagtes Vorspiel, dann sang sie die klagenden Worte der Barbarina. Das Ganze dauerte keine zwei Minuten. Als sie sich zu Elia umdrehte, liefen der die Tränen über die Wangen. Mariana sprang auf und umarmte Elia:»Ach, mein Häschen, bist du auch so ein empfindliches Gemüt, bestimmte Tonabfolgen, und aus ist es mit der Fassung. Ich hab auch ein paar Stellen, da muss ich mich schrecklich zusammennehmen, sonst heul ich heute noch drauflos.«

Elia hatte Mühe, die richtige Tonfarbe zu finden, erst klang es zu piepsig, dann zu weinerlich, bald wacklig-unausgeglichen, bald zu süß.

Erst in der folgenden Unterrichtsstunde zeigte sie sich zufrieden. Nur die letzte Phrase machte Elia seelisch noch zu schaffen, nun kroch die Gefahr aus der Orchesterbegleitung hervor. Und genau vor Barbarinas letztem, kläglichem »Cosa dira?« schnürte es Elia noch einmal die Kehle zu.

»Das ist nicht recht von Mozart, das darf er mir nicht antun, diese trostlose Trauer«, jammerte Elia.»Ganz sicher kannst du bei ihm nie sein«, meinte Mariana.»Manchmal tut sich mitten im munteren Treiben ein Abgrund auf, aber bevor du begriffen hast, in welche Untiefen du vielleicht hinunterschauen könntest, geht es auch schon hurtig weiter. Das ist nämlich eine Spezialität von ihm: Nie wird er sentimental. Nie suhlt er sich im Jammer. Das gilt auch hier. Gerade, dass der Barbarina noch eine Fermate gegönnt wird, dann eilt auch schon Figaro munter herbei: ›He, was ist los‹?«

Zu Hause erzählte Elia immer ausführlich, was sie in der Unterrichtsstunde gelernt hatte. Jetzt schwärmte sie den Eltern vom ›Figaro‹ vor, und bald waren auch Teresa und Roberto begierig, diese Oper einmal zu hören. Als Mariana davon erfuhr, besprach sie sich mit Pietro:»Ich würde Elias Eltern gerne kennenlernen. Im Moment hab ich Zeit, nachher bin ich wieder viel unterwegs. Die beiden waren nur einmal im Leben in der Oper, in meiner letzten Vorstellung der ›Aida‹, da hab ich sie leider anschließend nicht sehen können. Wärest du einverstanden, wenn ich für uns alle eine Loge besorgte?« Pietro sagte zu, ihn interessierten die Eltern jenes Wunderwesens auch, dem Mariana plötzlich so viel Zeit schenkte. Zum Schluss kam sogar Massimo mit, und so war die Loge schließlich fast überfüllt.

»So ist das also, von nichts kommt nichts«, überlegte Mariana hinterher zu Hause. »Elias Vater ist ein echter Musiker, ich hatte gedacht, der bläst nur in einer Amateurkapelle mit. Aber was die schon alles aufgeführt haben, wie der sich auskennt, und vor allem, was er für ein Gehör hat. Den Wackler beim Terzett hat er gleich gemerkt, er ist richtig zusammengezuckt.«

»Ja, und die Mutter, die hat diesen angeborenen Witz und Theaterinstinkt, den man den Süditalienern nachsagt. Sie hört sich das einmal an und hat zu den Opernfiguren mehr zu sagen als manche Musikwissenschaftler nach jahrelangem Grübeln«, bestätigte Pietro.

Ganz reizende und originelle Leute. Und wie sie miteinander umgehen, so freundlich und liebevoll, da waren sich Mariana und Pietro einig.

»Elia vergöttert ihren Vater. Als er nach dem langen Sitzen etwas Mühe hatte beim Aufstehen, wirkte sie aber erschrocken. Angeblich ist er doch wieder gesund«, überlegte Pietro.

»Ja, das ist mir auch aufgefallen«, meinte Mariana. »Überhaupt war dieser Abend wichtig für mich. So offen sich Elia mir gegenüber gibt, manchmal wundere ich mich über sie. Ein bisschen schlauer bin ich jetzt.«

Auch bei Elia waren alle über die gemeinsame Unternehmung beglückt: »Was für liebenswürdige Menschen, und wie nett sie zueinander sind«, so klang es wie ein Echo. In den Pausen hatten Autogrammjäger Mariana bedrängt, und auch Pietro war von einigen seiner Patienten bewundert worden.

Sie hatten es höflich über sich ergehen lassen und stets darauf geachtet, dass ihre Gäste nicht in den Hintergrund gerieten. Roberto umarmte Elia:»Ich bin so froh, jetzt hab ich mit eigenen Augen gesehen, in welch wundervolle Obhut du geraten bist.«

Mit Federico traf sich Elia am Wochenende, meist am Samstagnachmittag. Als Treffpunkt diente ihnen ein kleiner Platz oberhalb von Elias Wohnung. Sie konnte einfach nicht unpünktlich sein, immer kam sie als Erste. Gleich beim ersten Rendezvous hatte sie fast eine halbe Stunde warten müssen, seitdem versuchte sie mühsam, später zu kommen, und wenn sie dann mit ihrer Zwangsverspätung erschien, bog auch Federico auf seiner Vespa gerade um die Ecke und rief lachend:»Du weißt ja, der Verkehr.« Elia wusste recht gut, wie halsbrecherisch sich Federico zwischen den Autos durchschlängelte, am Verkehr lag es wohl kaum.

Es war noch ungewöhnlich trocken und warm für die späte Jahreszeit, und so brausten sie hinaus zur Via Appia Antica, wo Federico ein lauschiges Plätzchen unter einer Pinie aufsuchte, eine alte Decke hervorzauberte, sie auf dem dürren Gras ausbreitete und Elia neben sich zog.

Im Sommer hatte sich Elia unter ihrem Olivenbaum in Federicos Arme geträumt, jetzt lag sie wirklich neben ihm, blickte in den Himmel und war glücklich, wenn sie so schmusten und sich küssten. Doch manchmal klopfte sie Federico auf die Finger, wie in den Anfangszeiten:»Nein, du, nein, hör auf, ich mag das nicht. Und überhaupt, es könnten Leute kommen.« Worauf Federico beteuerte:»Bestimmt nicht, hierher verirrt sich keiner. Wer sich hier herumtreibt, der will selbst nicht gesehen werden.«

Federico behielt mit seiner Vermutung nur zur Hälfte recht. Beim nächsten Mal nämlich war das Lieblingsplätzchen besetzt. Und wer sich in reichlich entblättertem Zustand aneinander zu schaffen machte, waren Liliana und Gino, einer von Margaretas Verehrern. Immerhin schienen beide nicht darauf erpicht, miteinander entdeckt zu werden, und Federico, der vorausgegangen war, machte auf dem Absatz wortlos kehrt und bedeutete Elia durch ein Zeichen, gar nicht in die Nähe zu kommen.

Er genoss die Situation:»Ha, dieser Gino, ist wie der Teufel hinter Margaretas Geld her und treibt's dann mit ihrer besten Freundin. Ausgerechnet so einer macht mir Vorhaltungen, wie man sich zu benehmen hat, das ist der Gipfel. Aber damit ist Schluss, jetzt hat er Angst, dass ich ihn verpfeife.« Elia fand Federicos Worte zwar etwas sonderbar, aber sie hatte andere Sorgen.»Ich kenn doch Liliana, die würde mir das übel nehmen, dass wir sie ertappt haben. Hoffentlich hat sie mich nicht gesehen.«

Federico lachte höhnisch:»Liliana, die soll ganz still sein, die knutscht doch mit jedem rum!«

Elia musste daran denken, wie sie Robertino nachgestellt hatte, aber dennoch wunderte sie sich:»Liliana? Die tut doch immer so fein. Auf mir hackt sie ständig rum, wenn ich nur den Mund aufmache.«

»Das sind die Schlimmsten«, spottete Federico.»Diese stillen Wasser. Die auch noch zimperlich tun und vornehm. In der Öffentlichkeit erröten sie über den kleinsten Scherz, und nachher kannst du dich vor ihnen kaum retten. Liliana glaubt, dass sie sich alles rausnehmen kann, weil sie doch so furchtbar adelig ist. Letzten Endes hat sie ja recht, für die großen Familien gelten offenbar andere Gesetze.«

»Gehörst du nicht auch dazu?«, fragte Elia irritiert. Bisher hatte sie sich darüber noch nie Gedanken gemacht. Sie hatte sich in Federico verliebt, noch ehe sie wusste, welch fabelhaften Namen er trug.

Federico schmunzelte und legte seinen Arm um sie:»Genau. Deswegen kenne ich mich aus. Aber Anwesende sind ja wohl ausgeschlossen. Komm, Kleines, wir suchen ein anderes Plätzchen.«

Beim nächsten Rendezvous war das Wetter umgeschlagen,

es regnete, kalter Wind fauchte durch die Straßen. Jetzt erwies sich Federicos Unpünktlichkeit als noch lästiger, und als Elia maulend und mit einem großen Schirm bewaffnet loszog, meinte Teresa: »Warum holt er dich nicht hier ab? Vielleicht würden wir ihn auch gerne mal sehen, und du könntest im Trockenen warten.«

Das leuchtete Elia ein, aber Federico winkte geradezu erschrocken ab: »Ach, Eltern, weißt du, sei mir nicht bös, aber das ist nichts für mich.«

Dazu machte er eine derart angewiderte Grimasse, dass es sogar Elia als unhöflich auffiel: »Sehr galant bist du nicht. Meine Eltern hätten dich schon nicht gefressen, und ob ich mir den Tod hole, ist dir wohl egal.«

Doch bevor das schlechte Wetter die Laune trüben konnte, kamen die Semesterferien, und Federico verschwand wieder nach England: »Das ist beruflich sehr wichtig für mich, ich knüpfe gerade Kontakte«, erklärte er Elia.

Kurze Zeit darauf begegneten sich Elia und Liliana zufällig auf der Straße. Seit jenem sonderbaren Treffen im Spätherbst hatten sie einander nicht mehr gesehen, und wie Elia vermutet hatte, spuckte Liliana immer noch Gift und Galle. Zunächst grüßte Elia nur und wollte weitergehen, aber Liliana hielt sie am Ärmel fest: »Ich finde, wir haben noch etwas zu besprechen.«

»Nicht, dass ich wüsste. Du, ich hab es eilig«, sagte Elia entschlossen. Jedes Mal, wenn sie mit Liliana redete, zog sie aus unerfindlichen Gründen den Kürzeren, und darauf hatte sie keine Lust mehr.

Liliana merkte ihren Widerstand: »Ach, du glaubst, du kannst dir jetzt was rausnehmen gegen mich. Aber da täuschst du dich. Was du denkst, ist nämlich ganz egal, kümmere dich lieber um deine eigenen Angelegenheiten!«

Elia blieb die Spucke weg, aber dann überkam sie die Wut: »Lass mich in Frieden! Glaubst du, ich zerbrech mir den Kopf über dich? Mich schert es einen Dreck, mit wem du dich herumtreibst und ob du Margareta den Freund wegschnappst. Das scheint in euren Kreisen ja so Sitte.« Lilianas Stimme rutschte ein paar Töne nach oben: »Ah, gut, dass du davon sprichst, von diesen bestimmten Kreisen. Da kann man sich nämlich so einen kleinen Flirt erlauben, man ist ja unter sich. Damit du es weißt: Mit mir würde sich jeder dieser Burschen liebend gerne verloben. Auch Gino, auch dein wunderschöner Federico. Aber hat er dich schon mal gefragt? Glaub bloß nicht, dass der jemand wie dich jemals heiraten würde, nie im Leben. Ich an deiner Stelle würde vorsichtiger sein, sonst sitzt du eines Tages in der Tinte. Das war es, was ich dir sagen wollte. Oder hattest du was anderes gedacht?«

Elia starrte sie fassungslos an. Sie brachte keinen Ton heraus, fühlte sich wie betäubt. Der Schock kam erst Minuten später. Elia musste sich an eine Hauswand lehnen, ihr wurde schlecht. Dann stampfte sie mit dem Fuß auf; wenn Liliana noch da gewesen wäre, hätte sie ihr einen Fußtritt versetzt. Sie schleppte sich in einen Bus und fuhr zu Gwendolyn. Seitdem Elia die Schule abgeschlossen hatte und Gwendolyn ins Gymnasium ging, sahen sie sich zwar nicht mehr so häufig, aber an ihrer Freundschaft änderte das nichts.

»Natürlich hat sie Angst vor dir«, meinte Gwendolyn, nachdem Elia heulend die Geschichte erzählt hatte, »und da wird sie unverschämt, das ist bei arroganten Leuten so ein Mechanismus. Angst, dass du Margareta die Geschichte erzählst, das wäre ihr nämlich keineswegs gleichgültig. Die Männer aus ihren fabelhaften Kreisen mögen ihr nachlaufen, aber wenn sie es sich mit den Weibern verdirbt, sind plötzlich alle solidarisch, dann wäre das sehr peinlich. Gut, das ist das eine. Was ich mir auch noch vorstellen könnte: Vielleicht ist sie bei Federico abgeblitzt...« Gwendolyn zuckte ratlos die Schultern.

Elias Laune besserte sich: »Robertino findet sie auch grässlich, eine blöde Schnepfe hat er sie genannt.« Jetzt lachte sie sogar. »Liliana redet dauernd von Verlobung und Heirat. In unserem Alter, wie findest du das?«

Gwendolyn schüttelte sich: »Ich hab noch nicht mal Abitur. Und dann will ich studieren, was lernen, in der Welt herumfahren, und, und, und. Ehemänner, du lieber Himmel. Aber jetzt sag mir mal, wie geht es mit dem Singen?«

Doch so eifrig Elia auch erzählte, Gwendolyn behielt ein ungutes Gefühl: Irgendetwas stimmte nicht mit diesem Federico. Womöglich waren Lilianas freche Andeutungen nicht ganz aus der Luft gegriffen. Sie kannte Federico nicht, aber von der Familie hatte sie schon gehört: Uralter Adel und kein Geld, dazu noch zwei Töchter und irgendein Skandal, berauschend hatte es jedenfalls nicht geklungen. Gwendolyn hütete sich, Elia etwas davon zu sagen, aber sie wollte sich schnellstens genauer erkundigen.

Als Federico und Elia sich nach seinem Englandaufenthalt wieder trafen, blickte er ihr tief in die Augen, wühlte in ihren Haaren, presste sie an sich und murmelte ihr ins Ohr: »Wir müssen ganz, ganz lieb zueinander sein.«

»Sind wir das denn nicht?«, fragte Elia unsicher.

»Doch, doch, schon«, sagte er immer noch ganz leise. Er ließ die Arme sinken, schaute erst weg, dann wieder hin zu Elia, schließlich, nach einer Weile, fing er wieder an: »Ja, also... Du, ich hab eine Dummheit gemacht...«, dann schwieg er wieder. Elia zog erschrocken die Augenbrauen hoch, aber weil sie nichts sagte, räusperte sich Federico und setzte erneut zum Sprechen an: »In England, weißt du...« Nach einem weiteren Hüsteln holte er Atem, klappte den Mund auf – und dann wieder zu. Plötzlich erschien auf seinem Gesicht das alte charmante Strahlen: »In diesem komischen England, siehst du... da hab ich mich erst so richtig in dich verliebt.«

Elia saß der Schrecken noch in den Gliedern. Auch sonst fand sie seine Späße nicht immer komisch, aber diesmal blieb sie, auch als er lachte, immer noch wie erstarrt. Schon als er sie in die Arme genommen hatte, war etwas in ihrem Inneren ängstlich zusammengezuckt und hatte sich unter seinen Worten vollends geduckt, als wollte es sich gegen einen Schlag schützen.

Federico war nun wieder ganz munter:»Ach, Kleines, ich bin schon ein Dummkopf, verzeih mir, komm, schau mich wenigstens an.« Schließlich löste sich Elias Erstarrung, aber lachen mochte sie noch eine ganze Weile nicht.

»Komm, steig auf, ich zeig dir ein hübsches Café, da gibt es die besten Törtchen von ganz Rom«, schlug Federico vor, und schon brausten sie los, halsbrecherisch wie immer, zu einem der Seitengässchen hinter der Piazza di Spagna. In dem altmodischen Raum standen nur wenige Tischchen, und Elia und Federico machten es sich auf einem der samtüberzogenen Sofas bequem. Sie waren um diese Zeit die einzigen Gäste. Federico redete wie ein Wasserfall:»Diesmal bin ich in England schier erfroren. Du musst dir vorstellen, ein uraltes Schloss, hunderte von Zimmern, in den meisten hausen nur Gespenster, und es gibt keine Heizung, nur diese offenen Kamine, darin könntest du einen Ochsen braten, aber heizen tun sie nicht. Die Herren tragen Tweedjacken und Pullover, die Damen laufen in ärmellosen Kleidchen herum und behaupten, es herrsche doch ein gemäßigtes Klima. Ach, und was sie mit dem Essen anstellen, schauderhaft. Alles schmeckt irgendwie gleich, im besten Fall nach gar nichts.«

Elia kam gar nicht zu Wort. Wenn Federico es darauf anlegte, konnte er sehr komisch erzählen und seine Zuhörer um den Finger wickeln. Nach dem ersten Törtchen und Kaffee bestand Federico auf einer weiteren Spezialität des Hauses, einem»absolut phantastischen Drink«. Zugleich legte er den Arm um Elia und drückte sie immer fester an sich. Bald schwirrte Elia der Kopf. Sie lachte wieder, aber sie wunderte sich auch.

»Ich habe gedacht, du studierst, und jetzt erzählst du von der Entenjagd. Seit wann interessierst du dich für so was?«

Statt einer Antwort bestellte Federico einen weiteren Cocktail. Diesmal war noch mehr Wodka drin. Er griff nach Elias Hand: »Denkst du noch an unsere Pinie? Ich möchte jetzt neben dir liegen und dich an mich drücken und küssen.« Er senkte die Stimme und flüsterte: »Ich hab von Gino den Schlüssel, wir könnten in seine Wohnung gehen.« Elia fuhr zusammen und verschluckte sich an ihrem Getränk. »Er will sich gut mit mir stellen. Der schweigt wie ein Grab«, erklärte Federico und verlangte die Rechnung.

Kurze Zeit später stolperte Elia kichernd und kopfschüttelnd die Treppe zu Ginos Zimmer hinauf: »Also ich weiß nicht! Huh, mir dreht sich alles.«

Sich kurz einmal hinlegen, was für eine gute Idee! Irgendwann schreckte Elia aus ihrem genüsslichen Halbdämmer auf. Nach einem kleinen Gerangel hatte sie ihren Rock wieder über die Knie gezerrt und hielt ihn nun mit der einen Hand krampfhaft fest, während sie mit der anderen Federicos Gefummel abzuwehren suchte. Die Nebel in ihrem Kopf verzogen sich; als sie Federico ins Gesicht sah, bekam sie eine Gänsehaut; seine Züge waren hart, seine Augen glitzerten sonderbar. Er wollte sie beruhigen und bereden: »Du, das ist so schön, hab keine Angst, ich pass schon auf.«

Aber Elia blieb stocksteif liegen, dann wand sie sich aus seinen Armen, sprang auf die Füße und schrie: »Ich will weg hier! Ich will heim!« Etwas in ihr war aufgescheucht, sie hatte Angst.

Der kühle Abendwind blies bei der Heimfahrt Elias Verwirrung davon. Dafür stieg Ärger in ihr hoch: Hatte Federico sie hereinlegen wollen? Und auch noch nach einem ausgetüftelten Plan: die Schlüssel, das Zimmer und vorher die Cocktails, die sie fröhlich in sich hineingekippt hatte, ohne zu ahnen, wie viel Alkohol sie enthielten. Woher sollte sie das wissen, zu Hause trank sie allenfalls ab und zu ein Glas Wein. Sie musste darüber nachdenken, sie wollte nicht streiten, nicht lange reden, nur noch allein sein.

»Bist du mir böse? Ich hab halt gemeint …«, murmelte Federico vor Elias Haustür matt.

Jetzt fauchte Elia doch:»Was? Was hast du gemeint? Wenn ich sie erst mal in diesem Zimmer habe, dann tut sie schon mit, ha?«

Federico wusste nicht so recht, was er sagen sollte:»Na ja, deine Freundinnen, die machen das doch auch, oder? Die sind doch auch nicht so prüde, und …«

Elia regte sich auf:»Was für Freundinnen? Am Ende Liliana! Ein schönes Vorbild. Und was heißt hier prüde? Ich bin nicht prüde, ich bin aus dem Süden, und da denken wir über viele Sachen anders als ihr hier.« Elia schnappte nach Luft und rannte die Treppe hinauf.

In der Küche stand ihre Mutter vor einem Berg Bügelwäsche, ihr Kopf war durch die Hängelampe verdeckt. Während sie weiterbügelte, meinte sie in Richtung Tür:»Du kommst spät, war es wenigstens nett? Hast du noch Hunger, ich kann dir was aufwärmen?« Elia knurrte nur etwas, und Teresa fuhr fort:»Ich hab heute Margareta vor dem Haus angetroffen. Sie hat sich nach dir erkundigt, ausgesprochen freundlich und nett. Sie würde dich gerne zum Tee einladen, wenn du magst, morgen, sag ihr Bescheid. Irgendwie sah sie mitgenommen aus, vielleicht hat sie Liebeskummer.« Da Elia immer noch schwieg, stellte Teresa das Bügeleisen ab und machte einen Schritt auf ihre Tochter zu.»Ja und du, wie siehst denn du aus? Du lieber Schreck, käsebleich, mein armer Schatz.« Sie nahm Elia in den Arm:»Ach Gott, Mädel!«

Elia machte sich los:»Mamma lass, bitte, ich gehe jetzt schlafen.«

Als Elia am nächsten Vormittag mit den Eltern in die Kirche ging wie jeden Sonntag, schwieg sie sich so nachdrücklich über den vergangenen Abend aus, dass sie zu ihrer Erleichterung auch nicht gefragt wurde. Sie hatte schreckliche Sachen geträumt, an die sie sich beim Aufwachen nicht mehr erinnern konnte. Nur ein schales Gefühl war hängengeblieben, über das sich Elia schließlich selbst wunderte: Gut, Federico hatte sich schäbig benommen und von seinem Glanz als Kavalier sehr viel eingebüßt. Aber er hatte doch kein Verbrechen begangen. Und wirklich böse war sie inzwischen auch schon nicht mehr auf ihn. Dennoch mochte sich etwas in ihr nicht beruhigen. Auch die Aussicht auf eine Teestunde bei Margareta konnte sie nicht fröhlicher stimmen. Am liebsten hätte sie abgesagt, aber seit der Geschichte mit Liliana hatte sie Margareta gegenüber irgendwie ein schlechtes Gewissen. Vielleicht hätte sie ihr doch etwas sagen müssen? Jetzt weiß sie offenbar Bescheid, dachte Elia, und will in Erfahrung bringen, wie viel ich davon gewusst habe. Vielleicht braucht sie mich auch nur als Lückenbüßer, wie schon in der Schulzeit, wenn sie mit Liliana Krach hatte.

Margareta hatte im Dachterrassenzimmer decken lassen, stilvoll mit zartbestickter Tischdecke, kleinen Servietten und einem hübschen Blumenservice. Als Elia ins Zimmer kam, stand Margareta auf:»Wir haben uns so lange nicht gesehen. Wo magst du sitzen, vielleicht hier auf diesem Sessel, da hat man die schönste Aussicht.« Elia war überrascht vor Margaretas förmlicher Höflichkeit. Hoffentlich blieb sie dabei und verspritzte nicht doch noch ihr Gift. Beim Anblick der Törtchen rührte sich Elias Sinn für Komik: schon wieder, oh Gott! Vielleicht werden auch noch Cocktails aufgetischt, und ich lande wieder wer weiß wo, dachte sie.

Eine Zeitlang plauderten sie ganz artig zusammen. Margareta schwärmte von ihrem Pferd, mit dem sie beim Dressurreiten schon ein paar Preise gewonnen hatte. Sie wollte wissen, ob Elia das Conservatorio bereits abgeschlossen hatte.

»Nein, noch nicht, die Abschlussprüfung kommt noch und dann die Aufnahmeprüfung für die Accademia«, erklärte Elia. Dann platzte sie heraus:»Dass du das fragst! Du hast tatsächlich bessere Manieren als gewisse andere Leute. Was für mich enorm wichtig ist, interessiert die offenbar nicht, sie reden nur über sich.«

»Ja, ja, so sind sie wohl, diese wirklich feinen Leute«, knurrte Margareta und stocherte in ihrem Kuchen. Dann schob sie entschlossen den Teller weg:»Gut, da wären wir auch beim Thema: Wie findest du es, dass mir Liliana Gino weggeschnappt hat?«

Elia wurde rot, als habe sie die Untat selbst begangen:»Mies, ausgesprochen mies. Aber sie ist deine Freundin, nicht meine. Ich hab sie nie besonders gemocht.«

Margareta schüttelte den Kopf:»War sie. Darauf kannst du dich verlassen. Ich bin in Gino nicht verliebt, aber ich kann ihn gut leiden. Er ist bestimmt kein Kirchenlicht, aber lustig und sportlich und angenehm, und er hat mir den Hof gemacht, das hat mir gefallen – und Liliana hat das gewusst. Von so einem lässt man doch die Finger, oder? Nun ja, vielleicht schmeißt sie sich einfach an jeden ran, was meinst du?«

Elia war erleichtert über die Wendung, die das Gespräch zu nehmen schien, zudem grämte sie sich immer noch über Liliana:»Das kann schon sein. Robertino hat sie auch nachgestellt, der fand das mehr als sonderbar, dass ihm ein junges Mädchen Avancen macht.«

Margareta lachte schadenfroh. Dann kam doch noch die gefürchtete Frage:»Sag mal, du hast das wohl auch schon eine Zeitlang gewusst, das mit Liliana und Gino. Ich glaube, ich bin die Letzte, die es erfahren hat.«

Elia geriet ins Stammeln:»Ja, schon. Ich hab sie zusammen gesehen. Das Ganze war mir peinlich genug, glaub mir. Natürlich hab ich überlegt, ob ich dir was sagen soll. Aber dann hab ich mir gedacht, das muss Liliana selbst tun. Eigentlich war ich mir sicher, dass sie es tun wird, so wie ihr befreundet seid.« Sie schaute Margareta ins Gesicht und fuhr fort:»Ehrlich gesagt, ich hab wirklich nicht gewusst, was ich machen soll. Was ich auch tue, es wird falsch sein, so kam es mir vor, aber wahrscheinlich glaubst du mir das nicht.«

Margareta reagierte erstaunlich gelassen:»Doch, doch, ich glaub dir. Ich kann mir das vorstellen. Man will sich nicht einmischen. Vor allem, wenn man den Eindruck hat, dass der andere es gar nicht hören möchte.« Sie fasste Elia scharf ins Auge: »Jetzt will ich dir mal was sagen: Mein Vater hat uns immer gepredigt, bloß weil wir Geld hätten, seien wir noch lange nichts Besseres. Na ja, besonders imponiert hat uns das nicht, denn Geld bringt verdammt viele Vorteile. Nur, hat man das wirklich nötig?« Sie machte eine kleine Pause, dann fragte sie plötzlich: »Mit Federico, hast du was mit dem?«

»Nein, aber er hat's versucht«, stotterte Elia.

»Wann?«, fuhr Margareta dazwischen, als ob das besonders wichtig wäre, und auf Elias klägliches »Gestern« brach sie wieder in ihr schrilles Lachen aus: »Allerhand!« Dann aber spann sie einen anderen Gedanken weiter: »Wenn ich mir was in den Kopf setze, dann krieg ich das auch. Das hab ich von meinem Großvater geerbt, zusammen mit seinem Sinn für Qualität: ›Das Beste ist gerade gut genug.‹ Im Moment weiß ich noch gar nicht genau, was ich will, heiraten und der ganze Quatsch interessieren mich noch nicht. Aber so viel versprech ich dir: Diese feine Liliana wird sich noch wundern.«

Wie durch Watte drangen Margaretas Worte an Elias Ohr. Zwar saß sie ganz still auf ihrem Stuhl, aber in ihrem Inneren mühte sich etwas, wand sich über einen steinigen, steilen Weg, suchte nach Halt. Drunten gähnte der Abgrund. Sie schloss die Augen. Aber es half nichts. Sie riss die Augen wieder auf und drückte sich fester gegen die Stuhllehne, als sei sie eine Felswand. Margareta hatte aufgehört zu reden. In die Stille hinein tropfte Elias Frage: »Was ist los mit Federico?«

Wieder war es still. Schließlich fragte Margareta: »Was hat er dir von England erzählt?« Elia hörte auf zu atmen, ihr wurde schwindelig, sprechen konnte sie nicht. Zögernd fuhr Margareta fort: »Ja, das hab ich mir gedacht. Also gut, es gibt da eine Dame, nicht mehr ganz taufrisch, so eine rothaarige, weiße Made, wie sie nur in England herumlaufen, die ist steinreich – und sie hat sich in unseren schönen Federico verliebt. Und jetzt, bei seinem letzten Aufenthalt, da haben sie sich verlobt. Im Sommer, wenn es wärmer ist, findet die offizielle Verlobung statt, mit Pomp und Gloria, ein paar Tage lang, Leo ist schon eingeladen, der hat es mir erzählt.« Elia strauchelte; in einem Reflex, kurz vor dem Niederstürzen, streckte sie hilfesuchend die Hand aus. Margareta sprang auf und packte ihre Hand. Sie setzte sich auf die Sessellehne und sprach auf Elia ein:»Na, na, ganz ruhig, pscht . . .« Elia tat einen Atemzug, ihr Herzschlag setzte wieder ein. Sie fing an zu zittern und zu stöhnen. Dann aber bäumte sie sich auf, ballte die Fäuste und knirschte mit den Zähnen, warf den Kopf hin und her, angeekelt, mit verzerrtem Gesicht, grollend und fauchend wie ein zorniger Löwe.

»Dieser Schuft, dieser gemeine Schuft«, stieß sie hervor. Endlich kamen die Tränen, ganze Sturzbäche, Margareta reichte ihr eine der zierlichen Servietten und dann noch eine. Einen Augenblick lang waren sich die beiden Mädchen ganz nahe.

Irgendwann ging Margareta an ihren Platz zurück, und Elia beruhigte sich. Alles tat ihr weh, der ganze Körper, ihre Seele. Sie fühlte sich wie vergiftet, etwas Widerliches hatte sich ausgebreitet in ihr, eine Mischung aus Ekel und Scham.

»Er ist ein Schwein, von mir aus ein charmantes Schwein, was soll man sonst dazu sagen«, meinte Margareta schließlich. Elia schnaubte nur hilflos. Margareta fuhr fort:»Gino ist ein armseliges Würstchen, mag ihn der Teufel holen, ich schenk ihn Liliana. Immerhin scheint er ein schlechtes Gewissen zu haben, er hat sich seit Wochen nicht mehr bei mir blicken lassen. Im Gegensatz zu Liliana, ständig scharwenzelt sie um mich herum und tut mir schön, so was von scheinheilig und verlogen. Na, die knöpf ich mir jetzt vor! Und du, du musst es Federico zeigen. Lass dich bloß nicht unterkriegen von ihm. Klar, ich hab gut reden, du bist ganz anders als ich, viel zu zart besaitet. Aber du hast schon Fortschritte gemacht. Früher hättest du nur still in dich hineingeweint, jetzt bist du wenigstens wütend.«

Zu Hause sank Elias zorniger Elan erst einmal in sich zusammen. Wie in ihren Kindertagen verkroch sie sich in ihr Bett, zog sich die Decke über den Kopf und verfiel in eine Art Totenstarre, nicht einmal weinen mochte sie mehr. Schließlich kam ihre Mutter in ihr Zimmer. Sie lüpfte ein wenig die Decke und streichelte Elias Wangen: »Hast du Streit mit Margareta gekriegt?«

»Ach was, Margareta«, rief Elia doch erstaunlich lebendig. »Federico! Dieser gemeine Kerl! Er hat sich verlobt! In England!«

»Verloben, wer will sich denn verloben?«

»Ich nicht«, klagte Elia. »Aber er hat's getan. Mit einer hässlichen, alten Engländerin.«

»Hat er dir das gestern gebeichtet? Warst du darum so durcheinander«, fragte Teresa in der Hoffnung, etwas zu begreifen.

Elia schluchzte auf: »Oh nein, ganz und gar nicht. Dazu war er viel zu feige. Das hat Margareta besorgt.«

Jetzt kam auch noch der Vater ins Zimmer. Bestürzt umstanden die Eltern die jammernde Tochter: So also sah Liebeskummer aus! Roberto und Teresa waren so ziemlich die einzigen Menschen, die das nicht aus eigener Erfahrung kannten. Immerhin, so viel begriffen sie auf der Stelle: Elia war todunglücklich und musste getröstet werden.

Padre Ironimo erschien und kochte seine komplizierteste Pasta, Onkel Enzo brachte Besuch aus dem Zoo mit, Elias uraltes Lieblingskaninchen, das in der Küche herumhoppelte und überall kleine Kügelchen hinschiss. Laura schickte aus Salerno ein selbstgebackenes giftgrünes Kuchenherz mit einem rosaroten Zicklein drauf, der Vater spielte Flöte, die Mutter nähte Elia ein Kleid, das immer wieder anprobiert werden musste. Sogar Robertino tauchte auf: Er habe einen würdigen neuen Besitzer für den Bugatti gefunden. Am Morgen hatte er mit dem Vater noch ein letztes Ersatzteil eingebaut, und anschließend waren die beiden zu einer Probefahrt gestartet.

Jetzt schlug er auch Elia eine Spritztour vor: »Machen wir noch eine kleine Fahrt, komm, Elia, setz dich neben mich.«

Es war der erste Samstag seit jenem fatalen Treffen mit Federico, und Elia hatte sich geschworen, den Untreuen nie, nie mehr sehen zu wollen. Selbst für den Fall, dass er am Treffpunkt auftauchen sollte, sie würde sich nicht dorthin bequemen! Oder vielleicht doch? Noch ein einziges, letztes Mal? Um dem Schurken so richtig die Meinung zu sagen? Elia war dankbar und froh, dass Robertino ihr die Entscheidung abnahm.

Sie kannte den Wagen in allen möglichen Stadien, nur springlebendig hatte sie ihn noch nicht erlebt. Als sie den Motor jetzt zum ersten Mal aufheulen hörte, klang das für sie wie der Freudenschrei eines kraftvollen Tieres, das nach todesähnlichem Schlaf endlich wieder zum Sprung ansetzten konnte.

Voller Herzklopfen versank Elia in das lederne Polster, alle ihre Sinne streckten die Fühler aus, das Vibrieren und Brummen, das Schimmern und Duften behagte ihnen sehr. Elias verstörtes Gemüt kam zur Ruhe. Als hielte jemand seine Hand über sie, so sicher fühlte sie sich und geborgen. Sie sah hinüber zu Robertino. Mein großer Bruder, dachte sie glücklich und stolz, er schützt mich! Es kann mir gar nichts Böses geschehen.

»Wohin jetzt?«, wollte Robertino wissen.

»Zur Via Appia Antica«, befahl Elia tapfer entschlossen. Von Weitem winkte sie heimlich ihrer Pinie zu.

Schließlich hielt Robertino an: »So, jetzt fährst du. Setz dich mal ans Steuer.«

Elia stotterte vor Aufregung: »Ich doch nicht! Der schöne Wagen. Wenn was passiert ...«

Robertino beachtete ihre ängstlichen Einwände nicht. »Du kannst das, du hast gut zugeschaut, das hab ich gemerkt. Ich pass schon auf.«

Elia fuhr los, in den ersten, in den zweiten, in den dritten Gang, friedlich holperte der Wagen die uralte Straße entlang.

»Ich glaube, er erkennt mich, er mag mich«, flüsterte Elia wie im Traum.

»Warum nicht, du und Papa, ihr habt ihn lange genug gesund gepflegt«, meinte Robertino.

Als Elia auf Robertinos Anweisungen wieder zum Stehen kam, fragte er sie:»Und, wie gefällt dir das Autofahren?« Elia schloss die Augen und streichelte mit einem genüsslichen Brummen über das Lenkrad und die edle Holzarmatur. Robertino lachte.»Gut, dann üb mal schön mit dem Papa und mach dein Patentino. Ach ja, und zum Üben gehört ein Auto. Dafür nimmst du jetzt das hier.«

»Aber du willst es doch verkaufen«, unterbrach ihn Elia verwundert. Robertino schaute sie an:»Wieso denn? Das hab ich nicht gesagt. Ich verschenke es lieber. Aber nur in ganz gute, fürsorgliche Hände. Elia, es gehört dir!«

Elia starrte ihren Bruder entgeistert an:»Mir, ich, ein Auto, dieses Auto...«

»Warum nicht? Es gefällt dir doch. Ich weiß, was du denkst: zu luxuriös! Ein Bugatti! Nun gut, etwas anderes haben wir eben nicht. Ein Reitpferd, das wäre übertrieben. Aber ein Auto, so was bastelt sich unsereins doch mit Links, du hast es selbst miterlebt«, sagte Robertino.

Elia konnte es nicht fassen:»Aber das viele Geld! ›Dieser Wagen ist unbezahlbar. Wem ich ihn verkaufe, den schröpf ich so richtig, der muss ganz tief in die Tasche greifen‹, das hast du doch immer gesagt.«

Robertino nickte:»Weil ich ihn eigentlich nie hergeben wollte! Inzwischen gehört er schon zur Familie. Als ich mit dem Herrichten angefangen habe, war ich verdammt knapp bei Kasse. Jetzt verdiene ich mehr, als ich brauche, und wenn ich will, kann ich jeden Tag mit einem anderen Wagen herumfahren. Da können wir uns doch den Luxus erlauben und unseren kleinen Liebling behalten, meinst du nicht auch?«

Elia gab ihrem Bruder einen Kuss:»Ach, Robertino, wie lieb du bist. So was wie mit dem Bugatti, das kannst nur du dir ausdenken. Aber ich glaube, das dauert noch ein Weilchen, bis ich begreife, dass er mir gehören soll. Was anderes hab ich schon jetzt mitgekriegt: Dass du mir helfen willst und dir Sorgen um mich machst und für mich da bist. Das ist auch ein tolles Geschenk.«

»Was bleibt mir schon übrig«, brummelte Robertino. »So langsam wirst du erwachsen, da muss ich aufpassen auf dich.« Elia lachte verlegen. Einen Augenblick zögerte sie, dann gab sie sich einen Ruck: »Da ist was, das hab ich den Eltern gar nicht erzählt, die regen sich schon genug auf. Also, ich hab eine Frage: Wenn du dich mit der einen verlobst, würdest du dann die andere noch ins Bett zerren wollen ...?«

Weiter kam sie nicht, Robertino schnellte wütend hoch: »Wieso? Was soll das heißen? Was ist da passiert? Antworte!«

»Nichts, gar nichts, nichts ist passiert«, rief Elia beschwichtigend. Dann erzählte sie ihm die Sache mit den Cocktails. Und dem Zimmer. »Dass er mich angelogen hat oder zu feige war, schlimm genug. Aber dass er mich nicht in Ruhe lässt, wo doch für ihn längst alles aus ist, das versteh ich nicht. Ich versteh es nicht«, schloss sie mit schwankender Stimme.

Robertino schluckte seine Wut so gut es ging hinunter: »Was ist da nicht zu verstehen? Dass ein Mädchen einem gewissenlosen Schuft auf den Leim kriecht, so was soll vorkommen, oder? England ist weit, warum soll ich mich nicht in der Zwischenzeit nach Kräften amüsieren? Die eine erfährt davon nichts, und die andere ist doof genug mitzumachen, das hat sich dein sauberer Verehrer gedacht. Vielleicht gefällst du ihm besser als seine englische Madam. Du meinst, ich soll dir sagen, was in den Männern so vorgeht? Es tut mir leid, ich will dich nicht noch mehr kränken, aber wenn ein Mann sich einer Frau gegenüber so benimmt, dann hält er nicht viel von ihr, ihre Gefühle sind ihm egal.« Elia war schneeweiß im Gesicht, sie saß da wie ein Häuflein Elend. Robertino griff versöhnlich nach ihrer Hand: »Komm, Dummerle, wie du dich angestellt hast, das war nicht gerade intelligent. Da schadet es nichts, wenn du ein paar Erfahrungen sammelst. Möglichst früh, dann bist vor weiteren Enttäuschungen und Pannen hoffentlich gefeit.« Halb im Scherz fügte er noch hinzu:»Der Kerl hat Glück, dass wir keine Sizilianer sind. Sonst hätte er jetzt ein Messer im Bauch.«

Noch von einer anderen Seite erhielt Elia Zuspruch, und zwar durch Gwendolyn. Was sie über Federico herausbekommen hatte, war für eine Warnung zu spät, erklärte aber doch sein Verhalten. Seine Familie war in der Tat bis über die Ohren verschuldet, Federicos Verlobung mit einer Brauereierbin bedeutete also Rettung aus höchster Not.

»Der Vater entgeht dem Gefängnis, die Mutter löst das Tafelsilber aus dem Pfandhaus aus, und die Schwestern dürfen wieder auf eine standesgemäße Heirat hoffen. Der Arme, jetzt tut er mir richtig leid, er hat sich auf dem Altar der Familie geopfert. Das ist höhere Gewalt, Elia, das hat nichts mit dir zu tun«, meinte Gwendolyn und klopfte Elia aufmunternd auf die Schulter.

Bis zur nächsten Unterrichtsstunde bei Mariana hatte sich Elia einigermaßen beruhigt, wie ihr schien. Sie wollte sich in ihre Arbeit stürzen, mit ganzer Kraft, und die Männer mochte der Teufel holen, allesamt, so viel stand fest. Am besten, man dachte nicht mehr an sie und sprach auch nicht über sie, nicht einmal mit Mariana.

Doch schon nach der ersten Übung rief Mariana entgeistert:»Was ist los mit dir, du bringst die Zähne ja kaum auseinander, die Luft bleibt dir weg, deine Kinnlade ist wie aus Eisen, alles an dir ist ein einziger Krampf! Bist du krank?« Sie sah Elia besorgt an, die biss die Zähne noch fester aufeinander und schwieg.»Ist was mit dem Vater los?«, wollte Mariana wissen. Elia schüttelte den Kopf und schlug die Augen nieder.»Ach, Kind, Liebeskummer, hm«, sagte Mariana gedehnt, dann fuhr sie fort:»Es hilft nichts, darüber müssen wir uns leider unterhalten. Setzen wir uns lieber hin. Den Sinn des

Lebens werden wir auf die Schnelle nicht ergründen, aber vielleicht doch ein paar Gesichtspunkte, auf die es uns hier ankommt.« Ihre Stimme klang herzlich, aber bestimmt. »Also: Jedem widerfährt im Laufe der Jahre alles Mögliche an Schönem und Hässlichem, an Lustigem und Traurigem, an Glück und Ungemach. Die einen werden vom Leben gebeutelt, die anderen verhätschelt, und jeder reagiert auf seine Weise, regt sich auf über jeden Dreck oder muckst nicht auf noch unter den schrecklichsten Schicksalsschlägen, je nach Laune und Temperament.

Aber es gibt eine Sorte von Menschen, die darf sich keine Launen leisten. Das sind die Artisten. Die im Zirkus nicht – und nicht die auf der Bühne. Der Mann am Trapez hat nur seinen Körper und seinen Verstand, und wenn er sich auf die beiden nicht völlig verlassen kann, dann ist es nicht gut um ihn bestellt, und womöglich noch schlechter um seine Partnerin, die er auffangen will. Ein Löwenbändiger, so kommt es mir vor, sollte, wenn er miserabel beieinander ist, nicht zu seinen Löwen gehen, die sind im Zweifelsfall sensibler als die Menschen. Ein unkonzentrierter, aber routinierter Dirigent kann immer noch ungestraft sein Orchester dirigieren, der Dompteur riskiert dabei, dass ihn seine tierischen Mitarbeiter anfallen und sogar töten.

Damit wären wir bei uns, den Sängern. Denn unsere Seelenverfassung schlägt sich auch körperlich nieder und beeinflusst unweigerlich unsere Stimme. Ich habe irgendwann gesagt: Traurige Vögel singen nicht. Aber nicht, weil sie nicht wollen, sie können es nicht. Wenn die Organe, die Muskeln, bestimmte Körperteile allzu verkrampft sind, dann entsteht kein Ton mehr, zumindest kein Gesangston. Schon beim normalen Sprechen wirkt sich die Gemütslage unmittelbar auf die Stimme aus, etwas schnürt dir die Kehle zu oder du wirst heiser, aber dass es einem ganz und gar die Stimme verschlägt, das geschieht doch eher in den Romanen, ganz, ganz selten im echten Leben. Ein indisponierter Schauspieler kann sich irgendwie durchlavieren, womöglich wird er gelobt für die interessante, ungewöhnliche Gestaltung seiner Rolle. Aber wir? Krächz dich einmal einen Abend lang durch, versuch es, abgesehen davon, dass es dir nicht gelingen wird, dürfte es dir wenig Lob einbringen.

Kurzum, ganz egal, wie es um uns steht, über unser Instrument, das heißt unseren Körper, unsere Seele, unseren Geist, müssen wir absolut zuverlässig verfügen können. Ganz wie die Zirkusartisten. Siehst du, du hast jetzt Liebeskummer, und schon ist die Stimme weg, ihre Farbe, ihr Klang. Ja, wenn das so ist, wirst du beschließen, von jetzt an aufzupassen, dass dir niemand mehr zu nahe tritt und dich nichts mehr verletzt, nichts erschüttert. Schrecklicherweise gibt es wirklich Sänger, die versuchen das. Manche haben sogar Erfolg damit, schauderbar. Singmaschinen, wie die chinesische Nachtigall, ohne Fehl und Tadel, nur leider lässt uns die Stimme kalt. Denn das ist das Dumme an unserem Metier: Zwar sind wir angewiesen auf die einwandfrei funktionierende Mechanik unseres Gesangsapparats, aber der kleine Funke, durch den die Töne überhaupt zu Herzen gehen, der entsteht irgendwo, sagen wir im Himmel, und für den müssen wir sperrangelweit offen bleiben, in unserer Seele, unserem Gemüt.« Mariana schaute Elia an und lachte. »Das klingt jetzt schwieriger, als es ist, und daneben ist es noch komplizierter, als du denkst. Üben, üben, üben! Daran führt nichts vorbei. Du musst alles so gut beherrschen, zu einhundertfünfzig Prozent, dass keiner etwas davon merkt, wenn du aus irgendeinem Grund einmal nur über einen Teil deiner Kräfte verfügst. ›The show must go on, und wie es da drinnen aussieht in dir, geht niemand was an‹, das ist ein eisernes Sängergesetz. So hart es klingen mag, es hilft einem auch. Wenn du es wirklich vorhast und voll und ganz dafür eintrittst, Elia, dann lernst du das auch. Wir anderen haben es auch geschafft.

Allerdings, so kommt es mir inzwischen vor, war ich sturer als du, ich glaube, das ist mein russisches Erbteil. Weder mein

Körper noch meine Nerven haben mir jemals einen totalen Strich durch die Rechnung gemacht, und ich hab mich nicht einmal besonders anstrengen müssen. Aber letzten Endes ist das Nebensache, es gibt Seelenmimosen, die sind Weltklasse, und zuverlässige Schlachtrösser, die bringen es nicht übers Stadttheater hinaus. Vielleicht fehlt es denen an dem letzten Quäntchen Empfindsamkeit, und das kann man am allerwenigsten lernen. Über alle Fähigkeiten, die ein Sänger nachher braucht, verfügt am Anfang kein Mensch. Hauptsache, sie sind in der Anlage vorhanden, dann kann man sie liebevoll entwickeln.

Und das machen wir auch bei dir. Nehmen wir gleich die heutige Situation: Du bist traurig, und *rien ne va plus*. Das darf nicht vorkommen. Erst mal zum Körper: Du musst noch viel besser lernen, dich zu entspannen. Nicht nur, wenn du schlecht drauf bist, ganz allgemein, das ist ja klar. Vom Schädeldach bis hinunter zu den Füßen, alles musst du spüren, alles muss mitschwingen wie in einem großen Instrument. Wir haben das schon x-mal geübt, aber wenn es drauf ankommt, vergisst man es wieder. Also stell dich hin, deine Fußsohlen nehmen Kontakt auf zur Erde . . .«

Geduldig ging Mariana die Körperübungen durch, die Elia in der Katastrophenzeit tatsächlich vergessen hatte. Der Rest der Stunde verging im Nu. »Heb dir die große Romantik auf für deine Rollen«, sagte Mariana zum Abschluss, »wir Sänger haben das wunderbare Privileg, dass wir unsere Gefühle auf der Bühne austoben dürfen. Du wirst sehen, wie viel Spaß das macht. Aber unkontrollierte Leidenschaft im Übermaß schlägt sich auf die Stimme. Das ist überflüssiger Luxus, den wir Sänger nicht brauchen.« Mariana nahm Elia herzlich in die Arme: »Wir kriegen das schon hin, denk an die Übungen, Fußsohlen, Beckenboden, Kinn, dein Atem . . .«

Das war die einzige Gardinenpredigt, die Mariana ihrer Schülerin jemals hielt. Wie zur Entschuldigung erzählte sie Pietro später: »Heute war sie verkrampft von Kopf bis Fuß.

Liebeskummer, mit ihrem Signor Contino ist es wohl aus. Wenn sie mehr Erfahrung hat, dann lernt sie, wie man auch da wieder durchlässig wird. Aber plötzlich hab ich ein ungutes Gefühl gehabt, da gibt es offenbar Umstände, die bringen ihr inneres Gleichgewicht durcheinander. Sie besitzt viel Kraft und echte Seelenstärke und daneben eine enorme Empfindsamkeit, aber da ist eine merkwürdige Unsicherheit, die verstehe ich nicht, die macht sie anfällig und verwundbar. Ich versuche so gut es geht, sie dagegen zu wappnen.«

Pietro zögerte:»Bitte halt mich jetzt nicht für arrogant, aber wenn man so will, kommt sie doch aus ›kleinen Verhältnissen‹. Und auf der anderen Seite geht sie auf eine sündteuere höhere Töchterschule und hat allein schon dadurch mit den entsprechenden Menschen zu tun. So was ist nicht ganz einfach, das kann enorm kränken. Und warum musste es ausgerechnet ein schnöseliger Adeliger sein? Zu uns sind diese Leute lieb und nett, aber der Standesdünkel treibt hierzulande immer noch die sonderbarsten Blüten. Das kannst du dir gar nicht vorstellen, unvoreingenommen und liberal, wie du zeit deines Lebens bist.«

»Hm, tja«, überlegte Mariana und nickte.

Elia hatte sich angewöhnt, viel im Freien zu memorieren. Sie lustwandelte im Park der Villa Borghese auf den breiten Alleen, im Frühjahr waren die Büsche blütenübersät, später strotzten die prächtigen Bäume vor dichtem Laub. Bänke aus Holz oder moosbewachsenem Stein luden zum Sitzen ein, Verkaufsbuden boten Speis und Trank. Mit den endlos vielen Büsten bedeutender, finster dreinblickender Männer fing Elia nicht viel an, aber mit einigen Figuren schloss sie Freundschaft, besonders mit einer Skulpturengruppe, einem Faun und einer Nymphe, die sich an den Händen hielten und am Arm zogen, bekrönt von einer Bacchusputte.

Manchmal besuchte sie auch im Zoo ihre Lieblinge. Wenn kein menschliches Wesen in der Nähe war, sang sie ihnen etwas vor. Besonders viel Erfolg hatte sie mit ihrer Darbietung nicht, die meisten Tiere blieben träge auf ihren Plätzen liegen, einige kamen zwar näher, aber wohl eher in der Hoffnung auf Fressbares, nur die Wölfe und die Mufflons stellten die Köpfe schief und schienen angetan zu lauschen.

Wenn es sehr heiß war, ging Elia hinauf zum Palatin. Dort wehte ein kühles Lüftchen, und in Gesellschaft einiger lässig hingestreckter Katzen und geborstener Säulen, im Schatten eines uralten Baumes, konnte sie stundenlang ungestört in ihre Arbeit versinken.

Manchmal rauchte ihr der Kopf, so viel hatte sie zu tun. Im Conservatorio wurde auch in der Oberstufe viel *Solfeggio* gepaukt und vom Blatt gesungen, daneben gab es massenhaft Theorie, Transponieren, die verschiedenen Schlüssel, auch die vorgeschriebene Literatur wurde immer vertrackter, die Lieder, die Motetten, die altitalienischen Arien.

Bei Mariana lag der Hauptakzent auf der Technik, Übungen aller Arten, Vokalisen, Triller, Sprünge über Terzen, Quinten, Oktaven. Elia korrigierte sich und probierte so lange, bis sie einigermaßen mit sich zufrieden war. In den Unterrichtsstunden konnte es geschehen, dass Mariana vom Flügel aus rief: »Wenn ich dich so auf und nieder jage, komm ich mir vor wie meine grässliche Madame Gregorija. Hoffentlich hasst du mich nicht genauso, wie ich diese Person. Aber das ist nun mal das Rüstzeug für uns arme Sänger.« Doch Elia machte die Schinderei Spaß: »Da weiß ich doch, wo ich dran bin. Ich finde es phantastisch, wenn wir so lange rumfummeln, bis alles an seinen richtigen Platz rutscht.«

Gegen Ende der Stunde holte Mariana ihre Liedernoten hervor, so wie einstmals Professor Wettergren. Das war von Anfang an beschlossene Sache: »Und wenn du die einzige italienische Sängerin sein solltest, die das lernen muss, ohne ein paar Lieder von Schubert, Schumann und Wolf kommst du mir nicht aus. Strauss und Mahler, das müsste dir auch liegen, und, und, und ...« Bevor Elia auch nur einen Ton singen durfte, ging Mariana mit ihr den Text durch, Wort für Wort. Schon während der Schulzeit hatte Elia ein klein wenig Deutsch gelernt, offenbar mit mäßigem Erfolg. »Was hat dir dein Lehrer eigentlich beigebracht, ich verstehe kein Wort«, rief Mariana ungeduldig.

Das Ganze endete damit, dass Elia bei einer vornehmen Dame aus der deutschen Kolonie Deutschunterricht bekam. Fräulein Hubertus war vor vielen Jahren zum Malen nach Rom gekommen und dann dort hängen geblieben, und auch jetzt noch pilgerte sie regelmäßig durch die Stadt, auf dem Kopf einen Strohhut, in der Hand ein Körbchen mit Malutensilien, auch ein silbernes Fläschchen mit Wasser zum Aquarellieren gehörte zur Ausrüstung. Sie sprach ein grammatikalisch perfektes Italienisch, Konditionalis und Konjunktiv, die verschiedenen Zeiten, alles war am richtigen Platz, doch klang es so unmelodiös und steif, dass, wer sie nicht kannte, erst nach einigem Hinhören überrascht feststellte, in welcher Sprache sie da sprach. »Aber ihr Deutsch ist ganz fabelhaft«, erklärte Mariana, »und darauf kommt es uns an.«

Auch für die langen Wochen, in denen sie selbst nicht in Rom sein konnte, hatte Mariana vorgesorgt und einen ehemaligen Opernkorrepetitor aufgetan, den sie noch aus ihren italienischen Anfängen kannte: »Der Mann ist genial, alle haben wir unsere Partien mit ihm einstudieren wollen, es gab lange Wartelisten, und wer ihn nicht bekam, war enttäuscht. Er spielt dir alle Partituren vom Blatt, transponiert alles, ohne mit der Wimper zu zucken, in sämtliche Tonarten, er hört wie ein Luchs – und er hat eine Engelsgeduld. Wir haben ihn ›Maestro‹ genannt, auch wenn er das nicht leiden mochte. ›Maestro, warum dirigieren Sie nicht, da hätten wir Sänger es endlich mal gut‹, hab ich ihn einmal gefragt. Aber er hat nur gelacht: ›Ja, ihr Sänger, ihr seid fleißig und wisst, worauf es ankommt, aber unsere verehrten Herren Orchestermusiker, wie soll ich die aus ihrem Dämmerschlaf reißen? Ich kann sie nicht anbellen und vor ihnen herumspringen wie ein Schäfer-

hund.‹ Er hatte recht, er war viel zu anständig und bescheiden.
Das kommt nicht häufig vor in diesem Haifischbecken.«

Signor Ruteli war schon lange in Pension, aber Mariana
zuliebe nahm er Elia gerne unter seine Fittiche. Kleine Rollen, so wurde besprochen, die restliche Partie der Barbarina,
vielleicht die erste Dame oder einen der Knaben aus der
›Zauberflöte‹, am Ende gar eine Arie der Pamina. Mozart war
sehr wichtig, darüber waren sich die beiden Fachleute einig.
Zur Abwechslung bot sich der Tebaldo aus dem ›Don Carlos‹
an.

»Und irgendwann die Ines«, sagte Mariana. »Da hab ich so
meine Idee. Der ›Troubadour‹, der begleitet mich durch mein
Leben. Gerade verhandle ich mit Neapel. Wenn Elia bis dahin
weit genug ist, hätte ich sie gerne dabei.«

Ganz so häufig wie früher sang Mariana zwar nicht mehr,
aber sie reiste immer noch viel. Eine ihrer nächsten Stationen
sollte wieder einmal Wien sein, zwei Orchesterkonzerte standen an, ›Das Lied von der Erde‹ unter Georges Goldberg mit
vorherigen Proben und anschließender Plattenaufnahme, alles im traditionsreichen Wiener Musikvereinssaal, wo Mahler
selbst so oft dirigiert hatte.

Kurze Zeit bevor Mariana nach Wien kam, nahm dort eine
Geschichte ihren Lauf, in der es Dorle nicht gut erging.

Seit der Geburt der kleinen Elisabeth war Jens Arne Holsteen bei seinen Wiener Aufenthalten noch seltener als früher im Ottakringer Häuschen aufgetaucht. Das Gegreine der
schwächlichen Kleinen und die Blicke aus den vergissmeinnichtblauen Waldfeenaugen belästigten seine Künstlernerven. Meist ließ er sich nur den Rudi vorbeibringen, denn auf
ihn war er immer noch stolz, zumal der Bub musikalisch
schien. Als Erstes musste Rudi sich ans Klavier setzen und
dem Vater vorspielen, was er in der Zwischenzeit gelernt
hatte. Auf das Vorspielen folgte eine gutgemeinte, viel zu ausführliche, allenfalls für einen angehenden Konzertpianisten

nützliche Kritik. Zum Schluss durfte Rudi mit zum Demel und wurde dort mit Maronitörtchen vollgestopft, weil die Jens Arne selbst am liebsten aß. Diese väterlichen Nachmittage zeitigten zumindest den Erfolg, dass Rudi das Klavier immer weniger leiden konnte, und viele Jahre später ereignete sich das: Als Rudi sich bei Demel wieder an ein Maronitörtchen wagen wollte, schaffte er es gerade noch bis zum Klo, wo er sich die Seele aus dem Leib kotzte.

Seitdem Dorle mit Jens Arne verheiratet war, glich sie einer schlecht umgetopften Pflanze: Von Natur aus gesund, ging sie zwar nicht ein in der lieblosen Atmosphäre, aber sie kümmerte still vor sich hin. Waren die Kinder erst in ihren Betten, blieb Dorle meist alleine in ihrem Wohnzimmer sitzen. Die feinen Abendkleider verstaubten in den Schränken, vorbei auch die fröhlichen Abende mit den Freunden beim Heurigen oder beim Tanzen hoch oben in Cobenzell. Doch weil sie ihre Kinder, Rudi und Sisi, von Herzen liebte, versuchte sie, ihnen eine vergnügte Mutter zu sein.

Das ging so lange gut, bis Jens Arne eine Affäre mit einer sehr anspruchsvollen jungen Dame begann, die keine Lust hatte, neben sich eine Familienidylle zu dulden. Ihre Eifersuchtsszenen schmeichelten Jens Arne, wie wurde er doch begehrt und umworben als Mann. Jetzt fing Dorle an, ihm lästig zu werden. Und so machte er sich, bevor er Wien für längere Zeit wieder verließ, eines Tages nach Ottakring auf, um ihr das gründlich mitzuteilen:»Wir haben noch nie im Leben zusammengepasst«, lautete sein Fazit.

Als er endlich wieder verschwunden war, rief Dorle ihre Schwester an:»Kann ich die Kinder morgen zu dir bringen?« Nachdem Dorle die Kinder abgeliefert hatte, wusste sie nicht so recht, was sie mit sich anfangen sollte, und so fuhr sie wieder heim. Eine Zeitlang saß sie gedankenlos herum, schließlich holte sie ihren Rucksack und zog die Wanderstiefel an. Mit der Straßenbahn fuhr sie hinaus nach Liesing.

Eine Strecke des Wanderwegs führte am Bach entlang.

Nach dem vielen Regen rauschte und strudelte das Wasser höher als sonst, weiße Gischt schäumte zwischen den Felsen und Steinen. Dorle hielt Ausschau nach ihrer Felsplatte, auf der sie sonst gerne gerastet hatte. Normalerweise konnte sie trockenen Fußes hinüberhüpfen. Jetzt ragte der Stein nur noch knapp über die Wasseroberfläche hinaus. Dorle zog die Stiefel aus und kämpfte sich gegen die Strömung hinüber. Es war Mittag, die Sonne stach vom Himmel herab, zwischen den Gischtfontänen tanzten funkelnde Regenbogen. Dorle schloss die Augen, das Dröhnen und Rauschen um sie herum lullte sie ein. Irgendwann legte sie sich bäuchlings auf die warme Felsplatte, immer weiter robbte sie an den Rand, die Hände hingen nun sachte ins Wasser. Ein winziger Ruck nur, jetzt auch die Arme, dann das Gesicht. Schließlich der Leib, bis hinab zu den Hüften.

Irgendwann zog sie der Sog des dahineilenden Baches hinein in die Strömung. Mit geschlossenen Augen schoss sie durchs Wasser wie ein entwurzelter Baum. Selbst als das Tosen und Strudeln noch stärker wurde, tat sie die Augen nicht auf. Schließlich wurde sie mit Gewalt über einen Felsen geschleudert, der Kopf und die Schultern ragten aus dem Wasser heraus, der Rest blieb eingeklemmt zwischen den Felsen. Dorle war nicht bewusstlos, aber immer noch presste sie die Augen zusammen und rührte sich nicht. Kurze Zeit später zerrten sie Wanderer aus dem wild lärmenden Bach heraus.

Am Tag darauf kam Mariana in Wien an. Sie wusste auch nicht, warum sie mit einem Mal ganz stark an Dorle hatte denken müssen. Der erste Orchestermusiker, der ihr über den Weg lief, war Waldi Moser, der Paukenspieler. Sie plauderten eine Weile, vergnügt lauschte Mariana dem Wiener Gemaunze. Schließlich fragte sie:»Und was macht Dorle?«

»Oh Gott, dann wissen Sie es noch nicht«, raunzte er,»die liegt im Wilhelminenspital. Umbringen hat sich's wollen, das arme Ding, ersäufen, aber man hat's rauszogen, gestern. Sie sagen, sie ist übern Berg.«

Wenn Mariana jetzt auf Jens Arne getroffen wäre, sie hätte ihn erwürgt. Sie setzte sich hin und schrieb Dorle eine Karte:

Sie wollen bestimmt noch keine fremden Menschen sehen. Denken Sie an Ihre schönen Berge und den blauen Himmel und die Vögel, die darin herumzwitschern. An den Rudi und die Sisi. Und auch an Ihre Freunde. Verlieren Sie den Mut nicht. Wie kann ich helfen?

In Liebe,
Mariana Pilovskaja

Dann ging sie in den Blumenladen, fand dort aber nichts. Ein luftiger, leichter Strauß musste es sein, mit Glockenblumen, Wiesenschaumkraut, rosafarbenen Blüten. Und so nahm sie ein Taxi, ließ sich an einer schönen Wiese absetzen und pflückte einen Wiesenstrauß. Nur der schien ihr zu Dorle zu passen.

Noch ein Strauß traf ein, von Jens Arne. Der Maestro selbst war unabkömmlich. Durch seine Sekretärin wurde ein pompöses Blumengebinde übersandt, darin steckte eine goldumrandete Karte: »Mit den besten Genesungswünschen. Im Auftrag: Liselotte Huber.«

An diesem Abend hätte sich Mariana am liebsten vor die Orchestermusiker gestellt und ihnen zugerufen: »Spielen wir heute für Dorle Holsteen, sie braucht alle unsere guten Gedanken.« Aber sie ließ es lieber bleiben, die Musiker waren schon entrüstet genug, wer sie jetzt auch noch gegen Jens Arne aufhetzte, tat Dorle damit keinen Gefallen. Inzwischen traute sie Jens Arne jede Gemeinheit zu.

Sie diskutierte darüber aufgeregt mit ihrem alten Freund Georges: »Wie geht das zusammen? So ein mieser Charakter und zugleich ein großer Musiker?«

Georges Goldberg schüttelte den Kopf: »So abgrundtief böse wird er schon nicht sein. Die paar Mal, die wir uns getroffen haben, fand ich ihn immer recht charmant. Wir haben uns gut unterhalten, über Musik, was interessiert ihn sonst schon? Wahrscheinlich merkt er gar nicht, wie er die Menschen missbraucht, er denkt nur an sich.«

Mariana starrte ihren Freund überrascht an. Vielleicht waren die beiden Pultheroen einander gar nicht so fremd, wie sie immer gedacht hatte. Allein schon durch ihre Bewegungen beim Dirigieren erschienen sie grundverschieden: Der eine klappte seine Augen zu wie ein Visier, er zog gewissermaßen die Schultern zusammen, alles wirkte schmal, eng, gestochen. Der andere grimassierte, fuchtelte mit ausladenden Gesten und hüpfte herum wie ein Derwisch, aber auch er konnte mit seinem vehementen Überschwang allzu empfindliche Naturen an die Wand drücken. Und Marcello Rainardi schwang wie ein Zirkusdompteur die Peitsche. Alles Tyrannen? Oder einfach Besessene – mit zu viel Kraft für normale Sterbliche?

Körperlich erholte sich Dorle erstaunlich rasch. Aber ihre Seele hatte sich, umrauscht von dem tobenden Wasser, auf den Weg in die Freiheit gemacht, so wie sich ein Vogel aus einem plötzlich geöffneten Käfig in die Lüfte schwingt. Eine Zeitlang mochte sie sich nicht entscheiden, ob sie überhaupt zurückkehren wollte in ihre enge Behausung. Rudi und Sisi, ihre Kinder, lockten sie schließlich zurück. Doch Dorle hatte sich verändert, sogar ihre Augen, sie waren dunkler geworden, Undinenaugen, in denen, selbst wenn sie lachten, ein Hauch von Trauer hing.

Sie half ihrem alten Freund Martin wieder in der Gärtnerei, das waren friedliche Stunden. Manchmal sah sie ihm nur stumm dabei zu, wie er seine Pflanzen betreute, wie sanft und unbefangen, wie liebevoll konnten seine Hände da sein. Es kam schon vor, dass er ihr über die Haare strich, über die Wangen, dann waren seine Hände rau, nicht nur, weil Erde an ihnen klebte. Doch vielleicht bildete sie sich das auch nur ein.

Der energische Schwager hatte bei Jens Arne die Heirat durchgesetzt. Jetzt war es Dorles Schwester, die auf der Scheidung bestand. Voller Empörung erschien sie bei Jens Arne, der aber zeigte sich von seiner noblen Seite, wie sie fand: Die Kinder, das Häuschen, ein wenig Geld, bitte schön, es war alles sehr traurig, und womöglich trug auch er Schuld daran. Was wollte Dorle noch mehr?

Viel schneller als geplant sollte Elia zu ihrer ersten kleinen Rolle auf einer Opernbühne kommen, nicht irgendeiner, immerhin der Römischen Oper. Das Gerücht einer Schwangerschaft der Sängerin der Barbarina erreichte Signor Ruteli lange vor dem Opernintendanten. Als sich der Bauch der Sängerin unübersehbar rundete, trat Mariana auf den Plan. Großer Überredungskunst bedurfte es nicht, hier im Haus fühlte man sich Mariana verpflichtet und erstarb in Ehrfurcht vor ihr. Zu viel riskierte man gewiss nicht in einer so gut eingespielten Produktion.

Elia erfuhr von dem Plan erst, als alles perfekt war. Mariana umarmte sie gerührt: »Diese Barbarina, außer ihrer Cavatina hat sie nichts allein zu singen, aber in welch herrliche Ensembles ist das kleine Luder verstrickt! Einen schöneren Einstieg in die Welt der Oper als mit dem ›Figaro‹ kann sich niemand erträumen. Ich gratuliere dir, toi, toi, toi. Mein Herz klopft, als wär's meine eigene erste Rolle.«

Vor lauter Eifer kam Elia gar nicht dazu, Angst zu haben. Umso aufgeregter waren die Eltern, und am allermeisten Padre Ironimo: »Ich bete für dich! Zu meinem Namenspatron. Ich liebe ihn, allein schon wegen seines braven Löwen, der ihn immer begleitet. Den zeig ich dir.« Er führte Elia in die Kirche Santa Maria del Popolo und dort zur ersten Seitenkapelle. Er deutete mit dem Finger nach oben, da saß, direkt in der Mitte über einem herrlichen Fresko, der heilige Hieronymus, mit einem großen, fabelhaft ausgemalten Löwen, der ihm sehr vertrauensvoll seine linke Tatze aufs Knie legte. »Schau nur, wie rührend sie gucken, der Heilige und der Löwe«, flüsterte Padre Ironimo.

Elia mochte die beiden sofort. »Hier komm ich noch oft

her«, sagte sie. Das tat sie dann auch, die Kirche lag nicht weit vom Conservatorio entfernt.

Die erste Übernahme der Rolle vollzog sich in der Schneiderei. Barbarinas Kostüm war zum Schluss bis an den äußersten Rand ausgelassen worden und musste nun um mehr als die Hälfte enger gesteckt werden. »Signorina, noch mal hin und her, das hält der Stoff nicht aus«, zischelte die Schneiderin zwischen ihren stecknadelbestückten Lippen. Elia beruhigte sie amüsiert.

Als sie dann auf ihrer ersten echten Probe einem ihrer zukünftigen Partner gegenüberstand, wurde ihr sehr flau zumute. Hätte ihr nicht Signor Ruteli aufmunternd vom Flügel aus zugenickt, sie wäre am liebsten davongelaufen. Es ging um die Anschlussszene, die der Cavatina folgte. Mario Bassolino, ein Gemütsmensch aus Neapel, der den Figaro sang, half ihr über den ersten Schrecken: »Bevor du auf der Bühne in Ohnmacht fällst, ich meine aus Erleichterung, dass du dein Liedlein hinter dir hast, gibst du mir einfach die Hand.« Und auch der Sänger des Grafen, mit dem sie ihre kurze Begegnung probte, gab sich väterlich-kollegial. Eine Orchesterprobe für die Ensembleszenen konnte aus Dispositionsgründen nicht stattfinden. Aber alle beruhigten Elia und gaben ihr Ratschläge: »Wenn du gar nicht mehr weiterweißt, dann klapp einfach nur den Mund auf und zu ... Sprich die Rezitative so ungekünstelt wie möglich ... Guck immer zum Dirigenten, dann kann dir nichts passieren ...«

Ein letztes Problem, so erschien es Elia plötzlich, waren die Eltern und Padre Ironimo. Wenn nun doch etwas schiefging? Sollten sie wirklich gleich bei der ersten Vorstellung mit dabei sein?

»Ja, aber sicher! Was soll dich denn da nervös machen, so ein Quatsch. Deinen ersten Auftritt, den müssen sie miterleben«, beschied Mariana streng.

Wie sie gehofft hatte, verflog Elias Angst auf der Bühne, immer unbefangener mischte sie mit bei den komischen Verwicklungen der Handlung, ein frisches junges Ding mit einem ungewöhnlich persönlichen Timbre in der Stimme. Selbst Mariana war überrascht, als sie die ihr so vertraute Stimme zum ersten Mal in diesem großen Rahmen hörte. Ja, ja, das war ein fabelhafter Einfall vom Schicksal gewesen, sie und Elia zusammenzubringen.

Nach der Vorstellung wurde Elia geherzt und geküsst. »Wenn das meine Tochter wäre, ich würde vor Stolz platzen«, rief Mariana lachend den Eltern zu.

Roberto wirkte, als habe er eine himmlische Erscheinung gehabt: »Sängerin! Meine kleine Elia, meine kleine Elia«, murmelte er immer wieder.

Teresa gab ihm einen liebevollen Stoß in die Seite: »Ein bisschen auch meine.«

Ja, das hatten sie gut gemacht. Allesamt.

Die unerwartete Erfahrung stachelte Elias Eifer noch mehr an. Sie strahlte vor Zuversicht, alles gelang ihr. Zum ersten Mal spielte Mariana auf die unselige Liebesgeschichte an: »Dir geht es so gut. Da könntest du doch dieses dumme Gefühlsgespenst endgültig aus deinem Herzen verjagen.«

Elia schleppte tatsächlich immer noch ein Stückchen Schmerz mit sich herum. »Oje, Mariana, Sie kennen mich aber wirklich«, rief sie aus. »Ja, aber ich kann nicht mein Leben lang auf dich aufpassen«, sagte Mariana ernst.

Sie achtete mit spitzen Ohren darauf, dass sich bei Elias Stimme keine Unarten einschlichen. Doch gegen den manchmal etwas gutturalen, scharfen Ansatz unternahm sie nichts: »Warten wir es noch eine Weile ab, ich glaube, das gehört zu dir. Das ist deine ganz persönliche Note.«

Sonst aber war sie unerbittlich und Elia nicht weniger. Als Turnübungen für die Stimme, die sie leicht und geschmeidig machen sollten, sang sie immer wieder ellenlange Koloraturenketten. In ihren Anfangszeiten hatte Elia irgendwo Atem holen dürfen, bevor sie ganz erstickte. So etwas war inzwischen verpönt. »Schau in die Noten, hier erst geht die Phrasierung zu Ende, hangel dich nicht von einem Ton zum anderen, denk voraus. Legato, Legato, Legato!« Das war das große Zauberwort. »Ihr Italiener habt es gut«, pflegte Mariana zu sagen. »Die vielen offenen Vokale, die weiche, fließende Sprachmelodie, das öffnet die Kehle, der Atem strömt freier, alles fügt sich harmonisch aneinander und der richtige Sitz ergibt sich von alleine. Selbst wenn ihr eines Tages Wagner singt, kommt euch das noch zugute, ihr könnt die deutsche Phrase mit dem ›italienischen Sitz‹ platzieren. Das bringt mich auf eine Idee: Blumenmädchen, Rheintöchter, Walküren, da wimmelt es ja nur so für dich, Signor Ruteli könnte ein paar von ihnen aufs Programm setzen.«

Die Abschlussprüfung im Conservatorio bestand Elia mit Bravour, ebenso die Aufnahmeprüfung für die Accademia. Mariana fand es vernünftig, wenn Elia dort nebenher weiterstudierte: »Das macht dich unabhängiger von mir. Du siehst ja, wie häufig ich immer noch unterwegs bin.«

Sogar bei ihrem Klavierspiel kam Elia besser voran als früher. Manchmal holte sie ein Stück heraus, an dem sie noch vor Kurzem verdrossen herumgemurkst hatte und das ihr jetzt plötzlich ganz gut gelang. Einmal überraschte Massimo sie dabei und beglückwünschte sie: »Du hast einen richtig hübschen Mozartton. ›Sonata facile‹, so ein dummer Name, ich hab sie lange gehasst, sie ist so durchsichtig und ebenmäßig, man kann rein gar nicht mogeln.«

Sie hatten sich schon eine ganze Zeitlang nicht mehr gesehen, derart beschäftigt waren sie beide. Massimo studierte Medizin. Lachend erklärte er: »Und daneben Psychologie und Musikwissenschaft und Philosophie und ähnlich nützliche Sachen. Und Klavierspielen tu ich auch noch. Wenn ich erst einmal das Examen hinter mir habe, gehe ich eine Zeitlang ganz nach Schweden, nicht nur in den Ferien, so wie jetzt. Meine Großmutter ist um die achtzig, ich lieb sie heiß und innig, sie war für mich immer meine zweite Mamma.«

Und noch etwas spielte eine große Rolle in Elias Leben: der Bugatti. Mit ihm hatten der Vater und sie ein weiteres gemeinsames Spielzeug gefunden. Früher war mit ihm Mühe und Arbeit verbunden gewesen, jetzt bereitete es ihnen einen diebischen Spaß, mit dem edlen Gefährt durch die Straßen Roms zu flitzen und schamlos anzugeben. »Du hast auch Benzin im Blut«, lobte der Vater, so schnell lernte Elia das eigenwillige Gefährt zu beherrschen. Auch die »kleine Fahrerlaubnis« händigte man ihr auf Anhieb aus. Manchmal quetschte sich Teresa hinter die beiden Autonarren auf den Notsitz: »Sonst sehe ich euch überhaupt nicht mehr.«

Auch die geliebte Flöte war nicht ganz in Vergessenheit geraten. Doch ausgerechnet sie rührte an Ängste, die Elia so tief wie möglich in ihrer Seele weggesperrt hatte: Warum setzte der Vater manchmal beim Spielen plötzlich die Flöte ab? Warum griff er sich ans Herz, wenn er dachte, sie sehe es nicht? Warum hielt er sich so krumm? Sein Atem schien kürzer zu werden, seine Haut blasser. Aber wenn er ihren besorgten Blick auffing, richtete er sich kerzengerade auf, lachte und rief munter: »Schau nicht so! Mein Gott, ich werde auch nicht jünger!«

Der ›Troubadour‹-Vertrag war von Mariana inzwischen ausgehandelt, sie war sich jetzt sicher, Elia nicht zu überfordern. Azucena: Mariana Pilovskaja. Ines: Elia Corelli, so stand es schwarz auf weiß. Als Elia das zu sehen bekam, geriet sie ganz aus dem Häuschen: »Wann ist die Premiere? Darf ich bei allen Proben mit dabei sein«, wollte sie wissen.

Mariana beschwichtigte: »Immer mit der Ruhe! Ich schenke dir deinen ersten Terminkalender, da trägst du die Daten ein. Natürlich bist du bei allen Proben dabei, so hab ich mir das gedacht. Vielleicht mögen deine Eltern auch kommen. Dann nehmt ihr eine kleine Wohnung, die ist mit Sicherheit billiger als ein Hotelzimmer.«

Zu Hause wurden gleich Pläne geschmiedet: Wer von der Verwandtschaft konnte aus Salerno herüberkommen? Was würde Herr Barbaroli sagen, kam er so lange ohne Fahrer aus?

Hatte man in Neapel Freunde, die einem bei der Wohnungssuche helfen konnten? Oder erledigte so etwas die Oper? »Wir haben noch viel Zeit«, beruhigte Elia die Eltern mit Marianas Worten.

Immerhin meinte Signor Ruteli:» Wir können uns mit dem ›Troubadour‹ befassen. Man muss immer das ganze Stück kennen, auch bei kleinen Rollen, das setze ich bei einem seriösen Sänger voraus. Aber in deinem Fall ist es noch wichtiger, denn eines Tages wirst du mit ziemlicher Sicherheit die Leonora singen. Und da sind wir automatisch bei den beiden Männern, die um sie buhlen. Die Azucena, versteht sich von selbst, die singt Mariana. Was die Ines betrifft, erstens: Bis es so weit ist, schaffst du die Rolle mühelos. Sie ist klein und eng umrissen, mal steht Ines im Hintergrund, mal eilt sie neben der Leonora her, mal tut sie gar nichts, mal ringt sie die Hände, wie es dem Regisseur in den Sinn kommt. Sie ist die typische Gefährtin. Aber doch mehr als eine reine Stichwortgeberin. Sie hat mehr zu sagen als immer nur:›Himmel, wie fürchterlich! ... Sprich weiter, edle Frau ...‹ Auch sie leidet, regt sich auf, hat Gefühle. Und damit wären wir beim zweiten Punkt: Durch sie gerätst du als Figur mitten hinein in den Verdi-Kosmos, und zwar in den finsteren, gefühlsbeladenen. Da ist ein Drive, der bläst dich erst einmal um, Anspannung, Hochspannung von A bis Z, daran muss man sich erst gewöhnen, körperlich, seelisch, nervlich. Aber die Musik reißt dich mit, ihr Herzschlag pocht auch dir im Blut. Verschnaufpausen kriegst du keine. Gib dich hin, und du wirst getragen. Das ist das Berauschende daran.«

Die Zeit um Weihnachten war für Elia angefüllt mit Musik. Der ›Figaro‹ stand noch einmal auf dem Programm, die Eltern wollten unbedingt die Vorstellung besuchen, auch Gwendolyn meldete sich an, alle wollten Karten. Sogar Signor Barbaroli verdonnerte seine Gattin zu einem Opernbesuch, selbstverständlich thronten die beiden in einer teuren, selbstbezahlten Loge. Als Elia nach der Vorstellung kurz zur Verbeugung alleine vor den Vorhang huschen durfte, heizte Signor Barbaroli mit einem energischen »Bravo« den Höflichkeitsapplaus für die kleine Anfängerin an.

Hinter der Bühne rüttelte Gwendolyn ihre Freundin begeistert an den Schultern: »Mensch, ich hab's ja immer gesagt. Die Inszenierung, meine Güte, vor allem das Schlussbild, also, ich würde es anders machen. Aber du warst toll.«

Der Opernintendant erschien und schüttelte Elia die Hand: »Signorina Corelli, nächstes Jahr ›Zauberflöte‹ zweiter Knabe, hiermit sind Sie verbindlich engagiert. Lernen Sie nicht die falsche Rolle, Nummer eins und drei sind schon besetzt.« Und Signora Barbaroli ließ sich zu einem »Sehr nett« herab, als ihr Elia ein paar Tage später über den Weg lief.

Auch mit dem Kirchenchor wurde heftig geprobt, alte Weihnachtslieder, eine Christmesse, Elia und die Eltern waren unentbehrlich. Zwar plagten Roberto ziemlich heftige Schmerzen, und manchmal fühlten sich seine Beine wie taub an. »Dieser blöde Ischias«, schimpfte er dann und nahm seine Tabletten. Als auch noch ein Ziehen im Bauch dazukam, mal hier, mal dort, scheuchte ihn Teresa zum Arzt. Der klopfte ihn ab und fand nichts, das Ganze kam sicher von der alten Verletzung im Rücken. »Sie sollten einmal zur Kur nach Abano gehen«, wurde Roberto empfohlen, aber daran war im Moment nicht zu denken, und zum Glück hörten die Schmerzen nach den neuen Tabletten fast wieder auf.

In der deutschen Kirche Santa Maria dell'Anima wurde das ›Weihnachtsoratorium‹ aufgeführt, zu dem Elia und Padre Ironimo hinpilgerten.

»Bach, vielleicht ist er doch der Größte. Schon allein der Anfang: ›Jauchzet, frohlocket‹, meinst du, wir können das unserem Chor zumuten?« Elia hätte nicht sagen können, was ihr am besten gefallen hatte. Vielleicht die schlichten, innigen Choräle? Oder der junge Tenor mit seiner wundersam weichen und doch männlichen Stimme, Ferdinand Schönbaum, ob er auch Opern sang?

An Elias Geburtstag kochte Padre Ironimo, richtig gefeiert wurde erst an Weihnachten, da kam auch Robertino und brachte Anna, seine Jugendliebe, mit. Erst hatte Robertino seine berufliche Entwicklung bei Ferrari abwarten wollen, dann wollte Anna nicht im Norden leben, aber jetzt waren sich die beiden doch noch einig geworden.

»Laura und die Ihren im Süden, ihr zwei im Norden, wir in der Mitte. Aber nicht mehr allzu lange, und Elia schwirrt wohl bald in die weite Welt hinaus, dann gehen wir Alten zurück in unsere Heimat, meinst du nicht auch, ich hab jetzt schon Sehnsucht«, sagte Roberto und zog Teresa an sich.

Sie nickte: »Oh ja, ich auch. Aber eins nach dem anderen: Legen wir die Hochzeit doch so, dass wir vor Elias Proben in Neapel allesamt nach Salerno kommen können. Dann brauchen wir nicht vorher noch extra zum Geburtstag vom Nonno zu fahren.«

Anfang des Jahres fing Roberto plötzlich wieder an: »Also ich weiß nicht, ich finde, wir müssten doch hinfahren.«

»Warum ausgerechnet diesmal? Er wird 93, bei seinem Neunzigsten waren wir auch nicht dabei«, warf Teresa ein.

»Schlimm genug, umso mehr müssen wir jetzt hin. Ich will meinen alten Vater noch einmal sehen«, insistierte Roberto. »Und Laura auch und die Kinder, die haben mir schon an Weihnachten gefehlt«, sagte er noch als weiteres Argument.

Teresa wurde ungeduldig: »Wir haben doch alles hundertmal besprochen. Warum jetzt alles über den Haufen werfen?« Es half nichts, Roberto blieb hartnäckig, gegen seine sonstige Art.

Schließlich erbarmte sich Robertino: »In Gottes Namen, spiel ich halt den Chauffeur. Ich kenne die Strecke schon auswendig.«

Robertos Vater freute sich sehr. Er war fast taub, aber das hinderte ihn nicht daran, seinen Sohn und dessen Familie zu erkennen. »Was macht meine Flöte? Hast du sie noch«, wollte er wissen.

»Ich hab sie sogar mitgebracht. Ich werde dir etwas vorspielen«, freute sich Roberto.

Der Vater lauschte angestrengt und beobachtete aufmerksam Roberto beim Spielen.

»Wenn ich hinschaue, kann ich die Töne ganz gut hören«, erklärte er.

»Warte, erkennst du das?«, rief Roberto und spielte ein Kinderlied, das ihm der Vater oft vorgespielt hatte, vor langer Zeit.

Als die Melodie zu Ende war, setzte er die Flöte ab und hielt sie eine Weile stumm in der Hand. Schließlich küsste er sie, alle waren verdutzt. Roberto ging zu Elia und sagte: »Hier, nimm sie. Behalt sie in Ehren. Von nun an gehört sie dir.«

Elia kamen die Tränen: »Papa, was soll das? Das ist deine Flöte. Ich will sie nicht.«

Roberto umarmte Elia: »Mein Vater hat sie eines Tages mir geschenkt. Jetzt schenke ich sie dir. Und irgendwann schenkst du sie einem deiner Kinder, das ist der Lauf der Welt.«

»Jetzt heul ich gleich auch noch«, schniefte Teresa. Zum Glück fing Lauras Baby an zu kreischen.

Robertino klatschte in die Hände: »Zu Tisch, ich habe einen Bärenhunger.«

Alle schmausten und schnatterten durcheinander. Nur Elia stocherte auf ihrem Teller herum. Noch bevor der Kaffee kam, stand sie auf, quetschte sich neben ihren Vater auf die Bank und griff nach seiner Hand.

Als Teresa und Roberto Stunden später zufrieden und übersatt in ihr Zimmer wankten, freute er sich: »Na, Teresa, was sagst du jetzt? Von wegen, der kriegt nichts mehr mit!«

Teresa gähnte: »Ach, Roberto, du Herzensguter, ich fand's ja auch wunderschön. Aber das mit der Flöte, musste das sein? Das war schon arg feierlich.«

Roberto zuckte die Achseln: »Ich hab mir das vorher nicht überlegt, das kam ganz von selbst. Aber es wird schon richtig sein.«

Am nächsten Morgen fühlte sich Roberto etwas unwohl. Aber er dachte sich nichts dabei. »Kein Wunder, das viele Essen, und zu viel getrunken hab ich auch. Frische Luft tut mir sicher gut. Wer geht mit? Ich zieh mir was über.« Als er kurze Zeit später zurück ins Zimmer kam, warteten Teresa und Elia ausgehbereit auf ihn. Robertos Gesicht war sehr blass. »So, ich bin fertig«, rief er. Noch während er sprach, fing er an zu schwanken, einen Augenblick lang schien er das Gleichgewicht noch halten zu können, dann fiel er um, der Länge nach, wie ein gefällter Baum.

Teresa und Elia stürzten zu ihm: »Was ist los, um Gottes willen, sag?«

Aber er hörte sie nicht mehr. Er war tot.

Die folgenden Tage durchlebte Elia wie einen konfusen Traum, an den sie sich später nur in Fetzen zu erinnern vermochte. Bilder tauchten auf, Männer der römischen Banda in ihren blauen Uniformen, die Schildmützen mit zwei kleinen goldenen Flügeln. Trommelwirbel, Trompetentöne, dass einem das Blut in den Adern gerann, Frau Barbaroli, sieh an, Tränen liefen ihr übers Gesicht, Kinder, mit matten Blumen in den Händen. Andere Laute, ein unwirklich hohes Schrillen, das lange noch nachhallte, immer wieder die Mutter... Robertino, der sich über sie beugte und dann auf den Armen hinaustrug. Der Vater, wo war der Vater? Sein Anblick war aus Elias Tagesgedächtnis gelöscht. Bald ging die Tür auf, und er kam herein. Es galt, wachsam zu bleiben, damit man diesen Augenblick nicht versäumte.

In Elias nächtlichen Träumen stürzte es, stürzte, endlos, ins Bodenlose, es gab keinen Halt. Auch Elia wurde mitgerissen, sie schlug um sich und schrie, dann kam Großmutter Alina und nahm sie in die Arme.

Mariana tauchte auf, sie hatte erst nach ihrer Rückkehr von einer Tournee durch Padre Ironimo von dem Unglück erfahren. Sie setzte sich neben Elia auf die alte Bank vor Robertos

Elternhaus, sie legte den Arm um Elia, nach einer Weile fing sie an, ganz sachte ihren Rücken zu streicheln, auch ihre Haare, ihren Nacken. Es war, als löse sie Fädchen um Fädchen einen spinnwebfeinen Kokon, in den Elia eingesponnen gewesen war. Am Kopf spürte sie deutlich, wie sich etwas Niedergedrücktes, Eingestülptes wieder aufzurichten begann.

Elia erwachte aus ihrer Betäubung. Sie schien die Szene noch einmal zu sehen, langsam, mit ruhiger, klarer Stimme berichtete sie: »Er ist ins Zimmer gekommen, totenblass, er hat etwas gesagt, fing an zu schwanken. Am Boden rührte er sich nicht mehr. Mamma hat geschrien und geschrien, das war keine Menschenstimme, so hell, so hoch, so hoch.« Nach einer Pause fügte sie hinzu: »Mein Vater ist tot.«

»Ja, so wird es gewesen ein«, sagte Mariana und brach in Tränen aus. Sie weinten beide. Schließlich flüsterte Mariana: »Bei meinem Vater war es ganz ähnlich. Im Krankenhaus ist er sogar noch einmal zu sich gekommen, aber konnte nicht mehr sprechen. Der zweite Schlaganfall in der Nacht hat ihn vollends dahingerafft.«

Ein Aneurysma, so hatte der Arzt diagnostiziert. Sogar die Ursache dafür war jetzt im Nachhinein bekannt: Die Schüsse, zumindest einer davon, hatten nicht nur die Wirbelsäule getroffen, sondern auch von außen die Wand der Hauptschlagader gestreift und das Bindegewebe verletzt. Durch den Druck hatte sich die Aorta immer mehr ausgedehnt und war schließlich geplatzt. Viele von Robertos Beschwerden rührten von dieser Verletzung her und nicht nur vom Rücken.

»Für euch ist dieser Tod schrecklich, so in Sekundenschnelle. Für Roberto war er eine Gnade. Er hat ihm den Todeskampf erspart, der oftmals grässlich ist. Denn am Ende wäre er doch gestorben. Niemand hätte ihm helfen können, auch nicht, wenn man die Verletzung früher erkannt hätte. So weit sind wir in der Medizin noch nicht«, versuchte der Arzt zu trösten.

Er hatte Teresa eine Beruhigungsspritze geben wollen. Wütend hatte sie seine Hand von sich gestoßen: »Beruhigen soll ich mich! Was noch! Hättet ihr euch lieber um Roberto gekümmert. Ich muss zu ihm!« Wie ein Feldherr nach verlorener Schlacht, mit wilden Augen, behielt sie doch die Übersicht und erteilte ihre Anweisungen. Roberto wurde im Wohnzimmer aufgebahrt, man holte Kerzen, Blumen. Den Pfarrer. Die ganze Nacht über hielt Teresa bei Roberto die Totenwache. Nach dem Begräbnis ging sie jeden Tag zu seinem Grab.

Über Marianas Ankunft schien Teresa nicht überrascht. »Kommen Sie, gehen wir zu Roberto«, sagte sie, so wie man einen lieben Gast ins Haus bittet. Am Grab fasste sie nach Marianas Hand: »Roberto hat seinen Tod geahnt. Er wollte daheim sterben. Wenn ich alleine wäre, würde ich auch hierbleiben wollen. Aber Elia hat ihr Leben noch vor sich. Roberto kann für seine Tochter nicht mehr sorgen. Doch nirgendwo ist sie besser aufgehoben als bei Ihnen, in Ihrer Obhut, und niemand war darüber glücklicher als Roberto.« Jetzt griff sie auch nach Elias Hand, doch schon im nächsten Augenblick schlang sie die Arme um die beiden, drückte sie an sich und sagte entschlossen: »Wir schaffen es, Roberto wird uns helfen, er hat es mir versprochen.«

Elia blieb noch alleine am Grab zurück. Sie setzte sich auf den Boden, je länger sie so dasaß und schaute, desto leichter wurde ihr zumute. Vor ihr standen in einer gläsernen Vase rosa Tulpen. »Solange sie jung und frisch sind, strotzen sie knackig vor sich hin, aber wenn sie älter werden, verdrehen sie elegant die Hälse und fangen an zu tanzen, immer graziöser, schwereloser. Da wollt ihr sie wohl nicht wegwerfen«, hatte der Vater seine Lieblingsblumen immer lange verteidigt. Die Sonne schien, in den Zypressen zwitscherten Vögel, Elia strich über die trockene, warme Erde, die Krümel, die sie zwischen den Fingern zerrieb, zerfielen zu weichem Staub.

Auch Elias Herz wurde weich und warm. Und es ging auf und wurde weiter und weiter. Der Vater war bei ihr.

Elia war der verhätschelte und auch bewunderte Liebling des Vaters gewesen, das Nesthäkchen, seine Capretta. Damit war es vorbei. In wenigen Tagen war Elia erwachsen geworden, so erwachsen, wie ein empfindsames, phantasievolles Menschenkind das werden kann. Und so verkroch sie sich diesmal auch nicht wie ein verzweifeltes Kind in ihren Schmerz, sondern sah deutlich, durch den eigenen Kummer hindurch, die Not ihrer Mutter. Nicht einmal nach Robertos Verwundung und als es wirklich kritisch um ihn stand, hatte Teresa ihren Mut und ihren Witz verloren. Jetzt fühlte sie sich nach ihren eigenen Worten wie ein Vogel, den man mitten im Flug getroffen hatte: »Da sitz ich nun, zerzaust, verwirrt und angeschlagen, und weiß nicht mehr weiter.«

Als blutjunges Mädchen hatte sich Teresa in Roberto verliebt, nahezu dreißig Jahre lang waren sie verheiratet gewesen, und dreißig weitere gemeinsame Jahre waren ihr immer selbstverständlich erschienen, auch die eigenen Eltern lebten noch ganz vergnügt und zufrieden zusammen, und dabei war der Vater um die neunzig.

»Eine Witwe, das war für mich immer ein uraltes, verschrumpeltes Weiblein, das schief und krumm zum Friedhof humpelt und mit gichtigen Fingern ein paar verwelkte Blüten abzupft. Nein, darauf bin ich wirklich nicht eingestellt«, sagte Teresa kläglich zu Elia.

»Witwe, das gefällt mir auch nicht«, musste Elia zugeben.

Bisher hatte es Teresa mit wohlwollendem Augenzwinkern Roberto überlassen, Elia zu verwöhnen. Jetzt, in ihrer Ratlosigkeit, fing sie an, Elia ganz unmäßig zu umsorgen: »Bist du auch warm genug angezogen? Komm nicht zu spät heim! Soll ich dir einen Kuchen backen?« Das war alles gut gemeint und auch ganz bequem, aber es bekam ihnen beiden nicht.

Elia kam zu dem Schluss: »Selbständigwerden, das müssen wir jetzt beide lernen. Ich hab leicht reden, das weiß ich schon, ich hab ein interessantes Studium und ein verlockendes Ziel, das hilft und macht Spaß, egal, wie traurig ich bin. Du musst auch etwas finden, was dich auf andere Gedanken bringt. Aber nichts, was nur mit dem Haushalt zu tun hat oder mit mir.«

Finanziell kamen sie recht gut über die Runden, Herr Barbaroli bestand darauf, Robertos Gehalt weiterzuzahlen, und auch die Wohnung blieb ihnen erhalten. Padre Ironimo kam fast täglich vorbei, Freunde und Bekannte erschienen, manchmal ging es wieder ganz gemütlich zu in der Küche. Als Teresa endlich mit der Schneiderei wieder anfing, wurde sie von allen Seiten mit Anfragen bestürmt, aber sie fand immer neue Gründe, um eine Arbeit nicht annehmen zu müssen. Als Elia sich wunderte, zuckte Teresa müde die Achseln: »Mir fällt nichts ein, die jetzige Mode mag ich nicht, alles so steif und langweilig.« Nein, es ging Teresa nicht gut.

Da Robertino und Anna während des Trauerjahres kein großes Hochzeitsfest veranstalten wollten, beschlossen sie, rasch und ohne Aufwand zu heiraten. Die Hochzeit fand in Salerno statt, und Teresa und Elia waren dabei. Zu Hause, im Kreise der engsten Familie, wirkte Teresa zum ersten Mal seit Robertos Tod wieder recht munter. Elia sah es wohl, und so traf auch sie eine Entscheidung: Sie wollte alleine zu den ›Troubadour‹-Proben nach Neapel gehen. »Die fressen mich dort schon nicht. Mariana ist auch noch da. Du bleibst solange in Salerno und kommst zur Premiere rüber«, beschwor sie die Mutter. Padre Ironimo, der sich ebenfalls um seine alte Freundin Teresa sorgte, segnete Elias Idee ab, er fand sogar ein Zimmer für sie bei einer in Neapel lebenden Tante, und so erklärte sich Teresa schließlich, leicht murrend, einverstanden.

Damit tat Elia die ersten selbständigen Schritte in ihrem Sängerleben. Und im Leben überhaupt. Kleine, durch einen strengen Zeitplan weitgehend vorgegebene Schritte, wahrhaftig, keine mutwilligen Sprünge und Kapriolen. Doch fühlte es sich angenehm nach Freiheit an, wenn Elia am Morgen mit einem geschäftigen »Ciao« als Logiergast bei fremden Leuten aus dem Haus sprang und abends beim Essen mit Kollegen in einer Kneipe zusammensaß.

Ein bisschen verliebt war sie auch. Gar nicht so sehr in einen Mann, als vielmehr in seine Stimme, einen samtenen, warm schwingenden Bassbariton. Nun gut, der Mann gefiel ihr auch – seit langem, denn eigentlich handelte es sich um ihre erste Liebe, es war Enrico Tarlazzi. Den hatte sie als Kind bei seinem Konzert mit der Banda angehimmelt, heimlich, wie sie dachte, aber der Vater hatte sie damals verpetzt und zu Tode blamiert, oh Gott, war sie wütend gewesen.

Diesmal, so beschloss Elia, würde sie sich nicht verraten. Doch zumindest Mariana kannte ihr Schäfchen gut genug, um Elias verklärtes Strahlen, als sie beim Essen neben Enrico Tarlazzi zu sitzen kam, zu bemerken und richtig zu deuten. Du lieber Himmel, dachte Mariana mäßig erbaut, Liebeleien auf dem Theater konnte sie einfach nicht ausstehen. Wegen Enrico machte sie sich keine Sorgen, der brach zwar in seinen Paraderollen wie dem ›Don Giovanni‹ reihenweise Frauenherzen, privat jedoch lebte er zufrieden mit Frau und Kind und einer Schar Viechern auf einem Bauernhof in der Toskana. Aber Elia? Mühsam verkniff sich Mariana eine Bemerkung. Sie wollte ihr keine Ratschläge erteilen, nachdem Elia zum ersten Mal alleine war, sogar ohne die Mutter, es sei denn, sie betrafen die Musik, und da gab es nichts auszusetzen, Elia hielt sich sehr wacker innerhalb des Ensembles.

Giancarlo Morante, der Dirigent, war derart angetan von ihr, dass er sich überlegte, wo er Elia als Nächstes, und dann in einer größeren Rolle, einsetzen konnte: »Bei meinem ›Maskenball‹ nächstes Jahr in Bologna, da singst du den Oscar!« Elia lachte, erschrocken und geschmeichelt, und nahm das Lob nicht ganz ernst: Eine so diffizile Rolle wie der Oscar, das erschien ihr wahrhaftig eine Nummer zu groß, noch für geraume Zeit.

Ihr kleines Herzensgeheimnis wurde übrigens doch recht bald gelüftet. Wenn sie selbst nichts zu tun hatte, saß sie stundenlang im Zuschauerraum und verfolgte die Proben. Und so kam es, dass Enrico Tarlazzi plötzlich von der Bühne herunterrief: »Genauso hat sie dagesessen, mucksmäuschenstill, mit riesigen Augen und schiefgelegtem Köpfchen, ich habe mich schon gefragt, woher ich das kenne: Jetzt hab ich's, Elia, das kleine Mädchen von der römischen Banda, das bist du!« Als Mariana davon erfuhr, seufzte sie erleichtert: »Ja, wenn das so ist! Weißt du, es gibt gewisse Künstlernaturen, die müssen sich, um sich zu spüren, jedes Mal verlieben, egal in wen, den Regisseur, einen Sänger, Hilfsassistenten, und damit stiften sie dann Verwirrung. Für einen Augenblick hatte ich Angst, du gehörtest am Ende auch zu denen. Aber ein alter Kinderschwarm, das ist was anderes!«

»Und eine Freundschaft, ist die erlaubt?«, amüsierte sich Enrico Tarlazzi. »Einen zuverlässigen Freund, wer könnte den nicht gebrauchen? Dazu in unserem Gewerbe«, sagte Mariana nachdenklich.

Teresa hatte sich nach der ›Troubadour‹-Premiere, zu der sie mit Laura angereist war, lange mit Enrico Tarlazzi unterhalten. Noch völlig aufgewühlt durch das mühselige, düstere Geschehen auf der Bühne, empfand sie dessen herzliche, spontane Anteilnahme an Robertos Geschick als besonders wohltuend, und so vertraute sie ihm ihre heimlichen Ängste an: »Alle loben Elia über den grünen Klee. Manchmal bin ich gar nicht so froh darüber, ich weiß, das ist egoistisch, aber sehen Sie, dann bleibt sie sicher nicht mehr lange zu Hause, und ich sitz vollends alleine da.«

»Ja, das kann ich verstehen«, nickte Enrico mitfühlend, doch dann hellte sich seine Miene auf: »So was ist kein Zufall! Teresa, ich hab einen entzückenden Hausgenossen für Sie. Oder eher noch eine Genossin. Ausgerechnet heute hat meine heißgeliebte Hündin ihre Jungen geworfen, darum konnte meine Frau auch nicht herkommen.«

Wenige Wochen nach der letzten ›Troubadour‹-Vorstellung erschien Enrico in Rom, er trug einen Korb, darinnen lag ein etwas zerzaustes Häuflein rotgoldenes Fell: »Euer neues

Familienmitglied, Fiamma di Montalto, unterwegs hat sie ein bisschen gespuckt, es war ihre erste Reise«, stellte er vor. Dann beugte er sich zu dem Hundebaby, murmelte etwas Beruhigendes und nahm es liebevoll auf den Arm. Teresa und Elia schmolzen auf der Stelle dahin. Fiamma blickte die beiden wohlgemut und neugierig aus blanken Kinderaugen an. Ein Ohr stand spitz in die Höhe, das andere war zierlich abgeknickt.

Außer dem Korb hatte Enrico noch allerhand Hunde-Utensilien mitgebracht, Kissen, Decken, Babynahrung und einen prachtvollen Stammbaum, denn Fiamma entstammte einem adeligen Irish-Terrier-Geschlecht, unter ihren Ahnen wimmelte es von Medaillenträgern. »Sie ist der absolute Star unter ihren Geschwistern, und so was braucht ihr, gerade weil ihr nicht so viel von Hunden versteht«, erklärte Enrico stolz.

Fiamma entwickelte sich rasch zum Familienmittelpunkt. Teresa war bis dahin selten spazieren gegangen, jetzt unternahm sie fast täglich einen kleinen Ausflug. Als es draußen kühler wurde, erschienen einige andere Hunde in sonderlichen Vermummungen, alten Pullovern, mit Gurten um den Leib geschnallten Decken. Ein wie eine Wurst umwickelter Dackel tat ihr besonders leid, seine kurzen Beine reichten kaum mehr zur Erde. Sie sprach mit seiner Besitzerin, die freundliche alte Dame lud sie zum Tee ein, der Dackel wurde vermessen, und aus einem edlen Kaschmirplaid nähte Teresa eine elegante, vielfach bewunderte Hundeschabracke. Weitere Kreationen folgten, endlich machte Teresa das Nähen wieder Spaß.

Noch eine Anregung war Fiamma zu verdanken: Sie fuhr leidenschaftlich gerne Auto. Das stellte sich bei Robertinos und Annas Besuch heraus. Robertino hatte seinen Wagen im Hof geparkt. Als er noch einmal hinunterging, um etwas aus dem Auto zu holen, saß Fiamma erwartungsvoll auf dem Rücksitz. »Ja, dann fahren wir gleich los«, sagte Robertino und startete zu einer kleinen Stadtrundfahrt. Seitdem betete

Fiamma Robertino an, solange er da war, wich sie ihm nicht von der Ferse.

Da konnten Elia und Teresa nicht zurückstehen. Zunächst fuhr immer Elia, und Teresa, die irgendwann einmal ihren Führerschein gemacht hatte, fungierte nur als erwachsene Begleitperson. Aber nach einiger Zeit übernahm auch sie wieder das Steuer, und wenn Elia nicht da war, wagte sie auch alleine eine Spritztour, selbstverständlich mit Fiamma als aufmerksamer Beifahrerin.

»Ich finde, sie hat einen ziemlichen Trommelbauch, dabei frisst sie gar nicht viel«, wunderte sich Teresa eines Tages. In den ersten Monaten sollten kleine Hunde noch kein Fleisch bekommen, sondern Griesbrei, so hatte Enrico erklärt. Darum kochte Teresa mit viel Liebe täglich ein Breichen, aber seit Kurzem schnupperte Fiamma meist nur noch daran und wich dann mit angewiderter Miene von ihrem Napf zurück. Teresa mochte noch so locken und flöten, der schöne Brei blieb stehen, aber wundersamerweise gedieh Fiamma dennoch prächtig.

Des Rätsels Lösung entdeckte Elia im Hause Barbaroli. Dort ging es gerade zu wie in einem Taubenschlag, denn Monicas Hochzeit stand bevor. Und zwar mit dem Tanzstundenjüngling, um dessentwillen Monica sich seinerzeit kasteit und gegrämt hatte. Jetzt fügte sich das Ganze zu einem von beiden Familien begrüßten Happy End, Geld kam zu Geld, und ein ehrgeiziger junger Architekt als Schwiegersohn war für die Firma Barbaroli sicher ein Gewinn.

Das Festprogramm sollte auch Überraschungen bieten. »Möglichst was Anspruchsvolles, und da haben Papa und ich an dich gedacht«, sagte Monica, sie war eigens zu Elia herübergekommen. Da Elia sofort erschrocken abwinkte, fügte sie eifrig hinzu: »Federico wird bestimmt nicht kommen, den wollen wir bei uns nicht mehr sehen, den und seinen Kumpan Gino, das sagt auch Margareta.«

Daran hatte Elia gar nicht gedacht, ihr graute nur bei der

Vorstellung, sich Aug in Aug mit einem schnatternden, aufgetakelten Publikum mutterseelenallein produzieren zu müssen. »Das muss ich mit meiner Lehrerin besprechen«, sagte sie, um Zeit zu gewinnen.

»Natürlich machst du das, und du kannst das auch, du hast schon in Kirchen gesungen, in der Oper, und jetzt singst du in einem Privathaus, das ist eine tolle Erfahrung. Allein bist du auch nicht, es gibt doch ein Orchester, mit dem tust du dich zusammen«, bestimmte Mariana entschlossen. »Sing nicht zu lange, die Leute müssen bedauern, wenn du aufhörst, nicht erleichtert sein. Mit ein paar dieser schönen ›Arie Antiche‹ fängst du an. Aber das mit dem ›anspruchsvoll‹, das würde ich nicht so ernst nehmen. Gern etwas Neapolitanisches, womöglich Spanisches, so was kommt immer gut an.«

Also gut. Der Einfachheit halber nahm Elia meist den Weg durch den Gesindeeingang, wenn sie zu den Barbarolis ging. Und wen entdeckte sie dort durch die halboffene Küchentüre? Fiamma, die sich gerade über einen großen Teller mit Fleisch und Nudeln hermachte, den ihr die Köchin am Boden serviert hatte. »Oh nein«, schrie Elia wütend, Hündchen und Köchin gleichermaßen erschreckend. »Du bist eine ganz, ganz Böse«, schimpfte sie und wandte sich dann der Köchin zu: »Lina, das dürfen Sie nicht, wirklich, wollen Sie den Hund umbringen? Fiamma darf nur bei uns zu fressen kriegen!«

»Ach, so ein kleines Tellerchen, sie ist immer so hungrig«, verteidigte die sich. Fiamma fraß in der Zwischenzeit schleunigst den Teller leer. Als Elia wieder zu ihr hinsah, leckte sie sich gerade den Bart.

Auch Teresa hatte eine pompöse, auf Büttenpapier gedruckte Einladung zur Hochzeitsfeier erhalten. »Signor Luigi Barbaroli und Signora Eleonora Barbaroli, geb. Morelli, geben sich die Ehre, die Vermählung ihrer Tochter Monica mit Signor Emilio Piazzale anzuzeigen ...« Aber Teresa sagte ab. Der enttäuschten Elia erklärte sie: »Vielleicht geh ich in die Kirche, aber nicht zu dem Empfang. Da laden sie mich doch nur ein, weil du singst. Ich gehöre da nicht hin. Ich kenne doch Frau Barbaroli, was meinst du, wie peinlich ich der wäre: die Frau des Chauffeurs.«

Elia sah das nicht ein:»Ja und, was bin dann ich? Die Tochter des Chauffeurs, ist das vielleicht besser?«

Teresa ließ sich nicht beirren.»Nein, dich wollen sie als Künstlerin. Nicht als Tochter und auch nicht als Schulkameradin von Monica, glaub das bloß nicht. Aber Künstlerin, das ist was für sich, wenn du erst berühmt bist, dann fragt dich später keiner mehr, woher du kommst.«

»Na prima«, regte sich Elia auf,»dann werde ich es ihnen sagen müssen.«

Vor ihrem Auftritt hatte Elia schreckliches Lampenfieber. Sie sang sich zu Hause ein und huschte erst im letzten Augenblick hinüber ins Haupthaus, durch den Hintereingang selbstverständlich. Mit einer munteren Canzonetta von Scarlatti fing sie an: ›Gia il sole del Ganges…‹ Bei den ersten Takten zitterte ihr noch ein wenig die Stimme, aber dann fixierte sie entschlossen Herrn Barbaroli, auf sein Wohlwollen konnte sie sich verlassen:»Sing nicht irgendwo ins Weite, nimm Kontakt auf zum Publikum«, hatte ihr Mariana von jeher eingebläut. Einige getragene, süße Lieder folgten, darunter ihr geliebtes ›Amarilli‹ von Caccini.

Diesen ersten Teil schloss sie ab mit einem effektvollen, geistreichen Stück von Paisiello: ›Che vuol la zingarella…‹ Nahtlos ging sie über zu einem unerschrockenen Potpourri von melancholischem Schmelz, rhythmisch-dramatischen Klagen, munteren Moritaten und stimmungsvollen Volksliedern. Genüsslich ergab sie sich den weichen, zischelnden neapolitanischen Lauten, die nur hervorzubringen vermochte, wer aus dem Süden kam. Und das waren im Publikum nicht wenige, die freuten sich jetzt und jubelten noch viel mehr als vorher bei den noblen Gesängen. Schließlich kündigte Elia an: »So, liebe Monica, und nun zum Schluss dein Lieblingslied!« Die Kapelle intonierte ein gefühlvolles Geklimper, Elia begann schmeichlerisch-schmachtend, bis hin zum berühmten »*Volare, oh oh, cantare, oh oh oh oh* ...«, wochenlang hatte es Monica durchs Haus dröhnen lassen, bis hinüber in die Chauffeurswohnung. Erst ein mysteriöser Kratzer, quer über die ganze Platte, hatte dem unermüdlichen Sänger den Garaus gemacht. Seinerzeit hatte Monica jämmerlich geheult, jetzt lachte sie Tränen, und Leo, der mutmaßliche Attentäter von damals, schrie sich heiser: »Bis, bis, noch mal, diesen herrlichen Schlager hat ja noch kein Mensch von uns jemals gehört.«

Das Publikum jubelte, aber zu mehr als einer Zugabe ließ sich Elia nicht hinreißen. ›Vittoria, Vittoria ...‹ von Carissimi, ein temperamentvoller und zugleich zierlicher Abschluss.

Eigentlich hatte Elia vorgehabt, gleich nach ihrer Darbietung zu verschwinden. Aber dann blieb sie doch, denn anders, als sie geglaubt hatte, erschienen ihr die Komplimente, mit denen sie umschmeichelt wurde, keineswegs unangenehm oder übertrieben, im Gegenteil, sie lauschte ihnen mit Behagen.

Eine hagere Dame mit einem recht charmant wirkenden Pferdegebiss lobte ihre ausgewogene, geschmackvolle Vortragsweise: »Vom Gesanglichen her gelten diese Arien als unkompliziert, aber wie viele berühmte Sänger haben sich damit nicht schon blamiert? Entweder sie tragen viel zu dick auf oder es klingt maniert und gekünstelt naiv, grauenhaft. Sie haben wunderschön schlicht und doch zu Herzen gehend gesungen, ich gratuliere Ihnen und würde Sie gerne zu einem kleinen Konzert einladen. Wenn es Ihnen recht ist, setzt sich mein Sekretär mit Ihnen in Verbindung.« Auch für eine weitere Hochzeit wurde Elia engagiert, diesmal für einen Auftritt in der Kirche, in der zauberhaften Santa Sabina. Dort einmal singen zu dürfen, war sehr verlockend.

Margareta schwebte kurz vorbei und hauchte Elia die Andeutung eines Küsschens auf die Wange: »Weiter so, Mädchen.« Im Gegensatz zur edel, aber äußerst konventionell gewandeten Braut trug sie eine raffiniert geschlitzte und drapierte Kreation, ihre Augen waren mit schwarzen Lidstrichen mandelförmig umrandet, auch die mit einem Mal lackschwarzen Locken fügten sich mit Sicherheit dem gestalterischen Willen eines großen Meisters. Elia, die sich aus Mode nicht viel machte, aber doch ein gutes Auge dafür besaß, pfiff anerkennend durch die Zähne: »Tja, Kindchen, Paris, das spießige Zeug hier überlasse ich Mamma und Monica«, hauchte Margareta verächtlich.

»Was treibst du jetzt so?«, versuchte Elia zu fragen, aber Margareta winkte bereits einer anderen Gruppe von Gästen zu.

»Viel zu tun, viel zu tun, ich erzähl dir das mal später«, rief sie halb im Weggehen.

Leo, der auch gerade des Weges kam, erklärte brüderlich herzlos: »Ja, ja, die Ärmste, sie reibt sich völlig auf. Nachts ist sie auf der Piste, und am Morgen scharren schon ihre Pferde ungeduldig mit den Hufen. Denn zu den Olympischen Spielen wollen wir ja nominiert werden als Dressurreiterin und mindestens drei Goldmedaillen holen. Im Moment fehlt uns noch die Kondition, aber die Pferde kann man ja zum Glück gegen gutes Geld zureiten lassen.«

»Aber chic sieht sie aus«, fand Elia trotzdem.

»Komm, lass uns tanzen«, sagte Leo, da die Musikkapelle zu spielen begann.

Ich komme bald wieder, und tanzen tu ich auf keinen Fall, hatte Elia ihrer Mutter noch im Weggehen mitgeteilt. Doch Leo drängte sie hinüber zur Tanzfläche: »Dieses eine Tänzchen, was ist schon dabei?« Ja, wirklich, was denn?

Auch Herr Barbaroli bat sie um einen Tanz: »Bald werde ich mich nicht mehr getrauen, du zu dir zu sagen«, meinte er charmant. Mit einem unbekannten Herrn legte sie noch einen Cha-Cha-Cha aufs Parkett.

Schließlich kam Elia mit roten Backen und zerzausten Haaren nach Hause – Margaretas Frisur saß zu diesem Zeitpunkt noch wie angegossen, wie Elia im Weggehen neidvoll gesehen hatte. Die Mutter und Padre Ironimo verzehrten gerade einen Teller Spaghetti in der Küche. »Schön war's, alles lief wie geschmiert, du hättest doch mitkommen sollen«, rief Elia vergnügt. Außer einem riesengroßen Blumenstrauß hatte man ihr auch noch einen fein bedruckten, länglichen Umschlag überreicht. »Geld kriegt sie auch noch«, meinte Padre Ironimo befriedigt, nachdem Elia das Kuvert geöffnet hatte.

»Dafür kaufe ich mir ein neues Fahrrad«, das stand für Elia fest.

Bisher gab es nur Robertos schweres schwarzes Herrenfahrrad. Teresa fühlte sich darauf sicher, aber Elia, die oft damit in die Stadt fuhr, fluchte doch, wenn sie das Ungetüm auf dem Heimweg den Berg hochschieben musste. Jetzt, mit dem silbrig glänzenden Flitzer mit Gangschaltung, schaffte sie es meist die ganze Via Veneto hinauf, ein wirklich erhebendes Gefühl und zudem ein gutes Training für die Lungen.

Auch Fiamma profitierte von dem Neuerwerb. Wenn Elia Zeit hatte, pfiff sie ihr und rief: »Auf geht's, *allez hopp*«, und bald stürmten die beiden über die Alleen der Villa Borghese, dass alles nur so flog, Haare, Ohren, Röcke. Doch kam es auch vor, dass Fiamma die Lockrufe nicht zu hören schien. Dann lag sie im hintersten Winkel unter Teresas Bett verkrochen, und wenn Elia sie darunter hervorzerrte, blickte Fiamma überaus mürrisch und vorwurfsvoll drein. Der Grund dafür war in der nachbarlichen Küche zu suchen. Von wegen hündische Treue, Fiamma hatte ein großes Herz für alle, die sie mit Leckerbissen verwöhnten.

Elia dachte viel an den Vater, eigentlich konnte sie es immer noch nicht fassen, dass er nicht mehr da war. Aber stimmte das überhaupt? Besonders zu Hause fühlte sie häufig ganz deutlich seine Nähe, so, als stünde er neben ihr, und auch Teresa, der sie es erzählte, wunderte sich nicht darüber: »Wenn er Lust hat, besucht er uns. Fiamma kennt ihn auch, hast du gemerkt, wie sie sich manchmal streckt und glücklich hin und her dreht, so als würde jemand sie streicheln, auch wenn wir gar nicht in der Nähe sind. Weißt du, ich denke, er hört uns zu und freut sich, wenn es uns gut geht.«

»Und wenn wir jammern und womöglich Mist bauen, dann ist es für ihn noch schlimmer als zu seinen Lebzeiten, denn er kann ja nicht mehr in unser Leben eingreifen und uns helfen«, spann Elia den Gedanken weiter aus. Aber nicht einmal das war ganz sicher. Elia hatte sich angewöhnt, vor dem Einschlafen das Tagesgeschehen noch einmal an sich vorüberziehen zu lassen, so als würde sie es dem Vater schildern. Manchmal fragte sie ihn um Rat, und jedes Mal, so schien es ihr, erhielt sie eine Antwort, die ihr weiterhalf.

Elia hatte ein volles Arbeitsprogramm. Mit dem Chor der Accademia di Santa Cecilia sang sie bei großen Konzerten, außerdem war sie Mitglied in einem A-cappella-Chor. Einmal in der Woche, zusammen mit einigen Kommilitoninnen, unter der Leitung eines unternehmungslustigen Professors, probten sie Stücke aus der einschlägigen Literatur, entzückende Sachen von Mendelssohn, Palestrina, Liszt, Bach, sogar Russisches, der reine, fast knabenhafte Ton der wenigen Frauenstimmen konnte süchtig machen, fand Elia. Außerdem bildete sie auch weiterhin, zusammen mit Teresa, bei Padre Ironimo in seinem Kirchenchor die unverzichtbare Stütze.

Auch bei Robertos römischer Banda war Elia bereits einmal eingesprungen – als Flötenspielerin! »Angeblich ist der Kerl krank. Aber ich glaube, er hat vor dieser schweren Stelle bei dem Beethoven einfach das Fracksausen gekriegt. Die hat sowieso nur dein Vater spielen können. Was soll ich jetzt machen, übermorgen ist das Konzert? Du musst mir helfen«, hatte der berüchtigt jähzornige und anspruchsvolle Dirigent Elia am Telefon angefaucht. Das war so ein Abend, an dem Elia den Vater stumm um Rat bat, und der kam auch, mit einem leisen Kichern, eine Täuschung schien Elia nicht möglich: »Tu's, um des lieben Friedens willen, deine Mutter soll dir meine Uniformjacke enger nähen.« Aber um ein Haar hätte auch Elia die schwierige Stelle verpatzt. Denn als sie auf dem Platz des Vaters saß, in seiner Jacke, konnte sie nur mit Ach und Krach, gerade noch rechtzeitig vor ihrem Einsatz, die Tränen hinunterschlucken. Zum Glück hatte es außer Teresa niemand gemerkt.

Die Hauptarbeit aber fand immer noch bei Mariana statt sowie in der Accademia und bei Signor Ruteli. Mariana war nach wie vor viel unterwegs.

»Sobald meine Stimme nicht mehr mitmacht, hör ich auf«, hatte sie vor Jahren behauptet, aber die Stimme dachte gar nicht daran. Immerhin versuchte Mariana, ihre Reiseroute auf eine »Nord-Süd-Achse« zu reduzieren, wie sie es nannte, die reichte dann von Palermo bis Stockholm, und jede Menge »Abstecher« gab es auch, nach Leningrad, inzwischen sogar Moskau, London, Paris, Madrid, New York, Buenos Aires ...

Dazu immer wieder Stuttgart, wo sie sich einmal sogar auf eine Rolle einließ, die sie normalerweise nicht sang, weil sie ihr zu eindimensional und damit reizlos und langweilig erschien, die Herodias in der ›Salome‹ von Richard Strauss. Aus reiner Neugier, und zwar auf die Sängerin der Salome, machte sie eine Ausnahme: Ein Gesangswunderkind, so etwas gab es also auch. Mit sechzehn Jahren hatte sie in großen Rollen losgelegt, jetzt mochte sie zwanzig sein, kaum älter als Elia, schon darum interessierte sich Mariana für sie. Das junge Mädchen gefiel ihr sehr, unbefangen, offen und witzig, wenn sie Leute nachmachte, kugelten sich alle vor Lachen. Ein richtiger Kumpeltyp, gar nicht sehr hübsch, hochaufgeschossen und eckig. Doch nur bis sie auf der Bühne stand: wild, unschuldig, schillernd, verletzlich, eine wahrhaft wunderschöne, grazile Prinzessin Salome. Mit einer erstaunlichen Stimme, einer gläsern kühlen »voce bianca«, die in den hohen Lagen über eine enorme Tragfähigkeit verfügte, wie man sie nicht oft, und bei sehr jungen Sängerinnen schon gar nicht zu hören bekam.

Mariana zeigte sich besorgt: Hielt eine junge Stimme derartig frühen Belastungen stand? Doch die Voraussetzungen dafür schienen gut, abgesehen von der Riesenbegabung: Nerven wie Schiffstaue, ein positives, unkompliziertes Gemüt, Selbstbewusstsein, Fleiß, Gesundheit – ach, und zuletzt lag es sowieso in Gottes Hand.

Mit Signor Ruteli nahm Elia inzwischen systematisch bestimmte italienische Opern durch : ›Traviata‹, ›Otello‹, ›Rigoletto‹, und Mariana überwachte den Feinschliff bei den großen Arien. »Nachdem man dich schon in die Paläste einlädt, solltest du dir auch ein kleines Arien-Repertoire zulegen«, hatte Mariana befunden. »Die Dame mit den interessanten Zähnen, das ist die Principessa persönlich. Palazzo Colonna, du wirst dich wundern, wenn du bei diesen Leuten ankommst, dann bist du in Rom gemacht. Ich kenne die Fürstin ganz gut, die redet nicht nur so daher, du wirst sehen, sie hält Wort.«

Tatsächlich erhielt Elia schon kurz nach Monicas Hochzeit einen wappengeschmückten Brief, worin man sie in geschnörkeltem, altmodischem Italienisch um eine Unterredung bat. Wie Elia erfuhr, sollte das Konzert erst in einiger Zeit stattfinden, der Sekretär, ein ungemein korrekter Mensch, liebte eine längerfristige Planung, auch alles Übrige schien weitgehend festgelegt, die Teilnehmer, einige noch unbekannte junge Musiker sowie das Programm, alte Musik, den Räumlichkeiten entsprechend.

Langsam wurde es auch Zeit, sich mit der ›Zauberflöte‹ zu befassen. Gleich zu Anfang murrte Signor Ruteli: »Uns kann es recht sein, aber ich halte es für eine Schnapsidee, die ›Drei Knaben‹ mit Sängerinnen zu besetzen. Ich weiß schon, angeblich sind Knabenstimmen für viele große Häuser zu dünn, und makellos rein klingen sie manchmal auch nicht. Aber das ist doch der Witz bei den beiden Hilfstruppen, die im Verlauf der Handlung immer wieder eingreifen: Hier die ›Drei Damen‹, von denen sich jede auf der Stelle höchst individuell in den hübschen Prinzen verguckt und dann nur an sich denkt

und auf die beiden Gefährtinnen eifersüchtig ist. Und dort die
›Drei Knaben, drei Knäbchen, jung, schön, hold und weise‹,
die ihre Aufgabe ernst nehmen, fürsorglich und entschlossen
helfen und sich stets als Terzett einmütig wie in einem drei-
stimmigen Choralsatz äußern. Das Liebesleid und Durcheinander ihrer Schützlinge ist den Knaben unheimlich und
verwirrt sie. Einmal, beim Anblick der vor Verzweiflung halb
wahnsinnigen Pamina gerät die homogene Ordnung der
Gruppe sogar ein paar Takte lang ins Stolpern, der erste Knabe
sieht die Arme hereinstürzen und vermeldet das alleine, die
beiden anderen fragen daraufhin erschrocken: ›Wo ist sie
denn?‹ Das bedeutet dann aber schon das Äußerste an indi-
vidueller Regung. Wenn Knaben das singen, ergibt sich ganz
von selbst eine zauberhafte Mischung aus kindlichem Ernst
und Mitgefühl und unschuldigem Verwundern.«

Weder Elia noch Signor Ruteli kannten die beiden anderen
zukünftigen Mitstreiterinnen, aber es war doch anzunehmen,
dass es sich auch bei ihnen nicht um alterfahrene Sängerinnen
mit Riesenstimmen handeln würde. Elia kam ihre Erfahrung
beim A-capella-Singen zugute, auch da ging es um Homoge-
nität und klaren Klang. »Drei sehr junge, schlanke Mädchen-
stimmen, das kann auch seinen Reiz haben«, räumte Signor
Ruteli nach einer Weile ein.

Vom wilden, munteren Leben, das Rom angeblich durchpulste, bekam Elia über ihren vielen Tätigkeiten kaum etwas
mit. Immerhin traf sie sich gelegentlich mit Gwendolyn, die
sie mit Schnurren aus der Filmwelt unterhielt.

Nach dem Abitur hatte Gwendolyn sich an der Universität
in Philosophie und Literaturwissenschaft eingeschrieben.
Aber schon nach einigen Vorlesungen kamen ihr Bedenken,
ob der, wie ihr schien, etwas erschlaffte Busen der Alma Mater
wirklich das ersehnte geistige Lebenselixier enthielt. Stattdes-
sen nahm sie einen winzigen, miserabel bezahlten Aushilfsposten bei einer Filmproduktion in Cinecittà an. Obwohl sie
nur Kaffee holen musste und von dem rasend nervösen, über-

forderten Aufnahmeleiter ständig heruntergeputzt wurde, merkte sie: Jawohl, das ist meine Welt!

Gwendolyn schleppte Elia auch ins Kino. Zunächst ließ sich alles bestens an. Bei ›Some like it hot‹ verliebte sich Elia in sämtliche Hauptdarsteller, Marilyn Monroe mit eingeschlossen. Sogar bei einem quälend aufwühlenden Film wie ›Rocco und seine Brüder‹ war sie anschließend zu stundenlangen Diskussionen bereit. Doch in ›Psycho‹, bei der berüchtigten Duschszene, graute es Elia dermaßen, dass sie am ganzen Leib zitterte.

»Ich versteh das gar nicht«, sagte Gwendolyn schnoddrig, »in der Oper wird doch ständig gestorben und abgemurkst, und je süßer und unschuldiger eine Heldin ist, desto sicherer beißt sie ins Gras.«

»Die Musik wühlt mein Herz auf, meine Gefühle, aber dieser Hitchcock hat es auf meine Nerven abgesehen, er will mich verrückt machen vor Ekel und Angst. Nein, das halte ich nicht aus«, empörte sich Elia.

»Gut, gut, das nächste Mal gehen wir in einen Märchenfilm, vielleicht ›Schneewittchen‹ von Disney«, beschwichtigte Gwendolyn die Freundin. Schließlich mussten sie beide lachen. »Die Nerven«, das wurde zwischen ihnen zum geflügelten Wort.

Elia und Padre Ironimo besuchten auch weiterhin Konzerte und die Oper. Bei kleineren Konzerten ging manchmal Teresa mit, aber bei Opernbesuchen erklärte sie: »Das dauert zu lange, das kann ich Fiamma nicht antun.« In Wirklichkeit hatte sie Angst: An solchen Abenden fehlte ihr Roberto allzu sehr. Dafür hatte sie es gerne, wenn sich allerhand Volk bei ihr in der Küche zusammenfand und kochte und schmauste und quatschte.

Manchmal ging Elia aus, in Herrenbegleitung, und zwar mit Massimo. Der hatte sie, ohne dass seine Mutter davon wusste, kurz nach Robertos Tod angerufen: »Ein uralter Freund von mir hat ein Lokal eröffnet. Jetzt gehen wir regelmäßig Schau-Essen, damit die Bude gut besucht wirkt. Du, als strahlende junge Dame, wärst uns dabei eine große Hilfe.«

Meistens holte Massimo Elia mit seiner Vespa von zu Hause ab. Schon beim ersten Mal, während er sich mit Teresa unterhielt, war Fiamma erschienen und hatte sich vor ihn hingesetzt, ihn kurz gemustert und ihm dann eine Pfote aufs Knie gelegt. »Da muss ihr jemand schon sehr sympathisch sein. Jetzt gehören Sie gewissermaßen zur Familie«, hatte Teresa gelacht.

Manchmal war es auch praktischer, wenn Elia Massimo abholte. Der wohnte, seitdem er studierte, in Pietros ehemaliger Junggesellenwohnung, die Mariana so geliebt hatte und die direkt neben der Accademia lag. Das Restaurant des Freundes wiederum befand sich nur zwei Seitengässchen davon entfernt.

Der Wirt war niemand anderes als Umberto, Esmeraldas jüngerer Sohn und Massimos uralter Kindheitsgeselle. Er hatte die Begabung seiner Mutter geerbt und ihr schon als kleiner Bub beim Kochen geholfen und in die Töpfe geguckt. Sooft er konnte, hatte er seine Mutter auf den Markt begleitet, ihm gefiel dort einfach alles, wie es da roch und gackerte und plätscherte, die bunten Salate, die silbrigen Fische, das leuchtende Obst, die alten Bauernweiblein.

Wie seine Mutter kannte auch Umberto bald jeden einzelnen Händler und sah es jedem Salatkopf oder Fisch schon von Weitem an, wie es um ihn stand. Im Metzgerladen tat sich ihm vollends die Erkenntnis auf, dass es beim Essen nicht darum ging, den Leib am Funktionieren zu halten. Keine Oper, kein Bild, keine Skulptur konnte ernsthaftere, inbrünstigere Kritiker finden als Esmeralda und den Metzger, wenn sie den Braten vom Vortag besprachen.

Gleich nach Schulabschluss hatte Umberto eine Lehre in einem altrömischen Restaurant absolviert und war dann für einige Zeit in ein renommiertes Schlemmerlokal nach Frankreich gegangen. Doch die französische Küche hatte ihn nicht zu begeistern vermocht, alles schwamm in dunkelbrauner Butter, selbst gerade noch duftende Waldpilze ersoffen darin. Schon nach kurzer Zeit krümmte sich verzagt seine Galle angesichts der unvermeidlichen Gänseleberberge.

Als ihm von einem entfernten Verwandten das kleine Lokal angeboten wurde, genau in dem Viertel, in dem er geboren und aufgewachsen war, kehrte er eilends zurück in seine Heimatstadt. Er hatte dazugelernt, was er auf keinen Fall kochen wollte.

Schon nach dem ersten, in der Tat famosen Essen hatte Elia das Gefühl, als kenne sie Massimos Freunde von Kindesbeinen an. Auch Stefano gehörte dazu, Massimos Vetter. Er studierte Jura und erzählte Elia genüsslich von den ehemaligen Schwarzmarktgeschäften und kleinen Diebereien. Meist wurde es spät nach dem Essen, und Massimo brachte Elia auf dem schnellsten Weg nach Hause: »Wir wollen beide keine Schimpfe kriegen von meiner Mutter«, denn Mariana, das wussten sie, würde kein Verständnis haben, wenn Elia am nächsten Morgen verquollen und heiser bei ihr erschiene.

Aber gelegentlich hauten sie doch auf den Putz, es gab ja auch Tage, an denen man ausschlafen konnte. Dann fuhr die ganze Clique zum Tanzen, mit aufheulenden Vespas, angeführt von Umberto auf seinem alten Motorrad, das er zum Start erst im Schweinsgalopp anschieben musste, um sich dann, wenn es endlich knatternd lief, mit einem kühnen Satz daraufzuschwingen. Am liebsten gingen sie zu »Piper«, da war es volkstümlich-lustig und nicht sehr teuer und es gab gute Musik. Sie tanzten, bis ihnen der Schweiß herunterlief, Cha-Cha-Cha, Rumba, Samba und Rock 'n' Roll. Mit dem geschickten Umberto als Partner gelang Elia sogar der Überschlag, den sie sich bis dahin nicht getraut hatte. Wenn sie beide so richtig loslegten, hörten viele Paare mit dem Tanzen auf, machten ehrerbietig Platz und klatschten Applaus. Elia musste an die Tanzabende denken, wo sie und Federico ebenfalls bewundert worden waren wegen ihrer eleganten Tanzfiguren. Doch das unbeschwerte, wilde Herumgehopse jetzt machte ihr noch mehr Spaß, ach, wie angenehm und vergnüglich, einfach flirten und herumalbern zu können, ohne dabei verliebt zu sein!

Als Stefano Geburtstag hatte, lud er die Freunde zu »Bruno al Quirinetta« ein, einem schicken, recht teueren Lokal, in dem auch gesungen wurde. Nach ein paar Gläschen Wein stach Massimo der Hafer, er ging zum Mikrofon und kündigte aus heiterem Himmel an: »Meine sehr verehrten Herrschaften, Ruhe, bitte Ruhe, ein neuer Stern am Schlagerhimmel wird Ihnen jetzt ein Lied singen. Dein Auftritt, Elia, bitte Applaus!« Elia wollte fliehen, aber sie wurde wieder eingefangen, sie fluchte und stampfte mit dem Fuß: »Nein, nein, ich will nicht, du bist gemein«, da stand sie schon auf dem Podium und blickte zornig in erwartungsvolle Gesichter. Was sollte sie tun? Sie schleuderte noch einmal einen wütenden Blick hinüber zu Massimo, dann überlegte sie kurz, warf die Haare zurück und zischte dem Orchester etwas zu. Das fing munter an zu spielen, und Elia legte los: »Nel blu dipinto di blu« ... Das Publikum johlte und fiel lauthals mit ein: »Volare, oh oh, cantare, oh oh oh oh ...« Fröhliches Gejubel und Gepfeife belohnte die genötigte Sängerin, Umberto trillerte gellend auf zwei Fingern, der Besitzer des Lokals spendierte eine Flasche Champagner, Massimo fiel zur Abbitte vor Elia auf die Knie. Die schüttelte ihn rüde an den Haaren und puffte nach ihm, dann zog sie ihn hoch: »Komm, tanzen wir.«

Nein, Massimo war nicht wie ein Bruder, wie Elia anfangs gedacht hatte, er war ein richtig guter Freund.

Als Elia zusammen mit den übrigen jungen Künstlern den Festsaal im Palazzo Colonna zu sehen bekam, verschlug es ihnen erst einmal die Sprache. Wie eine eingeschüchterte kleine Schafherde drängten sie sich dichter aneinander und mochten nicht weiter in den Saal hineingehen. Allein schon die Ausmaße dieser ineinanderführenden drei Säle, und dann, welche

Pracht! An den Wänden dicht an dicht Bilder, davor, auf Sockeln große Marmorstatuen, an den Decken riesige Fresken, mythologisches Schlachtengetümmel, üppige Landschaften. Und hier sollten sie auftreten!

Signor Marianelli, der Sekretär, ließ ihnen Zeit, er kannte diese Reaktion schon und war stolz darauf. Schließlich erklärte er doch:»Sie staunen mit Recht, in ganz Rom, in keinem anderen Palazzo, ja wahrscheinlich nirgendwo auf der Welt, werden Sie eine so schöne, raffiniert verzierte, elegante Räumlichkeit finden wie diese Galerie. Achten Sie nicht nur auf die Bilder und Skulpturen, betrachten Sie auch den herrlichen Marmorboden, die prachtvollen Möbel, die Ausblicke aus den Fenstern, die harmonischen Proportionen. Hier haben viele große Meister, Architekten, Stuckateure, Ebenisten, Gold- und Silberschmiede, Maler und Bildhauer in jahrzehntelanger Arbeit ein Kunstwerk geschaffen. Wie schön, dass junge Künstler wie Sie das auch heute noch zu würdigen wissen. Doch nun zu uns: Wir befinden uns hier im Saal der Schlachtensäule, er liegt etwas höher als die beiden anderen Räume, Sie sehen die Stufen, und damit bildet er das Podium, auf dem Sie demnächst dem Publikum gegenüberstehen werden.«

Elia kannte den jungen Mann, der ihr als Begleiter zugedacht worden war, bereits vom Sehen: Wann immer sie in der Accademia in die Bibliothek ging, saß er schon da hinter dicken Folianten, ernst und brav und unscheinbar. Sie kam mit dem schüchternen Jüngling gut zurecht, nachdem sie sich daran gewöhnt hatte, dass er offenbar keine eigene Meinung besaß. Anschmiegsam wie ein Hündchen stimmte er ihr bei allem eifrig zu, begleitete sie dann aber sehr einfühlsam. Komisch, das gibt es also auch, junge Pianisten, die gleich von Anfang an nichts als Begleiter sein wollen. Dabei ist er doch musikalisch und spielt gar nicht schlecht, dachte Elia verwundert.

Bei Monicas Hochzeit hatte sie ein leichtfüßiges, effektvolles Programm zusammengestellt. Jetzt, angesichts dieses noblen Palazzos, wählte sie zarte, getragene, auch melancholische Stücke, wie: ›Intorno all'idol mio‹ von Cesti, ›Selve Amiche‹ von Caldera und ›Lasciate mi morire‹ von Monteverdi sowie einige etwas größere Arien: ›Quella fiamma che m'accende‹ von Marcello und von Gluck, aus dem ›Orfeo‹, die Klage des Orfeo: ›Che faro senza Euridice?‹

Elia war viel weniger aufgeregt als bei ihrem ersten Konzert. Bei den Barbarolis war es so etwas wie eine Bewährungsprobe gewesen: »Na, wie wird sie sich halten, die Kleine?« Vor Leos dümmlichem Grinsen und Margaretas spöttischen Blicken hatte sie sich wirklich gefürchtet und sich nackt und bloß gefühlt. Diesmal boten ihr schon die anderen jungen Leute, die vor und nach ihr auftraten, Schutz, auch der festliche Saal erstrahlte in wohltuend mildem Glanz, das fremde, vornehme Publikum wirkte wohlwollend und kunstverständig, und Mariana und sogar Pietro waren anwesend.

Schon nach der ersten Arie fühlte sich Elia wie entrückt, die schönen Dinge um sie herum schienen zu träumen und zufrieden den alten Weisen zu lauschen. »Alte Räume haben viel gesehen und gehört, das Schlimme und das Gute. Das strahlt dann ab, je offener man ist, desto mehr durchdringt es einen«, meinte Mariana später.

Sie machte Elia bekannt mit einer sehr sympathischen Dame: »Principessa Doria Pamphili, eine liebe, alte Freundin von mir. Sie kennt sich in Musik besser aus als die meisten Professoren, und du hast ihr offenbar gut gefallen.« – »Das kann man sagen. Sehr sogar. Ich hoffe, Sie singen auch einmal bei uns zu Hause, unser Konzertsaal ist nicht besonders groß, aber ein paar hübsche Bilder haben wir auch.«

Gleich nach diesem Konzert begannen auch schon die Proben zur ›Zauberflöte‹. Beim Anblick der beiden anderen »Knaben« musste Elia lachen: strohblond das eine Mädchen, feuerrot das andere. »Offenbar haben sie uns nach der Haarfarbe ausgesucht.« – »Wir sind die siamesischen Zwillinge,

willkommen, schwarzer Lockenkopf, in unserer Mitte«, amüsierten sich die beiden. Martina und Sylvia stammten aus dem
Veneto, sie waren lustig und selbstbewusst und dicke Freundinnen. »Alles machen wir zusammen, in die Schule gehen,
studieren, uns verlieben, notfalls in denselben Mann. Zum
Glück kommen wir uns bei den Stimmen nicht ins Gehege«,
erklärten sie Elia. Sie hatten ihr Studium gerade beendet und
schon einmal im Fenice den ersten und den dritten Knaben
gesungen. »Eine bahnbrechende Rollengestaltung, die Presse
hat sich überschlagen. Und wie, mein Fräulein, legen Sie den
zweiten Zwerg an?«, fragte Sylvia und rollte das »R« wie ein
Knattermime. Elia fand es herrlich, von zwei so fröhlichen
Kolleginnen flankiert zu werden, so etwas kannte sie bis jetzt
noch nicht. Und singen taten die beiden wie die Engel.

Sie hatte noch nie eine Aufführung der ›Zauberflöte‹ auf
der Bühne erlebt. Beim Lesen des Textes und selbst bei ihrer
Arbeit mit Signor Ruteli hatte sie manches zwar reizend, aber
auch naiv gefunden, der Geist des Stückes schien ihr weit entfernt vom düsteren, leidenschaftlichen Glühen bei Verdi, dem
sie längst verfallen war. Doch schon bei den ersten Proben tat
sich in ihrem Inneren etwas auf, Entzücken regte sich: Oh ja,
auch hier gab es Kummer und wirkliche Not, aber am Schluss
würde alles gut gehen, das versprachen die magischen Töne.

Selig ergab sich Elia der Zaubermusik, in die sie wunderbarerweise mit einstimmen durfte, in kurzen, aber doch gewich-
tigen Momenten. Hielten doch die Knaben zwei Menschen,
Pamina und Papageno, vom Selbstmord ab, und sie leiteten die
beiden Finali ein, immerhin. Auch konnten sie den beiden
Helden, Pamina und Tamino, ganz nahe sein, das bedeutete
für Elia wohl das größte Glück.

Elia schmolz wahrhaftig nicht auf der Stelle dahin, sobald
ein renommierter Tenor den Mund auftat, im Gegenteil, das
helle Quäken und manierierte Schluchzen, das in Italien so
gut ankam, machte sie rasch nervös. Doch Ferdinand Schön-
baums Stimme hatte sie schon einmal in Begeisterung ver-

setzt, im ›Weihnachtsoratorium‹, das sie kurz vor dem Tod des Vaters zusammen mit Padre Ironimo gehört hatte. Jetzt sang er den Tamino.

Auch dieser Prinz hatte zu Anfang nicht ihre volle Zustimmung gefunden. Er fängt ganz wacker an, aber wenn er in den Machtbereich der hoheitsvollen Patriarchen gerät, verwandelt er sich in einen beflissenen Tugendbold. Er lässt sich gegen die Königin aufhetzen, und wenn er seine Geliebte verzweifeln sieht, hält er befehlsgemäß den Schnabel und rührt auch keinen Finger. Selbst wenn er endlich wieder mit Pamina redet, fragt er vorher brav, ob das auch erlaubt sei – so hatte sie bisher gedacht. Doch schon nach der Bildnisarie war alles vergeben und vergessen. Nein, hier sang keine verweichlichte Märchengestalt, sondern ein junger Mann aus Fleisch und Blut, feurig und männlich, hingerissen und hingebungsvoll. Das alles brachte Ferdinand Schönbaum mit seiner makellosen Stimme zum Ausdruck. Seltsamerweise ließ sein etwas ungelenkes Spiel den Jüngling vollends unschuldig und liebenswert erscheinen.

Während Ferdinand Schönbaum erst am Anfang seiner Karriere stand, war Tanja Berger, die Sängerin der Pamina, auf der ganzen Welt bekannt, gerade durch diese Rolle. Sie sang sie so ausdrucksvoll und herzbewegend, dass es Elia fast nicht aushielt. Sie fand es schrecklich, wie diesem edlen, tapferen Mädchen mitgespielt wurde. Kein Mensch auf Gottes Erdboden half ihr oder klärte sie auf. Von der Mutter verflucht, vom Freund verraten, blieb ihr als einziger Ausweg der Selbstmord. Und diesen Augenblick erlebten die drei Knaben mit.

Elia hatte die Szene in- und auswendig gelernt, zunächst mit Signor Ruteli, dann auf den Proben mit Martina und Sylvia. Doch als sie schließlich mit der Pamina auf der Bühne stand und deren Verzweiflung hautnah mit anhörte, vergaß sie vor lauter Mitgefühl das Singen. Erschüttert und stumm starrte sie die Unglückliche an. Sie selbst merkte es gar nicht, dafür jedoch der Dirigent. Er klopfte ab und rief spöttisch hinauf:»Von einem stummen Knaben ist mir nichts bekannt. Vielleicht geben Sie uns die Ehre und singen mit, Signorina Corelli.« Ein paar Orchesterleute kicherten, Elia wurde puterrot, und Tanja Berger sah sie so freundlich an, dass Elia in Tränen ausbrach. Da rückten Martina und Sylvia etwas näher an sie heran und nahmen sie an der Hand, die eine links, die andere rechts.

Eine Blamage? Ach nein, eher ein Schrecken, die Oper hieß ja ›Zauberflöte‹, da konnte für Elia nichts wirklich schiefgehen. Niemand sprach sie nach der Probe auf ihren Aussetzer an, der Dirigent drohte beim Wegeilen nur von Weitem mit dem Finger, Martina und Sylvia lachten, und der Regisseur meinte:»Das sieht hübsch aus, wenn sich die Knaben plötzlich erschrocken an den Händen fassen, behaltet das bei.« Und wer weiß, vielleicht machte erst dieser Zwischenfall zwei nette Kolleginnen zu Elias treuen Freundinnen. Nach der letzten Vorstellung beschlossen sie:»Das nächste Mal singen wir die drei Damen.«

Über etwas hatte Elia immer wieder gestaunt: Es wurde italienisch gesungen, das alle Sänger gut beherrschten. Und doch klang es oft auf reizvolle Weise »unitalienisch«, irgendwie »unopernhaft«. Zum einen bewirkte das sicherlich die Musik, die mühelos ganz verschiedene Stimmungen im Nu hervorzuzaubern wusste, feierlich-ernste, kindlich-verspielte, inniglich-reine. Hinzu kam die hohe Gesangskunst der Solisten, allen voran Ferdinand Schönbaum und Tanja Berger.

Irgendwann getraute sich Elia, die Sängerin nach ihrem Geheimnis zu fragen.»Oh, das ist ganz einfach«, bekam sie zur Antwort.»Auf Leichtigkeit kommt es an, nur nicht drücken, nicht übersingen, sondern immer wieder leicht schwingend und schwebend die Stimme führen.«

»Ja, ja, die Leichtigkeit«, meinte auch Mariana, als Elia ihr von dieser Antwort erzählte.»Einem Genie wie Mozart ist sie angeboren, wir anderen Sterblichen müssen uns dafür abplagen. Aber die Subtilität der Stimmführung bei der Berger, ihre eminente Pianokultur ist wirklich einmalig. Es gibt Abende, da verführt sie ihr Können fast zum Manierismus, aber selbst das klingt göttlich.« Sie schaute Elia einen Augenblick prüfend an und fuhr fort: »Leichtigkeit kannst du auch bei Verdi lernen, und mit dem munteren Oscar allemal. Also dann, packen wir es, hm.«

Elia sprang vom Stuhl auf und stieß vor Freude einen kleinen Schrei aus: »Oh, Mariana! Meinen Sie, ich schaff es?«

Giancarlo Morante, der Dirigent des ›Troubadour‹, hatte seinerzeit nicht einfach dahergeredet, sondern Elia inzwischen für seinen ›Maskenball‹ in Bologna die Rolle des Oscar angeboten, es hing von Mariana ab, was sie von dem Angebot hielt. Sie hatte zunächst etwas gezögert, die Rolle war wirklich heikel, und sie fürchtete, sich wegen ihrer eigenen Verpflichtungen nicht ausreichend um Elia kümmern zu können, sogar die Ulrica, eine ihrer Leib- und Magenrollen, hatte sie Giancarlo bereits abgesagt, weil zur gleichen Zeit seit Jahren Termine beim »Maggio Musicale« in Florenz feststanden. Aber vielleicht ließ sich doch noch eine Lösung finden, Florenz und Bologna lagen nicht weit voneinander entfernt.

Mariana nahm Elia in den Arm: »Es hat etwas für sich, wenn die Sänger einmal dem Alter nach ihren Rollen entsprechen: In Stuttgart eine jugendliche Salome, in Bologna ein taufrischer Oscar, warum auch nicht? Ich sehe dich richtig vor mir, du wirst prima sein, toi, toi, toi.«

Mariana war sanft, fast unmerklich ins Charakterfach hinübergeglitten. Trotz ihres Ruhmes hatte sie sich nie als Primadonna Assoluta empfunden, und so musste sie auch keinen Sturz aus dem höchsten Göttinnenhimmel verwinden. Vielleicht, so kam es ihr vor, taten sich Mezzosopranistinnen überhaupt mit dem Älterwerden etwas leichter: Einerseits hatten sie von früh an eine gewisse Bescheidenheit gelernt, und andererseits gab es gerade für dieses Fach eine Reihe höchst interessanter, irgendwie altersloser Partien, auch vom

Darstellerischen her. So blieben Mariana, nachdem sie viele ihrer Glanzrollen nun nicht mehr sang, immer noch viele Figuren, die sie wirklich liebte und für die man sie bewunderte, ihre Azucena und Ulrica, die Geschwitz aus ›Lulu‹, die Klytämnestra, auch die Amme aus der ›Frau ohne Schatten‹ oder die Küsterin aus der ›Jenufa‹ von Janáček, die sie wohl nur darum noch singen konnte, weil ihre Stimme durch den – möglicherweise unfreiwilligen – Verzicht auf Brünnhilde, Isolde oder Elektra volltönend und geschmeidig geblieben war. Auch Partien, in denen sie sich als Schauspielerin so richtig austoben konnte und die man ihr lange Zeit nicht angeboten hatte, weil sie angeblich zu jugendlich wirkte, bekam sie endlich zu singen, so das versoffene Medium im ›Medium‹ von Menotti oder die unseriöse Leokadja Begbik aus ›Mahagonny‹ von Weill.

»Mütter, Ziehmütter, Großmütter, Puffmütter«, ächzte Mariana. Sie befand sich in der erfreulichen Lage, allein schon Elia zuliebe nicht auf eine durchgehende Beschäftigung erpicht zu sein, sich aber doch hin und wieder Rosinen herauspicken zu können. Das Reisen machte ihr immer noch viel Spaß, egal, wie oft sie dabei umsteigen und wie viele Stunden oder Tage sie unterwegs sein musste, Hauptsache, am Ende wartete ein Opernhaus auf sie, wie ein freundlicher Hafen, in dem sie vor Anker gehen und mit anderen Menschen etwas zusammen erarbeiten und erschaffen durfte. »Als Tourist durch ein Land gekarrt zu werden, stell ich mir trostlos vor. Etwas Bestimmtes muss man vorhaben, und wenn man nur lauter grüne Steine sammelt, dadurch gerät man automatisch in Kontakt mit den Leuten und erfährt, wie sie leben und was sie denken«, das war ihre Meinung.

Nicht einmal in ihrer Heimatstadt Stockholm mochte sie nur als Besucherin herumsitzen. Erst einmal wollte sie ihre Mutter wiedersehen, die Familie, die Freunde, allen voran Erna samt Kindern und dem getreuen, sanften Bären von Ehemann. Sie freute sich auch, dass Pietro immer wieder gerne mitkam, weil er das Häuschen in den Schären und das einfache Leben dort liebte. Wenn sich Mariana und er stundenlang im alten Ruderboot treiben ließen und abends am offenen Feuer ihre Fische brieten, fühlten sie sich so glücklich wie damals als junges Liebespaar. Doch auch hier lockte die Oper, ganz besonders, seitdem Björn Eksell, ihr Jugendfreund aus Göteborg, dort Intendant war. Björn hatte sich seinen jugendlichen Enthusiasmus bewahrt und neuen Schwung in das leicht verstaubte Haus gebracht. Zu den traditionsgemäß guten Sängern und Musikern holte er phantasievolle, begabte Künstler, Regisseure, Bühnenbildner, Tänzer und mischte den uninspirierten Spielplan mit modernen oder ganz alten Werken auf. Ab und zu, so fand er, durfte es ruhig auch etwas Prunkvolles sein.

So hatte er gleich zu seinem Amtsantritt Mariana und Astrid zu einer Abschiedsgala überredet. Eigentlich, so hatten sich die beiden geschworen, wollten sie unter keinen Umständen zu jenen reifen Damen gehören, die jahrelang bei ihrem Publikum tränenreich von ihren Glanzrollen Abschied nahmen, um dann immer und immer wieder noch einmal damit auf die Bühne zurückzukehren, weil es so schön gewesen war. Doch Björn Eksell hatte sie zu überzeugen gewusst: »Von mir aus könnt ihr euch aus allen euren anderen Rollen klammheimlich davonschleichen, aber nicht aus der Aida und der Amneris. Die haben einen feierlichen Abschied verdient.« Auch die übrige Originalbesetzung von Marianas Hochzeits->Aida< bekam er rasch zusammen.

Dann allerdings war der schöne Plan doch noch ins Wanken geraten: Marcello Rainardi, der eiserne Junggeselle und Kinderfeind, hatte eine junge südamerikanische Geigenvirtuosin geschwängert, worauf ihm Astrid gekränkt und wutentbrannt die Freundschaft vor die Füße warf und zum ersten Mal den blonden Bretonen zu den Proben mitbrachte. Außer Björn wäre es wohl keinem Sterblichen gelungen, die beiden Streithähne zu einer Zusammenarbeit zu überreden.

Es war ein würdiges Fest geworden, ein ergreifender Abschied und ein fulminanter Beginn. Das Publikum klatschte sich die Hände wund, und als schließlich der letzte Vorhang fiel, lagen sich hinter der Bühne alle in den Armen, auch Astrid und Marcello, der kläglich winselte:»Ach, mein Augenstern, meine Göttin, meine Muse, verzeih mir, ich bin ein Idiot, ich habe es nicht besser verdient. Jetzt verliere ich dich ausgerechnet an einen Franzosen!« So viel stand am Ende des Abends immerhin fest: Bretonen vertrugen mehr Aquavit als Sizilianer. Irgendwie hatte der blonde Recke es sogar vermocht, unter Mithilfe von Björn und ein paar anderen Mannen, den geschlagenen Gegner ins Bett zu schleppen. Über diesen Abgang des fabelhaften Pultheroen konnten sich Mariana und Björn noch Jahre später halb totlachen.

Eine von Björn Eksells Neuerungen bestand darin, bestimmte Werke in der Originalsprache singen zu lassen. Auf diese Weise kam Mariana in den Genuss, im heimatlichen Stockholm italienisch, deutsch und, wunderbarerweise, russisch singen zu dürfen.»Auf Russisch würde ich sogar des Teufels Großmutter singen«, jubelte sie. Als Björn sie schließlich beim Wort nahm und ihr die uralte Gräfin aus der ›Pique Dame‹ von Tschaikowski anbot, war sie aber doch schockiert und maulte gekränkt:»Achtzig! Also wirklich!«

Björn meinte nur:»Immer jammerst du, dass du zu alt bist. Jetzt hast du endlich eine Rolle, für die du noch in zwanzig Jahren zu jung bist, sei doch froh! Zudem wird dir die alte Dame bald ans Herz wachsen, zu der fällt allen Regisseuren etwas ein, wenn die Sängerin auch noch eine gute Schauspielerin ist.«

Björn behielt wieder einmal recht: In Windeseile sprach es sich herum, dass Mariana in Stockholm die alte Gräfin singen sollte. Prompt bekam sie von überall her Anfragen, sogar aus Argentinien und Mexiko, und nicht immer brachte sie es übers Herz abzusagen.»Es ist wie verhext, dabei will ich doch seit Jahren weniger singen, irgendwann wirst du mich als Ehefrau sattkriegen«, jammerte sie Pietro vor.

Er nahm ihre Klage nicht ernst: »Ich kenne dich doch, eigentlich hast du hauptsächlich Elia gegenüber ein schlechtes Gewissen. Da hilft nur eines, dann musst du ihr eben ein paar Stunden mehr geben, wenn du da bist. Aber pass auf, dass du die Gute nicht überforderst. Wenn du so richtig in Fahrt kommst, geht manchen Leuten die Puste aus.« Weil ihn Mariana ganz erschrocken anschaute, schüttelte er den Kopf: »Nein, nein, mir nicht, ganz im Gegenteil, aber die Jungen sind ja manchmal weniger zäh als wir Alten.«

Mariana bestand darauf, dass Elia frühzeitig begann, mit Signor Ruteli die Rolle des Oscar einzustudieren. »Dieser Oscar ist etwas ganz Besonderes, dem muss man sich geduldig und liebevoll nähern«, erklärte sie ihr. »Eine Figur wie ihn gibt es in keiner anderen Oper von Verdi, ja, ich glaube, in überhaupt keiner anderen Oper. Mir kommt er oft vor wie ein bunter Vogel, der sich witzig und spritzig durch das Stück zwitschert, mit Trillern und Koloraturen, aber auch mit entzückenden Melodien und Virtuosenstückchen. Das heißt aber nicht, dass es sich bei ihm um einen oberflächlichen Dummkopf handelt. Dieser arglose, vergnügte Junge hat ein gefühlvolles Herz, er verehrt und bewundert seinen Herrn, den Grafen Riccardo, der ihn ebenfalls schätzt und ihn sogar um seine Meinung fragt. Oscar darf ausführlich und brillant, mit enormem Drive, schildern, was er von der Wahrsagerin Ulrica hält und macht so den Grafen neugierig auf das geheimnisvolle Wunderwesen. Dadurch nimmt das Schicksal seinen Lauf. Später benutzt es Oscar noch einmal als ahnungslosen Helfer. Für den kleinen Pagen ist ein Maskenball bei Hofe eine aufregende Sache. Beschwingt und elegant, charmant und witzig weicht er Renatos Fragen nach der Verkleidung des Grafen aus. ›Ja, ja, ich weiß es, aber ich sag's nicht, trallala la la‹, zum Verlieben. Dieses kurze, fatale Hin und Her, mitten im Festtrubel, zwischen jugendlicher, süßer Leichtigkeit und geballter, mühsam unterdrückter, hassverzerrter Schwere, das ist wirklich ganz großer Verdi. Zum Schluss übrigens, nach dem

Mordanschlag, sind Amelia und Oscar vereint im selben Entsetzen, der gleichen zarten, innigen Klage, Wort für Wort, Ton für Ton. Die Liebe des Pagen ist wohl genauso echt wie die Liebe der standhaft gebliebenen Frau.« Mariana musste selbst über ihren langen Vortrag lachen:»Ja, ja , Begeisterung kennt keine Grenzen. Wer weiß, vielleicht hätte ich selbst gerne einmal den reizenden Burschen gesungen.«

So eifrig und wohlgemut sich Elia an das Studium der neuen Rolle machte, manchmal geriet sie doch in Panik: Leicht und locker sollte das alles klingen, geschmeidig und unangestrengt, wie sollte ihre immer noch nicht ganz gefügige und, wie ihr plötzlich sogar schien, schwerfällige Stimme jemals solche Töne zuverlässig hervorbringen? Doch Mariana blieb unbeeindruckt:»Nur mit der Ruhe! Letzten Endes lassen sich alle stilistischen Nuancen und Details auf eine einzige Frage reduzieren: Ist man bereit zu arbeiten, zu arbeiten und nochmals zu arbeiten?«

Signor Ruteli vertrat dieselbe Meinung:»Du musst dich als Dienerin des Komponisten betrachten und so lange arbeiten, bis du die Schwierigkeiten seines Stils erfasst hast.« Geduldig erklärte er Elia die Bedeutung jeder einzelnen Note und jeder Pause und ging mit ihr alle Phrasen und den Stil des Werkes durch. Auf diese Weise reifte der Charakter des Pagen immer mehr in Elia heran.»Siehst du, jetzt, wo du ihn vom Wesen her verstehst, kannst du dem Burschen auch eine Stimme verleihen. Die technischen Schwierigkeiten räumen wir dann nach und nach zusammen aus dem Weg«, sagte Mariana zuversichtlich.

Bisher hatte Elia nur einzelne Lieder und Arien oder kleine Rollen einstudiert. Da plagte man sich ein paar Stunden lang, und wenn es schließlich klappte, war man glücklich und stolz, aber dann war es auch wieder zu Ende. Die beharrliche, nahezu tägliche Arbeit an einem zusammenhängenden, schwierigen Stoff wirkte auf Elia wie eine Droge:»Arbeiten, arbeiten, arbeiten, das klingt doch erst einmal abstoßend. Und jetzt bin ich süchtig danach! Dazu hab ich zwei Schutzengel, die mir genau sagen, was ich tun muss. Ich glaube, so zufrieden war ich noch nie im Leben«, bedankte sich Elia überschwänglich.

Was nicht mit ihrem Oscar zusammenhing, interessierte Elia während dieser Zeit nicht. Sogar wenn sie mit Fiamma durch den Park radelte, sang sie ihr vor: »Saper voreste ...« In der gemütlichen Bibliothek der Accademia saß sie hinter dicken Schwarten und las über den historischen Hintergrund des ›Maskenball‹ und über Verdi, sein Leben, seine Werke und über seine großen Interpreten, vor allem die berühmten Verdi-Sängerinnen. Voller Neugier versenkte sie sich in die Fotografien und Stiche dieser enggeschnürten, kostbar gekleideten Göttinnen, mit denen sie vielleicht auf magische Weise verwandt war. Ließen sich am Ende gar gemeinsame Züge entdecken, wie auf einem Ahnenbild?

Jeden, der ihr über den Weg lief, beglückte sie mit dem neuesten Stand ihres Oscar-Studiums. Massimo wunderte sich: »Meine Mutter hat mir so gut wie nie von ihren Rollen erzählt.« Er fragte sie danach, und Mariana räumte nach einigem Überlegen ein: »Ja, komisch, mit deinem Vater habe ich über alles diskutiert. Bei dir habe ich mir wahrscheinlich gedacht, der arme Kerl hat schon genug zu knabbern an einer fahrenden Sängerin als Mutter, da lass ich ihn wenigstens zu Hause mit dem Opernkram in Ruhe.« Irgendwann waren sich Mariana und Signor Ruteli einig: »Den kleinen Pagen hast du jetzt intus. Etwas anderes hast du außerdem gelernt: Wie man eine Rolle einstudiert. Das wird dir dein Leben lang helfen.«

Noch bevor Elia nach Bologna aufbrach, verabschiedete sich Massimo von seinen Freunden mit einem Festessen. Sein Medizinstudium hatte er abgeschlossen, jetzt wollte er nach Stockholm und dort Psychologie studieren. »In Schweden haben die Leute viel interessantere Macken als bei uns, da ist es dunkel und kalt, dagegen trinkt man Schnaps, und die protes-

tantische Kirche gibt dir den Rest«, behauptete er. »Das muss
ja fürchterlich sein«, entsetzte sich Elia. Aber Massimo lachte:
»Ach was, sich so richtig schuldig fühlen, bei jedem Schnau-
fer, den man tut, das stählt den Charakter und macht ihn fit
für die tollsten Verrenkungen.« Elia wusste nicht recht, was
sie davon halten sollte: »Deine Mutter ist doch auch Schwedin, und einen weniger verkorksten Menschen als sie kenne
ich nicht.« Massimo winkte ab: »Sie ist eine halbe Russin.
Und in erster Linie Sängerin, das gilt nicht. Aber es gibt auch
nette Schweden, jede Menge, meine Großmutter zum Beispiel, eigentlich gehe ich ihretwegen nach Stockholm, nicht
wegen irgendwelcher Sonderlinge, die haben wir auch in Italien mehr als genug.«

Das Festmahl fand bei »Bruno al Quirinetta« einen würdigen Abschluss, und an diesem Abend erklomm Elia freiwillig
das Podium und griff nach dem Mikrofon: »Für Massimo
einen heimatlichen Ohrwurm für sein kaltes Schweden: ›Gra-
zie dei Fior‹, von Nilla Pizzi.« Diesmal war Elia ein Überraschungscoup gelungen.

Am nächsten Tag flog Massimo nach Stockholm. Seine
Mutter begleitete ihn. »Das ist doch sehr praktisch, ich flieg
von dort aus nach Leningrad weiter, und vorher können wir
sehen, was du noch alles brauchst«, erklärte Mariana ihrem
Sohn. Massimo musste grinsen: »Ach, Mamma, selbst saust
du in der ganzen Welt herum, und jetzt hast du Angst, dass
dein kleiner Sohn in der Fremde verhungern und erfrieren
muss.« Mariana seufzte: »Siehst du, nicht mal Rabenmütter
wollen ihre Brut wegflattern lassen.« – »Ach, mein gutes, altes Muttertier«, meinte Massimo. »Um Elia mach ich mir
wirklich Sorgen«, sagte Mariana nach einer Weile. »Sie hat
ihre Rolle sehr gut gelernt, aber dass ich bei den Proben kaum
dabei sein kann, das ist schon ein Verhängnis. Hoffentlich
klappt alles!«

Kurz bevor die Proben zum ›Maskenball‹ begannen, holte
Robertino die drei Damen, wie er sie nannte, ab, nämlich

Teresa, Elia und Fiamma. Teresa wollte die Gelegenheit nutzen, sich endlich Robertinos Bauernhaus anzuschauen, das er inzwischen gekauft und wieder hergerichtet hatte. Zuerst wurde Elia in Bologna abgesetzt, in einer Hotelpension nahe der Oper.

Giancarlo Morante erwartete sie schon und begrüßte sie vergnügt: »Willkommen in Bologna! So langsam lerne ich die ganze Familie kennen, sogar das berühmte Hündchen!« Es war noch Zeit für ein gemütliches Essen, doch dann nahte die Stunde des Abschieds, der allen drei Damen zu schaffen machte. Mutter und Tochter lagen sich in den Armen und schniften und schluchzten, und Fiamma heulte mit. Die beiden Herren versuchten zu beruhigen: »Ich passe auf Elia auf wie auf meinen Augapfel, schon aus Angst vor Mariana. Ich habe ihr versprechen müssen, dass alles fabelhaft über die Runden geht«, versicherte Giancarlo, und Robertino schwor: »Wir kommen dich oft besuchen, zu mir ist es nur ein Katzensprung. Wenn du brav bist und deine Sache gut machst, dann darfst du nachher in einem richtigen Rennwagen fahren.« Das wirkte. »Ehrenwort?«, schrie Elia und stieß einen spitzen Begeisterungsschrei aus. Fiamma wusste nun gar nicht mehr, woran sie war, und fing vorsichtshalber an zu bellen. »Ein hochdramatischer Mezzosopran«, vermerkte Giancarlo mit Kennerohr.

Robertino machte die Autotür auf, mehr brauchte er gar nicht zu tun, damit Fiamma mit einem Satz im Auto verschwand. Teresa stieg gleich dazu. »So was Blödes, dass ich losgeheult habe«, fand Elia, als das Auto um die Ecke gebogen war. Giancarlo zuckte die Achseln: »Das ist ganz normal, es ist ja kein Pappenstiel, was du da vorhast, kleiner Oscar. Da ist man nervös, mal jubelt man, mal beutelt einen die Angst.«

Als Elia schließlich in ihrem Zimmer stand und ihre Sachen auspackte, war sie ein wenig verzagt. »So ist das also, auf eigenen Füßen zu stehen«, seufzte sie. Außer Giancarlo kannte sie in Bologna keinen Menschen. Ihr mit wenigen alten Möbeln eingerichtetes Zimmer lag im obersten Stock unter dem Dach und schien ganz ruhig. Aber schon in der ersten Nacht erschrak Elia zu Tode. Sie hatte die Augen bereits geschlossen, als sie fühlte, dass sie nicht alleine im Zimmer war: Auf dem Fenstersims saß eine Katze und schaute zu ihr hinüber. Gegen den nachtblauen Himmel sah es aus wie ein Scherenschnitt. Eine Weile starrten sich die beiden an, schließlich stand Elia auf und ging hinüber zu der Katze und kraulte sie hinter den Ohren, sodass sie zu schnurren anfing. »Na gut, wenn du magst, komm rein«, meinte Elia und kroch ins Bett zurück. Kurz darauf tat es einen Plumps, und der Gast hatte sich auf dem roten Plüschsessel in Elias Rock niedergelassen, der über der Lehne hing. So begann eine Freundschaft. Übrigens war die Katze ein Kater.

Beim Frühstück erzählte Elia Giancarlo von der nächtlichen Begegnung. Bald wurde Elia von allen Seiten gefrotzelt: »Na, wartet dein Kerl schon?« – »Hast du heute wieder Herrenbesuch?« Es ging lustig und familiär zu in der Hotelpension, außer den beiden Protagonisten wohnten alle anderen Sänger dort, auch der Dirigent und der Regisseur. Elia kam gar nicht dazu, Angst oder Heimweh zu haben. Abends ging die ganze Meute meist gemeinsam zum Essen in eines der vielen Lokale. »Nach Bologna kommen wir wegen der guten Küche, dafür singen wir sogar«, erfuhr Elia.

Die Anwesenheit eines schönen jungen Mädchens beschwingte die Herrenrunde. Man warf sich in die Brust und spreizte das Gefieder, sogar Pierluigi Tasselli, der Sänger des verschwörerischen Tom, ein gemütliches Dickerchen, erschien zum Frühstück nicht mehr in Filzpantoffeln, sondern in feinen Wildlederschuhen. Zugleich, weil Elia jung und arglos war, rührte sich bei den Herren ihr väterlicher Beschützerinstinkt. So ließ sich Elia umflattern und umschwirren und freute sich, dass alle so nett zu ihr waren, warum und wieso, darüber machte sie sich keine Gedanken.

Ganz anders sah es aus, sobald sie die Oper betrat. Elia hatte sich das Opernhaus von Bologna als harmloses Provinztheater vorgestellt. Als sie jedoch davorstand, bekam sie Herzklopfen, sie schlug ein Kreuz und flehte inbrünstig, »Bitte, bitte, liebes Haus, sei gut zu mir, nimm mich freundlich auf«, aber an dem Gebäude selbst fiel ihr nichts Außergewöhnliches auf.

Als sie den Zuschauerraum zum ersten Mal sah, bekam sie fast einen Schock, entgeistert starrte sie hinauf zu den prunkvoll dekorierten Rängen, die endlosen Stuhlreihen verschwammen ihr vor den Augen, überall dort würden Menschen sitzen und die Ohren spitzen. Vor Schreck griff sie nach der Hand von Giancarlo, der neben ihr stand. Später, auf der leeren Bühne, fühlte sie sich klein wie eine Maus. Ihre Stimme würde sich entsprechend ausnehmen, daran zweifelte Elia nicht.

Doch schon bei der ersten Probe vollzog sich ein Wunder, auf das sie sich auch in der Folgezeit immer wieder verlassen konnte. Und dieses Wunder bewirkten ihre Hotelgenossen: Zum Glück war der kleine Oscar schon bei seinem ersten Auftritt von den beiden Verschwörern Tom und Samuel umstanden, die ihn auch später nicht im Stich ließen, und notfalls tauchte im richtigen Moment Renato auf. Von der Handlung her verkörperten sie zwar die Gegenseite, für Elia jedoch bedeuteten sie Stecken und Stab.

Schon deren Anwesenheit verlieh ihr den nötigen Mut, zumindest nach außen hin kess und unbefangen aufzutreten und draufloszuzwitschern, auch wenn sie vor Aufregung manchmal kaum wusste, wo sie sich befand. Bevor sie wirklich ins Schleudern kam, spürte sie einen Blick von Tom, sah sie eine kleine Geste von Samuel, Renato konnte sogar en passant beschwichtigend nach ihr greifen, und schon hatte sie die Orientierung wiedergefunden. Nein, nein, als Oscar konnte ihr nichts Schlimmes passieren, über dem harmlosen Geplänkel und Gewitzel im Hotel und beim Essen war ein echtes Zusammengehörigkeitsgefühl entstanden, eine hilfsbereite Kameraderie.

Elias Bühnenväter hätten sie wohl auch unterstützt, wenn sie weniger gut gesungen hätte. Nun aber konnten sie stolz sein und waren erleichtert, dass sich ihr Schützling so virtuos schlug. Sie winkten vergnügt ab, wenn Elia ihre Dankbarkeit zeigte. Doch ohne den flankierenden Schutz der erfahrenen Finsterlinge wäre sie in dem wilden Getümmel manchmal verloren gewesen.

Von den edlen Helden Amelia und Riccardo erhielt sie übrigens keinerlei Beistand. Carla Maniatis und Gino di Ventura, die beiden, deren Glanzzeit schon ein wenig zurücklag, fanden es offenbar nicht nötig, auf eine kleine Anfängerin einzugehen. Wenn sie mithalten konnte, schön und gut, wichtiger jedoch war, dass sie die eigenen Kreise nicht störte, weder durch Fehler noch durch allzu viel Brillanz.

Gino di Ventura wirkte noch einigermaßen umgänglich. Mit seinen Kollegen spielte er in der Kantine gerne Karten, und ab und zu kniff er Elia huldvoll in die Wange:»Na, kleiner Page.« Auf der Bühne allerdings hörte er sich selbst am liebsten, sogar mit einigem Grund. Denn noch immer klang seine Stimme verführerisch und schmelzend, und wo es darauf ankam, fetzte er seinen Riccardo so draufgängerisch und leichtfertig hin, dass Elia ins Staunen geriet. Genau so musste auch der kleine Page singen, er verehrte und liebte den Grafen und imitierte ihn als sein Vorbild. Ja, mehr noch, war Oscar nicht das jugendliche Spiegelbild des erwachsenen Mannes? Sie waren wesensverwandt, leidenschaftlich, leichten Sinnes, es gab Momente, da spielten sie sich die Bälle zu, die Sympathie war keineswegs einseitig.

Elia erfasste das instinktiv, und dadurch begriff sie ihre Rolle noch besser. Auf diese Weise lernte sie von ihrem großen Kollegen eine ganze Menge, ohne dass der davon wusste.

Mit der Sängerin der Amelia hatte sie so gut wie keinen Kontakt. Auf der Bühne trafen Amelia und Oscar erst gegen Ende des Stückes aufeinander. Vereint im gemeinsamen Jammer, entstand dennoch keine Beziehung zwischen den Figuren. Dafür hatte der Regisseur gesorgt: Den Pagen platzierte er auf einen der hinteren Plätze, die Amelia rückte er dicht an die Rampe. Damit war sowohl optisch wie auch akustisch klargestellt: Hier ist nur eine Person wichtig!

Auch Giancarlo als Dirigent zeigte sich damit hochzufrieden. Auf diese Weise konnte die einzige andere Frauenstimme im Finale der göttlichen Stimme der Heldin nicht ins Gehege kommen. Das hätte enormen Ärger gegeben, darauf war Elia wahrhaftig nicht erpicht. Sie bewunderte Carla Maniatis und machte, wenn sie ihr einmal im Theater begegnete, vor ihr einen Knicks. Einmal bekam sie als Erwiderung ein zerstreutes Knurren zu hören, sonst geschah nichts. »Sie ist blind wie ein Maulwurf«, wurde Elia erklärt, aber sie hatte gar keinen Gegengruß von einem solchen Wunderwesen erwartet. Hat sie darum so schöne Augen?, dachte sie.

Elia hätte schrecklich gerne im zweiten Akt zugehört, notfalls versteckt zwischen den Kulissen. Schon in den wenigen Augenblicken, die sie mit Carla Maniatis zusammen auf der Bühne verbringen durfte, hatte sie deren magische Ausstrahlung verspürt, die man ihr überall nachsagte. Doch die große Künstlerin duldete keine Zuhörer bei den Proben, das war von vornherein bekannt, und niemand getraute sich, sie um eine Ausnahme zu bitten.

Im wirklichen Leben bekam Elia ihr Idol überhaupt nicht zu sehen. Die Diva residierte im teuersten Hotel der Stadt, dort speiste sie mit Prinzen und Millionären, es wäre ihr nie eingefallen, mit irgendwelchen Kollegen auszugehen. Das tat auch Gino di Ventura nicht, allerdings meinten die anderen spöttisch: »Der würde ganz gerne mitkommen, er weiß ja, wie gut wir essen und dass es bei uns lustig ist, aber das erlaubt ihm Carla nicht, er steht ganz unter ihrer Fuchtel.«

Elia konnte es nicht fassen, dass sich die beiden Berühmtheiten um einen solchen Spaß brachten. Das war doch das Schönste: Man rackerte sich zusammen stundenlang ab, alles war bitterernst und streng, auch anstrengend, und zur Belohnung ließ man es sich anschließend gut gehen, aber man konnte auch jammern und über seine Sorgen reden und bekam hilfreiche Ratschläge. Um dieses Vergnügen wollte sich Elia im Leben nie bringen lassen.

Als Mariana schließlich auftauchte, traf sie auf eine sehr zufriedene, angenehm gefestigte und recht selbstbewusste Elia, und alle mochten sie herzlich gerne und lobten sie ehrlich beeindruckt. Ein Stein fiel ihr vom Herzen. Mariana hatte auf das Wohlwollen der Kollegen gehofft und es sogar in ihre Überlegungen mit einbezogen, sie kannte ihre Pappenheimer, ein hübsches junges Mädchen würden sie schon nicht hängen lassen. Aber was darüber hinausging, das konnte nicht einmal Mariana vorhersehen, vielleicht gab es Eifersüchteleien, Missverständnisse, Empfindlichkeiten, Neid, die meisten Künstler waren Mimosen, selbst Pierluigi, den sie gut kannte, konnte wegen einer Lappalie urplötzlich einschnappen und schmollen. Doch nichts von alledem, es herrschte eitel Sonnenschein.

Giancarlo, der sich für Elia verantwortlich fühlte, erklärte Mariana: »Wir haben Sie, so gut es ging, vertreten. Elia hat jetzt ein halbes Dutzend Väter, die alles besser wissen, dass sie das so unbeschadet durchgestanden hat, zeugt von einem stabilen Charakter.«

Die Szenen mit der Wahrsagerin Ulrica waren bereits mit der zweiten Besetzung einstudiert worden. Jetzt wurden sie noch einmal mit Mariana durchgenommen, und Elia konnte, solange sie noch nicht selbst auf der Bühne stand, von der Kulisse aus alles mitverfolgen. Vor lauter Verwunderung konnte sie nur den Kopf schütteln. Gerade hatte sie etwas vorgeführt bekommen, was sie im Leben nicht mehr vergessen würde: den Unterschied zwischen einer guten und einer großen Sängerin!

Vera Gerson hatte ihre Weissagungen mit wohltönender Mezzostimme angenehm schauerlich gesungen, und was immer sie darstellen mochte, irgendwie wirkte es, als würde jemand mit viel Brimborium aus dem Kaffeesatz lesen. Aber wer sollte diese Dame gefährlich finden?

Und Mariana, was hatte sie anders gemacht? Sie war nicht einmal im Kostüm, nicht geschminkt, aber schon wie sie dastand in ihrem grauen Kaschmirpullover, ernst und gesammelt, wirkte sie würdevoll und entrückt. Nach den ersten feierlichen, tiefen Tönen fühlte man sich vollends im Banne einer Zauberin. Diese Stimme kannte keine billigen Tricks, hier wurde der leibhaftige Satan beschworen und mit stolzem Jubel begrüßt. Nichts, *nulla piu nulla,* konnte sich dem Blick der Seherin entziehen, alles würde und musste genau so in Erfüllung gehen, wie sie es vorhersagte.

»Kannst du mir sagen, wie so etwas möglich ist?«, wollte Elia von Giancarlo wissen. »Bei Vera Gerson kam mir die Ulrica vor wie eine biedere Theaterhexe, und bei Mariana hab ich vom ersten Augenblick an eine große Autorität und Würde gespürt. Dadurch wirkt auch alles andere viel plausibler, die ehrfürchtige Angst des Volkes vor ihr und Riccardos aberwitziger Versuch, sein Erschrecken elegant wegzulachen.«

Giancarlo zuckte die Achseln: »Ganz einfach, was man nicht besitzt, das kann man auch nicht hergeben. Manchmal kann man vielleicht mogeln, aber stell dich mal hin und behaupte: ›Ich strahle Autorität aus‹ oder ›Ich wirke enorm erotisch‹. Das müssen schon die anderen finden. Aber die arme Vera hat das gar nicht versucht. Sie singt nicht schlecht, sie hat nur das Pech, dass es Mariana gibt.«

»Das muss schrecklich sein, wenn man merkt, dass man nur zum braven Durchschnitt gehört«, entsetzte sich Elia.

Giancarlo lachte: »Och, reine Temperamentsfrage. Schau dir unseren Pierluigi an, der singt seine kleinen Rollen und genießt das Leben. Carla Maniatis ist ein Star, glaubst du, dass sie glücklicher ist?«

Mariana kannte Carla seit Jahren, sie hatten ziemlich oft zusammengearbeitet und schätzten einander. Darum wurde Mariana auch als Einzige aus dem Sängerensemble von Carla ins Hotel eingeladen. »Ich weiß gar nicht, was ihr mehr zu schaffen macht, ihre verkorksten Männergeschichten oder dass sie sich auf ihre Stimme nicht mehr hundertprozentig verlassen kann«, sagte Mariana am nächsten Tag zu Elia. »Ich glaube, sie hat noch nie im Leben einen Mann gehabt, der auch nur annähernd zu ihr passte. Zum Ausgleich hat sie am Opernhimmel einen Platz als Obergöttin innegehabt. Nie hat sie ein vernünftiges Wort zu hören bekommen, weil keiner sich getraut hat. Das macht größenwahnsinnig, klar, aber auf der anderen Seite kriegt man Angst, dass man irgendwann den überspannten Erwartungen nicht mehr entsprechen kann, der kleinste Kiekser wird zur Katastrophe, vor allem bei Carla, sie ist eine irre Perfektionistin. Ja, so weit ist es jetzt gekommen, darum ist sie so unsicher.«

»Was, unsicher, Carla Maniatis?«, staunte Elia.

»Warum glaubst du, dass sie keinen Menschen zu den Proben zulässt? Oder hier in Bologna singt?«, antwortete Mariana. »Eigentlich ist sie ein guter Kerl. Ich finde es toll, dass du einen richtigen Weltstar miterlebst. Und mit ihm zusammen singen darfst.« Sie legte den Arm um Elias Schulter. »Du hältst dich hervorragend dabei. Jetzt müssen wir den nächsten Streich gut überlegen.«

Tatsächlich wurde Mariana schon ein paar Tage später ein Vorschlag von ganz unerwarteter Seite unterbreitet: Die Premiere des ›Maskenball‹ war gerade höchst erfolgreich über die Bühne gegangen, aber Mariana hatte nur noch Zeit gehabt, Elia und die übrigen Mitstreiter ans Herz zu drücken, ein Glas Champagner hinunterzustürzen, sich abzuschminken, mit knurrendem Magen auf ein sicherlich köstliches Festmahl zu verzichten und in die wartende Limousine zu steigen, die sie nach Florenz zurückbringen sollte. Denn dort fand schon am nächsten Morgen die Generalprobe zum ›Falstaff‹ statt.

Neben ihr im Fond saß ihr alter Freund Björn Eksell. Er befand sich gerade auf einem seiner Streifzüge durch die italienische Opernlandschaft, und es hatte ihm Spaß gemacht, Mariana nach Bologna zu begleiten und sich dort den ›Maskenball‹ anzusehen.

»Diese blöde Quickly, eigentlich kann ich sie gar nicht leiden, eine reine Stichwortgeberin mit viel Text, keine eigenständige Figur. Und jetzt hetzen wir ihretwegen durch die Nacht. Warum hab ich mich nur darauf eingelassen! Aber so geht es, du sagst irgendwann etwas zu, was Jahre später stattfinden soll. Dann vergisst du es, und plötzlich ist es so weit. Ach, ich wäre so gerne noch dageblieben«, ächzte Mariana. Aber dann kicherte sie: »Das hätten wir zwei auch nicht gedacht, damals in Göteborg, dass wir in unserem Alter noch genauso opernnärrisch sein würden. Aber das ist halt unser Leben, was sollten wir sonst schon machen?«

Mariana war viel zu aufgekratzt, um zu schlafen, wie sie es eigentlich vorgehabt hatte, aber zum Glück hatte sie jemand zum Reden. Das Gespräch drehte sich nur um die heutige Aufführung, und schon bald kamen sie auf Elia zu sprechen. Björn kannte die Geschichte, wie Mariana zu ihrer Schülerin gekommen war, und Mariana hatte ihm regelmäßig begeistert und herzlich von den erstaunlichen Fortschritten ihres Schützlings erzählt. Aber er wusste aus langer Erfahrung, dass man bei solchen Lobpreisungen auch Abstriche machen musste. Doch jetzt gab er ehrlich zu: »Ich finde sie noch viel interessanter und besser, als ich sie mir vorgestellt hatte.« Mariana geriet gleich wieder ins Schwärmen: »Ja, und dabei liegt ihr dieser Oscar gar nicht besonders, sie ist kein Koloratursopran und wird nie einer werden. Aber sie hat dadurch enorm viel dazugelernt. Eigentlich kann sie jetzt eine ganze Reihe von den großen Rollen singen. Wenn ich nur wüsste, mit was sie anfangen soll. Im Moment ist es meine größte Sorge, dass wir nichts falsch machen. Zudem müssen die einschlägigen Leute erst Kenntnis davon bekommen, dass ein junges Talent in den Startlöchern steht. Nun gut, nach diesem ›Maskenball‹ werden sie es schon merken, und ich schaue mich auch um.«

Eine Weile hingen die beiden Fahrgäste ihren Gedanken nach. Schließlich fing Björn wieder an: »Also, ich habe da ein Projekt. Meine Idealbesetzung für die beiden Männer ist längst entschieden, nur für die Frauenrolle hat mir bisher noch niemand wirklich eingeleuchtet. Es sollte eine Italienerin sein, das hab ich mir in den Kopf gesetzt, aber keine von diesen Diven, ich will weg vom Klischee.«

»Hm, klingt interessant. Und um was, bitte, handelt es sich?«, fragte Mariana gespannt.

Björn schaute Mariana an, er kannte sie gut genug, um zu wissen, was jetzt kommen musste. Nach kurzem Zögern sagte er: »Um die ›Tosca‹.«

Mariana sank erschrocken in ihr Polster zurück: »Oh Gott, die ›Tosca‹, ausgerechnet die ›Tosca‹.« Nach ein paar weiteren Schrecksekunden stöhnte sie auf: »Und in Stockholm! Ja, was denn noch?«

Björn musste lachen: »Tja, wenn du einen solchen Scarpia und einen solchen Cavaradossi hast, dann brauchst du auch eine tolle Tosca. Wir haben noch ein gutes Jahr Zeit. Bis dahin ist Elia so weit, ich hab sie mir sehr genau angesehen heute Abend. Du weißt das auch.«

Schließlich sagte Mariana: »Und der dritte Akt, was ist mit dem? Du hast Elia jetzt als Oscar gesehen, da war sie leicht und locker. Aber es gibt Situationen, da reagiert sie geradezu krankhaft empfindlich. Ich hab dir von ihrem Vater erzählt, sie hat miterlebt, wie er blutig über dem Lenkrad hing, und sie musste damals denken, er sei tot. Der Schock sitzt ihr heute noch in den Knochen. Wenn nun das Erschießungskommando erscheint und der Cavaradossi tot liegenbleibt, wie wird sie das verkraften?«

»Riccardo wird auch auf offener Bühne ermordet, das hat sie doch auch heil überstanden«, warf Björn ein.

Mariana nickte: »Ja, aber er wurde nicht erschossen.«

Björn griff nach Marianas Hand: »Elia ist für dich so etwas wie dein Kind. Wie alle Mütter willst du sie schützen und merkst gar nicht, dass sie inzwischen schon recht selbständig ist.«

»Mhm, schon möglich«, seufzte Mariana. »Aber ausgerechnet die ›Tosca‹! Das muss ich erst mal verkraften. Lass uns etwas Zeit!«

Elia erfuhr von dieser Unterhaltung nichts. Immer mehr liebte sie ihren Oscar, ihre munteren Väter, Kater Leo, der sie allnächtlich besuchen kam, Bologna, soweit sie überhaupt etwas davon sah. Aber die angesetzten Aufführungen gingen wie im Flug vorüber. Als der letzte Vorhang fiel, vergoss Elia dicke Tränen. »Beim Herkommen hast du geschnieft, zum Abschied schluchzt du herzzerreißend, da siehst du, was du für Fortschritte machst«, versuchte Giancarlo zu flachsen. Aber auch er bekam feuchte Augen.

Zum Glück entführte Robertino Elia schon am nächsten Morgen nach Marinello. Dort deutete er auf ein kleines rotes Rennungeheuer. »Das ist er. Quetsch dich neben mich, wir probieren ein paar Runden und dabei erkläre ich dir das Nötigste. Wenn du dann noch Lust hast, braust du alleine los.« Es war viel zu eng im Cockpit, um den Wagen auch nur annähernd auszufahren. Aber das satte Brummen des Motors klang Elia schon jetzt lieblich in den Ohren. »Schau auf die Drehzahl. Und fahr auf keinen Fall schneller. Der Kleine ist ziemlich zickig und beschleunigt wie der Teufel«, gab Robertino seiner Schwester noch mit auf den Weg.

Robertino hatte recht: Wenn Elia nur leicht aufs Gas tippte, schoss der Wagen nach vorne; und in der ersten Kurve musste sie sich krampfhaft am Steuer festhalten, um nicht ins Schleudern zu geraten. Aber Angst hatte sie nicht. Es war wie bei Ross und Reiter, die beiden mussten sich erst aneinander gewöhnen, das Geruckel und Gebocke am Anfang gehörte dazu. »Ruhig, ganz ruhig, dann gehen wir die Sache etwas langsamer an«, sagte Elia und schaltete einen Gang herunter.

Jetzt kannte man einander schon besser, vorsichtiges Vertrauen stellte sich ein. Elia konnte bald am Ton des Motors erkennen, ob sich der Wagen wohlfühlte. Ihr Bugatti reagierte genauso, vielleicht nicht ganz so empfindlich, aber beide gehorchten nur einem Fahrer, der sie nicht brutal dominieren wollte. Elia verspürte das sanfte Vibrieren des Lenkrads unter ihren Händen, ihr ganzer Körper war davon erfüllt, sie fand es herrlich, so dahinzufliegen.

Als sie schließlich aus dem roten Renner wieder ausstieg, mit wirren Haaren und geröteten Backen, erkannte Robertino das gleiche Raubtierfunkeln in ihren Augen, das ihm schon vor Jahren aufgefallen war. Oh ja, da hatte jemand Blut geleckt! Er war sehr stolz auf seine Schwester: »Donnerwetter, ganz schön mutig, prima hast du das gemacht!«

Elia bleckte vergnügt die Zähne: »Weißt du, ich glaube, Rennfahrer oder Opernsänger, das ist gar nicht so unähnlich. Von der Technik mal abgesehen, bei beidem brauchst du Fingerspitzengefühl, blitzschnelle Reaktionen, volle Konzentration. Ohne Hingabe geht gar nichts. Und mutig musst du auch beim Singen sein.« – »Solange ich nicht singen muss, bilde ich dich gerne zur größten Rennfahrerin aller Zeiten aus«, stimmte Robertino mit ihr überein.

Es war nicht leicht für Elia, in Rom wieder ihren alten Rhythmus zu finden. Sie saß jetzt oft und gerne in der Bibliothek der Hochschule. Die Accademia Santa Cecilia war einst, vor vielen hundert Jahren, ein Kloster gewesen, und seither hatte sich in dem ehrwürdigen Gebäude nicht viel verändert. Dicke Mauern, Wandelgänge, Gewölbe und in der Mitte ein länglicher, rasenbedeckter Innenhof, über den eine Palme ihre Zweige breitete und ein Brunnen zu den Tönen der übenden Sänger plätscherte. Rundum Statuen von bedeutenden Musikern. Über die eine Längsseite, durchgehend durch beide Geschosse, erstreckte sich der Festsaal, in dem Elia bei einer Reihe von Konzerten schon mitgesungen hatte. Auf der gegenüberliegenden Seite lagen die Verwaltungsräume und die Bibliothek. Dank der Geschlossenheit der Klosteranlage entstand eine friedliche, leicht verstaubte und doch verwunschene Atmosphäre. Elia gefiel das.

Ihr Lieblingsort war der Lesesaal der Bibliothek. In dem ehemaligen Refektorium hatten früher die Nonnen gegessen, jetzt saßen an den dicken, dunkelbraunen Tischen die Studenten, zwei oder drei, höchstens vier, und blickten schweigsam in ihre Bücher, die auf einem hölzernen Lesepult vor ihnen lagen.

Früher hatte Elia nach den Unterrichtsstunden manchmal Massimo auf einen Sprung in seiner Wohnung besucht, und sie waren dann zusammen zu Umberto zum Essen gegangen. Jetzt wohnte Stefano dort, bei ihm mochte Elia nicht vorbeischauen, sie fand ihn zu sehr von sich eingenommen, womöglich wäre er auf falsche Gedanken gekommen. Aber wahrscheinlich war es nur seine gewandte, witzige Art, die sie an Federico erinnerte und ihr ein wenig Furcht einflößte.

Wenn es zu spät war für den Bus, brachte Umberto Elia auf seinem knatternden Motorrad heim. Einmal gab es kurz vor dem Ziel stotternd seinen Geist auf. »Vielleicht krieg ich es wieder hin«, meinte Elia. Sie sagte kurz der Mutter Bescheid, damit die nicht zu Tode erschrak oder Fiamma losbellte, dann verarztete sie drunten in der Werkstatt den Patienten. Auch Teresa kam neugierig dazu, Fiamma, alle umstanden Elia und bewunderten sie bei der Arbeit. »Ich glaube, jetzt springt es wieder an. Aber wir können das hier nicht ausprobieren, das macht zu viel Lärm«, befand sie schließlich. Umberto schob sein Ross bis zur Ecke, wo die Straße steil abfiel, erst galoppierte er wie üblich nebenher und schwang sich dann auf den Sattel. Erleichtert hörte Elia schon bald, wie drunten mit ein paar lauten Knallern der Motor ansprang. Am nächsten Tag kam Umberto mit einem duftenden Kuchen angerollt und eroberte damit auch Teresas Herz.

Die wunderbare Heilung eines alten Motorrades gehörte zu den aufregendsten Ereignissen in Elias Privatleben. Dafür machte sie bei Mariana und Signor Ruteli Erfahrungen, die sie aufwühlten und beschäftigten. Mariana hatte im Anschluss an den ›Maskenball‹ Szenen aus dem ›Don Giovanni‹ vorgeschlagen:»Nach dem vielen Verdi tut uns Mozart wieder einmal gut. Ich springe gern als Don Giovanni oder Leporello ein.«

Mit Bedacht wählte sie die Donna Elvira:»Diese leidenschaftliche junge Frau schert sich nicht um Konventionen. Don Giovanni hat sie verführt und nach drei Tagen Ehe sitzen lassen, ein schandbarer Liebesverrat, eine furchtbare Demütigung. Jetzt hasst sie ihn und schnaubt Rache und liebt und hofft doch immer noch. Aber anstatt sich schamhaft im stillen Kämmerlein die Augen auszuweinen, wie es sich für eine anständige Dame gehört, nimmt sie ihr Schicksal kämpferisch und wild entschlossen selbst in die Hand«, erklärte sie Elia.

Auch Tosca kämpfte todesmutig um den Geliebten. Die beiden stolzen, willensstarken Frauen mit dem feurigen und zugleich sanften Herzen ähnelten sich vom Wesen, ja sogar vom Schicksal her: Beide waren sie an ein von einem Dämon besessenes Ungeheuer geraten, nicht an einen normalen Mann, einen Menschen, dessen Denken und Handeln, wie abscheulich auch immer, man nachvollziehen konnte. Aber über die Tosca verlor Mariana kein Wort. Immer noch fand sie diese Rolle für Elia nicht geeignet, zumindest schien sie ihr viel zu früh.

Die Vehemenz, mit der Elia die Elvira anpackte, machte Mariana etwas unsicher. Elia hatte sich die Figur förmlich einverleibt und brachte es fertig, die Gefühle und Affekte ergreifend, aber auch kunstvoll zu gestalten. Ihre Stimme hatte an Leuchtkraft und Umfang gewonnen, die Höhe war hell und agil, die Koloraturen kamen nach dem harten Oscar-Training gespannt und sinnvoll phrasiert. Die warme Tiefe wirkte noch nicht ganz gefestigt. Dafür klang die Mitte dunkel und leicht verschattet, sehr persönlich und charakteristisch, manchmal irgendwie fremdartig. In dieser Lage verfügte die Stimme über ihre größte Ausdruckskraft.

Und sie besaß noch etwas, eine rare Gabe, die man nicht

herbeizwingen konnte: ein ganz eigenwilliges, unverkennbares Timbre. Das kam einer Eintrittskarte in die höheren Sängergefilde gleich. Die wenigen, die sich dort tummelten, ließen sich am Timbre ihrer Stimme sofort wiedererkennen, und dann kam es nicht mehr darauf an, ob jeder Ton des gesamten Stimmumfangs gleichermaßen rein und vollkommen hervorgebracht wurde.

Die römische Oper eröffnete ihre Wintersaison mit ›La Bohème‹. Elia kannte noch keine Oper von Puccini, und so lud Mariana sie zu einer Aufführung ein. Puccinis Musik traf Elia mitten ins Herz, immer mehr schrumpfte sie auf ihrem Sitz zusammen. Als es für die junge Mimi ans Sterben ging, stürzten Elia heiße Tränen aus den Augen und zugleich sträubten sich ihr sämtliche Haare. Erst draußen in der frischen Luft vermochte sie wieder zu sprechen: »Das ist schamlos, einen so traurig zu machen. Man kann sich gar nicht wehren. Das träufelt einem in die Ohren wie süßes Gift, und plötzlich durchbohrt es dich wie ein Dolch, schneidend, scharf und schauerlich!«

Im Laufe der Zeit fand Mariana Björn Eksells Idee mit der ›Tosca‹ nicht mehr ganz so unsinnig. Sie hätte diese Partie für Elias großen Einstand zwar niemals gewählt, aber sie hatte gelernt, gewisse Zeichen zu erkennen – und sich dann nach ihnen zu richten, sogar wenn sie nicht ganz ins eigene Konzept passten. Wie viel Erfreuliches und Interessantes hätte sie nie erlebt, wenn sie immer nur auf Nummer sicher gegangen wäre. Der Verstand allein war häufig ein allzu vorsichtiger Ratgeber. Gegen den Instinkt jedoch durfte man auf keinen Fall handeln, das musste man meistens büßen.

Wie immer, wenn es für Mariana um wichtige Entscheidungen ging, musste Pietro als Ratgeber und geduldiger Zuhörer dienen. Auch jetzt hielt sie ihm lange Vorträge: »Weißt du, Elia ist wirklich reif für eine große Rolle. Stockholm ist gar nicht schlecht, ein renommiertes Opernhaus, aber doch etwas abseits gelegen vom internationalen Geschehen. Und nach der ›Tosca‹ müssen wieder kleinere Rollen folgen, dann kann Elia in Seelenruhe weitere Erfahrungen sammeln. Wenn es einen Opernintendanten auf der Welt gibt, bei dem ich sicher sein kann, dass er Elia nicht verheizen will, dann ist es Björn. Sicher hat er sich Elia nicht aus Sensationsgier als Tosca in den Kopf gesetzt, sondern weil er einen Riecher hat für talentierte Sänger. Glaub mir, bei Björn ist Elia so gut aufgehoben wie in Abrahams Schoß.«

»Ein spannender Ort für ein junges Mädchen, so ein Greisenschoß«, konnte sich Pietro nicht verkneifen.

Aber Mariana ließ sich nicht beirren: »Macht nichts, macht nichts, ein wenig Langeweile schadet in den ersten Jahren nichts.«

»Ja, und die Sprache?«, warf Pietro noch ein. » Schwedisch ist doch nichts für italienische Zungen. Soll Elia immer nur italienische Opern singen und im Alltag stumm durch die Gegend marschieren?«

Auch hier wusste Mariana Rat: »Massimo ist doch jetzt dort, und Mama kann auch Italienisch, und Erna ist da. Elia spricht gut Deutsch, die kommt schon durch.«

»Ich sehe schon, die anfängliche Schnapsidee erweist sich so langsam als Glücksfall«, raunte Pietro.

Als Björn Eksell wie geplant nach Rom kam, wurde mit ihm alles noch einmal haarklein besprochen. Zum Schluss verabredeten sich die beiden Freunde für die nächste Unterrichtsstunde. Wenn Björn doch plötzlich seine Meinung ändern sollte, würde Elia von den ganzen Plänen nichts erfahren.

Mariana hatte Elia seinerzeit in dem Durcheinander nach dem ›Maskenball‹ Björn Eksell als ihren uralten schwedischen Freund kurz vorgestellt. Daran erinnerte sich Elia sogar, aber mehr wusste sie von ihm nicht, als er sich jetzt, nach kurzem Begrüßungsgemurmel, in eine hintere Ecke des Zimmers verzog. Es kamen öfters Besucher, die störten sie nicht. Sie war froh, mit der vertrackten Es-Dur-Arie der Donna El-

vira, die sie gerade durchnahmen, endlich ganz gut zurecht-
zukommen.

Wie sonst auch begann die Stunde mit Stimmübungen, die
heute wohl besonders kompliziert ausfielen. Wie ein Zirkuspferd musste Elia alle möglichen Kunststücke vorführen, ver-
schnörkelte Fiorituren, chromatische Läufe, Staccati, die auch
bei den schwierigsten Intervallsprüngen wie gestochen zu
kommen hatten. Auch bei der Arie legte Mariana am Flügel
ein ziemliches Tempo vor. Am Ende schien sie recht zufrieden.
Während sie mit dem Finger auf bestimmte Stellen des Kla-
vierauszugs deutete, meinte sie: »Sehr schön, gerade das Rezitativ. Das hast du sehr ausdrucksvoll gesungen. Aber bei der
Arie solltest du noch einen Hauch mehr schattieren, die Arme
ist völlig durcheinander, sie fühlt sich verletzt und gedemü-
tigt, doch mitten in ihrer Wut wird sie immer wieder unsicher
und zärtlich, sie liebt den Kerl trotz allem. Die Pausen verraten es, die Koloraturen, die musst du noch differenzierter
bringen. Hier, schau her, dieses endlose ›palpitando‹, sing das
noch einmal, da hört man ihr Herz schlagen, verzagt, aufgeregt, verwirrt. Ach, und dieses lange *pietà*, da spricht sie von
Mitleid, aber in Wirklichkeit meint sie Liebe. Komm, wir machen das Ganze noch mal.« Elia begriff sofort, sie veränderte
nur um winzige Nuancen, aber plötzlich kam die Zwiespältigkeit von Elviras Gefühlen noch deutlicher heraus. Jetzt war
Mariana wirklich zufrieden: »Genau. Sehr gut, toll, wie du bis
zum Schluss die Spannung durchgehalten hast, da machen
nämlich viele unterwegs schlapp. Und das auch noch zu deiner
Beruhigung: So sauber singen das die wenigsten, diese Wechsel und enharmonischen Verwandlungen hat der Teufel gesehen.« Dann wandte sie sich plötzlich an ihren Gast: »Der Mozart, der weiß einfach alles. Darum kommt meiner Meinung
nach keiner um ihn herum, ganz gleich, was er später singen
will.«

Eksell hatte bis dahin mucksmäuschenstill auf seinem Stuhl
gesessen, jetzt stand er auf und ging nach vorne zum Flügel.

Für einen Augenblick schaute er seine Freundin an, er lächelte und zog die Schultern hoch, dann wandte er sich zum ersten Mal direkt an Elia:»Eigentlich hatte ich Sie fragen wollen, ob Sie mir noch aus der ›Bohème‹ etwas vorsingen möchten, Mariana hat mir erzählt, dass Sie gerade die erste Arie der Mimi studieren. Aber jetzt verlasse ich mich gleich auf das, was ich gehört habe. Und auf das, was ich schon weiß. Also, kurz und gut, haben Sie Lust, in Stockholm die ›Tosca‹ zu singen?«

Elia starrte ihn an, als habe er mindestens zwei Köpfe, und dazu in beiden den Verstand verloren.»Wie bitte, was?«, brachte sie schließlich hervor.

Mariana war aufgestanden und legte den Arm um Elia:»Ja, die Tosca. Ich hab ihm die Idee nicht ausreden können. Mein Freund Eksell ist Intendant der Stockholmer Oper, er neigt zu schnellen Entschlüssen und hätte dich in Bologna sicher vom Fleck weg engagiert, wenn ich nicht gewesen wäre.«

Björn nickte:»Ich habe ein wenig Angst vor ihr, sie ist besorgter als jede Löwenmutter.«

Elia war immer noch fassungslos, sie sank auf einen Stuhl, schaute zu Mariana hoch und murmelte:»Die Tosca! Ausgerechnet die Tosca! Und auch noch in Stockholm!«

Die Tosca! Nicht einmal im Traum hatte Elia an diese Rolle gedacht. Nun bot man sie ihr an, einfach so, auf einem Silbertablett. Tagelang konnte Elia keinen vernünftigen Gedanken fassen, bald umarmte sie jubelnd ihre Mutter, den Padre Ironimo oder Fiamma, wer gerade auftauchte:»Die Tosca, die Tosca, juhu!«, bald schlich sie verzweifelt zu Mariana:»Wir müssen absagen, auf der Stelle, sofort, bitte, bitte.« Sie hatte sich eine Aufnahme der ›Tosca‹ besorgt und hörte sie sich, weil der uralte Plattenspieler kaputt war, bei Gwendolyn an. Während die vor Begeisterung immer mehr aus dem Häuschen geriet:»Was für ein Stoff, Menschenskind, faszinierend, daraus mache ich einen Film«, packte Elia zunehmend Panik: Das konnte sie nicht singen. Jetzt nicht und nie im Leben! Oh Gott, war das schwer. Und abscheulich!

Zum Glück hatte Mariana von Anfang an beschwichtigt: »Wir lassen uns nicht verrückt machen: Jetzt geht es erst mal weiter wie bisher. Fleißiger, als du jetzt bist, kann man nicht sein. Das tut auch gar nicht gut, man verkrampft nur, und die Eindrücke können sich nicht setzen.«

Nach einer Weile merkte Elia, dass selbst gewaltige Ereignisse das Leben nicht unbedingt schlagartig umkrempeln mussten. Sie studierte weiterhin ihre Mimi, sie rannte mit Fiamma im Park umher, sie ging zu Umberto zum Essen und ab und zu mit der ganzen Clique tanzen und tobte sich richtig aus. Sobald die Musik einsetzte, stürzten mehrere Jünglinge auf sie zu, wer das Rennen machte, von dem ließ sie sich auf der Tanzfläche herumwirbeln, wer ihr einigermaßen gefiel, der durfte sie bei einem langsamen Tanz an sich drücken, und wenn er ihr gefiel, schmuste sie mit ihm, ermattet vom Tanzen, in einer schummerigen Ecke. Ihre Verehrer machten ihr Spaß. Aber sie nahm sie nicht ernst. Sie hätte genauso gut mit Fiamma herumalbern können.

Diese Gelassenheit erschien ihr selbst irgendwie unheimlich. »Findest du das normal? Kennst du das auch von dir?«, wollte sie von Gwendolyn wissen.

Die hatte eine klare Meinung: »Das ist reine Ökonomie. Wir haben gerade etwas enorm Wichtiges im Kopf, du deine Tosca, ich darf bei Fellini am Drehbuch mitschreiben und beim Drehen dabei sein. Eine Liebesgeschichte wäre da einfach zu viel.«

Dazu fiel Elia ein, wie es den anderen erging. »Ach ja, Margareta, die macht jetzt wohl ernst«, sagte sie. »Neulich ist sie an mir vorbeigerauscht und hat mir zugerufen: ›Üb schon mal, wahrscheinlich verlob ich mich bald!‹ Wer wohl der Unglückliche ist?« Die Freundinnen lachten, sie waren sich wieder mal einig.

Zur Einstimmung auf die ›Tosca‹ beschloss Elia, sich die

Schauplätze der Oper anzusehen: Sant'Andrea della Valle, Palazzo Farnese und die Engelsburg. Seitdem sie ständig mit dem Fahrrad durch die Stadt fuhr, hatte sie sich angewöhnt, immer wieder in einer der vielen Kirchen Halt zu machen. Gelegentlich trieb sie die Neugier – oder auch ein Regenschauer – in eine neue Kirche, aber es gab Lieblingskirchen, neben Santa Maria del Popolo mit dem verzückten Löwen gehörte Sopra Minerva dazu, schon wegen ihres blauen Sternenhimmels. Während draußen der Verkehr lärmte, umfing Elia die Stille. Am Marienaltar entzündete sie eine Kerze, und schon nach kurzer Zeit fühlte sie, wie sich ihre Seele entspannte. Von der Kirche Sant'Andrea della Valle kannte Elia bisher nur die elegant geschwungene Barockfassade. Die Höhe und Strenge des Innenraums und seine Kargheit überraschten sie. Ein Eisengitter versperrte ihr den Zugang zu der Seitenkapelle, in der die Handlung des ersten Aktes angesiedelt war. Eine Zeitlang spazierte Elia in der Kirche auf und ab, sie bestaunte die schöne Kuppel, ein paar Bilder gefielen ihr, aber eine ergriffene Stimmung stellte sich nicht ein, das Ganze wirkte recht unbehaust und kahl, nicht einmal eine Kerze fand sie, die sie hätte anzünden können.

In den Palazzo Farnese, das wusste sie, kam sie ohne Sondergenehmigung nicht hinein. Darum fuhr sie zur Engelsburg, mit dem Fahrrad waren das alles keine Entfernungen. Der gewaltige Rundbau, den hoch droben ein schwarzer Engel bewachte, hatte Elia immer sehr imposant gefunden. Doch als sie jetzt, zum ersten Mal überhaupt, die düstere Rampe hinaufging, auf uralten, von vielen tausend Füßen und Hufen glattpolierten Pflastersteinen, zwischen meterdicken Mauern, kroch tiefes Unbehagen, ja Angst in ihr hoch. Mit den Gefühlen der Tosca hatte es nichts zu tun, das war keine Theaterkulisse. In feuchten, fensterlosen Verliesen waren hier Menschen gefoltert und angekettet worden. Ihre Schreie hatten keinen Weg nach draußen gefunden und sich für immer in dem alten Gemäuer verfangen. Elia brach der Schweiß aus, oben im Innenhof, bei dem ersten der beiden Engel, schnappte sie nach Luft, als wäre auch sie in einem Kerker begraben gewesen. Eine enge Treppe führte weiter hoch zu der oberen Terrasse. Dort, auf einem marmornen Sockel, erhob sich der berühmte Engel, mit ausgebreiteten Schwingen. In der Rechten hielt er ein Schwert. War er im Begriff, es zu ziehen oder zurück in die Scheide zu stecken, die er mit der Linken umfasste? Elia starrte in die Tiefe, dort unten lag Rom vor ihr ausgebreitet. Hier also war die Tosca hinuntergesprungen! In ihrem Entsetzen hatte Elia nicht mehr an sie gedacht! Aber wie gut konnte sie sich jetzt in ihre Gefühle hineinversetzen.

Auf ihren Fahrradfahrten durch die Stadt begegnete Elia gleich dreimal am selben Tag Orietta Principessa Doria Pamphili, die ebenfalls auf dem Rad unterwegs war. Beim dritten Mal hielt die mit quietschenden Bremsen an und rief: »So, jetzt müssen wir was zusammen trinken.« Bei einem Gläschen Wein lud sie Elia herzlich ein, in ihrem Palazzo zu singen.

»Ich weiß gar nicht, ob ich das zeitlich hinkriege«, sagte Elia verlegen, sie wollte nicht wichtigtuerisch erscheinen. Rasch erzählte sie von den neuen großen Plänen. Die Principessa gratulierte erfreut und schlug vor, Mariana zu befragen.

Mariana wunderte sich nicht: »Nach deinem Konzert im Palazzo Colonna habe ich dir eine Karriere als Hofsängerin prophezeit.« Gegen einen Arienabend im Palazzo Doria Pamphili hatte sie nichts einzuwenden, bei jedem Auftritt konnte Elia etwas lernen.

Nebenher bestand Elia auch noch ihr Abschlussexamen an der Accademia Santa Cecilia. Einige der Professoren hatten diese Schülerin noch nie zu Gesicht bekommen und wussten nicht so recht, wie sie den sonderbaren Singvogel einordnen sollten. Talent schien vorhanden, aber über Elias Pläne konnten sie nur den Kopf schütteln.

Mariana fand es an der Zeit, die ›Tosca‹ in Angriff zu nehmen. »*Never change a winning team*, wir halten es wie beim

Oscar. Signor Ruteli, du und ich, wir werden das Kind schon schaukeln«, sagte sie zu Elia.

Wochenlang kam sich Elia vor wie eine ungeübte Bergwanderin, die auf einen Viertausender hinaufgezerrt werden soll. Doch irgendwann war der Punkt erreicht, Elia fühlte sich in den ersten beiden Akten musikalisch einigermaßen zu Hause. Die brutale Dramatik der Handlung stieß sie zwar ab, aber der Kampf um jede Note der schweren Partie bewahrte sie vor einer allzu großen inneren Anteilnahme. Zudem fehlte das Orchester, das Klavier vermochte die Schauereffekte der Partitur nicht voll zum Ausdruck zu bringen.

Vor dem dritten Akt befand es Mariana für nötig, mit Elia über ihren persönlichen Bezug zur Handlung zu sprechen: »Vom Gesanglichen her wirst du auch mit dem dritten Akt zurechtkommen, das steht nach den ersten beiden Akten für mich fest. Bis jetzt hast du sehr tapfer die Nerven behalten. Ich will dir nichts einreden, aber bei der Erschießungsszene habe ich Angst um dich, da sollten wir uns nichts vormachen. Das ist hart zu ertragen, für jede Sängerin: Drunten im Orchestergraben hebt schaurig ein Marsch an, schwankend zuerst, dann steigert er sich zum gnadenlos tödlichen Gleichmaß, zugleich erscheint auf der Bühne das Erschießungskommando, in einen finsteren Trommelwirbel hinein krachen die Schüsse, die Musik wird fahler, versickert – Cavaradossi liegt tot am Boden. Und Tosca?«

Elia hatte mit wachsendem Unbehagen zugehört. »Elia, weißt du noch, was du damals alles mit angesehen und gehört hast?«, fragte Mariana schließlich sanft.

Elia machte eine abwehrende Handbewegung, dann kreuzte sie beide Arme vor der Brust. Nach einer Weile quetschte sie, mit gerunzelten Brauen, undeutlich heraus: »Papa lag auf der Bahre. Dann sind Mamma und ich mit ihm zusammen zum Krankenhaus gefahren.«

Mariana blieb beharrlich: »Schau mal, es gibt Erfahrungen, die haben wir so gut weggestopft in unserem Unterbewusstsein, dass wir gar nicht mehr wissen, dass wir sie je erlebt haben. Wir passen höllisch auf, sie nur ja nicht ans Tageslicht kommen zu lassen, so grässlich finden wir sie. Aber manchmal geschieht es eben doch, durch einen Schock oder durch einen listigen Psychologen, der sie kunstvoll herauskitzelt. Oder weil wir einmal völlig selbstvergessen unsere Seelentore sperrangelweit aufgemacht haben. Beim Singen kann das passieren, ich hab es einmal bei einer wunderbar ausdrucksvollen Sängerin miterlebt, die ist in ihre tiefsten Verlassenheitsängste hineingeraten und hat vor Erschütterung nicht weitersingen können. So etwas ist grauenvoll. Aber auch unprofessionell. Ich will wahrhaftig nicht diese Singmaschinen loben, die sich emotional nicht mit ihren Rollen identifizieren. Die sind zwar gegen alle unliebsamen Überraschungen gefeit, aber sie interessieren mich überhaupt nicht. Also besteht die schwierige Kunst beim Singen darin, die Gefühlszustände einer Figur durch den Klang der Stimme, ihre Farbe, ihren Tonfall widerzuspiegeln und dabei nicht in totale Identifikation zu verfallen. Ein großer Sänger kann seine Worte mit Schmerz und Leid durchtränken, aber er darf dabei nicht wirklich schluchzen. Das hätte mit Kunst nicht mehr viel zu tun, und schlimmstenfalls landet man im eigenen Schlamassel. Aber darum geht es bei dir nicht, deine Situation ist einfacher: Du weißt bereits von der Gefahr, die hier auf dich lauert. Darum kannst und musst du ihr ins Auge schauen, dann entschärfst du sie und nimmst ihr die Macht über dich.«

Während Mariana redete, hatte Elia auf den Boden gestarrt, still und regungslos, nur ihre Finger nestelten an einer bunten Kette, die sie um den Hals trug. Nach langem Schweigen schaute sie Mariana an: »Sicher bin ich durch die Schüsse aufgewacht. Ich habe dann lange auf der Treppe gestanden, das haben sie mir später erzählt. Ich will Mamma noch mal fragen, vielleicht kann sie mal dabei sein, wenn wir so weit sind.« Daran hatte Mariana auch schon gedacht, sie fand es gut, wenn Teresa wusste, mit was für Schreckensszenarien sich die

Tochter auseinandersetzen musste. Zudem brauchte sie selbst eine schonende Vorbereitung, weil sie gewiss eine der ›Tosca‹-Aufführungen miterleben würde.

Margaretas Verlobung stand tatsächlich bevor, sie hatte sich einen Prinzen geangelt, so nannte sie es selbst, als sie Elia davon berichtete. Er stammte aus einem uralten sizilianischen Geschlecht, und vor allem: Liliana hatte ihn sich zum Bräutigam auserkoren, und sie hatte ihn ihr ausgespannt. Was sie am Anfang gar nicht eingeplant hatte: Sie verliebten sich tatsächlich ineinander. Schon bald hielt Lorenzo formvollendet bei Signor Barbaroli um die Hand der Tochter an. Eine bittere Lektion für Liliana, dachte Elia, als sie davon erfuhr. Sie erzählte die Geschichte Gwendolyn, die meinte: »Hut ab, die weiß, was sie will. Das hätte ich Margareta gar nicht zugetraut. Letzten Endes geschieht es Liliana recht, denk dran, wie abscheulich sie sich dir gegenüber benommen hat. Margareta hat jetzt auch dich gerächt. Da solltest du doch auf ihrer Verlobung singen.«

Elia einigte sich mit Margareta auf einige neapolitanische Lieder. »Und was, bitte, singst du bei meiner Verlobung oder Hochzeit?«, wollte Leo wissen.

»Schau erst mal zu, dass du eine Frau kriegst«, sagte Elia.

Mariana befand halb im Scherz: »Du singst also nur noch bei Prinzessinnen und Prinzen. Aber die gibt es hier wie Sand am Meer. Diese beiden Auftritte noch, sei's drum, doch dann ist erst mal Schluss.«

Im Palazzo Doria Pamphili machte Elia eine neue Erfahrung: Nirgendwo hatte sie bisher mehr großartige Bilder hängen sehen als in den verschiedenen prächtigen, miteinander verbundenen Galerien. In den Privatgemächern ging es weiter, überall standen Büsten, edle Möbel, riesige Tapisserien schmückten die Wände, da hatten offenbar Generationen von kunstbesessenen, schwerreichen Sammlern die bedeutendsten Schätze zusammengetragen. Elias Arienprogramm passte in den anspruchsvollen Rahmen: Mimi, Elvira, der Oscar, sogar Pamina und zum Abschluss Tosca mit ›Vissi d'arte‹. Es war eine Feuerprobe, die zum Glück gut gelang. Auch den Palazzo Farnese bekam Elia kurz vor der Abreise nach Stockholm noch zu sehen. Der französische Botschafter, der dort residierte, gab einen Empfang und hatte Mariana und Pietro eingeladen. Sie nahmen Elia mit. Es war Elias erster mondäner Empfang, jetzt staunte sie hingerissen: was für ein riesiger Innenhof, umrahmt von Wandelgängen, dahinter ein Garten, bis hin zur Via Giulia, überall loderten Fackeln, livrierte Diener reichten auf Silbertabletts Champagner und köstliche Häppchen, es zwitscherte und schnatterte in vielen Sprachen durcheinander, die Herren trugen Frack oder ordenbestückte Uniformen. Doch am phantastischsten erschienen Elia die Damen. Sie hatte keine Ahnung gehabt, dass es solche Klunker von Gold und Edelsteinen gab, derartig hochgequetschte Busen in kühn geschwungenen Dekolletés, Pelzgewänder bis hin zum Boden und Hüte, Hüte, in denen Vögel ihre Nester hätten bauen können. Mariana lachte über Elias verblüfftes Gesicht: »Tja, meine Liebe, gelegentlich möchte man seine Schätze auch ausführen.« Sie selbst trug ein hochgeschlossenes, elegant geschnittenes Kleid und als einzigen Schmuck ein Paar leuchtend schöne Smaragdohrringe. Wie eine Königin sah sie aus, fand Elia.

Der Botschafter eilte auf Mariana und Pietro zu und begrüßte sie überschwänglich. Auch Elia erhielt einen Handkuss, selbstverständlich hatte Mariana ihm von dem jungen Gast erzählt. »Eine zukünftige Tosca, welch eine Ehre für dieses Haus. Da müssen Sie doch unbedingt einen Blick in die oberen Räume werfen.« Er bot sich der kleinen Gruppe persönlich als Führer an.

Auch im oberen Stockwerk führten endlos lange, mit edlen Gobelins geschmückte Gänge zu den Räumen. Auf der einen Seite zu einem Prachtsaal mit Tonnengewölbe, der ganz mit Fresken überzogen war, manches wirkte wie Stuck oder wie echte Bilderrahmen, aber es war raffinierteste Augentäuschung, eine betörende Malerei. Auf der gegenüberliegenden Seite lag ein noch größerer, über zwei der sehr hohen Stockwerke reichender Saal mit einer zu wuchtigen Quadern geschnitzten Holzdecke:»Die ist allein schon drei Meter dick«, erklärte der Hausherr. Die Wände schmückten ein großer Kamin, Marmorbüsten und Gobelins, aber dominiert wurde der riesige Raum von einem mächtigen Herkules, einem Brocken mit dicken Muskelwülsten.»Hier residiert Scarpia, das beschließe ich einfach, egal, was andere dazu sagen mögen. Dieser zarte Jüngling und das nette Zimmerchen passen doch gut zu ihm«, beschied Mariana. Der Botschafter öffnete lächelnd die Tür zu seinem Arbeitszimmer, einem Raum mit herrlichen Fresken:»Gnädige Frau, Sie sprechen mir aus dem Herzen, dann hat dieser unangenehme Kollege wenigstens bei mir nichts verloren.«

Während Elia hinter den drei anderen die elegante Treppe hinunterschwebte, fiel ihr auf, dass sie der kleinen Führung gebannt, aber ohne Seelenschauder und Emotionen gefolgt war. So prunkvoll und ehrwürdig die Räume auch sein mochten, gequälte, unerlöste Geister schienen sich nicht in ihnen zu tummeln. Scarpia hätte sie die Ruhelosigkeit durchaus gegönnt.

Die Vorbereitungen zu ›Tosca‹ waren in die letzte Phase getreten. Als sich Elia ganz sicher fühlte, lud Mariana Teresa zu einer Probe ein. Teresa reagierte spontan. Schon die reine Schilderung der Handlung entsetzte sie, und als es dann musikalisch ans Sterben ging, brach sie in Tränen aus. Elia schaute neugierig die Mutter an, aber sie selbst blieb erstaunlich ruhig.

»So hat er dagelegen, wie tot! Und das Blut, das viele Blut. Wie kannst du nur so etwas singen?«, fragte Teresa mit zittriger Stimme.

Jetzt geriet Elia doch ins Wanken und wurde blass. Auch sie kämpfte jetzt mit den Tränen.

»Ach, weißt du, Teresa, in der Oper wird ständig gelitten, gestorben, umgebracht, mit Dolchen, Schwertern, Pistolen, notfalls wird auch mal jemand ins Wasser geworfen«, sagte Mariana forsch, sie fand, jetzt war genug geheult. »Den Frauen wird dabei am schlimmsten mitgespielt, sie sind fast immer Opfer. Die Männer können wenigstens kämpfen und sich wehren. Wenn eine Frau zufällig überlebt, dann darf sie sich zum Schluss mit gebrochenem Herzen in ein Kloster verkriechen.«

Teresas Humor regte sich wieder: »Was für ein scheußlicher Beruf, mein armes Häschen. Das war mir gar nicht so klar.«

Mariana wollte das Ende noch einmal durchnehmen. Toscas »Mario, Mario« klang jetzt noch banger, ihr Aufschrei am Schluss furchtbar. Elia war völlig erschöpft, aber ihre Augen blieben trocken. Teresa hatte die Szene angstvoll mitverfolgt und sich dabei tapfer beherrscht. Am Ende aber schlug sie die Hände vors Gesicht und fing wieder an zu zittern. Lange schwiegen sie alle drei. Elia und Teresa hielten sich umschlungen, es sah aus, als wollte jede die andere beschützen und zugleich Schutz bei ihr suchen. So haben sie sich wohl auch damals in der Klinik aneinandergedrängt, dachte Mariana. Dann sagte sie: »Elia, du bist eine Künstlerin. Du hast dein eigenes Leid in die Rolle eingebracht. Aber du bist bei dir geblieben.«

Es wurde Zeit, die Koffer zu packen und Abschied zu nehmen. Pietro und Mariana holten Elia mit dem Auto ab. Elia streckte den Kopf aus dem Fenster und winkte und winkte, in der Hofeinfahrt standen Teresa und Fiamma, ein paar Augenblicke waren sie noch zu sehen, dann bog der Wagen um die Ecke.

Tosca

Stockholm! Massimo holte die beiden Damen am Flugplatz ab und fuhr sie erst einmal nach Hause. Dort schloss Birgit Elia gerührt in die Arme. Sie war über achtzig, aber noch rüstig und neugierig, und sie duzte Elia vom ersten Augenblick an: »Jahrelang habe ich von dir gehört, jetzt stehst du leibhaftig vor mir. Ich habe den Flügel stimmen lassen, du kannst rüberkommen und üben, wann immer du willst.«

Dann erst durfte Elia ihre kleine Wohnung ansehen, die gleich um die Ecke lag und von Erna gemütlich und praktisch eingerichtet worden war, mit hellen Birkenmöbeln und kräftig bunten Vorhängen. Elia hatte so etwas noch nie gesehen, aber es gefiel ihr sehr. In der Küche hatte Massimo Berge von Spaghetti, Salamiwürsten und Ölivenölflaschen aufgetürmt: »Falls dir die ewigen Kartoffeln zum Hals heraushängen.« Irgendwann würde Elia schon zum Kochen kommen.

In den nächsten Tagen wurde sie noch bei Alexej, Marianas Bruder, und Erna herumgereicht, es gab auch jede Menge jüngerer Leute, Töchter, Söhne, Freunde, Schwiegertöchter, von allen Seiten redeten sie auf Elia ein, wundersamerweise schienen die meisten Italienisch zu können, mehr oder weniger. Mit einigen radebrechte Elia auch Deutsch oder Englisch, ihr schwirrte der Kopf, sie fühlte sich wohlig benommen wie damals als Kind, bei den großen Familienfesten, da hatte sie auch nicht alles mitgekriegt, aber immer gewusst und gespürt: Alle mögen mich und freuen sich, dass ich da bin. Ihre Angst vor dem fremden Land löste sich in Wohlgefallen auf.

Dann verschwand sie für die nächsten Wochen im Bauch des Opernhauses. Auch dort war sie von Anfang an freundlich und wohlwollend aufgenommen worden. Björn Eksell hatte sie bereits vorher eingeführt und auch betont, dass er allein es war, der auf Elia als Tosca bestanden hatte. »Ich bin von Elia Corelli überzeugt, aber es beruhigt mich doch sehr, dass Mariana Pilovskaja bei dieser Produktion mit dabei sein wird, ihr vertraut Elia blind«, erklärte er den anderen, damit sie sich nicht bevormundet vorkamen.

Es gab noch jemand, der sich um Elia kümmern und notfalls als Dolmetscher einspringen konnte, das war Fulvio, einer der beiden Assistenten von Sven Aarquist. Der junge Mann war dem Regisseur vor ungefähr einem Jahr in Neapel als eifrig und zuverlässig aufgefallen, und so hatte er ihn an die Stockholmer Oper entführt. Zwischen Fulvio und Elia entwickelte sich rasch eine richtige Freundschaft, sie waren die beiden Grünschnäbel hier, dazu noch aus dem Süden Italiens und beide echte Arbeitstiere, es wäre ihnen im Traum nicht eingefallen, irgendwann nach der Uhr zu schielen oder nach einer Pause zu verlangen.

Mariana beobachtete den emsigen Fulvio ein paar Tage, dann sagte sie zu Björn: »Offenbar wiederholt sich im Leben alles. Dieser Jüngling erinnert mich an deine eigenen Anfänge, an deine Besessenheit.«

Björn nickte nur: »Ja, ja, das hab ich mir auch schon gedacht. Und deine Elia ähnelt dir. Ob ihre Freundschaft auch so lange hält wie die unsere, was meinst du?«

Auch mit Ture Björling, dem Sänger des Scarpia, kam Elia wunderbar zurecht. Auf der Bühne hatte sie die fürchterlichsten Szenen mit ihm und brachte ihn schließlich sogar um, aber privat fand sie ihn überaus sympathisch und bewunderte ihn. Er erinnerte sie entfernt an Enrico Tarlazzi, auch wenn die beiden vom Typ her grundverschieden aussahen. Aber sie besaßen die gleiche natürliche, humorvolle Art. Und beide waren großartige, leidenschaftliche Sängerdarsteller – und hilfsbereite Kollegen. Ture Björling war ein stattliches Mannsbild und als Künstler mit allen Wassern gewaschen. Er hätte in der Partie des Scarpia eine Anfängerin wie Elia sicherlich an die Wand spielen können. Und wie hätte sie sich wehren sollen? Doch er dachte gar nicht daran, im Gegenteil, er stimmte sein Spiel auf Elia ab, und dadurch entstand eine wirkliche Spannung zwischen den Figuren. Elia wurde im Verlauf der Proben immer sicherer und freier.

Um Carlos Ribeira, den Cavaradossi, stand es anders. Auch er benahm sich Elia gegenüber entgegenkommend und offen. Doch er war einfach gar zu schön und feurig – und er wusste es auch! Das machte Elia misstrauisch und befangen. Zudem hatte sie noch nie eine Liebesszene auf dem Theater gespielt und genierte sich, diesen Wundermann anzuschmachten.

Zumindest im ersten Akt tat sie sich damit schwer, also ausgerechnet am Anfang der Proben. Denn da leuchtete ihr nicht einmal der Charakter der Tosca völlig ein, sie konnte ihn nicht ganz nachvollziehen: diese Eifersucht! Wie konnte eine große Sängerin wie die Tosca bei der ersten Ungereimtheit gleich so misstrauisch reagieren – und völlig kopflos auf Scarpias plumpen Köder hereinfallen? Vom Verstand her hatte sich Elia das psychologisch längst zurechtgereimt und gesanglich, mit Signor Rutelis und Marianas Hilfe, zu gestalten vermocht. Jetzt jedoch, bei den Proben, widerstrebte ihr die Szene aufs Neue.

Sven Aarquist rieb sich die Hände: Endlich einmal keine selbstgefällige Sängerin mit einer festgefahrenen Konzeption: Tosca als zickige Primadonna mit Engelsstimme und anschließendem Löwenmut. Was im besten Fall dabei herauskam, war brillante Routine. Nein, hier versuchte eine junge Sängerin, die Zwiespältigkeit ihrer Figur vom Herzen her zu erfassen.

Eifrig redete er auf Elia ein: »Weißt du, diese Tosca, auf der einen Seite ist sie eine Kunstfigur, wirklich der Prototyp der

Primadonna Assoluta, wie er in Wirklichkeit zum Glück kaum vorkommt, mit allen Vorzügen und Mängeln, verwöhnt, gefeiert, aufbrausend, launisch, und zugleich eine leidenschaftliche, großartige Künstlerin. Aber daneben ist sie auch ein warmherziger Mensch, eine Frau, die zärtlich und innig liebt: die Kunst, die heilige Jungfrau und ihren Mario. Das ist kein Getue, das kommt bei ihr aus einem ehrlichen Herzen. Ja, und irgendwo, so denke ich mir, ist sie auch etwas unsicher. Womöglich nur diesen adeligen Damen gegenüber, die letzten Endes auf eine Sängerin, ganz gleich, wie berühmt sie auch sein mag, immer kühl und herablassend herunterblicken werden. So gesehen finde ich den Plot ganz geschickt eingefädelt: Erst redet sich dieser Mario bei dem Bild recht sonderbar auf die heilige Maddalena heraus – hat er vielleicht doch ein schlechtes Gewissen? Dann besingt er hymnisch die schwarzen Augen seiner geliebten Tosca, aber schon Sekunden später will er sie auf der Stelle loswerden. Wer da nicht misstrauisch wird, hm? Und immer wieder, wie ein Verhängnis, taucht der Name der Marchesa Attavanti auf...«

Das leuchtete Elia ein. Schon Mariana hatte ihr eingeschärft, beim Singen nie den »süßen Ton« nur als wohllautenden Selbstzweck zu benutzen, sondern immer als dramatisches Ausdrucksmittel einzusetzen, so wie ein Maler schattieren und mit ein paar Farbtupfern akzentuieren kann. Doch dafür musste man genau wissen, worauf es ankam. Beim zweiten und dritten Akt hatte Elia damit keine Schwierigkeiten, aber im ersten Akt verhalfen ihr erst die szenischen Proben und dann die Arbeit mit dem Dirigenten auf die Sprünge.

Thomas Schneider, der Dirigent, kam aus Südtirol und sah aus wie ein Waldschrat aus dem Gebirge, überraschenderweise aber entströmte seiner kantigen Kinnlade nicht nur ein kerniges Tirolerdeutsch, sondern auch ein geläufiges, melodiöses Italienisch. Sein Hauptwirkungskreis lag in Norditalien und Österreich, aber inzwischen holte ihn Björn Eksell regelmäßig als Gastdirigenten nach Stockholm. Die beiden vertrauten einander, dennoch hatte Thomas Schneider wegen der jungen Sängerin, die er gar nicht kannte, zunächst gemurrt. Aber kaum hatten seine feinen Ohren Elias ausdrucksstarke Stimme vernommen, schlug sein Geknurre um in stürmisches Lob. Als Elia die herrische Allüre der verwöhnten Diva glaubwürdig darzustellen vermochte, machte sich Thomas Schneider daran, mit ihr an bestimmten Einzelheiten zu feilen: »Die Augen, die blauen und die schwarzen, sind ein wichtiges Motiv, immer wieder kommen sie zur Sprache, und jedes Mal kann man dabei wie auf einer Fieberkurve Toscas Gemütszustand ablesen.«

Es gelang Elia nach einer Weile, Toscas wetterwendisches Wesen in klug nuancierten Klanggebärden einzufangen und zum Ausdruck zu bringen, das Schrille, Harte, das Tragisch-Ahnungsvolle, das Weiche, ihr beglücktes Dahinschmelzen auf Marios Liebeserklärung, das Innig-Zarte und Reine, und auch ihr bezauberndes, mädchenhaftes Beharren: »Ja, ja ... aber mache ihre Augen doch schwarz ...« Bei Elia klang es ungekünstelt und rührend.

Selbstverständlich hatten Mariana und Björn Elias Mutter zur Premiere eingeladen. Der graute zwar vor der langen Reise – und noch mehr vor dem Fliegen, aber das konnte sie nicht davon abhalten, Elias großen Tag mitzuerleben, zumal Padre Ironimo mitkommen sollte. Dann aber fing Björn Eksell plötzlich an, sich Sorgen um Elia zu machen, nach allem, was er inzwischen von ihrer privaten Vorgeschichte wusste: Regte sie die Anwesenheit der Mutter beim ersten großen öffentlichen Auftritt nicht doch unnötig auf? Er hatte volles Vertrauen in sie, alles verlief über die Maßen gut, aber Elia besaß keine große Bühnenerfahrung und kniete sich manchmal allzu ungeschützt in ihre Rolle hinein. Darum behauptete er schließlich, Teresa käme erst zu einer späteren Aufführung. Elia war zunächst enttäuscht, aber dann fühlte sie auch Erleichterung: Die ganze Zeit hatte ihr die Furcht, die Mutter zu erschrecken, im Magen gelegen.

Am Tag der Premiere war es Mariana, der vor Aufregung ganz schlecht wurde, nie im Leben hatte sie vor einem eigenen Auftritt so gezittert. Beim ›Maskenball‹ hatte sie wenigstens selbst mit auf der Bühne gestanden, das hatte ihr die Illusion verschafft, notfalls eingreifen zu können, zudem blickten nicht aller Augen nur auf den Oscar. Aber als sie jetzt aus Elias Garderobe herauskam, nach einem letzten toi, toi, toi, fühlte sie sich vollkommen hilflos.

»Wirklich wie das arme Huhn, das ein Entlein ausgebrütet hat und es jetzt ins Wasser gehen sieht«, ächzte sie. Aber Elia bestand ihre Feuertaufe als tapfere Heldin. Sie war wie in Trance, vollkommen konzentriert wie eine Hochseilartistin.

Diese Spannung hielt sie bis zum Ende, an dem sich die Handlung immer bedrohlicher zuspitzte. Die Schergen hatten den gemarterten Cavaradossi zurück zu Scarpia gebracht. Für einen kurzen Augenblick schien dessen Macht zu wanken. Cavaradossi brach, halb wahnsinnig vor Wut und Schmerzen, in einen ekstatischen Triumphgesang aus. Verzweifelt umschlang ihn Tosca, Scarpia lachte höhnisch und ließ den Gefangenen abführen. Wieder schlug Scarpias Stimmung von einem Moment zum anderen um. In aller Seelenruhe nahm er seine Mahlzeit wieder auf. Honigsüß bot er Tosca ein Schlückchen Wein an, »zur Stärkung«. Toscas Antwort war nur ein Wort, düster-verächtlich gesprochen: »*Quanto?*« Wie viel? Und dann noch einmal, hart, zur Bestätigung: »*Il prezzo.*« Der Preis. Aber Scarpia war kein gewöhnlicher Krimineller, mit dem man verhandeln konnte. Dieser Zyniker und Sadist hatte auch Gefühle, Liebesgefühle, wie die bombastische Musik verriet. Toscas Abscheu stachelte ihn an, bis er schließlich, halb irre, in schauderhafter Erregung immer wieder ausstieß: »*Mia, mia, mia* . . .« Mein, mein, mein.

Als sie keinen Ausweg mehr sah, den Geliebten zu retten, war Tosca zum Opfer bereit. Für einen Augenblick klang tristanhaft-sehrend das Schicksalsmotiv an, dann hatte sich Tosca gefangen. Entschlossen, wieder ganz die große Dame, nannte sie Scarpia ihre Bedingungen. Scarpia gab sich galant, geradezu zärtlich, glaubte er sich doch am Ziel seiner Wünsche. Während er den Geleitbrief für Tosca schrieb, erblühte im Orchester noch einmal das alte Liebesglück, getragen, todtraurig, zögernd, sehr zart. Etwas Gefährliches schlich sich ein, tragische Töne: Tosca hatte auf dem Tisch ein spitzes Messer entdeckt, sie wagte kaum zu atmen, ihre Antworten klangen wie gehaucht, schließlich gelang es ihr, das Messer zu ergreifen und hinter ihrem Rücken zu verstecken. Der Brief war geschrieben, jetzt wollte sich Scarpia die Beute holen. Tosca würde schon auch ihren Spaß daran haben, so glaubte er in seinem Machowahn. Wieder einmal schlug seine Stimmung blitzschnell um. Während ein paar muntere Übergangstakte erklangen, stürzte er sich auf sein Opfer: »*Tosca, finalmente mia!*« Tosca stieß ihm das Messer in die Brust.

Im Saal zuckten alle zusammen. So überzeugend hatte Elia zugestochen, und so wild, wie im Todeskampf, klammerte sich Ture Björling an seine Partnerin. Schließlich lag der Bösewicht tot am Boden. Furchtbar, wie eine Rachegöttin, sprach Tosca ihre letzten Worte, in die hinein das Orchester tragischgewichtig einfiel. Das alte Liebeslied schien noch einmal auf wie verzerrte Glockentöne, ratlos-suchend die Flöte, dann hielt die Musik für ein paar Augenblicke den Atem an, ging dann über, klang aus, sehr fahl und feierlich, in eine dreifach wiederholte langsame Abfolge fremdartiger Harmonien, ferner Trommelwirbel mischte sich dazu, ein unguter Mollakkord brachte das Ende.

Nachdem der Vorhang mit dumpfem Schlag gefallen war, herrschte, wie schon bei den Proben, eine Schrecksekunde lang verstörte Stille. Dann aber brach stürmischer Beifall aus, das Publikum schrie und trampelte, wer von den Sängern vor den Vorhang trat, wurde bejubelt.

Elia stand immer noch unter Strom, noch vibrierte Toscas Erregung in ihr, der niederprasselnde Beifall erschlug sie fast. Hilfesuchend umklammerte sie die Hände ihrer beiden Partner, unter den Entzückensrufen des Publikums küsste ihr erst der geliebte Cavaradossi die Hand, dann fiel der schurkische Scarpia vor ihr auf die Knie. Schließlich schoben die beiden sie allein vor den Vorhang:»Los, los, Tosca ist die Hauptperson!« Elias Verbeugungen wirkten noch recht unbeholfen, sie mit ihr zu üben, daran hatte keiner gedacht. Glücklich, fassungslos knickste und winkte sie, von überall her flogen Blumen auf sie zu, zuerst duckte sie sich erschrocken, dann hob sie so viele auf, wie sie fassen konnte, und drückte sie an sich. Das Publikum schmolz vollends dahin.

Hinter dem Vorhang gab es inzwischen ein fürchterliches Gedränge, jedes Mal wenn Elia auf die Bühne zurückkehrte, hielt sie Ausschau, endlich hatte sie entdeckt, wonach sie suchte. Aufgeregt stopfte sie irgendjemand die Blumen in den Arm und zwängte sich zu den beiden Frauen durch, warf sich mit einem Aufschrei der einen an die Brust und umklammerte mit dem freien Arm die andere:»Mamma!« Und gleich darauf:»Mariana!« Dass Teresa doch gekommen war, die Überraschung war wirklich gelungen.

Jetzt erst begriff sie, was sie da gerade hinter sich gebracht hatte, sie glühte vor Freude und auch vor Stolz. Und Padre Ironimo tauchte auch noch auf! Plötzlich wurde alles Wirklichkeit – dieser Abend nach all den verrückten, berauschenden Wochen.

Glücklich und begeistert hielten sich alle umschlungen, sie drückten und küssten sich. Elias Augen funkelten, sie hatte fleckig rote Wangen.»He, Ture, Carlos, das ist meine Mamma«, rief sie laut und zog ihre Kollegen am Ärmel.»Meine liebe, liebe Mamma.«

Ture küsste Teresa beeindruckt die Hand:»Die Mutter? Schwester, das glaube ich schon eher.« Auch Carlos lächelte erfreut und machte eine tiefe Verbeugung.

Inzwischen wurde es immer voller auf der Bühne, Massimo, Pietro, Birgit, Erna, Alexej, alle kamen zum Gratulieren, jeder fiel jedem um den Hals, alle Sprachen schwirrten durcheinander. Schließlich gelang es der Garderobiere, sich zu Elia durchzuarbeiten. Sie hielt die verlassenen Blumen im Arm. Mit einem besorgten Blick auf das zerknautschte Kostüm mahnte sie Elia, sich doch lieber umzuziehen. Die stieß einen Schrei aus: »Du lieber Himmel, entschuldige, ich habe alles vergessen.« Bei der Nachfeier gab es stilgerecht italienische Küche. »Was man hier für Spaghetti hält«, lachte Elia und wickelte sich mit Heißhunger ein paar Nudeln um die Gabel.

»Zum Glück gibt's Rotwein und nicht nur Aquavit, an dem sterbe ich noch einmal«, freute sich Carlos Ribeira. Auch die Schweden waren von dem Wein sehr angetan. In Windeseile, als sei es Wasser, schütteten sie sich Glas um Glas in die durstigen Kehlen, aber dazwischen schnappten sie immer mal wieder ein Gläschen Schnaps von den herumgereichten Tabletts.

»Ja, Elia, das gehört auch dazu, bei uns im hohen Norden«, sagte Mariana vergnügt und stieß mit ihrem Freund Björn auf das fabelhafte Gelingen des Abends an.

»Das nächste Mal suchen wir etwas aus, wo du auch wieder mitmachen kannst, du armes Hühnchen«, freute er sich. Dann fragte er Elias Mutter: »Nicht wahr, das war Ihre erste ›Tosca‹? Und das gleich mit der eigenen Tochter! Besser werden Sie es so schnell nicht wieder sehen.« Wie die meisten Opernmenschen konnte er recht gut Italienisch.

»Ach, wissen Sie, ich kenne mich gar nicht aus, wann geht unsereins schon in die Oper? Da kostet eine Karte so viel, wie ich im Monat verdiene«, antwortete Teresa ganz unbefangen.

»Jetzt singen wir für Elias Mutter ein Lied«, rief Ture und stimmte ›Funiculì-Funiculà‹ an, und die meisten stimmten mit ein.

Teresa lachte zu Mariana hinüber: »Jetzt kennen wir uns schon recht lange, ich finde, wir könnten uns so langsam duzen. Eigentlich haben wir doch eine gemeinsame Tochter. Ich habe sie auf die Welt gebracht und aufgezogen. Aber was sie jetzt ist, was sie kann, das verdankt sie Ihnen. Also, ich heiße Teresa.«

»Was habe ich schon gemacht, es steckt doch alles in ihr drin. Aber Elia als Tochter – eine schönere Mutterrolle gibt es für mich nicht. Liebe Teresa, ich heiße Mariana«, rief Mariana und umarmte sie. Dann hob sie ihr Glas:»So, und jetzt möchte ich einen Toast auf Padre Ironimo ausbringen, Elias eigentlichem Entdecker. Er ist der charmanteste Verführer, der mich jemals rumgekriegt hat. Wie ihr seht, hat er mich dabei sogar zur Mutter gemacht, dafür meinen herzlichen Dank.«

Padre Ironimo lachte, seine Glatze leuchtete rot, alle schauten ihn neugierig an. Er schlug sich an die Brust, wie ertappt:»Ach je, so kommen alle meine Sünden zutage!« Vergnügt erzählte er von seinem überfallartigen Besuch bei Mariana, wie sie sich erst einmal schaudernd gegen die Lehrerinnenrolle gewehrt hatte, und fügte hinzu:»Aber Elias Eltern haben auch nicht gleich gemerkt, was für einen raren Singvogel sie da ausgebrütet haben. Dass man hochmusikalisch ist und fabelhaft singen kann, gehört sich so in dieser Familie, das hielten sie für normal.« Zum Abschluss legte er den Arm um seine Freundin Teresa und sagte sehr herzlich und schlicht:»Wir trinken auf dich!«

Immer neue Gänge wurden hereingebracht, Fisch, Braten, Gemüse, und mit großem Appetit verzehrt. Vor lauter Arbeit und Aufregung war offenbar niemand so recht zum Essen gekommen und holte das jetzt gierig nach. Dabei lachten und schwätzten alle durcheinander, schallend wurden Lieder zum Besten gegeben, ›O Sole mio‹, ›Addio Napoli‹, Spanisches, Schwedisches, Operettenschmonzetten, und wo man mit dem Text nicht weiterwusste, wurde dazuerfunden, mal schnurrig, mal derb.

Elia fielen immer wieder die Augen zu. Sie hatte nicht viel getrunken, aber die aufgeputschte Spannung der letzten Tage sank in sich zusammen, jetzt endlich zeigte sich, wie sehr sie sich angestrengt und geplagt hatte.»Ach, ist das gemütlich mit euch«, murmelte sie und kuschelte sich an ihre Mutter.

»Ich glaube, jetzt gehörst du ins Bett«, sagten die beiden Mütter wie aus einem Mund.

»Komm, ich bringe dich heim, Leopardo«, bot Fulvio sich an.

»Ja, wenn du meinst«, gähnte Elia und stand brav auf. »Aber die Blumen nehmen wir mit.«

»Ich geh mit euch«, sagte Carlos Ribeira. Auch er war erschöpft. Und so trotteten sie zu dritt müde, aber zufrieden durch das nächtliche Stockholm.

Neugierig besorgten sich Elia, Sven Aarquist und Fulvio am nächsten Tag die wichtigsten Zeitungen. In der erstbesten Kneipe machten sie sich aufgeregt über die Besprechungen her. »Jetzt übersetzt mir, um Himmels willen«, flehte Elia und schlug mit der flachen Hand auf das Tischchen, dass der Kaffee aus den Tassen schwappte.

Alle Kritiker waren begeistert. In ›Dagens Nyheter‹ hieß es: »Puccinis Oper ist krasse Nervenmusik. Eine raffinierte Mischung aus schluchzendem Wohlklang und Folterszenen, zynischem Sadismus und tränenfeuchter Verzweiflung. Lauter bewährte Zutaten also für ›große Oper‹. Aber diese genial-beklemmende Aufführung geht darüber hinaus. Sie erzählt uns eine schreckliche alte Geschichte, die auch heute noch in den Diktaturen dieser Welt passieren kann: die sinnlose, brutale Zerstörung der Liebe und des Schönen durch das Böse. Die junge Italienerin Elia Corelli hat sich mit vollem Risiko in die Rolle der ›Tosca‹ gestürzt. Sie keucht und flüstert, in wilden, wunderbar platzierten Spitzentönen schreit sie ihren Abscheu und ihre Angst heraus, ihre Stimme kann klirren vor Verachtung, aber auch herzzerreißend bang und zärtlich sein. Ihr ›Vissi d'arte‹ gerät bei ihr nicht, wie so oft, zur aus dem Rahmen fallenden Belcanto-Nummer, sondern fügt sich ergreifend in die Handlung ein. Sadistisch, vor Gier halb wahnsinnig, hat Scarpia Tosca in die Enge getrieben. Eine Steigerung ist nicht mehr möglich. Die Musik erstirbt, ein Umschwung vollzieht sich. Tosca hört auf zu kämpfen. Jetzt zeigt sich ihr wahres Selbst: das lautere, leidenschaftliche Gemüt einer großen Künstlerin. Wenn sie schließlich niederkniet und ihren Peiniger um Gnade für den Geliebten bittet, kommen nicht nur leicht entflammbaren Opernliebhabern die Tränen.«

Der Kritiker von ›Svenska Dagbladet‹ schrieb: »So faszinierend böse, so strahlend heldisch Ture Björling und Carlos Ribeira auch sein mögen, das Herz dieser atemberaubenden Aufführung bildet doch Elia Corelli. Endlich einmal wieder trägt die Oper zu Recht den Namen ›Tosca‹.« Und der ›Espressen‹ meinte gar: »*A star is born.*«

Elia hatte bis dahin aufmerksam zugehört, mit gerunzelten Brauen, geschlossenen Augen, und nur gelegentlich ein »Mhm, mhm« vor sich hin gemurmelt oder kurz mit dem Kopf genickt. Jetzt stieß sie mit einem langen Seufzer die Luft zwischen den Lippen hervor. »Hört auf«, ächzte sie. Sie fühlte sich ganz benommen. Das viele Premierenlob am Abend zuvor hatte ihr in der Seele gutgetan. Aber das hier, das waren unabhängige Kenner, die überhaupt keinen Grund hatten, ihr schönzutun. Jetzt glaubte sie wirklich an ihren Erfolg. Sie strahlte, ihre Augen glitzerten. Immer wieder schüttelte sie den Kopf. Sie hielt es auf ihrem Stuhl kaum mehr aus, am liebsten wäre sie herumgehüpft. »Und das habt ihr nicht erfunden, das steht da alles drin?«, rief sie aus und schlug wieder auf das Tischchen, dass die Tassen klirrten und der Kaffee schwappte. Aber plötzlich kroch etwas in ihr hoch, etwas Klammes legte sich ihr aufs Herz, kläglich schaute sie die Männer an.

Wie zur Bestätigung klopfte ihr Sven Aarquist auf die Schulter: »Aus ist's mit der netten kleinen Anfängerin, die man auch mal was singen lässt.« Fulvio wollte ihn unterbrechen, aber er fuhr im Predigerton fort: »Unsere Elia hat ihre Unschuld verloren. Jetzt ist sie ein öffentliches Mädchen. Liebe Gemeinde, darauf müssen wir etwas trinken.« Inzwi-

schen hatten sich alle Gäste zu den dreien hingedreht, das Gelärme schien ihnen hochinteressant.

Fulvio, der Elias Erschrecken bemerkt hatte, reagierte säu-
erlich:»Das möchte ich mal erleben, dass man in diesem Land
keinen Grund zum Saufen findet. Im Übrigen will ich nur daran erinnern, dass übermorgen wieder ›Tosca‹ ist.«

»Schauen wir kurz im Hotel vorbei«, bat Elia.»Meine Mutter und Padre Ironimo haben mit Mariana und Eksell zusammen gegessen, vielleicht sind sie schon zurück.«

Die vier saßen in der Hotelhalle, vor ihnen lagen Berge von
Zeitungen. Als Eksell Elia sah, sprang er auf und rief schon
von Weitem:»Da kommt die Siegerin. Das nenn ich einen
Einstand.«

An einem der umstehenden Tische wurde applaudiert. Ein
junger Mann bat Elia errötend um ein Autogramm. Auch Elia
wurde ganz rot, mit zittriger Hand kritzelte sie ihren Namen
auf das hingereichte Programmheft. Mariana küsste Elia auf
beide Wangen und murmelte:»Ja, Elia, jetzt beginnt ein neues
Leben für dich. Gott beschütze dich.«

Nur Elias Mutter schwieg. Sie sah Elia an, in ihren Augen
schimmerte es. Elia legte ihren Arm um sie und sagte leise:
»Mamma, das kriegt er doch mit. Er guckt jetzt runter auf uns
und freut sich, und die Engel spielen jetzt Puccini.« Sie setzte
sich neben die Mutter und hielt deren Hand fest.

Mit ihrem neuen Leben kam Elia ganz gut zurecht. Doch als
Teresa und Padre Ironimo wieder heimfuhren – auch noch zusammen mit Mariana und Pietro – überfiel sie für einen Augenblick Panik:»Oh Gott, oh Gott, und ich muss dableiben,
ganz allein und verlassen!« Zum Glück war nur ein Augenblick Zeit für solche Gedanken.

Die ›Tosca‹ stand weiterhin auf dem Spielplan, so dass sich
Elia in aller Ruhe an ein geregeltes Operndasein gewöhnen
konnte, anfing, ihr Repertoire aufzubauen und sich andere
Aufführungen anzusehen und neue Kollegen kennenzulernen.

Bei der ›Elektra‹ von Richard Strauss, von dem sie bis dahin überhaupt nichts kannte, sträubten sich ihr vor Aufregung und Grauen buchstäblich die Haare. Welch eine wilde, unheimliche Musik. Derart durchdringende, schaurige Töne wie von dieser Elektra hatte Elia noch nie vernommen. So also klangen die legendären Riesenstimmen, nicht umsonst war Karen Nilström eine der ganz berühmten Brünnhilden und Isolden. Als Elia ihr nach der Aufführung vorgestellt wurde, konnte sie zunächst nur überwältigt die Arme vor der Brust kreuzen und sich vor ihr verbeugen.

Es war Karen Nilström, die Elia mütterlich-kollegial in die Arme nahm. Sie gehörte zu den beneidenswert robusten Künstlernaturen, die sich auf der Bühne verausgabten, aber sobald der Vorhang gefallen war, sogleich wieder auf den Boden der Wirklichkeit zurückfanden. Eine natürliche, warmherzige Frau, mit witzigem, scharfen Mundwerk, sehr bodenständig. Sie stammte vom Lande und konnte Kühe melken, wie sie Elia im Laufe des Abends stolz erzählte. Auch kämpferisch konnte sie sein, ihre Fehden mit sturen Regisseuren und allzu selbstverliebten Dirigenten waren legendär. »Bleib auf dem Teppich. Aber lass dir nichts gefallen«, so lautete ihr Wahlspruch. Elia wusste bald nicht mehr, was sie mehr bewundern sollte, Karen Nilströms künstlerische Ausdruckskraft oder ihr kluges, imponierend gradliniges Wesen. Von dieser Frau konnte sie noch einiges lernen, das spürte sie. Wenn auch etwas derber, so war sie doch aus dem gleichen Holz geschnitzt wie Mariana.

Inzwischen hatte Elia weniger Hemmungen ihrem brillanten Bühnengeliebten gegenüber. Carlos Ribeira war nicht nur schön, sondern auch intelligent und witzig, und darüber hinaus verfügte er offenbar über eine eiserne Konstitution und robuste Nerven. Zwischen zwei ›Tosca‹-Aufführungen, einer Zeit, in der Elia ihre Lebensgeister sorgsam aufpäppeln musste, zischte er noch kurz zu anderen Vorstellungen, egal ob in Paris, New York oder Barcelona, und kam dann taufrisch zurück. Jedes Mal brachte er Elia eine kleine Überraschung mit, ein Parfüm, ein hübsches Tuch, Konfekt. Er gefiel sich auch privat in der Pose des Verehrers. Elia taute immer mehr auf und ließ sich, ein wenig verlegen, aber geschmeichelt den Hof machen, ein lustiges, luftiges Spielchen.

Björn Eksell hatte Mariana versprochen, Elia nicht ständig in Riesenpartien zu »verbraten«. Darum bot er ihr für diese Spielzeit noch zwei mittelgroße Rollen an, das Echo aus der ›Ariadne‹ und die Freia in einer Neuproduktion des ›Rings‹: »Wenn du schon bei uns im hohen Norden frieren musst, dann sollst du wenigstens Bekanntschaft schließen mit den germanischen Göttern. Du wirst dich wundern, die ganzen Vorurteile über Wagner und seine Musik, so reden nur die Leute daher, die noch nie einen Ton von ihm gehört haben.« Zuvor hatte auch Elia noch nie eine Wagneroper auf der Bühne gesehen, aber als Schülerin von Mariana liebte und verehrte sie Wagner und hatte einige der großen Monologe von Senta, Elisabeth, Isolde und vor allem der Elsa mit ihr einstudiert.

Und nun also eine germanische Göttin, eine schwarzhaarige überdies. Denn Sven Aarquist, der wieder Regie führte, dachte gar nicht daran, Elia eine blonde Perücke überzustülpen, im Gegenteil, es machte ihm Spaß, diese Hüterin der Leben spendenden Äpfel als fremdartige, kapriziöse Schönheit herauszustellen, bei der es allenfalls Wunder nahm, dass der Schürzenjäger Wotan seine ansehnliche Schwägerin so leichtsinnig als Pfand eingesetzt hatte, statt ihr lieber gleich selbst nachzustellen. Jetzt war es dem Riesen Fasolt vorbehalten, mit täppischer Verliebtheit die spröde Dame anzuhimmeln, die ihm auf die Finger klopfte oder sich gereizt von ihm betatschen lassen musste. Entzückende kleine Reaktionen, mit denen Aarquist den oft recht klischeehaft dargestellten Figuren Leben einzuhauchen wusste. Auf diese Weise kam auch heraus, dass sich der Riese Fasolt ehrlich mit dem Bau der Burg abgerackert hatte, um sich zum Lohn eine hübsche Braut auszuwählen, während sein Bruder Fafner auf die Dame weniger Wert legte und sich mit dem Rheingold als neuem Zahlungsmittel auf der Stelle einverstanden erklärte.

Die Oper wurde auf Deutsch gesungen. Elia wunderte sich selbst, wie mühelos ihr die fremde Sprache über die Lippen kam, aber das hatte ihr Mariana schon vor Jahren prophezeit. Eines wusste Elia aber schon nach wenigen schwedischen Wochen: Schwedisch würde sie niemals lernen. Deutsch ja, zum Singen und Plappern reichte es, ebenso Französisch, etwas mühsamer Englisch. Aber Schwedisch? Für ihren Gaumen oder ihre Zunge war diese Sprache nicht erschaffen.

Damit blieben Elias Möglichkeiten zu neuen Bekanntschaften ziemlich begrenzt. Elia und Birgit liebten sich bald wie Enkeltochter und Großmutter, die sich als hellhörige Gesangskritikerin bewährte. Es gab Fulvio, und auch mit Erna und den Ihren freundete sich Elia rasch an, ganz besonders mit Julia, der jüngeren Tochter, die mit Elia fast gleichaltrig war und Schauspielerin. Henriette, die ältere, hatte mit Bravour vergleichende Sprachwissenschaft studiert und arbeitete jetzt im Verlag. Die eine spielte Cello, die andere Klavier. Julia besaß eine wirklich hübsche Stimme, aber sie hatte nie daran gedacht, Sängerin zu werden: »Als Tochter von Erna Lundström geht das nicht.«

Erna galt in Schweden immer noch als Idol, obwohl sie seit Jahren nicht mehr öffentlich auftrat. »Als zierliches Singvögelchen darfst du nicht in die Jahre kommen, da hat es Mariana besser«, sagte sie und tat bekümmert. Dabei war sie mit ihrem Schicksal durchaus zufrieden, zusammen mit ihrem »Bärenmann«, wie Mariana ihn nannte, züchtete sie Pferde, daneben hielten sie viele uralte Tiere, Esel, Rehe, Hasen, Hunde, Katzen, allerlei Vögel, die auf dem großen Bauernhof ihr Gnadenbrot verzehren durften. Ernas einziger Kummer mochte sein, dass alle drei Kinder – Karlchen, der »Namensträger«, studierte zur Zeit in Paris – nicht im Traum daran dachten, endlich selbst Kinder zu kriegen.

Dass die Schweden in puncto Beziehung eine ganz andere Einstellung hatten, als Elia es aus ihrer Heimat kannte, nicht auf feste Bindung und Familiengründung aus waren, es mit der Treue nicht so wichtig nahmen und erst einmal viel ausprobieren wollten, erfuhr Elia aus ihren Gesprächen mit Julia, die meinte, man solle die Liebesdinge nicht allzu ernst nehmen. Doch ganz so problemlos und glatt verlief die Sache nicht immer. Das sollte gerade Massimo bald erfahren.

Wahrscheinlich hatte er selbst den Sand ins Getriebe gebracht, indem er gegen eine wichtige Spielregel verstieß: Er verliebte sich nämlich. Statt nach genossener Liebe zu einer neuen Blume zu flattern wie ein ungebundener, sorgloser schwedischer Schmetterling, meldete sich in ihm sein italienisches Herz.

Massimo beschwatzte seine Großmutter Birgit, seine geliebte Sonia mit Kind einmal einzuladen, sicherlich erhoffte er sich Rat. Die Zwillinge und ihre Ehefrauen sowie Elia und Julia wurden zur Verstärkung dazugebeten. Auch Edda war mit von der Partie. Der Abend verlief zäh, aber nicht allzu lange. Schon kurz nach dem letzten Happen verkündete Sonia: »Ja also, ich muss morgen früh aufstehen und arbeiten. Vielen Dank für die Einladung und gute Nacht.«

Nachdem sie und Massimo samt Kind verschwunden waren, seufzte Birgit: »Ach herrje, musste das sein. Geschieden und ein sechsjähriges Kind, dazu auch noch Psychologin. Und bekennende Feministin. Armer, kleiner Massimo, sie imponiert ihm als sogenannte starke Frau, und das Herbe, ihre hohen nordischen Backenknochen und ihre weißblonden Haare, die gefallen ihm auch. Aber sonst! Das ist eine von den ganz Mühsamen, ich kenne die Art.«

Elia und Franca, die beiden Italienerinnen, schauten sich erstaunt an. Armer Massimo, dachte Elia, aber sie sagte nichts dazu. Nur Julia schimpfte: »Als ob hier niemand sonst arbeiten würde.«

Über Weihnachten und Neujahr blieb Elia in Stockholm. Auch Mariana und Pietro kamen zu Besuch, und Elia verlebte bei Birgit ein wunderschönes, verschneites Fest mit einem riesigen, bunt geschmückten Weihnachtsbaum, wie sie ihn im Leben noch nicht gesehen hatte. Köstliche Speisen kamen auf den Tisch, erlesene Weine. Auch Massimo war erschienen, wohlweislich ohne Sonia.

Als besonderes Ereignis gab es eine Schlittenfahrt auf dem Lande. Elia saß zwischen Mariana und Birgit, in Pelze vermummt, ihnen gegenüber Pietro und Massimo, davor der Kutscher. Zwei stämmige hellbraune Pferde mit prallen Hinterbacken zogen den Schlitten durch die blendend weiße Landschaft. Niemand sagte ein Wort, kein Ruck war zu spüren, kein Laut zu hören, außer dem Gebimmel der Glocken am Zaumzeug der Pferde. Manchmal löste sich ein dickes Schneepaket von einem Ast und fiel mit einem dumpfen Plumps auf den watteweichen Boden. Noch durch die geschlossenen Augenlider drang das Gleißen tief in Elia hinein. Sie ergab sich dem Schweben und Funkeln, der durchsichtigen Leichtigkeit, vielleicht war sie schon im Paradies. Ohne dass sie es merkte, kullerten ein paar dicke Tränen über ihre Wangen. Mariana neben ihr rührte sich nicht, und doch schien es Elia, als greife eine Hand nach der ihren.

Silvester wurde bei Erna gefeiert. Dabei lernte Elia endlich auch Karlchen kennen, den »Namensträger«, der sich schon längst zu einem hübschen jungen Mann gemausert hatte, großgewachsen wie der Vater. Doch mit den zierlichen Gliedmaßen der Mutter, wirklich kein Bär, vielleicht ein Elch, dachte Elia, die so ein Tier bisher noch nicht gesehen hatte. Karlchen oder Charles, wie er sich jetzt nannte, schließlich studierte er in Paris, besaß fabelhafte Manieren. Er begrüßte die Damen per Handkuss, half ihnen aus dem Mantel und führte Birgit zu ihrem Ehrenplatz am Tisch. Es war eine festliche Tafel, mit einer damastenen Decke bedeckt, mit kristallenen Gläsern, hauchzartem Porzellan, schwerem Silberbesteck und Kerzen in uralten Leuchtern. In zwei silbernen, von der Kälte beschlagenen Bottichen ruhten auf Eiswürfeln riesige Schüsseln Kaviar, ein Geschenk Marianas, die lachend meinte, als der Hausherr ihre Gabe pries:»Jetzt weißt du wenigstens, warum ich immer noch singe und ständig nach Russland fahre.« Überall im Haus standen Leuchter mit brennenden Kerzen. In ihrem weichen Schimmer sah Elia an den Wänden einige Bilder, die ihr bekannt vorkamen, aber sie dachte sich nichts dabei. Erst später erfuhr sie durch Zufall, dass es sich um Gemälde von Monet, Manet, Renoir handelte, alles Originale.

Elia war zwischen Charles und Massimo platziert, sie unterhielten sich in einer Mischung aus Französisch und Italienisch, was gut funktionierte. Karl, wie doch alle sagten, hatte gerade Elia als Tosca gesehen und war beeindruckt. Er schwärmte:»Ich habe die Tosca nie besonders leiden können, sie kam mir immer wie eine Kunstfigur vor, aber bei Ihnen habe ich plötzlich begriffen, dass sie eine großartige junge Frau aus Fleisch und Blut ist, die in die Fänge des Bösen gerät und sinnlos zerstört wird. Mich hat das zu Tränen gerührt.« Als absoluter Opernnarr kannte er sich hervorragend aus: »Mama hat mich schon als Baby überallhin mitgenommen, ich hab alle möglichen Viecher und Kobolde spielen dürfen und sogar den ersten Knaben gesungen, mit der berühmten Engelsstimme, aber dann kam der Stimmbruch, und aus war's mit dem lieblichen Gesang«, erzählte er und zuckte bedauernd die Achseln.

Elia war entzückt:»Den ersten Knaben, ich den zweiten, Massimo, hilf uns, dann geben wir ein Ständchen.«

Immer wieder brachte jemand einen Toast aus, denn erst dann durfte man zum Glas greifen.»Eine alte schwedische Sitte. Nur wir zu Hause tun das nicht mehr, italienische Schlamperei, da gurgelt jeder einfach vor sich hin. Im Übrigen musst du jedes Glas ex trinken«, erklärte Massimo grinsend. Auch wenn sich daran niemand hielt, wurde die Stimmung doch von Glas zu Glas heiterer, auch die Komplimente von Karl oder Charles nahmen an Schwung zu. Das anfängliche »Sie« wurde irgendwann über Bord geworfen, Massimo sparte ebenfalls nicht mit Charme, und Elia zwischen ihren beiden entfesselten Verehrern bekam vor Kichern und Lachen ganz rote Backen. Kurz vor Mitternacht hob man die Tafel auf. Als von allen Kirchtürmen die Glocken ertönten und Raketen gen Himmel zischten, fing Elias Herz heftig an zu pochen. Was mochte das neue Jahr alles bringen?

So viel Björn Eksell von Stimmen und von jungen Sängern verstehen mochte, er hatte mit Elia als Tosca doch einiges riskiert, und so nahm es nicht wunder, dass er über den glücklichen Verlauf des Unternehmens hochzufrieden war. An Mariana schrieb er: »Was für ein talentiertes, liebenswürdiges Geschöpf, deine Elia! Und dabei so bescheiden, andere würden jetzt platzen vor Stolz und die Diva spielen. Aber nichts von alledem, sie bleibt offen und eifrig und ist ein großer Gewinn für unser Haus. Ihre Freia gefällt mir so gut, dass ich bereits mit der Gutrune liebäugle. Aber vorher muss sie noch mehr Wagnerluft schnuppern, in der ›Walküre‹, als Ortlinde, die Walkürenszene eignet sich bestens dafür. Ja, und Weber, der ›Freischütz‹, oder findest du die Agathe gar zu deutsch für sie? Zudem müsste sie da eigentlich schwedisch singen, das wollen wir ihr doch nicht antun. Ich möchte gern, dass sie hier etwas kennenlernt, wozu sie anderswo mit Sicherheit nicht mehr kommen wird. Darum auch der Strauss. Sie studiert auch weiterhin ihre Italiener, im Augenblick Verdi, ›Otello‹, später kommt die ›Traviata‹, es gibt allerhand Pläne. Und Bellini! Die Giulietta. Du weißt, seit Jahr und Tag bin ich in die ›Capuleti‹ vernarrt und will sie meinen Stockholmern vorführen, und inzwischen habe ich sogar einen fabelhaften Romeo, die junge Nora Petersson, sie hat dir schon im ›Rosenkavalier‹ so gut gefallen. Sie wird immer besser und erinnert mich immer mehr an dich, von der ganzen Art her und der Stimme. Aber jetzt braucht sie unbedingt etwas Italienisches – da passt mir Elia sehr gut ins Konzept. Der Bellini wird ihnen beiden guttun. Vor allem sollten wir uns etwas für sie ausdenken, das ihr wirklich Freude macht, damit sie sich weiterhin bei uns wohlfühlt und nicht plötzlich Heimweh bekommt.«

So ergaben sich für die kommende Spielzeit noch zwei neue Projekte: In der ›Zauberflöte‹ sollte Elia die erste Dame singen. Das Vergnügliche dabei waren für Elia die beiden anderen Damen, nämlich Martina und Sylvia, die zwei »römischen Knaben«. »Genau das hatten wir uns gewünscht! Nach den drei Knaben die drei Damen, so hatten wir kühn beschlossen«, rief Elia, als sie davon erfuhr.

Beim zweiten Projekt handelte es sich wieder um eine große Partie, die Mimi in ›La Bohème‹. Das allein klang schon sehr verlockend, aber die eigentliche Überraschung bildete auch hier einer der Partner, nämlich der Rodolpho in Gestalt von Ferdinand Schönbaum. Der plante schon seit längerem, sich auch im italienischen Fach zu versuchen, aber eben nicht in Italien oder Deutschland, wo er inzwischen als Star galt. So kam ihm das etwas fernere Stockholm sehr gelegen. Björn Eksell wusste, wie sehr Elia diesen Sänger bewunderte. Er meinte es ernst, als er zu ihr sagte: »Irgendwann singst du mit ihm die Pamina. Das steht jetzt schon fest.«

Elia war wirklich vollauf beschäftigt, ein Glück, dass sie sich alles rasch merken konnte, sogar die deutschen Texte. »Hojotoho! Hojotoho! Heiaha! Heiaha! Führet die Mähren fern voneinander, bis unsrer Helden Hass sich gelegt«, oder auch: »Statt Hass, Verleumdung, schwarzer Galle, bestände Lieb und Bruderbund.« Wagner oder Mozart, Mähre oder Pferd, ihr klang alles gleichermaßen exotisch, es musste eben auswendig gelernt werden.

Strauss kam noch hinzu mit der ›Ariadne‹. Hier war das Problem eher die Handlung, weniger der Text. Aber das Echo musste zum Glück nur einzelne aufgeschnappte Worte nachplappern. Und die Musik war zauberhaft.

Dem freundlichen Korrepetitor der Oper fehlte zwar das Genie von Signor Ruteli, aber sie arbeiteten gut miteinander, zudem konnte Elia bei kniffligen Punkten jederzeit Birgit oder auch Erna fragen. Die beiden wachten ohnehin so streng und genau über ihre Stimme. Problemlos gelang Elia auch der Einstand in den Strauss'schen Kosmos. »Irgendwann hätte ich dich gerne als Zdenka, meiner Meinung nach wäre das eine Rolle für dich, eher als die süßliche Arabella«, plante Björn Eksell schon weiter.

Für Elia endete die Spielzeit Mitte Juni mit der letzten Vorstellung der ›Ariadne‹. Aber sie beschloss, erst etwas später nach Italien zu fahren: »Eine schwedische Mittsommernacht, die wirst du dein Leben lang nicht vergessen«, hatten alle sie beschworen.

Die Sonnwendfeier sollte auf Ernas und Holgers Bauernhof stattfinden. So brachen Julia, Elia und eine Schar junger Leute schon bei Morgengrauen auf, um alles vorzubereiten. Auch Karl war rechtzeitig aufgetaucht und übernahm von Anfang an die Rolle als Elias Kavalier. Er hatte von seiner Mutter deren flotten Sportwagen bekommen, einen brettharten dunkelblauen MG, und überließ Elia galant das Steuer. In den schwedischen Monaten war Elia kaum zum Autofahren gekommen, lange Zeit lag überall Schnee und die Wege waren vereist. Umso mehr genoss sie es jetzt, über die fast leeren Straßen zu sausen und sich elegant in die engen Kurven zu legen, lachend, mit flatternden Haaren. Karl neben ihr lachte tapfer mit, dem Pärchen, das sich auf den Rücksitz gequetscht hatte, gefiel die rasende Fahrt ebenfalls, und so kam man bereits höchst vergnügt und aufgekratzt auf dem Bauernhof an. Dort wussten offenbar alle genau, was es zu tun gab.

Nur Elia hielt sich zunächst aus dem geschäftigen Treiben heraus. Sie hatte einen großen Korb mit Brot, Keksen, verschrumpelten Äpfeln, Karotten, Würsten und Würfelzucker mitgebracht und ging als Erstes hinaus zu den Tieren, den

Eseln und Ziegen, Pferden und Hunden und was da sonst noch kreuchte und flatterte. Während sie so fütterte und streichelte und auf Italienisch dahermurmelte, ohne es zu merken, erschien ihr alles heimelig und vertraut, als wäre sie wieder sechs Jahre alt und würde im römischen Zoo ihre Viecher füttern.

Irgendwann kam Karl auf sie zu und sagte: »Ich muss dir was zeigen, unseren jüngsten Hausgenossen.« Er führte sie zu einem Holzschuppen mit einem umzäunten Auslauf davor. Dort stand, neben einem Apfelbaum, ein Elchkalb und äugte unter langen Wimpern zu ihnen hinüber. »Meine Mutter hat ihn gefunden, er war am Hinterlauf verletzt, aber jetzt ist er wieder gesund, was Benno?«, erklärte Karl und schnalzte mit der Zunge. Der Kleine spitzte die Ohren und stakste zögerlich auf den Zaun zu.

Elia streckte ihm ihre letzte Karotte durchs Gitter, die er eifrig beknabberte. »Ein Elch, ein Elchlein«, staunte Elia. »Woher hast du gewusst, wie gern ich einen sehen wollte?«

»Mhm, ich hab's mir so gedacht«, schmunzelte Karl. »Und wenn du magst, sammeln wir jetzt Holz«, schlug er vor.

Sie streiften zusammen durch den mit Birken, Erlen, Krüppelkiefern und niedrigen Buchen bestandenen lichten Wald, der sich endlos hinzuziehen schien. Alleine hätte sich Elia sicher bald darin verlaufen, denn nirgendwo gab es einen erhöhten Punkt, von dem man hätte Ausschau halten können. Doch Karl kannte sich gut aus. Sie sammelten Reisig und dicke Äste und schleppten alles so nach und nach hinüber zu der großen Wiese, wo mit der Zeit ein gewaltiger Holzstoß entstand, denn auch Julia und die anderen halfen mit.

Es war eine befriedigende Arbeit, der Wald duftete, zwischen Flechten und Steinen, im Moos, sprossen Blümchen, krabbelten Käfer, auch ein paar Schmetterlinge flatterten im Sonnenlicht, das schräg durch die Äste fiel. Elia und Karl sprachen nicht viel, einmal sagte sie: »Mir kommt es so vor, als hätte ich das schon oft gemacht, weißt du, so vor Hunderten oder Tausenden von Jahren, als wir noch alle auf Bäumen hausten oder im dunklen Tann.« Irgendwann wurde der Holzstoß als hoch genug erachtet. Elia war müde, in dem Zimmerchen, das ihr Julia gezeigt hatte, kroch sie ins Bett und schlief auf der Stelle ein.

Als sie aufwachte, war es immer noch nicht dunkel. Inzwischen waren noch andere eingetroffen, Erna und Holger, Henriette und ihr Freund, Kinder, auch Massimo mit Sonia und Edda. Elia knurrte der Magen, dabei hatte sie doch vor noch gar nicht langer Zeit, wie ihr schien, mit Karl im Moos neben einem Bächlein gesessen und gevespert.

In der geräumigen Küche war ein riesiges Buffet aufgebaut, mit Wildbret, Fleisch, Käse und endlos vielen verschiedenen Fischsorten, in Dill und Sahne eingelegt, geräuchert, süß mariniert, mit sauren Gürkchen. Vor einem Extratischchen wetzte Karl gerade ein Schlachtermesser, um von einem riesigen Schinken, in dem noch der gewaltige Knochen steckte, hauchfeine Scheiben abzuschneiden. Er kam kaum damit nach, so viele Teller streckten sich ihm entgegen.»Ist das ein Mammut?«, wollte Elia wissen, als die Reihe an sie kam.

Karl schnitt noch eine Scheibe für sie ab, drückte sein Messer einem anderen Jüngling in die Hand und ergriff Elias Arm: »Ich habe mir schon Sorgen um dich gemacht, es ist ja schon spät.«

Sie wichen sich nicht mehr von der Seite. Eine schwedische Sommernacht lang. Zusammen gingen sie immer wieder zurück zum Buffet, Hand in Hand schwatzten sie mit den Freunden. Als sie mit den anderen vor dem riesigen Holzstoß standen, während ihn ein paar Burschen an mehreren Stellen zugleich entzündeten, legten sie einander wie selbstverständlich die Arme um die Hüften. Eng aneinandergepresst schauten sie zu, wie sich die Flammen rasch durch das Reisig fraßen und nach den dicken Ästen züngelten. Es knirschte und zischte und knackte, immer heller, immer höher loderten die Flammen den Holzstoß empor und darüber hinaus und fauchten funkenstiebend gen Himmel. Dort ging gerade der Vollmond auf. Jemand fing an zu singen, die anderen fielen mit ein, Lieder, die Elia nicht kannte, alle fassten sich an den Händen, der Menschenkreis rund um das Feuer schloss sich, stand erst stille, dann drehte er sich langsam, dann schneller, Füße stampften, kehlige Schreie erschollen, die hellgelben, blutroten Flammen warfen ihren Widerschein auf verzückte Gesichter. Und Elia wirbelte und schrie mit bei diesem phantastischen Ritual.

Einzelne Paare lösten sich aus dem Kreis und hüpften ihre eigenen Runden, neue Scheite flogen ins lodernde Feuer, auf einem Kochtopf trommelte Massimo einen wilden Takt, eine Mundharmonika fiel ein, eine Klampfe. Auch eine Aquavitflasche tauchte auf, Elia wehrte ab, sogar Karl schüttelte den Kopf: »Seit ich in Frankreich bin, krieg ich das Zeug nicht mehr runter.«

Als die Flammen langsam tiefer sanken, fingen die ersten Paare an, über das Feuer zu springen. Auch Karl griff nach Elias Hand, einmal, zweimal, hin und her, am besten gleich noch einmal, unten die heißen, leckenden Flammen, darüber, am bleichen Himmel, der Mond und ein keckes Lüftchen. Bald standen die Paare Schlange, es war einfach zu schön.

Drüben im Haus hatte man Schallplatten aufgelegt, Rumba, Samba, Rock'n' Roll, Tango. Kinder, alte, junge Leute tanzten und hüpften auf der Terrasse durcheinander, dass die Holzdielen ächzten und knarrten. Irgendwann fielen sich Karl und Elia in die Arme und küssten sich. Was sonst hätten sie tun sollen in dieser verhexten Nacht? Lachend, strahlend hüpften sie weiter, Wange an Wange schmiegten sie sich aneinander, Karls Hand wanderte an Elias Rücken hoch und wühlte in ihren Haaren. Sie schwebten über die Wiese, hinüber zu den Apfelbäumen. Hinter den Büschen, im Schatten, flüsterte und seufzte es, Hunde bellten, Gläser klirrten, die Kinder huschten und wisperten wie ein Pulk geschäftiger Kobolde bald hierhin, bald dorthin.

Vor Bennos Gehege fasste Elia lachend nach Karls Handgelenken und küsste seine Hände: »Nein, du bist kein Elch. Ich hatte mir die ganz anders vorgestellt, so schlank und elegant wie eine Gazelle. Aber süß ist er schon, der Kleine.« »Ein Elch, du lieber Himmel«, wunderte sich Karl. »Wenn unser Benno mal groß ist, bekommt er so ein Mordsgeweih, dass er beim Fressen ganz weit die Vorderläufe auseinanderspreizen muss, sonst würde er einfach nach vorne umkippen. Siehst du, so.« Er ließ sich ins Gras fallen und zog Elia dabei mit. Sie knufften und küssten und balgten sich wie junge Hunde.

Plötzlich fuhr Karl hoch: »Meine Güte, erkälte dich nicht!« Dieses Karlchen! »Ich habe gedacht, an Sonnwend stürzen sich alle Schweden besinnungslos aufeinander, und jetzt betreust du mich wie eine Krankenschwester«, prustete Elia los. »Ich habe schon als kleiner Bub auf Mama aufgepasst. Ihr mit eueren heiklen Gurgeln. Schluss, aus, wir gehen zurück zum Feuer, und vorher hol ich noch eine Decke«, erklärte Karl ernsthaft.

Das Holz war noch tiefer heruntergebrannt zu einem glühenden Berg, der wie flüssige Lava atmete und gleißte, weißlich blau, hellgelb, blutrot leckte die Glut nach den dunklen Ästen und Stämmen, die unter jedem Windhauch aufglühten und zu leben schienen. Elia und Karl kuschelten sich aneinander, und während sie so ins Feuer schauten und die Glut sie köstlich wärmte, küssten und streichelten sie sich. Sie waren einander sehr nahe, und das Feuer neben ihnen gehörte dazu und der Mond und das Lüftchen. Mehr brauchten sie nicht in dieser Mittsommernacht.

Auf dem schnellsten Weg machte sich Elia für einige Wochen auf nach Neapel. Dort fand im prunkvollen Teatro San Carlo eine Übernahme der ›Maskenball‹-Produktion aus Bologna statt. Es kam ihr seltsam vor, als plötzlich alle Welt wieder Italienisch redete und wild durcheinanderschrie. Du lieber

Himmel, waren diese Menschen schnell, die Autos, die Vespas, die Fußgänger, alle rasten sie aneinander vorbei oder aufeinander zu wie die Blitze, aber nie gab es einen Zusammenstoß, keiner regte sich auf. In Stockholm wäre dabei die Hälfte der Bevölkerung gleich überfahren worden oder vor Schreck tot umgefallen.

Und das Essen, das Essen! Tagelang futterte sich Elia mittags und abends durch sämtliche Pastasorten. »Wenn ich so weitermache, passe ich in kein Kostüm mehr«, lachte sie und kratzte die restlichen Spaghetti aus der Schüssel. Sie war ganz einfach glücklich.

Alle ihre »Väter« waren da und auch ihre Mütter, Mariana und Teresa. Diesmal hatten sie zusammen eine Wohnung genommen, wie sie es für Neapel schon einmal geplant hatten – vor wie vielen Jahren? Manchmal schien es Elia eine Ewigkeit. Die Wohnung bewährte sich schon wegen Fiamma, ohne die Teresa keinen Schritt mehr machte und die beim Wiedersehen mit Elia gewinselt und gebellt und sich wie ein Derwisch im Kreis gedreht hatte. In einem Hotel wäre ihnen das peinlich gewesen.

Auch Laura kam zu Besuch, samt Mann und ihren drei Kindern, sowie einige Vettern und Basen, und alle redeten auf Teresa ein, endlich die Wohnung in Rom aufzugeben und ganz nach Salerno zurückzukehren: »Was willst du noch in Rom, glaub doch nicht, dass Elia dort wieder für längere Zeit bleiben wird«, rieten sie alle. Weder Teresa noch Elia hatten sich das bisher überlegt, aber wahrscheinlich hatten die anderen recht.

Sie fragten Mariana um Rat, und die schaute sie ratlos an: »Ja, ja, so ist das wohl, da geht ein wichtiger Abschnitt in euerem Leben zu Ende.«

»Ja, aber...«, stotterte Elia und verstummte gleich wieder.

»Elia, Liebe, du gehörst nun auch zum fahrenden Volk. Stockholm, das ist deine erste große Etappe. Aber von dort wirst du weiterziehen – nun steht dir die ganze Welt offen. Das ist wunderschön und macht gleichzeitig Angst«, sagte

Mariana herzlich. »Aber du hast zwei Heimathäfen, in Salerno bei deiner Mutter und bei mir in Rom, in unserem alten Kasten findet sich allemal ein Zimmerchen für dich.«

Wie um Marianas Worte zu bestätigen, erhielt Elia schon in Neapel eine Reihe von Angeboten, von denen zwei gleich unter Dach und Fach gebracht wurden. Das eine stammte von Giancarlo Morante, der nach der Ines und dem Oscar fand, Elia gebühre nun auch bei ihm eine große Partie, wieder von Verdi, und zwar die Elisabeth im ›Don Carlos‹. Aufführungsort würde wieder Bologna sein, und wenn möglich sollte Carlos Ribeira als Don Carlos dazugewonnen werden sowie Enrico Tarlazzi als Philipp.

Für das andere Angebot war einer der großen Dirigentengötter eigens von seinem Olymp zu Elia hinabgestiegen: Marcello Rainardi hatte die Neugier auf Marianas Schützling von seinem Schloss auf Sizilien nach Neapel getrieben. Die Lobeshymnen auf ihre Tosca waren auch zu ihm vorgedrungen. Elia gefiel ihm so gut, dass er ihr kurzerhand die Desdemona in seinem geplanten ›Otello‹ anbot. Das allein bedeutete schon einen Ritterschlag, denn Marcello war mit zunehmendem Alter keineswegs milder, sondern nur noch anspruchsvoller geworden. Wenn man bedachte, wo die Aufführung stattfinden sollte, grenzte Marcellos Entschluss an ein Wunder, handelte es sich doch um nicht weniger als eine Produktion der Mailänder Scala. In zwei Jahren. Danach würde Elia die Welt offenstehen, um das vorherzusagen, bedurfte es keiner prophetischen Gaben.

Nach der letzten Aufführung begleitete Elia Teresa und Fiamma nach Rom und blieb für einige Zeit dort. Während Padre Ironimo und ihre Mutter in der Küche werkelten, ein gut eingespieltes Team, saß Elia in Robertos altem Lehnstuhl und schaute ihnen zu. Alles schien wie immer. Und alles hatte sich verändert: Elia gehörte nicht mehr wirklich dazu! Sie war jetzt ein Gast hier, ein lieber, vertrauter, aber in dem kleinen Zimmer nebenan stand der Koffer, an Onkel Enzos Geburtstag, über den Teresa und Padre Ironimo gerade sprachen, würde sie schon nicht mehr dabei sein.

Auch Signor Barbaroli wurde ganz melancholisch, als Teresa und Elia mit ihm über ihre Pläne sprachen:»Ich kann Sie gut verstehen, ich habe es mir schon selbst gedacht. Aber traurig bin ich doch, ehrlich gesagt. Hier im Haus ist es verdammt still und leer geworden, seitdem Monica und Margareta geheiratet haben, und bis Leo heiratet und vielleicht Enkelkinder hier herumspringen, das kann noch dauern. Da war ich doch immer froh über die vertraute Nachbarschaft mit Ihnen, liebe Signora Corelli, und dir, Elia.«

Sogar Signora Barbaroli erschien, durch eine ihrer Bridgedamen hatte sie von Elias Erfolg als Tosca erfahren:»Ich habe immer schon an Elia geglaubt, für mich stand fest, dieses Mädchen ist was ganz Besonderes und wird es weit bringen«, jubelte sie jetzt.

»Wart's ab, wenn du erst in der Scala Hauptrollen singst, avancierst du noch zur Busenfreundin von Principessa Margareta«, knurrte Teresa, als sie wieder in ihrer Wohnung waren.

»Ach Gott, so sind die Leute, aber Signor Barbaroli mag uns wirklich, glaub ich«, sagte Elia milde.

Er hatte sogar über den Bugatti nachgedacht und Elia angeboten, den Wagen in der Garage zu belassen, damit sie ihn bei einem eventuellen Aufenthalt in Rom zur Verfügung hätte. Unter diesem Gesichtspunkt hatte Elia den geplanten Umzug noch nicht betrachtet, die paar Bücher und Kleider, die sie besaß, konnte Teresa in einem Karton leicht transportieren oder auch verschenken, ihre liebsten Habseligkeiten, allen voran die Flöte, hatte sie bereits nach Stockholm mitgenommen.

»Besitz verlangt Beachtung – und macht unbeweglich, selbst wenn er auf vier Rädern rollen kann«, meinte Padre Ironimo dazu.

Elia besuchte Umberto in seinem Lokal und erzählte ihm von den flotten Schwedinnen, die manchmal doch besitzergreifend und rechthaberisch werden konnten, und Umberto versprach, das möglichst bald selbst in Augenschein zu nehmen. Von Karl und der verzauberten Sonnwendnacht sprach sie nicht. Das war zu luftig und feingesponnen, wie ein wunderschöner Traum, den man mit Worten nur zerredete.

Einmal noch ging sie mit der ganzen Clique zum Tanzen, sie drehte sich und wirbelte herum, keinen Tanz ließ sie aus, sie lachte und flirtete, und niemand war betrunken. Obwohl ihr der Schweiß von der Stirn rann, hatte sie keine Angst vor einer Erkältung, während sie sich in Stockholm wie alle anderen Sänger angewöhnt hatte, sich schon beim kleinsten Lüftchen in Jacken und Schals einzumummeln. Nur singen wollte sie nicht, auf keinen Fall. Aufs Podium zu springen und spontan ins Mikrofon hineinzuträllern, das konnte sie sich plötzlich nicht mehr vorstellen. Sie hätte gerne Gwendolyn wiedergesehen, aber die drehte, wie sie von deren Mutter erfuhr, in Frankreich ihren ersten Film.

Wieder in Stockholm warf sich Elia in Wagners wilde Walküren-Welt mit »wachsender Wonne«. Wo gab es das sonst, in welcher anderen Oper, eine sportgestählte, übermütige Mädchenschar, die auf Wunderpferden einherpreschte, nach einem erfolgreichen Kampftag, hin zum Sammelplatz zwischen schroffen Felsen, vor sich im Sattel die Beute, keine Hirschen und Bären, sondern erschlagene, blutige Helden. Lachend und scherzend riefen sie einander zu, Hojotoho heiaha, die ganze Szene strotzte vor Energie und Lebenslust, es galt aufzupassen, sich in diesem musikalischen Getümmel nicht zu verheddern. Schließlich kam auch das Orchester hinzu, nun fühlte sich Elia vollends auf einem mächtigen Strom unaufhaltsam mitgezogen und getragen, alles wurde noch größer, weiter, härter: auch Brünnhildes Angst, Sieglindes Not, Wotans rasende Wut, die auch die mutigen Mädchen entsetzte, so dass sie schreiend in Panik auseinanderstoben und flüchteten, unter Donnergrollen und Sturmestoben. Doch langsam legte sich der Sturm, geriet zum innig schmerzlichen Wogen und wurde immer noch stiller und trauriger, Elia vernahm es bang hinter der Bühne.

Sie war erst zu den Proben des dritten Aufzugs nach Stockholm gekommen, und so hörte sie bei der Generalprobe die anderen Akte. Atemlos verfolgte sie Siegmunds und Sieglindes Schicksal. Als diese geschundenen, gejagten Menschenkinder zueinanderfanden und endlich glücklich waren, jubelte auch ihr Herz. Ihr schreckliches Ende zerschmetterte auch sie. Sie hasste Wotan, obgleich Ture Björling ihn wundervoll sang. Berechnend, nur auf seine eigene Rettung bedacht, missbrauchte er seine Geschöpfe und ließ sie dann fallen. Nicht nur auf Frickas Geheiß, sondern weil er erkannte, dass sie ihm doch nicht nützen konnten. Und dann verfiel er in tiefstes Selbstmitleid, sein Jammer galt nur sich selbst, nicht seinen schmählich verratenen Kindern, auch nicht Siegmund, dem tapferen Sohn, und schon gar nicht der von jeher missbrauchten Tochter Sieglinde. Von deren Mutter, die irgendwelchen göttlichen Plänen zufolge gleich zu Anfang der Tragödie auf grausame Weise ihr Leben hatte lassen müssen, war nie die Rede. Eine Menschenfrau, was machte es schon? Aus seinem doch wohl schlechten Gewissen heraus bestrafte er sogar seine einzig geliebte Tochter Brünnhilde unmäßig hart, gerade weil er nicht im Recht war!

Doch wie viel Mitleid und Liebe, Trauer und Leidenschaft barg die Musik! Doch es waren nicht nur die Sänger, die eine Stimmung erzeugten. Wichtige Zusammenhänge der Handlung, die Seelenzustände wurden überhaupt erst vom Orchester zum Ausdruck gebracht. Dadurch entstand jener berüchtigte, unwiderstehliche Wagner'sche Sog, von dem sich auch Elia mitreißen ließ. Beim ›Rheingold‹ war ihr das alles noch gar nicht aufgefallen, zu vieles war ihr damals noch neu und ungewohnt erschienen. Doch jetzt war die Neugier erwacht, eher schon die Gier, jetzt hätte sie gerne noch viel mehr zu hören und zu fühlen bekommen, ja, eigentlich auch zu singen!

Irgendwann einmal die Sieglinde singen – sie, eine Italienerin?

Björn Eksell lachte, als er davon erfuhr:»Da hast du also Blut geleckt, so sollte es sein. Ich will keine Wagner-Heroine aus dir machen, aber es ist doch gut, wenn du weißt, dass es außer Verdi, Puccini und Co. und allenfalls Mozart noch ein paar andere geniale Opernkomponisten gibt. Aber die Sieglinde? Stähle dir noch ein paar Jährchen die Gurgel, dann kann ich mir das sehr gut vorstellen. Es gibt andere reizvolle Rollen für dich, wir werden uns schon etwas einfallen lassen.«

Er zog seinen Taschenkalender heraus, blätterte hin und her, überlegte und sagte schließlich:»Da, nach der ›Zauberflöte‹, da kannst du für Karen Nilström in einigen Vorstellungen die Elsa übernehmen. Das trifft sich gut, sie hat mich erst neulich um Urlaub gebeten.«

Elia starrte ihn an:»Ich, die Elsa! Und an Stelle von Karen Nilström!«

Björn Eksell wedelte beruhigend mit der Hand:»Keine Aufregung, du wirst eine ganz andere Elsa sein. Und mit dem ›Lohengrin‹ hast du dich ja schon beschäftigt, zusammen mit Mariana, das werden wir in aller Ruhe vertiefen, wenn es so weit ist.«

Im Moment blieb für Elias neue Neigung nicht viel Zeit – Puccini wartete schon. ›Walküre‹ und ›La Bohème‹, welch ein Unterschied. Melodramatisch, ja tragisch verliefen sie beide, doch während hier sich aufbäumende, starke Menschen mythologischen Machtkämpfen zum Opfer fielen, Götter verzweifelten und die Natur, der Kosmos in Aufruhr gerieten, erlosch dort, in einer Dachkammer, mit herzzerreißender Sanftmut, ein junges Mädchen: der Anfang vom Untergang einer Götterwelt gegen ein paar Szenen aus dem Leben und Sterben eines Künstlervölkchens ...

Doch welch ein Gegensatz auch zur ›Tosca‹. Mit dem komplizierten Wesen der Heldin hatte sich Elia zunächst nicht leichtgetan, in die zarte, zärtliche Mimi konnte sie sich auf

Anhieb hineinversetzen, schon dem Alter nach glichen sie einander, auch wenn Elia dem Klischee des fügsamen Lämmleins nicht unbedingt entsprach, dafür war schon ihr Haar zu dick und zu schwarz, das Leuchten ihrer Augen zu tief. Ihre Mimi gewann dadurch an Fleisch und Blut, liebenswürdig, bescheiden und delikat blieb sie auch jetzt, voll Poesie, luftigen, lustigen, leichten Sinnes, aber zudem besaß sie auch noch ein tapferes, leidenschaftliches Herz, das nach Liebe hungerte – und nach Leben.

Von Tag zu Tag mehr erschien Elia Puccinis ›La Bohème‹ wie ein Zaubergewirke, manchmal war es so spinnenwebfein gesponnen, dann wieder fühlte es sich an wie üppiger Samt, schmeichelnde Seide. Es konnte leuchten und prangen, lustig funkeln, in lichten Farben schimmern, auch starre, schwarze Fäden tauchten auf und bildeten ein stetig wachsendes Muster.

Für Elia war mit der Mimi ein Traum in Erfüllung gegangen, wie für die Heldin wurde auch ihr Glück erst vollkommen durch Rodolpho – in der Verkörperung von Ferdinand Schönbaum. Nein, nein, verliebt war sie nicht in ihn, nur jedes Mal, wenn sie ihn singen hörte, erklang ein Echo in ihrem Herzen, denn dort thronte seine Stimme schon seit Jahr und Tag, seit dem ›Weihnachtsoratorium‹, auf einem Ehrenplatz.

In der ›Zauberflöte‹, als zweites Knäblein, hatte sie nicht einmal gewagt, einen Satz mit ihm zu wechseln – jetzt standen er und sie zusammen auf der Bühne als Liebespaar, und ihre Stimmen verflochten sich und verschmolzen und gaben sich einander zu erkennen. Ganz einfach, selbstverständlich, ohne jede Verlegenheit und Scham, leicht, lebendig, das war das eigentliche Wunder. Bewirkt hatte das Ferdinand Schönbaum mit seiner unkomplizierten, freundschaftlichen Art, mit der er gleich beim ersten Treffen auf Elia zugegangen war. Er konnte sich zu Elias Erstaunen gut an sie erinnern: »Hör mal, ich bin ja nicht taub und blind.« Und da seine Frau und sein kleiner Sohn nicht, wie eigentlich geplant, hatten mitkommen können, freute er sich über ein vertrautes Gesicht.

Die bewunderte Stimme berückte Elia noch immer durch ihren lyrisch-männlichen Schmelz, das unverkennbare Timbre. Darüber hinaus besaß sie inzwischen noch mehr Volumen und Durchschlagskraft – ohne dabei etwas einzubüßen von ihrer mühelosen Leichtigkeit und Biegsamkeit. Vom zartesten, gehauchten vierfachen Piano schwoll sie an zu einem leidenschaftlichen Espressivo, ohne jeden Drücker, auf einem endlosen Luftstrom. Und das Verblüffendste war: Es wirkte vollkommen natürlich!

»Luft holen musst du wohl nie«, staunte Elia.

Die »natürliche Tongebung« war Ferdinands Credo: »Du beherrschst sie, wenn du beim Singen so wenig wie möglich veränderst und auf dem schwingenden Ton spielst wie auf einem Instrument. Wenn du das tust, verbrauchst du am wenigsten Luft«, erklärte er ihr.

»Wie beim Flöten? Weißt du, ich habe jahrelang Flöte gespielt«, sagte Elia, sie konnte sich genau vorstellen, was er meinte.

Ferdinand lachte: »Ich auch, und noch alle möglichen anderen Blasinstrumente, sogar Horn! Auf der Hochschule habe ich zuerst nicht gewusst, was ich lieber werden will, Flötist, Hornist, Trompeter oder Sänger. Na, dann ist's ja kein Wunder, dass wir uns so gut verstehen.«

Im Laufe der Wochen wurden sie richtig gute Freunde. Elia kam durch die intensive Zusammenarbeit vielen Geheimnissen seiner Gesangskunst auf die Spur. Ferdinands eiserne Nerven gehörten wohl auch dazu. Vor allem im zweiten Akt, wo jede Menge Volk durcheinanderdrängelte und -hüpfte und -schrie, Soldaten, Mütter, Dienstmädchen, Verkäufer, Studenten, sogar Kinder mit ihren gellenden Stimmen, endete das muntere Treiben ein paarmal im Chaos. Immer wieder musste unterbrochen und neu angefangen werden, der Regisseur ließ sich ständig noch bessere Bewegungsabläufe einfallen, die er dann wieder über den Haufen schmiss, schließlich kamen sogar die Solisten aus dem Tritt, auch Elia verpatzte einmal enerviert ihren Einsatz. Der Einzige, dem das überhaupt nichts auszumachen schien, war Ferdinand. Er setzte sich auf einen Stuhl und wartete in aller Seelenruhe ab, bis wieder Ordnung herrschte und man neu anfangen konnte. Er schimpfte nicht, er ärgerte sich nicht, er regte sich nicht auf, und wenn die Reihe wieder an ihm war, sang er unverdrossen und ausdrucksvoll an der gewünschten Stelle weiter. Er kannte auch kein Lampenfieber, während Elia vor den Vorstellungen ganz schön die Nerven flatterten und auch die anderen Sänger mit allerhand Ritualen – Kerzen anzünden, die Fotos der Kinder, Geliebten, Ehegesponse anschauen, beten, Hasenpfoten reiben – um Fassung rangen. Ach was, das Einzige, worauf Ferdinand an den Vorstellungstagen bestand, war ein ausgiebiger Mittagsschlaf.

»Weißt du, viele Leute verwechseln schlechte Nerven mit Temperament, wenn ich mich aufrege, bekomme ich allenfalls Hunger, aber leidenschaftlich werde ich dadurch nicht«, meinte Ferdinand augenzwinkernd.

Immerhin konnte auch er etwas von Elia lernen, sie feilte nämlich mit ihm an seinem Italienisch. Privat plauderte er hemmungslos daher, ohne sich um Fehler zu scheren, bei seiner Rolle jedoch störte ihn der kleinste falsche Zungenschlag. Bevor nicht die letzte Nuance stimmte, gab er keine Ruhe – ganz wie beim Singen. Aha, auch dieses unbekümmert wirkende Genie war in Wirklichkeit ein besessenes Arbeitstier, stellte Elia befriedigt fest.

Ferdinand hatte gerne Leute um sich, er war ein eingefleischter Familienmensch. Als Strohwitwer fühlte er sich in seinem Hotelzimmer gar nicht wohl. Als Birgit davon erfuhr, lud sie ihn zu sich nach Hause ein. Dort klopften sie mit anderen Freunden ein paar Runden Skat oder Rommé, im Garten beschnitt er die Rosen, setzte sich an den Flügel und schmetterte einen Schlager, und wer gerade Lust hatte, sang mit, Birgit, Elia, auch Erna, die manchmal vorbeischaute. Schwedische, deutsche, neapolitanische Lieder, die gefielen ihm besonders. Er schluchzte genüsslich, hemmungslos charmant becircte und umschmeichelte er, und die manchmal recht derben Liedtexte servierte er locker und frech. Das war der gleiche Mensch, der ein Schubertlied so sang, dass den Zuhörern vor Ergriffenheit der Atem stockte.

Wenn Elia ihre Flöte mitbrachte, konnte Ferdinand es kaum erwarten, bis auch er drankam. Während der eine noch spielte, fiel dem anderen schon wieder etwas ein, sie rissen sich die Flöte gegenseitig aus der Hand.

»Wie mit meinem Papa! Ich hätte es mir nie vorstellen können, dass so etwas mit einem anderen Menschen möglich ist«, gestand Elia verlegen und gerührt.

Ferdinand legte den Arm um sie: »Ich sag's ja, Familienleben, dazu ist es da.«

Einmal holte ihn Massimo zu einem Wochenendausflug in die Schären ab. Sie ruderten stundenlang mit dem uralten Boot, Ferdinand war selig und hätte am liebsten alles abgeknallt, was ihm an Federvieh vor die Flinte kam. »Das entspannt mich«, erklärte er vergnügt. Elia konnte es nicht fassen, so etwas passte doch gar nicht zu ihm. Dass auch der große Puccini dieser sinnlosen Mordlust gefrönt hatte, machte die Sache nicht besser.

Überhaupt, ganz so ausgeglichen und seelenruhig, wie er normalerweise wirkte, schien Ferdinand doch nicht immer zu sein. Manchmal konnte er plötzlich sonderbar düster daherreden. Es ging dabei um die Zukunft, auch um berufliche Pläne. Er bekam inzwischen von überall her die verlockendsten Angebote, die er als Erstes darauf abklopfte, ob sie seiner Stimme nicht schadeten. Und ob sie Geld brachten. Aber dann fuhr er manchmal fort: »Ja, vorausgesetzt, ich erlebe das noch« oder »Wer weiß, was bis dahin noch alles passieren kann«. Eine merkwürdige Unsicherheit schlich sich da ein, aber wenn ihn die anderen dann auslachten und betonten, mit seiner Stimme würde er noch mit siebzig ruhmreich singen und Geld scheffeln, hörte er das gerne und war wieder vergnügt. Nur Elia erschrak über das Gerede. Birgit, die es merkte, munterte sie auf: »Das ist das Deutsche an ihm, immer Schwarzsehen und Jammern, hör gar nicht hin. Reiner Zweckpessimismus, viele Künstler neigen dazu, wie die Bauern.«

Ach, wie schnell verging diese Zeit, die Probenwochen, die erfolgreiche Premiere, die anschließenden Aufführungen! Karl hatte Elia zur Premiere einen Biedermeierstrauß mit tränenden Herzen und Vergissmeinnicht geschickt, dazu eine selbstgemalte Karte, auf der ein Elch ein Herz zwischen den langen Zähnen hält. »Ach, Charles, Karlchen, wir zwei! Jetzt muss ich wieder selbst daran denken, dass ich mich nicht erkälte«, schrieb Elia zurück. Auf die Vorderseite malte sie eine schwarzhaarige Frau mit weit aufgerissenem Mund und erhobenen Händen, die von allen Seiten durch notenschwingende Damen bedrängt wird, mit Schildern um den Hals: Mimi, Tosca, Elsa, Elisabeth, Giulietta …

Es entstand auch eine Schallplattenaufnahme, Elia erhielt dafür ihren ersten Plattenvertrag. Sie hätte blindlings unterschrieben, aber Ferdinand und Björn Eksell sorgten dafür, dass der erste halsabschneiderische Vertragsentwurf im Papierkorb verschwand und durch bessere Bedingungen ersetzt wurde.

Björn Eksell besiegelte die Saison mit einem weiteren Abschluss für den Anfang der nächsten Spielzeit: ›La Traviata‹. »Für Elia zum Eingewöhnen, bevor sie sich damit ihren italienischen Landsleuten zum Fraß vorwirft«, sagte er weise nickend.

Nach der letzten ›Bohème‹ und Ferdinands Abfahrt fiel Elia in ein schwarzes Loch. Das ist ganz normal, sagte man ihr, aber was half das schon? Umso mehr erwies es sich als glückliche Fügung, dass anschließend die Proben zur ›Zauberflöte‹ begannen. Nun traten Martina und Sylvia auf den Plan und sorgten für genügend italienischen Wirbel, so dass Elia nicht mehr dazu kam, in Wehmut zu versinken.

Bei den Proben waren die beiden Mädchen ganz auf ihre Arbeit konzentriert, aber in ihrer freien Zeit wollten sie ausgehen, tanzen, etwas erleben und das Land und besonders die Leute kennenlernen. »Wie sind denn die schwedischen jungen Männer so?«, fragten sie.

»Nun ja, ein paar weiße Raben gibt es schon«, fing Elia an und wurde rot. Die Freundinnen guckten neugierig, aber Elia tat so, als merkte sie es nicht. Über den heftigen, wilden Empfindungen ihrer Opernheldinnen waren ihre eigenen Gefühle vollends zur liebenswerten Erinnerung verblasst. Sie hatte Karls Elchkarte an ihren Spiegel gesteckt, darüber ein Foto von Fiamma: Die fehlte ihr mindestens ebenso sehr. Was sollte sie den beiden sagen? Darum schloss sie etwas schroff: »Na ja, meine Erfahrungen sind eher unergiebig.«

»Das wollen wir doch mal sehen«, riefen Sylvia und Martina unternehmungslustig. Die attraktiven Italienerinnen schafften es mit einem Augenaufschlag, selbst den müdesten Männern die Hälse zu verdrehen. Die Mädchen amüsierte ihr Erfolg, denn in erster Linie hatten sie Elia beweisen wollen: Auch einen Schwedenknaben konnte man dazu bringen, einem weiblichen Wesen freudig hinterherzulaufen.

Bisher hatte Elia ihre Flirtkünste nicht erprobt, schon aus Zeitgründen, aber sie hatte sich auch nicht viel davon versprochen, denn sogar die kesse Julia hatte ihr bezüglich der schwedischen Männer abgeraten und machte selbst stets auf kumpelhaft und burschikos. Doch nun legte sich auch Elia ins Zeug. Nach den Proben waren die drei jungen Frauen so richtig aufgedreht und hochgestimmt und spielten ihre ›Zauberflöten‹-Damen munter übertreibend weiter, diese koketten, charmanten, leicht entflammten Frauenzimmer, die, sobald ein Mann auftauchte, weibchenhaft unsolidarisch nur darauf sannen, wie sie die lieben Freundinnen loswerden konnten.

Entgegen aller kühn geschwungenen Reden erlag Sylvia aber doch einem ihrer Verehrer, den Martina »Schneewittchen« taufte, ob seiner blassen Haut und seiner Haare so schwarz wie Ebenholz. Dieser Dmitrij hatte sich ganz naiv, ohne das Spiel der Mädchen zu begreifen, in den munteren Rotschopf Sylvia verliebt.

Bei der nächsten Gelegenheit erschien er mit einer Gitarre und bat um Erlaubnis, sein neues Gedicht vorsingen zu dürfen, was ihm huldvoll gewährt wurde. Dmitrij schaute Sylvia beim Singen ruhig und ernst an. Sylvia schloss die Augen. Überrumpelt, und doch, als habe sie schon immer darauf gewartet, erkannte sie die samtige, dunkle Stimme: Sie war das Echo ihrer eigenen.

Ihre Tante hatte Sylvia als Kind einmal erzählt, für jeden Menschen gebe es irgendwo auf der Welt einen anderen Menschen, der zu ihm gehöre, zu ihm passe, einzig und allein gerade zu ihm, »so wie ein Schlüssel zu einem Schloss«. Die Geschichte hatte Sylvia gefallen, aber auch große Sorgen gemacht: Und wenn dieser Mensch nun auf der anderen Seite der Erdkugel lebte? Wie sollte sie ihn da treffen, und würde sie ihn überhaupt erkennen? Vielleicht war es jener Fremde, der draußen gerade entlangging, während sie im Bus vorbeifuhr?

Und jetzt stand er plötzlich vor ihr, der für sie Bestimmte! Und die Erde erbebte nicht, kein Coup de foudre fuhr vom Himmel und durchbohrte ihr Herz. Fühlte sich so die große Liebe an?

Dmitrij hatte inzwischen sein Lied beendet, nach einer kleinen Verlegenheitspause, weil Sylvia sich nicht rührte, rief Martina verblüfft: »Mensch, hat der Kerl eine Stimme, Wahnsinn!«

Jetzt schlug Sylvia die Augen auf und sagte, sehr lieb, mit einem etwas törichten Lächeln: »Ich hab gerade den Mann meines Lebens gefunden.«

Ja, so war das also. Julia schüttelte nur den Kopf, Elia blickte versonnen, Martina regte sich auf und fing sogar an zu weinen: »Jetzt hör bloß auf, das find ich gar nicht witzig«, und Dmitrij stand leicht verdattert da. Sylvia erklärte, so gut sie konnte, was ihr da gerade passiert war. In ihrem Bemühen, sich verständlich zu machen, fiel ihr gar nicht auf, dass Dmitrij wahrscheinlich so gut wie nichts verstand.

Dafür sagte Elia nach einer Weile ganz ruhig: »Stimmverwandtschaft, die gibt es. Genauso wie Seelenverwandtschaft. Ich hab's ja selbst erlebt mit Mariana.«

Schön und gut. Und was fing Sylvia jetzt mit ihrem Dmitrij-Schneewittchen an? Seine Familie stammte aus Russland, und hier hakte das Schicksal noch einmal nach. Mariana, die kurz nach Sylvias »Erleuchtung«, wie es die Mädchen nannten, nach Stockholm kam, kannte die Familie. Seine Großeltern waren Freunde ihrer Großeltern gewesen und wie diese vor der Russischen Revolution geflüchtet, doch leider nicht so rechtzeitig. Als behäbige Gutsbesitzer, fernab von den großen Städten, hatten sie nicht im Traum daran gedacht, die Wirrnisse und Bedrohungen könnten auch sie betreffen. Bis ein energischer alter Diener seine Herrschaft drängte, ein Pferdefuhrwerk zu besteigen, und sie bei Nacht und Nebel über die Grenze kutschierte.

Mein Gott, plötzlich kam Mariana die ganze eigene Kindheit wieder hoch. Gerührt lud sie Sylvias Wunderknaben nach Hause ein. Bei seinem Anblick wuchs die Rührung noch, sie musste an ein kleines Mädchen denken mit einem ernsten Porzellanpuppengesicht, das mehrmals im Haus ihrer Großeltern war, wahrscheinlich Dmitrijs Mutter, so ähnlich sah er ihr.

Sie hatte zu dem Treffen auch Björn Eksell gebeten. Nach Dmitrijs Vorsingen stand für sie beide fest: eine ungewöhnlich ausdrucksvolle Naturstimme, noch etwas unausgewogen, aber jetzt schon hochinteressant. Die Mädchen hatten nicht übertrieben. »Du gehörst an die Hochschule, wir werden dir ein Stipendium besorgen«, wurde Dmitrij von seinen beiden neuen Gönnern versprochen.

»Da will man seinen Spaß haben, und dann hat das gleich solche Folgen. Im Übrigen werden wir jetzt nie erfahren, wie die schwedischen Männer wirklich sind«, stellte Martina gereizt fest. Dass ihre alte Freundin Sylvia vom Schicksal überrollt worden war, wie sie fand, machte ihr zu schaffen. Natürlich durfte sich Sylvia verlieben, aber gleich so endgültig, so »erhaben«! Sie konnte sich nicht länger etwas vormachen: Sie war eifersüchtig. Verdammtes »Schneewittchen«.

Gegen Ende der Proben hatten die »Drei Damen« ein paar freie Tage. Sie beschlossen, in einer gemeinsamen Kochaktion den Spaghettivorräten zu Leibe zu rücken, die seit Elias Stockholmer Einstand in ihrer Küche vor sich hin dorrten. Die Salamiwürste waren inzwischen verzehrt, doch zum Kochen hatte sich Elia nie aufraffen können, keine Lust, keine Kraft, keine Zeit.

Noch ein paar andere junge Leute waren eingeladen worden, auch Massimo, der edle Spaghetti-Spender. Niemand war traurig darüber, dass er ohne Sonia kam, denn als er sie einmal mitgebracht hatte, saß sie den ganzen Abend stumm und misstrauisch da und beäugte mürrischen Blickes die beiden neu hinzugekommenen Italienerinnen. Was sie von ihnen hielt, sah man ihr nur allzu deutlich an: affige, selbstverliebte Weiber, die ihr auf die Nerven gingen mit ihrem Geschnattere und Gekichere. Massimo schien Sonias Abwesenheit verschmerzen zu können, munter erklärte er:»Sie lässt sich entschuldigen, ich glaube, sie hält Spaghetti für so etwas wie gekochte Regenwürmer.«

Es wurde ein sehr gemütlicher, lustiger Abend. Alle schnippelten und brutzelten um die Wette, vom Plattenspieler erschollen tragische Opernweisen, Schlager und Tanzmusik, Essensberge entstanden und wurden im Laufe der Stunden niedergemacht, die leeren Flaschen türmten sich, man sang und tanzte. Bei den schnellen Tänzen hopsten und stampften alle herum wie junge Büffel und sanken sich dann beim Tango und Slowfox immer tiefer in die Arme. Martina war besonders aufgekratzt, sie sah hinreißend aus in ihrem feuerroten, tief dekolletierten Kleid und spielte an diesem Abend den Vamp, der sich Massimo zum Favoriten auserkoren hatte. Der spielte gerne mit.

Als der Morgen schon graute, ging das Fest friedlich zu Ende. Elia schlief an der Brust eines blonden Recken selig ein, Sylvia und Dmitrij und die anderen müden Gestalten räumten etwas planlos auf, und Martina und Massimo saßen auf einem alten Lehnstuhl und machten sich aneinander zu schaffen, lieb und selbstvergessen.

Als Massimo zerknittert und vergnügt bei Sonia auftauchte, gab es eine der inzwischen schon üblichen Szenen mit Geschrei, Vorwürfen, Drohungen und anschließendem Schluchzen, Winseln, Weinen. Äußerst lästig und unerfreulich. Wahrscheinlich hätte Massimo Elia nie etwas davon erzählt, aber er musste ihr erklären, warum er zur Premiere der ›Zauberflöte‹ nicht kommen konnte:»Sonst gibt's womöglich wieder Ärger. Ich fühle mich auch nicht wohl, ich habe Kopfweh«, klagte er matt.

Als Mariana davon erfuhr, verlor sie kurz die Fassung, Elia hatte das noch niemals bei ihr erlebt. Sie schnaubte zornig und schlug mit der Faust auf den Tisch:»Unerträglich, alle beide. Diese Frau ist hysterisch. Und Massimo benimmt sich wie ein Idiot!« Auch Mariana besaß Temperament, und als Opernsängerin war sie geradezu eine Spezialistin für aufgeputschte Leidenschaften und Gefühlsausbrüche. Um banale Alltagssorgen ging es auf der Bühne meistens nicht, dort konnten sich die Personen den Luxus leisten, aus Liebeskummer oder schierer Eifersucht bis zum Wahnsinn zu leiden und dem anderen das Leben zur Hölle zu machen, und je mehr sie sich dabei zerfleischten, zu herrlichen Klängen, desto effektvoller nahm es sich aus.

Wenn es im echten Leben so zugegangen wäre, hätte es Mariana nicht ausgehalten. Undisziplinierte Menschen, die sich gehen ließen und dabei Zeit und Lebenskraft vergeudeten, konnte sie nicht ausstehen – und genau das, so musste ihr scheinen, tat Massimo, ihr eigener Sohn!»Was wollen die beiden eigentlich«, rief sie verzweifelt.»Natürlich darf man sich mal streiten und anschreien, von mir aus, aber dann muss auch wieder Schluss sein damit, und wenn es gar nicht anders geht, dann muss man sich eben trennen.«

Elia konnte Mariana sehr gut begreifen, sie hatte bei ihr nicht nur Singen gelernt, sie fand auch, Massimo sollte sich gefälligst am Riemen reißen. »Ich werde Umberto anrufen, damit er mal herkommt, der ist vernünftig, vielleicht hört Massimo auf ihn«, schlug sie vor.

In Mariana regte sich die alte Energie und Fürsorglichkeit: »Ja, gut, irgendwann. Jetzt kümmerst du dich nur um dich.« Mariana war für einen Liederabend nach Stockholm gekommen, und außerdem wollte sie mit Elia an der Elsa feilen. Es stand einiges auf dem Spiel.

Massimo erschien tatsächlich nicht zur Premiere, immerhin schickte er den »Drei Damen« drei genau gleich aussehende Blumensträuße. Bei einer der folgenden Vorstellungen saß er plötzlich doch in Björn Eksells Loge und kam anschließend hinter die Bühne. »Ihr wart wunderbar, der Prinz ist ein Dummkopf, jede von euch ist tausendmal schöner als die Pamina«, beglückwünschte er die Mädchen, dann hakte er sich bei Martina unter, die schien es nicht zu bemerken, sie drehte sich nach den anderen um und rief ihnen ziemlich laut zu, obwohl sie gleich hinter ihr gingen: »Los, kommt, ich sterbe vor Hunger!«

Beim Essen unterhielt sie den ganzen Tisch. Erst beim Hinausgehen konnte Massimo ihr zuflüstern: »Ich muss mich bei dir entschuldigen ...«

Aber Martina ließ ihn nicht ausreden. »Ach was, vergiss es. Gott, bin ich müde, Elia, begleitest du mich noch ein Stück?«

Kaum waren die anderen weg, bröckelte Martinas lässige Überlegenheit ab, ihre Stimme schwankte bedenklich: »Dieses Stockholm ist kein gutes Pflaster für mich. Alles, was ich anfange, geht schief. Jetzt habe ich mich auch noch in diesen Dummkopf verliebt, fürchte ich. Aber du darfst ihm nichts sagen, versprich es mir, Elia.«

»Natürlich nicht«, seufzte Elia. Die arme Martina!

Ein paar Tage später tauchte Massimo bei Elia auf: »Ich weiß, ihr könnt Sonia alle nicht leiden, sie wirkt eben sehr herb und streng. Aber im Grunde genommen ist sie ein lieber Kerl, nur furchtbar unsicher und empfindlich, sie meint irgendwie, ihr macht euch über sie lustig, sie kommt aus einer ganz anderen Welt, aus ganz kleinen Verhältnissen, hat sich hart hocharbeiten müssen.«

Er redete und redete, Elia traute ihren Ohren nicht. »Ach, da haben wir es aber gut dagegen«, warf sie in seinen Redefluss ein, ihre Stimme klang gefährlich zuckersüß.

Aber Massimo plapperte weiter: »Ja, genau. Aber warum ich dir das erzähle: Siehst du, Sonia liebe ich, selbstverständlich. Aber Martina mag ich auch schrecklich gern.«

Endlich schaute er auf. Er war ganz erschrocken über Elias wütendes Gesicht. Einen Augenblick sagte sie gar nichts, dann schrie sie ihn an: »So, bist du fertig? Wer, glaubst du eigentlich, dass ich bin? Dein Beichtvater? Dein Psychiater? Du mit deinen Luxussorgen. Und die arme Sonia mit ihren armseligen Eltern. Oh Gott, oh Gott, am Ende ist der Vater gar Chauffeur oder etwas ähnlich Schreckliches, das gibt ihr das Recht, für den Rest des Lebens eine beleidigte Nervensäge zu sein. Ach, verschwinde, du widerst mich an!« Sie schnappte nach Luft, mit einem Schlag fühlte sie sich todmüde, ganz leer und schlapp, ihr Zorn war verpufft. Als Massimo etwas sagen wollte, konnte sie nur noch hilflos abwehrend mit den Armen wedeln.

Massimo war ein Idiot, da hatte Mariana recht. Aber doch ein sehr vertrauter. Der nicht nur dumm daherreden konnte, sondern irgendwann auch den Mund hielt, statt mit weiteren Entschuldigungen die Sache zu verschlimmern. Und der einen dann um Vergebung angrinste und einem zaghaft den Arm um die Schultern legte: so, jetzt. Elia schmiegte sich fester in seinen Arm, sie ächzte ein wenig, schließlich maulte sie versöhnlich: »Alle heult ihr euch bei mir aus. Als ob ich hundert wäre. So ganz bin ich auch noch nicht jenseits von Gut und Böse.«

Massimo riss die Augen auf, überrascht und auch besorgt:
»Ja, wirklich, das stimmt. Sag mal, ist da einer?«

Ach, genau darum ging es: Da war niemand, keiner, nichts. Zumindest nichts »Richtiges«. Auf der Bühne verzehrte sie sich vor Leidenschaft, in den Armen von Männern, denen sich Abertausende weiblicher Wesen liebend gerne an den Hals geschmissen hätten. Und Elia?

»Was ist mit Karlchen?«, fragte Massimo vorsichtig.

»Ach, du sagst es ja selbst: ›Karlchen‹. Aber die Sonnwendnacht mit ihm vergesse ich nie«, seufzte Elia.

Massimo bohrte nach: »Und Ferdinand?«

Elia schüttelte unwirsch den Kopf. Bei ihm war sie sich anfangs selbst nicht ganz im Klaren, aber inzwischen wusste sie: An ihm faszinierte sie seine Stimme. Daneben war er ein richtiger Freund – ein glückseliger Ehemann und Vater, der ständig Fotos von Frau und Sohn und dem Häuschen mit sich herumtrug, ganz nahe an seinem Herzen. »Mit Carlos ist auch nichts, du brauchst gar nicht weiterzufragen«, sagte Elia energisch.

»Arme, kleine eiserne Jungfrau«, murmelte Massimo.

Elia antwortete nicht, Massimo mochte recht haben. Nur »arm«, das stimmte wirklich nicht: Es ging ihr nichts ab, irgendwie brauchte sie das alles nicht. Sie steckte ihre eigene Leidenschaftlichkeit in ihre Bühnenfiguren. Sie identifizierte sich nicht mit ihnen, eher gab sie sich ihnen hin, so wie ein Medium. Als Elia durchlebte sie Mimis Lieben und Leiden, Toscas Löwenmut und Verzweiflung, Elsas unerschütterliche Gewissheit und anschließende Verwirrung – und offenbar reichte ihr das. Elia versuchte es Massimo zu erklären: »Mehr Gefühle habe ich nicht. Oder ich ertrage sie nicht. Vielleicht bin ich auch durch die Oper versaut und habe völlig verstiegene Vorstellungen von Liebe, was weiß ich. So blöd es klingt, im wirklichen Leben brauche ich keine seelischen Erschütterungen und will wohl auch keine. Bloß keine Aufregung, bei deiner Großmutter, da fühle ich mich so richtig wohl. Manchmal geh ich schon um neun Uhr abends ins Bett und bin ganz glücklich, ich habe meine Ruhe, und dann schlafe ich auch schon ein, wie eine Hundertjährige, siehst du. Oder wie ein Baby.«

Massimo schaute seine Freundin an, wie sie da beschwörerisch, mit großen Gesten ihr kleines, stilles Glück verteidigte. »Ich kann ja auf dich aufpassen, immer wenn dir ein Kerl gefährlich werden könnte, jage ich ihn zum Teufel.« Elia funkelte ihn aus schwarzen Augen an: »Pff, ausgerechnet du.«

Für die Elsa hegte Elia viel Sympathie. Sehr jung, sehr unschuldig, war auch sie so etwas wie eine eiserne Jungfrau oder vielmehr die Jungfrau schlechthin, die mit dem Einhorn, die kraft ihrer Keuschheit unverletzbar ist und Wunder bewirkt. Elia sah in ihr nichts schwärmerisch Verblasenes, nichts Verträumtes, auch nichts Hilfloses, im Gegenteil, sie empfand sie als vollkommen ruhig und sicher, konzentriert, entrückt in jenen »anderen Zustand«, aus dem heraus man Visionen sehen und sogar Gestalt annehmen lassen konnte. Wenn Lohengrin auftaucht, ist sie als Einzige nicht überrascht, sie hat mit unerschütterlicher Gewissheit an sein Erscheinen geglaubt.

Im Grunde genommen war Lohengrins Mission nach dem geglückten Gottesgericht beendet: Die Unschuld der hart Beklagten war bewiesen, auf diesen Augenblick hatte sich Elsa mit ihrer ganzen Herzenskraft eingestellt. Was nun folgte, hatte nichts mehr mit ihrer ureigenen Persönlichkeit zu tun. Jetzt waltete wieder die Konvention, die gerettete Jungfrau würde ihren Beschützer heiraten und dankbar und widerspruchslos alle seine Wünsche erfüllen. Jede normale Prinzessin hätte das als selbstverständlich hingenommen – freilich wäre für sie wohl kein Retter erschienen.

Elsa jedoch hatte zwar vertrauensvoll ihr Leben in die Hand eines noch nicht vorhandenen, unbekannten Retters gelegt, aber es widerstand ihr, sich einem wildfremden Mann aus

Fleisch und Blut, dessen Namen sie nicht einmal kannte, einfach hinzugeben, quasi vor aller Augen und unter Zeitdruck.

Der Name wäre zumindest ein erster Schritt zu einer gewissen persönlichen Vertrautheit gewesen, jetzt ließ die gleiche keusche Jungfräulichkeit, aus der sie vorher ihre Kraft und ihren Todesmut bezogen hatte, Elsa zögern und unsicher werden, wahrscheinlich hätte es der Einflüsterungen Ortruds gar nicht bedurft.

»Elsa hat sich ihren Retter heraufbeschworen, keinen Liebhaber, keinen Mann. Aber vielleicht wäre noch alles gut gegangen, wenn die beiden mehr Zeit gehabt hätten, warum musste Lohengrin auch gleich nach der Hochzeitsnacht in die Schlacht ziehen?«, sagte Elia zu Mariana.

Die nickte bekümmert: »Oder wenn wenigstens Lohengrin nicht genauso rein und scheu und unerfahren gewesen wäre wie Elsa. Statt sie dauernd weiterreden zu lassen und gelegentlich verzagt zu ermahnen, hätte er sie vielleicht in den Arm nehmen sollen. Das macht die Sache so traurig: Die beiden waren füreinander bestimmt, und sicher haben sie sich nach einander gesehnt und sich wahrscheinlich auch geliebt. Und doch ging alles schief. Damit ist nicht nur Elsas Leben zerstört, überleg dir mal, was mit Lohengrin passiert. Der muss zurück zu seinem Vater und den fabelhaften Rittern. Wenn er brav ist, darf er vielleicht wieder einmal eine Jungfrau erretten, ach, du lieber Himmel.«

Es fiel Elia nicht schwer, eine sehr persönliche, überzeugende Elsa auf die Bühne zu bringen. Stimmlich versuchte sie erst gar nicht, die von ihr so bewunderte Karen Nilström, die große Wagnersängerin, zu imitieren. Eher noch orientierte sie sich an Bellini, den sie auch gerade studierte und der zum Abschluss der Saison angesetzt war. Giulietta und Elsa hatten vielleicht mehr miteinander zu tun, als es auf den ersten Blick scheinen mochte.

Alle drei Vorstellungen gerieten Elia gut. Am glücklichsten waren wahrscheinlich Mariana und Björn, nicht einmal sie hatten garantieren können, dass Elia sich in der kurzen Zeit und in so verschiedenartigen Rollen so tapfer schlagen würde. »Hast du noch immer Angst um sie?«, fragte er seine Freundin triumphierend. »Für mich ist Elias Schonzeit zu Ende. Bevor sie hier weggeht, und das wird bald passieren, kriegt sie neben ihren Italienern noch ein paar andere dicke Brocken. Was mir vorschwebt, ist die Elvira im ›Don Giovanni‹, ein großer Mozart muss sein, und die Elisabeth im ›Tannhäuser‹ wäre auch dran.«

»Ja, und das reicht dann auch. Ein wenig Zeit zum Leben sollten wir ihr lassen«, unterbrach ihn Mariana energisch.

Elia, so viel hatte sich gezeigt, gehörte zu den Künstlern, die sich mit Haut und Haaren ihrer jeweiligen Aufgabe verschrieben. Anders ging es für sie gar nicht. Es gab robuste Naturen, die das ihr Leben lang unbeschadet überstanden. Elia, so ausgeglichen und belastbar sie im Augenblick wirkte, gehörte nicht zu ihnen, da war sich Mariana sicher. Sie kannte Elias verletzliches Gemüt, das sie zum Glück ganz gut zu verbergen und zu schützen gelernt hatte. Auf die Dauer würde ihr das in diesem verrückten Beruf nur gelingen, wenn sie immer wieder, ganz gezielt, ihre Seelenkräfte auftanken konnte. Nun gut, die nötigen Ruhepausen dafür ließen sich einplanen, das wollte Mariana Elia noch einmal einschärfen. Aber als Gluckenmutter musste sie sich immer wieder vorsagen: Sie kann schwimmen, sie kann alleine schwimmen ...

Auch Karl hatte es sich nicht nehmen lassen, Elia als Elsa zu erleben. Als sie ihn nach der letzten Vorstellung hinter der Bühne erspähte, hüpfte ihr Herz vergnügt. Sie umarmten sich, aber schon drängten sich neue Leute zum Gratulieren dazwischen, »du kommst doch mit nachher«, konnte Elia noch rufen, bevor er von ihr fortgeschoben wurde. Karl kannte die hektische Stimmung von Kindesbeinen an, er wusste auch, dass viele Künstler nach der Vorstellung aufgeputscht und wie beschwipst, noch gar nicht richtig anwesend waren, so erging es auch Elia, das sah er ihren glitzernden Augen und geröteten Backen an. Bei der kleinen Nachfeier setzte er sich zu Massimo und Julia, die auch mitgekommen waren. »Komisch, man gehört dazu und auch wieder nicht, aber gefallen tut es uns doch immer wieder. Und dir ist gar nicht mehr zu helfen, eine Sängerin-Mutter reicht dir wohl nicht«, frotzelte Massimo seinen Freund.

Elia winkte ihnen: »Kommt doch rüber zu uns, wir rücken noch ein wenig zusammen.«

Ture Björling, der prächtig düstere Telramund, machte für Karl neben Elia Platz. Elia strahlte, es war doch sehr nett, Karl wieder einmal so dicht neben sich zu haben. »Was macht Benno?«, wollte sie wissen.

»Der springt wieder im Wald herum. Es war höchste Zeit, er ist jetzt groß und stark«, erzählte Karl.

Elia nickte verdutzt und auch wehmütig. Ja, ja, das Sonnwendfest lag schon lange zurück. Dann sagte sie unvermittelt: »Ja, und du?«

Karl musste lachen: »Ich bin auch ganz schrecklich groß und stark.«

Elia schaute ihren Freund an: Was für ein lieber, hübscher Kerl. Sie waren im gleichen Jahr geboren, er im Januar, sie im Dezember, er war also fast ein Jahr älter als sie, warum vergaß sie das immer wieder?

»Deine junge, keusche Elsa hat mir sehr eingeleuchtet. Seltsam, obwohl du dein Deutsch einwandfrei artikulierst, schwingt immer eine wunderbar italienische Farbigkeit mit, das macht das Mädchen so lebendig«, unterbrach Karl ihre Gedanken.

»Ja, das Lebendige hat mir auch gut gefallen, aber der ›Lohengrin‹ ist sowieso fast eine italienische Oper«, mischte sich Ture Björling ein. Und schon war wieder der ganze Tisch ins vergnügte Fachsimpeln versunken.

Zum Abschied, zwischen Tür und Angel, umschnattert von den anderen, gaben sich Elia und Karl einen süßen kleinen Kinderkuss.

»Das ist offenbar mein Schicksal: lauter Brüder. Fulvio, das ist der kleine Bruder, Massimo, der kommt gleich hinter Robertino. Und irgendwo dazwischen gibt es eben Karl, ja«, sagte Elia seufzend zu Julia, als sie das nächste Mal in ihrer Stammkneipe zusammensaßen, nach der Jazzgymnastik, zu der sie sich einmal wöchentlich im Ballettsaal der Oper trafen.

»Ganz so lieb und zahm, wie du glaubst, ist unser kleiner Karl nicht«, erwiderte Julia. »Gerade vor ein paar Tagen, bevor er wieder nach Paris abgefahren ist, gab es einen riesigen Familienkrach. Vor allem meine Großeltern waren ganz aus dem Häuschen, für sie stand immer fest, dass Karl eines Tages den Verlag übernimmt. Und jetzt hat er klipp und klar erklärt, er denke nicht daran. Er sei kein Bücherwurm, er wolle lieber Diplomat werden oder irgendetwas, wo man rumkommt in der Welt und nicht sein Leben lang in Stockholm versauert. Papa hat schließlich versucht, die Wogen zu glätten, und Henriette hat hoch und heilig versprochen, unseren edlen Familiennamen niemals abzulegen, selbst wenn sie irgendwann heiraten sollte. Das war nämlich Großpapas Hauptangst, dass dieser Name dem Verlag eines Tages abhandenkommen könnte. Darum sollte Mama unbedingt einen Stammhalter auf die Welt bringen. Der jetzt der Familie auch noch Scherereien macht.« Elia lachte. Dass Karl so stur sein konnte, gefiel ihr.

Für Elia sollte die Spielzeit mit ›I Capuleti e i Montecchi‹ zu Ende gehen, aber davor fanden noch ein paar ›Tosca‹-Aufführungen statt, das hatte sich durch Carlos Ribeiras prallen Terminkalender so ergeben. Auch für die folgende Spielzeit war bereits eine ›Tosca‹-Serie geplant, ebenfalls zu Saisonende. Diesen Termin hatte Björn Eksell festgesetzt, als würdigen Abschied für Elia, die damit aus dem festen Stockholmer Ensemble ausscheiden würde.

Dieses Mal brachte Carlos Ribeira Elia ein längliches Kästchen mit, in dem eine duftende, geheimnisvolle Blume lag.

Erst als Elia die Blätter berührte, stellte sie fest, dass sie kunstvoll aus Seide gefertigt waren.

»Mimis Wunderblume«, lächelte Carlos.

Elia nahm die Blume aus dem Kästchen und roch daran, schaute Carlos an, lächelte und hauchte ihm ein zartes Küsschen auf die Wange: »Entzückend! Dass du daran gedacht hast, und duften tut sie auch noch.«

Eine spontane Geste, und doch registrierte Carlos bei sich interessiert: »Oho, ein niedliches, linkisches Entchen hat sich in einen eleganten Schwan verwandelt.«

Elia hatte sich tatsächlich verändert im Verlauf dieses Jahres, auch ihr selbst fiel es auf während der Proben, die vor der Wiederaufnahme der ›Tosca‹ stattfanden. Das Wesen der Tosca war ihr nähergerückt, sogar ihre divahafte, sprunghafte Seite. Elia fühlte sich wahrhaftig nicht als Star, nicht einmal im Traum hielt sie sich dafür, aber was eine große Diva empfand, wie sie sich benahm und warum, das verstand sie inzwischen sehr viel besser. Auch Tosca, dessen war sich Elia jetzt sicher, gehörte zu der kleinen Schar der gefährdeten Auserwählten. In ihrem ›Vissi d'arte‹ besang sie noch einmal die lichten Höhen, in denen es ihrer Seele wohlerging.

Bei ihrem Bemühen, den Charakter einer Figur zu erfassen, ging es Elia nicht unbedingt um Sympathie oder Wesensverwandtschaft, auch wenn das den Zugang zu einer Rolle erleichterte. Diese beglückende Erfahrung hatte sie gerade mit der Elsa gemacht. Aber es hatte auch seinen Reiz, so fand Elia, einer Figur nach und nach auf die Schliche zu kommen. Vielleicht offenbarten sich die Figuren in einer neuen Inszenierung mit neuen Partnern von immer neuen Seiten. Schon jetzt machte sie die Erfahrung, dass sich bei der ›Tosca‹ nach einer Pause alles fast unmerklich ein kleines bisschen verschob.

Elias Selbstbewusstsein war gewachsen, und daher auch ihr Verständnis und Mitgefühl für die Tosca. Ihre Scheu vor Carlo Ribeira hatte sich endgültig verflüchtigt. Auch er behandelte sie nun wie ein respektvoller, kollegialer Kavalier, nachdem früher ein onkelhaft-wohlwollendes Lächeln mitgeschwungen hatte.

Carlos Ribeira zeigte sich ehrlich beeindruckt von Elias künstlerischer Entwicklung, auch ihre Stimme hatte noch an Ausdruckskraft und Wärme gewonnen – und sie interessierte ihn jetzt auch als Frau. Bei den Bühnenumarmungen zog er sie noch fester an sich, er lud sie in elegante Lokale zum Essen ein und wollte wissen, was sie die ganze Zeit getrieben habe. Auch Elias Verhältnis zu Ferdinand Schönbaum schien ihn zu beunruhigen, überhaupt der ganze Mann. »Wie ich gehört habe, seid ihr ein Herz und eine Seele. Elia, pass auf, der ist ein Wolf im Schafspelz, dein biederer Familienvater«, sagte er ungefragt. Oder er bohrte nach, wie Ferdinand Elia in seiner neuen Eigenschaft als italienischer Heldentenor gefallen hatte: »Ein Deutscher, ich kann es mir eigentlich nicht vorstellen.«

Ture Björling, der das Ganze schmunzelnd mitverfolgte und Elia zu Carlos' Verdruss keineswegs immer mit ihm allein ließ, sondern manchmal auch mit zum Essen ging, fragte etwas scheinheilig: »Lieber Freund, was macht dir denn jetzt Sorgen an unserem Ferdinand? Dass er vielleicht besser singt als du? Oder dass er bei Elia bessere Chancen hat?« Ja, Carlos Ribeira war eifersüchtig, das ließ sich nicht übersehen! Nicht verbissen oder besitzergreifend, aber es entstand dadurch ein Prickeln, gegen das gar nichts einzuwenden war.

Im Gegenteil, auch Elia gefiel dieser Flirt. Die ›Tosca‹ war wirklich ernst genug, warum sollte man dabei nicht auch ein wenig Spaß haben. Manchmal blieb auch sie etwas länger in Carlos' Armen liegen, als es die Inszenierung erforderte. Hin und wieder prickelte es nicht nur, da sprühten die Funken.

Nach der letzten ›Tosca‹-Aufführung wurde gefeiert. Alle waren höchst aufgekratzt, man aß und sang und tanzte, Elia wirbelte wieder einmal herum, dass die Haare flogen, und ließ sich von Carlos, der fabelhaft tanzte, beim Tango auf und nieder biegen. »Endlich dürfen wir uns mal erkälten«, rief Ture begeistert, als man spät in der Nacht ins Freie stolperte. Aber diesmal pfuschte er Carlos nicht ins Handwerk, indem er mit ins Auto stieg, als der Elia heimfahren wollte. Die Oper hatte Carlos ein stattliches Auto zur Verfügung gestellt, mit dem auch Elia schon herumgebraust war.

»Auf ein allerletztes Glas, *un ultimo bicchiere*«, schmeichelte Carlos vor Elias Wohnung.

»Irgendwas hab ich wohl noch da von unserer letzten Party«, meinte Elia sorglos.

Und dann graute der Morgen schon, als sich Elia, reichlich zerknautscht und entblättert, aus seinen Armen wand: »Nein, so geht das nicht. Du fährst morgen wieder weg, und dann sehen wir uns erst einmal wer weiß wie lange nicht mehr.«

Carlos versuchte nicht, Elia gegen ihren Willen zu verführen: Unter Kollegen tat man sich das nicht an. Als Spanier tat man das einer Frau nicht an, wenn man sie respektierte. Und als Mann? Als Mann tat man das nicht mit einem Mädchen, in das man sich ernsthaft verliebt hatte. Carlos streichelte Elias dicke schwarze Haare: »Weißt du was?«, flüsterte er. »Jetzt schlafen wir. Du in deinem Bett und ich hier auf dem Sofa. Und morgen verbringen wir den Tag zusammen. Ich fahr erst am Abend.«

Elia liebte ihr gemütliches Bett mit der federleichten Daunendecke, die sie nach Italien mitnehmen wollte, um dort nicht länger bei Kälte unter mehreren schweren, stocksteifen Decken begraben liegen zu müssen. An diesem Morgen schwebte sie vollends auf einer federleichten Wolke. Plötzlich riss sie die Augen auf: Es roch, ja, es roch nach Kaffee, wirklich und ganz real. Und auch der Mann aus ihrem Traum existierte. Ein bisschen verwegen sah er aus, auf den sonst glattrasierten Wangen lag ein blau-schwarzer Schimmer, und um die Hüften hatte er Elias buntes Badetuch geschlungen.

Carlos lachte: »Komm, setzt dich her, Milch und Brot gibt's zwar nicht, aber ich habe noch ein paar Lebkuchen entdeckt.«

Sie hatte wieder nichts eingekauft, das passierte ihr hin und wieder und allemal vor den Vorstellungen.

»Wie Bassa Selim schaust du aus«, meinte sie.

Carlos verzog das Gesicht: »Oje, womöglich gar noch wie Osmin. Du jedenfalls bist die spröde Konstanze, und ich habe keine Chancen bei dir.«

Aber als Carlos aufstand und sie in die Arme nahm, hatte sie nicht allzu viel dagegen. Bevor das Ganze wieder auf dem Sofa endete, entschied Carlos: »Ich fahre kurz heim und packe meine Sachen. In einer Stunde bin ich wieder da, dann machen wir eine Landpartie.«

Was zog man zu so einem Ausflug an? Trällernd und planlos wühlte Elia in ihrem Kleiderschrank, vom Badezimmerspiegel schaute ihr der Elch entgegen, baden konnte sie in der Eile auch nicht, denn in der Badewanne lagen Blumensträuße. Das hatte sich Elia so angewöhnt, die Blumen, wenn sie müde nach der Vorstellung heimkam, erst einmal dort ins Wasser zu legen. Als Carlos glattrasiert und reisefertig wieder erschien, hatte sich Elia gerade einmal eine Hose und einen Pullover übergezogen, was sie sowieso meistens trug.

Sehr weit gedieh die Landpartie in den wenigen noch verbleibenden Stunden nicht. Elia wollte ausnahmsweise nicht selbst ans Steuer, sie drängte sich dicht neben Carlos, der den Arm um sie legte und immer wieder an den Straßenrand fuhr, wo sie sich küssten. Pläne wurden geschmiedet, der gemeinsame ›Don Carlos‹ in Bologna erwies sich als verlockender Hoffnungsschimmer. »Und vorher fällt mir schon noch was ein«, meinte Carlos optimistisch. Irgendwann hielten sie vor einem Wirtshaus an, aber Elia brachte kaum einen Bissen hinunter: von Karlchen zu Carlos. Luftige, leichte Verliebtheit gegen das wilde Brodeln heftiger Gefühle. Als sich Elia und Carlos vor dem wartenden Zug ein letztes Mal umarmten, glühte Elia wie im Fieber.

Elias Seelenfrieden war ganz schön durcheinandergeraten, doch das bekam ihr vorzüglich. Sie fühlte sich springlebendig, was für eine fabelhafte Erfahrung. Wunderbarerweise wirkte sich der neue Schwung auch auf ihre Arbeit aus: Elias eigene Liebesglut verlieh auch der Sehnsucht ihrer Giulietta Flügel. Plötzlich genoss sie es, ihrer Heldin das eigene Herzklopfen zu leihen. Dabei erwies es sich als angenehm und hilfreich, dass sie es beim Romeo nicht mit einem Mann als Partner zu tun hatte, sondern mit einer jungen Frau. Nora Petersson gegenüber, mit der sie stimmlich gut harmonierte, fiel es Elia ganz leicht, die eigene Verliebtheit ungeniert in ihre Rolle einzubringen.

Doch sobald das Spiel zu Ende war, gab sich Elia alle Mühe, sich nur ja nichts anmerken zu lassen, und über Carlos redete sie kein Wort.

Ture Björling allerdings, der sie inzwischen gut kannte und der Giuliettas Vater sang, konnte sie nichts vormachen: »Jetzt hat er es also geschafft, dieser Gauner.«

Elia flehte ihn an: »Erzähl um Himmels willen niemand was davon, vor allem nicht Björn Eksell, der sagt es sonst Mariana, und die frisst mich. Kein Techtelmechtel unter Kollegen, das hat sie mir immer wieder eingebläut.«

»Ja, ja, so geht das«, knurrte Ture. »Nur nicht von diesem Apfelbaum‹, so hat es doch schon mal geheißen. Ich wünsche dir mit deinem Carlos mehr Glück.«

Gleich nach dem letzten Spieltag bereitete Elia ihre Abfahrt nach Italien vor, eine schwedische Mittsommernacht würde es in diesem Jahr für sie nicht geben. Sie wollte zuerst in Rom mit Mariana arbeiten und dann weiterfahren nach Salerno, um endlich ihre Mutter wiederzusehen und die Familie und dort eine Zeitlang Ferien zu machen. Die darauffolgenden Monate würden anstrengend werden.

Auf der Fahrt nach Rom legte Elia einen Zwischenstopp in München ein für einen Besuch bei Ferdinand und seiner Frau Friederike. Die Familie wohnte in einem verwinkelten alten Häuschen. Im engen Eingangsflur musste man sich an Gummistiefeln, Regenmänteln und einem Kinderwagen vorbeiquetschen, im Wohnzimmer war gerade noch Platz für einen Tisch und vier Stühle und ein mit Platten und Noten vollgestopftes Regal. Den Rest des Raumes machten sich eine riesige Plattenspieleranlage und ein schwarzer Flügel streitig, das Instrument wirkte missgelaunt ob der unwürdigen Unterbringung. Die eine Wand war mit einer Plastikfolie verhängt. Dahinter verbarg sich Ferdinands ganzer Stolz: ein wunderschönes, funkelnagelneues Musikzimmer, in dem es nach frischer Farbe und Bodenlack duftete.

»Sobald die Farben trocken sind, räumen wir um. Ich kann es kaum erwarten«, erklärte er strahlend.

»Schön, was«, sagte auch Friederike, »allerdings, wenn es nach mir gegangen wäre, hätten wir schon lange angebaut, wir platzen wirklich aus allen Nähten.«

Ferdinand fiel ihr ins Wort: »Ja, schon, bloß woher nehmen und nicht stehlen.«

Friederike lachte vergnügt: »Weißt du, Elia, unser Opernluftikus ist im wirklichen Leben ein rechter Hasenfuß. Nur keine Schulden, predigt er immer, als ob wir am Hungertuch nagen.«

Ferdinand ließ sich nicht beirren: »Ja, genau. Ich bin die singende Ameise und Friederike ist die Grille, die im Winter tanzen muss.« Es war ein freundschaftliches Geplänkel, aber Elia hatte das Gefühl, dass es nicht zum ersten Mal stattfand.

Draußen, in dem erstaunlich großen Garten, standen ein paar alte Bäume, eine Birke, eine Trauerweide, ein Apfelbaum inmitten der Wiese. Überall leuchteten Blumen, dazwischen ein Sandkasten. Ein kleines Paradies, in dem zufriedene Menschen lebten.

»Kein Wunder, dass du dich zurücksehnst, wenn du für längere Zeit weg bist«, sagte Elia.

»Ja, wir sind beide reichlich bodenständig, drum musst du jetzt auch in der Küche essen«, meinte Friederike.

»Wie bei uns zu Hause«, sagte Elia.

Während Ferdinand am Herd werkelte, Elia mit Söhnchen Ulli ein Bilderbuch anschaute und Friederike die kleine Frieda fütterte, erschien ein befreundetes Ehepaar, beide ebenfalls Sänger und er darüber hinaus Ferdinands bester Freund und Gesangspartner. Sie hatten zusammen schon eine Reihe seriöser Platten herausgebracht und gerade ein Potpourri mit Schnulzen und Volksliedern aufgenommen, um finanziell einmal abzusahnen.

»Als Nächstes sing ich dann mit Elia zusammen neapolitanische Lieder«, plante Ferdinand.

Bevor man mit dem Essen anfangen konnte, musste noch ein Gutenachtritual begangen werden. Ferdinand holte seine Flöte und erklärte: »Zurzeit schläft Fräulein Frieda nur bei Flötenmusik ein. Zum Glück tut es im Notfall auch eine Schallplatte. Und was spiele ich heute?« Die kleine Nachtmusik, wurde beschlossen.

Während Ferdinand spielte, kamen Elia vor Rührung fast die Tränen. Sie schaute hin zu dem kleinen Mädchen, wie es zufrieden die Augen schloss und schon bald unter den Flötenklängen tief und fest einschlief. So hatte sie wohl selbst in ihrem Bettchen gelegen und war eingeschlummert, während ihr der Vater ein Schlaflied vorspielte.

Am nächsten Abend sang Ferdinand den Belmonte in der ›Entführung aus dem Serail‹. Während es sich Elia in einer Loge neben Friederike bequem machte, bestaunte sie das elegante Cuvilliés-Theater, ein wahres Rokoko-Schatzkästlein, wie geschaffen für Mozarts Musik, dachte Elia. Sie kannte aus der ›Entführung‹ nur einige wenige Arien. Jetzt ließ sie sich von der herzlichen, spannenden und witzigen Aufführung bezaubern.

Beim Klang von Ferdinands Stimme hatte etwas in ihr sogleich die Antennen ausgefahren, ihr Herz tat sich auf. Elia hatte Ferdinand noch niemals auf Deutsch singen hören, als sie ihm nun lauschte, innig mit ihm verbunden bis hin zum Atem, dem Herzschlag, erschloss sich ihr vollends die Einmaligkeit seiner Stimme. Die konnte italienisch glänzen, hauchzart und innig sein, doch in der deutschen Muttersprache kam noch etwas hinzu, eine geheimnisvolle, fast heilige Keuschheit, die trotzdem männlich klang. Ferdinands Belmonte, so empfand es Elia, gewann dadurch neben aller feurigen Verliebtheit noch die naive Herzensstärke eines »deutschen Jünglings«: schwärmerisch, hochgestimmt und etwas ungeschickt.

Elia hatte in der letzten Zeit so viel auf der Bühne gestanden, nun genoss sie ihre Rolle als Zuschauerin und ließ sich von der Aufführung mitreißen. Sie gönnte dem Osmin seinen wilden Triumph, zumal Mozart dem Racheschnaubenden eine hinreißend temperamentvolle Musik auf den dicken Leib geschrieben hatte, mit aberwitzigen Sprüngen und sogar Koloraturen, die der Sänger im tiefsten Bass brillant meisterte. Vom Typ her, auch wie er sich mit sichtlichem Genuss als abgeblitzter Liebhaber seinen schaurigen Rachephantasien hingab, erinnerte sie dieser Osmin an Ture Björling.

Elia fühlte sich wohl, selbst als sich auf der Bühne das Unglück über den Liebenden zusammenzubrauen begann und die Musik wieder einsetzte zum verzweifelten Rezitativ und Duett von Belmonte und Konstanze. Da war er wieder, dieser Mozart, der alles wusste, auch über den Tod und die Todesangst der Menschen. Ach, wie das klang. Elia war völlig versunken in die beiden ineinander verschlungenen Stimmen, die mit wachsender Seligkeit das gemeinsame Sterben besangen. Plötzlich jedoch schob sich etwas Dunkles vor die Figur des Belmonte. Die Züge von Ferdinand Schönbaum verschwammen vor Elias Augen, dann nahmen sie wieder feste Konturen an, doch was sie jetzt sah, das war das Gesicht ihres Vaters. Elia fing an zu zittern, ihr wurde schwindlig, anschließend wusste sie kaum mehr, wie sie sich auf ihrem Sitz gehalten hatte. Es war kein flüchtiges Trugbild, was sich ihr da einen Wimpernschlag lang zeigte, nein, Konstanze und Belmonte sangen immer noch, und Belmonte trug Robertos Züge. Der Tod, ja der Tod.

Minutenlang bekam Elia nichts mehr mit, auch als das Zittern ihres Körpers wieder nachließ und beim Finale wieder Ferdinand Schönbaum als Belmonte auf der Bühne stand. Erst als die Janitscharen zum Jubel auf den Bassa Selim anhoben, tauchte Elia wieder auf wie aus einer dunklen Entrückung. Als der Applaus einsetzte, hatte sie sich so weit gefangen, dass sie mitklatschen konnte – Friederike hatte ihr nichts angemerkt. Das schien Elia das Allerwichtigste: Was hätte sie ihr auch erzählen können?

Ferdinand gegenüber, zu dem sie hinter die Bühne gingen, fiel es ihr schon schwerer, unbefangen und munter zu wirken. Er schaute sie kurz verwundert und wie prüfend an, aber Elia winkte lachend ab: »Ach, du kennst mich ja, wenn es gar zu schön wird, halt ich es nicht aus.«

Ferdinand stellte Elia seinen Münchner Kollegen vor, und Elias ehrliche Begeisterung half ihr vollends über die unheimliche Erscheinung hinweg. »Nun, was hältst du davon, mit mir hier bald einmal die Pamina zu singen?«, wollte Ferdinand wissen.

»Wenn das zustande kommt, dann geht für mich einer meiner ganz großen Herzenswünsche in Erfüllung«, seufzte Elia.

Bereits am nächsten Tag nahm der Plan bei einem Gespräch mit dem Opernintendanten feste Formen an, es musste nur noch der endgültige Termin festgelegt werden.

»Das ist doch ein logischer Werdegang: Von einem Knäblein verwandelst du dich in eine Dame und von dort schnurstracks in eine Prinzessin«, sagte Ferdinand mit Bewunderung in der Stimme.

Am Abend brachte Ferdinand Elia zum Zug. »Ja, wie du siehst, bist du hier ein voller Erfolg, du musst öfters zu uns kommen«, sagte er zum Abschied.

Elia schlief auf der Stelle in ihrem Schlafwagenbett ein. Doch als der Zug am nächsten Morgen in Rom in den Bahnhof einfuhr, wurde ihr ganz flau ums Herz: Die Wohnung der Eltern gab es nicht mehr – und wohin jetzt? Nun gut, Elia würde bei Mariana wohnen, aber es fühlte sich sehr sonderbar an, in seiner Quasi-Heimatstadt plötzlich als durchreisender Gast anzukommen. Umso mehr freute sich Elia, dass Umberto sie abholte.

In der Via Giulia wurde Elia freudig empfangen. »Willkommen zu Hause«, rief Mariana, als sie Elia in die Arme nahm. Wie lange war es wohl her, seitdem Elia mit Padre Ironimo zum ersten Mal verlegen und schrecklich aufgeregt in den edlen Salon hereingestolpert war? Du lieber Gott, keine zehn Jahre. Aber eine Ewigkeit.

Elia hatte ein strammes Arbeitsprogramm vor sich. Es ging um die Vertiefung und den Feinschliff der Elisabeth im ›Don Carlos‹ und der Violetta in der ›Traviata‹. Dazu brauchte sie den Rat und die Hilfe von Mariana und Signor Ruteli, das hatte sie in Stockholm begriffen, dem dortigen wackeren Korrepetitor fehlte für diese beiden delikaten Rollen ganz einfach die genialische Intuition.

Mariana machte mit Elia hauptsächlich Stimmarbeit. Die Stimme, so fand sie, hatte sich hervorragend entwickelt, bei dem rasanten Tempo jedoch, das Elia mit ihren Rollen vorlegte, durfte sich nicht die kleinste technische Ungenauigkeit und Unsicherheit einschleichen. Beide liebten sie die konzentrierte Arbeit, das mäuseohrige Lauschen, das Feilen, das geduldige Wiederholen. Singen hing von so vielen Unwägbarkeiten und Zerbrechlichkeiten ab, aber das hier, das war die solide, handwerkliche Seite, und wenn sie stimmte und sich alles gut zusammenfügte, dann gab es nichts, was mehr befriedigte und beruhigte.

Nach getaner Arbeit diskutierten sie über den Plot und die Personen der einzelnen Stücke, auch über ›Don Carlos‹, der als Erstes anstand. Marianas Meinung nach war er ohne den Fontainebleau-Akt am Anfang gar nicht richtig zu verstehen.

»Zum Glück spielt ihr ihn in Bologna. Die Elisabeth wird da als unbeschwertes, spontanes, selbständiges junges Mädchen gezeichnet, das fernab der übrigen Jagdgesellschaft im Wald herumstreifen und mit wildfremden Männern reden darf, allein das wäre am spanischen Hof undenkbar. In ihrer französischen Heimat ist alles heiter und herzlich, wie im Märchen: Prinz trifft Prinzessin, die beiden verlieben sich, noch ehe sie von ihrer hohen Herkunft wissen, und als die sich herausstellt und da sie sowieso füreinander bestimmt sind, steht dem Happy End nichts mehr im Wege. Die Liebe zwischen Elisabeth und Carlos hat also nichts Verbotenes oder gar Krankhaftes an sich, ganz im Gegenteil, selbst im Sinne der Staatsraison müsste es wünschenswert erscheinen, wenn sich ein Kronprinzenpaar endlich einmal sympathisch findet und nicht von vornherein abstoßend.

Gut, und genau in dem Moment fordert Philipp vom französischen König die Hand seiner Tochter, ohne im Geringsten an die Gefühle der beiden jungen Leute zu denken. Einen Augenblick lang hängt die Entscheidung von Elisabeth ab: Zum Wohle zweier Völker opfert sie ihr persönliches Glück. Sie ist eben doch keine harmlose Märchenprinzessin, sondern hat von Kindesbeinen an gelernt, staatspolitisch zu denken – und zu gehorchen. Von diesem Augenblick an darf es für sie keine Rolle mehr spielen, ob sie für Carlos jemals mehr empfunden hat, als es einem Stiefsohn gegenüber angebracht wäre. So weit vermag sie über ihre Gefühle zu herrschen. Was sie ihnen nicht abverlangen kann und wahrscheinlich gar nicht versucht, das ist, den erstarrten alten König, ihren Gemahl, zu lieben. Das ist im Ehevertrag nicht enthalten. Wenn sich Philipp weinerlich beschwert: ›Sie hat mich nie geliebt‹, dann begeht er damit eine geschmacklose Anmaßung und Stillosigkeit.«

»Ich stell sie mir vor wie einen bunten Singvogel in einem engen Käfig. Alles war eingezwängt und reglementiert durch das rigide, düstere spanische Hofzeremoniell. Und die Inquisition mit dem furchtbaren Großinquisitor an der Spitze hielt die Menschen vollends in Furcht und Schrecken«, überlegte sich Elia.»Von allem Liebeskummer einmal abgesehen, muss sie sich vorgekommen sein wie in einem Gefängnis, aber sie erfüllt ihre Pflichten korrekt, auch wenn ihre Seelenkräfte aufs Äußerste angespannt sind. Darum trifft sie die absurde Beschuldigung und wüste Beschimpfung des Königs bis ins Mark, sie ist mit ihrer Kraft am Ende und fällt in Ohnmacht. Eine überforderte, verschlossene Frau, das hat dieser Philipp aus dem offenen, herzlichen, blühenden Mädchen gemacht.«

»Blühend, ja blühend. Und glücklich. So, wie man strahlt, wenn man gerade seinen Märchenprinzen getroffen hat«, sagte Mariana und schaute Elia schmunzelnd an. Es war klar, dass sie längst gemerkt hatte, wie es um Elia stand, aber solange die nichts erzählte, würde sie nicht fragen.

Selbst als ein Brief für sie auf dem Frühstückstisch lag, mit vielen fremdländischen Marken, einer schwungvollen Handschrift und einem C. R. hinten auf dem Umschlag, gelang es Elia, nicht verlegen zu werden. Beim zweiten Brief hielt sie es nicht mehr aus: »Ach, Mariana, es ist wie verhext, ich habe es wirklich nicht gewollt, ich schwör's dir, und dann ist es halt doch passiert: ausgerechnet Carlos Ribeira!«

Der Ausbruch war so ehrlich, zerknirscht und glückselig zugleich, dass Mariana überrascht lachen musste: »Du lieber Gott, aha. Aber ich hab's dir nicht verboten, Sänger sind keine Teufel, nur oft reichlich mühsam, und ich hätte dir jemand Normales gewünscht, einen zuverlässigen, gutmütigen Bären. Wenigstens ist es kein Dirigent, ich glaube, das sind die Schlimmsten, lauter Egomanen. Aber am besten sag ich gar nichts mehr, seit der ›Tosca‹ ist bei dir sowieso alles anders gelaufen, als ich es mir für dich vorgestellt hatte, und bis jetzt ging es fabelhaft gut, na also! Übrigens: Ein toller Kerl ist Carlos schon, in den hätte ich mich auch verliebt!«

»Oho, siehst du. Er hat mir geschrieben, dass er mich besuchen kommt. Er schreibt: ›Wie und wann, weiß ich noch nicht genau, aber bald schon stehe ich vor deiner Tür!‹ Also, ich fahr mit dem Bugatti nach Hause, Carlos hat wahrscheinlich kein Auto, was meinst du?«, fing sie gleich an zu planen.

In diesem Sommer wohnte Elia zum ersten Mal im blumenumwucherten Häuschen ihrer Tante Ambrosia. Denn das kleine Haus der Großeltern war okkupiert, seitdem sich Teresa dort häuslich eingerichtet hatte, um ihrer Mutter nach Brunos Tod Gesellschaft zu leisten.

Bruno hatte mit seinen über neunzig Jahren immer noch die Tiere und die kleine Landwirtschaft alleine versorgt und niemals eine ernsthafte Krankheit gehabt. Bis er sich an einem Winterabend ungewöhnlich schlapp fühlte und vor Kälte mit den Zähnen klapperte, nachdem er stundenlang Holz gehackt und aufgeschichtet hatte. Doch dann kam auch noch Fieber dazu, und Alina holte gegen seinen Willen den Arzt, der eine Lungenentzündung feststellte. Jetzt erschraken alle, aber als sie Bruno in seinem Bett liegen sahen, wie er munter hustete und immer noch Witze riss, riefen sie nur:»Komm, Alter, das packst du, du wirst noch hundert.«

Teresa war dortgeblieben. Sie half der Mutter und saß lange am Bett des Vaters, der immer stiller wurde. Fiamma lag auf einem alten Lammfell am Fußende und schlief. Am dritten Tag der Krankheit schlich sie schon nach kurzer Zeit wieder hinaus, sonderbar krumm, als könnte sie sich unsichtbar machen. Teresa suchte nach einer Weile nach ihr und fand sie eingerollt unter der Ofenbank. Einmal schaute Fiamma kurz zu ihr hoch, mit einem blanken, dunklen Auge, dann drehte sie den Kopf wieder weg. Teresa nickte:»Dann weißt du es also auch.«

In diesem Augenblick kam Alina von draußen herein. Sie stand unter der Tür, in der Hand ein frisch geschlachtetes Huhn, Blut tropfte aus dem kopflosen Hals. Sie hielt es hoch wie eine Opfergabe:»Das wird ihm guttun, eine kräftige Hühnerbrühe hat noch jeden wieder auf die Beine gebracht!«

Teresa war aufgestanden, sie blickte die Mutter an, schließlich brachte sie heraus:»Ja, ja, ganz bestimmt. Aber ich will trotzdem den Pfarrer holen.«

Alina legte das Huhn auf den Tisch, sie sank auf einen

Stuhl, legte die Arme auf den Tisch, dann den Kopf auf die Arme, alles ganz langsam und lautlos. Und da begriff Teresa: Ihre Mutter hatte mit achtzehn Jahren einen sehr viel älteren Mann geheiratet und mit ihm über vierzig glückliche Jahre zusammengelebt – ohne sich jemals zu überlegen, dass dieser kraftvolle, fröhliche Mensch eines Tages vor ihr sterben könnte. Vor Jahren hatte Alina ihrer Tochter geholfen und ihr wieder Mut gemacht, jetzt war es an Teresa, ihre Mutter nicht alleine zu lassen. So kam es, dass sie ihre neue Wohnung in Salerno wieder verließ und aufs Land zog.

Auch Fiamma war mit von der Partie, und sie bewährte sich vorzüglich als Seelentrösterin. Zum einen schloss sie Alina rückhaltlos in ihr Hundeherz und kümmerte sich um sie, indem sie ihr den Kopf aufs Knie legte, wenn wieder einmal die Tränen flossen. Und zum anderen wartete sie nach einigen Monaten mit einer Überraschung auf. Möglicherweise waren Teresa und Alina noch zu sehr in ihre Trauer versunken oder durch die viele Arbeit abgelenkt, jedenfalls hatten sie von Fiammas Liebesabenteuer mit dem Nachbarhund, einem zotteligen schwarzen Gesellen, nichts bemerkt. Selbst als Fiamma zu einem kleinen Fass anschwoll, verdächtigte Teresa erst einmal die Mutter, sich bei Fiamma mit Leckerbissen einzuschmeicheln wie einst die Köchin Lina. Aber dann stellte Alina die richtige Diagnose, und kurz darauf kam Fiamma mit vier niedlichen Welpen nieder.

Bei Elias Besuch im Sommer waren die Kleinen bereits zwei Monate alt. Elia hatte große Angst gehabt vor diesem Wiedersehen mit Alina und dem Haus, ohne den geliebten Großvater konnte sie sich das alles gar nicht vorstellen. Doch dann schoss Fiamma mit dem üblichen Freudengeheul auf sie zu, und hinter ihr wuselten die vier Wollknäuel. Elia breitete die Arme aus, hockte sich nieder und umarmte und kraulte Fiamma, die vor Glück und Stolz gar nicht aus noch ein wusste, und während sie nach den Kleinen grapschte und die dicken, noch recht nackten Babybäuche zu spüren bekam, lachte sie und lachte und rief, auch sie ganz außer Rand und Band:»Mensch, Mädel, das hast du gut gemacht!«

Nach diesem fröhlichen Einstand war der Bann gebrochen. Zwar fehlte Elia der Großvater auf Schritt und Tritt, aber die muntere Hundefamilie ließ keinen lange anhaltenden Trübsinn aufkommen. Alina sprach aus, was auch Elia dachte:»Daran hätte auch Bruno seinen Spaß gehabt. Ich sehe ihn vor mir, wie er mit den Augen zwinkert und sagt:›Schaut doch hin, so ist das: Das Leben geht weiter. Nur manchmal eben anders, als man es sich denkt.‹«

Ihre neue Unterkunft bei Tante Ambrosia gefiel Elia sehr. Das Häuschen mit dem wunderhübschen Garten war ein Paradies und Tante Ambrosia ein freundlicher Engel, der aus den Gewächsen seines Gartens köstliche Speisen zu zaubern verstand. Elia wohnte im schrägen Dachstübchen und hatte von dort einen phantastischen Blick auf das Meer und die Küste, und nachts funkelten die Sterne und der Mond durchs Fenster herein.

Frühmorgens und abends unternahm sie lange Fußmärsche, hielt hier und da an für ein Schwätzchen. Dann flitzte sie in ihrem Bugatti hinunter zur Küste zum Baden, oder sie fuhr nach Salerno, sie war selbst überrascht, wie viele Menschen sie dort noch kannte, sogar einige ihrer Kindheitsfreundinnen traf sie wieder, man hatte sich viel zu erzählen.

»Mein Gott, fühle ich mich wohl hier. Das Leben in Schweden ist zwar schön und gut, aber jetzt merke ich so richtig, wie sehr mir der Süden gefehlt hat«, sagte Elia zu Laura.

Laura war stolz auf Elias Erfolge, doch als große Schwester machte sie sich auch Sorgen um sie.»Hast du eigentlich einen Freund?«, wollte sie wissen.

Erst druckste Elia herum, aber dann fing sie an, von Carlos zu schwärmen, und wollte gar nicht mehr aufhören. Wie herrlich, mit jemandem über ihn reden zu können! Denn obwohl Elia noch nie Geheimnisse vor ihrer Mutter gehabt hatte, mochte sie ihr jetzt nicht erzählen, wie verliebt sie in

Carlos war. Teresa kannte ihn von der ›Tosca‹ in Stockholm und wusste, dass er und Elia sich gut verstanden. Dabei sollte es erst einmal bleiben, fand Elia, da Carlos ja hierherkommen wollte und sie nicht genau wusste, was dann passieren würde. Der Gedanke, dass er und sie von Tante Ambrosia, Mutter und Großmutter und der gesamten Sippschaft als Liebespaar beäugt und kommentiert werden könnten, erschien ihr ziemlich grauenvoll. Auch Ratschläge wollte sie auf keinen Fall hören, sie hatte sich in Schweden schon zu sehr an ihre Freiheit und Selbständigkeit gewöhnt.

Wenn die Sonne vom Himmel glühte, in den Mittagsstunden, lag Elia am liebsten im Garten unter den Bäumen. Weit entfernt glitzerte das Meer, eine Eidechse huschte über die Steine, die Grillen gaben ihr Konzert. Langsam, ganz sachte, löste sich das Einzelne auf, alles verschmolz miteinander, auch die Zeit, die Gegenwart und die Vergangenheit, Elias jetziges Leben und ihre Kindheit – ein lichtes, seliges Schweben.

Doch etwas wartete in ihr, aufmerksamer von Tag zu Tag. Es richtete sich nach draußen, hin zur Straße, zur Tür. Jedes einzelne Auto wurde registriert, jeder Schritt, jedes Bimmeln des Glöckchens. Und dann, tatsächlich, stand Carlos vor der Tür, er musste nicht läuten, die Tür flog schon auf, und Elia wehte in seine Arme. Er sei auf dem Weg nach Positano, um dort bei Freunden in einer Villa am Meer Ferien zu machen, erklärte er der Familie. »Ja, wenn die Damen nichts dagegen einzuwenden haben und Elia überhaupt will, möchte ich sie gerne dorthin entführen«, sagte er lächelnd und enthob damit auch Elia der Notwendigkeit, weitere Erklärungen abgeben zu müssen.

Abends saßen Elia und Carlos dicht beieinander auf der verwitterten Holzbank unter den Zitronenbäumen. Obwohl sie niemand hören konnte, flüsterten sie.

»Ich hab wirklich nicht so recht gewusst, was ich Mamma und Großmutter sagen soll, wie hast du das gemerkt?«, fragte Elia.

Carlos kicherte: »Schließlich bin ich auch aus dem Süden.

Meine kleine Schwester macht bald ihr Abitur, aber wenn sie abends ausgehen will, gibt's ein Riesentheater: ›Wo gehst du hin? Mit wem? Wann kommst du wieder?‹ Am liebsten würde mein Vater die Tür absperren. So viele Kirchenchöre und kranke Schulfreundinnen, wie die Arme erfinden muss, nur um mal abends einen Film zu sehen, gibt es in der ganzen Stadt nicht. Übrigens: Diesen Freund in Positano gibt es wirklich. Wenn wir Lust haben, fahren wir zu ihm, da tummeln sich die tollsten Leute, Künstler aller Sorten, Politiker, Großindustrielle.« Er hielt inne und nahm Elia in den Arm und küsste sie:»Aber vorher habe ich noch eine Überraschung für dich.«

»Oh, ich auch, morgen wirst du es sehen«, sagte Elia, und vor Carlos' Kammer gaben sie sich einen letzten Kuss.

Als Elia den Bugatti aus seinem Schattenversteck hervorholte und mit edlem Raubtiergebrumm vor der Haustür vorfuhr, konnte sie mit der Wirkung zufrieden sein: Fassungslosigkeit, Entzücken, anerkennende Pfiffe.

»Wo hast du denn diesen Traum her?«, rief Carlos.

»Och, den hat mir mein Bruder geschenkt, er selbst fährt lieber Ferrari«, gab sie lässig zur Antwort.

Carlos war ehrlich beeindruckt:»Das ist das adäquate Gefährt für eine Primadonna. Damit musst du gleich bei der ersten Probe in der Scala vorfahren, da machst du dich von Anfang an so richtig beliebt.«

Elia strahlte glücklich und stolz:»So, das war meine Überraschung! Wenn du ganz lieb bist, darfst du auch mal fahren. Wohin geht die Reise?«

»Fahren wir doch erst nach Ravello«, sagte Carlos leichthin.

»Ravello, aha, stell dir vor, ich war noch nie dort, auch wenn es nur ein Katzensprung von hier ist.«

Sie war ganz durcheinander an diesem Morgen. Sie fühlte sich freudig aufgekratzt und sterbensflau zugleich, eine unbändige Energie vibrierte in ihr und daneben Angst, nahezu

Panik. Eine wilde Mischung und doch wohlvertraut: Vor den Vorstellungen erging es Elia so, besonders vor einer Premiere. Die Straße führte jetzt am glasklaren Meer entlang, das wie von Diamanten übersät funkelte. Elia und Carlos schwiegen beide, als seien sie in eine gemeinsame Andacht versunken. Schließlich legte Carlos seine Hand auf Elias Arm und sagte: »Elia, ich liebe dich«, so sanft und simpel, wie Wahrheit klingen kann. Elia hielt an, das nervöse Wirbeln in ihr war zur Ruhe gekommen. Sie schaute Carlos an, sie nickte und nickte noch einmal, in bedingungslosem Einverständnis.

Kurz vor Amalfi, bevor sich die Straße nach Ravello hinaufwand, machten sie noch einmal Halt, ihre Feierlichkeit war jetzt einer albernen, vergnügten Stimmung gewichen. Sie stürzten sich ins Wasser, und nach dem Baden verschlangen sie mit großem Appetit einen Teller Spaghetti. Anschließend fuhren sie hinauf nach Ravello. Vor einem in eine graue Mauer eingelassenen Gittertor bat Carlos Elia anzuhalten und kurz auf ihn zu warten. Er stieg aus, sie sah, wie er an einem Glockenzug läutete, eine hölzerne Türe ging auf, ein grauhaariges Männchen erschien, schüttelte Carlos die Hand, dann verschwanden sie beide für eine Weile. Schließlich wurde das große Gittertor von innen geöffnet. Carlos ging auf Elia zu und sagte: »Wir sind angekommen. Du solltest nur noch in die Einfahrt hineinfahren. Ich mache dann das Tor wieder zu.«

Ein schattiger, alter Garten tat sich vor Elia auf, mit hohen Laubbäumen, Pinien, Zypressen. Und einem niedrigen grauen Gebäude am Ende eines Laubengangs. Carlos fasste nach Elias Hand: »Hier, das ist meine Überraschung.« Auf der Türschwelle blieb Elia einen Augenblick lang stehen, sie spürte, lauschte, witterte. Ohne auf Einzelheiten zu achten, nahm sie die lichte, harmonische Stimmung des Hauses in sich auf. Auch die Zeit war dort ganz auf ihrer Seite, sie gehörte Elia und Carlos allein.

Sehr viel Bewegung bekam der Bugatti in den folgenden

Tagen und Nächten nicht. Ravello verzauberte seine beiden Gäste: Fast nie überschritten sie den Bannkreis des magischen Ortes, der reichte bis zur Villa Cimbrone und gerade noch bis zum Nachbardorf. Sein Mittelpunkt aber war das graue Steinhaus. Oder recht eigentlich das Bett, in dem die meisten Spaziergänge bald endeten.

In Elias Körper – anders als in ihrem Herzen und ihrem Verstand – hatte sich der Aufruhr der Leidenschaften jener Stockholmer Nacht nach einer Weile fast wieder gelegt. Schon aus diesem Grund hatte sie bis jetzt von ihrer Sinnlichkeit keine rechte Vorstellung gehabt. Nun jedoch geriet die Urgewalt ihres Körpers ins Wirbeln und Schäumen und wogte auf riesigen Wellen, die alles mit sich rissen und überrollten, heftig, gierig, unaufhaltsam, auch die leichtfüßigen Gefühle und Gedanken verschwanden in dem alles verschlingenden Sog. Unerwartet und doch vertraut, schon die wilde, zerzauste Capretta hatte diese machtvolle Kraft besessen.

Elia und Carlos waren so ineinander versunken, dass andere Menschen nur stören konnten. So wandelten sie, wenn sie ihr schützendes Gemäuer verließen, erst einmal engumschlungen im eigenen Garten umher und blickten zwischen Palmwedeln und Sträuchern auf das Meer. Palazzo Rufolo mit seinen Zaubergefilden lag nur einen Steinwurf entfernt. Hand in Hand schlenderten sie auf Wagners Spuren durch den prachtvollen Garten mit seinen Klostergewölben, den maurischen Säulen und Arabesken, den mittelalterlichen Türmen und Mauern: Klingsors Garten, ganz sicherlich. Ein Rätsel blieb nur, wie der tumbe Parsival es fertiggebracht haben sollte, Kundrys Verführungskünsten an einem derart magischen Ort zu widerstehen. »Vielleicht war sie genauso unattraktiv wie die meisten Kundry-Sängerinnen«, überlegte Carlos lieblos. Er und Elia konnten recht albern sein bei all der Schönheit um sie herum. So versteckten sie sich beim Herannahen besonders kunstbeflissen wirkender Damen kichernd hinter den Büschen, nachdem Elia sich ausgemalt hatte, es könnte sich um Bewunderinnen von Carlos handeln, die sich mit Jubelgeheul auf ihn stürzten, sobald sie ihn erkannten. Als sie dann auf die berühmte Terrasse traten, mit den Blumenrabatten, dem Brünnlein und dem Blick auf das tiefblaue Meer und die bergige Küste, verschlug es ihnen den Atem genauso wie allen anderen Besuchern.

Auch die Villa Cimbrone besaß einen märchenhaft schönen Garten, eine Anlage mit Laubengängen, Grotten, Putten, Pavillons, und einen gewaltigeren Ausblick als den von der schwebenden Terrasse gab es wohl kaum. So prachtvoll sich der Ort am Tage präsentierte, war er eigentlich eine Nachtschönheit. Viele Pflanzen und Tiere hatten in der sengenden Sonne träge vor sich hin gedöst. Gegen Abend fingen sie an, sich zu regen, es huschte und flatterte, die Vögel zwitscherten wieder, ein leichter Wind fächelte, die Grillen sangen so laut, dass die Luft zu vibrieren schien. Tausende von Blüten verströmten freigiebig ihre Düfte.

Auch am Meer atmete es sich freier. Wenn Elia und Carlos zum Baden fuhren und in das im Mondlicht glitzernde Wasser eintauchten, zogen sie mit jeder Bewegung geheimnisvolle Leuchtspuren in die Flut. Dann aßen sie unten am Strand in einer einfachen Fischerkneipe oder oben im Ort in einem Lokal, dessen gemütlicher, dicker Wirt an der ganzen Küste für seine Hausmacherkost bekannt war.

Zurück in ihrem Garten, sahen sie von der Terrasse aus die Sterne funkeln. »E lucevan le stelle ...«, begann Carlos leise zu singen. Vor Cavaradossis Verzweiflungsausbruch brach er ab, zog Elia in seine Arme, er presste sie an sich und flüsterte, die tragischen Worte des Textes abwandelnd: »Unsere Liebe ist kein Traum, unsere Stunde ist gekommen, wir leben, glücklich, und niemals haben wir das Leben mehr geliebt.« »Ja, ja, wir leben, und wir lieben das Leben und das Leben liebt uns, und du lässt mich nie mehr aus deinen Armen«, rief Elia so inbrünstig, als wollte sie das Schicksal beschwören.

Jetzt brach sie doch in Tränen aus. Denn es war die letzte

Nacht, die sie hier zusammen verbrachten: Am nächsten Tag würden sie nach Positano fahren, wo Franco, Carlos' Freund, bereits leicht eingeschnappt wartete, das hatte sich nach einem längst fälligen Telefongespräch herausgestellt. Über irgendwelche Buschtrommeln hatte er bereits von Carlos' Anwesenheit erfahren und bestand darauf, dass er ihn besuchte und Elia mitbrachte. Anschließend musste Carlos wieder aufbrechen, die glücklichen Tage, die er seinem Terminkalender abgelistet hatte, neigten sich dem Ende zu.

Carlos versuchte zu trösten.»Weißt du, es tut uns ganz gut, wenn wir von unserer Abgeschiedenheit hier nicht direkt zurückmüssen in die normale Welt. Francos Haus ist eine Art Zwischenreich, sicher sind auch diesmal ein paar ungewöhnlichen Menschen da.«

Aber Elia verzog ihr Gesicht zu einer Grimasse.»Ich brauche keine anderen Menschen, ich brauche dich!« Sie wusste, dass die Idylle nicht ewig dauern konnte. Nur wie sie ohne Carlos wieder zurechtkommen sollte, das wusste sie im Moment nicht.

Francos alte Villa lag am Ende von Positano, mit dem Rücken an den Felsen gequetscht, am Rande einer Schlucht, die sich zum Meer hin ausweitete zu einer steinigen Bucht. Vom Eingang her wirkte das Haus unauffällig und schmal. Doch dieser Eindruck täuschte, denn von der oberen Halle führte eine geschwungene Treppe hinunter in zwei weitere Stockwerke, die sich durch die Hanglage ergaben. Auch das übrige Grundstück war terrassiert, und man konnte über unzählige steinerne Stufen bis zum Wasser gelangen. Dort gab es einen Badepavillon, vor dem ein paar Liegestühle Platz hatten.

Franco schien tatsächlich ein sehr liebenswürdiger, höflicher Mensch zu sein, ganz wie Carlos ihn beschrieben hatte. Er umarmte Carlos und begrüßte auch Elia überschwänglich: »Oh, welche Ehre für mein Haus, Sie hier empfangen zu dürfen. Ich bin schon ganz eifersüchtig auf die Schweden, dass die sich einen solchen Singvogel eingefangen haben!« Elia musste wider Willen geschmeichelt lachen, Lob tat immer gut, auch maßlos übertriebenes.

Unter weiteren Freudenbekundungen führte Franco seine Gäste zu ihrem Zimmer im unteren Stock, dessen markantester Einrichtungsgegenstand ein gewaltiges Bett war, über das, von der Decke herab, gleich dem Brautschleier einer Riesin, ein schneeweißes Moskitonetz herabwallte. Offensichtlich hielt es Franco für selbstverständlich, dass Elia und Carlos im gleichen Bett schliefen. Trotzdem wurde Elia vor Verlegenheit rot, worüber sie sich auch noch ärgerte.

Als Franco zur Tür hinaus war, nahm Carlos sie in den Arm: »So, mein kleiner Tugendbold, jetzt hast du das auch hinter dir, jetzt bist du zum ersten Mal im Leben vor aller Augen mit einem Mann in einem gemeinsamen Zimmer verschwunden. Aber zu deiner Beruhigung: Franco denkt sich dabei mit Sicherheit nichts, eher glaube ich, dass die wenigsten Paare, die bei ihm nächtigen, einen Trauschein besitzen.« Jetzt sah Elia vollends aus, als habe sie auf etwas Saures gebissen.

Auch das Haus, durch das Carlos sie anschließend führte, verfehlte seine Wirkung. Statt sie aufzumuntern, verwirrte sie das theatralisch in Szene gesetzte Durcheinander von Kitsch und Kostbarkeiten. Der Garten mit seinen plätschernden Brunnen und diversen Terrassen hätte ihr schon gefallen können, wären sie bei ihrem Rundgang nicht auf eine Gruppe makellos geschminkter, hochtoupierter, schmuckbehängter Damen gestoßen, die beim Anblick von Carlos in die von Elia so geschätzten schrillen Entzückensrufe ausbrachen. Argentinierinnen, vor denen es kein Entrinnen gab. Carlos stellte Elia als seine hochgeschätzte, bewunderte Kollegin vor, seine fabelhafte, geliebte Stockholmer Tosca. Die Damen musterten Elia wie zerstreut, sie gaben ihr huldvoll die Hand, Stockholm, wie nett, und wandten sich dann ihrem verehrten Liebling zu.

Carlos und Elia saßen dicht nebeneinander auf der mit Seidenkissen bestückten Marmorbank, doch während Elia das

Geschnatter an sich vorbeirauschen ließ, sah sie sich in einem kleinen Kahn aufs Meer hinaustreiben, weg von dem Geliebten, ganz langsam, unaufhaltsam. Eine tiefe Mattigkeit überkam sie, sich einfach auflösen können, wer das wohl vermochte? Sie sah Carlos von der Seite an, diesen schönen, brillanten Menschen. Die schmachtenden Blicke der Damen nahm er nicht ernst, das wusste sie, und doch spreizte er das Gefieder wie ein Pfau. Elia stand auf, Carlos erhob sich ebenfalls, ließ sich aber sogleich beschwichtigen: »Bleib nur, ich komme bald wieder.«

Sie schlich erschöpft in ihr Zimmer. Jetzt bloß nicht weinen. Entschlossen nahm sie ihre Badesachen und ging hinunter zum Wasser. Ohne auch nur einmal aufzublicken, schwamm sie weit hinaus ins Meer. Als sie an den Strand zurückkam, hatte es sich ein Herr auf einem der Liegestühle bequem gemacht. Eingemummelt in einen weiten Bademantel, einen zerknautschten Stoffhut tief ins Gesicht gezogen und darunter eine gewaltige Sonnenbrille, schien er zu schlafen. Elia ging auf Zehenspitzen an ihm vorbei, um sich umzuziehen. Dann ließ auch sie sich auf einem der Liegestühle nieder und fing an, die langen, nassen Haare zu kämmen. Sie war so in diese Tätigkeit versunken, dass sie erschrak, als der Fremde plötzlich zu sprechen begann: »Es sah wunderschön aus, wie Sie da so schwammen. Jetzt weiß ich endlich, dass es tatsächlich Nixen gibt. Aber ich glaube, Sie sind das erste weibliche Wesen hier im Haus, das jemals seinen Kopf beim Schwimmen unter Wasser getaucht hat. Haben Sie gar keine Angst um Ihre Frisur, Sie müssen enorm mutig sein!« Seine verrauchte Stimme klang sympathisch, aber den leichten Akzent in seinem recht guten Italienisch konnte Elia nicht ausmachen. Englisch?

»Ich glaube, ich kann gar nicht anders schwimmen. Gut, manchmal pass ich schon auch auf, aber immer den Kopf kerzengerade aus dem Wasser recken wie eine ertrinkende Schildkröte, da wird einem ja der Nacken steif«, antwortete sie. Bald plauderten sie ganz vertraut miteinander, dabei kannten sie nicht einmal ihre Namen. Der Herr, so stellte sich heraus, kam viel in der Welt herum, aber wenn es sich einrichten ließ, verbrachte er ein paar Tage oder wenigstens Stunden bei Franco, »an der schönsten Küste der Welt«, wie er es nannte. Elia erzählte stolz, dass sie hier in der Nähe, in Salerno geboren worden war. Auch von der italienischen Küche wurde geschwärmt. »Wenn ich aus Stockholm zurückkomme, verschlinge ich eine Woche lang Tag und Nacht Pasta«, sagte sie lachend.

Jetzt schien Elias Gegenüber neugierig zu werden, was verschlug eine junge italienische Dame ausgerechnet nach Schweden?

»Ach, das hat sich so ergeben. Ich singe, wissen Sie, die Schweden sind reizend zu einer Anfängerin wie mir. Sie lieben die italienische Oper«, sagte Elia leichthin.

»Ja, aber inzwischen singen Sie auch Wagner«, sagte der Herr, während er sich an seinem Zigarettenstummel eine neue ansteckte.

»Ach so, ja ja, aber woher wissen Sie das?«, wunderte sich Elia.

Der Herr lachte: »Ich weiß, glaube ich, noch mehr über Sie. Zum Beispiel Ihren Namen, nicht wahr, Elia Corelli?« Jetzt ließ Elia verblüfft ihre Haarbürste sinken und starrte zu dem Herrn hinüber, der sich aus seinem Liegestuhl ein wenig hochrappelte, bevor er weitersprach: »Ja, sehen Sie, die Welt ist eben klein, und Mariana Pilovskaja ist mir von allen Sängerinnen meine liebste Freundin.« Darauf setzte sich der Fremde vollends hin und lüpfte kurz seinen Hut: »Entschuldigung, ich habe mich Ihnen noch gar nicht vorgestellt, Georges Goldberg.«

Elia war entzückt: »Georges Goldberg! Natürlich hat mir Mariana von Ihnen erzählt, und was Sie alles zusammen gemacht haben, Beethoven, Mozart, Wagner, und immer wieder Mahler, vom ›Lied von der Erde‹ in Wien habe ich erst neulich wieder die Aufnahme angehört, zum Heulen schön!«

Georges Goldberg beobachtete Elia fasziniert: Eine Sängerin, die sich vor ihm nicht sofort in Positur warf und dabei jede Natürlichkeit verlor, die ihm nicht mit ihren fabelhaften Fähigkeiten und dem tollen Repertoire zu imponieren suchte, das hatte er noch nie erlebt. Um sie zu provozieren, kam er auf Marcello Rainardi zu sprechen und auf ihr Operndebüt an der Scala. Aber Elia zog nur die Schultern hoch und runzelte die Stirn: »Ja, bis dahin muss ich noch viel arbeiten. Das Mailänder Publikum ist mit Sicherheit nicht so nachsichtig wie meine Schweden!« Ein ungewöhnliches Menschenkind, Mariana hat recht, dachte Georges Goldberg.

In diesem Augenblick kam Carlos die Treppe heruntergelaufen und rief schon von Weitem: »Gott sei Dank, Elia, Cara, da bist du ja, ich habe mir schon Sorgen um dich gemacht!« Doch als er näher kam, erkannte er Georges Goldberg und blieb verblüfft auf der letzten Treppenstufe stehen. Einen der Dirigentengötter vor sich zu sehen, halbnackt, das verschlug ihm die Sprache. Georges Goldberg seinerseits lächelte amüsiert: »Oh, also davon, liebe Elia, habe ich noch nichts gewusst.«

Carlos ließ sich auf den Liegestuhl neben Elia fallen. Es wurde nicht viel gesprochen, einmal kam die Rede auf den ›Don Carlos‹ in Bologna, und Georges Goldberg versprach, wenn irgend möglich vorbeizuschauen. Dann schien er eingenickt, jedenfalls drang von seinem Stuhl ein gleichmäßiges Geschnaufe herüber. Elia und Carlos saßen dicht nebeneinander, einmal cremte er ihr auf ihre Bitte mit der Gewissenhaftigkeit einer Krankenschwester den Rücken ein, ansonsten berührten sie sich nicht.

Plötzlich fuhr Georges Goldberg hoch und wühlte in seinen Taschen: »Herrgott, jetzt hab ich keine Zigaretten mehr. Also, so viel frische Luft ertrage ich nicht länger!« Er sprang mit einem Satz auf die Füße, und ehe es sich Elia versah, beugte er sich über sie und gab ihr einen Kuss mitten auf den Mund. Und dann noch einen zweiten. »Der eine ist für Sie, der andere für Mariana.« Carlos, der erschrocken hochgefahren war, bekam auch noch einen Schmatz auf die Wange.

Von der Treppe herunter winkte der Meister den beiden zu: »Ja, der ›Carlos‹ kann spannend werden. Passt gut auf euch auf, Kinder, sonst sticht euch der Philipp auf offener Bühne ab. Wenn er euch nebeneinanderstehen sieht, platzt er mit Recht vor Eifersucht«, er hustete und lachte, als würde man einen Sack mit rostigem Blech durcheinanderschütteln. Carlos legte seinen Arm um Elia, schützend und besitzergreifend zugleich. Noch einmal lachte und rasselte es von oben, dann war Georges Goldberg verschwunden.

»Siehst du, ich hab's dir ja prophezeit, dieses Haus ist immer für eine Überraschung gut«, erklärte nun auch Carlos lachend und zog Elia noch fester an sich.

Der letzte gemeinsame Nachmittag, der letzte Abend, die letzte Nacht. Nur jetzt keine anderen Menschen mehr treffen. Der sicherste Ort war das Zimmer, und der wallende Vorhang über dem Bett erschien Elia nun wie ein weiterer Schutz. Als es dunkel war, schlichen sie wie die Diebe, vorbei an den tafelnden Gästen, zur Eingangstür hinaus. Oben im Ort kannte Carlos ein gemütliches Lokal.

Sie waren beide ganz vergnügt. »Du hast recht gehabt, seit heute Nachmittag geht es mir besser. Jetzt freue ich mich auf Bologna. Ich habe keine Angst mehr davor, mit dir auf der Bühne zu stehen, zwischendurch habe ich mir das gar nicht mehr vorstellen können«, gab Elia zu. Zu Ehren des Abends bestellten sie eine Flasche Champagner. Auf dem Heimweg stolperte und schwankte Elia in ihren hochhackigen Schuhen kichernd über die vielen Stufen und das unebene Pflaster, und Carlos schnaufte und hustete, dass es schon nach Georges Goldberg klang. Sie lachten und lachten, als sollte es nie enden ...

Am nächsten Morgen versank Carlos im Fond eines schwarzen Rolls-Royce, den die Argentinier – samt weiß livriertem Chauffeur – für die Dauer ihres Europaaufenthaltes gemietet hatten und der jetzt den Gatten einer der Damen in Rom vom Flugplatz abholen sollte. Eine wunderbare Gelegenheit für Carlos, sich mitnehmen zu lassen und von dort aus weiterzufliegen. Selbst Elia musste es murrend einräumen, wenngleich sie lästerte:»Ein feiner Herr, das muss man sagen, mit einem exquisiten Autogeschmack. Allerdings stand dir der Bugatti besser zu Gesicht als dieser Leichenwagen.«

Elia fuhr als Erste zum Tor hinaus, gefolgt vom Rolls-Royce, an der Hauptstraße bog sie nach rechts ab und Carlos entschwebte nach links. Sie überließ sich dem vertrauten Vibrieren und Brummen, sie war hellwach, ganz in den Augenblick versunken, und doch war ihr die Hinfahrt mit Carlos Meter für Meter bewusst, jedes Wort, jede Geste, jedes Lachen. Als sie hinter Amalfi an die Abbiegung nach Ravello kam, drückte sie dreimal zum Gruß auf die Hupe. Allein, ohne Carlos in den Ort hinaufzufahren, daran kam ihr nicht einmal der Gedanke.

Bei Tante Ambrosia angekommen, setzte sie sich auf die Terrasse und schrieb als Erstes einen Brief an ihre Freundin Julia in Stockholm. Sie musste ihrem Herzen Luft machen.

»Jetzt übertreibe ich womöglich, und du kannst als kluge Frau nur den Kopf über deine komische Freundin schütteln, aber ich weiß wirklich nicht mehr, wo oben und unten ist«, schrieb sie zum Abschluss.»Lach mich bitte nicht allzu sehr aus, verrate mir lieber, wie ich es anstellen soll, vor Glück nicht zu platzen und dabei nicht gleichzeitig vor Sehnsucht zu vergehen. Deine liebestolle Elia.«

Auch ihrer Mutter erzählte Elia von ihrer Liebesgeschichte, allerdings nicht ganz so überschwänglich. Teresas Kommentar fiel herzerfrischend unverkrampft aus:»Kind, ich habe mir schon Sorgen gemacht, du würdest noch vor lauter Singen als alte Jungfer sterben.« Die anderen Frauen der Familie schienen ähnlicher Meinung, allen voran Tante Ambrosia. Elia war etwas verdutzt, hatte sie einen so erbarmungswürdigen Eindruck gemacht? Sie freuten sich und beglückwünschten Elia, sie fragten nicht einmal, ob sie und Carlos Zukunftspläne hätten.

Es gab nämlich ein Problem, mit dem Elia schließlich doch herausrückte: Carlos hatte als blutjunger Mensch Hals über Kopf seine erste große Liebe geheiratet, Elvira, eine siebzehnjährige Schülerin aus streng katholischem Elternhaus. Kurz zuvor hatte er angefangen, bei dem berühmten Sänger Ernesto Kohn Gesangsunterricht zu nehmen, der seine enorme Begabung rasch erkannte und ihn klug aufzubauen begann. Doch dann kehrte Kohn in seine Heimatstadt Buenos Aires zurück und bot Carlos an, ihn dort weiter zu unterrichten, aber weil Elvira sich weigerte, mit ihm dorthin zu gehen, wurde daraus nichts. Erst als es einem anderen Lehrer fast schon gelungen war, Carlos' eigentlich unverwüstliche Stimme zu ruinieren, flüchtete er sich doch unter die Fittiche seines alten Meisters. Ohne seine reiseunwillige Ehefrau – und damit war die wunderschöne Liebe dem Tode geweiht. Nach der Rückkehr aus Argentinien stellte sich heraus, dass sich die beiden Eheleute verdammt wenig zu sagen hatten. Elvira war wieder zurückgeglitten in den Schoß ihrer Familie, und sie hatte einen bodenständigen Mann kennengelernt, der besser zu ihr passte als ein umtriebiger Sänger. Eine Scheidung war in Spanien nicht möglich, und so trennte man sich friedlich und in Ehren von Tisch und Bett und führte wieder sein eigenes Leben.

»Ich habe das von Anfang an gewusst«, gab Elia zu. »Einmal hat Ture die anderen gefragt, was sie vom Heiraten halten, und da hat Carlos uns von seiner komischen Situation erzählt, auf dem Papier immer noch mit einer Art Phantom verheiratet zu sein. Bisher hat Carlos das nicht gestört, manchmal fand er es sogar ganz praktisch, gibt er selbst zu, aber jetzt, meinetwegen, beklagt er seinen jugendlichen Überschwang.«

Die Zuhörerinnen wiegten bedauernd die Köpfe: Ein Jammer, aber Elia hatte richtig gehandelt, mochte sie ihr Glück genießen. Nur in einem Punkt hatten sie eine klare Meinung: Es war besser, wenn die Männer der Familie von Elias Liebschaft nichts erfuhren. Die Alten hatten sowieso reichlich altertümliche Vorstellungen von der Freiheit der Frauen, aber auch bei den Jungen ließ sich nicht sicher vorhersagen, wie sie reagieren würden. »Wir erzählen auch Robertino nichts«, wurde Elia versprochen.

Von Julia kam überraschend schnell ein Päckchen als Antwort. Obenauf lag ein Brief: »Mein Schätzchen, ich lache dich nicht aus – ich bin ganz schön neidisch. Die große Liebe mit Herz und Schmerz und Mondenschein, für die würde ich auch gern mal den Verstand verlieren ...

Das Einzige, was ich dir raten kann, als ›kluge Frau‹, wie du mich schmeichelhafterweise nennst: Lies die Gebrauchsanweisung auf der Pillenpackung und fang pünktlich an mit dem Schlucken. Wir haben ein Mordsglück, dass es dieses Zeug jetzt gibt. Ich habe dir eine Dreierpackung beigelegt ... Ich küsse und umarme dich, deine nolens volens ›vernünftige‹ Julia.«

Die restliche Ferienzeit war Elia in das erneute Studium ihrer Elisabetta vertieft. Jedes einzelne Wort, jeden Takt der Partitur kaute sie noch einmal durch, als habe sie nicht alles bereits mit Mariana und Signor Ruteli studiert. Es gab mehrere Gründe für diesen besessenen Eifer. Einer davon war Carlos.

Ein Bühnenpartner, mit dem man eine ganz reale Beziehung führt oder auch: auf der Bühne die fingierte, hier die echte Liebe – darüber hatte sich Elia schon in Ravello wundern müssen. Damit hatten sie auch gegen die feste Regel verstoßen, den Schein nicht mit der Wirklichkeit zu vermischen. Allerdings hatte die Vertrautheit mit dem Partner und vor allem die Erfahrung, sich auf ihn verlassen zu können, ihnen beiden die Offenheit und Hingabe in der Liebe leichter gemacht.

Doch jetzt hatte Elia Angst, ob es ihr gelingen würde, auf der Bühne wieder die nötige Distanz aufzubauen. Um das zu erreichen, so fühlte sie, musste sie so eng wie möglich mit ihrer Bühnenfigur verwachsen und darüber hinaus technisch vollkommen sattelfest sein. Das hatte ihr schon Mariana immer wieder eingebläut: Technische Sicherheit und Rollenbeherrschung waren das probateste Mittel gegen Nervenkrisen aller Art.

Auch Georges Goldberg hatte ihren Ehrgeiz angestachelt. Der soll sich wundern, dachte sie. Nichts, rein gar nichts von unserer persönlichen Beziehung wird bei der Elisabeth und dem Don Carlos durchschimmern. Für was hält der uns?

Durch ihre eigenen neuen Erfahrungen waren ihr Verständnis und ihr Mitgefühl für die Elisabeth noch gewachsen. Die Brutalität, mit der dieses liebenswürdige, ernsthafte Menschenkind zwischen den Mühlsteinen der Macht zermahlen wurde, schmerzte sie geradezu körperlich. Von Kindesbeinen an hatte die Staatsraison Elisabeths und Carlos' Leben bestimmt, und sie hatten dagegen niemals aufbegehrt, im Gegenteil, gerade Elisabeth identifizierte sich mit ihrer Rolle als Verlobte des Infanten von Spanien und als Tochter des Königs von Frankreich. Doch im Geheimen waren die beiden jungen Leute ins Träumen geraten: Wie mag der Partner aussehen, wird er lieben oder geliebt werden wollen? Und das waren mehr als nur jugendlich-romantische Anwandlungen. Carlos und Elisabeth wollten ihre Aufgabe gut und getreulich erfüllen und spürten, dass dafür nicht nur ihr Kopf, sondern auch ihr Herz einverstanden sein musste.

Als sie sich dann gleich bei der ersten Begegnung ineinander verliebten, waren sie überglücklich. Mit dem Knistern und Flackern des Bühnenfeuers, das Don Carlos im Wald angefacht hatte, zu reizend verschnörkelten Tönen der Geigen, begann die Verzauberung. Ein zärtliches Bangen, sich Suchen, ein verzücktes sich Finden, alle Ängste verflogen, immer inniger verschlangen sich die Stimmen, hin zur jubelnden Gewissheit, von Gott füreinander bestimmt zu sein. In seinem Namen schworen sich die Liebenden ewige Treue. Für ein paar Augenblicke reinen Glücks war die Zeit stehen geblieben. Und schon schnürte das Schicksal den Knoten für das kommende Unglück.

Je mehr sich Elia mit dieser Stelle beschäftigte, desto dringender verspürte sie das Bedürfnis, diesen magischen Moment ekstatischer Seligkeit so zum Ausdruck zu bringen, dass man auch das Utopische mitschwingen hörte, das hier beschworen wurde. Was sie dazu brauchte, waren Leichtigkeit, Klarheit und Herzenskraft.

Elia hatte beschlossen, den Bugatti wieder in Rom unterzustellen und mit dem Zug nach Bologna weiterzufahren. Denn im Laufe der kommenden Wochen konnte es schon kühl werden, zumindest abends, und sie musste sich nicht unbedingt in einem offenen Wagen den Tod holen. Lino Petruzzi, der beim ›Don Carlos‹ wieder Regie führen würde, holte sie am Bahnhof ab und überschüttete sie gleich mit einem Redeschwall: »So, das erste Durcheinander haben wir schon hinter uns. Fräulein Margita Djinkovic hat auf ihren Status als eine der Hauptrollen gepocht und auf einem Luxushotel bestanden, und jetzt bist du auch dort untergebracht, zusammen mit den meisten anderen. Tut mir leid, aber die Eboli kann nicht nobler hausen als die königliche Sippe, wo kämen wir da hin?«

Elia konnte nur den Kopf schütteln, sie selbst war nicht einmal auf die Idee gekommen, dass sie inzwischen als Elisabeth in der Opernrangordnung höher stand als damals als Oscar. Sie hatte eigentlich wieder in ihrer alten Pension wohnen wollen und sich auf ihr Dachstübchen gefreut, auch gehofft, ihren Freund, den dicken Kater, wiederzusehen. Sie fand die Veränderung höchst überflüssig.

Das elegante Hotelzimmer gefiel ihr: Blumengestecke, edle Möbel, ein prachtvolles Bad, dagegen hatte sie nichts einzuwenden. Aber dafür focht man keine Machtkämpfe aus, davon hing nicht der Wert eines Künstlers ab! Während sich Elia in ihrem Zimmer umsah, fühlte sie, wie ein ungutes Gefühl in ihr hochkroch, Unmut, geradezu Ärger, aber auch Wehmut.

Sie sah den gemütlichen, etwas schäbigen Frühstücksraum in der Pension vor sich, Pierluigi mit seinen feinen Schühchen, Giancarlo, der sie mit ihrem nächtlichen Verehrer aufzog, ihre vielen Väter, die sie umflatterten und ihr auf der Bühne getreulich zur Seite standen.

Wie lange war das jetzt her, zwei Jahre etwa? Sollte das alles vorbei sein, für immer? Stockholm lag so weit außerhalb der italienischen Opernwelt, war wie ein in sich geschlossener Schutzraum, dass es Elia zum ersten Mal bewusst wurde, welche enorme Wegstrecke sie in der Zwischenzeit zurückgelegt hatte. Aufseufzend ließ sie sich auf einen der damastbezogenen Sessel fallen, mit den Fingerspitzen fuhr sie über das Muster des Stoffs. Doch plötzlich musste sie lachen, sie gab dem Sessel einen Stups und sprang energisch auf die Füße: »Ja und? Die Zeit ist nicht stillgestanden, zum Glück! Und Elisabetta, Königin von Spanien, gebührte das schönste Zimmer der Stadt!«

Und Carlos, der wirkliche, der echte, wo war er? Seinetwegen war sie schon vor Probenbeginn hierhergekommen, wenigstens dieser kostbare, noch von allen Pflichten freie Tag sollte ihnen ganz alleine gehören! Elia riss das Kuvert auf, das in einem Strauß roter Rosen steckte: »Geliebte Königin meines Herzens, noch heute Abend eile ich in deine Arme. Lino hat mir versprochen, dass wir zwei Zimmer nebeneinander haben werden, mit einer Verbindungstüre! Wenn die nicht da ist, brechen wir ein Loch in die Wand. Voller Ungeduld, dein Carlos.« Erst jetzt entdeckte sie eine kleine Tür in der Wand, die ihr nicht aufgefallen war. Sie machte die Tür auf, dahinter lag noch eine Tür, auch sie war nicht verschlossen. Sie führte in das benachbarte Zimmer. Elia zog die beiden Türen wieder zu, ihr Herz klopfte zum Zerspringen.

Den restlichen Tag getraute sie sich nicht aus dem Hotel, aus Angst, Carlos zu verpassen. Sie traf sich mit Lino, und sie gingen im Hotelrestaurant zusammen essen. Anschließend verzog sie sich auf ihr Zimmer. Fast bis Mitternacht wartete sie, dann kroch sie müde und traurig ins Bett. Aber noch bevor sie die

Augen richtig zugeklappt hatte, klopfte es an die Verbindungstür: Carlos, strahlend und munter, war doch noch gekommen. Endlich, endlich, endlich. »Alles ist schiefgegangen, zum Schluss habe ich in Mailand ein Taxi genommen, schließlich sind wir ja für heute verabredet«, meinte er lachend.

Erst am späten Vormittag verließen sie beide ihre Zimmer, jeder durch die eigene Tür. Carlos kannte Bologna noch nicht, Elia spielte beschwingt den Fremdenführer. Es stellte sich heraus, dass sie sich bei den Kneipen und Gaststätten besser auskannte als bei Kirchen und Denkmälern. Sicherlich bliebe ihnen nur wenig Zeit, um die Stadt näher kennenzulernen, bei den anspruchsvollen Rollen und dem dichtgedrängten Probenplan. Umso mehr genossen sie die Ruhe vor dem Sturm.

Gegen Abend wurde Elia nervös. Eigentlich musste sie sich so langsam auf den ersten Probentag einstellen, das war inzwischen ein festes Ritual. Sie spazierte dann gemächlich in der Wohnung umher, aß eine Kleinigkeit, suchte ihre Kleider zusammen, die Noten, alles, was sie im Laufe des Tages brauchte, und ging dann rechtzeitig ins Bett, schließlich wollte sie ein neues Opernabenteuer frisch und ausgeschlafen beginnen.

Etwas zögerlich begann sie, Carlos von diesen Vorbereitungen zu erzählen, er tat zwar verständnisvoll, aber Elia sah ihm an, dass er nicht ganz begriff, um was es ihr ging. Wahrscheinlich hielt er es für eine nette Umstandskrämerei, eine von den Marotten, wie sie viele Künstler pflegen, und da wollte er nicht im Wege stehen. Ganz im Gegenteil, seine Stimme klang fürsorglich, er schaute sogar immer wieder auf die Uhr und mahnte gleich nach dem Essen zum Aufbruch, so dass Elia schließlich gereizt ausrief: »Verdammt noch mal, du brauchst das alles offenbar nicht. Dabei fangen für dich doch auch morgen die Proben an.«

Carlos lächelte nachsichtig: »Ach, weißt du, ich bin ein alter Zirkusgaul. Weck mich, wenn es sein muss, mitten in der Nacht, und ich trabe brav meine Runden.«

Das »alt« klang für einen Dreißigjährigen etwas kokett, aber in der Sache hatte Carlos recht: Seine Kraftreserven schienen unerschöpflich, im Leben und bei der Arbeit. Bei der ›Tosca‹ hatte sich Elia darüber keine Gedanken gemacht, aber jetzt steckten sie Tag und Nacht zusammen und waren im ersten Akt, der fast ausschließlich aus den Duoszenen Elisabeth – Carlos bestand, mit den gleichen seelischen und körperlichen Anforderungen konfrontiert.

Carlos schonte sich dabei nicht unbedingt; wo es nottat, lieh er dem empfindsamen, nervösen, hitzigen Infanten großzügig seine eigene Lebenskraft. Allerdings ging er dabei ökonomisch vor, er markierte, deutete an, zumal zu Anfang der Proben. Und vor allem: Kaum war eine Szene zu Ende, schüttelte er die Erschütterung seines Helden von sich ab, er gähnte und streckte sich, manchmal schnorrte er sogar eine Zigarette, da musste er aber richtig aufgewühlt gewesen sein. Ja, und dann ging er zur Tagesordnung über.

Elia hingegen kam mit kluger Zurückhaltung und Ökonomie nicht zurecht, sie brauchte von Anfang an den intensiven Kontakt mit ihrer Heldin, nur so konnte sie deren Gefühle, Gedanken und Reaktionen erspüren und nachvollziehen. Jetzt, beim ›Don Carlos‹, forcierte sie das noch, um ihre Bühnenfigur nur ja nicht mit ihren persönlichen Gefühlen zu dem leibhaftigen Carlos zu belasten und zu verzerren. Und anschließend ebbte ihre Erregung oft erst nach Stunden ab – oder sie fühlte sich schlagartig zu Tode erschöpft.

Bisher hatte sie das nicht gestört. Wenn sie müde war, kroch sie einfach ins Bett, egal, wie viel Uhr es war. Sonst ging sie mit den Kollegen oder mit Freunden zum Essen, man quatschte, entspannte sich, kam wieder zu sich – und niemand erwartete besondere Geistes- oder Herzensblitze. Später, an den Vorstellungstagen, herrschte sowieso ein absoluter Ausnahmezustand, da mochte Elia nicht einmal ans Telefon gehen, nicht nur der Stimme wegen, sie wollte einfach ihre Ruhe haben. Ausgerechnet durch Carlos geriet dieser wun-

derschöne, vielleicht etwas betuliche Frieden durcheinander!
Nicht, weil er Forderungen stellte. Nein, Elia selbst brachte
sich in die Zwickmühle. Zu Anfang der Proben hatte sie versucht, auf die eigenen Bedürfnisse zu achten, doch im Trubel der folgenden Tage und Nächte ließ sich das nicht lange
durchhalten. Bald wusste sie nicht mehr, ob es nicht von Ver-
bohrtheit oder Zimperlichkeit zeugte, wenn sie auf Gewohnheiten bestand, die sich in der Stockholmer Abgeschiedenheit
bewährt haben mochten, aber zu der jetzigen Situation nicht
mehr passten. Bei der Arbeit schien es ihr immer noch angebracht, sich
Carlos gewissermaßen vom Herzen zu halten. Aber dann galt
es umso mehr, jede Minute der kostbaren Zeit mit ihm zu genießen! Carlos hatte keine Schwierigkeiten, die Liebe und die
Arbeit miteinander zu verbinden, im Gegenteil, bei ihm ergänzten sie einander. Das musste doch auch ihr gelingen! Sie
war jung und gesund und mindestens so verliebt und arbeits-
wütig wie Carlos, sie musste doch wohl mit ihm Schritt halten
können. Am Ende der Proben zum ersten Akt pries sie den
Umstand, dass die Elisabeth erst einmal für mehrere Szenen
von der Bühne verschwand. Während Don Carlos mit dem
Posa zugange war und die Eboli ihre Netze auszuwerfen begann, durfte Elia ungestört faulenzen. Sie gab sich genüsslich
dem Nichtstun hin, sie schlief nach Herzenslust aus, bestellte
sich das Essen aufs Zimmer. Manchmal trödelte sie immer
noch im Morgenrock herum, wenn Carlos von der Probe zurückkam. Der zögerte nicht lange und zog Elia ins Bett. Sie
waren so glücklich wie in Ravello.

Die weiteren Proben ging Elia gelassener an. Plötzlich fand sie
es sehr spannend, die eigenen Gefühle beiseitezuschieben,
während bei Elisabeth und Don Carlos die gewaltsam unter-
bundene Liebe gegen ihren Willen durchschimmerte und sich
Elisabeth heldenhaft dagegen wehrte und jede unerlaubte Regung in sich niederrang. Diese doppelte Brechung gefiel ihr

und forderte sie darstellerisch zu einem delikat ausbalancierten Spiel heraus. Mit der offen liebenden Elisabeth hatte sie ihre Schwierigkeiten gehabt, jetzt lösten sich auch die letzten Bedenken auf.

Enrico Tarlazzi sang den Philipp. Als Elia ihm nun zum ersten Mal als gleichwertige Partnerin auf der Bühne gegenüberstand, wurde ihr ganz schwach vor Ergriffenheit. Auch Enrico war gerührt. Mitten in seinem gemeinen Verdikt gegen Elisabeths unselige Gefährtin, die Gräfin Aremberg, hielt er inne, ging auf Elia zu und nahm sie in die Arme: »Jetzt ist das ernste kleine Mädchen von der Banda also meine Frau, mein Gott, Elia. Und dann muss ich gleich so fies zu dir sein, das ist nicht recht.« Elia nickte stumm: Es tat in der Seele wohl, mit Menschen auf der Bühne zu stehen, die sie liebte und mochte.

Vertrautheit half über viele Schwierigkeiten hinweg. Das merkte sie bei Lino, einem umgänglichen, vernünftigen Menschen, der nicht stur auf originellen Regieeinfällen bestand, sondern mit sich handeln ließ, wenn Elia einmal nicht mit seinen Anweisungen zurechtkam.

Giancarlo Morante war auch ein Glücksfall. Anders als die meisten Dirigenten war er sich nicht zu schade, bereits bei den szenischen Proben mit dabei zu sein. Er mischte sich zwar kaum ein, gab nur hin und wieder Anregungen und ließ die Sänger erst einmal ihre eigenen musikalischen Vorstellungen entwickeln. Doch allein durch seine Anwesenheit vermittelte er ein Gefühl von Sicherheit und Kontinuität. Es beruhigte enorm, ihn jederzeit fragen zu können – und zu wissen, dass nicht später bei den Proben mit dem Dirigenten alles, was man sich kunstvoll zurechtgelegt hatte, womöglich wieder über den Haufen geschmissen wurde.

Die Begegnung mit Signora Margita Djinkovic brachte eine andere Erfahrung. An ihr war alles übertrieben, ihre helmartig hochtoupierten, gelbblond gefärbten Haare, der Schmuck, der an jeder nur erdenklichen Stelle funkelte und klirrte, ihre wogende Körperfülle, sogar ihr Zwergpinscher, der jeden Tag ein neues, zu den Gewändern seiner Herrin assortiertes Halsband, manchmal sogar ein Mäntelchen trug und sogar zu den szenischen Proben mitdurfte, wo er brav unter dem Stuhl von Margitas persönlicher Garderobiere, Sekretärin, Assistentin schlief.

Zum ersten Mal erlebte Elia eine »ausgebuffte Singezicke«, wie Lino sie nannte. Schon das Getue mit dem Zimmer hatte Mühsal verheißen, doch jetzt stellte sich auch noch heraus, dass es sich bei der Eboli um den strahlenden Mittelpunkt der ganzen Oper handelte. Da nicht einmal Frau Djinkovic die Partitur umschreiben konnte, forderte sie in den ihr zugedachten Szenen ungeteilte Aufmerksamkeit ein.

Bisher waren die Proben sehr friedlich verlaufen, plötzlich wurde geschmeichelt und gedroht und geschachert. Gerade Elia, die eine Reihe gemeinsamer Szenen mit der Eboli hatte, bekam das zu spüren. Manchmal hatte der arme Lino seine liebe Mühe, die anspruchsvolle Dame auf den Platz zu verweisen, den ihr das Hofzeremoniell, aber auch Verdi zugebilligt hatten. Da mochte sie noch so wunderschön und brillant sein, das eigentliche Interesse galt der Königin. Elia beteiligte sich so wenig wie möglich an dem Geplänkel, aber das unnötige Herumgezerre ermüdete und verwirrte sie. Zumal sie fühlte, dass die liebe Kollegin ihr kritische, kalte Blicke zuwarf.

Carlos amüsierte sich königlich, wenn ihm Elia ein paar Kostproben der kollegialen Bosheit vortrug: »Ach, Weibervolk, ihr müsst euch eben kabbeln. Ich komm mit so exzentrischen Damen wundervoll aus, die sind unterhaltsam und lustig.« Elia knurrte beleidigt, was hatte das mit den Frauen im Allgemeinen zu tun oder gar mit ihr? Zwischen Carlos und Margita gab es keine Probleme. Frauen wie sie, das hatte Elia inzwischen begriffen, umschnurrten ihre männlichen Kollegen wie anschmiegsame Kätzchen mit eingezogenen Krallen.

Schließlich kam die große nächtliche Szene zwischen Don Carlos und Eboli. Margita bewies Feuer, als Liebhaberin wie als racheschnaubende Furie, und sie besaß eine klangvolle

Stimme, das musste der Neid ihr lassen. Carlos war angenehm überrascht, und Margita deutete sein erfreutes Verhalten auf ihre Weise: Der schöne junge Mann hatte ihr vom ersten Augenblick an gefallen. Vielleicht war er ja doch nicht ausschließlich auf seine junge Freundin fixiert, sondern auch für reifere Reize empfänglich, ausprobieren konnte sie es ja. Margita begann ihr Spiel im Schutze der verführerischen Eboli. Immer gerade so, als gehöre es zur Rolle, machte sie Carlos den Hof. Und Carlos, der selbst gern seine Räder schlug, nahm das Ganze nicht ernst. »Bevor sie über mich herfällt, müsst ihr mich retten«, meinte er zu Lino und Giancarlo, die dem Spiel interessiert zusahen.

Erst als Margita anfing, sachte auf Elia einzupicken, so in der Art: »Sie gibt sich ja so viel Mühe, sie wird es schon schaffen, in uns hat sie lauter erfahrene Leute um sich«, wurde er stutzig. Hatte sich Elia doch keine Hirngespinste eingebildet? Als ihm Lino dann auch von Margitas Gemunkel erzählte, so ganz mit rechten Dingen ginge es wohl nicht zu hier im Haus, offenbar müsse man nur mächtige Fürsprecher haben, wahres Können werde nicht mehr gewürdigt, da platzte Carlos der Kragen. So viel Unverschämtheit verlangte einen Denkzettel.

Elia nutzte ihre freie Zeit dazu, Enrico, der auch probenfrei hatte, und seine Familie zu besuchen, ja, und die Hunde. Die waren doch Fiammas Eltern! Elia wurde ganz verlegen, als sie Fiammas edles Elternpaar sah, hochdekoriert und mit ehrwürdigen Stammbäumen. Wie würden sie den Fehltritt ihrer Tochter mit dem Dorfköter aufnehmen? Enrico wahrte Haltung an ihrer Stelle: »Hauptsache, sie und die Kleinen sind gesund und munter. Ich nehme ja nicht an, dass ihr jemals Zuchtambitionen hattet.« Elia konnte ihn beruhigen, nein, wahrhaftig nicht, Fiamma gehörte zur Familie; wenn man so wollte, war sie Teresas jüngstes Kind, heißgeliebt und verzogen.

Einen lustigen Tag verbrachte Elia mit Enrico, seiner Frau, den beiden Kindern und den Hunden. Am Nachmittag holten sie Carlos von der Probe ab und gingen in einer alten Trattoria essen. Alle lachten und schwatzten durcheinander, der Tisch sah bald aus wie ein Schlachtfeld, aber die Hunde benahmen sich vorbildlich.

Carlos beschrieb, wie er vor Margitas gewaltigem Busen immer weiter zurückwich bis hinein in die Kulissen, er machte das so grauenvoll komisch, dass Elia um Gnade winselte, er solle aufhören, sie könne sonst vor Muskelkater im Bauch nicht mehr singen. Von Margitas hämischen Bemerkungen erzählte er nichts. Dafür erschien er am nächsten Tag mit einer rosaroten, mit einem violetten Band verzierten Schachtel. Was sie enthielt, verriet er Elia nicht:»Du hast doch deiner neuen Freundin ein Geschenk machen wollen, hier ist es. Wenn du dich nicht traust, überreiche ich es ihr gerne.«

Margita musste endlos viel Papier entfernen, schließlich kam das Geschenk zutage: Eine riesige schwarze Gummispinne, reichlich bestückt mit bunten Glitzersteinchen. Margita gelang es gerade noch, ihren spitzen Schreckensschrei in ein gequältes Lachen umzubiegen:»Mein Gott, Carlos, Sie haben vielleicht einen Humor. Ich nehme an, das soll die Eboli sein, die Spinne im Netz, nicht wahr?« Dumm war sie nicht, die Botschaft kam an. Nur ganz kurz streifte ihr Blick Elia, und der war vielsagend:»Na warte, Schätzchen, irgendwann erwische ich dich alleine.«

Carlos war mit seiner Aktion hochzufrieden, Elia hingegen knotete sich vor Unbehagen der Magen zusammen. Bisher hatte Margita eher ungezielt nach einer jungen Kollegin gebissen, von jetzt an würden ihre Pfeile Elia persönlich gelten. Spinnefeind, wie angenehm.

»Ich will in Ruhe meine Arbeit machen können und nicht intrigieren, verdammt«, fing Elia an zu jammern.

»Du hast doch mich als Beschützer«, warf sich Carlos in die Brust.

Elia konnte nur noch ächzen:»Ja, das macht die Sache vollends schlimm. Du hast sie gekränkt, und mir wird sie es übel nehmen.«

Diese Frau konnte ihr nichts anhaben, das wusste auch Elia – wenn man davon absah, dass Elias Überempfindlichkeit schon auf Gedanken reagierte. Das konnte ja gemütlich werden, wenn nun eine Person mit ihr auf der Bühne stand, die nichts als Missgunst ausstrahlte. Wie sollte sie das abwehren – und zugleich offen bleiben? Carlos gab ihr einen guten Rat: »Sei einfach Elisabeth, an der prallen Ebolis Intrigen ab.«

Vielleicht hatten die Grabenkämpfe die Gesangstruppe richtig aufgemischt, denn es kam eine fabelhaft lebendige Produktion zustande. Es waren ja auch lauter »erfahrene Leute« zugange, wie Margita so nett und kollegial festgestellt hatte, und sie irrte sich auch mit einer anderen Vermutung nicht: Elia »hatte es geschafft«. Und wie!

Philipp, Posa, Eboli, der Großinquisitor, alle hatten sie bejubelte Auftritte, doch am meisten rührte das Publikum das Schicksal von Don Carlos und Elisabeth. Ein besonders ergreifender Moment war das Abschiedsduett der beiden, bei dem sich einmal mehr zeigte, dass Elia und Carlos Schmerz und Verzweiflung nicht nur im strahlenden Fortissimo zum Ausdruck zu bringen vermochten, sondern auch im zartesten Pianissimo. Alles war da, selbst in der Höhe, ein gleichmäßig flutendes Piano, das hinüberglitt in ein Diminuendo und aushauchte in einem Morendo. Ob da nicht die Liebe mithalf, wenn zwei Sänger zu solchem Gleichklang gelangten? Das Publikum jedenfalls klatschte sich die Hände wund aus schierem Entzücken.

Am glücklichsten über das fabelhafte Gelingen war wohl Mariana. Sie hatte ihr Leben lang nichts von Liebschaften unter Kollegen gehalten, und dann hatte ihr Elia vor der Weiterfahrt nach Bologna vorgejammert, nun doch Angst vor der großen Vertrautheit mit Carlos zu haben. Kein Wunder, dass ihr jetzt ein Stein vom Herzen fiel und ihre letzten Bedenken gegen diese Liebe schwanden.

Zu Anfang hatte Mariana an Carlos Ribeira vor allem der Musiker und Sänger interessiert, nun, da sie ihn im Laufe der Zeit näher kennenlernte, konnte sie Elia immer besser verstehen. Carlos war wirklich ein gelungenes Exemplar von einem Mann, nicht nur attraktiv, charmant und gutaussehend, sondern auch witzig, herzlich, höflich und meist gutgelaunt. Seine Wahnsinnsenergie entging Mariana ebenfalls nicht, sie fühlte sich an sich selbst erinnert, sie verfügte auch immer noch über Kraftreserven, wo anderen längst die Puste ausging.

Von Elias Familie war diesmal Robertino zur Premiere gekommen, allein, ohne Anna, die bei dem zahnenden Baby hatte bleiben müssen. Als Einziger hatte er Elia noch nicht auf der Bühne erlebt, und nun strahlte er vor Stolz über die kleine Schwester. Von ihrer Affäre mit Carlos wusste er nichts. Bei der Premierenfeier lernten sich die beiden Männer kennen und fanden sich sehr sympathisch. Zum Abschied umarmten sie sich, und Robertino klopfte Carlos auf die Schulter: »Sie und Elia, ihr passt wunderbar zueinander. Wenn man euch auf der Bühne zusammen sieht und hört, das ist herzergreifend.« Elia wurde feuerrot, sie schämte sich wegen ihrer Heimlichtuerei dem geliebten Bruder gegenüber. Aber wenn sie ehrlich war, hatte sie immer noch Angst vor seiner Reaktion, so ein »ungeordnetes Verhältnis«, das konnte ihm kaum gefallen. Und jetzt war nicht der Moment für Geständnisse. Später, vielleicht auf der Rückfahrt nach Rom – oder so. Doch Carlos versprach, die Angelegenheit selbst ins Reine zu bringen: »Lass nur, das ist Männersache, schließlich bin ich schuld an dem Problem.«

Carlos hatte nicht nur so dahergeredet, denn als Robertino zu einer späteren Aufführung mit Anna wiederkam, bat ihn Carlos mannhaft zu einem Gespräch unter vier Augen. Erst eine halbe Stunde vor Vorstellungsbeginn klopften die beiden Männer an die Tür von Elias Garderobe, sie hatte sich derweil die schrecklichsten Familienszenen ausgemalt. Als Robertino ihre aufgelöste Miene sah, lachte er gutmütig: »Ja, also, so ganz entspricht das meiner Traumvorstellung zwar nicht: einen Quasi-Ehemann als Quasi-Schwager. Aber mich hat er auch gleich rumgekriegt, deinen strengen, sturen Bruder. Na, so nimm denn meinen brüderlichen Quasi-Segen, Schwesterherz.« Welch eine Erleichterung!

Auch Mariana erschien noch einmal zu einer weiteren Vorstellung, ebenfalls in Begleitung – und zwar von Georges Goldberg. Er stürzte nach dem letzten Vorhang hinter die Bühne und presste Elia an die Brust, auch Carlos und Enrico bekam er zu fassen, er schüttelte und drückte und küsste die drei, dass ihnen die Luft wegblieb. Der Eboli, dem Posa und dem Großinquisitor wedelte er von Weitem eine Kusshand zu.»Eine reizende Familie, der liebevolle Ehemann, die glückliche Gattin und der wohlgeratene Sohn! Ich habe eine Gänsehaut gekriegt. Wenn es nach mir geht, dann machen wir so einen ›Carlos‹ oder eine ähnliche Konstellation auch mal zusammen«, rief er enthusiastisch.

Zunächst allerdings hatte es Georges auf Elia abgesehen. Schon seit Längerem suchte er nach einer glaubhaften Butterfly, jetzt hatte er sie gefunden.»Ich finde, Elia hat alles, das Kindhaft-Zerbrechliche, Unschuld, Herzenstiefe, Würde, Stolz. Dazu eine hochinteressante Stimme, das habt ihr wirklich gut gemacht. Und Elia und Carlos passen hervorragend zusammen, auch stimmlich, selbstverständlich werden sie oft zusammen auf der Bühne stehen, das bietet sich an. Gerade darum tut es Elia gut, wenn sie unabhängig von ihm bleibt. Sie muss weiterhin auf eigenen Füßen stehen, sonst verliert sie ihre Sicherheit«, erklärte er Mariana später.

Das imponierte ihr so an ihrem alten Freund: Ein paar Eindrücke genügten, und schon spürte er das Wesentliche heraus. Sogar, dass Elia jetzt aufpassen musste, nicht von Carlos überrollt zu werden, hatte er gleich erkannt. Aber vielleicht spielte da auch Eifersucht mit, Georges war ein berühmt-berüchtigter Menschenfänger und Seelenfresser – und nicht zuletzt darum ein so fabelhafter Dirigent.

Allerdings war es um Elias Selbständigkeit recht gut bestellt. Was hatte sie sich in der kurzen Stockholmer Zeit schon alles erarbeitet, Georges unterschätzte das vielleicht. Björn Eksell war tollkühn gewesen und hatte Elia vieles ausprobieren lassen, mit ganz verschiedenen Partnern, allen voran Ferdinand Schönbaum. Mit ihm würden sich Elia noch ganz neue Welten erschließen, eine ›Zauberflöte‹ war schon geplant, auch wenn es im Moment noch um Puccini und Verdi ging.

Mit einer anderen Vermutung lag Georges dagegen richtig: Schon vor der ›Don Carlos‹-Premiere waren mehrere Opernhäuser, darunter Rom, Venedig, Florenz und Barcelona mit verlockenden Angeboten auf Elia und Carlos zugekommen, auch die jetzige Produktion wurde wieder von Neapel übernommen, und an einer Südamerikatournee wurde auch schon gebastelt.

Bevor Mariana mit Georges nach Rom zurückfuhr, nahm sie Elia fest in die Arme:»Elia, Kleines, Marcello Rainardi und Georges Goldberg, sie waren auch meine getreuen Wegbegleiter, und jetzt nehmen sie dich unter ihre Fittiche, ich bin gerührt und auch stolz, weißt du, sehr viel höher geht es nicht in einem Sängerleben!« Vielleicht gehörte Jens Arne Holsteen auch noch in diese erlauchte Riege, aber wie gemein der sich Dorle gegenüber benommen hatte, das würde ihm Mariana nicht vergessen. Wenn es nach ihr ginge, dann bräuchte Elia ihn nie kennenzulernen.

Nach der letzten Vorstellung, beim Abschiedsessen mit Enrico und Giancarlo, kippte Elia vor lauter Munterkeit viel zu viel Wein in sich hinein, sie plapperte und fuchtelte mit Händen und Füßen, sie unterhielt den ganzen Tisch mit ihren Schnurren und bestand zum Schluss noch auf einem Grappa und dann noch einem. Oben in ihrem Zimmer fing der Boden unter ihren Füßen an zu wanken, ihr wurde speiübel, und so hing sie die halbe Nacht über der Kloschüssel, schlotternd vor Kälte, mit fliegendem Puls. Nie im Leben war ihr das passiert, sonst brachte sie gar nicht mehr Alkohol hinunter, als ihr bekam, zu mehr als einem kleinen Schwips hatte es noch niemals gereicht. Carlos fand das Ganze auch noch komisch, er war selbst etwas angeschlagen und ließ sich nicht davon abhalten, ein Katerfrühstück aufs Zimmer zu bestellen.

Und wie war es um ihre Zukunft bestellt? Für Elia und Carlos gab es bis jetzt nur eine Reihe von Plänen, bei denen es noch um die Koordination ihrer verfügbaren Termine ging – und als längst festgesetzten Termin die ›Tosca‹-Serie in Stockholm gegen Ende der Spielzeit. Wie sollten sie diese endlos lange Trennung aushalten? Elia war in den kommenden Monaten in Stockholm festgenagelt, und Carlos pendelte zwischen Europa und Amerika, für mehr als ein, zwei Stippvisiten würde es nicht einmal für ihn, den unerschrockenen Lebenskünstler, reichen.

Im Zweifelsfall würde das immer so bleiben, es sei denn, sie verkauften sich nur noch im Doppelpack, aber für die nächsten Spielzeiten waren sie nun mal blockiert.»Ferdinands Frau hat für ihn ihre Karriere als Geigerin an den Nagel gehängt, Enricos Frau züchtet zu Hause die Hunde, sie bereiten ihren Helden ein gemütliches Heim, halten ihnen den Rücken frei, erledigen die Steuererklärung, packen die Koffer, manchmal fahren sie auch mit, kurzum, ihr ganzes Leben kreist um den berühmten Gatten. Ach, Carlos, ich liebe dich so sehr, aber wenn ich das von jetzt an für dich machen wollte, es ginge nicht, Mariana und Björn Eksell würden mir was husten«, rief Elia, als wäre sie verzweifelt.

Nein, diese praktische Lösung bot sich ihnen nicht mehr an, ein Leben als treusorgende Ehefrau gab es für Elia wirklich nicht. Und Carlos wollte eine ähnlich schöne Aufgabe auch nicht übernehmen.»Ich komm dich besuchen«, mehr konnte er nicht versprechen.

In Stockholm wurde Elia von Julia am Flugplatz abgeholt. Die beiden Freundinnen fielen sich um den Hals, sie lachten und gluckesten so laut, dass sich die anderen Reisenden, die mit verdrossenen Mienen auf ihr Gepäck warteten, indigniert umdrehten.

»Oh Gott, oh Gott, ich hab ganz vergessen, hier darf man nur flüstern«, kicherte Elia.

Julia hielt sich die Hand vor den Mund: »Pscht, lachen verboten.« Sie versuchten die Stimmen zu senken, aber lange hielten sie es nicht durch, dazu waren sie zu aufgedreht. Julia musterte Elia mit zusammengekniffenen Augen: »Mann, schaust du gut aus, dieser Carlos bekommt dir hervorragend.« Wenn es nach dem Aussehen ging, musste Julia ebenfalls verliebt sein, fand Elia, doch Julia grinste nur: »Später, später.«

Auf der Fahrt durch die Stadt schaute Elia ganz verwundert zum Fenster hinaus: Wie schmuck und adrett – und alles war so vertraut. Als sie ihre kleine Wohnung betrat, mit den stillen, bescheidenen Möbeln und Dingen, die sie einfach zurückgelassen hatte, überkam sie ein zärtliches Gefühl von Heimkommen, in das sich auch Wehmut mischte.

»Das gibt es also auch: Man vermisst etwas und merkt es gar nicht«, murmelte Elia kopfschüttelnd und fügte wie zur Entschuldigung hinzu: »Es ist so viel passiert.«

Julia machte eine vage Handbewegung: »Ja, klar, du bist eine treulose Tomate, aber wir vergeben dir, die Liebe, die große Liebe, dagegen kommt nichts an. So, und jetzt zieh dich um, Mama hat zu deiner Rückkehr ein paar Leute eingeladen, und unterwegs holen wir Birgit ab.«

Birgit, ihre geliebte schwedische Großmama, wieder stieg in Elia eine Zärtlichkeitswelle hoch, wie sollte dieser Abend noch enden? Zum Glück war Birgit wie immer, warmherzig, natürlich und ganz und gar unsentimental. Und genauso frisch und munter, trotz ihres Alters.

Bei Erna waren alle versammelt. Außer Ernas Sippe Björn und seine Frau, eine muntere, rundliche Tänzerin aus Kuba, bei der Elia und Julia ihre Jazzgymnastik machten, Ture und einige andere Sängerkollegen, sogar Karen Nilström, Fulvio, Sven Aarquist, der den Tag zuvor aus Paris zu den letzten Vorbereitungen für die ›Traviata‹ angereist war. Und zusammen mit Birgit noch Marianas ganzer Schwedenclan. Nur Mariana nicht, und Massimo fehlte auch!

»Er ist nach Amerika abgehauen, nach Princeton«, erklärte Julia.

»Ja, und Sonia, was ist mit der?«

Wieder tat Julia geheimnisvoll: »Das ist jetzt zu kompliziert.«

Elia musste an ihren ersten Abend in Stockholm denken, damals war alles neu und fremdartig für sie gewesen, außer Mariana und Björn Eksell hatte sie keinen Menschen gekannt, zudem stand ihr mit der ›Tosca‹ ein riesengroßes Abenteuer bevor, von dem sie nicht wusste, wie und ob sie mit ihm zurechtkommen würde. Jetzt kannte sie die Menschen hier, und obgleich jede Neuproduktion ein Unterfangen bedeutete, bei dem man sich lieber auf nichts verlassen sollte, empfand sie jetzt vor der ›Traviata‹ nicht mehr die gleiche bebende Erwartung wie einst vor der ›Tosca‹. Ich habe meine Unschuld verloren, dachte Elia. Es schien ihr vollkommen undenkbar, dass sie jemals im Leben wieder wegen eines Mannes in einen derartigen Aufruhr geraten könnte wie bei Carlos.

»Hoffentlich nicht gerade abgebrüht, aber doch abgeklärt«, versuchte sie Ture ihren Zustand zu erklären, aber der meinte nur: »Ach Kind, ich würde es dir gönnen, darauf hoffen wir doch alle, dass uns die Erfahrung ein gemütliches Seelenpolster verschafft. Aber für dich, so, wie du gestrickt bist, wird es jedes Mal aufs Neue um Leben und Tod gehen, das kann ich dir getrost prophezeien.«

Er hatte die Liebesgeschichte von Elia und Carlos von Anbeginn an miterlebt und war jetzt neugierig auf den Stand der Dinge, doch noch genauer wollte er erfahren, wie Elia mit Enrico Tarlazzi zurechtkam. »Der hat es gut, der darf mit Elia den Philipp singen und dann auch noch den Rigoletto, und für mich bleibt nur der Vater Germont, verdammt, ich lebe im falschen Land«, beschwerte er sich bei Björn Eksell, der ihm auf die Schulter klopfte:»Du hast es gerade nötig. Gönn Elia doch die Abwechslung, hier gibt es für sie sowieso kein Entrinnen vor dir, du bist überall mit von der Partie.«

Ture legte den Arm um Elia und lachte freundschaftlich: »Jawohl, zum Glück werden überall Bösewichter und Verführer oder zumindest lästige Väter gebraucht. Ich werde dich auch diesmal, so gut ich kann, quälen.«

Elia nickte:»Ich freue mich schon drauf.«

Elia fühlte sich wieder daheim, sie beglückwünschte sich nachträglich, frühzeitig nach Stockholm gekommen zu sein. Zunächst hatte sie nur keine Lust gehabt, ohne Carlos noch länger in Bologna zu bleiben, und für Rom war die Zeit zu knapp. Doch nun zeigte sich, wie dringend sie die Mußetage brauchte, um sich zu erholen und Energie aufzutanken, auch der kleine Haushalt musste in Ordnung gebracht werden, denn wenn die Proben erst einmal begannen, war dafür keine Zeit mehr. Nach der ›Traviata‹ würde es dann Schlag auf Schlag weitergehen. Gleich anschließend weitere Vorstellungen der ›Bohème‹, dann ›Tannhäuser‹, ›Don Giovanni‹, eine Wiederaufnahme von ›Romeo und Julia‹ kam wohl auch noch dazu, und schließlich die ›Tosca‹. Ein Wahnsinnsprogramm, fast zu viel, aber selbst Mariana, die Björn Eksells Eifer bereits abgebremst hatte, fand, dass man bestimmte Chancen nutzen musste – solange man die Kraft dazu hatte.

Endlich erfuhr Elia auch Massimos Geschichte, Julia erzählte so engagiert, als sei sie von A bis Z dabei gewesen: »Eines Tages ist Umberto aufgetaucht, deine Berichte hatten ihn aufgescheucht, aber auch Massimos spärliche, krampfhaft muntere Briefe. Um die Sache etwas aufzulockern, haben sie mich gebeten, ihnen Gesellschaft zu leisten, und da habe ich der Einfachheit halber Umberto gleich bei mir im Wohnzimmer einquartiert. Ich fand es sehr lustig, mit unseren beiden Italienern durch die Gegend zu ziehen, aber Sonia wurde immer mürrischer und erklärte bald, sie habe es satt, sich ständig die dummen Sprüche von Umberto anzuhören, zumal sie sich alles übersetzen lassen musste. Dann kochte Umberto bei mir ein italienisches Essen, und darin sah Sonia den Gipfel der Infamie. Schon dass sie sich beim Spaghettiwickeln ihre teure Bluse mit Soße bekleckerte, war Umbertos Schuld. Nicht einmal der Nachtisch, ein Tiramisu, stieß bei ihr auf Gegenliebe. Zu Hause hat sie ihm dann richtig die Hölle heiß gemacht: ›Du weißt, dass ich Spaghetti hasse, überhaupt den ganzen italienischen Schlangenfraß. Eine Gemeinheit, aber das habt ihr euch extra ausgedacht, um mich zu kränken, du und dein mieser Kumpan.‹ ›Das ist mein bester Freund‹, hat Massimo eingeworfen, aber Sonia hat weiter gekreischt: ›Ha, toll, der Sohn einer Köchin.‹ Darauf ist Massimo gefährlich ruhig geworden: ›Und was gefällt dir daran nicht?‹ Sonia war jetzt richtig in Fahrt: ›Wenn man bedenkt, aus was für einem fabelhaften Elternhaus du doch angeblich kommst, dann ist das schon ein merkwürdiger Umgang. Aber deiner Mutter ist es sicher egal gewesen, mit wem sich ihr einziges Kind herumtreibt, Hauptsache, sie hat ihre Ruhe gehabt.‹ Da ist Massimo aufgestanden und zur Tür gegangen. ›Wo gehst du hin?‹, wollte Sonia nicht mehr ganz so auftrumpfend wissen, aber Massimo hat nur geschrien: ›Keine Ahnung‹, und die Tür zugeknallt. Er hat uns wütend aus dem Bett geklingelt und ist noch in derselben Nacht mit Umberto in das Häuschen in den Schären gefahren. Dort haben sie gefischt und gerudert und gekocht und über ihr Leben geredet, und irgendwann hat Massimo endgültig begriffen: So ging das nicht weiter mit Sonia, es war Schluss. Da sein Doktorvater gerade nach Amerika gehen wollte, hat Massimo das als Wink des Schicksals angesehen. Amerika als Zwischenstation war ihm lieber, als mit zerzaustem Gefieder nach Rom zurückzugehen.«

Julia machte eine Kunstpause, und Elia schien es, als müsse noch etwas folgen, darum fragte sie: »Ja und du, irgendwie bist du doch auch in das Durcheinander einbezogen, oder?«

Julia nickte und lachte: »Ja, das ist der Erzählung zweiter Teil, jetzt kommt mein Auftritt, ach, Elia. Kurzum, ich hab mich ziemlich schnell in Umberto verliebt, er ist so lustig und sympathisch, und bei ihm hatte es auch gefunkt. Als er mit Massimo zurückkam, da ist es passiert, ich hab richtig den Kopf verloren, ha, ein tolles Gefühl, und jetzt telefonieren wir und schreiben uns, und irgendwie wird es schon weitergehen.« Elia war beeindruckt, die Liebe, die Liebe, die hatte es wirklich in sich. Ja, und jetzt? Julia als Schauspielerin konnte nicht weg aus Schweden, sie war an die Sprache gebunden, da hatten es Sänger besser. Und dass Umberto in Stockholm ein italienisches Lokal aufmachen wollte, das konnte sie sich auch nicht vorstellen, der Arme würde hier auf die Dauer eingehen wie eine Primel. Sie schaute ihre Freundin gerührt an:»Du und Umberto, so was. Er ist wirklich ein Schatz. Dann musst du eben zum Film gehen und Cinecittà aufmischen, wie Anita Eckberg, du musst dir nur noch ein paar Pfunde anfressen, an den richtigen Stellen, Umbertos Kochkünste werden schon das Ihrige tun.«

Ferdinand kam erst im letzten Augenblick aus München angehetzt – und er wohnte tatsächlich bei Birgit, wo Elia auf ihn wartete. Beide waren sie richtig glücklich, sich nach der langen Pause wiederzusehen und so viele spannende, gemeinsame Wochen vor sich zu haben. Friederike hatte wieder nicht mitkommen können, diesmal hatte Ulli Masern.

»Mit Kindern ist immer was los, so haben wir uns das am Anfang unserer Ehe nicht vorgestellt«, jammerte Ferdinand.

Gleich am ersten Probentag holte er Elia ab, und sie gingen zusammen zu Fuß zur Oper, und da sie im ersten Akt fast ständig miteinander auf der Bühne standen, behielten sie das bei. Auch wenn die Proben zu Ende waren, steckten sie viel zusammen. Sie saßen oft an Birgits Flügel und gingen bestimmte Stellen durch, manchmal stundenlang, denn es machte ihnen Spaß, Nuancen auszuprobieren und sich mit dem anderen zu beraten. Elia fiel auf, dass sie das mit Carlos nie gemacht hatte, aber vielleicht eignete sich ein mulmiger Flügel in der Hotelbar nicht für solche Unternehmungen.

Manchmal kam auch Birgit dazu, und was sie sagte, war immer sehr vernünftig und hilfreich. Elia wusste das schon längst aus eigener Erfahrung, aber Ferdinand war überrascht und vollends hingerissen. Er liebte Birgit und war auf Elia eifersüchtig, er wollte auch als Wahlenkel angenommen werden. Er fühlte sich wie zu Hause, er half in der Küche, streifte vom Dachboden bis zum Keller auf der Suche nach reparaturbedürftigen Dingen, er klebte und schraubte und flickte, Birgit war begeistert: »Du bist der ideale Hausmann, den ich mir immer gewünscht und nie gehabt habe. In dieser Familie hat außer mir noch niemand jemals auch nur einen Hammer angerührt, alle Bilder und Bücherregale habe ich selbst aufgehängt, im besten Fall haben die anderen zugeschaut: ›Ach, das machst du wundervoll, du bist eben so praktisch.‹«

»Und Mariana?«, wollte Elia wissen.

»Ja, die war sich wohl auch zu schade, nachdem die Männer so gar keine Lust gezeigt haben«, meinte Birgit lachend.

Elia konnte sich das kaum vorstellen: »Sie ist doch die reinste Kunstschreinerin. Die kommt mit halb zerfallenem Gerümpel daher, und ein paar Wochen später steht da eine strahlende, kostbare Antiquität.«

»Da schau an«, staunte Birgit.

Die Violetta war eine sehr anspruchsvolle, auch anstrengende Partie, aber Elia fürchtete sich nicht, im Gegenteil, es reizte sie, den schillernden Charakter dieses Mädchens zu erfassen. Mochte Mimi mit einer zarten, bescheidenen Wiesenblume zu vergleichen sein, dann war Violetta eine elegante Orchidee oder eben eine kostbare Kamelie – doch in beiden Blüten nagte bereits der Todeswurm. Noch etwas verband die beiden Mädchen: Sie standen ganz allein da in der Welt und mussten sich selbst durchschlagen. Damit aber hörten die Ähnlichkeiten fast schon auf. Violetta gab sich nicht ab mit Blumennähen und einem Hungerleider als Liebhaber, sie wollte heraus aus dem Kleinbürgermief, der nicht zu ihr passte. Dafür setzte sie das einzige Kapital ein, das sie besaß:

ihre Schönheit und ihre Intelligenz. Und da sie durch die rigide Gesellschaftsordnung der damaligen Zeit unmöglich aufsteigen konnte in die sogenannten besseren Kreise, landete sie zwangsläufig in der Demimonde. Dort führte sie ein aufwendiges, brillantes Luxusleben, das ihre reichen Verehrer bezahlten, natürlich nicht ohne Gegenleistung, und ließ sich von einem Vergnügen zum anderen treiben, hektisch, voller Lebensgier. Diese Jagd nach dem Glück hatte etwas Verzweifeltes, Gespenstisches. Das äußerte sich weniger in den Worten als vielmehr in der Musik, in der von Anfang an Melancholie, Sehnsucht nach Liebe und Todesangst mitschwangen. Aber Violetta war sich dieser Gefühle nicht bewusst oder sie verdrängte sie sofort wieder, auch Alfredo gegenüber pries sie zunächst den Genuss, die Freuden ihres rastlosen Lebens, wenngleich in merkwürdig exaltierten, fast schon hysterischen Koloraturen und Spitzentönen, die das Artifizielle dieser Leichtigkeit widerspiegelten.

Doch als Violetta merkte, wie sehr Alfredos Worte sie berührt hatten, war sie selbst überrascht: »È strano! È strano!« Eine echte Liebe passte überhaupt nicht in ihr Lebenskonzept, würde alles durcheinanderbringen, was sie sich kühlen Kopfes aufgebaut hatte. Wahrscheinlich, so überlegte sich Elia, war es gar nicht so sehr Alfredos Liebesgeständnis, das Violetta zu Herzen ging, sondern seine Fürsorge, er würde sie pflegen, sich um sie kümmern, um sie, ein einsames Mädchen im Schmelztiegel Paris. Auf einen solchen Gedanken war noch keiner ihrer Liebhaber gekommen, sie zahlten und basta.

Zudem besaß Violetta Sinn für Qualität und kannte die Männer. Sie merkte dem bescheidenen, naiven Alfredo seine Liebesfähigkeit an. Und noch etwas wirkte sich gewissermaßen als »Beschleuniger« aus: Violettas Krankheit. Obwohl sie nicht wirklich wusste, wie krank sie bereits war, spürte sie doch instinktiv, dass sie nicht mehr viel Zeit vor sich hatte. So siegte schließlich ihre Sehnsucht, liebend geliebt zu werden, über ihre Vergnügungssucht. Sie entschloss sich, das Risiko einzugehen, für die Liebe mit Alfredo ihr Luxusleben und die Sicherheit aufzugeben. Welch ein Seelendrama. Innerhalb eines üppigen Opernrahmens mit hektischen Ensembleszenen spielte sich ein kammermusikalisch zartes Charakterstück ab, wo es um das Schicksal der Traviata, eines »vom Weg abgekommenen Mädchens«, ging.

Sven Aarquist, dem Regisseur, schwebte ein Sittengemälde vor, in dem jedes Detail stimmen sollte: die Art, wie sich die Menschen bewegten, die Möbel, die Kostüme. Es war ein Glück, dass die Sänger, auch Elia, seine pingelige, psychologisch durchdachte und genau auf die Musik abgestimmte Arbeitsweise kannten und damit zurechtkamen.

Ture, als Vater Germont, hatte eher den Typus des bürgerlichen Ehrenmannes zu verkörpern, da entwickelte sich im Laufe der Handlung vieles von selbst. Am Alfredo mäkelte er schon mehr herum, aber grundsätzlich passte ihm das Treuherzige, etwas Linkische, das bei Ferdinand immer wieder durchschimmerte, ins Konzept. Doch bei den Damen erwies er sich als gnadenlos, besonders bei Elia: »Wie trampelt ihr herum, ihr seid keine Nutten von der Kungsgataan, ihr seid elegante Pariserinnen, Halbweltdamen von mir aus, aber ihr haltet Hof wie die Herzoginnen in pompösen Stadtpalästen, also etwas mehr Allüre, wenn ich bitten darf.« Leni Miller, die Sängerin der Flora, nannte ihn bald nur noch »Sven, den Damenschinder«, aber Elia war über seine Ratschläge froh, vor allem im zweiten Akt, wo sie zunächst Schwierigkeiten hatte mit Violettas allzu großem Edelmut. Konnte nicht bei Violettas engelszarter Entsagung auch ein Hauch von süßer Selbsttäuschung mitschwingen? Elia wollte es ausprobieren. Ansonsten musste ein allzu lieblicher Ton bei der Violetta vermieden werden, nur nicht auf die Tränendrüsen drücken, so fanden alle.

Trotz des Anspruchs ihrer Rolle fühlte sich Elia weniger angespannt als beim ›Don Carlos‹. Da war sie vor Erschöpfung nach dem ersten Akt fast zusammengeklappt. Jetzt genoss sie ihre probenfreien Tage vergnügt und locker. Je nach Lust und Laune gammelte sie herum oder schaute sogar kurz bei den Proben vorbei. Carlos, der sie gelegentlich anrief, wurde ganz eifersüchtig, als er das hörte:»Darum hätte ich dich mal bitten sollen!«

»Du kannst daran sehen, wie brav und vernünftig ich bin. Birgit, Ferdinand und ich essen meistens früh am Abend zusammen, dann spielen wir noch eine Runde Skat, und dann gehe ich mit den Hühnern ins Bett und schlafe acht Stunden«, sagte Elia lachend. Eigentlich war es schon bedenklich, wie gut Elia dieser biedere Lebenswandel bekam, zumindest, solange sie hart arbeiten musste. Wenn sie ganz ehrlich sein sollte: An der Seite von Carlos hätte sie die strapaziösen ›Traviata‹-Wochen womöglich nicht so gut durchgestanden. Doch das sagte sie Carlos nicht. Und es schloss auch nicht aus, dass sie sich oft, sehr oft, wahnsinnig nach ihm sehnte.

Carlos kam erst zur letzten ›Traviata‹-Vorstellung, und auch dafür hatte es der tollsten Verrenkungen bedurft. Nach dem letzten Ton als Duca in Barcelona war er im Nachtzug nach Madrid gefahren, von dort mit dem Flieger nach Paris, London, Stockholm. Doch um Elia als Violetta zu sehen, hätte er noch mehr Ungemach in Kauf genommen. Und auf Ferdinand war er auch neugierig.

Zum ersten Mal erlebte er Elia aus der Zuschauerperspektive. Je weiter Violettas trauriges Schicksal seinen Lauf nahm, desto gerührter wurde Carlos. Gegen Schluss, als Violetta Alfredos Brief las, kamen ihm die Tränen.»Das mir als abgebrühtem alten Zirkusgaul«, versuchte er sich anschließend bei Björn zu entschuldigen, neben dem er in der Loge saß.

Doch der war selbst ganz benommen:»Ich höre es ja nun zum zigsten Mal, aber wie Elia das macht, dieses halb Gesprochene, halb Gesungene, und dann ihr verzweifelter Ausbruch: ›Zu spät . . .‹ Und dann wieder ist sie wie schon von einer anderen Welt, ach überhaupt, und die Musik ist gar zu traurig, ja, das ist wirklich große Kunst ...«

Sie schwiegen beide. Meine Elia, dachte Carlos. Er kannte viele Seiten von ihr, das Scheue, Zurückhaltende, wie bei einem Tier, das auch erst auf der Hut bleibt, bevor es Zutrauen fasst, dazu ihre kindische, lustige, alberne Seite, ihre Leidenschaftlichkeit und Wildheit, und alles war natürlich, ungekünstelt. Und dann stand sie auf der Bühne und verleibte sich Eigenschaften ihrer Figuren ein, die nicht die ihren waren, oder doch? Auch? Sie wusste, wie sich das anfühlte, als erstarrte, einsame Königin, als lebensgierige, gehetzte Kokotte, als innige oder verzweifelte Liebende. Sie verwandelte den eigenen Körper in den Körper dieser Frauen, ihre Stimme wurde zu deren Stimme. Diese merkwürdige Stimme, die engelszart klingen konnte, lockend verführerisch und hart und rau, manchmal geradezu beängstigend – raubtierhaft.

Er nahm Elia in die Arme, eine Weile sagten sie beide nichts. Dann hielt er sie auf Armeslänge von sich weg und musterte sie, abschätzend-machohaft wie ein Provinztheaterverführer.

»Mein schönes Fräulein, wenn ich Sie heute zum ersten Mal gesehen hätte, ich würde mich nicht an Sie rantrauen.«

Elia ging auf seinen Ton ein:»Na, dann hab ich ja noch mal Glück gehabt.« Sie kannte Carlos inzwischen gut genug, um zu merken, wie verwirrt und gerührt er war.

Beim anschließenden Essen lernten sich Carlos und Ferdinand endlich kennen. Erst einmal beschnüffelten sich die beiden Sängerkollegen wie zwei vornehme Hunde, dann beschlossen sie, sich sympathisch zu finden. Sie sangen zwar im gleichen Fach, mussten aber keine Konkurrenz vom anderen befürchten, jeder hatte bereits sein Terrain für sich abgesteckt und besaß seine eigene, treue Anhängerschar. Da ließen sich kleine Abstecher in fremde Gefilde verschmerzen, und der eine würde zu guter Letzt doch bei seinem Mozart bleiben und der andere bei seinem Verdi. Elia, das war ein anderes Kapitel.

Carlos hatte zwar ein Hotelzimmer genommen, aber viel Gebrauch machte er nicht davon, Elias Wohnung war gemütlicher. Draußen war es strahlend schön, aber eiskalt, nichts für empfindliche Sänger, zumal wenn sie aus dem Süden stammten, so dass es sie, wenn sie einmal die Nase ins Freie streckten, bald wieder zurück ins Warme trieb.

Schnell wie ein Traum gingen die glücklichen Tage ihrem Ende zu, gerade dass es dazu reichte, die Südamerikatournee, die Carlos so am Herzen lag, und ein paar weitere Projekte zu besprechen. Mariana hatte Elia bekniet, unbedingt Björn um seinen Rat zu bitten, aus Angst, Elia könnte sich liebesblind die kommenden Jahre total verplanen. Es stand fest, dass Carlos und Elia weiter zusammen arbeiten wollten und auch sollten, und auch gegen die Tournee hatte Björn nichts einzuwenden. Elia war jetzt flügge und sollte ruhig internationale Erfahrungen sammeln. Nur der vorgesehene Zeitplan erschien ihm viel zu dicht gedrängt, Elia musste unbedingt mehr Luft zwischen den einzelnen Vorstellungen bekommen. Carlos wunderte sich zwar: »Warum, das reicht doch, ich mache das auch immer so«, aber Björn setzte sich durch: »Glaub mir, Frauen sind da anders, und du willst Elia doch nicht den Garaus machen.«

Auch Ferdinand und Carlos trafen sich noch einmal. Ferdinand war kurz nach München geflogen und kam jetzt zurück, einen Tag, bevor Carlos wieder nach Barcelona musste, »in voller Besetzung«, wie er sagte, das heißt mit Friederike und den Kindern. Birgit hatte zum Empfang Kuchen gebacken und auch Elia und Carlos eingeladen. Daraus wurde ein gemütlicher Nachmittag. Während Friederike noch die Koffer auspackte, wickelte und fütterte Ferdinand das Baby und half den anderen beim Tischdecken, Carlos tobte mit Ulli draußen im Schnee herum und baute mit ihm einen Schneemann. Später dann wurde mächtig gefachsimpelt, besonders die beiden Männer tauschten ihre Tenor-Erfahrungen aus, und dabei kam das Gespräch auch auf Wagner.

Carlos meinte:»Elia singt demnächst die Elisabeth. Also, der Tannhäuser könnte mich auch reizen.«

Ferdinand wurde ganz aufgeregt:»Um Gottes willen. Vielleicht in zehn Jahren, jetzt wäre das eine Sünde bei deiner Stimme, so wie die strahlt und mühelos die höchsten Höhen erklimmt. Am besten gar nicht.« Carlos schaute misstrauisch, woher wollte Ferdinand das wissen, er hatte ihn doch noch nie gehört. Aber Ferdinand lachte nur:»Hast du eine Ahnung, ich habe dich als Radames in Wien gehört. Ich war hin und weg, aber auch traurig und eifersüchtig auf dich, weil ich das so nie hinkriegen werde, nie im Leben. Darum bin ich auch nicht zu dir hinter die Bühne gegangen.«

Ferdinand selbst hatte schon den David und den Walther von der Vogelweide in Stuttgart gesungen. Bayreuth lockte auch immer wieder mit neuen Angeboten:»Siegmund und so, ich weiß nicht, wie die sich das vorstellen. Die suchen händeringend einen Heldentenor, aber ich bin doch nicht verrückt und ruiniere mir für Bayreuth meine Stimme und kann nachher nicht mehr Mozart singen und alles, was ich sonst noch liebe.«

Carlos nickte verständnisvoll:»Da geht es dir wie mir mit dem Otello, an den trau ich mich auch noch nicht ran. Ja, und das mit der Eifersucht, das kenne ich leider auch, ich habe nämlich eine Aufnahme von dir zu Haus mit der ›Schönen Müllerin‹, ich glaube, wenn ich auf eine einsame Insel zwei, drei Platten mitnehmen dürfte, dann wäre die darunter.«

In ihrer aufwallenden Sympathie füreinander planten sie eine gemeinsame Platte:›Die zwei Tenöre und ihre Lieblingslieder‹, so was in der Art, und jedenfalls, so viel stand fest, durfte man sich nicht mehr aus den Augen verlieren.

Auf dem Heimweg bekam Elia zu hören:»Der ist ja viel netter, als ich dachte, richtig lieb, wie er sein Baby versorgt und überall mithilft. Und singen kann er allemal toll!«

Bei Ferdinand klang es am nächsten Tag ähnlich:»Dein Carlos ist wirklich sympathisch, dass der mit Kindern so nett sein kann, hätte ich nie gedacht, Ulli schwärmt richtig von ihm. Ehrlich gesagt, ich habe ihn immer für einen eitlen Affen gehalten, sei mir nicht böse, wie der sein hohes C rausgeschmettert hat und sich dann mit dieser Bescheidenheitspose bejubeln ließ, das ging mir ganz schön auf den Keks. Aber jetzt verstehe ich, warum er dir so gut gefällt.« Elia grinste zufrieden.

Gleich nach Carlos' Abfahrt begann wieder der normale Alltag. Elia und Ferdinand pilgerten zusammen zu den Verständigungsproben für die ›Bohème‹, und nach der anstrengenden Arbeit an der Violetta erschien Elia das Wiedersehen mit der wohlvertrauten Mimi fast wie ein Spaziergang. Sie fand es lustig, Ferdinand auf der Bühne als weltfremden Bohemien zu erleben und zu Hause als fürsorglichen Familienpapa.

»Oh Gott, so von der Hand in den Mund leben, das wäre nichts für mich. Ohne Friederike und die Kinder könnte ich es auch als Sänger nicht aushalten«, sagte Ferdinand.

Ja, so ein schützender Familienhafen, in den man immer wieder zurückkehren konnte, das hatte schon etwas Verlockendes. Wer weiß, vielleicht war Elia auch eher ein häuslicher Typ, aber solange sie mit Carlos unterwegs war, würde sie nie lange vor Anker gehen. Das wusste sie und akzeptierte es, aber eine leichte Wehmut konnte sie dabei nicht unterdrücken. Bei dem Familienleben, das Ferdinand so genoss, hatte er eindeutig den besseren Part inne, stellte Elia fest. Es war ihr aufgefallen, wie blass und müde Friederike hier angekommen war, kein Wunder, nachdem sie wochenlang als Krankenpflegerin im Haus festgenagelt gewesen war, denn Frieda hatte auch noch Scharlach bekommen. Jetzt blühte sie sichtlich auf, denn sosehr sie ihre Kinder liebte, genoss sie es doch, einmal etwas anderes als nur Kindergeplapper zu hören. Auch auf Stockholm war sie neugierig, anders als Ferdinand, der sich aus fremden Städten wenig machte und die Reiserei als notwendiges Übel empfand, das der Beruf mit sich brachte. »Ja, so ist das bei uns, ich hab Fernweh und bleibe zu Hause, und Ferdinand, der Stubenhocker, reist ächzend in der Weltgeschichte herum. Aber anschließend gehen wir alle vier nach Wien, für einen Monat, ist das nicht phantastisch?«, freute sich Friederike. Sie fand es herrlich, in der Stadt herumzustromern, allein oder mit den Kindern, manchmal kamen auch Birgit oder Julia mit, sie gingen ins Museum, in den Zoo oder auch zum Schlittschuhlaufen. Für Ferdinand hatten schon die Vorstellungen der ›Bohème‹ angefangen. Aber zum Abschluss war eine gemeinsame Schlittenfahrt geplant.

Zu guter Letzt fand sie aber ohne Ferdinand und Elia statt. Denn plötzlich stellten sich bei dem Livemitschnitt der ›Traviata‹ tontechnische Mängel heraus, die es schleunigst zu beheben galt, solange Ferdinand noch da war. Das lief darauf hinaus, dass Ferdinand und Elia an den letzten Abenden als Mimi und Rodolpho auf der Bühne standen und an den Tagen ein paar Stunden im Aufnahmestudio als Violetta und Alfredo verbrachten. Am letzten Tag dann, während die Familie mit dem Pferdeschlitten übers Land fuhr, waren die Fehler glücklich behoben. »Das nenn ich ein Timing«, schnaufte Ferdinand und ließ sich auf einen Stuhl fallen, das war sogar ihm an die Nieren gegangen. Zum ersten Mal hatte man ihn vor den Vorstellungen um sein heiliges Mittagsschläfchen gebracht.

Am nächsten Tag wurden er und die Seinen im großen Konvoi zum Flugplatz begleitet, ja sogar bis vor das Flugzeug, wie es sich für einen prominenten Reisegast gehörte. Alle küssten und umarmten sich und lachten und schwatzten durcheinander. Elia und Ferdinand standen ein wenig abseits, sie waren viele Wochen zusammen gewesen, jetzt kam es ihnen plötzlich so vor, als müssten sie sich noch alles Mögliche sagen, aber dann brachten sie doch nur das übliche Abschiedsgerede heraus.

Schließlich fiel Elia Ferdinand schluchzend um den Hals: »Jetzt bin ich ganz allein, alle verlasst ihr mich, erst Carlos und dann du!«

Ferdinand klopfte ihr ungeschickt auf den Rücken:»Komm, komm, du hast doch noch Ture, jetzt gleich bei eurem ›Don Giovanni‹, und diesmal muss er ins Gras beißen, und du darfst endlich mal am Leben bleiben.«

Ferdinand ging als Letzter die Gangway hoch, unter der Flugzeugtür drehte er sich noch einmal um, er winkte den Zurückbleibenden zu und schaute dabei Elia an.

Nach ihrer ersten ›Bohème‹ im vergangenen Jahr war Elia in das berühmte schwarze Loch gefallen. Sollte ihr das nun wieder passieren? Sie hatte sich wohl übernommen, zu viel gearbeitet, zu viel erlebt in der letzten Zeit, und womöglich brütete sie auch noch eine Erkältung aus, alles tat ihr weh, die Glieder, die Seele, der Kopf. Sie kroch ins Bett und schlief und schlief, danach fühlte sich ihr Körper wieder einigermaßen munter an, doch in ihrer Seele herrschte immer noch Katzenjammer.

Sie ging hinüber zu Birgit, die ließ auch den Kopf hängen, so hatte Elia sie noch nie erlebt:»Ach, das Haus ist so leer.«

Auch bei Julia, von der sie sich aufmuntern lassen wollte, war gerade die Euphorie am Zusammensinken.»Wenn das nicht gemein ist, kaum wäre ich mal froh, wenn ich nichts zu tun hätte und in aller Seelenruhe nach Rom fahren könnte, und schon schmeißt man mir die schönsten Rollen nach, Fräulein Julie, Hedda Gabler, auch bei Tschechow und Shakespeare geht es nicht ohne mich. Und Umberto kann nicht schon wieder sein Lokal im Stich lassen, ganz wie du es prophezeit hast, du alte Schwarzseherin.«

Die beiden Freundinnen beschlossen, für ein paar Tage auf das Landgut von Julias Eltern zu fahren, und siehe da, die Stille, die köstliche Luft, das weiße Glitzern und Funkeln erheiterten die Mädchen, zumal sie die allzu gesunde Lebensweise durch reichlich Wein, gutes Essen und bis tief in die Nacht Zusammenhocken abzumildern wussten. Elia versuchte sich sogar auf Langlaufskiern, und da sie sportlich war und

Julia beim Wachsen eine glückliche Hand bewies, gefiel es ihr sehr, hinter Julia durch den Wald zu gleiten. Anschließend wartete die Sauna auf sie, als Wundermittel gegen Muskelkater, wobei Elia nie so recht wusste, ob sie die Schwitzerei köstlich oder grässlich finden sollte.

Julia hatte allerhand zu berichten: »Stell dir vor, neulich hab ich Sonia getroffen, die tut wunder wie zufrieden, sie ist wieder mit ihrem Ex zusammen, dem ›Kindsvater‹, wie Massimo ihn genannt hat.«

Und was machte Karl? Elia war gleich am ersten Tag zu Bennos Gehege gegangen, in der Hoffnung, ein neues Elchjunges vorzufinden. Aber das Gatter und die Hütte waren verwaist.

»Weißt du, wenn ich an Karl denke, wird mir ganz warm ums Herz. Meinst du, er ist wegen Carlos böse auf mich?«, fragte Elia.

Julia winkte ab: »Quatsch, der liebt und bewundert dich immer noch, auf den kannst du dich verlassen bis ans Ende deiner Tage, da bin ich mir sicher. Er kommt bald aus Paris zurück, vielleicht seht ihr euch noch.«

Nun standen erst einmal die Proben zu ›Don Giovanni‹ an, und Elia wusste noch gar nicht, was auf sie zukam, denn sie kannte weder den Regisseur noch einige der Mitwirkenden. Julia konnte sie beruhigen, Carsten Persson, ein kluger Pessimist, war bekannt für seinen grimmigen Humor: »Er kommt vom Theater, ich hab schon ein paarmal mit ihm gearbeitet und viel von ihm profitiert. Aber sieh dich vor, wenn ihm etwas nicht passt oder er schlechte Laune hat, was nicht selten vorkommt, er ist nämlich magenkrank, dann schreit er erst mal rum, das darfst du nicht persönlich nehmen.«

Die Warnung erwies sich als hilfreich, wie Elia bald feststellen durfte, dabei nahm er sich sogar zusammen und hatte Kreide gefressen, wie Ture behauptete. Es war vielleicht auch Pech, dass ausgerechnet die Donna Anna und der Don Ottavio, mit denen er es gleich zu Anfang zu tun hatte, seinem

Vorurteil von Opernsängern entsprachen und erst einmal wie Klötze auf der Bühne herumstanden. Zum Glück ließ er seine schlechte Laune nie an Elia aus, allerdings hätte sie sein schwedisches Geschrei und Gemaule auch nicht verstanden. Doch dann beruhigte er sich im Laufe der Proben und geriet sogar in Begeisterung über die Fähigkeiten der Sänger, allen voran Ture und Elia. Nun überschlug er sich mit fabelhaften Einfällen, die er mit einer Engelsgeduld erklärte und vorspielte, so lange, bis selbst die ungelenke Anna und der fade Ottavio in Feuer gerieten.

Je unausweichlicher Don Giovanni seinem finsteren Ende entgegeneilte, desto entspannter wurde die Stimmung auf der Bühne. Das brillante Schlussensemble nach einer furiosen Höllenfahrt klang höchst plausibel, wenngleich die arme Elvira nicht ganz so erleichtert mit einstimmen konnte. Sie stand etwas abseits, doch kurz bevor der Vorhang sich schloss, ging Zerlina zu ihr hin, nahm sie bei der Hand und holte sie zu den anderen herüber. Plötzlich schien es nicht mehr ganz sicher, ob sich Elvira tatsächlich für den Rest ihres Lebens hinter Klostermauern zurückziehen würde. Carsten Persson, der Knurrige, war im letzten Augenblick auf diesen Einfall gekommen: »Ich hab's nicht mit ansehen können, eine so schöne junge Frau.«

Den Anflug von Unlust und Mattigkeit hatte der ›Don Giovanni‹ vollends hinweggefegt. Die Zeit verging jetzt im Fluge. Nach einer kurzen, sehr gelungenen Wiederaufnahme von ›Romeo und Julia‹ stand auch schon der ›Tannhäuser‹ an.

Als Björn Eksell seinerzeit Elia die Rolle der Elisabeth angeboten hatte, war sie im ersten Moment etwas enttäuscht gewesen. Warum nicht die Venus?, hatte sie sich gedacht. Sie stellte sich die Göttin der Liebe aufregender vor als eine Heilige. Hier wollüstige, verruchte Inbrunst, Üppigkeit aus Fleisch und Blut, dort keusche Entsagung, ein edler Schatten, der mit gefalteten Händen still dem Opfertod entgegensieht.

Doch schon bald hatte sie erkannt, dass es sich genau umgekehrt verhielt. Wenn eine der beiden Frauen einem Klischee entsprach, dann die Venus, sie war zum Inbegriff des Fleischlich-Sündigen geronnen. Zu einer Männerphantasie, deren eigene Beweggründe nicht herauskamen, auch nicht, weshalb sie sich als große Göttin in diesen windigen Tannhäuser vernarrt hatte – und ihn nicht einmal halten konnte, als er sie, ihrer überdrüssig, verlassen wollte.

Dagegen war die Elisabeth ein springlebendiges, arglos-unkonventionelles Menschenkind! Unter all den wackeren, biederen Sängern gefiel ihr der schwierige Tannhäuser am besten, oder, wie sie in aller Unschuld glaubte, seine Kunst. Seine Lieder entflammten ihr begeisterungsfähiges, vorurteilsloses Mädchenherz, sein plötzlicher, unerklärlicher Weggang traf sie umso härter. Alles erschien ihr nur noch tot und schal. Als er nach Jahren wiederkam, erwachte sie wie aus einem trüben Traum. Verwirrt und überschwänglich bejubelte sie ihr wiedergefundenes Glück, sie hegte keinen Groll gegen Tannhäuser, sie erzählte ihm nur rührend naiv, ohne jede weibliche Berechnung, von ihrem Kummer.

Allein schon um dieser Stelle willen hatte Elia begonnen, von Herzen Anteil zu nehmen an der reinen, freien Mädchengestalt, die sie bald liebte wie eine Schwester und die ihr merkwürdig vertraut vorkam, obwohl sie doch auf Anhieb so gut wie gar nichts zu verbinden schien. Aber sie entdeckte immer wieder unerwartete Züge an ihr, sogar noch im Verlauf der Proben. Manchmal handelte es sich um ganz handfeste Erfahrungen. So waren Tannhäusers Sängerkollegen, Wolfram, Walther, Biterolf und Genossen, lauter schwedische Hünen, eben Stockholms berühmte Wagner-Herrenriege. Als die nun wutentbrannt auf Tannhäuser losstürmten nach seinem ketzerischen Geständnis, im Venusberg gewesen zu sein, und sich Elia dazwischenwerfen sollte, erschrak sie erst einmal über das Getümmel und Getöse und prallte zurück, statt nach vorne zu eilen. In diesem Augenblick teilte sich ihr Elisabeths

Mut auch körperlich mit. Welch einen Heldenmut musste diese junge Frau besitzen, welch einen Großmut, welche Seelengröße: Im eitlen Künstlerrausch, nur um die Gesangskonkurrenten auszustechen, hatte Tannhäuser gedankenlos Elisabeths Leben zerstört, und nun flehte sie um sein Leben, sorgte sich um sein Seelenheil und dachte überhaupt nicht an sich. Elia empfand es als großes Glück, sogar als Privileg, in Stockholm Wagners wohl anrührendste Frauenfigur verkörpern zu dürfen. In Italien, das wusste sie, hätte sich das niemals ergeben, auch sie selbst wäre wahrscheinlich nie auf den Gedanken gekommen, sich auf dieses großartige junge Mädchen einzulassen, das ihr jetzt so viel bedeutete.

Mariana hatte Elia schon in Rom viele wertvolle Tipps für die Gestaltung der Rolle gegeben und auch von Anfang an darauf geachtet, dass sich Elia nicht durch das ungewohnte Deutsch zu irgendwelchen Härten oder Undeutlichkeiten hinreißen ließ. Auch die deutsche Sprache konnte zart und melodiös klingen, das hatte Mariana Elia eingehämmert. Dass die Laute geknödelt oder aus der hintersten Kehle herausgehustet werden mussten, schien ihr ein idiotisches Vorurteil, vor allem seitens der sprachunbegabten Franzosen.

Zur letzten Probenphase kam Mariana nach Stockholm, aber wenn sie ehrlich war, tat sie es weniger aus Sorge um Elia als vielmehr zur eigenen Beruhigung. »Ich fühle mich immer noch als Gluckenmutter, vor allem, wenn sich Elia in eher fremden Gefilden tummelt«, sagte sie zu Björn, während sie es sich hinten im Parkett bequem machten. Am Ende der Probe der ersten Szene des dritten Aktes, nach Elisabeths herzinnigem, demutsvoll-erhabenem Gebet schwiegen sie erst einmal eine Weile. Schließlich holte Mariana tief Atem: »Sie hat einen Schuss Genie, ein junges Ding aus Salerno, woher weiß die, wie sich ein hochherziges deutsches Edelfräulein aus dem Mittelalter fühlt?«

Die Aufführung wurde ein großer Erfolg. Im ›Svenska Dagbladet‹ hieß es: »Elia Corelli singt die Elisabeth mit herzbewegender Innigkeit, völlig unverkitscht, aber so zart und glühend rein, dass man von einer Idealbesetzung sprechen kann.«

Mariana blieb ein paar Wochen in Schweden, und Elia genoss die gemütlichen Stunden, die sie zusammen bei Birgit verbrachten. Schließlich kam sogar Pietro angereist, auch er war neugierig auf diesen vielgepriesenen ›Tannhäuser‹, der ihm sehr gut gefiel. Aber vor allem zog es ihn in das Häuschen in den Schären. An Elias freiem Wochenende wurde auch sie samt Birgit dorthin entführt. Ins Wasser, wie die beiden anderen Damen und sogar Pietro, getraute sich Elia nicht. Als sie die Füße für ein paar Sekunden eintauchte, hatte sie das Gefühl, ihre Zehen würden vor Kälte abfallen. Dafür ruderte sie unverdrossen und geschickt die kleine Gesellschaft in dem alten Kahn herum und behauptete, allen Küstenbewohnern läge das Rudern im Blut. »In unserer Familie waren sogar einmal Fischer«, sagte sie triumphierend.

Pietro hatte aus Rom einen Brief von Massimo mitgebracht, der sehr vergnügt über seine amerikanischen Erfahrungen berichtete. So langsam hatte er sich in das zunächst unverständliche Amerikanisch hineingehört, seine Doktorarbeit schien zu gedeihen, daneben spielte er wieder viel Klavier und plante sogar ein Konzert mit dem Universitätsorchester. Und wenn man abends noch Lust hatte auf ein Glas Wein oder Bier, dann musste man in den nächsten Bundesstaat fahren und den Alkohol heimlich über die Grenze und auf den Campus schmuggeln, denn dort galt am Abend Alkoholverbot.

»Mit dem Effekt, dass ich noch nie so viel Besoffene gesehen habe«, schloss Massimo munter.

»Hauptsache, er bandelt nicht wieder mit einem besonders mühsamen Weibsbild an«, meinte Birgit, der Schreck über Sonia saß allen noch in den Knochen.

Birgit hatte einen Brief von Friederike bekommen, in dem sie sich noch einmal bedankte, von Wien schwärmte und fragte, ob die Sachertorte gut angekommen sei, die sie einem Sänger mitgegeben hatte. Dass Ferdinand mit Friederike das große Los gezogen hatte, darüber waren sich alle einig. Elia erzählte, dass sie die beiden auf der Rückfahrt nach Italien wieder besuchen und dabei mit Ferdinand weitere Pläne besprechen wollte.

Björn war es gelungen, Mariana breitzuschlagen für einen Stockholmer ›Maskenball‹ in zwei Jahren. Eigentlich hatte Mariana von den großen Rollen Abschied genommen, aber mit Elia wieder auf der Bühne zu stehen, die dabei die Amelia singen sollte, das reizte sie doch zu sehr. Zudem musste die Ulrica nicht jung und knusprig sein.»So schnell lass ich euch nicht wieder los, keine von euch beiden«, sagte Björn und bestand darauf, gleich einen Vertrag abzuschließen. Niemand war darüber glücklicher als Elia, denn ein wenig graute ihr vor der Zukunft als frei umherschweifender Künstlerin. Solange sie Zuflucht in Stockholm finden konnte, brauchte sie sich keine Sorgen zu machen. Sie freute sich auch darauf, wieder mit Ferdinand in einer Verdi-Oper auf der Bühne zu stehen. Björn hatte es zunächst offengelassen, ob Carlos oder Ferdinand den Renato singen sollten, aber Carlos hatte diese Zeit bereits verplant.»Signora Corelli und ihre beiden Wundertenöre. Kann der eine nicht, greift sie sich den anderen«, amüsierte sich Mariana.

Kaum waren Mariana und Pietro abgefahren, erschienen auch schon Martina und Sylvia, denn für ein paar Vorstellungen stand die ›Zauberflöte‹ wieder auf dem Spielplan. Martina wirkte bedrückt, sie fühlte sich körperlich nicht wohl, aber die Ärzte behaupteten, sie sei kerngesund.»Wenn sie meinen Beruf hören, dann lächeln sie vielsagend: ›Ja, ja, Künstler‹, als ob wir allesamt meschugge wären«, jammerte sie, halb lachend, halb wütend. Aber dann tat ihr die frische Nordluft offensichtlich gut. Über Massimos Verschwinden schien sie erleichtert:»Das hätte wieder nur Durcheinander gebracht.« Es sollte wohl lustig klingen, aber Elia fing doch an, sich Sorgen um die Freundin zu machen.

Sylvia hingegen strahlte vor Glück. Dmitrij, das »Schneewittchen«, hatte die beiden Mädchen in einem geliehenen Auto vom Flugplatz abgeholt und wich seitdem nicht mehr von Sylvias Seite. Er hatte während ihrer Abwesenheit erfolgreich Italienisch gebüffelt und sich »von einem stummen Fisch in einen Menschen verwandelt«, wie Martina großmütig einräumte. Außerdem durfte er als einer von Sarastros Mannen in der ›Zauberflöte‹ mitsingen. Das war eine nette Geste von Björn Eksell, aber tatsächlich hatte Dmitrij gesanglich große Fortschritte gemacht, man ließ ihn inzwischen bei Kirchenkonzerten und demnächst sogar in der Oper kleine Soloparts übernehmen. Diese Art von weichem, warmem Bass kam außerhalb von Russland nicht häufig vor. Wenn alles gut ging, und dafür sorgte seine strenge Lehrerin, würde die Opernwelt noch viel Erfreuliches von ihm zu hören bekommen. »Ach ja, dann reist Elia mit Carlos um die Welt, und Sylvia mit ihrem ›Schneewittchen‹. Und ich geh ins Kloster«, seufzte Martina. Elia kam es wieder so vor, als mache Martina keinen Spaß, während Sylvia die Freundin tröstete: »Ja, na klar, aber vorher heiratest du deinen Millionär. Wenn der dann an Altersschwäche gestorben ist, sehen wir weiter.« Martina wurde seit Monaten von einem schwerreichen Verehrer verfolgt, der für ihren Geschmack steinalt war, und das brachte sie zur Verzweiflung, denn sie hatte sich unglücklich in einen Jüngling verliebt.

Beruflich lief es bei Martina wie auch bei Sylvia ganz gut. Wenngleich in einem sehr viel bescheideneren Rahmen als bei Elia, wie sie neidlos anerkannten. Elia war es fast peinlich, von ihren großen Rollen zu erzählen, vor allem Martina gegenüber, die ein ähnliches Fach sang wie sie, doch hier blieb Martina gelassen: »Das kommt schon noch.« Für das nächste Jahr jedenfalls hatten die beiden schon ein paar interessante Verpflichtungen.

Sehr viel rascher, als Elia für möglich gehalten hatte, neigte sich die Spielzeit dem Ende zu, die für sie mit der ›Tosca‹-Serie ihren festlichen Abschluss finden sollte. Und danach – ja, danach, Elia mochte gar nicht daran denken. Nun gut, sie hatte hier oft vor Kälte geschlottert, über die dunklen Tage gejammert und sich über die muffigen, humorlosen Leute enttäuscht gezeigt. Aber sie hatte auch nirgendwo liebenswürdigere, lustigere, hilfsbereitere Menschen kennengelernt, bei denen sie sich wohlfühlte und geborgen. Ja, und die Oper, die war ein Märchenreich mit Björn Eksell als mildem, gütigem König, da herrschten Vertrauen und Fürsorglichkeit, keiner war neidisch oder focht Machtkämpfe aus, wie man das von anderen Häusern hörte. Elia erschien das als ein Wunder.

Als sie nun ins Auto stieg, um Carlos abzuholen, vielleicht zum letzten Mal hier, war sie ganz wehmütig gestimmt. Doch je näher sie dem Flugplatz kam, desto aufgeregter wurde sie. Vom Absperrgitter aus sah sie Carlos über das Rollfeld gehen, sie warf die Arme hoch, am liebsten hätte sie geschrien, über die Köpfe der anderen Wartenden hinweg. Sie trippelte vor Ungeduld von einem Fuß auf den anderen, schließlich tauchte er vor ihr auf, und dann lagen sie sich auch schon in den Armen.

Auch diesmal gab es Verständigungsproben für die ›Tosca‹, ganz gleich, wie gut alle Bescheid wussten. Und wieder kam es Elia vor, als habe sich etwas verändert. Sie spürte eine neue Leichtigkeit in sich, eine Lust zu singen und zu spielen, Tosca, die Diva, ja, sie und Elia, sie kannten sich jetzt.

Mehrere fulminante Aufführungen waren bereits über die Bühne gegangen. Diesmal reichten wenige Stunden, und schon fühlte sich Elia wieder frisch und fabelhaft in Form. Die wunderbare Leichtigkeit durchdrang sie ganz und gar.

Doch am Nachmittag vor der drittletzten Vorstellung schien etwas diese lichte Energie zu trüben, so als tropfte etwas Dunkles in leuchtend klares Wasser. Ein Grund dafür war nicht zu erkennen, zunächst bemerkte es Elia kaum. Doch nahm es zu, still und stetig. Es machte Elia nicht müde, im Gegenteil. Etwas in ihr wurde aufgescheucht aus seiner zufriedenen Ruhe und hielt nun irritiert Ausschau, als gäbe es eine Bedrohung. Die ganze Vorstellung über musste sich Elia zusammennehmen, um ihre volle Aufmerksamkeit auf die Rolle zu richten, aber das Stück kam ihrer Stimmung entgegen, Toscas eifersüchtige Nervosität, die immer bedrohlicher werdende Handlung.

Elia hatte das ungute Durcheinander in ihrem Inneren für Lampenfieber gehalten, das sie an diesem Tag schlimmer beutelte als sonst. Doch es verschwand keineswegs, es wurde nur noch rastloser, schwerer, und plötzlich, von einem Augenblick auf den anderen, zuckte Elia so heftig zusammen, als sei gerade vor ihr ein Blitz eingeschlagen. Alle hatten es gesehen, Elia hob ratlos die Hände: »Keine Ahnung, ich fühle mich hundsmiserabel.«

Carlos brachte Elia nach Hause, sie ließ sich von ihm in den Arm nehmen und versuchte zu lachen, aber Carlos sagte nur zart: »Du musst jetzt schlafen. Komm, ich bringe dich ins Bett.« Er half ihr wie einem kleinen Kind, deckte sie zu und setzte sich an den Rand ihres Bettes. Es war eine große Liebe zwischen ihnen.

Am nächsten Morgen, nach wirren Träumen, an die sie sich nicht erinnern konnte, ging Elia zum Telefon und wählte Ferdinands Nummer. Doch niemand meldete sich. Wahrscheinlich schliefen sie noch, eigentlich gab es nichts Wichtiges zu sagen, Elia hatte, aus ihrer inneren Unrast heraus, einfach nur anrufen wollen. Der Gedanke, Ferdinand oder Friederike doch noch zu erreichen, bohrte sich bei ihr fest. Dass die beiden in München waren, wusste Elia, und normalerweise traf man sie um diese Zeit zu Hause an. Sie versuchte es noch einmal, wieder vergeblich. Als ihr eigenes Telefon läutete, riss sie den Hörer an sich, Ferdinand und sie hatten manchmal solche Anwandlungen, es kam gar nicht so selten vor, dass sie, nach Tagen und Wochen, beide plötzlich zur gleichen Zeit Lust auf ein

Schwätzchen verspürten. Es war Carlos:»Ich hab geschlafen wie ein Stein, wenn du magst, komm ich vorbei und bringe uns einen frischen Kuchen zum Kaffee mit.«Diese freund-schaftlich-umsichtige Art kannte Elia an Carlos noch nicht, aber sie tat ihr sehr wohl und beruhigte sie etwas.

Eine Zeitlang verspeisten sie friedlich ihren Kuchen, bis Elia doch wieder zum Telefon ging, um ihr Glück bei Ferdinand erneut zu versuchen. Auch diesmal nahm niemand ab. Carlos verstand ihre Unruhe nicht:»Du lieber Himmel, du hockst auch nicht Tag und Nacht vor dem Telefon. Vielleicht sind sie mit den Kindern im Zoo oder sie besuchen die Schwiegermutter.« Elia nickte nur und wählte Björn Eksells Nummer. Dort meldete sich die Sekretärin. Nein, Herr Eksell sei nicht im Zimmer, aber er würde zurückrufen.

»Ihre Stimme hat irgendwie komisch geklungen«, sagte Elia zu Carlos, der schüttelte enerviert den Kopf:»Also bitte, jetzt hör endlich auf.« Kurz darauf rief Björn zurück. Elia fragte ganz ruhig:»Was ist los mit Ferdinand?« Am anderen Ende der Leitung blieb es still, sekundenlang oder eine Ewig-keit. Elias Antennen registrierten Björns Erschrecken – und die Bestätigung ihrer Angst: Ferdinand! Schließlich hatte Björn die Sprache wiedergefunden:»Wieso, warum, woher weißt du?« Elia schloss die Augen, sie atmete ganz tief durch und dann noch einmal: Ein bestimmtes Wort durfte jetzt nicht fallen! Weil Elia vollkommen stumm blieb, fuhr Björn sto-ckend fort:»Ja, gut, er liegt jetzt auf der Intensivstation, der Kreislauf ist stabilisiert, er hat es wohl noch einmal gepackt, die Aussichten sind sehr gut, er ist ja jung.«

Elia sagte immer noch nichts, als würde sie eine ferne Bot-schaft vernehmen, lauschte sie in den Hörer hinein.»Ist Car-los bei dir?«, hörte sie Björn fragen, sie reichte Carlos den Hö-rer. Carlos wusste zwar nicht, um was es ging, aber er hatte Elia beobachtet und war auf Schlimmes gefasst. Die beiden Männer einigten sich darauf, Björn solle vorbeikommen, das war das Beste.

»Meinst du, du schaffst es heute Abend?«, fragte Carlos vorsichtig, während sie auf Björn warteten. Elia hatte immer noch ganz in sich versunken ins Leere gestarrt, jetzt fuhr sie erschrocken hoch. »Ich? Ja, warum? Selbstverständlich!«

Carlos wusste um die enge Freundschaft zwischen Elia und Ferdinand, er kannte auch Elias empfindsames Gemüt. Darum überraschte ihn ihre schnelle, klare Antwort, aber er hütete sich, Zweifel zu säen, und sagte nur: »Ja, natürlich. Und ich auch. Ture, du und ich, wir werden zusammenhalten und uns Kraft geben, dann packen wir es. Während wir nicht singen müssen, beten wir für Ferdinand.« Er nahm Elia in die Arme und drückte sie ganz fest an sich.

»Ja, das tun wir bei jedem Atemzug«, flüsterte sie, es war kaum zu hören.

Björn hatte in der Zwischenzeit auch Ture und Fulvio benachrichtigt, auf sie war Verlass. Die anderen sollten vorerst lieber nichts davon erfahren, es würde nur zusätzliche Unruhe verbreiten. Ferdinand hatte am Abend zuvor einen schrecklichen Autounfall gehabt, so viel wusste Björn zu berichten. Er hatte mit Freunden in einem Lokal einen Geburtstag gefeiert und dann vorsichtshalber ein Taxi genommen, Friederike zuliebe, die zu Hause geblieben war und umkam vor Angst, wenn er beschwipst Auto fuhr. Und nun war mitten auf der Ludwigstraße, im Herzen der Stadt, ein Betrunkener frontal in das vollbesetzte Taxi hineingekracht. »Es gibt mehrere Verletzte, und Ferdinand besonders schwer. Friederike ist bei ihm, ein Freund von ihnen hat gerade angerufen und gesagt, er sei jetzt über den Berg«, schloss Björn mit belegter Stimme.

Elia hatte seinen Bericht mit gerunzelten Brauen angehört, stumm und regungslos, lediglich die über der Brust gekreuzten Arme verrieten, dass sie sich zu schützen suchte. Nach dem Zeitpunkt des Unfalls zu fragen, schien müßig, Elia war genau in diesem Augenblick so erschrocken zusammengefahren, das empfanden sie alle. So etwas sollte vorkommen bei besonders empfindlichen Menschen. Doch Elias Nervosität davor, wie erklärte sich die? Besser, man schwieg darüber.

Björn schaute Elia an und sagte sehr sanft: »Irgendetwas kann ich mir schon noch einfallen lassen, du musst dich nicht zwingen.«

Aber Elia schüttelte den Kopf: »Das würde Ferdinand nicht gefallen. Er ist der gleichen Meinung wie Mariana, solange man selbst noch einen halbwegs akzeptablen Ton herausbekommt, muss man singen. Ich will für Ferdinand singen. Und du, Carlos, du hilfst mir dabei.« Sie überlegte kurz, dann sagte sie mit einer Kleinmädchenstimme: »Wenn ich mich jetzt hinlege, deckst du mich dann zu, so wie gestern?«

Tatsächlich fielen ihr wie einem Kind gleich die Augen zu, so erschöpft war sie. Auch Carlos fühlte sich ganz erschlagen, zum ersten Mal im Leben sehnte er sich nach einem Nickerchen vor einer Vorstellung. Er zog seine Schuhe aus und kroch zu Elia unter die Decke.

»Ich weck euch rechtzeitig«, sagte Björn, während er die Türe zumachte. Von Elias Telefon aus führte er leise ein paar Gespräche, eines davon nach München. Dort stand es Spitz auf Knopf.

Die ganze Zeit über, während sie in ihrer Garderobe geschminkt und frisiert wurde, hielt Elia die Augen geschlossen, selbst als ihr die Garderobiere und die Maskenbildnerin in ihr Kostüm halfen, schaute sie nicht auf. In der kleinen Garderobe herrschte eine geschäftige, ruhige Atmosphäre, niemand sagte ein Wort, die beiden Frauen dachten sich nichts dabei, sie arbeiteten schon lange genug in ihrem Beruf, um zu wissen, dass Sänger manchmal still vor sich hin schwiegen, um vielleicht das nächste Mal munter daherzuplappern.

Aber Elia war keineswegs so in sich versunken, wie es wirken mochte. Alle ihre Sinnestentakeln waren ausgerichtet auf die Fingerspitzen, die Hände, die sich an ihr zu schaffen machten, jede Berührung, jedes Rascheln, jede Bewegung nahmen sie auf, und dadurch holten sie Elia aus dem luftleeren Raum, in dem sie geschwebt hatte, nach und nach wieder zurück in ihren eigenen Körper – und auch in die Wirklichkeit. Als sie hörte, wie die Frauen die Tür hinter sich schlossen, machte sie die Augen wieder auf. Sie saß direkt vor dem großen Garderobenspiegel und schaute ihrem Spiegelbild ins Gesicht. Eine Weile starrte sie sich in die Augen, dann nickte sie sich energisch zu. Sie nahm ein Bühnenfoto in die Hand, auf dem Alfredo sich zärtlich-verzweifelt über die sterbende Violetta beugt, und sagte beschwörend:»Siehst du, sterben müssen immer nur die Frauen, Männer wissen gar nicht, wie das geht. Merk dir das, Ferdinand.«

Es pochte an die Tür, zweimal lang, dreimal kurz, so klopfte nur Ture. Er schaute sie anerkennend an:»Scarpia müsste blind sein, wenn er sich nicht in dich verlieben würde. Vielleicht sollte ich noch mal das Messer kontrollieren lassen, du hast gestern schon so rabiat zugestochen.« Er sah das Foto, das Elia noch in der Hand hielt:»Lieb sieht er aus, unser Ferdinand.« Seine Stimme klang wie immer, wenn er auf einen kurzen Begrüßungsplausch vor der Vorstellung bei Elia vorbeikam. Doch dann nahm er Elia vorsichtig das Foto aus der Hand, schaute es eine Weile stumm an, führte es an die Lippen und küsste es. Ein kurzer Augenblick, eine rasche Bewegung, ein Treuegelöbnis dem Freund. Er stellte das Bild vor den Spiegel, direkt vor Elia: Hier gehörte es hin. Elia war aufgestanden, Ture und sie umarmten sich, schnell und entschlossen, wie zwei Krieger vor der Schlacht, dann eilte er zurück in seine Garderobe.

Noch einmal klopfte es an die Tür, Fulvio schlüpfte herein. In der Hand hielt er ein Marienmedaillon an einer goldenen Kette:»Es wird dir Schutz bringen. Und Ferdinand vielleicht auch.« Auch er sprach knapp und sachlich, er schaute Elia fragend an, sie reckte ein wenig den Hals und schob eine Locke beiseite, und so legte er die Goldkette an und spuckte Elia dabei über die Schulter:»Toi, toi, toi.« Was sollte Elia jetzt noch passieren? Dennoch fiel es ihr im ersten Akt schwer, sich auf Toscas zärtliches Eifersuchtsgeplänkel einzulassen. Wie leicht und sprühend und lebendig hatte sie sich vor einigen Tagen noch gefühlt, jetzt kam es ihr vor, als zögen sie tonnenschwere Gewichte zu Boden. Erst als der Vorhang nach dem zweiten Akt fiel, atmete sie ein wenig auf: Das Mühsamste lag nun hinter ihr.

Sie wolle für Ferdinand singen, so hatte sie gesagt und doch bald gemerkt, dass es riskant war, ihn allzu sehr im Bewusstsein zu behalten. Vor allem an einen verletzten Ferdinand durfte sie nicht denken. Sie hatte versucht, ihn sich so vorzustellen, wie sie ihn am liebsten mochte: vergnügt, ein bisschen albern, emsig, vielleicht reparierte er gerade Birgits alte Nachttischlampe oder er knallte triumphierend beim Kartenspiel sein tolles Blatt auf den Tisch. Normalerweise konnte sie solche Bilder gut heraufbeschwören, doch diesmal funktionierte es nicht, stets schob sich etwas anderes davor.

Zwischen dem zweiten und dem dritten Akt fühlte sie sich nicht mehr ganz so verkrampft, und es schien ihr, als sollte sie in Gedanken an sein Krankenbett eilen, wenigstens für einen Augenblick, und ihm dabei helfen, am Leben zu bleiben. Irgendetwas brauchte er von ihr, vielleicht auch nur, dass sie für ihn betete, so wie es Carlos gesagt hatte. Sie legte ihre Hände auf Fulvios Medaillon und murmelte das Ave Maria, immer wieder. Für Sekunden war es ihr, als stünde sie an Ferdinands Lager. Dort stand auch der Tod bereit. Mit großer Mühe riss sie die Augen auf, sie sprang hoch, hastete in der Garderobe hin und her, sie schlug sich an die Brust, sie ächzte und stöhnte, sie schüttelte die Hände, die Arme, das tat ihr gut. Als Carlos den Kopf zur Tür hereinstreckte, um nach ihr zu schauen, hatte sie sich wieder gefangen. Entschlossen und hart sagte sie:»Ja, dann bringen wir es hinter uns.« Es war ihr deutlich anzusehen, dass sie über Ferdinand nicht sprechen wollte.

Ferdinand lag im Sterben, das wusste Elia jetzt. Nichts gab es, absolut nichts, womit sie dem Freund hätte helfen können. Nun galt es, den letzten Akt durchzustehen. Elia wollte alle ihre Kräfte, ihr ganzes Wesen sammeln und konzentrieren, nicht die kleinste Unachtsamkeit durfte sie sich leisten. Hinter den Kulissen hörte Elia Carlos den Abschiedsgesang von Cavaradossi singen, so herzbewegend, so untröstlich traurig hatte es wohl noch nie geklungen. *»E lucevan le stelle*...«, in der magischen letzten Nacht in Ravello hatte Carlos vor dem verzweifelten Ausbruch innegehalten und schon da Elia zum Weinen gebracht. Aber Elia ließ sich nicht beirren, die große Schlussszene war so emotionsgeladen, dass es auf keinen Schöngesang ankam, auch Toscas Stimme geriet vor Rührung ins Wanken und wurde vor Aufregung schrill. Alles ging tatsächlich ohne Schwierigkeiten vonstatten, schließlich erteilte Tosca eifrig und eindringlich ihre Anweisungen, für die Zuhörenden klang es wie immer, sogar für Elias Ohren. Nur Carlos schoss es durch den Kopf:»Diesmal glaubt Tosca nicht daran, dass die Flucht gelingt.«

Auf der Bühne tauchten nun nach und nach die Männer des Erschießungskommandos auf, fast träge zunächst, lustlosverschlafen, es war noch früh am Morgen, was ging dieser Mann sie an? Doch dann, zum immer straffer werdenden Rhythmus des schaurigen Marsches, formierten sie sich zu einem militärisch geordneten Peloton. Zehn Gewehrläufe waren auf Cavaradossi gerichtet.

Elia hatte sich gut gewappnet, aber dann geschah alles sehr schnell. Schon bei den ersten schwankenden Klängen des Marsches kam es Elia vor, als löse sie sich auf, alles an ihr, in ihr, der Körper, die Knochen, das Herz, es zerfiel und zerschmolz, süßlich und grauenvoll, die Trommel wirbelte dazu, und die Posaunen des Jüngsten Gerichts schmetterten. Dann fielen die Schüsse: Ferdinand war tot! Doch wer da vor ihr lag, das war ihr Vater! Das Blut, ja, das Blut!

Wie eine riesige Welle brach die Erinnerung über sie herein: Oh ja, sie hatte viel gesehen, mehr als die Mutter: Die Schüsse hatten sie aus dem Schlaf aufgeschreckt, dann erschien Signor Barbaroli atemlos in der Küche, und während er und die Mutter noch aufgeregt diskutierten, war Elia aus dem Bett hochgefahren und zur vorderen Treppe gestürzt, sie hatte die beiden Verbrecher davonlaufen sehen, der Vater kauerte aufrecht hinter dem Steuer, überall lief ihm das Blut herunter, dann brach er vor ihren Augen zusammen. Sie hatte die Treppe hinunterrennen wollen und helfen, helfen, helfen! Aber ihre Füße waren wie festgenagelt gewesen, keinen einzigen Schritt konnte sie tun. Und dann war die Mutter gekommen.

Die Musik verebbte wie der Herzschlag eines Sterbenden, es war an Tosca, den Bann zu brechen. Elia war so mit der Rolle verwachsen, dass irgendetwas ihr Toscas Worte entriss, hinein in die rasenden Klangkaskaden. Und in panischem Entsetzten schrie es aus ihr heraus:»Mario, Mario! *Morto! Morto!* Tot! Tot!«

Elia brach über Carlos zusammen. Niemals hätte sie sich vor Toscas Schergen noch einmal aufraffen können, hätte ihr nicht Carlos den Befehl dazu ins Ohr gezischt und sie schließlich sogar weggestoßen. Und so torkelte sie noch einmal hoch und stürzte sich in die Tiefe, mit dem grässlichen Schrei eines wunden Raubtiers, nicht mehr mit Toscas noch im Todessprung wohlgesetzten Worten.

Toscas Sprung von der Bühne führte in Wirklichkeit kaum einen Meter in die Tiefe, doch um jedes Risiko auszuschalten, hatte man hinter der Kulisse der Engelsburg ein Polster ausgebreitet. Dort lag nun Elia, ganz verbogen und krumm, als sei sie tatsächlich zerschmettert. Fulvio und auch Ture stürzten sofort zu ihr hin, sie reagierte nicht, aber unter den geschlossenen Lidern quollen Tränen hervor. Sie war nicht in der Lage, sich zu verbeugen. Ture und Carlos gingen allein vor den Vorhang, der Abendregisseur erklärte etwas von einer leichten Verletzung, das Publikum stöhnte erschrocken auf, Elias Verwirrung war ihm nicht entgangen, doch dann brach es in einen demonstrativen Applaus für die Abwesende aus. Sobald er konnte, eilte auch Carlos zu Elia, Björn und alle möglichen Hilfswilligen waren schon da. Elia brachte noch immer kein Wort heraus, sie zitterte am ganzen Körper. Man hob sie auf eine Bahre; da sie sich ganz offenbar nicht verletzt hatte, entschieden Björn und Carlos, sie nicht ins Krankenhaus, sondern nach Hause zu bringen. Erst die Garderobiere und die Maskenbildnerin kamen auf die Idee, Elia vorher aus dem Kostüm zu befreien und sie abzuschminken. Unter dem Gemurmel und den sanften Händen schien sie sich etwas zu beruhigen, die Farbe kehrte zurück in ihr aschfahles Gesicht, die Tränenbäche versiegten für eine Weile.

Carlos wollte bei Elia bleiben, notfalls konnte er Hilfe holen, und der Arzt hatte ausreichend Tabletten und Pülverchen dagelassen. Er nahm sie in die Arme, er streichelte und küsste sie und sprach auf sie ein, Elia ließ alles mit sich geschehen, er merkte auch, dass es ihr guttat, und doch kam von ihrer Seite nichts, kein Blick, keine Geste, ihre Arme hingen kraftlos herab wie bei einer Puppe. Schluchzer, aus tiefster Tiefe, schüttelten ihren Körper. Ihr Gesicht war von Tränen ganz nass, sie konnte nicht aufhören zu weinen. Irgendwann brachte sie schließlich doch die Augen auf und stammelte etwas von Blut. Carlos dachte zuerst, dass sie Ferdinand meinte, aber dann begriff er, dass sie von ihrem Vater sprach. Stöhnend und stockend, wie unter Schmerzen, würgte sie die Worte heraus. Carlos verstand sie kaum, aber dann sah er das kleine Mädchen auf der Treppe stehen, vor Schrecken gelähmt, hilflos und verzweifelt, sein Kummer ging ihm so zu Herzen, dass auch er zu weinen begann. Elia seufzte ein paarmal auf, endlich umschlang sie Carlos und presste sich an ihn. Obwohl niemand anderes im Zimmer war, flüsterten sie. Nein, Elia hatte einige Dinge noch nie einem Menschen erzählt. Ganz einfach, weil die schlimmsten Passagen des Schreckensszenarios aus ihrem Bewusstsein getilgt waren. Eine Überlebensstrategie ihres empfindlichen Gemüts? Mariana hatte von Anfang an den Verdacht gehabt, dass Elia sich über irgendetwas nicht klar werden wollte – oder nicht konnte. Jetzt hatten sich die Gedächtnislücken gefüllt. Die Bilder waren in Elias Bewusstsein wieder vorhanden, wie eine unerträgliche Szene in einem Horrorfilm. Schon beim Gedanken daran fing Elia wieder an zu zittern, und doch, irgendwie empfand sie sogar Erleichterung darüber, dass ihr furchtbares Geheimnis nun gelüftet war. Vielleicht half es ihr auch weiter, sie hatte keine Ahnung. Wie zwei verstörte Kinder hielten sie einander umschlungen, Elia war zu Tode erschöpft, ihr stoßweiser Atem wurde leiser, ihr angespannter Leib erschlaffte, eine Weile dösten sie vor sich hin, dann schliefen sie beide ein.

Doch plötzlich bäumte sich Elia auf, es war, als explodiere etwas in ihr:»Ferdinand ist tot!«Sie sprang aus dem Bett und rang die Hände, wild warf sie den Kopf hin und her.»Er ist tot, er ist tot, er ist tot«, schrie sie immer wieder. Heulend warf sie sich Carlos an die Brust, sie schüttelte ihn an den Schultern:»Verstehst du, umgebracht, durch einen besoffenen Idioten.« Sie holte Atem:»*Morto, morto così*«, schleuderte sie wutentbrannt Toscas entsetzte Worte heraus.»Dieser Mensch! Diese Stimme!«Ein Sturmwind schien Elias Verzweiflung neu angefacht zu haben, sie keuchte und schluchzte und knirschte mit den Zähnen, hilflos vor Schmerz und Wut stampfte sie auf den Boden.

Irgendwann sank sie zurück aufs Bett. Ihre Wangen und ihr Körper glühten, sie klammerte sich an Carlos, ihre vom Weinen geschwollenen Lippen fanden seinen Mund, oh ja, aus Verzweiflung konnte man auch küssen. Sie packten, sie streichelten, sie verkrallten sich und stürzten ineinander, rasend, lechzend nach Leben.

Sie schliefen bis spät in den Tag hinein. Elia fühlte sich, als sei sie von einer schweren Krankheit genesen: noch sehr wackelig auf den Beinen – aber über den Berg. Die Trauer um

Ferdinand war geblieben. Er war tot, sie fühlte es. Dennoch ließ sie sich von Carlos gerne Mut machen, die moderne Medizin bewirkte oft wahre Wunder. Endlich musste Carlos doch Björn anrufen, so war es ausgemacht. Und die arme, winzige Hoffnung zerbrach:»Gestern Nacht. Wahrscheinlich haben wir um diese Zeit noch Vorstellung gehabt.«

Erst jetzt erzählte Elia von ihrem unheimlichen Erlebnis während der ›Entführung‹ in München.»Kannst du dir das vorstellen, die beiden stehen doch in keiner Verbindung zueinander! Ich habe nach Ferdinands Unfall auch nicht an Papa gedacht, sonst wäre ich auf der Hut gewesen. Die beiden haben nichts miteinander zu tun«, regte sich Elia auf. Aber dann fügte sie zögernd hinzu:»Ein kleines bisschen haben sie sich sogar ähnlich gesehen, so vom Typ her, jetzt, wo ich es mir überlege. Und Flöte haben sie auch beide gespielt . . .« Darüber kamen Elia wieder die Tränen, doch das Weinen fühlte sich jetzt anders an. Doch dann rief sie plötzlich erschrocken aus: »Birgit! Ob sie es schon weiß? Ach Gott, sie und Ferdinand, die haben sich so gut verstanden!« Elia hatte nicht den Mut, nicht die Kraft, es ihr zu sagen:»Nachher, später, ich muss zu ihr hin.«

Aber Birgit wusste es schon durch Mariana, die war mit der ersten Maschine an diesem Morgen angekommen. Eigentlich hatte sie erst zu Elias letzter ›Tosca‹-Vorstellung nach Stockholm fahren wollen, doch nach einem Anruf von Björn wegen Ferdinands Unfall hatte sie sich Sorgen um Elia gemacht. Björn wunderte sich nicht, das hatte er längst geahnt: Mariana war eine Hexe und Elia ihre gelehrige Schülerin. Er war heilfroh, zusammen mit Mariana die Entscheidung fällen zu können, ob sie diese letzte Vorstellung überhaupt riskieren konnten.

Mariana sprach viele Stunden mit Elia, mütterlich-zärtlich, aber auch streng. Elia kamen immer wieder die Tränen, auch Marianas Stimme geriet öfters ins Schwanken. Diesmal ließ Mariana Elia kein Versteckspiel, kein sich Entziehen durchgehen. Elia musste ihr das grässliche Erlebnis vom Vortag noch einmal schildern, jedes Detail, ab wann und wie hatte es sich zusammengebraut, was hatte Elia gefühlt, gesehen?

Elia protestierte heftig: »Gerade fang ich an, mich wieder aufzurappeln, willst du mich jetzt in den Wahnsinn treiben?«

Doch Mariana blieb hart: »Wenn sich im Fußboden deines Hauses ein Loch auftut und du fällst hinein, dann deckst du auch nicht nur ein Brett drüber und denkst, es wird schon nicht wieder passieren. Sondern du schaust die Stelle genau an, auch alles drumherum, und überlegst, wie der Schaden entstand und wie du so etwas in Zukunft verhindern kannst. Kurzum, du reparierst die Sache von Grund auf. Also, packen wir es an! Du bist doch mutig, das weißt du, sonst könntest du nicht singen. Was riskierst du jetzt noch? Ich bin doch da, komm, komm, hab keine Angst!«

Angst, jawohl, darum ging es. Diese Angst, die lähmende Angst um den Vater. Damals. Und all die Jahre danach. Sie hatte Elia niemals verlassen. Wie die Kugeln in den Körper des Vaters, so war die Angst in Elias Herz eingeschlagen. Hatte sich dort eingenistet und in den unzugänglichsten Herzenswinkel verzogen, so dass Elia ihr nie auf die Schliche kommen konnte. Erst der Schock hatte sie gewaltsam aus ihrem Versteck herauskatapultiert. »Schau sie dir an, deine Angst, in aller Seelenruhe, endlich kannst du es. Brauchst du sie noch? Und wozu? Deinem Vater nützt sie nichts mehr«, sagte Mariana.

Nach einer langen Pause meinte Elia zögernd: »Ja, es ist gut, dass ich sie Aug in Auge zu sehen bekomme. Jetzt weiß ich endlich, was ich da immer und immer mit mir herumgeschleppt habe: diese tonnenschwere Angst!« Sie holte tief Luft und sagte in einem sehr energischen Ton: »Los, fort mit dir. Ab sofort hast du keine Macht mehr über mich!«

Plötzlich reagierte Elia genauso streng und unerbittlich wie Mariana. Denn auch sie wusste: In diesem Beruf konnte sie sich das Risiko solcher Katastropheneinbrüche nicht leisten.

Sie musste sogar dankbar sein, dass eine dieser in ihrem Unterbewusstsein vergrabenen Bomben – vielleicht sogar die einzige oder doch die größte – auf eine gerade noch erträgliche Weise hochgegangen war.

»Du hast den Akt nicht geschmissen, und du hast den Verstand nicht verloren. So, und jetzt nimm dich zusammen«, meinte Mariana herzlos, aber dabei legte sie den Arm um Elia. Es war wie in alten Zeiten, da hatte Mariana sie auch manchmal angeschnauzt, wenn Elia bei schwierigen Stellen Panik bekam, statt ihren eigenen Kräften zu vertrauen.

Was die ›Tosca‹ betraf, so kamen sie zu dem Schluss: Elia hatte bei einer weiteren Vorstellung nichts mehr zu befürchten. Und auch sonst würde eine so ungünstige Konstellation wohl nie mehr zusammentreffen. Elia wurde geradezu euphorisch: »Jetzt merke ich es erst richtig: Ich habe beim letzten Akt nie so genau hingeschaut. Ich wollte die Sache mit Anstand hinter mich bringen, aber ich habe mich irgendwie weggeduckt, ganz anders als im zweiten Akt. Den fand ich zwar grässlich, aber da habe ich mich voll reingekniet. So, und jetzt hat es mich endlich erwischt, und das Phantastische daran ist: Ich habe keine Angst mehr! Die können jetzt schießen, so viel sie wollen, mir egal.«

Diese letzte ›Tosca‹-Vorstellung war als festlicher Abschied für Elia geplant gewesen. Nun wurde sie zur Trauerfeier für Ferdinand. Elia, Carlos und Ture wünschten es sich so, damit konnten sie dem Freund ihre Liebe besser beweisen, als wenn sie alles hinschmissen und zum Begräbnis nach München fuhren – das am gleichen Tag stattfand.

Ehe die Vorstellung begann, trat Björn Eksell vor den Vorhang: »Ferdinand Schönbaum ist tot. Wir alle und die ganze Opernwelt haben einen großartigen Menschen und darüber hinaus eine betörend schöne Stimme verloren. Die Künstler, allen voran Elia Corelli, die an diesem Abend Abschied als festes Ensemblemitglied von uns nimmt, möchten die Aufführung dem Andenken ihres geliebten Freundes und Kollegen widmen. Ich bitte sie herzlich, sich zu Ehren von Ferdinand Schönbaum zu erheben und in einer Schweigeminute seiner zu gedenken. Gott schenke ihm den ewigen Frieden.« Das Publikum erhob sich schweigend, während sich sachte der Vorhang öffnete, damit auch die auf der Bühne Versammelten, das gesamte ›Tosca‹-Ensemble mitsamt den Bühnenarbeitern, mit einbezogen wurde. Im Orchestergraben waren die Musiker aufgestanden.

Es war totenstill in dem großen Haus. Von Sekunde zu Sekunde, durch die Gefühle, die Wünsche, entstand immer spürbarer, dichter eine innige, feierliche Energie. Sie füllte den Raum bis hinauf zur Decke und darüber hinaus und durchdrang jedes einzelne Herz der in Trauer vereinten Menschen. Und sie durchpulste vom ersten bis zum letzten Ton das schreckliche Bühnengeschehen, umgab es mit einer leuchtenden Aura. Etwas Einmaliges, Unvergessliches fand an diesem Abend statt.

Auch Elia fühlte sich emporgehoben über die eigenen Zweifel, die Ängste. Nie hatte sie Tosca mehr geliebt, innigeres Mitgefühl mit ihr gehabt. Ihre letzten, aberwitzigen Worte funkelten vor Verzweiflung:»O Scarpia, avanti a Dio«, es war, als steche Tosca noch einmal mit dem Messer auf Scarpia ein – bis er tot zusammensackte. Genauso lange hielt Elia dieses»Dio«. Alles Glück, alle Hoffnung war in Stücke zerschmettert, die krachten jetzt donnernd, zusammen mit Tosca, in die Tiefe.

Aus völligem Schweigen hatte das Stück begonnen, nun, nach dem grässlichen Abschluss, herrschte erschrockene Stille. Und selbst, als sich die Erstarrung der Zuschauer zu lösen begann, wusste zunächst niemand so recht, ob man überhaupt klatschen sollte und durfte. Doch dann brach die Erregung durch und fegte jede Zurückhaltung weg, der Saal tobte und trampelte, und da der Vorhang zunächst geschlossen blieb, da man sich auch hinter der Bühne nicht entscheiden konnte, was man tun sollte, fingen die Zuschauer an, die Namen der

Sänger zu skandieren. Und weil das durchdringender klang, blieben sie bei den Vornamen:»Elia, Elia, Carlos, Carlos, Ture, Ture«, und immer wieder»Elia«.

Sie liebten die junge Frau mit dem empfindlichen Herzen und der fabelhaften Stimme, sie wollten sich von ihr verabschieden und sie feiern. Als sich der Vorhang schließlich doch öffnete und die Sänger herauskamen, herrschte ein ähnliches Durcheinander wie bei Elias allererster ›Tosca‹, und von allen Seiten flogen Blumen. In Elias Augen standen längst wieder Tränen, ob aus Erschütterung, Erschöpfung, Trauer, Rührung, wer hätte es sagen können. Was für ein Abschied! Von Ferdinand. Von dem bergenden Stockholmer Haus. Und von der ›Tosca‹. Niemals mehr, so empfand es Elia, würde sie die Partie der Tosca singen.

Diva

Sechs Jahre waren seither vergangen. Die Erschütterungen hatten Elia zu ihrer eigenen Verwunderung nicht aus dem Tritt gebracht, sondern ihr sogar geholfen. Denn die heimliche, alte Angst war tatsächlich hinweggefegt, hatte einer neuen Klarheit und Entschlossenheit Platz gemacht. Elia konnte jetzt viel unbeschwerter an den Vater denken – und damit auch eigene Erfolge besser genießen, von denen sie nun spürte, wie stolz sie den Vater gemacht hätten.

Über Ferdinands Tod hinwegzukommen, war ihr dennoch sehr schwergefallen, und auch nach Jahren überfiel sie immer wieder Trauer und Wut über diesen frühen, sinnlos erscheinenden Tod. Und doch, tief in ihrem Inneren hatte irgendetwas ihn auch akzeptieren können: Er war Ferdinands Schicksal, ihm vorherbestimmt.

Mittlerweile trat Elia an allen Opernhäusern der Welt auf, den großen, berühmten und den kleinen, feinen. Unter Marcello Rainardi hatte sie als Desdemona ihren Einzug in die Scala gehalten und mit Georges Goldberg als Butterfly die Met erobert. Seitdem gehörte sie an beiden Häusern zu den Publikumslieblingen, eifersüchtig bewacht von ihren zwei Gönnern, die sie innerhalb ihres Herrschaftsbereiches keinem Konkurrenten überlassen mochten. Elia kam mit den eigensinnigen Herren gut zurecht, jedenfalls bei allen künstlerischen Belangen. Das lag gewiss hauptsächlich an ihr, hatte

Mariana sie doch Ehrfurcht vor solchen großen Künstlern gelehrt – und was sie nun selbst bei der Arbeit miterlebte, bestätigte sie darin.

Privat erwies sich jeder auf seine Weise als nicht ganz unkompliziert, der eine, Marcello, gab sich überaus distanziert, am liebsten verschwand er nach dem letzten Takt und ließ die anderen Beteiligten schnöde stehen, was keineswegs persönlich gemeint war, wie Elia nach der ersten Verwirrung begriff. Dafür wollte Georges Goldberg möglichst bis zum Morgengrauen mit den Künstlern zusammenhocken, rauchend, trinkend, übersprudelnd von genialen Einfällen. Mariana hatte das seinerzeit offenbar ausgezeichnet ausgehalten. Elia fiel es schwerer, sie suchte schon bald nach Gelegenheiten, sich aus der munteren Runde davonzustehlen. Das war gar nicht so leicht, denn Georges wollte gerade sie gerne neben sich haben und legte seine Hand besitzergreifend auf die ihre.

Verdi und Puccini bildeten auch weiterhin die Hauptsäulen von Elias Repertoire. Nur die Tosca sang sie nicht mehr. Dafür weckte die Stockholmer Giulietta bei ihr die Lust auf mehr Bellini. Die Norma fesselte sie auf Anhieb, als sie die Partie mit Signor Ruteli einzustudieren begann. Doch obwohl sie die wunderbar vielschichtige, schwierige Rolle nach einigen Mühen beherrschte, kam es Elia so vor, als wäre sie einfach noch nicht reif dafür. Daraufhin hatten ihr Signor Ruteli und auch Mariana geraten, die neu gewonnen Erfahrungen und Kenntnisse in ein anderes großes Belcanto-Werk einzubringen. So war es unter Giancarlos Obhut zu Donizettis ›Lucia di Lammermoor‹ gekommen, die Elia sogar für eine Tournee mit Carlos in ihr Repertoire aufnahm. Dabei war es erst einmal geblieben, der Umgang mit all diesen komplizierten, gefährdeten Belcanto-Damen erschien Elia manchmal etwas mühsam.

Fast immer nur Wahnsinn, Verzweiflung, Krankheit und Leid! Wie gern hätte sich Elia öfter in leichtfüßigen, komischen Rollen ausgetobt, aber die bot man ihr selten an, wahrscheinlich gab es sie in ihrem Fach so gut wie nicht. Immerhin, bei Rossini, in den Sopran-Versionen, als Rosina und Cenerentola oder kesse Italienerin konnte sie sich hin und wieder von allzu großem Tiefsinn und Unheil erholen. Auch als Mrs Alice Ford im ›Falstaff‹ und bei Donizetti als Norina in ›Don Pasquale‹, ihrer allerersten Oper. Daneben war sie stets auch Wagner treu geblieben, dafür hatte schon Björn Eksell gesorgt. Ein paar Wochen Stockholm im Jahr waren für Elia zum lebensnotwendigen Fixpunkt geworden, da wohnte sie bei Birgit, sah ihre Freunde, erholte sich vom südländischen Trubel und sang ihre alten und auch neue Wagnerrollen, darunter die versponnene, wilde Senta aus dem ›Holländer‹. Sogar an die Sieglinde hatte sie sich inzwischen gewagt, mit Karen Nielström als Brünnhilde und Ture als Wotan. Und Mariana hatte sich für die Fricka breitschlagen lassen, ein denkwürdiges Miteinander, das einmal mehr zeigte, wie die Zeit verging.

Zudem gab es Mozart, den Unvergleichlichen. Thomas Schneider hatte Elia nach Wien gelockt, als Susanna im ›Figaro‹. Und schließlich hatte sie auch die Pamina gesungen. In München!

Zunächst hatte sie voller Entsetzen das Engagement zu lösen versucht. Neben einem anderen Tamino als Ferdinand die ersehnte Pamina zu singen, war ihr unvorstellbar erschienen. Doch dann hatten wohlmeinende Menschen ausgerechnet diese ›Zauberflöte‹ als Benefizvorstellung für eine neu gegründete »Ferdinand-Schönbaum-Stiftung« auserkoren, mit der junge Sänger gefördert werden sollten. Nun konnte sich Elia nicht mehr entziehen. Wovor ihr so sehr gegraut hatte, das sollte sich als wahrer Seelentröster erweisen: Überall wurde mit Liebe und Hochachtung von Ferdinand gesprochen, doch nicht nur in feierlichem Ton, sondern man tischte auch unzählige Schnurren auf. Unter seinen Münchner Kollegen galt er ganz offensichtlich als begnadeter Sänger und zugleich als liebenswürdiger Geselle. Alle wussten, wie sehr

Ferdinand und Elia befreundet gewesen waren, schon darum hatten die Ensemblemitglieder sie freundlich in ihrer Runde aufgenommen. Nur als sie Friederike besuchte, bekam sie die ungeschminkte, traurige Wirklichkeit zu spüren. Friederike war wirklich »tapfer«, was blieb ihr auch anderes übrig mit den zwei kleinen Kindern? Aber dabei auch noch schwungvoll und witzig zu sein, so wie früher, das wollte ihr nicht mehr gelingen. Es schien, als habe Ferdinands Tod ihren Lebensnerv getroffen. Sie hatte in dem kleinen Haus nichts verändert, weniger aus Pietät, eher aus Erschöpfung. Sogar die beiden Liegestühle im Garten standen noch getreulich beieinander. Auf Elia wirkten sie wie das Abbild von Friederikes Einsamkeit.

War Elia inzwischen ein Star, eine Diva? Ein Opernstar schon, aber trotz aller Erfolge war sie natürlich geblieben. Natürlich, warmherzig und lebendig. Schon die Art, wie sie sich kleidete, war für eine Diva nicht elegant, nicht elitär genug. Die modischen Feinheiten oder gar die Haute Couture interessierten sie immer noch nicht. Sie trug, was ihr gefiel, und kombinierte alles ganz ungeniert mit gestickten oder handgewebten Schals, Gürteln, Blusen, die sie unterwegs auf Indianermärkten oder Basaren aufgestöbert hatte. In Schweden hatte sie eine Vorliebe für kräftige, klare Farben entwickelt, für bestimmte Farbzusammenstellungen wie grün und blau oder türkis, rot und orange. Manchmal erstand sie in Stockholm Stoffe, aus denen Laura etwas für sie entwarf. Es sollte chic sein, Elia war gut gewachsen und wollte hübsch aussehen, aber daneben sollte es auch bequem sein, nichts durfte zwicken, einfach weil Elia sich viel und schnell bewegte. »Stell dir vor, ich auf den Proben oder auf einer Reise, eingezwängt in ein edles Gewand, in dem ich eigentlich nur herumstehen kann, das ist doch lächerlich«, sagte sie zu ihrer Schwester.

Auch komplizierte Frisuren konnte sie im Alltag nicht leiden, sie musste auf der Bühne oft genug lästige Perücken und schwere, mit dicken Nadeln festgesteckte Haarteile und Zöpfe aushalten. Einen Luxustick hatte sie allerdings doch: Schuhe.

Schon allein darum liebte sie Florenz: Mochte es die anderen in die Uffizien ziehen, zu Michelangelo und Donatello, Elia stürzte zu Beltrami und Ferragamo und schwelgte stundenlang in Stöckelschuhen, Pantöffelchen, Stiefeletten, Sandaletten, um am Schluss etliche Schachteln nach Hause zu schleppen, manchmal ein und dasselbe Modell in verschiedenen Farben. Aber solche Kaufrauschanfälle blieben eine Ausnahme. Sonst liebte sie eher das Normale, Bodenständige, wie beim Essen – das ihr sehr wichtig war.

Dann gab es noch ihre Leidenschaft für rasante Autos. Doch die war ihr in die Wiege gelegt und hatte nichts zu tun mit ihrem Status als Sängerin. Und sie kostete nicht viel. Im Süden, vor Tante Ambrosias Häuschen, wartete der kleine Bugatti. Und in Rom stand ein funkelnd roter Ferrari bereit, der Vorführwagen eines Luxusmodells, den ihr Robertino für einen Pappenstiel besorgt hatte. Es machte Elia Spaß, damit durch Roms enge Gassen zu brausen, unter den Blicken sämtlicher männlicher Wesen, die ihr bewundernd, vielleicht neidisch nachstarrten. Und wenn es nottat, kroch Elia auch jetzt noch unter den Bauch ihres empfindlichen Raubtiers und schaute nach.

Elia kam immer noch regelmäßig nach Rom, denn sie konnte sich nicht vorstellen, eine Rolle ohne Mariana und Signor Ruteli einzustudieren. Zunächst wohnte sie noch im alten Palazzo bei Mariana und Pietro, aber nachdem Stefano aus Pietros ehemaliger Junggesellenwohnung ausgezogen war, hatte Elia dort Einzug halten dürfen. Sie genoss es unendlich, bei dem Trubel ihres Daseins gelegentlich in den eigenen vier Wänden allein sein zu können. Denn wo immer sie hinkam, beruflich oder privat, sogar bei ihrer Mutter und Tante Ambrosia, stets war sie umgeben von anderen Menschen. Obgleich es die meisten herzensgut mit ihr meinten, ging ihr das manchmal auf die Nerven. Ausschlafen dürfen bis in den Nachmittag hinein, herumschlurfen mit zotteligen Haaren und stundenlang nicht den Mund aufmachen müssen, auch das konnte lustvoll sein.

Ferdinands Tod und Elias Zusammenbruch, die aufgewühlten Zeiten danach, hatten bei Elia und Carlos Eigenschaften, Verhaltensweisen hochkommen lassen, von denen sie selbst kaum etwas geahnt hatten: Ihre Schutzbedürftigkeit und sein Bedürfnis, die Geliebte zu schützen. Dadurch waren sie einander noch nähergekommen. Aus einer leidenschaftlichen Liebesgeschichte war Liebe geworden.

Elia hatte damals zwei Schutzengel gehabt, das wusste sie, Carlos und Mariana. Ohne ihren Beistand, ihren Trost, aber auch ihre Strenge, hätte sie sich womöglich nicht mehr auf eine Bühne getraut. Immer wieder hatte sie angefangen zu jammern: »Und wenn es wieder passiert? Warum soll es sich nicht wiederholen?« Mariana und Carlos hatten sie zwar verstanden, sie kannten ihre Neigung, sich voll zu verausgaben. Aber dann hatten sie ihr mit Engelsgeduld die Grundlosigkeit ihrer Befürchtung bewiesen, bis Elia zugeben musste, dass sie selbst nicht wirklich an eine Wiederholung glaubte. Absolute Sicherheit existierte sowieso nicht, für niemand, und schon gar nicht für einen Künstler. Wer ihr nachjagte, saß einer Vorstellung auf, die nur entmutigte und blockierte. Das Einzige, was man tun konnte, war, selbst für Ordnung zu sorgen, nach dem bewährten Motto: üben, üben, üben, so lange, bis man die Partie im Schlaf beherrschte.

Carlos hatte auch weiterhin auf Elia aufgepasst, er diente ihr als wichtiges Regulativ. Wenn sie wieder einmal dabei war, sich über Gebühr in die exaltierte Gemütsverfassung einer ihrer Heldinnen hineinzusteigern, dann holte er sie, freundlich, aber bestimmt, aus diesem nicht ganz ungefährlichen Erregungszustand in die Wirklichkeit zurück. »Wenn du dich hier in Stücke schneidest, davon hat niemand was.«

Ohne oberflächlich zu sein, nahm er das Leben gern von der

heiteren Seite, das gehörte auch zu seinem Verständnis von Leichtigkeit. Er war viel verspielter, kindlich-naiver, als Elia zu Anfang gemerkt hatte, geblendet von der Weltläufigkeit des damals schon recht berühmten Kollegen. Das nahm seiner brillanten Schnelligkeit und entwaffnenden Schönheit die Schärfe und machte ihn noch liebenswerter. Selbst seine kleinen Schwächen, etwa seine unverhohlene Eitelkeit, wirkten dadurch charmant. Auch Elia fand es rührend, wie genüsslich er sich umschwärmen ließ. Er konnte sich baden im Erfolg und liebte den Applaus der Menge.

Erst die von Carlos so hartnäckig gewünschte Südamerikatournee brachte die Liebesidylle etwas durcheinander. Schon die Hinreise war Elia nicht gut bekommen. Sie wäre gern mit dem Schiff gefahren, aber Carlos, der Weitgereiste, hatte das als zu langweilig befunden. So war Elia schließlich nach einer über vierundzwanzigstündigen Fliegerei, Warterei und Umsteigerei halbtot in Buenos Aires an Land gestolpert und hatte die angeblich gewonnenen Tage weitgehend damit verbracht, sich zu erholen. Was nicht wirklich gelang, weil ständig Freunde und Bewunderer von Carlos umherschwirrten und ihn einluden. Auch Elia konnte nicht umhin, gelegentlich auf eines dieser Essen mitzugehen. Manchmal fielen ihr die Augen zu, wenn nach immer neuen, fetten Vorspeisen endlich das wirklich köstliche Fleisch auf den Tisch kam.

Dieser Trubel hielt auch während der Proben und später bei den Vorstellungen an. Carlos hätte diese Gesellschaftshudelei rasch abstellen oder einschränken können, doch er dachte gar nicht daran. Elia war noch nie neidisch auf Carlos gewesen, wenn sich, gerade in den Anfangszeiten, die Leute immer erst auf ihn stürzten. Er war eben schon länger im Opernzirkus dabei und bekannter als sie. Doch jetzt ärgerte sie sich zum ersten Mal über ihn: Merkte er nicht, wie sehr ihr diese aufdringlichen Verehrerinnen auf die Nerven gingen? Und wie gerne sie mehr mit ihm allein gewesen wäre? Aber offenbar brauchte er dieses Getümmel. Für Elia war alles fremd hier, auch der unermessliche Reichtum, der sich in den Palästen und Estancias vor ihr auftat. Kein Wunder, dass sich die verwöhnten Großgrundbesitzerinnen alles herausnahmen und Elia, wie sie deutlich zu spüren glaubte, mit hochnäsiger Missgunst als ein lästiges Anhängsel behandelten. Möglicherweise bildete sich Elia das nur ein, die meisten dieser vornehmen Herrschaften begegneten ihr mit ausgesuchter Höflichkeit, und vieles, was sie zu sehen bekam, war interessant und schön. Aber irgendwie wurde Elia alles zu viel, sie fühlte sich unsicher und von Carlos im Stich gelassen. Doch wenn er dann kam und sie in die Arme nahm, konnte sie dieser Mischung aus kleinem Jungen und feurigem Mannsbild nicht länger böse sein.

Sie war froh gewesen, als es von Buenos Aires weiterging in die Provinz und von da aus nach Uruguay, Bolivien, Brasilien und Mexiko. Aber bald sehnte sie sich wieder nach ihrer ersten Etappe, die zumindest komfortabel gewesen war. Immerzu die Koffer packen, in die nächste Stadt fliegen, sich auf neuen Opernbühnen zurechtfinden, mit fremden Menschen reden, und das in einer Sprache, die sie zwar verstand, aber auch nur, solange sie sich konzentrierte und nicht zu müde war. Sie überstand die vielen Vorstellungen zwar, aber wahrlich nicht mit Glanz und Gloria, wie sie mehr als einmal befand. Wenn ihr das Publikum an solchen Abenden trotzdem zujubelte, genierte sie sich ein wenig.

Der Zeitplan war immer noch viel zu gedrängt, obwohl ihn Björn Eksell doch seinerzeit verbessert hatte. Fast hatte sie Carlos im Verdacht, noch nachträglich ein paar Termine hineingestopft zu haben, zuzutrauen war es ihm. Carlos war auch am Ende der Reise noch munter wie immer, während sich Elia um hundert Jahre älter fühlte und mindestens vier Kilo abgenommen hatte.

Ruhe oder Rastlosigkeit, diese beiden Extreme sollten auch in der Zukunft immer wieder für Unstimmigkeiten und Streitereien zwischen den Liebenden sorgen. Elia prüfte jedes Angebot auf Herz und Nieren und sagte vieles ab. Es kam ihr sehr darauf an, dass sich zwischen den einzelnen Produktionen längere Pausen einrichten ließen, in denen sie abschalten, sich erholen, neue Rollen lernen, auch mal faulenzen konnte. Carlos hingegen hätte wohl am liebsten jeden Abend auf der Bühne gestanden und wäre dafür notfalls hurtig um den halben Globus geflitzt. Er war nicht nur ein »Zirkusgaul«, der vor einem entzückten Publikum fabelhaft piaffieren und paradieren wollte, er besaß darüber hinaus auch eine Rossnatur. Seine Sangesfreude und seine Reiselust ergänzten sich aufs Schönste. Ein ideales Gemisch für einen Sänger, das sah auch Elia ein, aber sie konnte es sich nicht zu eigen machen. Oft flogen Vorwürfe hin und her, Elia und Carlos schrien sich an mit ihren geschulten Stimmen, und keiner wollte begreifen, warum der andere nicht begriff. Letzten Endes handelte es sich um zwei verschiedene, möglicherweise unvereinbare Grundhaltungen. Für Elia stand das Singen im Mittelpunkt ihres Daseins. Darum herum kreiste das Übrige, geordnet, gesammelt, zentriert. Und so entstand das mächtige Kraftfeld, aus dem ihre Heldinnen die ungeheure Lebendigkeit, ihr Glühen und Leuchten bezogen.

Auch bei Carlos bestimmte das Singen sein Leben. Doch nicht als Mittelpunkt, sondern als Ausgangspunkt. Da gab es kein Kreisen, die Bewegung, der Auftrieb führten nach außen, vorwärts, in die Vielfalt, ins Neue, Wechselnde. Was Elia schwächte, ablenkte, verlieh Carlos Kraft.

Allerdings lief Carlos Gefahr, sich durch seine Lebensneugier zu verzetteln. Manchmal ging sogar ihm die Puste aus. Auch dann gelang es ihm, seinen Figuren den Anschein von Leben einzuhauchen, nur vielleicht etwas weniger als sonst. Schon in guten Momenten neigte er nicht dazu, sein Herzblut zu verströmen. Dem Publikum fiel das nicht auf, es liebte Carlos ob seiner schmelzenden Stimme, seiner brillant-männlichen Ausstrahlung, und auch die Kritiker hatten sich bisher nicht daran gestoßen. Doch so langsam, im Vergleich zu Elias herzergreifender Hingabe, hatten einige zu meckern angefangen. Carlos tat zwar immer so, als habe er diese Kritiken nie zu Gesicht bekommen, in Wirklichkeit wurmten sie ihn mächtig. Es war ihm bedeutend leichter gefallen, sich aus ehrlichem Herzen über jeden Erfolg von Elia zu freuen, solange er der bekannte Star war und Elia noch ein kaum beschriebenes Blatt.

Die erfreulichsten und erfolgreichsten gemeinsamen Zeiten hatten sie immer an Orten und in Stücken erlebt, die sie beide liebten. So wie in Verona mit der ›Aida‹. Es war Elias Traumrolle, seitdem sie als kleine Choristin in Rom in dieser Oper hatte mitsingen dürfen. Und jetzt war der Traum in Erfüllung gegangen, nicht unbedingt rasch, dafür mit umso größerem Pomp. Elia war selbst überrascht gewesen, wie genau sie sich noch an die meisten Einzelheiten der römischen ›Aida‹ erinnerte, an jede Phrasierung, jeden Gang, jede Geste von Mariana, an Astrids Stimme, das rauschhafte Glücksgefühl inmitten der wogenden Klänge, der Menschen, Fahnen, Tiere.

Aida. Aida und Radames. Elia und Carlos. Enrico Tarlazzi als Amonasro, Marcello Rainardi am Dirigentenpult: ein Traum, wieder. Teresa und Alina, Laura mit Kind und Kegel, Robertino und Anna, auch die gesamte Sippschaft von Carlos, dazu Mariana und Pietro, Astrid mit ihrem Bretonen, Julia und Umberto und viele mehr, sie alle waren erschienen, magisch angezogen von der Arena und dem Spektakel, das sie dort erwartete – mit ihrer kleinen Elia als Titelheldin.

Wieder in Italien! So viel Elia in der Welt zu sehen bekommen hatte, hier war sie zu Hause, das war ihre Heimat.

»Sollten wir uns nicht nach einer gemütlichen alten Villa umschauen, vielleicht am Meer?«, meinte Elia zu Carlos.

Der winkte ab: »Hm, vielleicht, irgendwann.« Schon seit einiger Zeit regte sich in Elia die Sehnsucht nach einem »Heim«, einem Fixpunkt in ihrem Leben, doch Carlos ging dafür jedes Verständnis ab.

Zu den ›Aida‹-Proben tauchten auch Kollegen aus den anderen Produktionen auf, im riesigen Oval der Arena verloren sich die paar Zuschauer. Nach dem »Nil-Akt« war ein drahtiger, nicht mehr ganz junger Herr hinter die Bühne gekommen. Es war der Dirigent des ›Nabucco‹, so viel wusste Elia, und Carlos hatte unter ihm schon gesungen: Jens Arne Holsteen. Er klopfte Carlos auf die Schulter, umarmte Enrico und machte eine tiefe Verbeugung vor Elia: »Wunderbar, sehr bemerkenswert.« Er zeigte sich ehrlich beeindruckt. Er sprach zu allen dreien, aber dabei fixierte er immer wieder Elia, was Carlos irritierte.

»Warum hat er dich so angestarrt?«, rief er erbost, nachdem sie wieder unter sich waren.

Elia zuckte belustigt die Schultern, und Enrico lachte: »Sie ist einfach schöner als du und ich.«

Von da an tauchte Jens Arne Holsteen immer wieder auf, und noch vor der Generalprobe unterbreitete er einen Plan: »So bald wie eben möglich ›Aida‹ in Covent Garden mit euch dreien. Bei der Amneris wäre ich allerdings einer anderen Sängerin verpflichtet, Sie, liebe Elia, kennen sie gut, Nora Petersson, Ihr Romeo aus Stockholm.«

Wenn das nicht verlockend klang? Nachdem Elia, Carlos und Enrico miteinander beratschlagt und in ihren heiligen Terminkalendern geblättert hatten, war das Engagement an Ort und Stelle perfekt gemacht worden. England kannte Elia bisher noch nicht.

Als Mariana kurz vor der Premiere in Verona eintraf, konnte sie diese bereits vertraglich fixierte Verpflichtung nur noch absegnen, mürrisch, fast angewidert, wie es ihr eigentlich nicht entsprach. Erst auf die verdutzten Gesichter von Elia und Carlos fügte sie hinzu: »Ja, mein Gott, das ist dann eben Schicksal. Ein guter Musiker ist er, ich habe viel mit ihm zusammen gemacht und bin immer mit ihm ausgekommen. Und so jung und knusprig ist er auch nicht mehr. Aber pass auf deine Elia auf, Carlos.« Mehr als diese dunkle

Andeutung mochte sie über Jens Arne Holsteen offenbar nicht sagen.

Noch in London hatten Elia und Carlos über Marianas sonderbare Schroffheit gerätselt. Ein harmonischeres Arbeitsklima als bei dieser Londoner ›Aida‹ ließ sich kaum denken. Anders als Marcello Rainardi, der sich immer noch in gelegentlichen Wutausbrüchen erging, blieb Jens Arne Holsteen stets höflich, sachlich, korrekt, manchmal etwas kühl.

Doch musikalisch wusste er durchaus zu zaubern. In der riesigen Arena, unter freiem Himmel, waren selbst Marcello manche Töne, gerade die zarten, leisen, gelegentlich wie auf einem Windhauch in die Sternennacht davongeflogen, auch die Mischung der Instrumente klang nicht immer ganz ausgeglichen. Jetzt, im geschlossenen Raum eines großartigen Opernhauses, gewann der Orchesterklang eine neue, herrliche Fülle. Auch bei den Sängern gab sich Jens Arne Mühe, gleichermaßen auf sie einzugehen, besonders aber lauschte er, in sich versunken, mit geschlossenen Augen, auf Elia.

Außerhalb des Opernhauses ließ er sich selten blicken, er hatte wohl viel zu tun, und an manchen Tagen musste ihn sein Assistent vertreten. Irgendwann war Enrico zu dem Schluss gekommen: »Wahrscheinlich hatten Mariana und er mal ein Techtelmechtel, und irgendwas ist da schiefgegangen.«

Einmal hatte Jens Arne Elia und Carlos zu sich nach Hause eingeladen. Enrico und Nora waren an diesem Abend nicht in London, möglicherweise kein Zufall, denn die Einladung fand unübersehbar zu Ehren von Elia statt. Es war eine kleine, erlesene Runde, der schwedische Botschafter und seine Frau, die Elia aus Stockholm kannte, und ein schnurrbärtiger Lord mit Gattin.

Die Wohnung von Jens Arne lag am Hyde Park und schien riesengroß, an den wohl vier Meter hohen Wänden hingen Bilder von Schlachten, Rössern und Hunden, dazwischen liebliche Maiden und Knaben, Gobelins und Stillleben, eine reichlich steife, düstere Pracht, zu der auch livrierte, weiß behandschuhte Diener gehörten, die hinter den Stühlen standen und lautlos auf das Wohl der Gäste achteten.

In den sogenannten »feinen« Kreisen fühlte sich Elia immer noch recht unbehaglich, sie verkrampfte, und das schlug ihr gleich auf die Stimme, sie wurde regelrecht heiser. Vielleicht auch, weil sie nicht recht wusste, was sie mit diesen Leuten reden sollte. Meist verstanden sie nicht viel von Musik, und die internen Klatschgeschichten waren Elia schnuppe. Ging es um die neuesten Bücher oder Kunstausstellungen, hatte sie das Gefühl, sich nicht gut genug auszukennen, sie ahnte nicht, dass das noch lange kein Grund war, nicht munter mitzuschwafeln.

Doch an diesem Abend fand eine ganz vernünftige Unterhaltung statt, und auf so höflich-nette Art umschmeichelt zu werden, dagegen war auch nichts einzuwenden. »Sie müssen unbedingt einmal in Glyndebourne singen«, meinte der Lord, auch die Schweden waren entzückt: »Oh ja, die Landschaft, die Leute, einfach hinreißend.« Jens Arne griff den Gedanken sofort auf: »Ja, ›Figaro‹, die Gräfin.« Carlos fühlte sich gleich ausgeschlossen, darum murrte er: »Für mich gibt es da wohl nichts zu tun.« – »Ich fürchte, ich kann Ihnen nicht widersprechen. Allenfalls den Basilio, den möchte ich Ihnen nun wahrlich nicht zumuten«, stellte Jens Arne kühl fest. Carlos nahm es mit Humor: »Vielleicht rutscht mir die Stimme noch tiefer und ich darf den Doktor Bartolo singen.«

Auf dem Heimweg mokierte sich Carlos über den Abend: »Wie eine Gruft, so steif und ungemütlich, und diese Riesenschinken überall an den Wänden und diese Diener. Und der Lord samt Gattin ist wohl einer Boulevardkomödie entsprungen, das reinste Panoptikum. Aber dich hat man mächtig flattiert, und das hat dir gefallen, nicht wahr?«

Elia grinste zufrieden, sollte Carlos ruhig einmal merken, wie man mit ihr manchmal umsprang. Zum Beispiel bei ihrem ersten Aufenthalt in seinem Heimatland Spanien. Da wurde Carlos wie ein Nationalheld gefeiert, und an sie hatten bestenfalls die Unglücklichen das Wort gerichtet, denen es nicht gelungen war, zu ihrem Abgott vorzudringen. Nun gut, das hatte sich inzwischen gründlich geändert: Die beiden zusammen bildeten das absolute Traumopernpaar.

Vielleicht waren die Spanier noch opernnärrischer als die Italiener, dachte Elia. Aber es gab schon einiges, was ihr in diesem Land nicht gefiel, besonders das Getue der Männer um Ehre und Stolz, das sie schon bei den Süditalienern abstoßend gefunden hatte. Doch vieles faszinierte sie auch. Vor allem das Wilde, Raue, Unbändige, auf das sie überall stieß, in den Tänzen, den Liedern, sogar in den Landschaften. Vielleicht sollte sie hier nach einer Bleibe für sie und Carlos suchen. Als sie von einem kleinen Obstgut an der Costa del Sol erfuhr, gelang es ihr sogar, ihn zu einer Besichtigung zu überreden. Vor Ort stapfte er eine Weile hinter Elia und dem alten Bauern her, der dort als Faktotum nach dem Rechten sah. Schließlich kletterte Carlos ein paar Stufen hoch zu einem halbzerfallenen Turm und sah von dort auf das Meer. Und dann, Elia traute ihren Ohren kaum, nickte er: »Ja, wunderbar, nehmen wir es doch.« Das war es dann auch schon.

Gezahlt hatte Carlos, jetzt gehörten ihm ein paar Ziegen und Orangenbäume. Was er damit anfangen sollte, war ihm schleierhaft. Mit der Zeit gewann Elia den Eindruck, das Ganze sei für ihn ein Klotz am Bein, und sie fühlte, wie auch ihr der Schwung abhandenkam.

Zu Beginn ihrer internationalen Karriere hatte auch Elia andere Sorgen gehabt als den Erwerb eines Landsitzes. Da war es für sie um die Eroberung weiterer Bastionen der Opernwelt gegangen, und außer dem Singen hatte es für sie allenfalls noch Carlos gegeben. Sie war auch ehrgeizig und wollte Erfolg haben, doch nicht als reine Kehlkopfakrobatin, ihr lag daran, ihre Rollen so zu gestalten, dass die Menschen im Zuschauerraum von diesen Frauenfiguren berührt wurden. Erst wenn sie merkte, dass die Leute mit den Herzen dabei waren, nicht nur mit Ohren und Augen, war sie mit sich zufrieden und auch glücklich. Dann fühlte sie sich reich belohnt für die harte Arbeit und war mehr denn je davon durchdrungen, den schönsten Beruf der Welt zu haben.

Nur, warum strengte sie dann eine Tätigkeit, die sie liebte, dennoch an? Manchmal überfielen sie Erschöpfungsattacken, sie fühlte sich ausgepumpt und leer – und das in einem Alter, in dem andere mit dem Singen auf der Bühne gerade erst anfingen.

Nun gut, mit einigen kräfteraubenden Lästigkeiten hatte Elia nach der ersten Anlaufzeit besser umzugehen gelernt. Sie ließ sich bei den Tourneen von jemand anderem die Koffer packen oder sich ganz ungeniert entschuldigen, wenn sie keine Lust hatte, sich mit irgendwelchen Leuten zu treffen, die Stimme, die heilige Stimme lieferte immer einen fabelhaften Vorwand. Vor den Vorstellungen bestand sie auf ihrem Mittagsschläfchen, so wie seinerzeit Ferdinand. Für mehr Ruhe hatte sie also inzwischen gesorgt. Etwas anderes fehlte.

Zwar hatte Elia in Rom ihre geliebte Wohnung, die sich zum Ausruhen eignete, aber nicht für ein Zusammenleben. Bei Tante Ambrosia wartete ihr gemütliches Dachstübchen auf sie, und bei den Großeltern konnte sie sich, wie schon als kleines Mädchen, austoben, wenn sie das unbedingt wollte, oder herumrennen mit Fiamma. Kein schlechter Ort, um sich zu erholen. Was aber, wenn Carlos mitkommen wollte, wohin mit ihm? Immer deutlicher hatte es Elia vor sich gesehen: ein Nest, ein eigenes Nest, in dem sie zusammen mit Carlos sein konnte – und gelegentlich auch allein.

Elia fing schließlich an, den Ziegenstall und eine halb zerfallene Scheuer im hintersten Winkel von Tante Ambrosias Garten auszubauen. Hübsch und bequem sollte es werden, auch für Freunde musste sich ein Plätzchen finden. Einen Swimmingpool, wie ihre Kollegen, brauchte Elia nicht, sie hatte das Meer in Sichtweite.

Der Gedanke an Kinder war ihr bisher noch gar nicht gekommen. Aber die Zeit flog dahin, Elia war älter geworden, selbstbewusster und sicherer. Sie war jetzt Ende zwanzig und begann nun doch, hin und wieder an eine eigene Familie zu denken. Ganz entspannt, auf vergnügte, leichte Weise, und je länger sie das tat, desto besser gefiel ihr die Idee. Sie konnte sich ihre Arbeit entsprechend einteilen und sich beim Reisen auf Europa konzentrieren, irgendwann vielleicht sogar ganz auf Italien. Bei ihrer mäßigen Reiselust würde das nicht einmal ein Opfer bedeuten. Zudem würde ihr die Mutter helfen, die ganze Sippe, auch Geld war inzwischen vorhanden. Höchst normale Gedanken, wie Elia bei zwei ihrer besten Freundinnen bestätigt fand.

Die eine war Gwendolyn, ausgerechnet sie, die am heftigsten für ihre Unabhängigkeit plädiert und sie auch ausgelebt hatte. Und nun hatte sie ein Baby, und es bekam ihr vorzüglich, wie Elia bei einem Besuch ein wenig neidisch feststellte. Wie bei den meisten Menschen vom Film war Gwendolyns Leben bisher reichlich hektisch und maßlos verlaufen, in kreativen Schüben. Wochenlanges Schuften bis zum Umfallen wurde abgelöst von depressivem Herumhängen. Mit viel Zigarettenqualm und großen Alkoholmengen. Damit hatte der kleine Filippo vor einigen Wochen Schluss gemacht und für eine neue Ordnung gesorgt. Jetzt verbrachte Gwendolyn die Nächte zu Hause, und die Dinge nahmen ihren geregelten Lauf. »Die reinste Erholung«, gab Gwendolyn zu. »Ich rauche kaum mehr und trinke wenig, ich komme besser zum Arbeiten als früher und merke jetzt, mit wie viel unnötigem Kleinkram ich meine Zeit verplempert habe.«

Bei der anderen Freundin handelte es sich um Martina. Ein Kind gab es zwar nicht, dafür endlich den Mann fürs Leben. Es war Massimo! Die beiden hatten sich wiedergetroffen und ernstlich ineinander verliebt. Jetzt waren sie überglücklich und dachten ans Heiraten. Warum auch nicht, Massimo hatte inzwischen die Praxis seines Vaters übernommen, zusätzlich noch als in Amerika geschulter Seelendoktor, und Martina freute sich auf einen sicheren Port. »Weißt du, ich glaube, gerade bei unserem unsteten Künstlerleben brauchen wir den Halt einer richtigen Familie«, hatte sie zu Elia gesagt. Massimos Großeltern waren vor Kurzem im Abstand von wenigen Wochen gestorben, jetzt planten Mariana und Pietro, den Piano Nobile zu renovieren und dort einzuziehen, dann konnten Massimo und Martina nach der Heirat den oberen Stock übernehmen. Als Elia Carlos davon erzählte, reagierte er merkwürdig vage, er tat so, als ginge ihn das alles nichts an. Elia war darüber verblüfft gewesen – aber sie spürte dahinter auch seine Angst. Wovor? Wahrscheinlich fühlte er sich überrumpelt und brauchte erst einmal Zeit, die Angelegenheit zu verdauen, sie selbst hatte sich auch nur langsam an die Idee mit dem Kinderkriegen herangepirscht und war sich auch jetzt noch keineswegs sicher. Besser, das Thema fürs Erste fallen zu lassen, sonst gab es womöglich Streit, schließlich waren sie beide Hitzköpfe.

Im Laufe der Jahre waren Elia und Carlos auf der Bühne immer mehr zum idealen Paar zusammengewachsen. Sie profitierten beide voneinander, Elia womöglich noch mehr von Carlos als er von ihr. Niemals drängte er sich beim Singen vor, und immer noch achtete er auf Elias alte und neue Marotten, denn die gab es auch. Der wachsende Ruhm hatte auch bei ihr seine Wirkung getan: Ihre Versuchung war der Perfektionismus.
Wenn alles längst prächtig gelang, konnte es sie plötzlich überkommen, dann wollte sie weiter feilen und schleifen, hier noch etwas probieren, dort noch ein Licht aufsetzen, bis das gerade noch so Lebendige starr und tot zu werden begann. Sie tat das so ernsthaft und beflissen und mit solcher Überzeugungskraft, dass sich die anderen manchmal auch verwirren ließen. Umso froher waren alle, wenn Carlos herzlich-beherzt Elia dazu brachte, von ihrem Perfektionierungswahn abzulassen.

In ihrem Leben jedoch waren Elia und Carlos immer wieder in Turbulenzen geraten. Sieben Jahre kannten sie sich nun schon, und seit sechs Jahren waren sie ein Liebespaar. Ach, es war nicht leicht, eine so zerstückelte, unbehauste, beruflich überfrachtete Liebe zu leben. Jetzt aber, in Venedig, wollten sie wieder so richtig in Romantik schwelgen, Gondelfahrten, laue Vollmondnächte, je kitschiger, desto besser, da waren sie sich einig. Und die ›Traviata‹ würde sie nicht daran hindern, sie hatte ihnen immer Glück gebracht, als stünde sie unter Ferdinands freundlichem Schutz. Elia wunderte sich selbst, wie unbeschwert sie als Violetta an ihn denken konnte.

Und dann kam alles anders: Gleich am ersten Abend verschlang Elia ein Dutzend prachtvoller Austern, und kurz darauf wurde ihr zum Gotterbarmen schlecht, zwei Tage lang quoll schwallartig aus ihr heraus, was sich jemals in ihren Eingeweiden angesammelt haben mochte, und als längst nichts mehr da war, kam immer noch die schiere Galle.

Dann war dieser Spuk vorbei. Etwas wacklig auf den Beinen, vollgepumpt mit Medikamenten, nahm Elia das unterbrochene Venedigprogramm wieder auf, von einer verdorbenen Auster ließ sie sich nicht den Spaß verderben. So lustig war es schon lange nicht mehr zugegangen, alle, am meisten Carlos, trugen Elia auf Händen und fanden, noch nie sei sie als Violetta so edel dahingewelkt.

Irgendwann konnte Elia nicht umhin zu merken, dass ihre Periode eine ganze Weile überfällig war. Zunächst schob sie die Verzögerung auf die Austernvergiftung, die wahrscheinlich auch die Wirkung der Pille durcheinandergebracht hatte, aber bald ertappte sie sich dabei, wie sie in ihren Körper hineinlauschte. Eine stille Aufmerksamkeit, die ständig zunahm und sich veränderte, hin zu einer zarten Hoffnung: Und wenn sie schwanger war?

Sie hatte diesen Gedanken noch kaum gedacht, da durchströmte sie auch schon ein elementares Glücksgefühl. Alles war vollkommen stimmig. Hatte sie darauf gewartet, wie lange schon, ohne es zu ahnen? Sie saß da, mit geschlossenen Augen, ihr Körper wurde weit und durchlässig, nichts dachte mehr, nur das Glücksgefühl hielt an.

Dann kam Carlos, das Luftige, Lichte verfestigte sich und nahm wieder Gestalt an, die Gedanken kehrten zurück. Wie würde Carlos es aufnehmen, was sie ihm jetzt sagen wollte? Seine Reaktion ließ an Deutlichkeit nichts zu wünschen übrig:»Nein, um Gottes willen!« Und das mit finster gerunzelten Brauen, ehrlich entsetzt.

Normalerweise hätte Elia auf der Stelle ihre Seelenrollläden heruntergelassen und sich dahinter verkrochen, aber sie hielt tapfer stand, es ging jetzt um jedes Wort. Carlos wollte wohl einlenken und machte alles noch schlimmer:»Elia, deine Karriere, das ist Wahnsinn! Ein Kind, du machst dir alles kaputt.« Da Elia schwieg, stammelte er weiter:»Du bist jetzt dreißig, du kannst noch lange Kinder kriegen. Aber doch nicht jetzt.«

Elia nickte, ihre Augen wurden zu Schlitzen, sie hielt es nun doch nicht mehr aus. Schon unter der Tür warf sie ihm noch hin:»Hab keine Angst, wahrscheinlich ist alles falscher Alarm.« Carlos schnappte danach wie ein Hund nach einem Knochen:»Hoffentlich.« Oh, war das kläglich, erbärmlich, aber auch gedankenlos und brutal. Merkte er nicht, wie sehr er Elia verletzte und kränkte? Aber was hatte sie erwartet? Dass Carlos sich mit ihr freute? Dass er sie in die Arme nahm, zärtlich und vergnügt? Warum eigentlich nicht? War das zu viel verlangt? Offenbar ja, wenn es um ein Kind ging, war sie nicht die richtige Frau für ihn! Diese Erkenntnis tat so weh und war so grundlegend wichtig, dass alles Übrige in den Hintergrund trat, auch ihre Wut und Enttäuschung. Vor Traurigkeit fühlte sich Elia wie gelähmt. Wie sollte es weitergehen mit ihnen? Wenn sie wirklich schwanger war, würde sie das Kind bekommen, das war das Einzige, was Elia wusste.

Nur ein ganz neues, unbekanntes Gefühl hinderte sie daran, vollends willenlos und fast wohlig in ihrer Mattigkeit und Trauer zu versinken: Misstrauen, wenigstens eine Spur davon. Was trieb Carlos eigentlich in den Wochen und Monaten, in denen sie nicht zusammen waren? Darüber hatte Elia noch niemals nachgedacht, für sie selbst war es so absolut undenkbar, ein Techtelmechtel mit einem anderen Mann zu beginnen.

Aber Carlos und sein bewundernder Damenflor? Die reichen Argentinierinnen? Oder die undurchsichtigen Spanierinnen? Einmal war er in letzter Minute in seine Garderobe gehuscht, und als sie sich noch rasch beim »Toi, toi, toi« über die Schulter spuckten, war ihr ein mit Schminke übertünchter Kratzer an seinem Hals aufgefallen. »Die neurotische Siamkatze von Freunden, sie kann fremde Männer nicht leiden«, hatte Carlos lachend abgewinkt, dann mussten sie schon auf die Bühne.

Nach der Vorstellung war eine Dame aus der Madrider Society an der Seite ihres Gatten, eines Ministers, hinter die Bühne gekommen. Den drahtig hageren Leib raffiniert in hochgeschlossenes Schwarz gehüllt, die Haare straff zum lackschwarzen Knoten gebunden, kohlschwarz auch die Augenbrauen und Augen in dem blassen Gesicht. Und an den auffallend kleinen Ohren riesige weiß schimmernde Perlen, nichts als schwarz oder weiß und mittendrin ein blutrot geschminkter Mund. Starr und kalt, mit dem glühenden Blick einer El-Greco-Heiligen, bei dem auch nicht feststand, ob ihn himmlische Verzückung oder heimliches Laster zum Leuchten brachte. Mitten in die förmliche Unterhaltung hinein hatte die Dame plötzlich auf Carlos' Hals gestarrt, ohne zu zögern ihr schwarzes Täschchen aufgeklappt, ein schneeweißes Taschentuch entnommen und mit den Worten: »Oh, pardon, Sie gestatten?« einen Blutstropfen abgetupft, kühl und sachlich. Carlos hatte etwas von »Rasieren« gemurmelt, und der Gatte trocken gemeint: »Ja, wir Männer leben gefährlich.« Elia war verblüfft gewesen. Eine kleine Szene von wenigen Augenblicken, Elia hatte sie längst wieder vergessen. Jetzt plötzlich fiel sie ihr ein.

Doch auf der Bühne stellte sich das alte Vertrauen wieder ein, und Elia war froh, Carlos an ihrer Seite zu wissen. Schon vor Beginn der Vorstellung hatte sie im Bauch und in der Brust ein unangenehmes Ziehen verspürt, das sogar auf die Stimme ausstrahlte und sie im Ansatz etwas trüb und schwerfällig machte. Wie Elia damit umging, klang es wie ein bewusst eingesetztes Stilmittel, die Schwindsucht der armen Opernheldin erwies sich als wahres Glück.

Mitten in der Sterbeszene merkte Elia, wie ihr das Blut zwischen den Beinen hervorschoss. Für einen Augenblick war es ihr, als entweiche auch ihr der letzte Lebensfunke. Dann riss sie Violettas Dienerin den Schal aus der Hand und schlang ihn sich um die Hüften, es kam ihr vor, als wäre ihr weißes Kleid bereits rot durchtränkt. Und während sie als Violetta in Alfredos Armen starb, erlosch für Elia der Traum von einem Kind, das sie und Carlos zusammen haben würden.

Noch war ihre Liebe nicht wirklich zu Ende – aber sie hatte keine Zukunft mehr. Im verflixten siebten Jahr, in der Stadt der Liebe, hatte das Schicksal die Geduld mit Elia und Carlos verloren.

Zurück in Rom brauchte Elia einen verständnisvollen Freund, um sich auszuweinen. Da Mariana und auch Gwendolyn verreist waren, ging sie zu Umberto, etwas Tröstlicheres als seine Pasta, zumal garniert mit Späßen und Schnurren, ließ sich kaum denken. Diesmal jedoch wusste er nichts Vergnügliches zu berichten, ganz im Gegenteil: Martina sollte in Rom die Mimi singen und war am Tag zuvor während der Probe zusammengebrochen. Sie lag noch in der Klinik, und Massimo wollte an diesem Abend noch bei Umberto vorbeikommen.

»Ich hatte sie eine Zeitlang nicht gesehen und bin richtig erschrocken, als sie hier vor ungefähr zwei Wochen aufgetaucht ist, ganz zerbrechlich und blass wie ein Porzellanpüppchen. Aber sie war vergnügt und hat sich sehr auf die Zeit mit

Massimo gefreut, die beiden sind rührend, wie die Turteltauben«, erzählte Umberto besorgt.

Schließlich kam Massimo. Über Elias Anwesenheit schien er sich nicht zu wundern, er nahm sie kurz in die Arme:»Ah, ja, gut, dass du da bist«, dann ließ er sich auf einen Stuhl fallen, wie zu Tode erschöpft. Wortlos, in sich zusammengesunken, starrte er vor sich hin. Irgendwann hob er den Kopf und sagte, die Augen ins Leere gerichtet:»Martina hat Leukämie.«

Leukämie! Die lustige, kesse Martina, mit einunddreißig Jahren. Darum hatte sie von Müdigkeit geredet und sonderbare Schwäche verspürt. Nicht weil sie zu viel gearbeitet oder Erkältungen nicht auskuriert hatte.»Ich bin ein richtiges Glückskind! Glück in der Liebe, Glück im Beruf, und plötzlich beides zusammen. Aber pscht, sonst werden die Götter neidisch«, hatte sie beim letzten Treffen zu Elia gesagt und schnell auf Holz geklopft.

Martina war verloren. Massimo machte sich keine Illusionen. Endlich schaute er Elia und Umberto an und sagte streng:»Martina weiß es nicht. Ich hole sie morgen aus der Klinik, dann wird sie weiterproben. Ich werde denen in der Oper irgendetwas erzählen, dass man sie so gut wie möglich schont, das darf ich als Arzt, und zudem kenne ich sie alle. Mit Gottes Hilfe wird sie ihre Vorstellungen singen. Sie soll niemand etwas anmerken, das ist das Einzige, was wir für sie jetzt tun können.«

Elia blieb noch eine Woche in Rom. Vor dem ersten Wiedersehen mit Martina fürchtete sie sich, aber dann überließ sie sich dem innigen, warmen Gefühl der Freundschaft, von dem sie spürte, wie es in ihrem Herzen aufquoll. Dadurch wurde alles ganz licht und leicht, einfach und natürlich, wie sie es im Umgang mit einem anderen Menschen kaum je empfunden hatte, nicht einmal bei der Liebe. Auch die letzten Schutzmechanismen in Elias empfindlichem Gemüt schienen plötzlich ausgeschaltet, vielleicht, weil Martina so wunderschön aussah, ganz durchscheinend, wie ein heller, von innen leuchtender Engel.

Wusste Martina wirklich nicht, wie es um sie stand? Massimo getraute sich kaum, Martina längere Zeit allein zu lassen. Er hatte sich in die hinterste Loge verzogen, und manchmal hielt er es auch da nicht aus, dann rannte er wie ein Wahnsinniger den Wandelgang entlang.»Was soll ich machen?«, keuchte er.»Soll ich ihr sagen: Hör auf, du wirst selbst bald sterben? Seit einem Jahr wartet sie darauf, hier die Mimi zu spielen und dass wir zusammen sein können. Und noch hält sie durch, sie hat einen enorm starken Willen.«

Das Einzige, was Elia tun konnte, war, bei Massimo zu bleiben und nicht schluchzend davonzulaufen.

Aber dann war die Woche um, und wenn es ihr auch schrecklich erschien, den Freunden nicht länger beistehen zu können, war sie doch erleichtert, die Premiere nicht miterleben zu müssen. Von ihrem Kummer mit Carlos hatte sie zu niemand ein Wort gesagt. Was wog der schon neben der Not ihrer Freunde? Und doch nagte er an ihrem Herzen. Verstört machte sie sich auf die Reise nach Glyndebourne.

In England wurde sie höchst ehrerbietig empfangen. Sie musste sich um nichts kümmern, ehe sie es sich versah, schwebte sie schon im Fond eines silbergrauen Rolls-Royce durch eine saftiggrüne Hügellandschaft. Rolls-Royce, ein Wagen für schwerreiche Mumien, so hatte sie immer gespöttelt, doch wie er so wunderbar ruhig und fast lautlos die Straße entlangzog, das hatte schon Klasse. Auch die edle Innenausstattung imponierte ihr, als Autonärrin revidierte sie bereitwillig ihr Vorurteil. Der Chauffeur trug eine ähnlich graue Uniform wie der Vater. Na, Papa, was sagst du zu dem Ganzen, dachte sie. Zum ersten Mal während der Fahrt huschte ein kurzes Lächeln über ihr Gesicht. Diese kleinen Zwiegespräche waren ihr so zur Gewohnheit geworden, dass sie sie nicht mehr bemerkte.

Elia war in einem ehemaligen Gutshof untergebracht, in einem eigenen Cottage. Dort knisterte im gemütlichen Wohnraum bei ihrer Ankunft bereits ein Feuer im Kamin. Auf dem Tisch stand ein Blumenstrauß mit einer Karte von Jens Arne Holsteen:»Herzlich willkommen in England.« Die Proben würden erst am nächsten Tag beginnen, Elia war froh, dass sie diesen Abend ganz für sich hatte. Das Gefühl des Wieder-zu-sich-Kommens hielt an. Die harmonische Landschaft strahlte offensichtlich etwas Beruhigendes aus. Vor allem die Gärten bezauberten Elia. Scheinbar zufällig, in Wirklichkeit wohlgeordnet, wucherte es dort, Rosen in wunderschönen Pastelltönen, dazwischen mannshoher Fingerhut, sogar Dünenpflanzen, zottelige Gräser und hartblättriges Gestrüpp.

Auch die Kollegen wirkten überaus nett. Der erste Akt fand ohne die Gräfin statt, und so war die Produktion bereits in vollem Gange. Außer Jens Arne Holsteen kannte Elia niemand, einige Sänger gerade noch vom Hörensagen, aber sie wurde gleich so selbstverständlich aufgenommen, dass sie sich rasch einleben konnte. Abgesehen von ihr und dem Grafen, einem berühmten deutschen Bariton, bestand die ganze Crew, auch die Orchestermusiker, aus Engländern. Mein Gott, war das ein Gezwitscher und Geschnatter, wenn die alle zusammenhockten. Damals in London hatte Elia das gar nicht bemerkt, da war sie mit dem Ensemble auch längst nicht so nahe zusammengekommen wie hier in Glyndebourne.

Jens Arne Holsteen verhielt sich ihr gegenüber sehr zuvorkommend. Privat beließ er es zunächst bei recht konventionellen Floskeln:»Haben Sie eine gute Reise gehabt?« – »Ich hoffe, Sie sind zu Ihrer Zufriedenheit untergebracht.« Dafür äußerte er sich ganz klar über seine musikalischen Absichten bei der Gräfin:»An den Verwicklungen und Turbulenzen des ersten Aktes nimmt die Gräfin nicht teil. Mit ihrem Erscheinen kommt dann ein völlig neuer Ton in das Stück: tiefer Ernst, wirklicher Schmerz, wahre Verzweiflung. Der jungen

Frau geht es um Tod und Leben, wenn sie immer heftiger wiederholt: ›*O mi lascia almen morir.*‹

Als Nächstes ist mir wichtig: Wenn der Graf erscheint, gerät die Gräfin in Panik. Sie kennt seine rasende Eifersucht, sie traut ihm zu, Cherubino zu erstechen, wenn er ihn halbnackt in der Kammer entdeckt. Vor seinem Jähzorn zittern alle, auch Susanna und Cherubino. Also kein Augenzwinkern, keine Niedlichkeiten, alles ist echt, die Verzweiflung, die Angst, der Zorn. Und auch die Liebe, die Leidenschaft. Auch die Komik, der Witz. Wir müssen das musikalisch zum Ausdruck bringen, innig, herzbewegend, funkelnd und, wo es sein muss, auch aggressiv. Darum habe ich Sie, liebe Elia, als Gräfin gewünscht und keine von diesen manchmal allzu lieblichen Mozartspezialistinnen. Sie für die Gräfin und Norbert Grainau als Grafen, ein ›Herrschaftsmensch‹, wenn Sie ihn auf der Bühne erleben, werden Sie verstehen, was ich meine.«

Jens Arnes Vorstellungen kamen Elia sehr entgegen. Sie bewunderte die Gräfin für ihre Großmut, Unvoreingenommenheit und Herzenskraft. Sie litt nicht nur an der Lieblosigkeit ihres Gatten, sie musste auch noch mit ansehen, wie er ihrer eigenen Kammerzofe nachjagte. Aber statt zu resignieren oder sich beleidigt oder gar verbittert in ihr Schneckenhaus zurückzuziehen, beschloss sie, ihren Stolz und auch ihre Angst beiseitezuschieben und zu kämpfen. Weil sie ihren Mann wirklich liebte, konnte sie am Ende nicht anders, als ihm zu verzeihen, das erkannte sie selbst ganz luzide. Für diesmal gewann sie den Flatterhaften zurück, und alle waren glücklich, aber auf die Dauer hatte sie als Liebende wahrscheinlich die schlechteren Karten. Die Worte schwiegen davon diskret, aber die Musik konnte ein paar wehmutsschwere Seufzer nicht unterdrücken, bevor vollends alle in einen merkwürdig rasenden Freudenjubel ausbrachen.

So wie die Gräfin ein Hauch von Wehmut umgab, so folgte Elia ihre Trauer wie ein Schatten. Es ging ihr zwar gut, Glyndebourne war zauberhaft und der ›Figaro‹ doch die herrlichste aller Opern. Aber außerhalb der Arbeit sehnte sie sich nach Ruhe und Alleinsein. Sie hatte sich ein Fahrrad geben lassen und rollte die engen, auf beiden Seiten von mannshohen Hecken gesäumten Straßen entlang oder auch querfeldein. Es wohnten noch andere Sänger auf dem Hotelareal. Alle, so schien es Elia, waren mit ihren Partnern nach Glyndebourne gekommen, manche sogar mit Kind und Kegel. Aber so gerne sie sonst mit den Kollegen abends zusammensaß und aß und trank und lachte, jetzt ließ sie sich meistens das Essen in ihrem Häuschen servieren. Dort hatte sie auch das Telefon gleich neben sich stehen.

Zunächst kamen aus Rom noch einigermaßen beruhigende Nachrichten, vor allem hatte Martina sämtliche Vorstellungen durchgestanden. Und die Kritiker waren beeindruckt. »Der eine schwärmt von ihrem ergreifenden Einfühlungsvermögen in die Hoffnungen und Ängste einer Todgeweihten, der andere preist ihre erschütternde Art, wie eine Kerze noch einmal aufzuflackern und dann zu verlöschen. Sie gilt jetzt als Sterbespezialistin«, rief Umberto angewidert ins Telefon.

Er war Elias Gewährsmann, bei Massimo oder gar Martina anzurufen, getraute sie sich kaum. Martina war nicht davon abzuhalten gewesen, ganz Rom nach hübschen Möbelstücken zu durchkämmen für die zukünftige Wohnung in der Via Giulia. Was immer sie gesucht haben mochte, schließlich entdeckte sie einen wunderschönen Jugendstilschreibtisch für Massimo und kaufte ihn auf der Stelle. »Sie hat ihre halbe Gage dafür hingeblättert. Richtig gespenstisch, so, als möchte sie etwas von sich bei Massimo zurücklassen. Jetzt geht es ihr gar nicht gut. Massimo möchte, dass sie in Rom bleibt, aber sie meint, sie würde zu Hause schneller wieder gesund, sie seien eine große Familie, irgendjemand könne immer nach ihr schauen«, berichtete Umberto.

Die spärlichen Gespräche mit Carlos konnten Elia auch nicht aufmuntern. Er war gerade in Madrid und enorm beschäftigt wie immer. Sie plauderten über das Wetter, die Proben, als sei auch mit ihnen alles wie immer. Aber das war es nicht. Nur als ihm Elia von Martina und Massimo erzählte, zeigte sich Carlos ehrlich erschrocken und seine Stimme hatte wieder den alten, herzlichen Klang. Er versuchte Elia zu trösten und zu beruhigen, er machte sich Sorgen um sie und schlug spontan vor, auf einen Sprung nach Glyndebourne zu kommen. Aber zehn Minuten später rief er kleinlaut zurück, er hätte in seinem Terminkalender nachgesehen und beim besten Willen für die nächsten Wochen keinen freien Tag ausfindig machen können. So war das eben, und so würde es auch bleiben, ein normales Privatleben war bei ihnen beiden einfach nicht möglich.

Dann rief Massimo an: »Ich habe Martina zu ihren Eltern gefahren. Sie ist so schwach, dass sie kaum mehr gehen kann, aber sie schmiedet unverzagt Pläne. Seit ihrer Mimi bekommt sie mehr Angebote denn je, lauter zarte, zerbrechliche Pflänzchen, sterbend allesamt. Herrgott noch mal, warum müssen so gut wie alle hübschen jungen Frauen in den Opern zum Sterben verurteilt sein, mich kotzt das inzwischen regelrecht an! Ja, und Martina, weißt du, ich werde da nicht schlau: Ahnt sie etwas oder nicht? Irgendwie hab ich den schrecklichen Verdacht, sie wollte zu ihren Eltern, damit ich nicht sehe, wie sie immer mehr zerfällt.«

Niedergeschlagen stieg Elia auf ihr Fahrrad und fuhr einfach los, ohne etwas zu hören und zu sehen, nicht einmal, dass es zu nieseln angefangen hatte. Erst als ein Auto unmittelbar vor ihr zum Stehen kam, blickte sie auf. Es war der graue Rolls-Royce. Aus dem Fond sprang behände Jens Arne Holsteen heraus: »Meine Güte, Signora Corelli, ist Ihnen etwas passiert, wie sehen Sie denn aus?« Tagelang hatte Elia ihren Kummer in sich hineingefressen und nach außen hin tadellos funktioniert. Jetzt war sie so überrumpelt, dass sie sich nicht länger beherrschen konnte. Aufschluchzend wie ein Kind, das sich endlich einem Erwachsenen anvertrauen kann, sank sie

Jens Arne an die Brust und stammelte:»Martina, Martina muss sterben. Warum kann ihr niemand helfen?« Auch Jens Arne war jetzt etwas verwirrt, hilflos-väterlich tätschelte er Elias nassen Kopf:»Na, na, na.« Jetzt stieg auch noch der Chauffeur aus dem Wagen und spannte einen riesigen Schirm über den beiden auf. Er war es auch, der vorschlug, das Rad im Kofferraum zu verstauen und Elia erst einmal in Jens Arnes nahe gelegenes Landhaus zu fahren.

Bald saß sie dort am Kamin, in ein schottisches Plaid gehüllt, vor sich die unvermeidliche Tasse Tee, zu der Jens Arne noch zwei doppelte Whiskys einschenkte:»Das wird Ihnen wohltun.« Die Rolle des fürsorglichen Beschützers stand ihm gut. Elia lechzte nach Trost und Mitgefühl. Treuherzig erzählte sie die bewegende Geschichte von Martina und Massimo und fand bei Jens Arne ein verständnisvolles Ohr. Er bedauerte die beiden, vor allem auch Elia gebührend:»Wie furchtbar für ein sensibles Menschenkind wie Sie, dieses Leid miterleben zu müssen.« Schließlich stand er auf und sagte streng, mit einer knappen Verbeugung vor Elia:»Jetzt wird Sie mein Fahrer heimbringen, eine Erkältung können wir uns nicht leisten. Verzeihen Sie mir, wenn ich so über Sie verfüge, aber jetzt fühle ich mich noch viel mehr als bisher für Sie verantwortlich.«

Es war Zufall gewesen, dass sich Elia und Jens Arne an diesem Nachmittag begegnet waren, aber für Jens Arne hätte es sich nicht besser fügen können. Elia hatte ihm von Anfang an sehr gut gefallen, als Sängerin wie auch als Frau, und dass sie ganz offensichtlich mit Carlos liiert war, spornte sein Interesse nur an.

In London hatte Elia nur Augen für Carlos gehabt, und so hütete sich Jens Arne davor, ihr als Mann imponieren zu wollen. Er verfügte über subtilere Waffen, mit denen er erst einmal die Sängerin Elia für sich einzunehmen begann. Und weil er als Musiker von Elias Ausdruckskraft hingerissen war, hatte er damit Erfolg. Während der szenischen Proben hielt er sich nur sporadisch in Glyndebourne auf, und bei ihrem ersten Zusammentreffen wirkte Elia wie nicht ganz anwesend, unzugänglicher, als er sie in Erinnerung hatte. Da galt es, doppelt vorsichtig zu sein. Und dann diese unerwartete Begegnung! So elegant und rasch hätte er die Dinge niemals ins Rollen bringen können. Jetzt konnte er sich ruhig etwas Zeit lassen, in seinem Alter galt es nicht mehr, das Opfer so schnell wie möglich zu erlegen. Fast im Gegenteil, im sanften Verführen lag der eigentliche Reiz.

Elia war für ihn ein Ausnahmefall, unter keinen Umständen wollte er sie verprellen. Denn sosehr sie ihn reizte als Frau, so kühne, langgehegte Pläne hatte er mit ihr als Sängerin: Er wollte sie in den großen Rollen von Donizetti, Bellini und Cherubini, von Verdi und Puccini, vielleicht sogar Wagner und Strauss zur Ekstase treiben, da fühlte er sich auf sicherem Terrain.

Als Erstes beschloss Jens Arne, Elia zu sich nach Hause zum Abendessen einzuladen. Elia kam gerne, sie hatte sich in dieser schlimmen Situation doch sehr einsam gefühlt und war froh, sich nun bei Jens Arne ausweinen zu können. Es schmeichelte ihr, wie aufmerksam und einfühlsam er sich um sie bemühte, das hatte sie bei keinem anderen der berühmten alten Dirigenten erlebt. Georges Goldberg war zwar reizend zu ihr, aber doch eher wie zu einem Kind, das man mag, aber von dem man nicht unbedingt wissen will, was es vom Leben hält. Marcello Rainardi fragte sie gelegentlich, wie es Mariana erging, oder er bat sie, Grüße an sie auszurichten, das war seine Art einer persönlichen Anteilnahme. Elia hatte sich nie darüber gewundert, sie war auch auf keinen engeren Kontakt zu Marcello erpicht. Wie viele andere Sänger hatte sie ein wenig Angst und schrecklich viel Respekt vor diesen Dirigierungeheuern, jedenfalls den alten.

Ohne darüber weiter nachzudenken, rechnete sie auch Jens Arne zu diesen Alten. Doch wer weiß, vielleicht war es gerade das, was ihr an ihm imponierte: seine Erfahrung als Musiker und sicherlich auch als Mensch, seine Manieren, auch die altmodische, vornehme Art, ihr den Hof zu machen. Dass er damit ernsthafte Absichten verfolgte, auf diese Idee kam sie nicht. So differenziert Elia in die letzten Seelenwindungen ihrer Heldinnen zu schlüpfen vermochte, ihre Menschenkenntnis im wirklichen Leben war immer noch reichlich arglos. Und von Männern verstand sie gar nicht viel, obwohl sie schon seit Jahren mit Carlos zusammen war. Vielleicht wäre sie bei einem jungen Mann stutzig geworden, aber bei einem soignierten Gentleman, der doppelt so alt war wie sie, reagierten ihre feinen Antennen nicht. Nein, im Gegenteil, Elia fühlte sich bei Jens Arne sicher aufgehoben, und auch er schien in ihr eine verwandte Seele gefunden zu haben, immer wieder entdeckten sie neue Gemeinsamkeiten. Er führte sie durch seinen tadellos geordneten Besitz und seufzte: »Sie sind jung, Sie schöpfen noch aus dem Vollen, aber ich brauche diese Rückzugsstätte, um in der ländlichen Ruhe wieder neue Kräfte zu sammeln«, worauf Elia ausrief: »Ach, wie ich das verstehen kann! Es geht mir genauso, und mit dem Alter hat das gar nichts zu tun!«

Auch über Schweden sprachen sie oft. Dass Jens Arne Schwede war, fand Elia besonders sympathisch, an seinen Schnurren über Mariana, Erna und Astrid konnte sie sich nicht satthören, richtige Teufelsbraten mussten das gewesen sein, kess, strahlend, hochbegabt. Mariana war die Schönste, Klügste, Beste von ihnen. Wenn Jens Arne von den gemeinsamen Göteborger Zeiten sprach, geriet er ins Schwärmen, so dass Elia immer mehr Marianas abschätzige Bemerkungen über ihn vergaß. Wer weiß, was da vorgefallen sein mag, schlimm kann es nicht gewesen sein, so wie er über sie redet, dachte sie stillvergnügt.

Auch Jens Arne gefielen diese Treffen, Elias natürliche, zutrauliche Art taute etwas in ihm auf, das sonst wie eingefroren war, seine liebenswürdige, jungenhafte Seite, die er normalerweise nicht hochkommen ließ. Er wollte dominieren und kontrollieren, auch sich selbst legte er an die Kandare, selbst beim Dirigieren hasste er jede unbedachte Bewegung. Das war auch ein Schutz, um sich durch Musik nicht plötzlich von seinen Gefühlen überwältigen zu lassen, nichts wäre ihm lächerlicher erschienen. Sogar seine Haare hielt er kurzgeschnitten, damit sie ihm nur ja nicht durcheinandergerieten.

Bei so viel Selbstbeherrschung kam es schon vor, dass es ihn innerlich fröstelte oder er sich selbst anödete. Darum bevorzugte er wohl Verhältnisse mit exaltierten Frauen. An ihren Gefühlsausbrüchen konnte er sich weiden, sie lebten ihm eine Leidenschaftlichkeit vor, die zu zeigen er nicht gewillt war. Und sobald ihm das Getöse zu viel wurde, machte er Schluss, was ihm umso leichter fiel, als er diese Frauen insgeheim oder unbewusst verachtete: So ließ man sich einfach nicht gehen!

Es gab aber etwas, was auch ihn aus dem Konzept zu bringen vermochte: echte Natürlichkeit. Das war es gewesen, was ihm an Dorle so gut gefallen hatte. Aber dann war sie ihm doch zu harmlos gewesen, eine hübsche Wiesenblume, die ihn nicht lange zu fesseln verstand. Jetzt faszinierte ihn Elia. Wie sie ihm da, aufgeweicht vom Regen, entgegengekommen war, das hatte ihn überrumpelt. Sich so geben zu können! So uneitel, so normal. Ausgerechnet Jens Arne, der sich schon unwohl fühlte, wenn sein Jackett eine Falte warf, bewunderte Elias Unbekümmertheit. Aber sie war nicht nur das nette Naturkind, sondern auch eine aufregende Künstlerin, ganz ohne Pose, bei ihr wirkte nichts aufgesetzt.

Elia stellte sich auf jeden Dirigenten ein, aber wenn ihr etwas musikalisch gegen den Strich ging, ließ sie sich nicht unterbuttern, sondern diskutierte und kämpfte um eine Auslegung, die auch sie nachvollziehen konnte. Je häufiger das während der Arbeit passierte, desto mehr blieb sie auf der Hut. Daneben gab es Dirigenten, denen sie absolut und tief vertraute, in deren Hand sie wie Wachs war, selbst wenn sich ihre Auslegung einmal nicht mit ihrem eigenen Gefühl deckte. Zu ihnen gehörte nun auch Jens Arne Holsteen.

Bei ihren Vorbereitungen zum ›Figaro‹ hatte sich Elia einiges weniger forciert vorgestellt, auch die Furcht der Gräfin, aber im Terzett des zweiten Aktes mit dem Grafen und Susanna flackerten jetzt ihre Koloraturen vor Angst, bis hinauf zum zweigestrichenen C, als Zeichen ihrer Verwirrung. Und Norbert Grainau als Graf verstand es nur allzu gut, diese Angst zu schüren, er ließ seinem männlichen Furor freien Lauf, er rollte mit den Augen und schien eine imaginäre Knute zu schwingen, wahrhaftig ein hünenhafter »Herrschaftsmensch«. Ganz so bedrohlich hatte sich Elia die Szene zwar nicht vorgestellt, aber Jens Arne Holsteen wollte sie so, und damit war die Angelegenheit für sie erledigt. Sie bekam nur ein wenig Mitleid mit der Gräfin, die einen solchen Machtmenschen liebte, und konnte Susanna gut verstehen, dass sie keine Lust hatte, von ihm vernascht zu werden. Eine Liebe, bei der die Frauen vor ihren Männern schlottern mussten, entsprach nicht ihrem Geschmack.

Immerhin, Norbert Grainau war ein sehr bewusster, musikalischer Sänger, und als Liedersänger genoss er einen hervorragenden Ruf. Wahrscheinlich musste er sich da stark zurücknehmen und freute sich umso mehr, wenn er sich auf der Bühne einmal so richtig austoben durfte, dafür hatte Elia Verständnis. Mit Claire Milton, der Susanna, verstand sich Elia sehr gut. Sie war nicht nur eine ideale Besetzung, intelligent, schnell, temperamentvoll, sie besaß auch einen wunderbar britischen Sinn für Komik und scheuchte damit immer wieder Elia aus ihrer Trübsal auf.

Als Elia wieder einmal recht vergnügt nach Hause kam, fasste sie sich ein Herz, Martina bei ihren Eltern anzurufen. Die Mutter nahm den Hörer ab: »Heute Morgen ist Martina fast erstickt, der Notarzt ist gerade noch rechtzeitig gekommen, jetzt ist sie im Krankenhaus.« Nichts als niederschmetternde Nachrichten. Irgendwo in einem Herzenswinkel hatte sich Elia doch noch Hoffnungen gemacht, die welkten jetzt hin wie verdurstende Blumen. Das Traurigste mochte sein:

Martina war nicht mehr bereit, sich etwas vormachen zu lassen, sie hatte dem Arzt, als er sie beschwichtigen wollte, brüsk die Wahrheit auf den Kopf zugesagt und sich weitere, noch so gut gemeinte Lügen verbeten. Sie wollte die restliche Zeit bewusst erleben, dazu brauchte sie ihre letzten Kräfte – und Klarheit.

Nach diesem Gespräch saß Elia lange wie betäubt neben dem Telefon. Schließlich nahm sie den Hörer wieder auf und wählte die Nummer von Carlos, nach nichts sehnte sie sich jetzt mehr als nach einem tröstenden Wort von ihm. Aber Carlos war nicht da, noch nicht, immer wieder vergaß Elia, was für Nachteulen die Spanier waren. Auch als er eine halbe Stunde später nicht antwortete, machte sich Elia keine Gedanken. Nach dem dritten Versuch verbiss sie sich in die Idee, ihn unbedingt erreichen zu müssen. Immer stärker überkam sie dabei das Gefühl, dass er zu Hause war. Er musste das Telefon hören, Elia kannte die Wohnung genau, selbst wenn er den Ton leiser stellte, schnarrte es noch laut genug, Carlos hatte gute Ohren. Welch ein scheußliches Gefühl, als bettle sie vergebens um Einlass.

Carlos war da. Und er war nicht allein. Sie spürte eine zweite Anwesenheit neben ihm, sie wusste auch wo: in dem breiten Bett. Zitternd hoffte sie, dieses Spüren möchte sich nicht zum Bild verdichten, es gab Menschen, die so in die Ferne zu schauen vermochten, und sie hatte sie beneidet. Doch nun war sie zum ersten Mal froh, dass sich ihre Ahnungen, die auch sie in seltenen Augenblicken hatte, bei ihr nur durch das Fühlen vermittelten, nicht durch das Sehen. Unerträglich war es immer noch, schneeweiß, rabenschwarz, blutrot.

Eine andere Szene kam ihr in den Sinn, die sie leibhaftig mit angesehen hatte: die bleiche Ministergattin, wie sie mit einer flinken Handbewegung, viel schneller, als Elia reagieren konnte, Carlos mit ihrem blütenweißen Taschentuch am Hals einen Blutstropfen abwischte. Blitzschnell und sehr vertraut.

Mit einem Schlag, endlich, wurde Elia klar: Die beiden kannten sich schon lange! Einem fremden Mann gegenüber, gar noch einer aus der Ferne angestaunten Berühmtheit, nahm sich keine Frau, auch keine Dame, so etwas heraus. Und jetzt schlug sie ihre roten Krallen wieder in Carlos' Fleisch! Mord aus Eifersucht, in der Oper ließ man sich da nicht lange bitten. Auch Elias Blut konnte vor Wut und Leidenschaft kochen, dennoch war ihr diese Sitte nie als nachahmenswert erschienen. Jetzt hätte sie mit Wonne ein Messer in den blassen Leib hineingerammt.

Als Carlos einige Tage später anrief, sagte ihm Elia nichts von ihrem Verdacht, auch nicht, dass sie eine halbe Nacht verzweifelt bei ihm angerufen hatte. Selbst als er, betont launig, erzählte, das Nachtleben in Madrid bringe ihn noch ins Grab, schwieg sie: Ihre Liebesgeschichte durfte nicht am Telefon ein klägliches Ende finden. Bald würden sie sich wiedersehen, dann wollte Elia mit ihm sprechen und tatsächlich Schluss machen. Ach, vielleicht war das gar nicht mehr nötig und das Ende hatte sich schon von selbst eingestellt.

In ihrem Kummer hatte sie einen mächtigen Beistand, keinen Heiligen, zum Glück, sondern einen Menschen: Mozart. Er wusste alles vom Leben und vom Sterben, er kannte die Gefühle der Menschen, ihre edelsten und ihre niederträchtigsten. In seine Musik tauchte Elia ein wie in einen reinigenden, kräftigenden Strom.

Jens Arne Holsteen hatte mit diesem ›Figaro‹ die Sängerin Elia vollends für sich gewonnen. Und die Frau? Irgendetwas zwischen Elia und Carlos stimmte nicht mehr. Auch wenn Elia kein Wort darüber verlor, so schien ihm gerade dieses Schweigen verräterisch. Warum erzählte sie ihm nichts von Carlos, das wäre doch ganz normal gewesen? Sie bestand nicht einmal darauf, bei ihrer weiteren Zusammenarbeit unbedingt Carlos als Partner zu haben. Und ihre Niedergeschlagenheit, rührte die wirklich nur von der Krankheit der Freundin? Noch etwas hatte Jens Arne höchst zufrieden vermerkt:

Sein stattliches Anwesen hatte auch auf Elia seine Wirkung nicht verfehlt.

Bei ihrem nächsten Treffen lustwandelte er mit ihr noch einmal durch seine Latifundien, während die Abendsonne ihren Glanz über die milde Landschaft ergoss, über die herrlichen Rosen, die alten, geheimnisvollen Sorten, darunter dunkelblaue, fast schwarze, sie alle trugen prächtige Namen und dufteten und blühten betörend. Zu ihrem Entzücken entdeckte Elia in einem Gatter ein paar Schäfchen, so adrett, als seien sie frisch gewaschen. Aus einer im oberen Teil geöffneten Stalltür streckte ein Pferd seinen Kopf. Als es Jens Arne sah, blähte es die Nüstern und wieherte erwartungsvoll.

»Das ist Adonis, er verlangt seinen Zucker«, sagte Jens Arne mit einem Lächeln, er kannte die Wirkung seines edlen Rappen.

Elia schmolz auf der Stelle hin. Erst tätschelte sie ein wenig ängstlich die Wange, schließlich hielt auch sie ihm auf der flachen Hand ein Stückchen Zucker hin und war ganz ergriffen, als Adonis es ihr mit seinen samtenen Lippen abnahm. Sie war glücklich wie ein Kind:»Ich habe mich noch nie getraut, ein Pferd zu füttern, ich dachte immer, die schnappen mit ihren langen Zähnen gleich zu.«

Jens Arne strich Adonis eine Strähne seiner kessen Mähne aus der Stirn:»Hast du das gehört? Diese wunderschöne Dame braust mit hundert PS durch die Gegend, und vor einem einzigen lebendigen Pferd hat sie Angst.«

Elia lachte:»Aber mit Adonis haben Sie mich bisher auch nicht bekanntgemacht.«

Jetzt quetschte ein zweites Pferd seinen Kopf durch die Türöffnung. Elia klopfte mutig seinen Hals unter der dichten braunen Mähne und seufzte:»Ach, ist das schön hier, eine richtige Landidylle, so still und friedlich, ja, so lässt es sich leben, Maestro.«

»Das hier ist Genoveva«, erklärte Jens Arne.»Wenn Sie wiederkommen im nächsten Jahr, reiten wir zusammen über die Hügel und Felder, ganz altmodisch und romantisch, die Lady und ihr Lord, ein Diener reitet uns voraus, und wenn wir müde sind, wartet an einem Bach ein Picknick auf uns, Champagner, Kaviar, silberne Becher, weißes Linnen, seidene Kissen.«

Elia winkte ab:»Und ich breche mir den Hals, nein, nein, lieber nicht.«

Jens Arne hatte bisher gleichermaßen zu Elia und zu den Pferden gesprochen. Jetzt blickte er Elia an:»Liebe Elia, wenn Sie nicht so unverbrüchlich gebunden wären, hätte ich etwas anderes vorgeschlagen, dann hätte ich gesagt: Hier, nehmen Sie alles, was Sie da sehen. Dieses Haus, dieser Garten, Adonis und Genoveva, es gehört Ihnen, und mein Herz sowieso, das nehmen Sie bitte noch dazu. Aber weil ich alt bin und mit dem schönsten aller Tenöre nicht in den Ring steigen kann, will ich es halten wie Adonis und Ihre Hand küssen.« Er ergriff Elias Hand, aber auf halbem Weg drehte er sie um, mit dem Handrücken nach unten, und hauchte einen Kuss auf ihre Handinnenfläche. Elia starrte ihn verblüfft an. Doch ehe sie etwas sagen konnte, hatte Jens Arne auch schon den Ton gewechselt: »So, und jetzt darf ich Sie zu unserem Essen bitten, lassen wir uns überraschen, vielleicht gibt es ein Gläschen Champagner, und wir müssen dafür kein Pferd besteigen. Gnädigste, Ihren Arm.«

Der Abend verlief, als habe Jens Arnes Geständnis nicht stattgefunden. Der Dirigent und die Sängerin, man freute sich über den Erfolg des ›Figaro‹, sprach über gemeinsame Projekte, das schöne Glyndebourne, die liebenswerte Sitte der Engländer, sich während der Pausen in vollem Opernstaat auf Decken und Klappstühlen niederzulassen, zum Rasenpicknick mit Hummer und Champagner, mochte der Wind auch fauchen und der Nebel wabern.»Selbst wenn es anfängt zu tröpfeln, wird ungerührt weitergespeist, und so richtig schütten tut es wundersamerweise bei den Festspielen so gut wie nie«, erzählte Jens Arne.

Er blieb korrekt und höflich wie immer, und Elia war froh darüber. Aber zum ersten Mal schaute sie ihn sich etwas genauer an. Eigentlich sieht er gut aus, mit seinem schmalen Asketenkopf und den kurzgeschnittenen grauen Haaren. Hübsche Hände hat er auch, und seine raffiniert schlichte Jacke steht ihm schon toll, dachte sie. Wie alt mochte er wohl sein? Bei Gelegenheit wollte sie Mariana fragen, aber dann fand sie, das sei doch keine so gute Idee.

Beim Abschied begleitete Jens Arne Elia zum Rolls-Royce, der sie zu ihrem Cottage bringen würde, er küsste sie kurz auf beide Wangen, kollegial-väterlich, dann meinte er, etwas persönlicher: »Passen Sie gut auf sich auf, wir beide haben noch viel miteinander vor«, und dann: »Grüßen Sie Carlos Ribeira von mir.«

Noch in derselben Nacht, als Elia schon lange schlief, kam es im nachtaktiven Madrid zu einem Zwischenfall, der sich auch auf ihr Leben auswirken sollte.

Der Herr Minister, Gatte der dunklen Dame, war zu einem panamerikanischen Gipfel nach Mittelamerika geflogen, also ans andere Ende der Welt, von dort jedoch früher als erwartet zurückgekehrt. Was für Zustände dort, Chaos, Querelen, Intrigen, Bombendrohungen oder gar eine kleine Revolution, stets machte irgendetwas jede vernünftige Zusammenarbeit unmöglich. Immer noch schlechtester Laune und übernächtigt dazu, sehnte er sich bei seiner Ankunft nur nach seinem Zuhause und seinem Bett. Dort jedoch fehlte die Gattin, und die Geisterstunde hatte schon geraume Zeit geschlagen!

Durch den mangelnden Schlaf von Klarsicht heimgesucht, reimte sich der Minister zusammen, was er bisher nicht hatte wissen wollen, und so stürmte er mit dem nächsten Taxi vor Carlos' Haus. Dort schloss gerade ein Herr die Haustür auf und ließ den Empörten mit einem »Schönen guten Abend, Exzellenz« ins Haus hinein.

Carlos wohnte im ersten Stock, der andere Hausbewohner,

Chefredakteur der großen Zeitung ›ABC‹, im zweiten, wo er sich an seiner Tür zu schaffen machte und sie laut wieder zuklappte, so, als würde er in seiner Wohnung verschwinden. In Wirklichkeit dachte er nicht daran, sondern blieb erwartungsvoll im Treppenhaus stehen und lauschte mit langen Ohren nach unten: erst langes Geklingel, dann wildes Getrommel, schließlich Gemurmel, rasch gefolgt von dem Ruf:»Wo ist meine Frau?!« Daraufhin kurze Stille, dann Gekreische, Getobe, Gerumpel und wieder Stille. Schließlich Stimmengewirr auf der Treppe, konfuses Treppauf, Treppab, Türenschlagen und Totenstille.

Am nächsten Tag erschien in der Presse nur eine Meldung zur Umbesetzung der Rolle des Duca im ›Rigoletto‹, wegen Erkrankung von Carlos Ribeira. Tags darauf, und ganz unabhängig davon, wurde von einer Unpässlichkeit von Minister García berichtet, bis man in der ›ABC‹ schließlich über einen geheimnisvollen Zusammenhang ihrer beider Krankheiten zu lesen bekam. Von einer nächtlichen, ziemlich lautstarken Aussprache zwischen»Staatsmann und Startenor« war die Rede, so etwas wie einem»Duell«. Im Übrigen war das Ganze sehr vorsichtig gehalten, mit einem Regierungsmitglied wollte sich keine Zeitung anlegen. Aber um die Gerüchteküche zum Brodeln zu bringen, dafür reichte es. Immerhin schmückten zwei Fotos die Seite: Carlos, einen Schlapphut tief ins verpflasterte Gesicht gezogen, beim hastigen Verlassen seines Hauses, und daneben die Ansicht eines berühmten Sanatoriums, in dem der Minister zurzeit weilte.

Ausgerechnet diese Ausgabe wurde Elia bei ihrem Rückflug aus England zusammen mit einigen Modejournalen als Bordlektüre gereicht. Beim Anblick des verbeulten Geliebten war es Elia, als erhielte sie selbst einen Schlag in die Magengrube. Sie prallte erschrocken zurück, zugleich wallte grimmige Wut in ihr hoch, aber auch Sorge um Carlos.

Noch im Mantel stürzte Elia zu Hause zum Telefon und erfuhr nun die traurige Wahrheit, zumindest den Teil, den Carlos zu erzählen wagte: In der Tat waren die beiden Kontrahenten ziemlich lädiert. Carlos hatte diesmal nicht nur durch eine zarte Hand einen Kratzer am Hals davongetragen, sondern, verabreicht durch eine zorngestählte Männerfaust, ein saftiges Veilchen, eine geplatzte Augenbraue und Schädelbrummen, und der Minister ein paar gebrochene Finger, eine Gehirnerschütterung, blaue Flecken sowie einen ausgeschlagenen Zahn.

Carlos versuchte nicht einmal, etwas zu seiner Entschuldigung vorzubringen. Er war ehrlich zerknirscht, mit zittriger Stimme flüsterte er:»Oh Gott, Capretta, ich liebe dich doch.« Der Rest ging in Schniefen unter. Alles war nur Schluchzen und Stammeln, und Elia verschlug es gänzlich die Sprache, wodurch dieses trostlose Telefongespräch vollends zum Erliegen kam.

Ermattet sank sie auf einen Stuhl. Diese Hilflosigkeit, sie hatte das Gefühl zu platzen! Wenn Carlos und sie jetzt wenigstens beieinander wären, Aug in Auge! Aber so, machtlos, in weiter Ferne, was konnte sie da schon tun? Heulen, das Telefon an die Wand schmeißen, speien vor Ekel, waidwund unter die Bettdecke kriechen und nie, nie mehr aufstehen? Elias Füße zuckten, wütend stampfte sie auf den Boden

Mitten in Elias düstere Betrachtungen hinein schrillte das Telefon. In der Annahme, es sei noch einmal Carlos, fauchte sie in den Hörer:»Was willst du denn noch, du Schuft?«

Es war Mariana, so sehr in eigene Sorgen verstrickt, dass sie die ungewöhnliche Begrüßung scheinbar nicht wahrnahm: »Gott sei Dank, da bist du ja, ich hab dich in Glyndebourne nicht mehr erreicht. Massimo und Martina haben den Hochzeitstermin radikal vorgezogen, wir finden das alle sehr gut. Es soll ein schönes Fest werden, eine richtig froh gestimmte Hochzeit, keine Totenfeier.«

Das Programm stand weitgehend fest, auch Elia hatte darin ihren Part, sie sollte zusammen mit Sylvia bei der Hochzeitsfeier singen, einige muntere Duette, darunter aus ›Il Banchetto‹ von Monteverdi, sowie etwas von Barbara Strozzi. Ob sie in der Kirche singen wollten, sollten sie selbst entscheiden. »Mein Lieblingswunsch wäre das Duett ›Er weidet seine Herde‹ aus dem ›Messias‹, eine wahre Himmelsmusik, allerdings kaum auszuhalten, ich muss jedes Mal dabei weinen, so schön ist es. Ja, und selbst singen, ich fürchte, ich pack es nicht mehr. Aber ihr seid noch jung, ihr habt noch gute Nerven«, meinte Mariana unsicher. Es klang so müde, so verzagt, so ganz und gar ungewohnt. Aber da sie sich überhaupt nicht aufs Klagen verstand, raffte sie sich wieder zusammen und fragte, recht unvermittelt, etwas spöttisch, wie Loge im ›Rheingold‹ den Wotan nach Alberichs Fluch fragt: »Wem galt eigentlich dein Liebesgruß zu Anfang?«

Elia hätte von sich aus bestimmt nicht davon angefangen, gegen Martinas schreckliches Los schien ihr Liebeskummer geradezu lachhaft. Aber nun brach es aus ihr heraus, und in ihrem Ingrimm und dem Bestreben, Mariana ein wenig abzulenken, geriet ihr Bericht so grotesk und drastisch, dass sie am Ende beide zu lachen anfingen.

»Ich hab's ja gesagt, Tenöre«, rief Mariana. »Oder gar Dirigenten«, ergänzte Elia den einstigen Ausspruch.

»Oje, das fehlte noch«, murmelte Mariana, ihre Gedanken waren schon wieder bei der Organisation des Festes, schließlich ging es um die Hochzeit ihres einzigen Sohnes. »In der Kirche muss es wirklich festlich zugehen. Ich habe eine Menge Ideen: zum Einzug der ›Dialogue in C‹ für Orgel von Louis Marchand und zum Auszug der Hochzeitsmarsch von Mendelssohn, ohne den geht es wohl nicht. Und dazwischen vielleicht noch Teile aus der Marienvesper von Monteverdi. Für das Fest noch etwas aus der Suite ›Les Indes galantes‹ von Rameau, was hältst du davon? Im Übrigen: Umberto fährt mit seiner Küchenbrigade schon einen Tag früher los. Am besten, du fährst mit uns mit, mit Pietro und mir.«

Mariana ging auf den Streit zwischen Carlos und Elia nicht näher ein. Sie fragte auch mit keinem Wort nach Jens Arne

Holsteen. Doch auch von Martinas Gesundheitszustand war nicht die Rede oder von Massimo und wie er damit zurechtkam.

»Ich werde zum Abendessen mein schilfgrünes Abendkleid anziehen. Oder meinst du, es ist zu pompös?«, sagte Elia.

Mariana widersprach: »Ach was, wir wollen alle glitzern und funkeln. Schau zu, dass du Martinas Brautbukett auffängst, dann kommst du vielleicht auch endlich unter die Haube.«

Marianas Wünsche für das Fest sollten sich erfüllen. Es wurde eine richtig froh gestimmte Hochzeit, und Elia schnappte sich den Brautstrauß, das heißt, Martina warf ihn ihr beinahe an den Kopf, Elia musste ihn auffangen, um nicht getroffen zu werden.

»So, jetzt bist du die Nächste«, stellte Sylvia fest, sie hatte das Heiraten schon hinter sich, mit Dmitrij, ihrem »Schneewittchen«, und ihr dicker Bauch zeugte von der Segnung dieses Bundes. »Wenn es ein Mädchen wird, heißt es Martina«, sagte sie zu Martina, und die meinte vergnügt: »Natürlich wird es ein Mädchen, und ich werde seine Patentante.«

Der Grund für die Fröhlichkeit dieses Festes war nicht der eiserne Vorsatz sämtlicher Gäste, nur ja nicht den Kopf hängen zu lassen, sondern das Brautpaar selbst. Eine wunderbar natürliche, leichte Heiterkeit ging von ihm aus, ein unsichtbarer Zaubermantel schien es zu umhüllen, der alles Leid an diesem Tag von ihm fernhielt. Die freudige Aufregung hauchte Martinas sonst so blasses Gesicht rosig an, sie trug ein weißes, enganliegendes Spitzenkleid von Krizia, hochgeschlossen, mit schmalen, langen Ärmeln, die auf den Handrücken spitz ausliefen, und einem leicht ausgestellten Rock, der gerade noch die seidenen Schuhe hervorlugen ließ. Von ihren hellblonden Locken, zusammengehalten durch eine alte Brillantbrosche, die Massimo in einer Schublade seiner Großmutter entdeckt hatte, wehte luftig der Brautschleier. Eine Märchenprinzessin, eine Feenkönigin. Und Massimo in seinem eleganten Frack?

Ein Dichter, ein Künstler, der Feen zu schauen und mit ihnen Umgang zu pflegen vermochte?

Alle waren sie gekommen, auch Silvana, Pietros Schwester, mit ihrer ganzen Familie. Auf der Rückfahrt schlüpfte sie auf den Beifahrersitz neben ihren Bruder, Mariana und Elia saßen im Fond. Auf der langen Fahrt wurde wenig geredet. Mariana schloss bald die Augen, Elia ergriff nach einer Weile ihre Hand, sie spürte, wie Mariana ganz langsam ruhig wurde. Als sie die Augen wieder aufmachte, sagte sie leise zu Elia: »Massimo ist glücklich. Massimo und Martina sind glücklich.«

Nach einer weiteren langen Pause legte Mariana plötzlich den Arm um Elia und fragte: »Und du? Was ist los mit dir? Mit dir und Carlos?« Elia holte tief Atem, sie drückte sich noch fester in Marianas Arm: »Es ist aus. Aus und vorbei. Er sagt, er liebt mich, und das glaub ich ihm sogar. Wahrscheinlich liebe ich ihn auch noch, im Moment weiß ich das nicht so recht. Aber ich vertraue ihm nicht mehr. Da ist nichts mehr zu machen.« Sie sprach langsam, sachlich, Mariana unterbrach sie nicht. »Weißt du«, fuhr Elia fort, »wenn mir jemand prophezeit hätte, dass ich mich eines Tages nicht mehr darauf freuen würde, Carlos wiederzusehen, ich hätte gesagt, der spinnt. Und jetzt graut mir fast davor. Aber wir werden weiter zusammen singen, ganz bestimmt. Auf der Bühne passen wir einfach sehr gut zusammen, darüber bin ich mir klar. Dass wir das bis jetzt auch privat getan haben, hat dabei keine Rolle gespielt, glaube ich, und darum werden wir es schon hinkriegen. Carlos ist ein alter Zirkusgaul, der kommt mit jeder Situation zurecht. Ich trabe inzwischen auch ganz brav meine Runden, schließlich hast du mir das beigebracht: ›Was immer mit uns passiert, das Publikum dürfen wir nicht damit behelligen.‹«

»Ja, dazu stehe ich auch heute noch. Aber schwer ist es doch«, sagte Mariana und sah Elia ruhig an. »Immerhin: Deine Stimme steckt in einem gesunden Körper. Und so Gott will, hast du noch ein langes Leben als Sängerin vor dir. Beim Singen können wir uns auf unseren Stimmen aus dem Alltag davonmachen. Das ist ein Riesengeschenk, damit sollte man pfleglich und dankbar umgehen.«

»Ja, das Singen, das ist es! Alles andere kann mir von jetzt an gestohlen bleiben, vor allem die Männer«, ereiferte sich Elia.

Mariana winkte ab und deutete auf Pietro:»Ach, nicht gleich mit der ganzen Welt zürnen. So schlimm sind sie doch auch wieder nicht, im Großen und Ganzen, oder?« Nach einer weiteren Pause fragte sie plötzlich:»Wie geht es mit Jens Arne Holsteen nun eigentlich weiter? Was habt ihr als Nächstes vor?«

»Erst die ›Anna Bolena‹, in London, und dann in Glynde-bourne ›Dido und Aeneas‹«, gab Elia zur Antwort.

Mariana schien überrascht, sie wiegte den Kopf:»Hm, nicht schlecht.« Sie schätzte Donizetti sehr und gerade die ›Anna Bolena‹, war doch die Giovanna Seymour jahrelang eine ihrer interessantesten und erfolgreichsten Rollen gewesen. Die kunstvoll nuancierte Titelpartie bedeutete eine echte Bereicherung in Elias Repertoire. Und dann die herrliche Dido! Wie sehr hatte sie selbst die geliebt, zum Glück wurde sie oft von einem Mezzo gesungen. Dass Jens Arne Purcell in England aufführte, lag nahe, aber Elia diese Rolle anzuvertrauen, darauf musste man erst einmal kommen. Wer weiß, vielleicht brachte die Zusammenarbeit mit diesem Dirigenten für Elia doch positive Impulse. Diesmal also behielt Mariana ihre Vorbehalte gegen Jens Arne Holsteen für sich.

Mochte Elia auch mit Carlos endgültig Schluss gemacht haben, an ihrem Leben änderte das zunächst einmal nichts, zumindest nicht nach außen hin. Mit größerer Hingabe als bisher konnte sie auch jetzt das Singen nicht betreiben, und Carlos würde sie zu ihrer Erleichterung erst in einiger Zeit wiedersehen. Vorher standen noch zwei Verpflichtungen an, ohne ihn, ›Cenerentola‹ in Rom und eine Wiederaufnahme des ›Otello‹ an der Scala.

Die ›Cenerentola‹ war so etwas wie ein vergnügliches Heimspiel, mit einer bewährten, geliebten Mannschaft, allen voran Giancarlo Morante, Tino Petruzzi und Enrico Tarlazzi. Unter keinem anderen Dirigenten sang Elia lieber als unter Giancarlo Morante. Er hatte sie von Anfang an auf der Bühne sicher geleitet, als Ines und dann als Oscar sowie später in einer Reihe anderer Rollen. Keiner kannte sie besser, und niemandem vertraute sie mehr. Doch eines mochte noch wichtiger sein: Einen freundlicheren Dirigenten als ihn gab es nicht, so empfand es Elia, und inzwischen hatte sie einen recht guten Überblick. Freundlich und uneitel, das waren seine hervorstechendsten, in dieser Branche reichlich ungewöhnlichen Merkmale. Ihm ging es um die Musik – und um seine Musiker, von den Solisten bis hin zum Triangelspieler.

Er trat nicht ans Pult wie ein Löwenbändiger oder wie ein Diktator, sondern wie ein umsichtiger Führer, dem man sich gerne anvertraute. Die Musiker fühlten sich bei ihm bestens aufgehoben und liebten ihn. Die Hektik des Konzertbetriebs lag ihm nicht, auch nicht das viele Reisen. So hatte er sich mehr und mehr auf die Oper konzentriert, und da besonders auf Italien. Die italienischen Opernhäuser profitierten davon, seine eigene Karriere weniger. Trotz seiner großen Fähigkeiten war er international fast nur den Fachleuten bekannt. Aber darüber zerbrach er sich nicht den Kopf.

Elia tauchte in diese ›Cenerentola‹ ein wie in ein köstlich erfrischendes Seelenbad. Oh, es war wunderbar, einmal nicht sterben zu müssen. In Mailand ging es ihr dafür umso drastischer an den Kragen, bald hatte sie sogar blaue Flecken am Hals. Auch sonst sprang Otello, mit dem sie hier zum ersten Mal sang, nicht gerade rücksichtsvoll mit ihr um, sondern überdeckte sie, und alle anderen auch, kraftmeierisch mit seinen gewaltigen Trompetentönen. Elia ließ es zunächst geschehen, zu protestieren hätte sie bei Marcello Rainardi niemals gewagt, aber sie vertraute auf ihn. Nicht umsonst, er griff zum Glück ein und bändigte das Kraftpaket, sogar ein paar subtilere Töne wusste er ihm zu entlocken. Ein interessanter, furioser Sänger, dieser Luciano da Monte, aber er brauchte eine strenge Hand. Aber wirklich warm wurde Elia mit ihm nicht. Wenn er sich stimmlich wieder einmal allzu machohaft in die Brust warf, zeigte sie ihm mit ihrer Stimme die Zähne. Dadurch geriet ihr die Desdemona passagenweise widerborstiger, als sie es eigentlich für richtig empfand.

Am Premierenabend erwartete Elia in ihrer Garderobe ein riesiger Strauß herrlicher nachtblauer Rosen. Auf der beigefügten Karte ein paar Zeilen: »In London werden Sie auch bald Ihr junges Leben aushauchen. Ich kann es kaum erwarten. J. A. H.«

Danach stand Stockholm auf ihrem Plan. Mit dem ›Maskenball‹. Und mit Carlos! Nach Ferdinands Tod hatte es lange so ausgesehen, als sollte das Projekt nicht mehr gelingen, doch Björn Eksell zuliebe übernahm schließlich Carlos die Partie des Riccardo, und nun konnte es doch realisiert werden. Wenngleich Jahre später, als ursprünglich geplant, und auch nicht als Rollendebüt von Elia, denn inzwischen hatte sie die Amelia schon an anderen Häusern gesungen, sogar mit Carlos.

Elia als Amelia und Carlos als Riccardo, eine fabelhafte Besetzung, ganz sicherlich, auf die sich die Schweden freuen konnten – leider mehr als die beiden Protagonisten. Aber irgendwie waren sie beide doch froh, dass ihr erstes Wiedersehen nach dem kläglichen Ende am Telefon auf einem so vertrauten Terrain stattfand.

Elia wohnte wieder bei Birgit, wo sie auch Mariana antraf, die schon vorausgefahren war, die Proben waren bei Elias Ankunft bereits in vollem Gange. Carlos hatte bei Ture und seiner Familie Unterschlupf gefunden, so waren die beiden entzweiten Liebenden unauffällig und gut verstaut.

Elia hatte erst am Vorabend ihres Probenbeginns nach Stockholm fliegen können und vor lauter Aufregung die halbe Nacht nicht geschlafen. Am Morgen dann Herzklopfen und zittrige Knie. Beim Betreten der Bühne klammerte sie sich an Marianas Arm fest, von Sven Aarquist halb verdeckt lugte Carlos herüber, ängstlich abwartend. Das Schwedengrüppchen auf der Bühne war schnell begrüßt, nur noch Carlos und Elia standen sich gegenüber, dann machten sie im gleichen Augenblick einen Schritt aufeinander zu, unsicher, mit einem verlegenen Lächeln, und umarmten sich. Kollegial, freundschaftlich? Wie auch immer, wieder einmal war etwas nicht ganz so mühsam gewesen wie in ihrer Phantasie.

In der ersten gemeinsamen Szene war die Amelia ausschließlich auf die Wahrsagerin Ulrica konzentriert, von dem aus seinem Versteck lauschenden und mitleidenden Riccardo ahnte sie nichts. Darüber war Elia heilfroh, in den Probenpausen verschanzte sie sich hinter Mariana, und da sie beide bei Birgit wohnten, erschien es naheliegend, dass sie zusammen heimgingen, ohne Carlos.

Daran hielt sich Elia in der folgenden Zeit: Nie mit Carlos alleine sein, immer einen Dritten als Puffer dazwischenschieben. Ein trister Plan, den Elia stur verfolgte. Carlos litt unter ihrer starren Haltung, das konnte man ihm ansehen, aber er getraute sich nicht, sie darauf anzusprechen. Im Gegenteil, er nahm sich sehr zurück, sogar noch bei den Orchesterproben, gerade im zweiten Akt, beim Liebesduett Amelia – Riccardo markierte er nur, stimmlich und auch darstellerisch. Sven Aarquist und Thomas Schneider hatten die Szene sehr hitzig angelegt, zum Schluss riss Riccardo die Geliebte in seine Arme, und beide versanken in einem glühenden Kuss. Doch an dieser Stelle winkte Carlos ab: »Ja, ja, das machen wir dann schon.« Da das ganze Haus von der großen Liebeskrise wusste, ließ man diese Schonhaltung durchgehen.

Elia kam das sehr gelegen. Sie hatte sich felsenfest vorgenommen, mit Carlos als Liebhaber endgültig Schluss zu machen, sonst würde sie niemals von ihm loskommen. Bei den Vorstellungen war es allerdings mit Carlos' Rücksichtnahme vorbei. Wahrlich nicht aus Berechnung, um Elia vielleicht doch zurückzuerobern, sondern er konnte gar nicht anders, als den Wohllaut der Töne strömen zu lassen. Und Elia, gerade noch niedergeknüppelt vom Stimmgeprotze des Mailänder Kollegen, war nun umso empfänglicher für den verführerischen Schmelz seiner Stimme. Kein Wunder, dass die Amelia ihre hehren Vorsätze über Bord warf und Riccardo ihre Liebe gestand.

Elia hielt sich zwar tapferer und ließ sich nicht bezaubern und überrollen. Aber ihre Unsicherheit war noch größer geworden. Auf der Premierenfeier klagte sie Julia ihr Leid: »Ich weiß nicht, ob ich das durchhalte. Ein Glück, dass Carlos und ich getrennt wohnen. Wenn wir jetzt Tür an Tür im Hotel wären, ich glaube, ich würde wieder schwach!«

Julia hatte kein Erbarmen mit ihr: »Ja und, wäre das so schlimm?«

»Ach, ich weiß gar nichts mehr«, stöhnte Elia. »Ich war einfach zu naiv, jetzt mach ich mir nichts mehr vor.«

»Ich fahre morgen weg. Für zwei Wochen. Hier hast du den Schlüssel zu meiner Wohnung«, sagte Julia trocken.

»Ja, zumindest miteinander reden müssen wir wohl«, gab Elia zu.

Es wurde ein langes Gespräch. Elia und Carlos trafen sich in ihrem Lieblingsrestaurant »Ulla Winbladh«, wo sie oft nach einem Spaziergang oder Bootsausflug gegessen hatten. Beide waren zunächst verkrampft, aber nach zwei Gläschen Aquavit wich die Befangenheit etwas.

»Dass wir das mal nötig haben, mit diesem Gesöff«, seufzte Carlos, während er ein weiteres Glas hinunterkippte.

Elias Herz klopfte immer noch aufgeregt, doch nicht mehr aus Angst und Unbehagen, sondern weil sie jetzt neugierig war, frohgestimmt. Eine Verschiebung hatte sich sachte vollzogen, es dauerte eine Weile, bis Elia es bemerkte: Sie fühlte sich wohl bei diesem Tête-à-tête! Die Macht der Gewohnheit, der Sog des Vertrauten? Oder einfach die alte Liebe, die wohl noch nichts davon gehört hatte, dass alles aus war? Wie oft hatten Carlos und Elia vergnügt an diesem Tisch gesessen, und wie stimmig nahm es sich auch diesmal wieder aus! Sie redeten und redeten, sprachen über Kollegen, Inszenierungen, Dirigenten, Flugverbindungen, Hotelunterkünfte, Martina, den Tod. Nur über sich selbst sprachen sie nicht. Inzwischen waren sie beim Dessert angekommen. Wie immer winkte Elia bei den Süßspeisen ab, um dann mit einem zweiten Löffel, den der Kellner stets vorsichtshalber mitbrachte, Carlos von seinem Nachtisch wegzunaschen.

Doch plötzlich, noch während sie sich die Lippen leckte, streckte Elia den Arm hoch und berührte mit der Fingerspitze die winzige Narbe über Carlos' linker Augenbraue. Gleich beim Wiedersehen hatte sie die entdeckt, aber stets geflissentlich ignoriert.

»Der Siegelring«, erklärte Carlos mit einem schiefen Grinsen.

Elia verzog das Gesicht: »Dumm gelaufen. Darum sollte man beim Boxen Handschuhe tragen.«

Elia starrte auf die Narbe, als gäbe es dort etwas Aufschlussreiches zu entdecken. Schließlich senkte sie den Blick, sie fasste nach ihrer Handtasche und wühlte eine Weile darin herum, dann hatte sie das Gesuchte gefunden, Puderdose und Lippenstift. Sie zog sich die Lippen nach, konzentriert, in ihr Spiegelbild versunken, doch dann blickte sie auf und schaute Carlos in die Augen. Beide seufzten sie auf, im gleichen Moment.

»Es geht nicht«, sagte Elia leise, mehr zu sich selbst.

Carlos legte seine Hand vorsichtig auf ihre Hand: »Was geht nicht, Elia?«

Sie zuckte ganz leicht mit den Schultern, atmete tief aus und steckte die Schminksachen zurück in die Tasche, da, wo sie hingehörten, direkt neben Julias Wohnungsschlüssel.

Der Kellner brachte die Rechnung, zusammen mit zwei Gläsern Aquavit: Oh ja, das konnten sie gebrauchen. Alles war fast so wie immer, nur der verdammte Heimweg nicht.

Elia machte sich rasch los von Carlos' Arm:»Ich muss jetzt schlafen, du kennst mich ja.« –»Ach, immer noch nicht so richtig. Aber ich hab wohl alles kaputtgemacht«, jammerte Carlos nun doch.

Elia schloss die Haustüre auf:»Komm, komm, jetzt nicht noch damit anfangen, das hat dieser Abend nicht verdient.« Nun gut, sie konnte nicht länger böse sein auf Carlos. Aber verzeihen, so richtig, aus ehrlichem Herzen, das konnte sie auch nicht. Und plötzlich sank ihre Munterkeit wieder in sich zusammen, sie fühlte sich hundeelend, als sie in den dunkeln Hausflur trat. Ja, ja, wenn alles so einfach wäre!

Auf der Bühne vermochte es Elia, sich den Gefühlen der von ihr verkörperten Heldinnen mutig zu öffnen und sie zu vermitteln. Die Musik half ihr dabei und das Singen. Doch im echten Leben tat sich Elia immer noch schwer, ihre Gefühle zu zeigen, vielleicht noch schwerer als früher, die effektvollen Ausbrüche und Zusammenbrüche auf dem Theater hatten bei ihr einen Widerwillen gegen»Szenen« erzeugt und den Reflex noch verstärkt, die eigene Empfindlichkeit zu schützen. Und trotzdem: Ihre Zurückhaltung gegenüber Carlos hatte nichts mit dieser Scheu zu tun, auch nichts mit Feigheit oder mangelndem Temperament. Aber Carlos war nicht nur ihr Partner im Leben, er war auch ihr Partner auf der Bühne. Es hatte eine glückliche Zeit gegeben, da hatte Elia zwei Traumpartner gehabt: Ferdinand und Carlos. Ferdinand hatte ihr der Tod schon entrissen, allein der Gedanke, nun auch noch Carlos zu verlieren, war absolut unerträglich, der Bruch mit ihm schien wie eine Verstümmelung, wie ein weiterer Tod! Das war es, was ihre Wut bremste und sie zwang, aus den Trümmern der Liebe von Mann und Frau die heilgebliebene Partnerschaft zweier Sänger zu retten. Carlos erging es nicht anders, auch er brauchte bei seinem hektischen Leben die Vertrautheit mit Elia.

Wenn sie zusammen auf der Bühne standen, als das klassische Opernliebespaar Sopran und Tenor, passte bei ihnen alles zusammen, ergänzte sich, ihre Stimmen, ihr Alter, das Aussehen, ihre Darstellungskraft, viel mehr brauchte es nicht, um ein gedeihliches Arbeitsklima und den Erfolg eines Stückes zu sichern. Gerade weil sie nur in Abständen und darüber hinaus mit verschiedenen Dirigenten und Regisseuren zusammenarbeiteten, erstarrte die Harmonie nie zur Routine.

Diesen raren, köstlichen Einklang durften sie niemals verletzen, aus ihm schöpften sie ihre Kraft, selbst wenn sie im Leben als Paar gescheitert waren. Das ahnten sie beide, und so bemühten sie sich, den persönlichen Wirrwarr mit »Anstand« zu durchschiffen. Letzten Endes verdankten sie es den Freunden, dass ihnen das so einigermaßen gelang, bei ihnen konnten sie den angestauten Ärger loswerden und sich den Kummer vom Herzen reden. Mariana, Ture, Birgit, Julia, Erna, Björn Eksell, sie waren vom Fach und vermochten die Misslichkeit der Lage zu ermessen. Sie hielten geduldig stand, verkniffen sich sinnlose Kommentare und Ratschläge, auch Mariana, die Elia von jeher vor einer Verquickung von Privatem und Beruflichem gewarnt hatte. Und auch Julia, obwohl sie Elias sture Haltung nicht richtig fand, nachdem sie selbst erfahren hatte, wie sehr eine Trennung schmerzte, denn ihre eigene Liebesgeschichte mit Umberto war inzwischen an den äußeren Widrigkeiten gescheitert. Nein, abwenden ließ sich solch eine Entwicklung wohl nicht, aber liebevolle, vorurteilsfreie Geduld und Anteilnahme konnten doch helfen und guttun. Genau das bekamen Elia und Carlos im freundlichen Stockholm geschenkt.

In London, ihrer nächsten Station, erwartete Elia eine aufregende Rolle, die Anna Bolena. Vor einigen Jahren, mit der ›Lucia‹, hatte Elia schon einmal eine gefühlvolle Kür aufs schimmernde Belcanto-Eis hingelegt, gespickt mit kühnen Pirouetten, herzergreifenden, hauchzarten Schnörkeln. Aber so richtig warm war sie dabei nicht geworden. Später, vielleicht später einmal, so hatte sie es damals empfunden, es gab noch so vieles andere zu entdecken, bis hin zu den fernen Wagner-Welten, in die sich italienische Sänger sonst selten verirrten.

Und jetzt war es ausgerechnet ein Schwede, der Elia in ihre heimatlichen Belcantogefilde zurückzulocken verstand – und das in London! Elia folgte ihm willig und beglückt ob der vielseitigen, faszinierenden Landschaften, die sie an seiner Hand durchwandern durfte.

Von der ›Anna Bolena‹ hatte Elia bis dahin nicht viel mehr gewusst, als dass sie eine Bombenmezzorolle enthielt. »Wahrscheinlich wird das Stück deshalb selten aufgeführt, weil die meisten Sopranistinnen Angst haben, von der Giovanna Seymour an die Wand gespielt zu werden«, hatte Mariana einmal spöttisch gesagt.

Nun gut, solche Herausforderungen machten Elia inzwischen Spaß, zumal die Partie der Anna Bolena aufregende Nuancen musikdramatischer Charakterisierungskunst bot. Sicherlich war sie die vielschichtigste Figur des Stückes. Von Anfang an umgab sie die Bedrohung, ein Opfer zu werden – das für eine Schuld sterben sollte, die es nicht begangen hatte. Aber nicht als unschuldiges Opferlamm, sondern schuldig-unschuldig. Denn einst hatte sie Verrat begangen an ihrer ersten Liebe, aus Ehrgeiz, geblendet vom Glanz der Krone.

Eine Sängerin konnte hier wirklich alle Register ziehen, inniglich zarte Trauer, Wehmut, Resignation, flackernde Unruhe, Flehen, Stolz, Angst, Verzweiflung, Wahn. Alles ergab sich von selbst, sie musste nur der seismographisch charakterisierenden Gesangslinie folgen, noch die aberwitzigsten Triller und Sprünge waren psychologisch hauchfein schattierende Verdeutlichungen. Donizetti und sein Librettist hatten für alles gesorgt – ob es eine Sängerin überzeugend zu gestalten vermochte, stand auf einem anderen Blatt.

Auch die Eigenschaften und Stimmungen der anderen Personen waren sorgfältig charakterisiert: Enricos Gier, seine Brutalität, sein Jähzorn, Giovannas leidenschaftlicher Ehrgeiz, untermischt mit schlechtem Gewissen, die lyrische Schwärmerei der Anbeter Annas, die sie in ihrem ichbezogenen Liebeseifer in den Untergang rissen. Welch eine Spannung, wenn diese Personen aufeinandertrafen, in immer neuen Formationen, in Duetten, einem träumerischen Terzett, einem erregten Quintett und einem panischen, immer rasenderen Sextett im Finale des ersten Aktes, wo es dem gnadenlos furchtbaren König schließlich vor Wut buchstäblich die Sprache verschlug, so dass er nur noch zornbebend und stumm auf der Bühne stand, während die anderen Figuren vor Angst und Entsetzen außer sich gerieten.

Elia hatte das ganze letzte Jahr nur wohlvertraute Rollen gesungen, jetzt genoss sie es, wieder etwas Neues und darüber hinaus sehr Anspruchsvolles für sich zu erobern. Jens Arne Holsteen hatte sie wieder mit dem Rolls-Royce vom Flugplatz abholen lassen und dann, zusammen mit dem Intendanten, die Protagonisten zu einem Abendessen in ein italienisches Lokal eingeladen. Möglicherweise war das eine Reverenz an Elia, der einzigen Italienerin in der Runde, im Übrigen gab sich Jens Arne als weltläufiger Gastgeber, höflich, aufmerksam gegen alle, entzückt, mit einem so hervorragenden Team an die große Aufgabe herangehen zu können. Die Sänger des Enrico und des Percy kannte Elia bereits, mit Nora Petersson, ihrem Stockholmer Romeo und der Londoner Amneris war sie nahezu befreundet. Gute Voraussetzungen also, die sich vom ersten Probentag an bestätigen sollten.

Elia hatte ihre Partie zusammen mit Signor Ruteli gewissenhaft einstudiert und auch mit Mariana viel gesungen und besprochen. Jetzt war sie glücklich, gleich bei den ersten beiden Ensembleproben zu erleben, dass ihre und Jens Arnes Auffassungen in weiten Teilen übereinstimmten und auch von den anderen Sängern keine unerwarteten Schwierigkeiten zu drohen schienen.

Nach diesem ersten Durchlauf des Stückes, den Jens Arne vom Klavier aus geleitet hatte, überließ er das Feld dem Regisseur, blieb aber bei den szenischen Proben erst einmal anwesend, so dass von Anfang an die musikalischen und szenischen Vorstellungen aufeinander abgestimmt werden konnten.

Über den Proben, die Elias volle Konzentration erforderten, verblassten die Stockholmer Wirrnisse erstaunlich rasch, einmal mehr bewährte sich die Arbeit als gutes Nervenheilmittel. Der Regisseur Keith Nurmit erwies sich als weiterer Glücksfall. Er war bekannt für seine ausgetüftelten Schauspielinszenierungen und verlangte auch von den Sängern ein psychologisch genau aufeinander abgestimmtes Spiel. Jeder Blick, jede Geste stand im logischen Zusammenhang mit dem Ablauf des Geschehens, doch nicht vordergründig nur als Untermalung, manchmal verrieten die Figuren damit auch ihre geheimen Gedanken oder ihre ins Unterbewusstsein weggesteckten Gefühle. Der von Donizetti und Felice Roman kunstvoll gewirkte Stoff gewann dadurch noch an geheimnisvoller Dichte.

Eine faszinierende, aber auch anstrengende Vorgehensweise, nach den Proben war man rechtschaffen müde. Viel von der brodelnden Weltstadt London bekam man nicht mit, allenfalls reichte die freie Zeit dazu, sich in noblen Geschäften unnötige, viel zu teure Dinge aufschwätzen zu lassen oder bei Harrods herumzuirren und bei Fortnum und Mason Tee einzukaufen.

Jens Arne musste sofort nach den szenischen Proben zum Royal Philharmonic Orchestra eilen, um dort für ein Pariser Gastspiel sein Mammutprogramm zu probieren, Brahms pur, sämtliche Symphonien, die Haydn-Variationen, das Violinkonzert. Du lieber Himmel, hatte dieser Mann eine Energie in sich stecken, er war sicher weit über sechzig und doch hundertmal zäher als seine jungen Assistenten! Als er schließlich zu seinem Gastspiel verschwand, trat für die Zurückbleibenden eine kleine Verschnaufpause ein. Es war auch einmal ganz angenehm, weiterprobieren zu können, ohne dass der Maestro mit Argusohren lauschte. Andererseits konnten sich die Sänger glücklich preisen, dass er sich nicht erst in den letzten zwei Wochen um sie kümmerte und dann in Windeseile das mühsam erarbeitete Konzept durcheinanderwirbelte, so wie es inzwischen immer häufiger passierte.

Kaum aus Paris zurück, setzte Jens Arne für die Sänger zusätzliche Einzelproben an, allen voran für Elia, hatte sie doch die heikelste Rolle in diesem Stück inne, in dem der gesamte Schluss, ungefähr zwanzig Minuten, allein von der Titelpartie bestritten wurde. Alle anderen auftretenden Personen samt Chor reagierten und kommentierten nur noch.

Im heftigen Wechsel der Stimmungen spiegelte sich Anna Bolenas ganzes Wesen noch einmal wider. »Wahnsinn vom Feinsten«, sagte Jens Arne. »Annas Verwirrung drückt sich hauptsächlich in den empfindsamen, göttlich zarten Passagen aus, da ist sie ›entrückt‹, in einer anderen Welt, in der Kindheit, der ersten Liebe, schon fast im Himmel. Dagegen sind viele der wilden, rasenden Aufschreie durchaus real begründet durch die brutalen, lebensbedrohenden Einbrüche der Wirklichkeit, die sie wieder zu sich bringen. Das ist das Besondere, das Erschütternde daran, das müssen wir zeigen.«

Er ließ nicht locker, er feilte und wiederholte, bei den alternativen Ausdruckskoloraturen wählte er stets die kunstvollere Version. Er trieb Elia an, bis sie selbst dem Wahnsinn nahe war, zumindest den Tränen. Außer Georges Goldberg hatte sie noch kein anderer Dirigent so geschunden! Am Ende war Elia tatsächlich in Schweiß gebadet und selbst der überkorrekte Maestro leicht echauffiert. Aber auch sehr zufrieden: »Jetzt haben wir die Szene so, wie sie sein soll. Ich malträtiere Sie ja nur, weil Sie es können, weil nur Sie es so können! Jetzt ist das keine Virtuosennummer mehr, wie bei fast allen anderen Sängerinnen, sondern eine Tragödie.«

Nach der Generalprobe klopfte Jens Arne Elia auf die Schulter: »Mariana wird zur Premiere kommen. Es war etwas mühsam, aber ich habe sie rumgekriegt. Sie traut mir immer noch nicht über den Weg, wenn es um Sie geht, liebe Elia. Da ist es am besten, sie überzeugt sich selbst.«

Seine Stimme klang etwas maliziös, und Elia wurde vor

Überraschung ganz rot, woher wusste er von Marianas Bedenken? Aber sie nahm sich zusammen und jubelte:»Ach, was für eine wunderbare Überraschung!«

Jens Arnes Konzept ging auf: Mariana hatte selbst jahrelang mit Carla Maniatis, der damals gefeiertsten Anna Bolena, auf der Bühne gestanden, niemand konnte die Qualität der Londoner Aufführung besser ermessen als sie. Und so streckte sie die Waffen. Nach dem letzten Vorhang der Premiere umarmte sie erst einmal Elia und beglückwünschte dann Jens Arne:»Gratulation, verehrtester Maestro! Elia ist für mich wie ein Smaragd, und Sie haben ihn in neuem Licht zum Leuchten gebracht! Und ihm dabei seine Eigenart belassen, seinen eigenwilligen Schliff. Das ist für mich das Ausschlaggebende. Jetzt bin ich sehr viel beruhigter! Ich hab immer Sorge, dass da eines Tages doch noch jemand herumpfuscht, Smaragde sind zwar hart, aber auch empfindlich. Aber wem sag ich das, wir sind ja ganz offensichtlich derselben Meinung, nicht wahr?«

»Wenn ich diesem Edelstein jemals Schaden zufügen sollte, dann strafe mich Gott«, rief Jens Arne pathetisch. Ausnahmsweise ging er mit zur Premierenfeier. Er hofierte Mariana. Aufgekratzt und charmant, wie ihn Elia noch nie erlebt hatte, schwärmte er von den gemeinsamen Göteborger Anfängen, herrliche Zeiten mussten das gewesen sein und Mariana und er die innigsten Freunde. Mariana spielte vergnügt mit, Jens Arnes Schmeicheleien machten ihr Spaß – aber sie ließ sich nicht von ihm einwickeln.

»Duzt ihr euch nicht? Ihr kennt euch doch schon eine Ewigkeit«, fragte Elia später verwundert.

Mariana lachte nur:»Gott bewahre, er war schon immer ein schrecklich feiner Pinkel.«

Also doch kein missglücktes Techtelmechtel, wie sie und Carlos bisher angenommen hatten. Doch aus irgendeinem Grund scheute sie sich, Mariana ausführlicher nach Jens Arne auszufragen.

So verschiedenartig die folgenden Stationen auch sein mochten, eins hatten sie gemeinsam: Überall schwelgte Elia in besonders köstlichem italienischen Essen! Das fing an in New York, beim ›Rigoletto‹ unter Georges Goldberg. Bisher war für Elia immer Carlos Gildas unwiderstehlicher Verführer gewesen, eine Rolle, die ihm wahrlich auf den Leib geschrieben schien. Jetzt sang Tino Maderna den Duca, ein barocker Genussmensch mit munteren, freundlichen Äuglein, sinnlich geschwungenen Lippen, einem Doppelkinn und beachtlicher Leibesfülle. Und einer betörend honigsüßen Stimme, mit der er nicht nur seine Bühnenopfer zum Schmelzen zu bringen wusste, sondern auch die Herzen seines Publikums. Er und Carlos bildeten im Moment sicherlich das strahlendste Tenorzweigestirn am Opernhimmel, und Elia hatte auch mit Tino Maderna im Laufe der letzten Jahre schon öfter auf der Bühne gestanden und war immer gut mit ihm ausgekommen.

Diesmal erlebte sie ihn auch privat aus größerer Nähe, denn sie wohnten im gleichen Appartementhotel. Sie in einer hübschen Suite, er, zusammen mit seiner Frau und zwei kleinen Töchtern, in einer Riesenwohnung, deren Herzstück eine fabelhaft eingerichtete Küche bildete. Dort, wann immer möglich, schaltete und waltete Tino Maderna höchstpersönlich und kreierte mit viel Phantasie, großem Können und seinen geschickten, weichen Händen die köstlichsten Speisen, in ausgeklügelter Abfolge und in solchen Mengen, dass Elia als Nachbarin und esskundige Landsmännin zu ihrer Vertilgung herangezogen wurde.

Noch ein anderer Landsmann eilte beglückt zu Tinos Töpfen, Enrico Tarlazzi, Elias geliebter Freund und diesmal als Rigoletto ihr Bühnenvater. Auch aus dem Team wurden ein paar erprobte Gourmets dazu geladen, darunter Joshi Kramer, der Regisseur, ein schlitzohriger Österreicher, der in einem vernuschelten Englisch so hinreißend Witze erzählte, dass sich die Zuhörer vor Lachen verschluckten. Eine lustige Runde, sogar Elia, die sich sonst gerne zeitig in ihr Bett verzog, versackte mehr als einmal bis spät nach Mitternacht. Die Vorstellung, es bis zu ihrer eigenen Bettstatt nur ein paar Meter weit zu haben, war nicht ganz unschuldig daran.

Auch Georges Goldberg schaute regelmäßig vorbei, allerdings hielt er sich hauptsächlich an die eigens für ihn bereitgestellte Whiskyflasche, die er bis auf den Grund zu leeren pflegte, um dann, hustend und verdrossen, noch ein paar Gläschen Rotwein in sich hineinzuschütten. Was ihn keineswegs daran hinderte, am nächsten Tag seine vom Essen noch trägen Sänger musikalisch auf Trab zu bringen, so dass letzten Endes wieder eine furiose, mitreißende Arbeit zustande kam.

In Pesaro, Elias nächster Station mit der Rosina im ›Barbier von Sevilla‹, konnte sie gleich weiterschwelgen in Lieblingsgerichten. Und bei einer Stippvisite in Rom, die sie vor allem machte, um nach Martina zu schauen, bevor sie in ihr Häuschen im Süden fuhr, wurde sie von Umberto fabelhaft bekocht.

Der Besuch bei Martina und Massimo berührte Elia sehr. Nach der überstürzten Heirat hatte niemand mehr Zeit gehabt, die Wohnungen in der Via Giulia zu renovieren oder gar umzuziehen, und so lebten die beiden in der verstaubten, mehr oder weniger unveränderten alten Pracht, wie sie die Großeltern hinterlassen hatten. Nur der von Martina so mühsam aufgestöberte Jugendstilschreibtisch stand etwas fremdartig in dem mit antiken Möbeln, Gobelins, Bildern, Pfauenfedern und Büsten vollgestellten Salon herum.

Martina empfing Elia in einem gewaltigen, von einem roten Samtbaldachin prunkvoll überdachten Bett. Zierlich und blass saß sie in einem schneeweißen Kissengebirge. Als sie Elias beklommene Miene sah, lachte sie:»Keine Angst, meistens bin ich tagsüber auf, aber gerade heute war ich ein wenig wackelig auf den Beinen. Komm, setzt dich zu mir aufs Bett, Oder weißt du was, zieh die Schuhe aus und schlüpf neben mich unter die Decke.«

Und so saßen sie nebeneinander wie zwei kleine Mädchen,

die es sich im Bett der Eltern gemütlich gemacht haben, wenn die ausgegangen waren, und schwätzten und flüsterten und pickten Pralinés und winzige Törtchen von einem Silbertablett. »Siehst du, zuerst habe ich mich vor Massimo verkriechen wollen, aber dann war es aus mit meinem Zieren. Wenn man schon weiß, dass man bald sterben muss, dann sollte man wenigstens keine Zeit mehr verlieren und ganz schnell das tun, was einem das Wichtigste ist«, sagte Martina ruhig. »Und Massimo hat mich dann vollends überzeugt und mir erklärt, dass Heiraten nichts anderes ist, als zusammenbleiben wollen, bis dass der Tod einen scheidet. Genau das ist der Unterschied zu einer Liebschaft. Ja, und jetzt gehören wir zusammen, in Freud und Leid. Ich weiß sogar schon, wo ich begraben sein werde, Massimo hat mir das Familiengrab gezeigt, da gehöre ich hinein als seine Ehefrau. Klingt komisch, was, aber es ist gar nicht so schlimm, eigentlich sogar schön. Glaub mir, ich war noch nie so glücklich wie jetzt, ich erlebe die ganze Liebe auf einmal, die sonst für ein langes Leben hätte ausreichen müssen und die dabei oft verschüttgeht.«

An diesem Abend schaute Elia noch einmal bei Umberto vorbei, und sie beschlossen, nicht länger alle Pläne weiter hinauszuschieben. Um Liebe handelte es sich bei ihnen nicht, sie wollten nur schon längst einmal ein paar Tage an der Küste entlangsegeln, zusammen mit Bruno, Umbertos großem Bruder, der in Ischia lebte und ein großes, altes Segelboot besaß.

Zunächst aber fuhr Elia nach Hause zu ihrer Mutter und Großmutter, Tante Ambrosia, Fiamma und den Katzen, in ihr schmuckes Häuschen, den ehemaligen Ziegenstall, das von Padre Ironimo kurzerhand »Villa Capretta« getauft worden war, richtig mit Weihwasser und allen guten Segenssprüchen. Auch hier wurde überall für Elia gekocht und gebacken. Als sie dabei zusah, wie Padre Ironimo, der gerade zu Besuch gekommen war, neben ihrer Mutter in der Küche stand, wie vor Jahren in Rom, und die beiden eifrig zusammen werkelten, da wurde ihr recht wehmütig ums Herz.

Dann tauchten Umberto und sein Bruder in Salerno auf, mit einer Jacht aus edlen Hölzern, und holten Elia zu der kleinen Seereise ab. Während Bruno beim Segeln nach dem Rechten sah, kochte Umberto in der engen Kombüse das Abendessen. Wenn sie dann in einer Bucht vor Anker gingen und alles an Bord versorgt war und sie noch kurz im glasklaren Wasser splitternackt gebadet hatten, dann wurde oben an Deck der Tisch hergerichtet, schön, mit Tischdecke und schweren Tellern und Gläsern. Und während sich die Sonne daranmachte, im Meer unterzutauchen, kletterte Umberto mit der dampfenden Schüssel Spaghetti die Kabinenleiter hoch, wozu Bruno die erste Flasche Wein öffnete.

Vielleicht übertraf dieses Mahl all die anderen kulinarischen Höhepunkte, die Elia in der letzten Zeit erlebt hatte. Einen prachtvolleren Speisesaal jedenfalls gab es nicht als das sich sachte auf der Dünung wiegende Boot. Der Törn ging über Paestum die Küste Kalabriens entlang bis hinunter zum Golf von Messina und hinüber nach Stromboli, Vulcano und den Liparischen Inseln. Als die Freunde Elia in Salerno wieder an Land ließen, sah sie aus wie eine Indianersquaw und strotzte vor Gesundheit und zufriedener Gelassenheit.

So erschien Elia in Glyndebourne. Bei ihrem Anblick konnte Jens Arne Holsteen gerade noch die Lippen zusammenpressen, sonst wäre ihm ein bewundernder Pfiff entwichen: Das also steckte auch noch in dieser Frau! Diese kraftvolle, ungebrochene Wilde!

In London, nach der gelungenen ›Anna Bolena‹, hatte Jens Arne bereits Überlegungen angestellt, ob es nicht klüger wäre, von Elia als Frau die Finger zu lassen, nachdem sie als Sängerin so ideal in sein musikalisches Konzept passte und er mit ihrer Hilfe endlich eine Reihe von Projekten, darunter die ›Norma‹ und die ›Medea‹, in der von ihm angestrebten Perfektion würde realisieren können. Elia besaß alles, was er dafür brauchte, Schönheit, Ausstrahlung und ein Timbre, das

man im Englischen »highly individual« nannte. Aber Liebeleien bargen immer Zündstoff. Und meistens war er es, der
mehr oder weniger rasch die Lust daran verlor. Doch nun
stand Elia vor ihm, schön und begehrenswert, das blühende
Leben. Da zerstoben mit einem Schlag Jens Arnes Bedenken
und er verwandelte sich zurück in den leidenschaftlichen, erfahrenen Jäger, der niemals aufgab, bevor er sein Ziel erreicht
hatte. Zumal auch zu ihm die Kunde von Elias Bruch mit Carlos gedrungen war. In der gar nicht so großen Opernwelt
sprach sich, wie über Buschtrommeln, alles schnell herum.

Wenn er jetzt behutsam vorging, konnte eigentlich nichts
schiefgehen, so arglos und vertrauensvoll, wie ihm Elia erschien. Zumindest auf musikalischem Gebiet vertraute sie
ihm vollkommen. Aller Voraussicht nach würde er noch einen
mächtigen Beistand bekommen, nämlich Purcell. Diese Musik
wirkte auf sensible Gemüter wie eine gefühlserweiternde
Droge. Elia hatte die Dido gründlich studiert, nicht nur ihre
Partie, auch das ganze Werk, aber auf der Bühne hatte sie es
noch nie erlebt. Jetzt geriet sie sogleich in den Sog des englischen Hexenmeisters. Durch die ungewohnten Erlebnisse bei
der kleinen Seereise stand ihr Herz sowieso sperrangelweit
offen, und da hinein strömten nun die herrlichsten Sirenen-
klänge: eine verwirrende Mischung aus tiefem Schmerz,
Wehmut, Spottlust, Zärtlichkeit.

Während des Studiums ihrer Partie hatte ihr die hoffnungslose Trauer beim Abschied der Dido immer die Kehle
abgeschnürt. Es hatte Tage gedauert, bis es ihr endlich gelang,
den Schluss zu erreichen, ohne dabei weinen zu müssen. Jetzt
ließ sie sich von den Chören und Balletteinlagen bezaubern.
Wie unglaublich frisch das klang, fabelhaft rhythmisch, süf-
fig, erwartungsvoll hüpfend, herzlos flott und dann wieder
innig mitfühlend. Sie selbst hatte nur einige wenige Auftritte,
aber sie ging gerne zu den Proben und lauschte den berücken-
den Klängen.

Sie und Jens Arne sahen sich jeden Tag. Bei den Proben,

oder wenn sie in einer Pferdekutsche übers Land rollten. Gleich am ersten Tag hatte Jens Arne ihr eine Überraschung versprochen. Zunächst hatte er sie, wie im Jahr zuvor, vom Chauffeur zu seinem Landgut bringen lassen und sie dort im Hof empfangen, wo bereits Adonis und Genoveva warteten, angeschirrt und vor eine elegante, kleine Kutsche aus glänzendem Mahagoniholz gespannt. »Darf ich Ihnen auf den Kutschbock helfen? Ich werde selbst kutschieren, das ist bei diesen Sportkabriolets so der Brauch. Hinten ist der Sitz für den Groom, aber den brauchen wir heute nicht«, so hatte er ihr erklärt.

Elia war entzückt, das Klappern der Hufe, das Auf und Ab der Pferdehinterbacken gefielen ihr über die Maßen. Ungewohnt, und doch irgendwie vertraut. Sie fühlte sich in vergangene Zeiten zurückversetzt: So waren die Menschen dahingerollt, jahrtausendelang. Jens Arne gab ihr recht: »Ja, wenn Sie bedenken, wie viel allein die Musiker herumgereist sind, quer durch Europa und noch weiter, Mozart, die Italiener, Händel, alle, alle, auch die ausübenden Künstler, dann kann man es kaum begreifen, was sie alles produziert haben neben den Reisestrapazen, zumal ihre Kutschen sicher nicht so gut gefedert waren wie mein Phaeton.«

So nebeneinander auf dem Kutschbock zu sitzen, war angenehm, nah, auf ganz selbstverständliche und doch unverbindliche Weise, man kam ins Plaudern, konnte schweigen, die Landschaft betrachten, seinen Gedanken nachhängen. Bei übersichtlichen Strecken überließ er ihr die Zügel, und wieder war es Elia, als mache sie einen Zeitsprung. Sie kam sich vor wie ein römischer Wagenlenker, die lebendige Kraft der Pferde übertrug sich ganz unmittelbar auf ihre Hände.

Manchmal fuhr auch Jens Arnes Diener mit, als »Groom«, neben sich Picknickkorb, Kissen, Decken, denn wenn Elia schon in Glyndebourne sang, dann sollte sie auch das echte englische Picknick erleben, befand Jens Arne. Alles ganz stilecht, Hühnchen, grasgrüner oder ziegelroter Käse, schneeweißes, weiches Brot ohne jeden Geschmack, auch Hummer und Champagner aus silbernen Bechern, und alles vom Groom auf einem damastenen Tischtuch köstlich drapiert. Ja, so ließ es sich auch leben.

Dann näherten sich die Proben ihrem Ende, Didos Klage und der Schlusschor standen noch an, zusammen mit dem Orchester. Vor Aufregung konnte Elia die halbe Nacht nicht schlafen, am liebsten hätte sie ein Beruhigungsmittel genommen. Aber wie immer hatte sie keines dabei, aus Prinzip, wer als Künstler mit so etwas anfing, der schien ihr so gut wie verloren, von Kollegen kannte sie die Folgen, verzögerte Reaktionen, Gleichgültigkeit, Glanzlosigkeit. Aber zunächst ging alles sehr gut, doch dann, beim zweiten »Remember me«, fing die Stimme an zu schwanken. Zwar gelang es Elia, die Tränen zurückzuhalten, solange sie sang. Aber nach dem letzten Ton war es um ihre Fassung gänzlich geschehen.

Jens Arne dirigierte seelenruhig zu Ende, dann schaute er zu Elia hinüber, nicht sorgenvoll oder mitleidig, eher neugierig, als betrachte er einen interessanten Fall. Elia stampfte zornig mit dem Fuß auf: »Das gibt es doch nicht! Das funktioniert wie eine Hundepfeife, da kommt diese Tonabfolge, und zack, schon heule ich los!«

»Oder wie ein Code, der etwas knackt«, gab Jens Arne zu bedenken.

»Ja, genau«, schnaubte Elia, »aber was kann ich dagegen tun, ich pass ja schon höllisch auf?«

Jens Arne wiegte den Kopf: »Mhm, todtraurig ist die Stelle schon, aber das ist sicher nicht der Punkt, Sie sind es ja gewohnt, als Opernheldin zu verzweifeln. Manche denken bei solchen Knackstellen an etwas besonders Lächerliches, ihren verhassten Lehrer in Unterhosen oder an etwas anderes Trauriges, fallende Aktienkurse oder so. Vielleicht sollten Sie Ihrem Unterbewusstsein auch etwas zum Knabbern geben, das es vom todesträchtigen g-Moll und dem absteigenden chromatischen Tetrachord ablenkt.«

»Und was soll das sein?«, rief Elia verzweifelt. »Natürlich ist diese Stelle unerträglich traurig, aber sie berührt nichts Persönliches in mir, da bin ich mir sicher, dagegen könnte ich mich irgendwie wappnen, wie damals bei der Tosca.«

»Ich werde mir etwas einfallen lassen«, meinte Jens Arne.

An diesem Abend fuhr der Groom bei der Kutschfahrt mit. Elia war immer noch ganz durcheinander. Jens Arne hingegen wirkte sehr aufgeräumt, er schnalzte kurz mit der Peitsche und trieb die Pferde an zum Galopp. An einem idyllischen Plätzchen, das Elia noch nicht kannte, machte er Halt. Unter einer Trauerweide, die sich zu einem Bach hinabneigte, breitete der Diener das Picknick aus, diesmal güldene Becher und eine mit Eisstücken gefüllte Schüssel, auf der Kaviar thronte. Das Arrangement tat seine Wirkung, Elia beruhigte sich, und nach einigen Gläschen Champagner wurde sie richtig vergnügt: »Ach, es wird schon irgendwie schiefgehen! Vielleicht fällt Ihnen irgendein Zauberwort ein.«

Jens Arne füllte die Gläser noch einmal nach: »Vielleicht wirkt es ja. Aber vorher sollten wir ex trinken.«

Auf dem Grund ihres Bechers entdeckte Elia einen Goldring mit einem Smaragd. Verwirrt fischte sie den Ring aus dem Becher: »Fast hätte ich ihn verschluckt!«

Jens Arne schaute Elia tief in die Augen, noch nie hatte er das getan, und nach einer bedeutungsschweren Pause sagte er: »Elia, wollen Sie meine Frau werden?«

Elia blieb vor Überraschung der Mund offen stehen, sie kniff ein paarmal die Augen zusammen, blinzelte, das Einzige, was sie überhaupt denken konnte war: »Verdammt, ich habe zu viel getrunken!«

Jens Arne schaute sie immer noch unverwandt an, schließlich sagte er mit einem entschuldigenden Lächeln: »Es tut mir leid, ich fürchte, ich habe Sie erschreckt, mein Antrag kommt etwas abrupt. Zumindest für Sie, ich hätte ihn gerne schon letztes Jahr gestellt, aber das wäre doch etwas geschmacklos gewesen, oder?«

Elia hielt es nicht mehr aus auf ihrem Kissen. Sie sprang auf, schlug die Hand an die Brust und atmete heftig aus. Dann schleuderte sie mit einem »Scusi, ich muss mich bewegen« die Schuhe von den Füßen, lief barfuß zum Bach, wo sie sich hastig ihre weiten Leinenhosen hochkrempelte und ins Wasser stakste. Eine Weile blieb sie dort stehen, dann bückte sie sich und schwappte sich ein paar Handvoll Wasser ins Gesicht. Einigermaßen nüchtern war sie jetzt wieder, aber klar denken konnte sie immer noch nicht.

Jens Arne kam auf sie zu und half ihr ans Ufer: »Sie sind schön wie eine heidnische Göttin. Diana muss ausgesehen haben wie Sie.«

Sie ließen sich wieder am Picknickplatz nieder, der Ring lag noch neben dem Becher. Jens Arne hob ihn auf und ergriff Elias Hand: »Was für feste kleine Hände Sie haben! Jetzt ist dieser Ring ein Freundschaftsring. Es liegt ganz bei Ihnen, ihm noch eine andere Bedeutung zu geben.« Mit diesen Worten steckte er Elia den Ring an den linken Ringfinger, wundervoll strahlte der Smaragd auf der gebräunten Haut.

Elia drehte langsam die Hand hin und her: »Ein Smaragd, mein Lieblingsstein. Wie haben Sie das erraten?«

»Ich sah ihn und fand, er gehört zu Ihnen«, erklärte Jens Arne ruhig.

Er wollte Elia nachgießen, doch sie hielt die Hand über den Becher. In ihrem Kopf herrschte immer noch Konfusion, aber irgendetwas musste sie jetzt wohl sagen, und so fing sie an zu stammeln: »Maestro, wissen Sie ...«

Jens Arne winkte lächelnd ab: »Liebste Elia, Sie müssen meine Frage jetzt nicht beantworten, ich wollte sie nur ganz egoistisch einmal loswerden, aber Sie um Gottes willen nicht damit unter Druck setzen, genießen wir lieber dieses zauberhafte Fleckchen Erde, diesen Abend.«

Elia seufzte erleichtert und war froh, als er auf seine beruflichen Pläne mit ihr zu sprechen kam. Darüber wurde der Kaviar ausgelöffelt, und die Zeit für die Heimfahrt rückte heran.

Auf dem Kutschbock schwiegen sie beide. Elias wirre Gedanken begannen sich etwas zu lichten. Jens Arnes Antrag hatte sie zunächst schockiert, aber ganz so abwegig fand sie ihn inzwischen nicht mehr. Jens Arne gefiel ihr, er schien ihr ein weltläufiger, gutaussehender Mann. Und als Dirigent und Musiker bewunderte sie ihn, so wie außer ihm nur noch Georges Goldberg und Marcello Rainardi. Die Zusammenarbeit mit ihm war bisher immer sehr anregend und fruchtbar gewesen, und wie es den Anschein hatte, würden sie noch viele spannende Projekte zusammen in Angriff nehmen, darunter auch Rollen, an die sie bisher noch gar nicht gedacht hatte, wie die Ilia aus dem ›Idomeneo‹ oder die Abigaille aus dem ›Nabucco‹, die sie schon lange reizte. Sie könnte zusammen mit ihm die Rollen erarbeiten, Signor Ruteli war schon so alt, wer weiß, wie lange er es noch machte. Sie sah es vor sich, Jens Arne am Klavier, aber nicht in einem kahlen Probensaal, sondern gemütlich zu Hause, sie steckten die Köpfe zusammen über der Partitur, sie diskutierten, probierten . . .

Und war es nicht schön, gemeinsam durch die Dämmerung zu rollen? Adonis und Genoveva hatte sie längst ins Herz geschlossen, Glyndebourne, die englische Landschaft, und wenn sie ehrlich war, imponierte ihr Jens Arnes Landgut sehr. Mrs Elia Holsteen, mit klobigen Stiefeln, Kopftuch, Rosenschere und Gartenerde unter den Fingernägeln, ja, warum nicht? Zusammen arbeiten, zusammen reisen, zusammen leben! An einem gemeinsamen Ort. Das heißt, an mehreren Orten, hier das Landgut, dort die »Villa Capretta«, warum sollte sie Jens Arne nicht gefallen? Dass Jens Arne so viel älter war als sie, fand Elia überhaupt nicht schlimm. Bei Bruno und Alina, ihren Großeltern, hatte auch niemand an den großen Altersunterschied gedacht, und vielleicht war die Ehe an sich einfach eine gute Sache . . .

Die Kutsche hielt im Hof von Elias Hotelareal und Elia schreckte aus ihren Betrachtungen hoch. Der Groom sprang vom Wagen und half ihr beim Aussteigen. Jens Arne bot sich an, sie bis zu ihrem Cottage zu begleiten. Wenn Elia etwas Mühsames hinter sich bringen wollte oder musste, neigte sie manchmal zu tollkühn-raschen Entschlüssen. Und so blieb sie jetzt stehen, fasste Jens Arne am Arm und sagte ihm mitten ins Gesicht:»Ja, warum eigentlich nicht?«

Diesmal war die Verblüffung an ihm:»Heißt das, Sie wollen mich heiraten?«, fragte er etwas unsicher.

Elia nickte:»Ja, das heißt ... Ja«, schloss sie tapfer.

»Ein Abend der Überraschungen. Ich habe auf diese Antwort für heute nicht mehr zu hoffen gewagt«, versuchte Jens Arne zu scherzen.

»Ich auch nicht«, platzte Elia heraus.

So begann für Elia ein neuer Lebensabschnitt. Der Anfang war vielversprechend: Das»Zauberwort« half. Jedenfalls brach Elia bei der Klage der Dido nicht mehr in Tränen aus.

Die Erste, die von den Heiratsplänen erfuhr, war Mariana, und die war ehrlich entsetzt. Elia hatte sich zwar von ihr keinen Jubel erwartet, aber auch keine solche Empörung.»Heiraten! Jens Arne! Du! Oh Gott, das ist wirklich das Schlimmste, was passieren konnte, der *worst case*! Und ich Unglücksrabe hab geglaubt, der alte Kerl sei vernünftig geworden, ha, dass ich nicht lache! Heiraten, ja, warum auch nicht, was bedeutet das schon für ihn? Dreimal, viermal, fünfmal, nur zu, inzwischen hat er ja Übung. Wenn der eine Frau unbedingt haben will, dann ist ihm jedes Mittel recht. Aber du! Was hast du davon?«

Elia hatte Marianas Tirade erschrocken über sich ergehen lassen, jetzt zögerte sie kurz, dann sagte sie, ganz schlicht: »Dann weiß ich wenigstens, zu wem ich gehöre. Auch im normalen Leben, nicht nur auf der Bühne.«

Marianas Wut sank in sich zusammen, bestürzt starrte sie Elia an, hilflos ließ sie die Arme sinken, mit denen sie gerade noch herumgefuchtelt hatte. Einen Augenblick schwiegen sie beide, dann drückte Mariana Elia an sich, sehr fest, voller

Liebe: »Kind, Kind, das hab ich nicht gewusst.« Nach einer Weile murmelte sie: »Und mit Carlos ging das nicht?«

Elia schüttelte den Kopf: »Immer weniger. Und zum Schluss gar nicht mehr. Da haben wir uns nur noch bei einem gemeinsamen Engagement gesehen. Am Abend zusammen singen und nachts miteinander ins Bett, ein ganz banales Opernverhältnis, wenn man so will.«

Mariana seufzte: »Und mit Jens Arne, glaubst du, soll das anders werden? Na gut, er ist inzwischen recht sesshaft geworden, und ich gebe zu, als Musiker imponiert er mir auch. Vielleicht hat sich sein Charakter auch ein wenig verändert, obwohl ich nicht glaube, dass so etwas möglich ist. Das eine schwör ich dir, wenn er dich unglücklich macht, dreh ich ihm eigenhändig den Hals um.«

Ihre Mutter informierte Elia am Telefon. Sie reagierte gelassener, wenn auch nicht gerade begeistert. Dafür brachte sie ein neues Problem auf: »Wann soll denn die Hochzeit sein und wo?«

»Das weiß ich nicht. Darüber habe ich noch nicht nachgedacht«, stammelte Elia.

Schon eine Stunde später rief Robertino sie an: »Mamma hat gesagt, du willst heiraten, gratuliere, Schwesterherz, Zeit wird es ja so langsam. Aber ehrlich, Mädchen, musste das sein, einen Mann, doppelt so alt wie du und zigmal geschieden. Könnt ihr überhaupt kirchlich heiraten? Elia, du bist unser bestes Stück, die ganze Familie ist stolz auf dich, deine Hochzeit wollen wir mit Glanz und Gloria feiern, mit Bischof oder lieber gleich Kardinal und einem meterlangen Brautschleier durchs ganze Kirchenschiff.«

Sein Ton war halb ernst, halb lustig, Elia hörte aber die Besorgnis heraus. »Warum nicht gleich den Papst? Aber wenn der nicht will, dann bitten wir eben die Königin von England, Jens Arne geht bei ihr ein und aus«, versuchte sie ihn zum Lachen zu bringen.

Doch Robertino biss nicht an: »Lach du nur, aber vergiss

nicht, Mädel, ich bin dein großer Bruder, mach uns keine Schande, sonst komm ich und sehe nach dem Rechten. Wenn dein Zukünftiger sich schlecht benimmt, bekommt er es mit mir zu tun.«

»Du bist schon der Zweite, der ihm heimleuchten will«, sagte Elia verwirrt.

Noch einen Anruf erhielt Elia. Es war Carlos. »Du willst Jens Arne heiraten, ist das wahr? Bist du wahnsinnig geworden, diesen eitlen Affen?«, schrie er regelrecht ins Telefon.

»Ja, es stimmt. Und woher, bitte, weißt du das?«, fragte Elia kühl. »Ha, er rennt in ganz London herum und erzählt es jedem: ›Signora Corelli ist meine Braut!‹ Mir wird schlecht, wenn ich daran denke«, geiferte er. Doch dann flehte er mit seiner süßesten Stimme: »Elia, bitte, tu das nicht, ich liebe dich doch. Ich liebe meine kleine Capretta. Er hat dich eingewickelt, aber du liebst ihn doch nicht! Das kann doch nicht sein!«

»Du bist der Letzte, der das versteht. Du, ich muss jetzt meine Koffer packen, wir sehen uns dann in Barcelona, ciao und auf bald«, sagte Elia trotzig und hängte ein.

Nur Julia schien sich zu freuen. Elia hatte ihr geschrieben und erhielt rasch eine Antwort: »Glück auf! Wir Leute vom Theater bleiben eben am besten unter uns, dein Carlos hat mir schon sehr gut gefallen, aber deine neue Wahl ist auch nicht ohne. Schau mich an: Umberto wäre mit mir als Wirtin aufgeschmissen gewesen, ich umgarne mein Publikum lieber auf der Bühne als in der Wirtsstube. Jetzt lebe ich mit Lasse Lagerberg zusammen, der ist Regisseur, und wir drehen Film auf Film, spielen Theater und reisen in der Weltgeschichte herum. Kein schlechtes Leben, sag ich dir. Warum soll es mit deinem berühmten Jens Arne Holsteen nicht auch so gehen?«

Eine kirchliche Trauung, so stellte sich heraus, war tatsächlich nicht möglich. Und sich in Italien nur standesamtlich trauen lassen, das konnte Elia der Familie nicht antun. Die Trauung fand schließlich auf einem Londoner Standesamt statt. Elia hatte sich Mariana als Trauzeugin gewünscht, aber die sagte unter einem fadenscheinigen Grund ab. Sie wollte diesen Bund, den sie nicht gutheißen konnte, nicht auch noch durch ihre Zeugenschaft bekräftigen. Massimo wäre wohl gerne für sie eingesprungen, aber er konnte wegen Martina nicht wegfahren, und so bat Elia Julia, als Trauzeugin zu kommen. Sie brachte einen Überraschungsgast mit, ihre Mutter, Erna, den zierlichen Singvogel aus dem »Trio Infernal«, zur großen Freude von Elia, und auch Jens Arne fühlte sich geschmeichelt. Einen weiteren Überraschungscoup konnte er selbst mit seinem Trauzeugen landen, nämlich Björn Eksell, der etwas zweideutig sagte: »Für unsere geliebte Elia tue ich alles.« Schweden war also würdig vertreten, und Elias gesamte Familie, sogar Großmutter Alina, war gekommen, hielt die Ehre Italiens hoch, unterstützt von Signor Ruteli, der lachend zu Elia sagte: »Kindchen, weiß der Teufel warum, aber ich hänge an Ihnen. Und mit meinen achtzig Jahren wollte ich doch einmal London kennenlernen.«

Elia trug ein elegantes, schneeweißes Schneiderkostüm, weiße Strümpfe, weiße Schuhe und einen wagenradgroßen weißen Hut, Jens Arne einen Cut. Zum Essen im »Claridge's« erschien noch eine Reihe von Honoratioren, auch Opernleute, Musiker, berühmte Namen die Menge, ein sehr respektables, sogar vergnügliches Fest also, da fiel es kaum auf, dass von Jens Arnes Verwandtschaft niemand anwesend war.

Dafür brachte sein Diener am Nachmittag ein eingeschriebenes Eilpäckchen für Elia. Es enthielt Marianas prachtvolle Smaragdohrringe, zusammen mit einem Briefchen: »Meiner innigst geliebten Elia zu ihrem großen Tag! Mit den allerherzlichsten Glück- und Segenswünschen von ihrer alten, getreuen Mariana.« An Jens Arne lag noch ein Kärtchen bei, mit ein paar Worten auf Schwedisch. Elia war tief gerührt: »Mein Gott, was für ein Geschenk, herrlich, ich hab sie immer an Mariana bestaunt und bewundert.« Jens Arne betrachtete argwöhnisch die Ohrringe, die Smaragde leuchteten betörend schön. Das Kärtchen überflog er nur kurz und legte es gleich wieder weg.

Julia las neugierig die an ihn gerichteten Zeilen: »Glückwunsch auch Ihnen, Verehrtester, und zur Erinnerung ein Zitat von Ihnen aus unserer Unterhaltung nach der ›Anna Bolena‹: ›Wenn ich diesem Edelstein jemals Schaden zufügen sollte, dann strafe mich Gott.‹ Einstweilen, lieber Jens Arne Holsteen, möge er Sie behüten und beschirmen. Herzlich, Mariana Pilovskaja-Bernini.«

Zu schicklicher Stunde verabschiedeten sich Jens Arne und Elia von ihren Gästen und ließen sich vom Chauffeur zum Landgut fahren. Dort war es sehr viel stimmungsvoller als in der pompösen Londoner Wohnung, Jens Arne hatte es wohl bedacht. Allerdings, das merkte er deutlich, fühlte er sich für die Verführungsszene nicht mehr in Hochform. Es war schon recht spät, er hatte zu viel getrunken, das ganze Hochzeitsgetue, Elias geballte Verwandtschaft in ihren unmöglich bunten Kleidern – nicht einmal die Großmutter wusste sich in dezentes Schwarz zu gewanden – und mit ihren durchdringenden Stimmen. Und ihren kritisch musternden Blicken, all das war ihm etwas auf den Magen geschlagen.

Zunächst allerdings ließ er es sich nicht nehmen, Elia über die Schwelle des Hauses zu tragen, wobei er pathetisch ausrief: »Elia, mein süßes Weib! Endlich allein!«, um dann in normalem Ton fortzufahren: »Ich glaube, weiter sollten wir dem guten Lohengrin und seiner Elsa nicht nacheifern, die hätten sich auch etwas mehr Zeit lassen sollen mit der Hochzeitsnacht, nachdem sie sich gerade einen Tag kannten.« Er fasste Elia um die Taille: »Liebste, was hältst du davon, täte uns ein wenig Ruhe jetzt nicht gut? Wir sollten einfach schlafen gehen.«

»Oh ja, eine wunderbare Idee, bist du auch so kaputt wie ich«, stimmte Elia freudig ein. Sie hatte schon etwas bänglich an die kommende Nacht gedacht. Außer ein paar Küssen, meist in Anwesenheit anderer Leute, vor irgendwelchen Haustüren, auf Flugplätzen, ja, auf dem Standesamt, hatte sich zwischen ihnen noch nicht viel getan. Auch jetzt blieb es beim Küssen. Ein anderer Ehemann hätte sich womöglich einfach auf sie gestürzt, doch Jens Arne bewies Takt. Es stimmte, sie mussten sich erst noch aneinander gewöhnen, selbst das »Du« kam ihnen noch nicht zuverlässig über die Lippen. Am nächsten Morgen fühlte sich Jens Arne wieder voll einsatzbereit. Er hatte schon viele Frauen verführt, manche davon im Eilverfahren, aber bei Frauen, in die er wirklich verliebt war, legte er Wert auf Form. Nach einem Tag der ungestörten Zweisamkeit, das Personal war gewissermaßen Luft, merkte er, wie Elia auftaute. Sie war über seine Liebkosungen zunächst etwas verwirrt, dann fand sich ihr junger, nach Liebe ausgehungerter Leib damit zurecht, schneller als ihr Herz.

Elia hatte über die Ehe ganz klare Vorstellungen: Man liebte sich, half sich, man gehörte zusammen, in Treue, unverbrüchlich, für alle Zeiten. Das mochte romantisch klingen, aber sie hatte es in der Wirklichkeit durch ihre Eltern und Großeltern vorgelebt bekommen. Als Sängerin stellte sie sehr hohe Ansprüche an sich und hielt sie durch Disziplin und Fleiß aufrecht. So wollte sie es auch als Ehefrau halten. Zunächst war sowieso alles eitel Sonnenschein. Auf die Hochzeitsreise verzichteten sie, denn sie reisten ständig in der Welt herum, da war es ein luxuriöses Vergnügen, einmal rein privat und ohne Termine an Ort und Stelle zu bleiben. So verbrachten sie eine Woche auf dem Landgut, gemütliche, idyllische Tage und Nächte, in denen Jens Arne seinen ganzen Charme spielen ließ, und Elia immer zutraulicher und auch verliebter wurde.

Trotz des recht wechselhaften, kühlen Wetters fuhren sie, schon damit Adonis und Genoveva genügend Bewegung bekamen, mit der Kutsche spazieren, diesmal allein. Dabei heckten sie gemeinsame Opernpläne aus. Immer wieder fiel Jens Arne etwas Neues ein, und Elia ließ sich mitreißen, auch wenn sie an manche der Rollen, wie die Lady Macbeth, im Leben noch nicht gedacht hatte: »Wahnsinn, aber wenn du glaubst, ich schaffe das!« Nur gegen die berühmt-berüchtigte Medea, an der Jens Arne besonders lag, sträubte sie sich zunächst, doch mit einer geschickten Mischung aus Charme und Autorität verstand er es, ihre Bedenken auch hier zu zerstreuen.

An den Nachmittagen kuschelte sich Elia in ihren Clubsessel vor dem Kamin, in dem ein munteres Feuer flackerte und knackte, während sich Jens Arne an den Flügel setzte und für sie zu spielen begann: Mondscheinsonate, den ersten Satz, Nocturnes von Chopin, den Liebestraum von Liszt, aus den Phantasiestücken von Schumann. Ein bezauberndes Konzert für sie ganz allein! Ja, das war eigentlich noch schöner, als sie es sich vorgestellt hatte, eine solche Zweisamkeit mit einem Mann.

Oder sie hörten sich zusammen Platten an, Jens Arne besaß in seiner großen Sammlung viele historische Raritäten berühmter Sänger. Bei einigen dieser wunderbar biegsamen, exquisit modulierten, durchglühten Stimmen war es Elia, als erhielte sie, durch alles Rauschen und Knistern hindurch, einen freundschaftlich-kollegialen Gruß, direkt von Herz zu Herz.

Er spielte ihr auch alte Aufnahmen vor, wo er selbst dirigiert hatte, darunter die ›Salome‹, und Elia sollte erraten, welche Sängerin so wild und trotzig und strahlend die Salome sang. Sie erkannte rasch Astrids Stimme, und Jens Arne lachte zufrieden: »Ja, so haben wir das damals gemacht! Nicht schlecht, was? Aber jetzt würde es mich reizen, das Zarte, Empfindsame, Blutjunge dieser Figur herauszustellen, das könnte man auch fast wie Belcanto singen. Das wäre doch was für dich, du hättest auch die Kraft für die Ausbrüche.«

Dann musste Jens Arne nach London zurück, und gerade weil er diese eine Woche freigeschaufelt hatte, drängten sich jetzt die Termine. Elia hatte noch ein paar freie Tage vor sich, in denen sie versuchte, sich in ihrem neuen Heim häuslich einzurichten. Die Wohnung war riesig und ungemütlich, eine

Gruft, Carlos hatte gar nicht so unrecht gehabt. Vielleicht ließ sich das eine oder andere ändern, obwohl alles wirkte wie für die Ewigkeit hingestellt, festgeschraubt, angenagelt, und Jens Arne hatte sich sicher etwas dabei gedacht, als er sich seine Wohnung so einrichten ließ.

Immerhin, in ihrem eigenen Reich konnte sie herumrücken und umstellen und überlegen, was anders werden musste, vielleicht die Vorhänge, andere Sessel, andere Bilder. Wenn sie mehr Zeit hatte, musste sie noch einmal darüber nachdenken, jetzt kam sie sich eher wie in einem der vornehmen Hotels vor, die sie zur Genüge kannte.

Auch hier hatten Jens Arne und sie getrennte Schlafzimmer, das verwunderte sie am meisten, als Italienerin schien ihr so etwas befremdlich. Aber Jens Arne hatte sie dazu gar nicht befragt, und es war ihr peinlich, ihn darauf anzusprechen. Nein, nein, um Himmels willen, getrennte Schlafzimmer hatten sicher auch ihre guten Seiten, am besten, sie erkundigte sich einmal, wie man das in England im Allgemeinen hielt.

Das erste Engagement nach der Heirat hatte Elia ausgerechnet in Barcelona, mit Carlos. Nicht gerade angenehm, aber irgendwann musste sie ihn wiedertreffen. Jens Arne nahm es sportlich, »Pflicht ist Pflicht«, fast schien es Elia, als amüsiere er sich, in seinen Augen glomm der Blick des Siegers. Carlos wiederum entsprach ganz dem Bild eines in seiner Ehre tief Gekränkten. »Die Macht des Schicksals«, nicht nur auf der Bühne. Auch die Gazetten nahmen sich der Liebestragödie an und titelten genüsslich: »Carlos Ribeira von weltberühmtem Dirigenten ausgestochen.« Immerhin hatte ganz Spanien jahrelang Carlos und Elia als Traumopernpaar vergöttert und echauffierte sich jetzt hingebungsvoll über die Trennung. Elia kam gut dabei weg, sie galt als das beleidigte Opfer, das Rache genommen hatte. Selbstverständlich wurde auch die Madrider Affäre wieder aufgewärmt, mit Fotos, auf denen Carlos keine gute Figur machte.

In Elias Hotel trafen jeden Tag wohlmeinende Briefe ein,

Trostworte, Glückwünsche, Ratschläge aller Art. Und Blumen, Blumen, Blumen, Jens Arnes Rosensträuße verschwanden dahinter fast. Wunderlich und rührend, fand Elia, die Opernnarren nahmen ihr also die Trennung von ihrem Idol nicht übel.

Zum Glück tat auch diesmal der Bühnenzauber seine Wirkung, dem Singen schienen private Querelen nichts anhaben zu können. So empfand es auch das Publikum und dankte mit herzlichem Applaus. Nach dem fünfzehnten Vorhang kniete Carlos spontan vor Elia nieder, die eine Hand schuldbewusst vor der Brust, die andere nach ihrer Hand ausstreckend, die sie ihm dann auch lachend zum Handkuss überließ. Da kannte der Jubel kein Ende mehr.

Am nächsten Tag erschien in der Boulevardpresse ein Foto dieses Kniefalls mit der Unterschrift: »Versöhnung doch möglich? Wir hoffen weiter!« Auch Elia hoffte, nämlich dass Jens Arne diesen Schwachsinn niemals zu Gesicht bekommen möge. Sie war zwar unschuldig an all den schillernden Spekulationen, doch bei den Männern mit ihren verschrobenen Ehrbegriffen konnte man nie wissen, ein Südländer hätte wohl bereits den Dolch gewetzt. Wie es in Jens Arne, dem Schweden, der sich betont britisch-zurückhaltend gab, wirklich aussah, davon hatte Elia keine Ahnung, dafür kannte sie ihn noch zu wenig. Und doch schon gut genug, um bereits den Verdacht zu hegen, dass sich das womöglich niemals ändern würde.

Falls sie bis zum nächsten Engagement noch Zeit hatte, flog Elia normalerweise von Spanien nach Rom oder Neapel. Jetzt reiste sie von Barcelona über Madrid nach London weiter, in ihr neues Heim. Der Chauffeur holte sie mit dem Rolls-Royce am Flughafen ab, eine gewohnte Szene inzwischen, und doch war Elia enttäuscht, als er ihr erklärte: »Maestro Holsteen lässt sich tausendmal entschuldigen, er hat noch Probe, wird aber zum Abendessen anwesend sein.« Zwar hatte Elia Verständnis, aber irgendwie hatte sie sich vorgestellt, wie Jens

Arne sie erwartete, ihr zuwinkte, am Ende gar mit einer prächtigen Rose, warum sollte es nicht auch einmal kitschig zugehen, wenn der Gatte seine Gattin nach der ersten Trennung abholen kam?

Elia ließ sich Zeit mit dem Auspacken, das lichte Umkleidezimmer mit den geräumigen Schränken und dem anschließenden großen Bad gefiel ihr von ihren Räumen am besten. Sie zog sich ein schlichtes, flaschengrünes langes Kleid an, das sie besonders liebte, und ging hinüber ins Speisezimmer. Jens Arne kam im gleichen Augenblick durch eine andere Tür herein und eilte auf sie zu:»Darling, es tut mir so leid, dass ich dich nicht abholen konnte, aber übermorgen ist das Konzert, und ich bin noch nicht ganz zufrieden. Ich hätte die Probe gerne verlegt, aber so was kannst du vergessen: die Gewerkschaften. Alles tanzt hier nur nach ihrer Pfeife, ich hab überhaupt nichts zu sagen!«

Elia lachte:»Du Ärmster, das muss ja schrecklich für dich sein!«

Er nickte heftig:»Ja, das ist es, schrecklich, ganz schrecklich. Aber wie ist es dir gegangen? Ich habe eine gute Kritik gelesen, du musst mir beim Essen alles genau erzählen.«

Auch wenn sie nur zu zweit waren, aßen sie in dem herrschaftlich eingerichteten, düsteren Speisesaal, allerdings saßen sie sich am oberen Kopfende des Tisches gegenüber und nicht, wie auf den Karikaturen von würdevoll erstarrten Schlossbesitzern, an den beiden meterweit voneinander entfernten Tischenden.

»Wunderschön siehst du aus, das Grün steht dir prächtig«, lobte Jens Arne, um dann rasch wieder auf die Konzertproben und die verhassten Gewerkschaften zu kommen, untermischt mit»Aber dir ist Spanien offenbar bestens bekommen« oder »Jetzt solltest du aber eine Weile dableiben, Darling« und ganz kurz»Wie ging es denn mit Carlos? Was treibt er so? Ist er immer noch so schön?«. Was sollte Elia dazu sagen, zumal Jens Arne bereits über die kommenden Tage weitersprach:

»Morgen bin ich den ganzen Tag außer Haus, ich muss dich sogar am Abend alleine lassen. Und übermorgen ist das Konzert, mach dich so schön, wie du kannst, ganz London soll mich um dich beneiden. Lord Peter und Lady Jane werden neben dir sitzen und sich deiner annehmen, reizende Leute, du kennst sie ja schon. Anschließend ist ein kleiner Empfang, Prinzessin Margaret wird wohl auch kommen.«

Du lieber Gott, das hatte Elia noch gar nicht bedacht! Nach ihren eigenen Auftritten war sie den unvermeidlichen Umgang mit hochwohlgeborenen Gestalten durchaus gewohnt – und hatte es zu großer Kunstfertigkeit darin gebracht, solchen Veranstaltungen auszuweichen. Aber jetzt sollte sie plötzlich als Gattin repräsentieren! Vielleicht würde man sie auch, wie seinerzeit Schumann nach einem Konzert von Clara, fragen: »Sind Sie auch musikalisch?« Elia konnte einen tiefen Seufzer nicht unterdrücken.

Jens Arne hatte sich inzwischen beruhigt und fasste nach Elias Hand: »Schöne, geliebte Frau, ich habe mich sehr nach dir gesehnt, ich habe ganz schlecht schlafen können, du bist wirklich die Seele in diesem Haus, so schnell ist das gegangen. Bist du müde?« Elia schüttelte lächelnd den Kopf: »Nein, nein, ich habe mich ja nach meiner Ankunft ausruhen können.« Aber wer, um Himmels willen, waren Lord Peter und Lady Jane?

Elia ging aus Zeitgründen nicht oft ins Konzert, umso erhebender fand sie es jetzt, in der Royal Albert Hall auf einem Ehrenplatz zu sitzen, während Jens Arne Holsteen, ihr Mann, auf dem Podium stand und dirigierte. Eine ganz neue Situation – auch eine neue Perspektive, denn sonst sah sie ihm von oben herab ins Gesicht, auf die Hände, die Arme. Jetzt, von hinten, fiel ihr auf, wie schmal er war, der fabelhaft geschnittene Frack unterstrich das noch.

Der Abend begann mit einem Stück von Purcell, das Jens Arne ihr zu Ehren aufs Programm gesetzt hatte. Welcher Mann konnte das für seine Frau schon tun! Die Musik enthielt diesmal nichts, was Elia zum Weinen brachte, aber der alte Zauber wirkte wieder. »Komisch«, überlegte sich Elia, »wenn ich an Wiedergeburt glaubte, dann müsste ich in einem früheren Leben Purcell sehr nahegestanden haben.« Es war wirklich wie ein Erinnern, schon bei den ersten Tönen spitzte etwas in Elia aufgeregt die Ohren.

Nach einer pointierten Haydn-Sinfonie kam nach der Pause Schuberts große C-Dur. Jens Arne brachte die Musiker trotz aller gewerkschaftlichen Stolpersteine in einen wunderbar melodischen Fluss. »Oh, it's lovely, he is so wonderful«, lächelte Lady Jane beim Applaudieren Elia an. Ob sie damit Schubert oder Jens Arne meinte, ließ Elia dahingestellt, sie war froh, aus Bemerkungen ihrer beiden Schutzengel herausgehört zu haben, woher sie die beiden kennen sollte: Sie waren offensichtlich das einer Boulevardkomödie entsprungene Paar, über das sich Carlos seinerzeit nach dem Essen bei Jens Arne lustig gemacht hatte.

Die Lady trug ein rosarotes Kleid und dazu ein rosaumschleiertes Hütchen, auch viele andere Damen schienen Rosa zu schätzen, aber ebenso Himmelblau oder Hellgrün, lauter Babyfarben. Daneben auch viel Geblümtes, mit Rüschen und Schleifen allüberall, das genaue Gegenteil von den kräftigen Farben und klaren Schnitten, wie sie Elia trug. Sie selbst hatte ein weinrotes Kleid an und Marianas Smaragdohrringe. Als sie zu Jens Arne ins Künstlerzimmer kam, starrte er mit gerunzelten Brauen auf die Ohrringe und dann, wie aus einem Reflex heraus, auf Elias Hand. Ja, oh ja, auch der Ring war da.

Jens Arne wurde im Anschluss an das Konzert wie ein König empfangen, die Leute klatschten, lächelten verzückt, am liebsten hätten sie wohl einen Hofknicks gemacht. Er nickte huldvoll, winkte betont bescheiden den Beifall ab, dann reichte er Elia seinen Arm. Stolz und selbstgefällig, als habe er sie selbst erschaffen, präsentierte er sie. Bei einigen Auserwählten machte er auch ein Späßchen, wie: »Was tut man nicht alles, um eine so begehrte Künstlerin nach London zu locken?«

Vor einer ungewöhnlich kleinen, zierlichen Dame machte er eine tiefe Verbeugung:»Gestatten Königliche Hoheit, Königliche Hoheit meine Gattin vorzustellen?« Die Dame war Prinzessin Margaret, sie wirkte freundlich und munter:»Es ist mir ein Vergnügen, Sie persönlich kennenzulernen, Signora Corelli, Ihre Anna Bolena hat mir enorm gut gefallen. Schließlich handelt es sich um meine Urururgroßmutter, da freut es mich sehr, sie als so interessantes, lebendiges, leidenschaftliches Menschenkind dargestellt zu erleben. Normalerweise erfährt man über die Unglückselige nicht viel. Ja, und Sie hat jetzt der Maestro hierher entführt, wie schön für uns, ich wünsche Ihnen viel Glück auf Ihrem neuen Lebensweg.«

Noch einige weitere Veranstaltungen durchwanderte Elia an Jens Arnes Seite, Cocktailempfänge, Vernissagen, sogar ein Pferderennen. Lauter fremde Gesichter, Elia plauderte, lächelte, nickte, manchmal kam es ihr vor, als wirke sie in einem Stück mit, von dem sie den Inhalt und auch den Text nicht so richtig kannte, doch immerhin ihre Rolle:»Gemahlin«. Der Text dazu war allerdings ziemlich schlicht, das merkte sie bald: unverfängliche Betrachtungen über Wetter, Haustiere, Gartenpflanzen, gängige Höflichkeiten, nichts wirklich Persönliches. Wie schon ihre Bühnenrollen übernahm Elia auch ihre Rolle als Ehefrau mit Hingabe und studierte, um alles richtig zu machen, die anderen Damen der Gesellschaft. Wie benahm man sich als Gastgeberin? Als Jens Arne ihr vorschlug, sie solle doch für eine geplante Abendeinladung die Speisenfolge mit der Köchin besprechen, geriet sie in Panik: »Bitte, verlang das nicht von mir, ich kenne mich da überhaupt nicht aus. Ich verstehe vom Kochen nicht viel, ich esse nur gerne.« Die Geheimnisse der englischen Küche würden sich ihr wohl nie erschließen, Spaghetti jedenfalls gehörten nicht dazu, so viel hatte sie inzwischen begriffen.

Zu besinnlichen Nachmittagen wie auf dem Landgut kam es nicht mehr, auch Elias Vorstellung, mit Jens Arne gemütlich an einer Rolle zu feilen, erwies sich als Illusion, dazu war er viel zu beschäftigt. Er kam selbst darauf zu sprechen: »Darling, das ist noch eine von diesen schlechten Junggesellenangewohnheiten, sich zu viel Arbeit aufzuhalsen, aber das wird sich alles ändern, so geht es wirklich nicht weiter, hab Nachsicht mit mir.«

Dann war es auch schon wieder Zeit, dass Elia sich zu ihrem nächsten Engagement auf den Weg machte. Ihre neue Existenz als Ehefrau hatte sich gut angelassen, aber plötzlich konnte sie es kaum erwarten, auch wieder ihr altes, eigenständiges Leben aufzunehmen. Sie freute sich auf Paris und auf ihre neue Rolle, die Manon Lescaut aus ›Manon‹ von Massenet, die sie unter Giancarlo Morante singen sollte. Vergnügt trällernd packte sie in ihrem schönen Ankleidezimmer die Koffer.

Beim letzten gemeinsamen Abendessen wirkte Jens Arne von Anfang an schlechtgelaunt. Erst nörgelte er am Essen herum, was er sonst nie tat, dann schwieg er eine Weile verdrossen, um schließlich giftig herauszuplatzen: »Eine widerliche Musik, diese ›Manon‹. Ein Dirigent, der einen solchen Schmachtfetzen aufführen will, muss es wirklich nötig haben. Aber so jemand imponiert in Paris, sonst kommt er nie aus seiner Provinz heraus.«

Elia protestierte überrascht: »Wenn du damit Giancarlo meinen solltest, dann irrst du dich gewaltig. Dem ist Paris ziemlich schnuppe, aber die Pariser haben ihn so lange bekniet, bis er zugesagt hat, unter der Bedingung, dass ich die Manon singe.«

Jens Arne verzog spöttisch den Mund: »Das glaube ich gerne, das ist ja schon die halbe Miete für ihn.«

Elia konnte sich seinen gehässigen Ton nicht erklären, aber wahrscheinlich war er einfach ärgerlich, dass sie schon wieder wegfuhr, und so versuchte sie, ihn mit einem Lächeln zu beschwichtigen: »Sag mal, bist du am Ende eifersüchtig auf Giancarlo?«

Jens Arne schnaubte verächtlich: »Ich eifersüchtig auf ihn?

Ja, auf was denn? Auf ihn als Dirigenten? Dazu müssten wir schon in der gleichen Liga spielen!«

Elia bekam vor Ärger einen roten Kopf, sie konnte es nicht fassen:»Weißt du eigentlich, dass Giancarlo Morante ein ganz besonders lieber, getreuer Freund von mir ist? Ich habe ihm sehr viel zu verdanken!«

Aber Jens Arne dachte nicht daran einzulenken:»Das mag schon sein, alles schön und gut. Aber inzwischen bist du ihm entwachsen, du hast jetzt ein Niveau erreicht, wo dir jedes Mittelmaß nur schaden kann.«

Elia warf ihre zerknüllte Serviette hin und wollte hochspringen, doch Jens Arne machte eine seiner befehlsgewohnten Gesten und nagelte Elia damit auf ihrem Stuhl fest.»Seine Meriten mag Giancarlo Morante haben, und es ehrt dich, dass du zu deinem Freund hältst«, fuhr er in belehrendem Ton fort. »Aber man darf nicht aus Freundschaft berufliche Kompromisse eingehen. Morante ist auf dem internationalen Parkett quasi inexistent – ganz im Gegensatz zu dir.«

»Woher willst du das so genau wissen? Ich fühle mich sehr wohl in der Provinz, wie du das nennst. Und ich will noch viel mit Giancarlo zusammen machen«, fauchte Elia zurück.

Jens Arne lächelte milde:»Das werden wir eben ändern müssen. Du bist noch zu jung, um in solchen Angelegenheiten genügend Erfahrung zu haben. Aber du hast ja mich, damit ich dir helfen kann, die Weichen jetzt richtig zu stellen.«

Als Elia nach dem letzten Bissen aufstand und wortlos verschwinden wollte, griff Jens Arne hastig nach ihrer Hand: »Liebste, ich hab mich aufgeführt wie ein alter Esel, du hast sicher recht, ich bin ganz einfach eifersüchtig, ich weiß ja, wie sehr du Giancarlo magst und was für ein netter Kerl er ist.«

Elia runzelte die Augenbrauen und gab ein versöhnliches Knurren von sich. Bloß keinen Streit jetzt!

Er hätte sich sein abfälliges Gerede von vornherein schenken können, denn als Elia einige Zeit später in Paris mit Giancarlo neue Termine ausmachen wollte, war ihr Kalender bereits mit Produktionen besetzt, die sie mit Jens Arne so schwungvoll fixiert hatte: Norma, Lucia, Medea, Abigaille, Gilda, Amelia, Lady Macbeth, Ilia, und so fort, so weit Elia auch blätterte. Dazwischen ein paar vereinzelte Blöcke: Scala, Met, Stockholm. Und ein paarmal Carlos. Manchmal versehen mit einem Fragezeichen. »Irgendwie habe ich da Mist gebaut«, sagte Elia entgeistert und stopfte trotzig einen weiteren Termin in ihren Kalender hinein. Sie, die sonst so großen Wert auf genügend Freiräume legte, fing plötzlich eigenhändig damit an, an dieser heiligen Regel herumzupfuschen.

Wie schon einmal wohnte Elia in Astrids Pariser Pied à terre in der Nähe der Place des Vosges, denn Astrid lebte inzwischen mit ihrem Bretonen die meiste Zeit auf dem Lande. Elia genoss ihr momentanes Junggesellendasein, sie frühstückte in der Küche, noch im Nachthemd, mit zotteligem Haar. Abends ging sie zum Essen aus, es gab im Marais unendlich viele Lokale und Kneipen, in denen sie auch als Frau alleine gemütlich essen konnte, elsässisch, jüdisch, marokkanisch, italienisch, wonach ihr der Sinn stand. Ja, in Paris ließ es sich angenehm leben. Die ›Manon‹ allerdings hatte ihr Jens Arne madig gemacht, ein wenig kitschig war sie leider, fand nun auch Elia.

Die ›Norma‹ war die erste Oper, die Elia und Jens Arne als Ehepaar zusammen erarbeiteten, und dieser neue Umstand brachte, wie vieles im Leben, Vorteile und Nachteile mit sich. Erstere schienen Elia zu überwiegen, denn es bedeutete einen großen Unterschied, ob sie als Sängerin ganz exklusiv, gewissermaßen rund um die Uhr, mit dem Dirigenten über ihre Arbeit sprechen konnte oder nur bei den Proben. Es blieb nicht nur beim Besprechen, Jens Arne setzte sich an den Flügel, und sie suchten in aller Ruhe gemeinsam nach Lösungen. Diese Klavierproben verlegten sie der Einfachheit halber nach Hause, ganz so, wie es Elia sich seinerzeit erträumt hatte.

»Ich habe gratis den teuersten Korrepetitor der Welt, und das bei mir daheim«, sagte sie am Telefon zu Mariana, es lag ihr daran, immer wieder zu beweisen, wie gut es ihr mit Jens Arne erging.

Aber Mariana murrte nur vor sich hin:»Was man halt so gratis nennt.« Von Martina wusste sie nichts Erfreuliches zu berichten:»Wenn du sie noch einmal sehen willst, solltest du bald kommen. Ich glaube, sie wartet sehr darauf.«

Elia nutzte das nächste probenfreie Wochenende, um nach Rom zu fliegen. Martina lag immer noch zu Hause, aber nicht mehr in dem großen Ehebett, sondern in einem verstellbaren Krankenbett und auch in einem anderen Zimmer, umgeben von medizinischen Apparaturen, Radio, Telefon, Blumensträußen, einer großen Sauerstoffflasche und zwei Wollschäfchen, einem weißen und einem schwarzen, die auf ihrem Nachttisch beieinanderstanden.

Bleicher kann sie auch im Tod nicht sein, dachte Elia, nur das Blau von Martinas Augen bekam durch die Blässe einen irisierenden, geradezu überirdischen Glanz. Elia und Martina hielten sich lange bei den Händen, sie sprachen wenig, sie brauchten keine Worte, um sich alles zu sagen, was es noch zu sagen gab. Schließlich schloss Martina die Augen. Elia nahm sie vorsichtig in die Arme und flüsterte:»Ich verspreche dir: Ich pass auf Massimo auf.« Martina schlug noch einmal die Augen auf und blickte Elia an, ruhig, voller Vertrauen, wie ein Kind, das nun einschlafen kann.

Massimo begleitete Elia nach Hause, sie gingen dicht nebeneinander, er legte seinen Arm um ihre Schulter, als suche er Halt.»Martina hat viel gesungen, bis vor Kurzem, es hat ihr gutgetan, sie hat dann wieder mehr Luft gekriegt. Ich habe sie oft begleitet, Monteverdi, Gluck, Caccini, Scarlatti, Händel, die alten Sachen«, erzählte er und versuchte ruhig zu bleiben.»Wir haben alles Mögliche davon aufgenommen, richtig professionell, manchmal auch Duette, zusammen mit meiner Mutter. Die hat Martina auch auf den ›Messias‹ gebracht, zum

Schluss hat sie den am liebsten gehabt, du weißt schon, Mammas Lieblingsstelle: ›Er weidet seine Herde, dem Hirten gleich, und heget seine Lämmer so sanft im Arm.‹ Das haben sie sogar auf Deutsch gesungen. Wenn Martina dann weitergesungen hat: ›Kommt her zu ihm, die ihr mühselig seid, kommt her zu ihm, mit Traurigkeit Beladene, er spendet süßen Trost‹, das war fast nicht zum Aushalten. Überirdisch schön. Mamma hat uns zwei Stofflämmchen geschenkt, das sind wir, Martina und ich.«

Jetzt verlor Massimo doch die Fassung, er wühlte in seinen Manteltaschen, schließlich reichte ihm Elia ihr Taschentuch: »Ich hab die beiden gesehen, auf Martinas Nachttisch. Ja, bei diesem Hirten seid ihr gut aufgehoben, ihr zwei.« Sie waren inzwischen vor Elias Haustür angekommen, stumm umarmten sie sich, Elia fühlte durch ihren Mantel hindurch Massimos Herz unruhig schlagen. »Ich pass auf ihn auf«, ach, das sagte sich so, aber was bedeutete es eigentlich? Wie sollte sie Massimo helfen?

Als Elia nach London zurückkam, war Jens Arne noch auf der Probe, sie sahen sich erst am Abend.

»Nun, wie war es in Rom?«, fragte er nach dem Begrüßungskuss.

Elia zögerte kurz, dann sagte sie: »Martina wird bald sterben.«

Jens Arne schaute sie verwirrt an: »Mein Gott, die Arme. Furchtbar, was gibt es doch für schreckliche Schicksale.« Er schüttelte ein paarmal den Kopf: »Ja, da kann man wohl nichts machen. Sie haben doch sicher die besten Ärzte.« Er hob hilflos die Hände, ließ sie nach einer Weile mit einem Seufzer wieder sinken.

Elia stocherte in ihrem Essen herum, schließlich fiel es sogar Jens Arne auf: »Hast du gar keinen Hunger?« Sie murmelte etwas von »im Flugzeug gegessen«, das leuchtete ihm ein. »Ja, du bist sicher müde, das war bestimmt alles sehr mühsam, und morgen ist wieder ein anstrengender Tag. Am besten, du gehst bald ins Bett, du brauchst jetzt erst einmal Schlaf.«

Vor der Schlafzimmertür klopfte er ihr aufmunternd kurz auf den Rücken: »Darling, du schaffst das. Du bist stark. Der Tod von Freunden macht uns Angst. Aber der Tod gehört zum Leben.«

Elia nickte, ja, ja, wie recht er hatte: Ach, red nicht, nimm mich lieber in den Arm, um Gottes willen, dachte sie. Vielleicht wollte er das nicht. Oder er konnte es nicht, aus welchen Gründen auch immer. Elia war zu erschöpft, um darüber nachzudenken. Sie schwieg, sie ging auch nicht von sich aus auf ihn zu, auch sie hatte inzwischen ihre Seelenrollläden heruntergelassen. Nur allein sein, das war das Einzige, wonach sie sich jetzt sehnte.

Zum Glück bot die Rolle der Norma Elia reichlich Gelegenheit, sich Schmerz und Verzweiflung vom Herzen zu singen. Hier war Jens Arne wieder in seinem Element, in diesem Feuer wusste er trefflich zu schmieden. Unter seiner kritischen Obhut gerieten Elias Emotionen zu ergreifender Kunst. Elias Norma besaß die Autorität und Ernsthaftigkeit der großen, stolzen, befehlsgewohnten Priesterin. Zugleich war sie liebenswürdig, empfindsam und zärtlich, eine junge Frau und Mutter, die unsicher und wehmütig um die Liebe des geliebten Mannes bangte. Pollione, sein Verrat, die schnöde Herzlosigkeit des übersättigten Mannes, der plötzlich eine andere liebte, schleuderten Norma aus ihrer Mitte heraus und weckten die Nachtseiten in ihr: wilde Wut, rasende Rachsucht, so dass sie sogar die Kinder umbringen wollte und erst ganz zum Schluss, durch das Eingeständnis der eigenen Schuld, wieder zu sich fand.

Adalgisas Sanftmut hingegen beschwichtigte Norma, machte sie weich und weckte zärtliche Erinnerungen in ihr an eigenes Liebesglück. Noch in der ärgsten Verzweiflung begriff sie dankbar, eine Freundin in dem jungen Mädchen gewonnen zu haben. Zwischen Norma und Adalgisa erwuchs ein Hochgesang auf die Freundschaft, so zart und feurig, innig-erhaben und unerschrocken wie bei Verdi zwischen Carlos und Posa. In diese Szenen legte Elia ihre Liebe zu Martina, ihre Sorge und Trauer um die Freundin hinein. Und so gerieten die Momente zwischen Norma und Adalgisa, der jungen, reinen Priesterin, zum Herzstück der ganzen Oper. Elias Betroffenheit kam Jens Arne durchaus gelegen. Er nutzte dies aus, und wann immer Elia selbst gewisse Grenzen nicht überschreiten mochte, feuerte er sie an:»Schneidender, höhnischer, noch verzweifelter.« Und Elia ließ sich antreiben wie ein Pferd, dem man die Sporen gab. Daneben dann das Hingehauchte, Geflüsterte, Ersterbende, der ganz leise Kummer, der so sehr zu Herzen ging! Ja, Jens Arne hatte sich mit Elia wirklich einen raren Singvogel eingefangen, einen echten Dirigententraum. Ihre Stimme mit dem sehr persönlichen Timbre faszinierte über das ganze Spektrum hin, von der federleichten, biegsamen und doch wie gestochenen Höhe über die höchst ausdrucksstarke Mitte, die klingen konnte wie ein Löwengrollen, bis hin zur kraftvollen Tiefe. Je mehr sich Elia in ihre Rolle hineinkniete, desto besser kam die Besonderheit ihrer Stimme zum Ausdruck, fand Jens Arne, und darum trieb er sie immer mehr an, obwohl sie schon von sich aus dazu neigte, sich bis zur Erschöpfung zu verausgaben.

Oft durfte Jens Arne stundenlang kaum angesprochen werden, so vertieft schien er in seine Gedanken. Doch nach den Proben war er aufgewühlt, er redete wie ein Wasserfall, ständig fiel ihm noch etwas ein, was man noch ausprobieren oder ändern sollte, und er zeigte sich enttäuscht, wenn Elia nicht auf der Stelle beglückt mit ihm zum Flügel eilte. Dieser Mensch strotzte vor Energie, und das in einem Alter, in dem manch andere Leute nur noch mit ihrem Hund spazieren gingen. Immer wieder konnte Elia nur staunen.

Auch erotisch wirkte er recht animiert. Wenn Elia bereits wohlig in ihrem Bett lag, klopfte es an die Tür:»Ach, Darling, lass mich zu dir unter die Bettdecke kriechen!« Konnte eine Frau ihrem Ehemann das abschlagen? Diese verdammten getrennten Zimmer, die machten alles so schwierig. Jens Arne kam dann rasch und entschlossen zur Sache und schlief anschließend ein, tief und fest. Während Elia noch wach lag. Jetzt war sie gerade einigermaßen erregt und hätte gerne noch weitere Zärtlichkeiten genossen. Irgendwann wachte Jens Arne wieder auf, reckte und streckte sich zufrieden: »Liebling, es war wunderschön, ich glaube, ich geh jetzt schlafen.« Und weg war er.

Die Premiere gelang glanzvoll. Elia besaß schon längst einen sehr guten Ruf, aber doch mehr in den Spinto-Rollen. Jetzt etablierte sie sich auch noch im dramatischen Koloraturfach als Ausnahmesängerin. Sie war über den Erfolg von Herzen erleichtert und glücklich, und auch Jens Arne hatte allen Grund, höchst zufrieden zu sein. »So wie Elia singt das im Moment niemand«, rief er stolz in die erlesene Runde, in der die Premiere gefeiert wurde, denn Jens Arne hatte nichts übrig für lärmende Premierenfeiern. Einige würdige, meist ältere Herrschaften, darunter schwerreiche Geschäftsleute und Weltenbummler, und von den Künstlern nur Nora Petersson, die Adalgisa, die diese Ehre womöglich ihrem Ehemann, einem Earl, verdankte. Elia war völlig aufgeputscht, sie glühte und gestikulierte, fuchtelte mit ihrer Serviette, redete mit vollem Mund und lachte laut, und Jens Arne lachte mit, jungenhaft und beschwingt.

Auch die anderen Aufführungen verliefen erfolgreich, anschließend wurden eilig die Koffer gepackt für das erste gemeinsame Gastspiel in New York mit ›Norma‹ und ›Anna Bolena‹. Außerdem würde Jens Arne noch zwei Konzerte dirigieren mit dem Philharmonic Orchestra, so wie er das seit Jahren regelmäßig tat. Danach würde er wieder abreisen, während Elia noch in New York blieb für einige Vorstellungen des ›Don Carlos‹ unter Georges Goldberg, das war seit Langem abgesprochen.

Vor der Abfahrt aus London telefonierte Elia noch einmal mit Massimo. Martinas Zustand schien unverändert, so wie manche heruntergebrannte Kerzen doch noch unerwartet lange brennen konnten, lebte auch sie weiter, die schwachen Kräfte sparsam verzehrend und bei vollem Bewusstsein.

Georges Goldberg lud Elia und Jens Arne zu einem Begrüßungsessen ein. Es war das erste Mal, dass Elia die beiden »Pultheroen«, wie Mariana sie nannte, zusammen erlebte, und sie war höchst erleichtert, wie höflich und nett die beiden miteinander umgingen. Georges gab sogar unter Husten und Rasseln fröhlich zu, auf Jens Arne ganz schön neidisch zu sein: »Donnerwetter, ich hätte mich nicht getraut, dieses schöne junge Weib einzufangen! Aber du bist eben ein richtiger Kerl!« Ein lustiger Abend, sogar Jens Arne fand das.

Am nächsten Morgen, als Elia und Jens Arne auf ihrem Zimmer frühstückten, kam der Hotelboy mit einem Telegramm: »Heute Nacht ist Martina erloschen. Ganz plötzlich, in meinen Armen. Massimo.«

Elia konnte unmöglich zu Martinas Begräbnis fahren, sie wusste das, es war sinnlos, darüber auch nur ein Wort zu verlieren. Auch Jens Arne schwieg sich darüber aus, immerhin legte er seinen Arm um sie: »Bleib heute zu Hause. Ich sag in der Oper Bescheid.«

Es sollte Monate dauern, bis Elia endlich Massimo und Mariana besuchen konnte. Gleich nach New York hatte sie unter Jens Arne die Lucia di Lammermoor gesungen, erst in London und dann in Paris, aber nun winkten Ferien, und die wollte sie unbedingt für die Reise nach Italien nutzen, etwas Wichtigeres gab es jetzt nicht für sie. Über diesem Plan gerieten Elia und Jens Arne heftig aneinander, denn er hatte, ohne sie zu fragen, für diese Zeit bereits eine Einladung auf ein Schloss in Schottland zur Entenjagd angenommen. Er fand es ganz unmöglich, dass Elia nicht mitkommen wollte. Erst als sie steif und fest behauptete, ohne Signor Rutelis Hilfe die Medea, die sie gerade studierte, nicht in den Griff zu bekommen, musste er nachgeben, die ›Medea‹ war nach der ›Norma‹ sein Lieblingsprojekt, und es lag ihm alles daran, Elia dafür bei Laune zu halten. Aber innerlich wurmte es ihn mächtig, dass Elia derartig stur ihren Kopf durchsetzte, nachdem sie ihm bis jetzt nahezu in allen Dingen willig gefolgt war.

Gerade noch hatten sie sich in Paris so gut verstanden: Er hatte sie groß ausgeführt in die feinsten Lokale, Tour d'Argent, La Perrouse, Grand Vefour, und Elia hatte, in Begleitung einer modebewussten Freundin von ihm, der Marquise Agatha de Monteton, ihre seinem Geschmack nach etwas beliebige Garderobe durch einige klassisch-elegante Kleidungsstücke von Chanel und Dior ergänzt. Sogar ihre ungebärdigen Haare hatte sie sich von Meister Alexandre in eine etwas damenhaftere Fasson bändigen lassen! Allerdings erst nach einigem Sträuben und Jammern. Zum Trost hatte sie dafür eine Krokohandtasche von Hermès bekommen, kein kleinliches Geschenk für so viel Bockigkeit.

Massimo wirkte ernst, aber überraschend ruhig und gefestigt, wie Elia erleichtert erkannte. »Natürlich bin ich jeden Tag aufs Neue fassungslos, dass Martina nicht mehr da ist, für immer. Aber weißt du, ich hab durch sie ganz viel Liebe erfahren, und die umgibt mich auch jetzt noch und beschützt mich. Ich glaube wirklich, Martina schaut von irgendwoher nach mir, es freut sie, wenn ich an sie denke, aber sie will, dass ich weiterlebe, ohne mit dem Schicksal sinnlos und verbittert zu hadern«, erklärte er selbst.

Elia begriff genau, was er meinte, so ähnlich hatte sie es nach dem Tod ihres Vaters bei sich selbst erlebt. Und sicher bedeutete es für Massimo eine große Hilfe, so schmerzlich sie auch erkauft war, dass er und Martina sich über eine lange Spanne Zeit an diesen Tod und an den Abschied hatten herantasten können. Massimo ruht ganz in sich. Der braucht mich nicht, um auf ihn aufzupassen, so ging es ihr durch den Kopf.

Massimo schaute Elia nachdenklich an, schließlich sagte er: »Du hast dich verändert, ich weiß nicht recht, du bist gesetzter geworden.«

Elia hob unwillig die Schultern:»Ach was, mir ist nur im Moment nicht gerade nach Lachen zumute.«

»Das ist doch nicht schlimm«, meinte Massimo herzlich, »du hast enorm viel geleistet in den letzten Jahren, du bist jetzt berühmt, ein richtiger Star, warum soll man dir das nicht ansehen?«

Doch Elia wollte davon nichts wissen:»Ach, ich weiß nicht, ich fühle mich nicht anders als früher.«

»Jetzt hab ich's, es sind deine Haare«, rief Massimo,»vorher hast du wilde schwarze Haare gehabt, jetzt hast du eine Frisur!«

Elia wurde rot:»Oh Gott, ich sehe schrecklich aus, nicht wahr! Wie ein getrimmter Pudel, oder?«

Sie gingen zusammen hinauf in die obere Wohnung, und dort fielen sich Elia und Mariana in die Arme. Elia musste ausführlich erzählen, auch wenn man hier im Haus bestens Bescheid wusste, denn Mariana hatte alles, was sie an Kritiken und sonstigen Artikeln auftreiben konnte, gesammelt und stolz herumgereicht.

»Elia mag es nicht hören, wenn man ihr sagt, dass sie ein Star sei«, erklärte Massimo.

Mariana wiegte bedächtig den Kopf:»Ja, das ist auch nicht ganz einfach zu verdauen, und irgendwann gewöhnt man sich daran.« Sie lächelte Elia an:»Aber noch was ist aus meiner kleinen Elia geworden: eine Dame! Kind, du hast dich ganz schön gemausert.«

»Jetzt fängst du auch noch davon an! Das macht diese blöde Frisur, ich hab gehofft, dass es nicht so auffällt«, rief Elia fast verzweifelt. Sie lehnte sich in ihrem Sessel zurück und seufzte:»Ach, wie ich euch vermisst habe!« Eine Weile blieb es still, alle hingen ihren Gedanken nach. Elia schloss die Augen, einen Augenblick war ihr, als streiche ein Hauch über ihr Gesicht, ganz zart und freundlich. Schließlich sagte sie zu Massimo:»Martina hat doch mit euch Lieder aufgenommen. Ich hätte so furchtbar gerne ein Band davon.«

Elia hatte Jens Arne nicht angeschwindelt: Für eine so schwierige Partie wie die Medea brauchte sie tatsächlich erst einmal den Rat und die Hilfe von Mariana und Signor Ruteli, Jens Arne konnte ihr in dieser Phase noch nicht helfen. Erst wenn sie selbst ganz sicher war, konnte sie sich öffnen für die Anregungen eines Dirigenten.

Die Arbeit mit Signor Ruteli ging gut vonstatten. Mariana allerdings war nicht vollends zufrieden. Immer wieder mahnte sie zu mehr Mäßigkeit. Auf die Dauer, so fürchtete sie, schadete Elias schonungslose Vehemenz ihrer Stimme, schon jetzt hörten ihre ungemein feinen Ohren winzige, eigentlich noch gar nicht vorhandene Anzeichen von Überanstrengung heraus. Seit dem letzten Mal, befördert wohl durch die ›Norma‹, hatte Elia einen unnötig strapaziösen und gefährlichen Weg eingeschlagen, so fand sie: »Du fährst doch gerne kraftvolle, hochgezüchtete Autos, da achtest du auch auf die Drehzahl und ruinierst nicht mutwillig den Motor. Das Gleiche gilt für dich, nimm einen Tick das Gas runter. Dosiere, wäge ab, und vor allem: Setze Akzente! Forcierte Gewalt hat beim Singen nichts verloren, nicht einmal bei der schaurigen ›Medea‹, aber das weißt du selbst am besten. Medea überschreitet jedes Menschenmaß, aber nicht das blinde Wüten einer Rasenden tobt sich hier aus, vielmehr entlädt sich der furchtbare Zorn der Götter. Medea ist nicht nur eine zutiefst beleidigte, verzweifelte, in die Enge getriebene Menschenfrau und Königstochter, sondern in ihren Adern fließt auch göttliches Erbe. Das macht sie in den Augen der anderen Menschen so suspekt und furchterregend, daher rühren ihre Zauberkräfte. Darin besteht auch ihre Tragödie und Einsamkeit. Sie ist sich ihres Zwiespaltes bewusst, ständig pendelt sie zwischen den beiden Polen. Als Mensch liebt sie ihre Söhne, als übermenschliches Wesen sieht sie in ihnen das Mittel, Jason tödlich zu treffen. Der Mord an ihnen ist erbarmungslose Rache, wie sie die Götter zu üben wissen. Mit ihm zerschneidet sie das Band zu ihrer eigenen Menschlichkeit.«

Elia stimmte mit Mariana überein: »Du hast recht, noch in der ärgsten Verzweiflung bleibt Medea luzide, sie plant und verstellt sich, der Mord an den Kindern ist keine Kurzschlusshandlung. Es ist zu ungeheuerlich, was ihr angetan wird: Eine andere Frau maßt sich ihren Platz an, Jason gefällt Glauke, und so nimmt sie ihn sich. Medea, die Ehefrau, wird verstoßen, des Landes verjagt, weil sie im Weg steht, sogar die Kinder werden ihr genommen. Eigentlich treibt die Unmenschlichkeit der anderen Medea in ihr Außersichsein. Diese Logik muss ich herausbringen und dabei auch die andere Seite von Medea zeigen, die vernünftige, würdige, zärtliche, mütterliche, ja sogar demütige.«

Elia und Mariana gingen das feine Gespinst der Handlung durch, schließlich schienen alle strittigen Punkte geklärt. Zum Abschied beschwor Mariana Elia noch einmal: »Vergiss deine täglichen Stimmübungen nicht, nie, nie, nie, auch wenn du wenig Zeit hast, gerade dann nicht.«

Während Elia in ihrem roten Ferrari gen Süden brauste, überlegte sie sich, ob sie wenigstens den Wagen mit nach England nehmen sollte. Welch ein Jammer, hier in Italien besaß sie so viele schöne Dinge, die sie so wenig nutzte – von den ihr liebsten Menschen, die sie kaum mehr sah, ganz zu schweigen. Andererseits, Jens Arne sammelte Autos wie andere Leute Briefmarken, da gab es neben dem Rolls das elegante Coupé von Bristol, dann den Exoten Facel Vega und, wohl um des Namens willen, den Monteverdi aus der Schweiz, und sie waren alle auf den englischen Linksverkehr eingestellt. Irgendwann einmal, so hatten sich Jens Arne und Elia vorgenommen, wollten sie ein Rennen gegeneinander fahren, aber wann es dazu kommen sollte, das stand in den Sternen. Verglichen mit seinem Terminkalender herrschte in dem ihren geradezu gähnende Leere.

Zu Hause hatte sich wenig verändert, glücklicherweise. Nur Fiamma war recht alt geworden, doch als sie Elia sah, weinte und winselte sie und wand sich vor Freude. Elia nahm sie mit hinüber in die »Villa Capretta«, und Fiamma wich ihr nicht mehr von der Seite. »So war es schon immer: Kaum taucht deine Elia auf, sind wir anderen abgemeldet«, sagte Teresa und streichelte ihren Liebling.

Elia holte zufrieden ihre alten, von der Sonne verblichenen Sommersachen aus dem Schrank und streifte mit Fiamma durch die Gegend, auch barfuß, das liebte sie am meisten. Jeden Tag fuhr sie ans Meer hinunter zum Baden und schwamm weit hinaus wie in alten Zeiten. An den Abenden wurde endlos getafelt, bei Großmutter Alina, im Dorf oder in Salerno, die Onkel und Tanten, die Freunde, die Nichten und Neffen, alle wollten Elia wiedersehen. Es war ein lustiges Durcheinander, von Oper hatten die meisten herzlich wenig Ahnung, aber was eine erfolgreiche Sängerin war, das konnten sie sich vorstellen. Auch auf Jens Arne waren sie neugierig. Wie gut, dass Elia endlich geheiratet hatte, das schickte sich einfach für eine Frau, irgendwann gehörten auch Kinder dazu, selbstverständlich, aber vor allem sollte Elia das nächste Mal ihren Mann mitbringen.

Elia versprach es. Aber würde sich Jens Arne hier wohlfühlen, unter diesen munteren, lieben Menschen? Die nicht wussten, welch einen Halbgott sie da vor sich hatten? Die ihm zuprosteten, auf die Schulter klopften, ihn duzten? Elia sah förmlich vor sich, wie es Jens Arne vor Unbehagen fröstelte. Plötzlich erschien ihr sogar fraglich, was er von der »Villa Capretta« halten würde, ihrem so gemütlichen Häuschen mit Tante Ambrosias Zaubergärtchen. Würde ihm das ausreichen?

Jens Arne war schrecklich verwöhnt und anspruchsvoll, alles hatte zu funktionieren, perfekt zu sein, nicht nur in der Musik, sondern auch bei ganz unwichtigen Alltagsgeschichten. Da geriet der Perfektionismus zur Pingeligkeit. Was würde er dazu sagen, wenn das Wasser aus seiner Dusche nur spärlich tröpfelte oder der Strom beim ersten Donnerschlag für Stunden ausfiel und die Katze womöglich in seinem Bett ihre

Jungen warf? Jens Arne behauptete zwar, er liebe das Land-leben, aber da dachte er doch wohl eher an sein komfortab-les, schlossartiges Landgut. Nein, wenn Elia ehrlich war: Jens Arne passte nicht hierher.

Im Grunde musste sie froh sein, wenn Jens Arne nichts da-gegen hatte, dass sie hin und wieder alleine hierher fuhr, denn eigentlich, das hatte sie inzwischen gemerkt, fand er, sie solle sich als Ehefrau seinen Wünschen anpassen.»Ach, das wird noch manchen Ärger geben! Aber ich muss allein schon dei-netwegen herkommen, was, Alterchen, du kannst mich in England ja nicht besuchen, wegen dieser blöden Quarantäne«, sagte Elia zu Fiamma, die neben ihr in der Sonne lag. Viel zu schnell waren die Ferien vorbei, und Elia machte sich auf nach Wien.

Ursprünglich hatte Elia in Wien, bevor sie zu einem Gastspiel nach Spanien weiterfuhr, nur kurz Jens Arne besuchen wol-len, der dort mit den Wiener Philharmonikern alle Schubert-Sinfonien aufnahm. Dann aber hatte sie Fulvio, ihr uralter Freund und Weggefährte aus den ersten Stockholmer Tagen, den sie an allen möglichen Opernhäusern der Welt immer wieder traf und der inzwischen Oberspielleiter in Wien war, zu einem reichlich ungewöhnlichen Unternehmen beschwatzt: für ein paar Vorstellungen in ihre alte Wiener Rolle zu schlüpfen, die Susanna. Elias Bedenken hatte er beiseitege-wischt:»Bei uns in Wien gehen die Uhren langsamer, alles ist noch beim Alten, auch der gute alte ›Figaro‹, die Inszenierung, die allermeisten Sänger. Thomas Schneider dirigiert, du wirst deinen Spaß haben nach all den mühsamen Damen, auf die du seither abonniert bist.«

Er sollte recht behalten. Welch eine Lust, endlich einmal nicht verzweifeln zu müssen, nicht wahnsinnig zu werden und auch nicht zu sterben! Die muntere, kluge, energische Susanna dachte gar nicht daran! Drei Vorstellungen waren geplant, schon nach dem ersten Abend bedauerte Elia, dass sie seinerzeit auf dieser geringen Anzahl bestanden hatte. Wie gerne hätte sie jetzt mit den anderen in einem Beisl zusammengehockt! Aber das ging leider nicht, denn Jens Arne wartete im »Sacher« auf sie. Es hatte auch keinen Sinn, wenigstens Fulvio und Thomas Schneider dorthin mitzunehmen, denn er hatte den ganzen Tag im Aufnahmestudio zugebracht und wollte bestimmt keine fremden Menschen sehen.

Zu Elias Verwunderung war Jens Arne nicht allein. Ein junges Mädchen saß an seinem Tisch. Die beiden schienen sich nicht viel zu sagen zu haben, sie wirkte verlegen, und er machte ein mürrisches Gesicht, wie Elia von Weitem sehen konnte. Bei ihrem Anblick sprang Jens Arne erleichtert auf: »Ah, Gott sei Dank, endlich kommst du!« Erst als Elia fragend auf das junge Mädchen schaute, stellte er sie vor: »Das ist Sisi. Meine Tochter.« Ohne dass er es aussprach, schwang darin mit: »Von mir aus hätte sie nicht kommen müssen. Mir ist das Ganze eher lästig.«

Elia starrte irritiert auf die beiden, sie sah, wie das Mädchen zusammenzuckte und rot wurde, aber noch war Elias gute Laune nicht verflogen, und so ging sie lachend auf Sisi zu, die inzwischen auch aufgestanden war: »So eine freudige Überraschung! Ich meine, da sollten wir doch am besten gleich Du zueinander sagen.« Sisi wurde wieder rot, zugleich aber wirkte sie erleichtert. Wer weiß, was sie sich unter mir vorgestellt hatte, dachte Elia. Sie beschloss, die unterkühlte Stimmung an diesem Tisch aufzutauen, und so winkte sie dem Kellner: »Wir brauchen Champagner. Und zudem habe ich einen Bärenhunger!« Dann begann sie munter draufloszuplaudern: »Es ist schon verrückt, wie einem nach Jahren alles auf Anhieb wiederkommt. Das mit der Susanna, das war wirklich eine gloriose Idee von Fulvio, ich hätte niemals im Leben daran gedacht, sie noch mal zu singen, und jetzt bin ich richtig glücklich.« Sie stieß mit ihren Tischgenossen an, erst mit Sisi: »Wie schön, dich endlich kennenzulernen! Ich hoffe, wir verstehen uns gut. Also, ich heiße Elia.« Anschließend mit Jens

Arne: »Auf deine schöne Tochter und dich! Ich finde, ihr seht euch ähnlich.« Beide runzelten die Augenbrauen, verwundert und misstrauisch. Elia lachte, aber sie erklärte nichts. Genau das hatte sie gemeint, nicht das Aussehen war es, zumindest nicht auf den ersten Blick, etwas anderes verband diese beiden: der gleiche ablehnende Gesichtsausdruck, sogar die schiefe Kopfhaltung, die hochgezogenen Schultern. Bei einem so jungen Mädchen fiel das auf, es passte nicht zu dem lieben, hübschen Gesichtchen, den blauen Augen, den blonden Locken.

Elia fragte Sisi alles Mögliche. Sie ging noch in die Schule, Sprachen mochte sie, Sport, Handarbeiten, zu Hause hatte sie zwei Katzen, die wurden heiß geliebt.

»Ja, und die Musik?«, wollte Elia wissen.

»Ach, ich sing im Chor und spiel Geige im Schulorchester«, murmelte Sisi verlegen, es war ihr offenbar peinlich, vor dem Vater darüber zu sprechen.

»Weißt du was?«, sagte Elia, um abzulenken. »Wenn du magst und Zeit hast, lade ich dich für morgen Abend in die Oper ein. Hol mich eineinhalb Stunden vorher hier ab, ich mach dich mit Fulvio bekannt, der gibt dir eine Eintrittskarte und kann dich noch im Haus herumführen. Und wenn dir die Aufführung gefallen hat, kommst du anschließend zu mir in die Garderobe. Was hältst du davon?« Sisi strahlte, richtig süß sah sie plötzlich aus.

»Eine nette Idee. Ich habe leider überhaupt keine Zeit, das ist eben bei Plattenaufnahmen so«, räumte Jens Arne gnädig ein. Zum Abschied steckte er seiner Tochter ein paar Geldscheine in die Tasche: »Nimm ein Taxi, es ist schon spät.« Er küsste sie kurz links und rechts auf die Backen und klopfte ihr auf die Schulter: »Grüß deine Mutter. Wenn ich mehr Zeit habe, besuche ich euch mal.« Während Elia Sisi schwungvoll in den Arm nahm, schaute er auf die Uhr und drückte auf den Fahrstuhlknopf.

Elia und Jens Arne bewohnten im »Sacher« ein riesiges, düsteres Gemach mit mächtigen Truhen, Schränken und Sesseln und einem Tisch, an dem König Artus samt seiner Tafelrunde Platz gefunden hätte. Dazu zwei gewaltige Himmelbetten aus nachtschwarzem Holz. Jens Arne gab Elia den üblichen Gutenachtkuss und verkroch sich in sein Bett. Elia ging noch ins Bad, um sich abzuschminken. Dann kletterte sie in ihr Bett, das so hoch war, dass sie dazu einen Fußschemel brauchte. Dabei knurrte sie:»Du hättest mir schon sagen können, dass du in Wien eine Tochter hast.« Jens Arne gab keine Antwort, vielleicht schlief er schon.

Von Rudi, dem Sohn, erfuhr sie erst am folgenden Abend. Kurz nach dem letzten Vorhang, Elia war kaum in ihrer Garderobe angelangt, klopfte es an ihre Tür. Es war Sisi, vor Begeisterung ganz aus dem Häuschen:»Sagenhaft, einfach phantastisch, alles, die ganze Oper, und um Sie, entschuldige, um dich, um deine Susanna, hat sich alles gedreht. Aber du warst ja auch toll.«

Elia lachte geschmeichelt:»Das freut mich sehr, dass es dir gefallen hat. Du gehst sicher oft in die Oper und kennst dich gut aus.«

Sisi zuckte die Achseln:»Von wegen, man kriegt so schwer Karten, und teuer sind sie auch. Na ja, manchmal auf dem Stehplatz, aber da ist man so weit weg.«

»Ja, und Freikarten, das kann doch für dich nicht schwer sein, bei deinem Vater«, wunderte sich Elia.

Sisi machte eine resignierte Handbewegung:»Pff, ja, hm«, für einen Augenblick war es, als fiele ein Schatten auf ihr Gesicht, aber dann brach das Strahlen wieder durch:»Mensch, ist das eine schöne Musik, Mozart ist mein Lieblingskomponist. Und weißt du, dass alle Männer hinter deiner Susanna her sind, das hat mich überhaupt nicht gewundert.«

Fulvio kam und wartete mit Sisi auf dem Gang, bis Elia sich umgezogen hatte. Schließlich kam sie mit mehreren Blumensträußen aus der Garderobe, die sie Sisi in den Arm drückte:»Hier, du hast doch gesagt, du magst Blumen, die sind für dich, nimm sie mit nach Hause.«

Vor dem Bühneneingang wartete eine Menschentraube auf die Sänger, Elia gab Autogramme, und Sisi spazierte stolz mit ihren Blumen neben ihr her, sollten die Leute nur sehen, wie nahe sie der Künstlerin stand.

Fulvio hatte einen Tisch im »Weißen Rauchfangkehrer« bestellt, Thomas Schneider und die Sänger der Gräfin und des Figaro waren auch dabei, eine lustige Runde. Nur Jens Arne hatte nicht dazustoßen können, Elia war ganz froh darüber, auch wegen Sisi. Wie oft hatte sie inzwischen erlebt, dass sich gerade noch ganz unbekümmerte Leute in seiner Anwesenheit plötzlich veränderten und krampfhaft versuchten, ihm durch kluge Bemerkungen zu imponieren.

Irgendwann sagte Thomas Schneider: »Das ist schon eine Ewigkeit her, fast zwanzig Jahre, da war ich eine Zeitlang dritter Kapellmeister hier, und da saß manchmal bei den Proben ein blonder Bub hinten, neben der Pauke, ganz still und brav, von dem hieß es, er sei der Sohn von Jens Arne Holsteen. Sag, mal, ist das dein Bruder?«

»Natürlich, der Rudi«, rief Sisi erfreut, »das ist mein großer Bruder!«

»Und was macht der jetzt«, fragte Thomas weiter. Elia hörte stumm zu, da hatte Jens Arne also eine richtige Familie und ihr nie einen Ton davon gesagt. Nun gut, sie selbst betraf es eigentlich nicht, und sie hätte ihn ja auch fragen können, eher fand sie es befremdlich, dass sich Jens Arne um diese Kinder so gut wie gar nicht zu kümmern schien.

Rudi, so erzählte Sisi, war inzwischen in New York. Er hatte kurz an der Hochschule Klavier studiert, weil der Vater das unbedingt wollte, und dann alles hingeschmissen, und jetzt tobte er sich in irgendwelchen Jazzkellern am Schlagzeug aus. Ihn hatte ja schon immer die Pauke fasziniert. Sisi bewunderte und liebte ihren großen Bruder, wenn sie erst ihre Matura hatte, wollte sie auch nach New York.

»Ja, und was sagt dein Vater dazu?«, fragte Elia nun doch.

»Dem ist das egal. Der hatte an dem Rudi einen Narren gefressen, wie meine Mutter sagt. Aber jetzt ist er stocksauer auf ihn, und seitdem kümmert er sich auch um uns einen Dreck, mich hat er sowieso nie leiden können«, brach es aus Sisi heraus.

Es klang nicht einmal bitter, mehr wie eine Feststellung. Elia schaute sie überrascht an, das hätte sie diesem schüchternen jungen Mädchen nicht zugetraut. Donnerwetter, eigentlich gefiel ihr die herzerfrischende Offenheit, die auf eine innere Unabhängigkeit und Energie hinwies. Trotzdem versuchte sie einzulenken: »Na, vielleicht bildest du dir das nur ein.«

Jetzt bekam Sisi wieder ihren ablehnenden Gesichtsausdruck, trotzig schüttelte sie den Kopf. Zum Glück mischte sich Fulvio ein: »Pass mal auf, die Oper heute hat dir doch gefallen, überhaupt der ganze Betrieb hier, wenn du wiederkommen willst, vielleicht auch mal zu den Proben, dann rufst du mich einfach an. Abgemacht?«

Sisis Miene hellte sich auf, den restlichen Abend lachte und plauderte sie vergnügt, und Elia himmelte sie geradezu an, ganz naiv und zutraulich. Nur mit dem Vater sollte man ihr am besten nicht kommen.

Das Wenige, das sie von ihrer Mutter sagte, klang nett und liebevoll, aber auch besorgt, die Mutter war wohl recht ängstlich und menschenscheu. »Von den Blumen wird sie begeistert sein. Sie liebt schöne Sträuße, aber sie bringt es nicht übers Herz, in unserem Garten die Blumen abzuschneiden.«

Elia überlegte sich kurz, ob sie Sisi und ihre Mutter besuchen sollte, Zeit dafür hätte sie gehabt. Aber dann fand sie es doch indiskret Jens Arne gegenüber; die Beziehung zu seiner früheren Frau ging sie im Grunde nichts an. Sisi hingegen hatte sie durch ihn selbst kennengelernt, es schien ihm sogar recht, wenn sie seine Tochter ein wenig unter ihre Fittiche nahm. Fulvios Angebot war ein guter erster Schritt, wenn Sisi wollte, konnte sie sicher davon profitieren. Ohne dass der Vater dabei ins Spiel kam.

Vielleicht hatte Elias Stimme nach der Norma wirklich angestrengt geklungen, jetzt, nach der Susanna, war sie wieder ausgeglichen und biegsam, einmal mehr hatte sich Mozart als wohltuender Balsam für die Sängergurgel bewährt. Gute Voraussetzungen also, um die ›Medea‹ in Angriff zu nehmen.

Jens Arne fand Elias Auffassung von der Medea recht schlüssig: »Ja, sie ist mehr als eine finstere Zauberin, allein schon die unerbittliche Grausamkeit, mit der sie sich an ihrer Nebenbuhlerin rächt, hat etwas übermenschlich Unmenschliches. Aber du siehst sie vielleicht doch zu sehr als Opfer, vergiss nicht, wie viele Gräueltaten sie bis dahin schon begangen hat. Wo sie es für nötig hält, geht sie über Leichen, sogar den eigenen Bruder hat sie geopfert, aus Liebe, von mir aus, aber das macht die Sache auch nicht besser. Ständig ruft sie die Götter der Unterwelt an, die Erinnyen, die Furien, sie ist schon eine unheimliche, monströse Figur. Aber rein psychologisch lässt sich ihr zerrissener Charakter nicht erklären.« Genau das hatte Jens Arne von jeher an der ›Medea‹ gereizt, das Abartige, Barbarische, Schauerliche.

Im Laufe der Proben geriet Elia immer stärker in den Bann ihrer Heldin. Ihre Not, ihre Verzweiflung, ihr Rasen verfolgten sie bis in den Schlaf hinein. Sie schlug um sich, sie flehte, sie weinte, in den Träumen stieg sie hinab in ihre heimlichsten Seelenverliese, in denen das Dunkle weggesperrt hauste. Einmal stach und prügelte sie im Traum wie rasend auf einen menschlichen Körper ein, vor Entsetzen darüber fuhr sie in ihrem Bett hoch und war sich nicht sicher, ob sie nicht wirklich einen Mord begangen hatte. Sie fürchtete sich. Ihre Vorsätze, bei dieser düsteren Geschichte einen kühlen Kopf zu bewahren, waren dahin. Entweder sie lieferte sich aus, mit Haut und Haaren, oder sie scheiterte katastrophal. »Ich schaffe das nicht, ich kann das nicht, nimm eine andere«, flehte sie Jens Arne an, doch der ließ sich nicht erweichen: »Was redest du da, natürlich kannst du das, einfach schon, weil du musst, wenn du aufgibst, das würdest du dir niemals verzeihen. Und zudem bist du gut, sehr gut, und ich helfe dir ja, verlass dich ganz auf mich, dann kann dir nichts passieren.« Um seinen Worten Nachdruck zu verleihen und weil er spürte, dass es sich nicht um eine der üblichen Panikattacken handelte, wie sie Sänger manchmal überfielen, ging er am Flügel mit Elia Takt für Takt das Ende des ersten Aktes und den tatsächlich halsbrecherischen dritten Akt durch und bewies ihr, dass man selbst hier hochdramatisch sein und dabei doch bei sich bleiben konnte. Noch bei der Orchesterprobe ging diese Rechnung auf. Wenn es wirklich ernst wurde, bei den Vorstellungen, würden sie auch dann so maßvoll davonkommen?

Mehr und mehr verschmolz Elia mit Medea. Ihren Widerstand hatte sie längst aufgegeben, sie dachte nicht mehr an sich. Eine wilde Kraft ging von ihr aus, sie schien wie elektrisch aufgeladen. Alle im Haus spürten das Besondere, die anderen Sänger, die Zuschauer, die Musiker im Orchestergraben und am allermeisten Jens Arne. Auch er wirkte wie besessen, und so stoben zwischen ihm und Elia die Funken. Medeas schauerliche Beschwörung, ihre und Jasons verzweifelte Anrufung des goldenen Vlieses begleitete das Orchester atemlos und gehetzt. In einem zerhackenden, federnden Rhythmus brauste der erste Akt seinem Ende zu.

Beim dritten Akt dann sträubten sich den Zuschauern tatsächlich die Haare. Elias Gesang war höchste Kunst und zugleich vokaler Selbstmord. Alles spiegelte sich darin wieder, auch in den Rezitativen, noch die verborgensten Schwankungen zwischen zärtlicher Mutterliebe und blindwütigem Hass, schauderhaft und herzzerreißend. Elia sang um ihr Leben – und Jens Arne trieb sie dabei an. Auch die anderen Sänger wurden in den Strudel der Leidenschaften mit hineingerissen. Immer wieder wurde die Vorstellung durch Applaus unterbrochen, zum Schluss jubelte das Publikum allen Mitwirkenden zu, und Elia huldigte es mit stehenden Ovationen. Sie nahm sie entgegen wie in Trance.

Auch bei dem anschließenden Essen hatte sie noch längst

nicht zurückgefunden in die Wirklichkeit. In ihrer Seele, ihrem Körper vibrierten die Schrecknisse der vergangenen Stunden. Jens Arne triumphierte: So, genau so hatte er sich immer die ›Medea‹ vorgestellt. Und jetzt hatte er seinen Traum wahrgemacht, ein Meisterwerk war gelungen, ihm und Elia, ja, sie waren ein phantastisches Team! Voller Stolz legte er seinen Arm um ihre Schulter, wie verwirrt und erschöpft sie war, fiel ihm in seiner Euphorie nicht auf.

Auch bei den weiteren zwei Vorstellungen, die rasch aufeinanderfolgten, gestaltete Elia die Medea mit rücksichtsloser Selbstentäußerung. Jens Arne war der Letzte, sie bei ihren Parforceritten zurückzuhalten. Auch er übernahm sich dabei, zumal er zwischen den Vorstellungen noch an anderen Projekten weiterarbeitete. Schließlich war er es, der Elia vorschlug: »Wir sollten uns für ein paar Tage aufs Land verziehen. Ich bin doch nicht mehr der Jüngste und muss mich erholen.«

Enorme innere Anspannung hatte Elia, solange es nötig war, wie ein Korsett zusammengehalten. Doch nun in der ländlichen Ruhe war es Elia, als löse sie sich auf, bröckle auseinander, alles in ihr, ihr Kopf, ihr Leib, jeder Muskel, so etwas von Erschlaffung hatte sie noch nicht erlebt. Jens Arne war doppelt so alt wie sie und erholte sich in der halben Zeit. Während er bereits wieder munter kutschierte, schlief sie neben ihm auf dem Kutschbock ein. Er blickte zu ihr hinüber: »Tapferes Mädchen.« Er war immer noch stolz und zufrieden, Elia für sich erobert zu haben. Nicht nur die Sängerin, auch die rassige Frau. Sie konnte so köstlich geradeaus sein, so herzerfrischend und ansteckend lachen, dass er manchmal mitlachen musste wie ein alberner kleiner Junge. Ja, bei Gott, statt so viel zu arbeiten, wollte er sich endlich mehr Zeit nehmen für seine junge Ehefrau und es sich gut gehen lassen mit ihr. Ein erstaunliches Menschenkind, so anders als die Frauen, die er bisher kennengelernt hatte, naiv und zugleich uralt wissend, aufbrausend und verschmust, schüchtern und todesmutig. Ach ja, man wollte, man sollte, man müsste . . .

Immer häufiger sang Elia unter Jens Arne, die gemeinsame Planung aus den ersten Ehewochen wirkte sich jetzt aus. Beide waren sie in Hochform und stachelten sich in ihrem Arbeitseifer noch an, so kam eine Reihe bemerkenswert perfekter, erfolgreicher Aufführungen zustande. »Ein wirklich unschlagbares Team«, als solches liebte sie auch das Publikum und lobte sie die Presse.

Privat galt zwischen ihnen die schlichte Regel: Wo immer sie hinkamen, stets richtete sich alles nach Jens Arne. Darüber wurde gar nicht gesprochen, die Sekretärin hatte längst alles geplant. Sie wohnten, wo Jens Arne immer abzusteigen pflegte, aßen in seinen Lieblingslokalen, trafen sich mit seinen Bekannten. Elia wusste nicht so recht, was sie davon halten sollte. Die meisten Örtlichkeiten kannte sie aus eigener Erfahrung, aber man hätte sie, so fand sie, wenigstens um ihre Meinung fragen können. Aber vielleicht war das bei Ehepaaren so, da bestimmte eben der Ältere und Erfahrenere. Zudem erwies es sich als praktisch. Sie musste sich um nichts kümmern, man flog erster Klasse, gelegentlich auch mit einem Privatflugzeug, im Schlafwagen hatte jeder sein eigenes Abteil, und die Unterkunft war überaus nobel. Diese privilegierte Lebensweise imponierte Elia auch. Zwar hatte sie schon vorher höchst angenehm gelebt und war, wohin sie auch kam, sehr zuvorkommend und freundlich behandelt worden, aber das war nichts im Vergleich zu dem Gewese, das Jens Arnes Erscheinen überall auslöste. Alles funktionierte märchenhaft: kaum gedachte Wünsche waren im Flug erfüllt, undenkbar, einen Koffer auch nur ein paar Meter selbst zu tragen, die Präsidentensuite war eben doch komfortabler als das schönste Doppelzimmer. Und sogar in der Oper wurde Elia noch mehr umhegt als bisher, als Gattin des Dirigenten avancierte man offenbar zu einer Art Königin.

Wie alles hatte auch das Luxusleben seinen Preis: Bisher hatte Elia gerne mit den Kollegen zusammengegluckt, auch wenn Carlos dabei war, nun, mit Jens Arne, ging das nicht mehr. Das harmlose Gerede und Gefachsimple enervierte ihn, die einfache Küche schmeckte ihm nicht, das Wenige, das er aß, ein spezieller Salat, Hummer, ein Steak, ein paar Austern, hatte taufrisch und fettarm zu sein, und das, bitte sehr, in gepflegtem Rahmen. Solange Elia mit ihm allein bei Tisch saß, hatte sie nichts dagegen, doch wie oft tauchten irgendwelche anderen Gestalten auf! Musikalisch meist unbedarft, ein Klüngel von Bewunderern, der sich um Jens Arne scharte. Je nach ihrer eigenen Verfassung reagierte sie heiter und gelassen, aber manchmal auch völlig allergisch. Dann verfiel sie in stummes Entsetzen oder sie reagierte aggressiv, sogar arrogant und schnippisch. Manchmal gab sich Elia auch einen Ruck und kehrte die Diva heraus, geheimnisvoll, unnahbar, kapriziös, wie es gerade kam. Aber es strengte sie an und machte ihr keinen Spaß.

Es kam noch etwas hinzu: Auch einigen Auserwählten unter den Sängern widerfuhr die Ehre, hin und wieder mit Jens Arne speisen zu dürfen, die Übrigen, die nicht mitkommen durften, waren dann eingeschnappt. Elia hatte mit der Auswahl nichts zu tun, weil Jens Arne auch hier einsame Entschlüsse zu fassen pflegte. Da er Widerspruch schlecht vertrug und schnell rechthaberisch wurde, mischte sich Elia so wenig wie möglich ein. Doch wie sollte sie das ihren Leuten erklären? So legte sich über manch eine gerade noch nette Beziehung Frost. Ihre Erfolge hatten diese Kollegen Elia bisher nicht geneidet, aber den allgewaltigen Dirigentengatten verkrafteten sie nicht mehr. Immerhin galt das nur für Produktionen, in denen sie mit Jens Arne zusammenarbeitete. Ohne dass er etwas dazutun musste, sorgte bereits seine Anwesenheit für Verwirrung. Doch wo immer sie alleine auftauchte, herrschten nach wie vor die alten Vertrautheiten. Schon darum verteidigte sie ihre Eigenständigkeit hartnäckig.

Carlos war ein weiterer Grund. Seit Elias Hochzeit hatten er und Jens Arne nicht mehr zusammengearbeitet. An wem es wirklich lag, hatte Elia noch nicht so ganz herausgefunden.

Jens Arne behauptete, Carlos habe einige Angebote kurzerhand ausgeschlagen. Carlos wiederum tat beleidigt, die Form der Anfragen behagte ihm nicht: »Was glaubt der denn, nur so ins Blaue hinein? Wenn er mich wirklich will, soll er es mir sagen, klipp und klar, samt einem Gagenangebot.« Nun gut, die beiden Männer konnten sich wohl nicht leiden, schade, aber möglicherweise nicht zu ändern.

Carlos war Elias Traumpartner, immer noch. Und bei bestimmten Rollen fehlte er ihr schmerzlich, und zwar gerade, wenn Jens Arne dirigierte. Bei der ›Medea‹ hatte sie das besonders stark empfunden, da hatte sie sich unter Jens Arnes Peitsche schlichtweg vergaloppiert. Auch wenn sie nicht ihm allein die Schuld dafür in die Schuhe schieben wollte, wusste sie doch: Mit Carlos an ihrer Seite als Jason wäre ihr das nicht passiert. Er hatte immer darauf geachtet, dass sie den Boden unter den Füßen nicht verlor.

Allmählich keimte in Elia der Verdacht auf, dass Jens Arne Carlos bewusst fernhielt. Nicht aus Eifersucht oder männlicher Ehrpusselei, Gott bewahre, er wollte nur niemand dabeihaben, auf den sie ebenfalls hörte und der sein Konzept womöglich abschwächen oder korrigieren könnte. Wahrscheinlich hätte er sie sowieso am liebsten ganz für sich alleine gepachtet und sie vor dem Einfluss anderer abgeschirmt. Daher wohl auch sein sonderbares Gerede über Giancarlo. Noch etwas wies in diese Richtung: Warum sonst hätte er sich nach Jahr und Tag auf das für ihn doch provinzielle Stockholm besonnen und Björn Eksell zu einer ›Salome‹ beschwatzt, die er dort mit Elia zur Aufführung bringen wollte?

In Stockholm, ihrer heiligen Zufluchtinsel über all die Jahre hin! Wohlvertraut und grundsolide und dabei doch nicht so exponiert wie die anderen großen Häuser, an denen sie inzwischen sang. Elia war völlig schockiert, alles in ihr sträubte sich, sie wollte nicht mitmachen. Jens Arne musste seinen ganzen Charme aufbieten: »Kindchen, das ist eine wunderbare Chance, für mich auch, ich bin ganz aufgeregt, du willst deinem armen, alten Ehemann doch nicht die Freude verderben! In Stockholm genießt du Narrenfreiheit, was hast du da nicht schon alles ausprobiert, die Senta und sogar die Sieglinde, und jetzt eben die Salome, das ist auch nicht verrückter.« Ach, darum ging es doch nicht, aber sie getraute sich nicht, zu ihm sagen:»Da passt du nicht hin. Da will ich allein sein, ohne jeden Stress, mit meinen uralten Freunden. Die lieben mich und nehmen mich, wie ich bin!« Schließlich einigte man sich auf einen Kompromiss: Elia würde wie immer bei Birgit wohnen. Wer weiß, wie lange sie noch lebte, zwar war sie immer noch rüstig, aber sicherlich um die neunzig. Jens Arne sollte im Hotel absteigen, dort konnte er nach Lust und Laune Hof halten, Elia musste nicht immer dabei sein. Der Rest würde sich dann schon ergeben.

Inzwischen war ein weiteres Jahr vergangen, und der stetige Fluss der Zeit brachte Veränderungen. Bei Jens Arne waren es Strenge und Enge gewesen, mit denen er sein Herz sonst in Schach hielt. Seine Verliebtheit in Elia hatte das durcheinandergebracht, er war weicher geworden, sorgloser, nachlässiger, und sein Herz hatte am losen Zügel hüpfen und springen dürfen. Erstaunlich lange sogar. Doch seine Gewohnheiten, Ansichten, Tätigkeiten, hatten sich im Laufe der Jahre und Jahrzehnte viel zu fest eingefahren, als dass er fähig gewesen wäre, sich auf Dauer offenen Herzens auf einen anderen Menschen einzulassen. Schon aus Bequemlichkeit, aber auch aus unbewusster Angst: Denn was ihn an Elia faszinierte, erschreckte ihn zugleich, das Ungewohnte bedrohte die bewährte Ordnung. Ausgerechnet das, weshalb er sich in Elia verliebt hatte, ihre Frische und Natürlichkeit, ihre Warmherzigkeit und Intensität, die *italianità*, wie er es nannte, genau das begann ihn zu bedrängen. Sogar ihre Treue und Unbedingtheit, mit der sie auf ihn einging und sich um ein gedeihliches Zusammenleben bemühte, wurde ihm langsam zu viel.

Jens Arne kam nicht auf die Idee, dass vielleicht an seinem

eigenen Verhalten etwas nicht stimmte. Da begann er lieber, an Elia herumzukritteln, sie zu erziehen. Als Dirigent hatte er genügend Erfahrung im Bändigen von Menschen, um wohldosiert, notfalls auch listig vorzugehen. Wenn Elia wieder einmal schallend laut lachte, hielt er sich lächelnd eine Hand vors Ohr: »Pscht, pscht, nicht so laut, Liebes, ich bin ja nicht taub, noch nicht, zum Glück.« Und wenn sie sich über eine Gedankenlosigkeit von ihm ärgerte, tat er verständnisvoll: »Ach ja, du musst dich eben hin und wieder aufregen, das bringt deinen Kreislauf in Schwung.« Milde und gönnerhaft ließ er Elia auflaufen und nahm ihr den Wind aus den Segeln. Elia war verwirrt, sie verstand nicht, was sich hier abspielte. Manchmal blieb ihr das Wort im Mund stecken, manchmal polterte sie wütend los und setzte sich nun wirklich ins Unrecht, wie Jens Arne beckmesserisch vermerkte. In seiner ersten Verliebtheit hatte er noch eingelenkt, jetzt dachte er nicht mehr daran. Seine Rechthaberei machte Elia vollends ratlos. Es kam nun vor, dass sie zu weinen anfing und dann, weil er immer weiterredete und nicht nachgab, wie auf der Flucht aus dem Zimmer lief. Ihn schien das nicht zu stören, er setzte sich an den Flügel oder fing an zu lesen, bis Elia zurückkam und etwas Versöhnliches murmelte, sie hätte sonst die ganze Nacht kein Auge zutun können. Elia kannte solche Streitereien überhaupt nicht, in ihrer Familie hatte es das nicht gegeben. Nun gut, sie und Carlos hatten sich manchmal kurz angeschrien, aber gleich wieder versöhnt, mit Worten, Streicheln, Küssen, anders hätten sie es beide nicht ausgehalten.

Jens Arne hingegen kam so ein Streit ganz gelegen, manchmal hätte man meinen können, er provoziere ihn. Sonderbarerweise fanden die Auseinandersetzungen gerade an den Abenden statt, an denen sie beide einmal Zeit für sich gehabt hätten, und obwohl man sich zum Schluss manierlich eine gute Nacht wünschte, auf Elias Nachgeben konnte man sich eben verlassen, war die Stimmung doch so heruntergeschraubt, dass jeder nur noch in sein Zimmer verschwand.

Elia lag dann in ihrem Bett und war froh, dass Jens Arne nicht mehr auftauchte, sie hätte jetzt nicht mit ihm schlafen können. Jens Arne wiederum fühlte sich erleichtert, eine drohende Panne umschifft zu haben. So war das immer schon bei ihm gewesen: Nicht die Gewohnheit, nur das Neue, das frisch Eroberte, machte ihn sinnlich. Jetzt näherte er sich den siebzig, da galt das noch sehr viel mehr. So langsam hatte er das Gefühl, er könne ganz gut ohne Frauen auskommen. Eigentlich bereitete ihm das kein Kopfzerbrechen, denn was seinen Beruf anging, steckte er noch voller Tatendrang, seine erotische Uninteressiertheit war nur nicht ganz unproblematisch mit einer jungen Ehefrau an der Seite.

Ein Jammer, dass er mit Elia über seine Bedenken nie sprach, sonst hätte er erfahren, dass es ihr auf die zu Ende geführte Aktion gar nicht so ankam. Nebeneinander im Bett liegen, miteinander liebevoll reden, zärtlich sein, das war es, wonach sich Elia sehnte. Aber sie hatte inzwischen begriffen, dass das mit Jens Arne nicht ging, schon gar nicht das Kuscheln, seine hübschen Hände verstanden sich offenbar nicht darauf. So einfühlsam und zärtlich sie sich beim Dirigieren dem Geist der Musik hingaben, so spröde und phantasielos begegneten sie einem Körper aus Fleisch und Blut, sogar seinem eigenen. Ein paar routinierte Griffe, das musste genügen.

Hin und wieder ließ Jens Arne jetzt auch Bemerkungen fallen über Elias Art, sich zu kleiden. Die erschien ihm zu eigenwillig und unangemessen, eine wirkliche Dame kleidete sich dezenter, mehr der gehobenen Mode gemäß.

Hier bewährte sich wieder einmal die Marquise, die Elia bereits bei einem Pariser Aufenthalt in die heiligen Hallen der Coco Chanel eingeführt hatte, auf die sie unverdrossen schwor. Bei der nächsten Gelegenheit arrangierte sie dort eine kleine Privatvorführung und riet Jens Arne, auch mitzukommen. Der konnte mit dem Ergebnis höchst zufrieden sein, und Elia fand sich im Besitz diverser Kleidungsstücke wieder, gegen die sie im Grunde nichts einzuwenden hatte, außer dass sie selbst sie sich nie ausgesucht hätte. Gutes Material, kluge Schnitte, die Kostümchen waren sogar bequem, aber doch so etwas wie eine Uniform, samt den Blüschen, den ewig gleichen Pumps mit der hellen Kappe, dem gesteppten Täschchen, den vielen langen Ketten, das alles gehörte ja auch noch dazu. Da die Sachen nun einmal da waren, zog sie sie auch an, eher wie ein Theaterkostüm, und Jens Arne machte ihr Komplimente. Immer mehr passte sich Elia den Damen seiner feinen Entourage an.

Aber sie war nun doch neugierig geworden und besuchte jetzt auf eigene Faust in Paris Modeschauen, ohne Marquise und nicht bei Chanel. Da sie das Kühne, Originelle, Schwungvolle liebte, klare Farben, verfiel sie rasch dem Zauber von Yves Saint Laurent. Sie wurden einander vorgestellt und fanden sich auf Anhieb sympathisch, hier hatten sich zwei verwandte Künstlerseelen gefunden, scheu und zugleich wagemutig. Er bewunderte Maler wie Picasso, Braque und Matisse und übertrug Teile aus ihren Bildern – Vögel, Gitarren, Gesichter – auf seine Kreationen und schuf so neue Kunstwerke, die beim Tragen in der Bewegung wie lebendig erschienen. Für Elia war es der Coup de foudre, spontan erstand sie eines dieser Traumkleider und dazu noch einen Abendsmoking und einen rassigen, schmalen Mantel. Schon die erste Kollektion hatte Elia, sie, die modisch immer Unbekümmerte, modesüchtig gemacht! Mit dem ihr eigenen Perfektionismus stürzte sie sich in ihre neue Leidenschaft, und da die schönen Roben eine rundum makellose Erscheinung verlangten, hatte sie plötzlich nichts mehr dagegen, ihre widerborstigen Haare dem Willen des gestrengen Maître Alexandre zu unterwerfen.

Eigentlich hätte Jens Arne jubeln müssen, denn Elia entsprach nun endlich seinem Frauenideal. Aber ganz so einfach war es nicht, womöglich hatte Professor Higgins zu gute Arbeit getan. Elias ausgesuchte und doch selbstverständlich wirkende Eleganz verunsicherte Jens Arne, war ihm nicht geheuer: Solche Frauen stellten Ansprüche, gehorchten nicht mehr den bewährten Spielregeln des Patriarchats. Instinktiv schien ihm sogar, Elias lässig zusammengestellte, unkonventionelle Kombinationen hätten ihr doch sehr gut gestanden, ja, letzten Endes besser zu ihr gepasst.

Elia war mit dem, was sie im Spiegel zu sehen bekam, durchaus zufrieden. Manches konnte noch verbessert und ergänzt werden, sie brauchte Handschuhe, neue Handtaschen, Schuhe. Also machte sie sich auch in anderen Modehäusern wie Balenciaga und Ungaro auf die Suche. Obwohl sie überlegt und wählerisch blieb und nicht in einen Kaufrausch geriet, füllte sich ihr großes Ankleidezimmer zusehends. Warum kniete sich Elia in diese Äußerlichkeiten so hinein, mit so viel Inbrunst und Eifer, warum, für wen?

Als Jens Arne ihr ankündigte, sie seien auf eine Kreuzfahrt durch die griechische Inselwelt eingeladen, galt ihre erste Sorge ihrer Garderobe. Was zog man an auf einer Luxusjacht? Stöckelschuhe waren verboten, so überlegte sie sich, aber sonst? Sie wühlte in ihrem Ankleidezimmer, nichts schien zu passen, zu dunkel, zu kompakt, zu städtisch, ein paar von ihren alten luftigen, lichten Sommersachen, die ihr zufällig auch in die Hände gerieten, entsprachen ihren Vorstellungen noch am ehesten. Es half nichts, sie musste zu Yves nach Paris fahren.

Schließlich ging Elia an Bord mit mehreren Koffern voller modischer Köstlichkeiten. Viel Flatterndes, Fließendes, inspiriert durch die Reiseroute, Voile, Chiffon, Crêpe de Chine, in den Farben des Himmels und des Meeres oder in klassischem Weiß. Als Schuhwerk den Statuen und Vasenbildern abgeschaute Sandalen und bestickte Pantöffelchen. Gegen kühle Abendwinde hauchzarte Schals und Capes aus Kaschmirwolle oder Abendjäckchen mit Pailletten über und über bestickt. Ein paar Hoffnungen und gute Vorsätze hatte sie auch noch im Gepäck: sich erholen und ausschlafen, sie fühlte sich wirklich urlaubsreif. Und im Übrigen viel mit Jens Arne zusammen sein, das schien das Wichtigste, endlich hatten sie wieder einmal Zeit füreinander.

Die Jacht war noch sehr viel größer und luxuriöser, als Elia vermutet hatte, ein schwimmender, strahlend weißer Palast, alles vom Edelsten, Feinsten. Sogar bei den Bildern an den Wänden handelte es sich um Originale, von den Alten Meistern über die Impressionisten bis hin zur Popart. Lediglich die Menschen – von der makellos korrekten Besatzung einmal abgesehen – entsprachen nicht ganz der erlesenen Perfektion des Schiffes. Das fing an bei Panaiotis Patamiamos, dem Eigner, einem bulligen, untersetzten, ungewöhnlich haarigen Mannsbild. Überall kräuselte es sich schwarz, noch aus den Ohren, an den Fingern, der Brust allemal, aber auch auf dem Rücken, wie man zu sehen bekam, wenn er in einer knielangen Badehose mit nacktem Oberkörper über Deck spazierte. Ein echter Seebär, mit klugen, spähenden Augen, undurchschaubar, und, wenn er wollte, mit großem Charme.

Auch die Gäste eine erstaunliche Menagerie. Ihnen allen war ein absolut unerschütterliches Selbstbewusstsein eigen, dazu viel, sehr viel Geld. Dagegen war selbst Jens Arne fast ein armer Schlucker, so viel konnte man in der Welt der Kunst gar nicht dirigieren, wie ein Ölmagnat, Waffenhändler, Großreeder, Zigarettenkönig zusammenbrachte. Eine Welt ganz für sich, sehr anders als die von Elia ungeliebten Gestalten, die sonst Jens Arne umschwärmten. Gar nicht unsympathisch, zumindest nicht uninteressant. Und doch schien es Elia, als sei sie unter diesen Milliardären, in diesem absurden Luxus fehl am Platz. Der eigentliche Grund für ihr Unbehagen war allerdings Jens Arnes Verhalten.

Elia hatte sich von dieser Reise wohl eine Mischung aus nachgeholten Flitterwochen und Ehe-Entschlackungskur erwartet, die alle inzwischen angehäuften Mühseligkeiten und Kümmernisse in Wohlgefallen auflösen würde. Sie hatte sich so gut wie nichts zum Lernen und Arbeiten mitgenommen, um ganz für Jens Arne da zu sein und ihm wieder nahekommen zu können. Der jedoch schien auf so viel Zweisamkeit gar nicht erpicht. Stets wusste er es so einzurichten, dass irgendjemand von den Mitreisenden um sie war, wo ein Grüppchen beisammensaß, gesellte er sich lächelnd dazu, Vorübergehende winkte er einladend herbei. Wenn er und Elia einmal allein nebeneinander auf ihren Liegestühlen lagen, klappte er eine Partitur auf und versank, summend und mit dem Kopf nickend, in das Studium einer Mahlersinfonie, jeden Tag eine andere. Abends in der Kabine schloss er die Augen und schlief sofort ein, wie das ältere Herren zu tun pflegen.

Überhaupt nahm bei ihm mehr und mehr die reife Gesetztheit zu. Eine Zeit lang hatte Verliebtheit seine jungenhafte Seite belebt, jetzt kehrte er Elia gegenüber gerne seine Lebenserfahrung heraus: »Ach, Kindchen, in deinem Alter…« Darum behagte es ihm auch so im Kreise der anderen Gäste, das Durchschnittsalter dort mochte um die fünfundfünfzig sein. Wenngleich einige der Damen dank virtuoser Chirurgenkünste noch recht jugendfrisch aussahen, war Elia doch mit Abstand die Jüngste.

Noch etwas unterschied sie von den anderen Damen: Sie alle trugen bekannte Namen, den ihrer Ehegatten oder ihrer Vorfahren. Nur Elia hatte sich als Einzige selbst einen Namen gemacht. Auch wenn sich die wenigsten der Mitreisenden für Oper interessierten, von Elia Corelli hatten sie alle schon gehört oder sie sogar schon auf der Bühne gesehen. Eine Premiere in der Met, der Scala oder anderen großen Häusern war schließlich ein gesellschaftliches Ereignis, wo man sich gerne traf. Jetzt waren sie alle neugierig. Eine Multimillionärin erregte auf diesem Schiff kein Aufsehen, aber eine berühmte Künstlerin konnte man nicht alle Tage aus der Nähe miterleben. Dass sie mit dem großen Jens Arne Holsteen verheiratet war, machte die Sache noch spannender. Elia fand allgemein Anklang, bei den Herren sowieso, aber auch bei den Damen, sie war eine eigenwillige Schönheit, die Eleganz ihrer Kleidung unterstrich das noch.

Diese Eleganz forderte allerdings ihren Tribut: Ihr Leben lang hatte sie sich im Wasser wie ein Fisch getummelt, und auch jetzt wäre sie liebend gerne kopfüber ins Meer gesprungen, wenn die Jacht zum Baden vor Anker ging. Aber plötzlich überfielen sie Hemmungen, so schön geschminkt, so stilvoll frisiert und in einem so edlen Badedress? Darum stieg sie zimperlich über eine Leiter ins Wasser und schwamm ein paar zaghafte Runden, mit hochgerecktem Kopf. Und da das langweilig war, kletterte sie bald wieder an Bord und hatte dann lange zu tun mit Abtrocknen, Umziehen, Eincremen, die Frisur neu ordnen, Wimpern nachtuschen, Lippen nachziehen. Sie, das Naturkind, immerhin konnte sie sich noch über sich selbst wundern.

Jens Arne entzog sich ihr. Er brachte es fertig, jedem Gespräch geschickt aus dem Weg zu gehen. Doch wer weiß, womöglich hatte er recht, so eine Jacht war wahrscheinlich nicht der geeignete Ort, um miteinander wieder ins Reine zu kommen. Die Wände hatten Ohren; ohne es zu wollen, bekam man alles von den anderen mit, zum Beispiel das Geheule und Gekreische in der Kabine der frustrierten Zigarettenerbin und ihres betrunkenen Prinzen. Jens Arne war auch aufgewacht, aber er hatte nur kurz gebrummt: »Zu einer Seefahrt gehören Kräche und Nervenzusammenbrüche. Das Reizklima, der viele Alkohol, so ist das eben.«

In der Tat wurde munter gebechert, schon am helllichten Tag, die Barkeeper hinter der langen Bar mit den endlosen Flaschenbatterien an der verspiegelten Rückwand mixten köstliche Cocktails und Longdrinks. Ein Wink mit der Hand genügte, schon eilte ein schmucker Steward mit dem Gewünschten herbei. Beim Abendessen ging es weiter mit Wein und Champagner. Diese Essen dauerten Stunden, sie waren die reinste Modenschau, und ein Juwelendieb wäre beim Anblick der nussgroßen Edelsteine und Diamanten, die sich um Hälse und Arme rankten, vor Gier in Ohnmacht gefallen.

Nach dem Essen war die Bar stets dicht belagert, zudem wurde ständig Champagner nachgeschenkt. Und alle rauchten wie die Schlote, nicht nur der alte See-Elefant schmauchte seine Zigarren, auch einige der Damen zündeten sich hin und wieder eine Romeo y Giulietta oder Sumatra an. Manchmal war der Salon derart verqualmt, dass es Elia den Atem verschlug und sie an Deck flüchten musste.

Auch getanzt wurde. Da sich Jens Arne so gut es ging drückte, ließ sich Elia von irgendwelchen anderen Herrn herumschwenken. Vor allem Panaiotis hatte es auf sie abgesehen, er drückte sie eng an seine Smokingbrust, durch ihr dünnes Kleid hindurch spürte sie, leicht widerstrebend und doch fasziniert, seine kräftige, behaarte Hand auf ihrem Rücken. Er schaute sie an mit seinen alten Odysseusaugen, er wusste mehr von den Menschen, als er sagte, das fühlte sie. »Göttliche Diva, wenn du deinen durchlauchtigsten Herrn Gemahl einmal satthast, dann lass es mich wissen«, meinte er wohlgelaunt, und Elia antwortete im gleichen scherzhaften Ton: »Ja, und was wird die verehrte Gattin dazu sagen?« Der erste Flirt, seit langer Zeit, einfach so, als vergnügliches Spiel. Elia merkte, wie gut ihr das tat, in Jens Arnes bedeutungsschwangerer Anwesenheit traute sich sonst kein Mann in ihre Nähe.

Es kamen auch Gäste von anderen Jachten zu Besuch an Bord. Darunter einmal ein sonderliches Paar, er drahtig und elegant, sie mit madenbleichem Fleisch unter ihrem geblümten Gewand. Von Weitem sah es aus, als führe ein garstiger Drache ein edles Rassepferd spazieren. Es war Federico mit seiner reichen Dulcinea. Als die beiden Jens Arne und Elia vorgestellt wurden, hatte sie zunächst den Eindruck, als erkenne Federico sie nicht: »Oh, welche Ehre, sehr erfreut«, höflich und förmlich. Aber dann sah sie seinen musternden Blick: »Da schau an, Donnerwetter!« So hatte er sie schon einmal gemustert – und daraufhin beschlossen, sie zu vernaschen, bevor er sich nach England aufmachte, zu seinem Drachen! Unbewusst reckte sich Elia, ja, Elia Corelli, die berühmte Sängerin, das war sie. Wenn er fremd tat, bitte sehr, sie hatte es auch nicht nötig, ihn zu erkennen.

Aber sie wich ihm aus, wollte nicht mit ihm tanzen, das auf

keinen Fall. Sie ging an Deck und schaute ins dunkler werdende Meer. Da war er plötzlich an ihrer Seite: »Elia, ich hab gewusst, dass du da bist, darum bin ich hier. Du siehst umwerfend aus. Bist du mir immer noch böse?« Der alte Charme, nur etwas abgenutzt. Aus der Nähe sah Federico nicht mehr ganz so strahlend aus, um seine Augen bildeten sich die ersten Fältchen, und seine Stirn war um einiges höher als einst. Elia schenkte ihm ein undefinierbares Bühnenlächeln: »Ach, war es so wichtig? Längst vergessene Kindereien.« – »Ich hab dich als Medea gesehen und als Lucia«, fuhr er fort. »Ich bin eigentlich kein Opernfan, aber ich war richtig erschüttert, du bist eine große Künstlerin, so dumm es klingt, ich bin stolz darauf, dich zu kennen. Ich hab mir vorgenommen, öfter in die Oper zu gehen, aber es kommt dann doch ständig etwas dazwischen. Und zudem, Melody ist stockunmusikalisch, ich glaube, sie kann ein Cello nicht von einer Kreissäge unterscheiden.« – »Na, dann passt ja der Name vorzüglich«, sagte Elia trocken und schaute Federico zum ersten Mal an, leichter Spott funkelte aus ihren Augen. Federico schien diesen Blick gewohnt, offenbar machte er sich nichts daraus: »Ich weiß, was du denkst. Aber von allem anderen abgesehen, mein Leben ist höchst vergnüglich, mit viel Geld lässt sich enorm viel machen, Autos, Häuser, Reisen, meine Polopferde, die Jacht hier, bitte sehr, kein Problem, und auch sonst fehlt es mir an nichts. Melody ist zwar rasend eifersüchtig, aber wenn es drauf ankommt, merkt sie nichts.«

Ja, das konnte sich Elia vorstellen, geschickt war er schon, auch die Art, wie er jetzt mit ihr plauderte, völlig unverfänglich, kein Mensch hätte ihnen angesehen, dass sie sich kannten, die zwei einzigen Italiener weit und breit, warum sollten die nicht miteinander Konversation machen?

»Das freut mich für dich. Dann ist ja alles bestens«, sagte Elia wie abschließend. Aber dann konnte sie sich doch nicht verkneifen: »Warum erzählst du mir das eigentlich alles?«

Jetzt wurde Federicos Ton etwas vertraulicher: »Tja, alte

Liebe rostet nicht, wer weiß. Und du, was machst du so, wenn du nicht gerade singst? Dein Mann ist ja nicht mehr der Jüngste, und so rasend lustig wirkt er auch nicht. Ich hoffe doch für dich, dass du trotzdem auf deine Kosten kommst, Möglichkeiten dazu hast du ja jede Menge, ich nehme an, die Männer liegen dir zu Füßen.«

Elia war ehrlich schockiert und verärgert:»Hör mal, ich hab den Eindruck, du hast ziemlich altmodische Vorstellungen vom Lotterleben auf dem Theater!«

Federico war hingerissen:»Ach, süß, immer noch die gute alte Elia, stolz und sittenstreng! Kein Wunder, dass ich immer noch an dich denken muss.«

In diesem Augenblick kam Panaiotis die Treppe hoch:»Hallo, ihr zwei Schönen, ihr werdet vermisst.« Er warf Federico einen misstrauischen Blick zu:»Heda, das ist mein Revier, da hast du nichts verloren!«

Elias Laune besserte sich schlagartig, zufrieden hakte sie sich bei Panaiotis unter. Zu dritt gingen sie zurück in den Salon. Federico machte noch eine knappe Verbeugung vor Elia und eilte dann hinüber zu seiner Frau, die schon verdrossen nach ihm Ausschau hielt. Elia musste laut lachen, aus reiner Schadenfreude, ach, warum auch nicht. Das kam davon, wenn man seine Seele verkaufte! Sie hatte wirklich schon lange nicht mehr an Federico gedacht, und die Herzenswunde schien längst verheilt. Aber offenbar war sie doch noch empfindlich. Was Federico wohl so trieb, ob er irgendetwas arbeitete, oder jagte er nur den Vergnügungen nach und floh, so gut es ging, vor seiner Frau? Fast hatte sie jetzt Mitleid mit ihm, so ein hübscher, begabter Mensch.

»Kennst du ihn?«, fragte Panaiotis in ihre Gedanken hinein.

Sie schaute ihn an:»Rom ist ein Dorf. Aber ich habe nicht zu seinen feinen Kreisen gehört. Mein Vater war Chauffeur.«

»Und meiner Fischhändler«, antwortete er ruhig.»Hilf dir selbst, dann hilft dir Gott, es schadet nichts, wenn man das frühzeitig lernt. Man muss nur ein Ziel haben, wissen, was man will – und fleißig sein, sehr fleißig, dann kommt der Erfolg schon dazu. Was ich jetzt bin, habe ich alles selbst zustande gebracht, ich verdanke niemand etwas, ich steh auf eigenen Füßen, und darum bin ich frei. Nur nicht abhängig sein, von nichts und niemand, auch nicht von einem Ehegatten, das schon gar nicht, so wie dein römischer Freund, der ist total verratzt.«

Elia schaute unwillkürlich zu dem Sessel hinüber, auf dem gerade noch Jens Arne gesessen hatte und der jetzt leer war.

»Ja, genau«, nickte Panaiotis. »Ich kenne mich nicht aus in Opernbelangen, aber da wird es auch nicht viel anders sein als überall. Du hast deine Karriere doch auch aus eigenen Kräften gemacht. Und auf dieses Schiff hier, zu uns tollen Gestalten, hättest du es auch noch alleine geschafft, vorausgesetzt, du hättest überhaupt Lust dazu gehabt, was ich fast bezweifle. Aber jetzt hängst du an seinem Rockzipfel, Elia, das tut auf die Dauer nicht gut, schau zu, dass du wieder selbständiger wirst.«

Elia runzelte die Brauen: »Aber die Ehe bedeutet doch auch Gemeinsamkeit; wenn jeder nur seinen eigenen Stiefel macht, dann braucht man doch gar nicht zu heiraten.«

Panaiotis ließ sich nicht beirren: »Ach was, da gibt es noch genug, was man zusammen machen kann, aber das Private und das Berufliche, das sollte man immer schön auseinanderhalten, das ist meine Erfahrung.« Er nahm Elia an der Hand und ging mit ihr zur Bar: »Nein, keinen Cocktail, zwei Glas Dom Perignon. Immer klare Verhältnisse, nichts vermischen, auch nicht beim Trinken«, sagte er und stieß mit Elia an.

Klarheit, ja. Aber genau die hatte Elia nicht mehr. Jens Arne hatte sie unsicher gemacht. Dabei hatte er ihr zu Anfang doch das Gefühl von Geborgenheit vermittelt, als der erfahrene, liebevolle Mann und Beschützer, nach dem sich wohl jede Frau sehnte. Er hatte sich um sie bemüht, sie verwöhnt, in den Himmel gepriesen und immer wieder betont, wie dankbar er dem Schicksal sei, an der Seite einer zauberhaften jungen Frau erfahren zu dürfen, dass das Leben leicht und schön sein konnte. Fast zu viel Komplimente, aber hatten sie nicht ehrlich geklungen? Jetzt konnte er ohne ersichtlichen Grund plötzlich mürrisch oder gereizt werden, nörglerisch oder, schlimmer noch, kalt und abweisend. Und diese schreckliche Rechthaberei. Hatte er sich erst einmal in etwas verbissen, konnte er gar nicht mehr aufhören, auch wenn Elia der Kopf schwindelte und sie längst nicht mehr wusste, um was es eigentlich ging.

Zu Anfang hatte er sich noch mit Elia geschmückt, der schönen jungen Frau, der Diva an seiner Seite. Aber mehr und mehr wirkte es, als wollte er sagen: »Hier, seht an, was ich aus dieser Frau gemacht habe.« Elia wäre es selbst kaum aufgefallen, erst durch Fulvio wurde sie stutzig, als er ihr zuzischte: »Du bist doch nicht sein Geschöpf! Das Singen hat er dir nicht beibringen müssen.« In der Tat spielte er sich inzwischen als Elias väterlicher Entdecker auf, zu dem sie dankbar aufzublicken hatte.

Von ihren Sangeskünsten schien Jens Arne immer noch überzeugt. Nach wie vor wollte er alle großen Sopranpartien mit ihr besetzen, quer durch die Reihen, von Bellini bis hinüber zu Strauss. Nachdem sie mit der Salome eindrucksvoll zurechtgekommen war, phantasierte er jetzt sogar von der Isolde. Darüber konnte Elia allerdings nur kichern, völlig lebensmüde war nicht einmal sie.

Gewiss, Jens Arne lobte inzwischen noch weniger als zu Anfang, das war Elia schon aufgefallen, aber nicht aus Unzufriedenheit, wie sie zu ihrer Erleichterung begriff, er hatte sich einfach daran gewöhnt, dass sie auch mit halsbrecherischen Schwierigkeiten zurechtkam. Und so hieß es jetzt eben: »Ja, gut, aber hier, das, das könnte man noch besser machen.« Als Perfektionist nutzte er ihren Perfektionsfimmel hemmungslos aus, trieb sie über Stock und Stein und behauptete inzwischen nicht einmal mehr, sie schonen zu wollen. Wozu auch, sie hielt ja allemal Schritt. Doch stets blieb der Ton bei der Arbeit sachlich und korrekt. Sein Genörgel, seine Erziehungsversuche behielt er sich für zu Hause vor, da zeigte er ein anderes Gesicht, kein Wunder, dass Elia nicht mehr wusste, woran sie mit ihm war.

Sie suchte nach Erklärungen, ja Entschuldigungen und bekam gleich ein schlechtes Gewissen. Vielleicht hatte sie irgendwelche Fehler gemacht. Oder es quälten ihn Sorgen, mit denen er sie nicht behelligen wollte. Nur wenn sie ihn sich so anschaute, wirkte er eigentlich in bester Verfassung. Dafür fühlte sie sich in letzter Zeit ungewöhnlich schlapp, und immer wieder überfielen sie schmerzliche Kopfwehattacken, was sie von sich gar nicht kannte. Manchmal lag sie halbe Nächte wach, auch das war ihr neu. Elia schob es auf die schlechte Großstadtluft – und tatsächlich verschwanden die Beschwerden während der Kreuzfahrt nach kurzer Zeit.

Ja, diese kleine Seereise, offenbar tat sie ihr gut, auch wenn sie nicht ganz so verlief, wie Elia es sich erhofft hatte. Ein Programm wie in einem Luxussanatorium, offenbar ebenso erholsam und gesund – allerdings genauso langweilig. Sie hatte ein geschütztes Plätzchen an Deck gefunden, da gefiel es ihr sehr, besonders nachts, wenn am glasklaren schwarzen Himmel über und über die Sterne funkelten. Von dienstbaren Geistern wohlig in ein Plaid eingewickelt, lag sie auf ihrem Liegestuhl, zwischen Wachen und Träumen. Die Gedanken dämmerten weg, alles in ihr wurde leicht und licht, Sternschnuppen huschten über den Himmel, aber ein Wünschen gab es nicht mehr, kein Hoffen, kein Bangen, nur Ruhe und Stille und Endlosigkeit. Ein magischer Zustand, Elia wohlvertraut.

Doch nicht immer wirkte der Zauber. Am vorletzten Abend, als sich Elia wieder an Deck eingerichtet hatte, war und blieb ihr Körper verspannt, der Nacken schmerzte, und in ihrem Kopf rumorten die Gedanken. Immer schwärzer wurden sie, immer verzagter: Sie war allein, und der Stuhl neben ihr war leer. Keine freundliche Hand fasste nach der ihren. Jetzt nicht, morgen nicht, nie. Nicht die Hand ihres Mannes. Keine Kinderhand. Eine verzweifelte Sehnsucht quoll in ihr hoch, ein heißer Tränenkloß wucherte in ihrer Kehle. Ihre arme Kehle, verdammt zum Singen, unter der Knute eines erbarmungslosen Zirkusdirektors.

Jens Arne! Schutz und Geborgenheit, ein Nest, eine Familie. »Ein Kind, ja, ich versteh dich, wahrhaftig, aber ich fürchte, ich bin zu alt«, so hatte er zu ihr gesagt, und, anders als Carlos, verständnisvoll getan. Aber es lief aufs Gleiche hinaus: Auch Jens Arne wollte kein Kind. Wozu auch, schon die Kinder, die er hatte, waren ihm lästig. Und jetzt wich er ihr aus, weil er instinktiv spürte, dass sie auf dieser Reise noch einmal in aller Ruhe mit ihm überlegen wollte, was ein Kind für sie beide bedeuten würde

Elia schleuderte die flauschige Decke von sich, die sie heute beengte, schluchzend stürmte sie über Deck, ihre Fäuste krallten sich an der Reling fest, vielleicht war es wirklich am besten, sie sprang gleich hinunter ins dunkle Meer!

Drunten, in ihrer fabelhaften Luxuskabine, schnarchte Jens Arne in seinem Bett, umnebelt von ungewohnt reichlichem Alkoholgenuss. Im Spiegel sah Elia ihr verheultes Gesicht, bis auf ihr schneeweißes Kleid war die Wimperntusche getropft. Sie wühlte sich in ihr Bett, neben ihr schnaufte und röchelte es. Allein war sie nicht mehr, nur einsam, so einsam.

Gleich nach ihrer Rückkehr ins nasskalte London erkältete sich Elia, Husten, Schnupfen, erhöhte Temperatur, Halsweh, was immer man zum Singen nicht brauchen konnte. Die Proben zu ›Macbeth‹ begannen ohne sie, einige Male schleppte sie sich ins Opernhaus, eingemummelt wie für eine Polarfahrt, mit triefender Nase. Nach ein paar Tagen war sie wirklich krank, kein Inhalieren half mehr, keine heißen Bäder, kein Aspirin. Das Fieber schnellte hoch, der Arzt verabreichte Antibiotika. Jens Arne schaute von der Türschwelle nach ihr, besorgt, sich nicht anzustecken: »Werde bloß bald wieder gesund, Keith lässt schon grüßen, er hat sich für die Lady allerhand Spannendes ausgedacht.«

Ja, natürlich, das Arbeitstier durfte nicht lange ausfallen, es hatte brav seine Runden zu drehen, so wie seit Jahr und Tag. Immerhin brachte das Dienstmädchen kurz darauf eine Vase mit prächtigen Rosen ins Zimmer.

Die starken Arzneimittel wirkten, das Fieber sank nach ein paar Tagen, nur der Husten hatte sich häuslich eingerichtet, und so riet der Arzt dringend davon ab, sich zu früh wieder aus dem Haus oder gar auf die Proben zu wagen. Ach, der Gute, irgendwie würde es schon gehen, es musste ganz einfach. Bei der Lady Macbeth handelte es sich um eine der schwierigsten Rollen, da konnte Elia nicht im letzten Augenblick bei den Proben dazustoßen.

Es wurde eine echte Tour de force, Elia fühlte sich hundeelend und bekam aus Schwäche kalte Schweißausbrüche. Aber das Schlimmste waren ihre Kurzatmigkeit und der lauernde Hustenreiz. Nur dank ihrer grundsoliden Technik brachte sie das Kunststück fertig, mit einem solchen Handicap singen zu können. Zum Glück hatte Verdi ausdrücklich für diese Rolle das Gegenteil von Schöngesang gefordert, daran musste Elia sich halten, mehr als ihr lieb war. Jens Arne schien davon nichts zu bemerken.

Immerhin führte die verzweifelte Methode zum Erfolg, das Publikum reagierte erschüttert auf Elias Gestaltungskraft, ihre Lady schien eine Blutsverwandte der rasenden Medea, der zerrissenen Norma. Die Presse schrieb, Elia habe wieder einmal Maßstäbe gesetzt, besonders in der gespenstisch schauerlichen Schlafwandlerszene. Ob ein solcher Einsatz auf Kosten von Elias Stimme ging, würde die Zukunft zeigen. Zunächst blieb eine Bronchitis, die Elia den ganzen Winter über begleitete. Und eine bis dahin ungewohnte Anfälligkeit für Erkältungen, auch während der wärmeren Jahreszeiten.

Gleich nach ›Macbeth‹ flog Elia nach Mailand für einige

Vorstellungen ›Butterfly‹ unter Marcello Rainardi. Er sah sie kurz an:»Oh, haben Sie eine Hungerkur hinter sich?«Elia schüttelte den Kopf:»Nein, eine Grippe«, worauf er beruhigt war:»Dann ist's ja gut, tonnenschwere Sängerinnen müssen nicht sein, aber zaundürre auch nicht, etwas Speck auf den Rippen hat noch nie geschadet.«Damit war die Sache für ihn abgetan; da er Privates sonst nie ansprach, hatte er für seine Begriffe eine geradezu väterliche Fürsorge bekundet.

Weil während ihres ganzen Aufenthaltes in Mailand scheußliches Wetter herrschte, verbrachte Elia ihre freie Zeit weitgehend mit Schlafen und Essen, wodurch sie wieder zu Kräften kam und nicht mehr so blass und angestrengt aussah.

So hatte Mariana, als sie zur letzten Vorstellung in Mailand erschien, an Elias Aussehen nichts mehr auszusetzen, auch die Stimme schien die Londoner Strapazen heil überstanden zu haben. Dafür regte sie sich über Elias Terminkalender auf. Wohin man auch blickte, überall Jens Arne, gleich anschließend eine Reihe von Vorstellungen in verschiedenen europäischen Städten, von Paris bis Wien und im Sommer zum ersten Mal Salzburg. Dazwischen hineingeklemmt auch noch Barcelona, Neapel, New York. Das waren die gefährlichen Folgen der im ersten Überschwang getätigten Planungen mit Jens Arne. Dabei hatte Mariana von jeher Mäßigkeit gepredigt – und auch vor Jens Arnes Überredungskünsten gewarnt.

Aber im Moment half kein Schimpfen, kein Jammern, und so erzählte Mariana von ihren Plänen, den alten Palazzo in der Via Giulia zu renovieren und dann mit Pietro in den Piano Nobile umzuziehen, um Massimo das obere Stockwerk zu überlassen. Zwar graute Mariana vor der vielen Arbeit und auch vor dem Wechsel, denn sie liebte ihre Wohnung innig, aber für Massimo war es mit Sicherheit besser, wenn er aus der pompösen Gruft seiner Großeltern herauskam, wo ihn alles an Martina erinnerte.»Dann sind wir zwei Alten da, wo wir jetzt hingehören, und Massimo kann versuchen, sich sein Leben neu einzurichten«, sprach sich Mariana Mut zu.

Die Gastspielreise mit Jens Arne verlief friedlich, auch wenn sie recht anstrengend war, zumal sich der Husten wieder rührte. In Wien ließ sich Elia von einem Spezialisten den Hals auspinseln und Aufbauspritzen verpassen. Sie selbst fand das zwar übertrieben, aber Fulvio riet ihr dazu, er war rührend besorgt um sie. Er hatte sich in der Zwischenzeit auch um Sisi gekümmert. Sie bekam Karten, wann immer sie wollte, und durfte im ›Rosenkavalier‹ sogar als adelige Waise mitwirken, alles unter dem Namen ihrer Mutter, darauf legte Sisi großen Wert.

Jetzt kam auf Elias Betreiben auch ein Treffen von Vater und Tochter zustande, flankiert von ihr und Fulvio. Aber die beiden hatten sich wieder nicht viel zu sagen, die Gleichgültigkeit war Jens Arne ins Gesicht geschrieben. Einen kleinen Hieb verpasste sie dem Vater aber doch. Sie hatte gerade ihre Schule beendet und wollte jetzt ihren Bruder in New York besuchen. »Der Rudi spielt in einer Bar in Soho, vielleicht kann er mir einen Job besorgen, als Kellnerin oder so, ich glaube, New York ist ganz schön teuer.« Jens Arne biss tatsächlich an, empört rief er aus: »Eine Schande, mein Sohn tingelt in einer Kneipe, bei seiner Begabung, wie kann er mir das antun!«

Mein Gott, hier war allerhand schiefgelaufen. Elia winkte dem Kellner und bat um ein Briefkuvert, dann nahm sie ihren Geldbeutel aus der Tasche, steckte alle Scheine in den Umschlag und überreichte ihn Sisi mit einem herzlichen Lächeln: »Das ist mein Geschenk für dein prima Abitur. Und dein Vater will dir noch einen Scheck ausstellen, so wie ich ihn kenne.« Vater und Tochter machten vor Verblüffung die gleichen dummen Gesichter, wieder fiel es Elia auf, wie ähnlich sie sich sahen. Jens Arne zog mürrisch sein Scheckheft hervor, und weil ihn alle erwartungsvoll anstarrten, schrieb er einen für seine Begriffe unverhältnismäßig hohen Betrag aus, ein paar tausend Schilling immerhin: »Hier, ja, natürlich, die Matura, gratuliere.« Sisi fiel Elia zum Dank um den Hals, den Scheck des Vaters steckte sie verlegen ein und stammelte:»Oh, mein Gott, ja, danke.«

»Fürs Erste muss Sisi jetzt nicht Kellnerin in einem finsteren Nachtlokal werden«, konnte sich Fulvio nicht verkneifen. Beim Abschied drückte er Elia fest an sich:»Pass gut auf dich auf, Elia.«

Als sie allein waren, meinte Jens Arne irritiert:»Was soll denn das, so ein Wichtigtuer, dir fehlt doch nichts, und schließlich bin ich auch noch da.«

Elia zuckte die Achseln:»Fulvio ist ein lieber Freund und kennt mich seit Ewigkeiten. Lass ihn doch, soll er sich Gedanken machen, so viel er will.« Sie zögerte einen Augenblick, dann überwand sie sich:»Interessiert es dich eigentlich gar nicht, was deine Tochter jetzt nach der Schule für Pläne hat?«

Jens Arne hatte sich schon den ganzen Abend zusammengenommen, jetzt ließ er seiner schlechten Laune freien Lauf: »Pläne, was für Pläne, du hast ja gehört, herumreisen, Zeit vertrödeln, vielleicht eine Zeitlang studieren, alles auf meine Kosten. Und dann wird sie heiraten, das wollen sie doch alle, hübsch ist sie ja. Oder hat sie dir irgendwelche hehren Berufswünsche verraten?«

Elia verneinte:»Das hat sie nicht. Aber vielleicht hat sie gehofft, dass du sie fragst.«

»Wieso denn, ich kenne sie ja kaum«, sagte Jens Arne gereizt.

Elia kannte den Ton inzwischen, meistens artete er aus in endlose Rechthaberei. Sie schaute rasch auf die Uhr und tat erstaunt:»Oje, schon so spät. Meinst du nicht, wir sollten schlafen gehen, Darling?« Diese zuckersüße Anrede hatte sie von Jens Arne übernommen, mit ihr ließ sich vieles verbrämen.

Von Wien aus machte sich Elia auf nach Barcelona. Carlos hatte sich inzwischen vom beleidigten Exliebhaber zu einem guten Freund gemausert. Sie trafen sich auch wieder außerhalb der Oper, sie gingen zusammen essen, bummelten durch die Stadt, er zeigte ihr die schicksten Bars, und da in Barcelona viel getanzt wurde, wagten auch sie hin und wieder ein Tänzchen.

Das alles konnte diesmal nicht stattfinden, denn Carlos hatte seit Kurzem eine neue Geliebte. Carmen hieß sie und schien genauso temperamentvoll wie ihre Namensschwester, vor allem rasend eifersüchtig, insbesondere auf Carlos' Vergangenheit und am allermeisten auf Elia. Darum gestand Carlos Elia gleich bei der ersten Probe, halb verlegen, halb stolz:»Mir ist das schrecklich, wirklich, aber wir können uns diesmal nicht sehen. Carmen lässt mich überhaupt nur mit dir singen, weil ich ihr geschworen habe, dich sonst nicht zu treffen.«

Elia war entgeistert, sogar richtig wütend. Was sollte sie jetzt machen, alleine in dieser quirligen Stadt? In Spanien, noch weniger als irgendwo sonst in Europa, bedeutete es kein Vergnügen, als einsame Dame auszugehen, das schickte sich einfach nicht. Außer Carlos, das merkte sie jetzt, besaß sie hier keine eigenen Freunde. Freundschaften zu schließen und sie zu pflegen und zu erhalten, war gar nicht so einfach in diesem unsteten Sängerberuf. Dabei konnte sich Elia nicht beklagen, allein schon von Mariana hatte sie wunderbare Freunde übernommen, Birgit und Erna und auch Julia und Karl. Oder Massimo. Sie selbst hatte gleich als kleine Anfängerin viele gute Freunde gewonnen, Martina und Sylvia, Fulvio, Ture, auch Enrico Tarlazzi und Giancarlo gehörten dazu, und auch Carlos und Ferdinand. Aber damals war sie ein völlig unbeschriebenes Blatt. Wahrscheinlich verlor man diese Unbefangenheit, je älter man wurde, zumal wenn man inzwischen als Star galt. Das schreckte gerade die Netten oft ab. Vielleicht war es auch nicht gut, wenn man die meiste Zeit mit einem bestimmten Mann in der Weltgeschichte herumzog. Bei Carlos hatte sie sich immer auf dessen Kontaktfreudigkeit verlassen und sie oft sogar verflucht. Jens Arne scharte seine eigenen Anhänger um sich und vergraulte Elias Freunde, aber das war ein Kapitel für sich.

In England sprang es am meisten ins Auge, überlegte Elia, da besaß sie eine einzige Freundin, Nora Petersson, die sie noch von Stockholm her kannte. Aber seit der Heirat mit ihrem Earl verkehrte sie fast nur noch mit adeligen Gutsbesitzern und Jagdgenossen. Nein, in England hatte Elia keine wirklichen Freunde, wenn man darunter Menschen verstand, bei denen man sich auch einmal ausweinen konnte und die getreulich zu einem hielten. Dafür hatte sie durch Jens Arne eine Reihe Bekannter gewonnen, zum Teil ganz liebe, nette Leute. Nur wäre es Elia nie eingefallen, ein persönliches Wort mit ihnen zu wechseln, allein schon, weil den Engländern vor intimen Gesprächen zu grausen schien, warum sonst machten sie ständig Witzchen, sprachen so viel über ihre Haustiere und Angestellten oder das Wetter? Durch den unerwarteten Ausfall von Carlos kam Elia zum ersten Mal auf solche Gedanken. So viel stand jedenfalls fest: Hier in Barcelona gab es niemand, den sie jetzt einfach anrufen konnte oder wollte.

Immerhin gab es die anderen Sänger, und innerhalb des Opernhauses durfte sie auch mit Carlos in aller Seelenruhe zusammenhocken. Seit längerer Zeit standen sie wieder im ›Don Carlos‹ zusammen auf der Bühne, und so schwelgten sie in Erinnerungen. Besonders an das erste Mal in Bologna dachten sie beide mit Rührung.

Als der Chauffeur sie in London wie gewohnt vom Flughafen abholte, wurde Elia ganz heimelig ums Herz. Und als er auch noch sein übliches Sprüchlein hersagte: »Der Maestro lässt sich entschuldigen, er hat noch Probe«, unterbrach ihn Elia wohlgelaunt: »Gut, und er wird beim Abendessen anwesend sein.« Ja, hier war sie zu Hause, also doch. Auch die Wohnung wirkte nicht mehr ganz so abweisend wie sonst, und in ihrem eigenen Bereich sorgten die freundlichen Vorhänge und die helle Tapete, die sie inzwischen angeschafft hatte, für eine wohnliche Stimmung. Vergnügt packte Elia ihre Koffer aus, dann zog sie zum ersten Mal seit langer Zeit ihr altes grünes Lieblingskleid an, keines von den feinen neuen. Sie ging hinüber ins Speisezimmer, zugleich mit ihr trat Jens Arne durch eine andere Tür herein. Elia wollte auf ihn zugehen, da sagte er in leicht ironischem Ton: »Oh, so schlicht heute, eigentlich war ich neugierig auf eine der neuen Pariser Kreationen. Aber vielleicht bedürfen die eines feierlicheren Anlasses, als es ein Wiedersehen mit dem Ehemann ist.«

Ja, Elia war wirklich wieder zu Hause angelangt. Wie eine Schnecke, die gerade einmal kess ihre Fühler ausgestreckt und gleich einen Stups darauf bekommen hatte, zog sich Elia in ihr Schneckenhaus zurück. Unter nichtssagendem Geplauder über die Begebenheiten der letzten Wochen verzehrten sie ihr Essen. Jens Arne wirkte abgespannt und schien nur mit einem halben Ohr zuzuhören. Doch plötzlich straffte er sich und fragte mit listigem Blick: »Und dein schöner Carlos? Kein Kniefall diesmal *coram publico*? Zumindest scheint es kein Foto davon zu geben.« Ah, das wusste er also auch – und hatte nie einen Ton darüber verloren.

Die Frage hatte dem lahmen Gespräch Aufwind gegeben. Doch plötzlich fröstelte Elia, sie vergaß immer wieder, dass sie in diesem Land offenbar der einzige Mensch war, der fror. »Vielleicht könnte man die Heizung etwas höher drehen, Darling«, sagte sie mitten in das ganz munter dahinplätschernde Gespräch hinein. Aber die Heizung war schon auf die höchste Stufe gestellt, wie der Diener herausfand.

»Ich muss morgen früh aufstehen«, sagte Jens Arne gleich nach dem Essen und wartete, bis Elia vom Tisch aufstand. Zusammen gingen sie den Gang entlang, vor Elias Tür verabschiedeten sie sich mit einem Gutenachtkuss. Wie zwei Hotelgäste, die miteinander zu Abend gespeist hatten. Mit dem Unterschied, dass bei denen nicht selten hinter geschlossener Tür eine Fortsetzung stattfand.

In den folgenden Wochen musste sich Elia voll auf ihre Arbeit konzentrieren, sie sang ihre Londoner Partien, allein ›Macbeth‹ stand dreimal auf dem Programm. Da reduzierte sich das Privatleben auf das Überlebensnotwendige, und um der Stimme willen war möglichst viel Schweigen angesagt. Eine anstrengende, straff geregelte Zeit, fast so etwas wie ein Exerzitium, wo das Überflüssige, Kleinliche verblasste und das Eigentliche hervortrat.

Jens Arne erging es nicht anders. Wenn der Chauffeur ihn und Elia zur Oper kutschierte, baute sich in dem lautlos dahingleitenden Rolls-Royce schon eine knisternde, nervöse Spannung auf, die auch zu Anfang der Rückfahrt noch als massive Energie spürbar war, dann jedoch mehr und mehr abebbte, bis am Ende der Fahrt nur noch zwei erschlaffte Gestalten in den Polstern des Fonds hingen. So etwas verband zwar, aber Jens Arne und Elia spielten nicht um den gleichen Einsatz. Er peitschte beim Dirigieren, befeuert durch Elias Kühnheit, seine mit den Jahren doch ermattenden Kräfte und Säfte an, sie aber jagte mit der vehementen Energie der Jugend ihren inneren Motor auf Hochtouren.

Manche Kritiker benutzten bei Elia mit schaudernder Anerkennung das Bild der an beiden Enden brennenden Kerze. Doch das wirkte fast zu idyllisch angesichts der schonungslosen Art, mit der sie ihren Leib und ihre Seele einsetzte. Immer häufiger ließ sich Elia durch die tobenden Leidenschaften ihrer unglückseligen Heldinnen, und sogar wider besseres Wissen, gefährlich weit mitreißen. Aber noch schlimmer war es, dass Jens Arne sie nicht zurückhielt, er, der erfahrene Dirigent. Häufig fachte er den Sturm noch an, statt ihn abzudämpfen. Und noch immer vertraute Elia ihm bedingungslos.

Ein Glück für sie, dass sie auch unter anderen Dirigenten sang wie nun an der Met unter Georges Goldberg die Leonore im ›Fidelio‹. Diese Partie sang Elia zum ersten Mal, und es hatte Jens Arne gewurmt, dass er nicht selbst auf diese Idee gekommen war. In New York fühlte sich Elia so wohl wie schon lange nicht mehr. Dafür gab es gute Gründe: Nachdem Elia in den letzten Wochen ständig auf immer andere Rollen hatte umschalten müssen, erschien es ihr als wahre Wohltat, sich in aller Ruhe in eine einzige Rolle vertiefen und sich ihr im Verlauf der Proben mehr und mehr annähern zu können. Diese Arbeit liebte sie sehr, und bei Georges Goldberg war sie besonders spannend. Zudem unterschied sich die Leonore grundlegend von all den tragischen, verzweifelten, hysterischen oder auch grausamen Frauengestalten, auf die sie inzwischen abonniert zu sein schien. Ja, sie war Georges Goldberg schon jetzt von ganzem Herzen dankbar, dass er sie für diese Rolle ausgesucht hatte.

Ein weiterer Grund für Elias Wohlbehagen war Massimo. Er hatte sie noch kurz vor ihrer Abreise angerufen, um ihr zu sagen, dass er zur gleichen Zeit wie sie in New York sein würde. Schon an ihrem ersten Abend holte er sie auf einen Willkommenstrunk in Harry's Bar ab: »Mamma hat mich zu Hause rausgeschmissen, ich bin ihr im Weg bei den Renovierungsarbeiten. Es trifft sich doch fabelhaft, dass du jetzt auch hier bist.« Alles das, was Elia in Barcelona mit Carlos nicht hatte unternehmen können, kam nun in New York mit Massimo aufs Vergnüglichste zustande.

Massimos Freunde, bei denen er wohnte, hatten sich in einer ehemaligen Lagerhalle häuslich eingerichtet. Sie, eine zierliche Sizilianerin, malte Bilder im Riesenformat, während er, ein norditalienischer Rübezahl mit rotblonden Locken und einem feuerroten Bart, zerbrechliche Figuren aus allen möglichen Materialien formte, die er sich auf Schrottplätzen zusammenklaubte. Die beiden kamen Elia vor wie zwei Turteltauben, die sich inniglich liebten und ständig zankten und stritten, über die albernsten Sachen. Bei ihnen verbrachte Elia viele lustige Stunden.

Auch andere Künstler lernte sie durch Massimo kennen. In ihren Ateliers, Werkstätten und Behausungen ging es etwa so zu wie in ›La Bohème‹. Alle schlugen sich wacker durch, und manche von ihnen waren schon recht arriviert, stellten in renommierten Galerien aus. In kurzer Zeit besuchte Elia mehr

Vernissagen und Ausstellungen, als all die anderen Male, die sie schon in New York gewesen war.

Massimo kannte Georges Goldberg von Kindesbeinen an und durfte zu den Proben kommen, wann immer er wollte. Er war ein ausgesprochener Fachmann, bei Stimmen sowieso, aber auch bei Beethoven. Aus dem ›Fidelio‹ konnte er ganze Passagen vorsingen, um etwas zu demonstrieren. Elia empfand Massimos Hinweise und Einwände als hilfreich und bedenkenswert, sie erinnerte sich wieder an die Gespräche mit Ferdinand, vor ewigen Zeiten. Massimo konnte durchaus kritisch sein, aber er versuchte stets, seine Kritik gut zu begründen, und genauso hielt er es mit seinem Lob, denn er war begeisterungsfähig und lobte gern und viel.

Elia hatte sich im Umgang mit ihren extremen Heldinnen von Verdi, und darüber hinaus angestachelt von Jens Arne, die Manier angewöhnt, auf dramatische Höhepunkte mit verstärktem Aplomb loszustürmen. Ihre Stimme schnitt dann wie ein Messer, ihre Klage schrie zum Himmel. Alles war da »bigger than life«. Jetzt half ihr Massimo dabei, für Beethovens Leonore einen anderen Ton zu finden. Auch diese Frau befand sich in einem Ausnahmezustand und in großer Not. Aber sie hatte gar nichts Dämonisches an sich, sie schnaubte nicht nach Rache. Auch ging es ihr nicht um ihr eigenes Schicksal. Sie war keine Göttin, keine Priesterin, keine Königin, kein in den Wahnsinn getriebenes junges Mädchen. Sie war ganz einfach eine tapfere Frau, die über sich selbst hinauswuchs, um ihren Mann zu retten. Es war ganz gut, sich das noch einmal vor Augen zu halten, selbst wenn man es wusste. Schon Georges Goldberg hatte Elias Furor gebremst, aber dass sie sich so rasch umstellen und in Beethovens anders geartetes Pathos einfühlen konnte, verwunderte ihn doch. Andererseits, genauso menschlich, so ungekünstelt und gefühlsstark hatte er Elia in Erinnerung gehabt und ihr darum die Leonore angetragen.

Elia und Massimo kannten sich seit langen Jahren, genau

genommen seit dem Tag, an dem Elia in Begleitung von Padre Ironimo bei Mariana erschienen war. Jetzt kamen sie sich noch näher und sprachen über sehr private Dinge miteinander. »An dem Tag, an dem ich von Martinas Krankheit erfahren habe, bin ich in eine Kirche geflüchtet, um zu beten: Lieber Gott, mach, dass Martina wieder gesund wird, irgend so etwas«, gestand Massimo. »Aber in meinem Kopf tobte es, die Gedanken waren weg, sogar die Sprache. Nichts war mehr da. Nur noch Hass. Roter, glühender Hass, ich bin fast geplatzt. Plötzlich hat es in mir gehämmert: ›Ich hasse dich, ich hasse dich, ich hasse dich.‹ Auf Schwedisch! Ich hätte es herausschreien mögen, aber vor mir murmelten ein paar alte Weiber ihren Rosenkranz. So hab ich nur mit den Zähnen geknirscht und die Fäuste geballt: ›Ich hasse dich, ich hasse dich, Gott.‹ Zuerst hat mir mein Zorn geholfen, aber ich hab's nicht durchgehalten, die Angst hat mich weichgeklopft. Ich habe an Martinas Bett gesessen, ich hatte ihr eine Spritze gegeben wegen ihrer Schmerzen, jetzt schlief sie: Und wenn Gott sie jetzt statt meiner bestraft! Ich habe angefangen, mit ihm zu handeln, zu winseln und zu flehen, keine Ahnung, wie lange, vielleicht ein paar Minuten oder eine Ewigkeit. Und plötzlich war nur noch Liebe, Martinas Liebe, meine Liebe, und seine auch, ja.«

Eine Weile schwiegen sie, endlich fragte Elia: »Glaubst du, dass du irgendwann eine andere Frau lieben kannst?«

Massimo zögerte: »Im Moment kann ich mir das nicht vorstellen. Aber die Zukunft kennt keiner. Und bei der Liebe ahnt man nie, was die macht. Das weißt du ja selbst.« Elia schlug die Augen nieder. »Du musst nicht antworten«, sagte Massimo leise, »aber irgendwas stimmt doch nicht. Was ist los mit dir? Mit dir und Jens Arne?«

Elia zog die Schultern hoch: »Ich weiß es nicht.« Sie sah Massimo an und fuhr fort: »Wenn wir zusammen arbeiten, ist alles in Ordnung, mehr oder weniger, es geht schon. Aber zu Hause, da ist alles so kompliziert, so ungemütlich, jedes Wort musst du auf die Goldwaage legen, sonst wird gleich an dir rumgekrittelt.«

»Liebst du ihn noch?«, fragte Massimo weiter, und Elia sagte wieder: »Ich weiß nicht. Ehrlich gesagt, ich weiß es nicht.« Massimo ließ nicht locker: »Aber zu Anfang, zu Anfang hast du ihn geliebt?«

»Ich weiß es nicht. Ich weiß es nicht mehr. Doch, ja, ich habe ihn geliebt«, war die hilflose Antwort.

Massimo nickte: »Ja, vielleicht hast du es so haben wollen. Und Jens Arne auch.«

Elia schaute ihn überrascht an. Massimo kannte Jens Arne nicht persönlich, er wusste nur, dass seine Mutter von Anfang an Bedenken gegen ihn gehabt hatte. Als könne sie seine Gedanken lesen, bat Elia: »Sag Mariana lieber nichts.«

Vielleicht war es einer der kleinen Späße, die das Schicksal gerne mit den Menschen machte, dass Elia gerade jetzt in das Hohe Lied der Gattenliebe mit einstimmen musste. Und doch, Beethovens verzweifelte Hoffnung auf den Sieg von Liebe und Gerechtigkeit glühte auch in ihrem Herzen. Unter Georges Goldberg geriet das Glühen zur Flamme. Er war der Schamane und setzte alle in Brand, die Solisten, den Chor, das Orchester, er lehrte sie die Inbrunst und die Demut, die es für eine Beschwörung brauchte, damit sie die Götter überhaupt erreichte.

Elia kam mit vielen neuen Eindrücken und frischem Mut zurück aus New York. Nun wollte sie den Schwung nutzen und Ordnung in ihr Leben bringen, so ehrlich, wie irgend möglich. Die Gespräche mit Massimo hatten sie nachdenklich werden lassen, vor allem eine Bemerkung von ihm über ihre Liebe zu Jens Arne ging ihr nicht aus dem Kopf.

Wer weiß, vielleicht hatte sie sich ihre Liebe zu ihm tatsächlich eingeredet. Es gab sicher tausend Gründe dafür – um wegzukommen von Carlos, aus Angst vor dem Alleinsein, weil ihr Jens Arnes Art, ihr den Hof zu machen, gefallen und geschmeichelt hatte ... Aber war es nicht genauso gut möglich, dass sie sich jetzt ihr Unglück einredete? Was war denn so Schreckliches passiert, seitdem sie mit Jens Arne zusammenlebte? Gewiss, er konnte sehr kühl und rechthaberisch sein. Aber musste man darum gleich so verzagen? Vielleicht war sie einfach überempfindlich, zu gefühlsbetont und hatte verstiegene Vorstellungen von einer guten Ehe? Hand in Hand und Herz an Herz, ineinander verknäuelt, keine Geheimnisse voreinander. Im Grunde wie in einem Kitschroman! Hatte Jens Arne nicht recht, wenn er da nervös wurde?

Offenbar hatte auch Jens Arne Überlegungen angestellt und beschlossen, Kreide zu fressen. Er hatte während Elias Aufenthalt in New York die ganze Zeit in London verbracht, und nach einigen Tagen fiel ihm auf, dass er lieber im Club aß, als ständig allein, nur in Gesellschaft seines stummen Butlers, in dem prunkvollen Speisezimmer sein Mahl einzunehmen – so, wie er es früher gerne gemacht hatte. Auch der Salon erschien ihm plötzlich reichlich kahl, und im Musikzimmer herrschte eine geradezu peinliche Ordnung, niemand streute mehr seine Noten herum.

Ja, Elia fehlte ihm. Auch ihr Lachen. Georges Goldberg war von allen seinen Kollegen der gefährlichste Konkurrent, und mit dem ›Fidelio‹ hatte er ein magisches Netz nach Elia ausgeworfen.

So kam es, dass Elia und Jens Arne mit den allerbesten Vorsätzen aufeinander zugingen und er sogar ein Wochenende auf dem Landgut vorschlug: »Wir fahren jetzt längere Zeit weg, da sollten wir uns doch noch von Adonis und Genoveva verabschieden.« Eine kleine Spazierfahrt mit der Kutsche, ein Plausch vor dem Kamin, am Abend Zärtlichkeiten. Dann wurden in London die Koffer für Salzburg gepackt. Elia war noch nie in Salzburg gewesen, jetzt war sie neugierig auf die berühmte Stadt und die Festspiele. Mit ihrer Elisabeth hatte sie einen würdigen Einstand. Wie sehr sie diese Rolle liebte, war ihr in Barcelona wieder bewusst geworden. Die Elisabeth schien ihr aus einem ähnlichen Holz geschnitzt wie die Leonore. Elia war froh, dass sie es nicht gleich wieder mit einer ihrer schrillen, ungestümen Heldinnen zu tun bekam.

Sie flogen nach München, von wo aus sie eine bequeme Limousine durch eine grasgrüne, hügelige Landschaft Richtung Süden kutschierte. Immer höhere Berge tauchten auf, ein prachtvoller See, und irgendwann bog der Fahrer von der Autobahn ab. Eine Zeitlang ging es über eine Landstraße, dann eine Schotterstraße hoch, bis der Wagen vor einem schlossartigen Gebäude hielt. Es war Rebeccas pompöse Landhausvilla, die Jens Arne alle Jubeljahre bei längeren Aufenthalten in Salzburg als Quartier benutzte.

Elia machte große Augen. Nach Jens Arnes knapper Beschreibung hatte sie sich ein verwunschenes Knusperhäuschen vorgestellt, und nun stand sie vor einer Art Ritterburg, wie sie sich ein Millionär aus Texas ausgedacht haben mochte.

»Es ist gemütlicher, als es aussieht. Und die Lage ist sehr hübsch«, sagte Jens Arne.

Die nächste Überraschung war Salzburg. Dort war der kleine Mozart herumgesprungen, seine Füße hatten die alten Pflastersteine berührt und seine Augen die Häuser und Paläste, die Kirchen und droben die Festung gesehen, so, wie jetzt noch alles dastand. Aber Elia bekam kein Zipfelchen der kleinen Gestalt zu fassen.

Durch die engen Gassen schob sich ein zäher, buntgescheckter Touristenbrei, das Schlurfen der Füße erzeugte ein scharrendes Geräusch. Überall Mozartkugeln, Mozarttaler, Mozartcafés und Mozartapotheken, wahrscheinlich gab es auch Mozartunterwäsche und Mozartkopfwehpillen. Zur Abwechslung entdeckte Elia ihr eigenes Konterfei hier und da zwischen Würsten und Hefezöpfen, auch die Fotos anderer Künstler schmückten die Auslagen, Jens Arnes Bild prangte unter einem gamsbartbestückten Sepplhut. Und ein Geschiebe war das, ein Gelärme, Pferdegetrappel, Gedudel aus Plattenläden, Autohupen, Sprachfetzen aus aller Welt. Elia war froh, als sie mit Jens Arne in die Stille und Kühle des Festspielhauses entkam. Dort verbrachte sie viele friedliche Probestunden.

Anschließend ging sie entweder mit den anderen Sängern in ein einfaches kleines Lokal, wo es besonders gute Knödel und tellergroße, hauchdünne Wiener Schnitzel gab, oder sie fuhr mit Jens Arne hinaus aufs Land, wo sie unter Kastanienbäumen aßen, während auf der Wiese nebenan die Kühe grasten und mit ihren großen Glocken bimmelten. Er donnerte mit seinem roten Porsche, den er auch sonst gelegentlich auf dem Festland benutzte, über die Straßen. Elia hingegen hatte es ein alter Mercedes 190 SL angetan, der offenbar seit Jahr und Tag in der Remise vor sich hin verstaubte, aber gleich auf Anhieb brav gestartet war.

Bei den ersten Proben auf der Festspielbühne erwartete Elia eine weitere Überraschung, eher schon ein kleiner Schock: Die Bühne war so groß und vor allem so breit, dass man den Wald von Fontainebleau darauf hätte aufbauen können. Zum Glück schien das eher ein Problem für den Bühnenbildner und den Regisseur, aber am allermeisten für den Vorhangzieher, der schon in den letzten Takten mit dem Schließen anfangen musste. Aber die Akustik erwies sich als gut, und so machte es Elia Freude, mit einem erlesenen Sängerensemble und den Berliner Philharmonikern unter der fürsorglichen Leitung von Jens Arne nun in Salzburg singen zu dürfen.

Ja, Elia hatte sich gut eingelebt, auch wenn sie das Getümmel um das Festspielhaus immer noch verwirrte. Dafür hatte sie sich an Jens Arnes Gespensterschloss gewöhnt und fand es schade, gleich nach der letzten Vorstellung nach Neapel fahren zu müssen. Das hätte sie auch nicht gedacht, dass ihr das einmal leidtun würde. Aber im nächsten Jahr würde der ›Don Carlos‹ wiederholt werden, und so beschloss sie, dann auf alle Fälle ein paar Ferientage anzuhängen.

In Neapel war Elia dann doch glücklich. Endlich wieder heimischen Boden unter den Füßen – und nichts anderes mehr um sich herum als Italienisch. Ach tat das gut, welche Erleichterung, sich einmal nicht in einer fremden Sprache abmühen zu müssen. Und wie beruhigend, wenn zwei Gesprächspartner sich wenigstens von der Sprache her ganz und gar verstanden. Wer weiß, ob nicht manche Unstimmigkeiten zwischen ihr und Jens Arne durch sprachliche Missverständnisse entstanden. Womöglich klang vieles rüder, als es gemeint war, oder der andere erfasste bestimmte Nuancen nicht. Jens Arne und sie sprachen miteinander Italienisch, versetzt mit englischen Brocken, wobei sein Italienisch ungleich besser war als ihr Englisch. Aber für die Zwischentöne fehlte ihm doch das Gespür, und wo sie noch lustvoll umkreisen wollte, steuerte er bereits schnurgerade das Ziel an, und das grämte dann beide.

Vielleicht formte eine Sprache die Denkungsart? Aber wie stand es dann um Jens Arne, seine Muttersprache war doch Schwedisch? Die Gedankengänge der Schweden, von einigen Ausnahmen abgesehen, hatte Elia nie ganz nachvollziehen können, da war ein merkwürdiger Hang zum Unfrohen, Düsteren, Schweren. Und je komplizierter, desto wertvoller, das kam noch dazu. Wer nicht ständig im Trüben herumstochern mochte, galt schnell als oberflächlicher Dummkopf. Ein weites Feld.

In Neapel schien die Sonne, ganz wie es sich gehörte, und wenn die Leute beim Arbeiten die Lust dazu ankam, dann sangen sie. Elia durfte im ›Barbier von Sevilla‹ als muntere Rosina brillieren. Es war eine Übernahme aus Rom, Elia und Giancarlo fanden mühelos zu der alten Beschwingtheit zurück. Das Publikum hier reagierte noch dankbarer als die manchmal etwas blasierten Römer, und so gab Elia ihrem Affen Zucker, dann jubelte das ganze Haus. Das gleiche Haus, das erst neulich eine andere Vorstellung wütend ausgebuht hatte. Bei falschen Tönen und trägen Sängern hörte der Spaß rasch auf, zudem konnte man hier verdammt ungerecht sein. Aber Elia liebten die Neapolitaner, für sie war sie eine der Ihren.

Laura kam zur letzten Vorstellung und fuhr Elia am nächsten Morgen nach Hause. Tante Ambrosia hatte die »Villa Capretta« auf Hochglanz herausgeputzt, die Fenster funkelten, die Vorhänge erstrahlten in Weiß, und die Spinnen waren in den Garten hinausbefördert worden. Mein Gott, warum komme ich nicht öfter her?, dachte Elia.

Unter der Pergola war der Tisch gedeckt, Tante Ambrosia wurde ganz unruhig: »Wo stecken sie denn? Die müssten längst da sein.«

Schließlich hörte man ein Motorengeräusch, es war Robertos uraltes Auto, das hier immer noch brav seinen Dienst versah. Teresa und Alina stiegen aus, sie hoben einen Korb heraus, in dem Fiamma wie ein Häufchen Elend lag. Bei Elias Anblick rappelte sie sich hoch, sie winselte und bellte vor Freude. Elia stürzte zu ihr hin, Fiamma war inzwischen wieder umgefallen. Sie trug am Bauch einen dicken Verband und am Hals eine Art Krause aus einem alten Lampenschirm, damit sie sich den Verband nicht abbiss. Elia war außer sich, aber die Mutter und die Großmutter machten glückliche Gesichter: »Wir haben es ja gesagt, wenn sie dich sieht, dann erholt sie sich.«

Fiamma war zwei Tage zuvor an einem Knoten im Bauch operiert worden und seitdem nicht mehr auf die Füße gekommen. Jetzt fraß sie zum ersten Mal wieder und schlappte in Windeseile eine Schüssel Wasser leer. Dann legte sie sich neben Elias Stuhl und schlief zufrieden ein. Weil sie zu Hause am besten aufgehoben war, wurde beschlossen, dass es vernünftiger sei, sie wieder mitzunehmen, Elia konnte sie ja besuchen.

Und so kam es, dass Elia die meiste Zeit im Häuschen der Großeltern verbrachte, in dem die Mutter nun schon seit Jahren wohnte. Elia fütterte die Hühner und die beiden uralten Kaninchen, sie schaute nach der Ziege mit ihren beiden Zicklein. Sie streifte in der Gegend umher und versuchte auf ihren alten Baum zu klettern, aber irgendwie kam sie nicht mehr hoch, wahrscheinlich fehlte ein Ast.

Es erschien auch Besuch, darunter Padre Ironimo, der inzwischen die Pfarrei in Rom aufgegeben hatte und in seinem Heimatdorf, im Haus seiner Schwester, den Ruhestand genoss. Seitdem hatte er schon allerhand auf die Beine gestellt, so war dank einer Spendenaktion, zu der auch Elia ihr Scherflein beigesteuert hatte, die altersschwache Orgel renoviert worden, und der Chor konnte sich inzwischen hören lassen, auch Teresa sang wieder mit.

Fiamma hatte sich so weit erholt, dass sie mit Elia kleine Spaziergänge machen konnte. Jetzt rollte sie sich auf ihrem Kissen zusammen. Elia setzte sich neben sie, streichelte sie und steckte ihr bröckchenweise eine Mozartkugel ins Maul, die sie aus Wien mitgebracht hatte. Fiamma leckte ganz zart Elias Hand, schaute hoch zu ihren beiden Frauen, dann schloss sie die Augen. Ein ganz kleines Zittern ging durch ihren Körper, so etwas wie ein winziger Seufzer, dann streckte sie alle vier Beine steif aus. Fiammas Herz hatte aufgehört zu schlagen.

Es war gut, dass Alina nicht ganz die Nerven verlor. Sie rief Padre Ironimo an, der rasch kam. Und so, als sei es selbstverständlich, hielt er im Geiste des heiligen Franziskus für Fiamma eine kleine Totenmesse. Zusammen schaufelten sie ein Grab. »Fiamma war ein liebenswertes Geschöpf Gottes, und er hat ihr ein glückliches, langes Leben geschenkt und einen raschen, friedlichen Tod. Daran sollten wir auch denken, wenn wir jetzt um sie weinen«, versuchte Padre Ironimo zu trösten. Am Abend hatte Elia Angst, allein zu sein, sie kroch zu ihrer Mutter ins Bett, und sie weinten sich zusammen in den Schlaf.

Der Abschied fiel Elia noch schwerer als sonst. Am letzten Abend ging sie durch Tante Ambrosias Zaubergarten, hier, auf dieser Bank, hatten Carlos und sie sich geküsst, und am nächsten Morgen waren sie nach Ravello gefahren. Und dort stand der große Tonkrug mit Jonas und dem Walfisch, den sie zusammen ausgesucht hatten, lachend, glücklich und jung. Vorbei, vorbei auch das. Jetzt, mit Fiammas Tod, war die Zeit ihrer Jugend endgültig abgeschlossen, so empfand sie es.

Eine Bangigkeit überkam Elia, so trist und trüb wie klamme Nebelschwaden. Im Garten schwiegen die Grillen, und die Blumen dufteten nicht mehr. In der Ferne leuchteten Blitze am Himmel.

Für die Eröffnungspremiere der Londoner Spielzeit war der ›Nabucco‹ angesetzt. Schon beim Einstudieren hatte Elia über ihre Partie gestöhnt, die mit lebensgefährlichen Stellen gespickt war, eine riskante Bergbesteigung. Bei ähnlichen Zitterpartien hatte sie sich bisher stets auf ein hilfreiches Seil verlassen können, auch wenn die Suche danach manchmal mühsam und schmerzlich gewesen war, so wie bei der ›Medea‹. Jetzt bei der Abigaille beschlichen Elia immer wieder Zweifel, ob ihre Ausrüstung wirklich bergfest sein würde. Das Seil, das sie diesmal schützen sollte, hatte sie sich eher vom Verstand her zusammengeknüpft, die Motive für Abigailles Herrschsucht, ihre Grausamkeit und Rachgier blieben ihr im tiefsten Herzensgrunde fremd. Dass diese harte, stolze Frau ganz zum Schluss doch noch zu Kreuze kroch, ihrem alten Glauben abschwor und die gerade noch verhasste Schwester um Vergebung anflehte, das verwirrte Elia mehr, als dass es ihr die Figur nähergebracht hätte.

Sie hatte auf die Proben gehofft, doch von dorther erhielt sie wenig Unterstützung. Nach dem Willen des Regisseurs, eines deutschen jungen Wundermannes, sollte die unselige Heldin vollends zur Furie werden, und das Bühnenbild besaß die Atmosphäre eines gigantischen Atombunkers, der am Ende in so gewaltigen Quadern zusammenstürzte, dass die Sänger um ihr Leben fürchteten. Jens Arne gefiel das, er fand es modern! Er klinkte sich ein in das wüste Treiben und ließ Elia wie einen dressierten Zirkuslöwen durch feurige Reifen springen. Als sie einmal zögerte, weil sie keinen Sinn dahinter erkennen konnte, knallte er mit der Peitsche: »Los, mach schon, stell dich nicht so an! Oder kannst du es nicht?«

Nicht nur Elia, auch die anderen Sänger zuckten zusammen. Elia wurde blass, mit zusammengepressten Lippen starrte sie zu Boden, als habe sich gerade ein Spalt vor ihr aufgetan und etwas Kostbares verschlungen. Von zu Hause kannte sie inzwischen diesen Ton, schneidend, spöttisch, sarkastisch, wenn auch sehr viel leiser, gewissermaßen auf Zimmerlautstärke gedimmt, denn zum Lautwerden ließ sich Jens Arne nicht hinreißen. Bei der Arbeit hatte sich Elia immer voll und ganz auf Jens Arnes korrekte Sachlichkeit verlassen. Und jetzt?

Zwar kam aus dem Orchestergraben eine Art Entschuldigung: »Sorry, komm, sei keine Mimose, du schaffst das schon.« Und auch bei den übrigen Proben vergriff sich Jens Arne nicht mehr im Ton. Doch Elia blieb auf der Hut. Sie versuchte nicht länger, der Abigaille echtes Leben einzuhauchen, sondern tat, was man von ihr verlangte. Als versierte Kletterkünstlerin brachte sie auch diese Extremtour heil hinter sich. Aber Spaß hatte sie ihr nicht gemacht.

Zudem hatte sie sich erkältet. Noch ehe der Winter überhaupt anfing, ging es schon wieder los mit Inhalieren, Gurgeln, Kräuterteetrinken. Mrs MacNeill, die Haushälterin, kam aus dem schottischen Hochland und kannte sich mit Heilkräutern aus. Abends steckte sie Elia eine heiße Bettflasche mit einem gehäkelten Überzug ins Bett. Sie rieb ihr den Rücken ein mit einem selbstgebrauten Elixier, das zuerst auf der Haut brannte, aber dann wohlige Wärme verbreitete.

Jens Arne hatte sich zu Anfang noch Sorgen gemacht, einfach aus eigenem Interesse. Doch solange Elia singen konnte, gingen ihn ihre Malaisen nichts an, und da sie noch nie im Leben eine Vorstellung hatte ausfallen lassen, war alles in Ordnung. Schließlich hatte jeder seine Probleme, ihm tat der Rücken weh, das Dirigieren hatte seine Bandscheiben abgenutzt, wenn das so weiterging, musste er sich womöglich irgendwann operieren lassen.

Im kommenden Jahr würde er siebzig werden! Das machte ihm enorm zu schaffen. Bisher hatte er sich immer noch zu den jüngeren Leuten gezählt, er war tatkräftig und aktiv wie ein Junger. Auch sein Körper sah drahtig und schlank aus, darauf war er immer stolz gewesen. Meine Güte, was schleppten andere Männer in seinem Alter für Bäuche mit sich herum und sahen nichts mehr und hantierten mit ihren Hörgeräten, während er noch sah und hörte wie ein Luchs. So hatte er sich bisher über das Alter kaum den Kopf zerbrochen. Allenfalls hatte er angefangen, damit zu kokettieren – um sich manches mit dem Hinweis auf sein »hohes Alter« vom Leibe zu halten. Und nun diese Sieben! Mit siebzig gehörte man eigentlich zum alten Eisen, wobei er einräumen musste, dass gerade Dirigenten häufig bis ins hohe Alter arbeiteten. Aber sollte ihn das jetzt trösten?

Altwerden war einfach eine Kränkung und der siebzigste Geburtstag eine Zumutung. Er konnte sich all die Ehrungen vorstellen, die ihm zuteilwerden würden, Festreden, ein Orden und Ehrendoktorhüte. Inzwischen hatte er vom königlichen Hofamt den Bescheid erhalten, dass ihn die Königin zum Knight of the Britisch Empire schlagen wollte. Eine größere Ehrung gab es kaum, aber selbst sie geriet ihm zum Ärgernis. Da er immer noch einen schwedischen Pass besaß, durfte er sich zwar hinter seinen Namen Hon. K. B. E. drucken lassen, aber ein »Sir« stand ihm trotzdem nicht zu. Sir Jens Arne, das hätte ihm gefallen, gerade in einem gesellschaftlich derart versnobten Land. Sollte er nun um die britische Staatsangehörigkeit nachsuchen – und sich damit vor aller Welt zum Gespött machen? Nein, diesen Gefallen würde er niemand tun. Und so schien ihm auch dieser Ritterschlag, zusammen mit all seinen sonstigen Titeln und Ehrenposten, nur darauf hinzuweisen, dass er schon lange nicht mehr jung war.

Siebzig! Je länger Jens Arne darüber nachdachte, desto unleidlicher wurde er. Darüber lösten sich auch seine sommerlichen guten Vorsätze Elia gegenüber immer mehr auf. Er brachte es nicht fertig, mit ihr über seine Altersverdrossenheit zu sprechen, sie hätte ihn doch nicht verstanden oder sich am Ende ihrerseits darüber Gedanken gemacht, was für einen uralten Mann sie doch hatte. Die Nörgelei fing wieder an, die Rechthaberei, neuerdings angereichert mit vorwurfsvollem Gejammer.

Doch es kam noch schlimmer: Für den Winter war eine Übernahme des Glyndebourner ›Figaro‹ in London geplant, und plötzlich hatte Jens Arne alles Mögliche an Elias Gräfin auszusetzen. In Glyndebourne hatte er die verängstigte, schwerblütige, verzweifelte Seite forciert, genau da begann er nun herumzukritteln: »Um Gottes willen, du singst Mozart, nicht so dick, nicht so heftig!« Auf Elias erstaunte Einwände, er hätte es seinerzeit so haben wollen, ging er nicht ein, im Gegenteil, je mehr er merkte, dass er im Unrecht war, desto unangenehmer wurde er: »Ach was, so ein Unsinn, du hast dir inzwischen eine effekthascherische Masche zugelegt, und die wirst du jetzt nicht los.« Am absonderlichsten mochte dabei sein, dass Norbert Grainau immer noch völlig ungeschoren als »Herrschaftsmensch« seine imaginäre Reitpeitsche schwingen durfte. Und da er schon von Haus aus keine »schöne« Stimme besaß, verfügte er auch nicht über den eingeforderten melodischen »Mozartton«. Aber ihn ließ Jens Arne in Frieden, nur bei Elia fand er immer wieder neue Winzigkeiten, um an ihr herumzumäkeln.

Elia fühlte sich durch die Erkältung schon elend genug, Jens Arnes Verhalten raubte ihr nun vollends die Sicherheit. Noch bei keiner Probe jemals zuvor hatte er sie so behandelt. Immer, selbst bei echten Meinungsverschiedenheiten, hatte in all den Jahren stets ein sachlicher Ton geherrscht. Und nun diese ungute Ironie, diese verkappte Boshaftigkeit, das hielt sie auf die Dauer nicht aus, es schlug ihr nicht nur aufs Gemüt, sondern ganz unmittelbar auf die Stimme.

Ohne Claire Milton, die Glyndebourner Susanna, hätte Elia die Arbeit hingeschmissen und sich ins Bett gelegt, dann konnte Jens Arne schauen, wie er weiterkam. Aber Claire munterte sie immer wieder auf: »Männer! Lass dich bloß nicht ins Bockshorn jagen! Deinem lieben Herrn Gemahl ist wahrscheinlich eine Laus über die Leber gelaufen, und jetzt lässt er's an dir aus. Vielleicht geht ihm der Grainau inzwischen auf die Nerven, aber an den traut er sich nicht ran, der würde ihm was husten, der hält sich für den Größten und nimmt es an Rechthaberei mühelos mit ihm auf.«

Elia sang die Gräfin nicht grundlegend anders als in Glyndebourne, was genau gefiel ihm nicht mehr daran? Sicher, sie war keine »typische Mozartsängerin«, aber gerade aus diesem Grund hatte Jens Arne sie seinerzeit für die Rolle haben wollen. Jetzt warf er ihr Stilbruch vor, ließ sie kalt lächelnd fühlen, dass ihr als hochdramatischer Italienerin leider das letzte Fingerspitzengefühl für Mozart abgehen musste.

Eine ziemliche Unverschämtheit! Wirklich ein Jammer, dass sie nicht so selbstgefällig war, wie es Claire dem Kollegen Grainau unterstellte. Dann hätte sie sich Jens Arne vorgeknöpft und auf seine Widersprüche festgenagelt. Streiten konnte sie schon, wenn es um eine klare Sache ging, aber aus dem Hinterhalt giftige Pfeile abschießen, das lag ihr nicht.

Wie schon bei den privaten Auseinandersetzungen, zog sich Elia im Verlauf der Proben immer mehr in sich zurück. Sie versuchte, so gut wie möglich, sich Jens Arnes neuen Vorstellungen anzupassen, auch wenn dabei viel an Lebendigkeit und Persönlichkeit verloren ging. Sie kam sich vor wie die Karikatur einer jener netten Singedamen, die irgendwo ihren Mozart trällerten, so konventionell und angepasst und langweilig. Zum zweiten Mal innerhalb weniger Wochen machte Elia die beunruhigende Erfahrung, dass man auch ohne Enthusiasmus singen konnte. Und zugleich fühlte sie, dass tief in ihrem Inneren etwas aufmerksam wurde, so, als wittere es eine Gefahr. Elia starrte Jens Arne an, als sähe sie ihn zum ersten Mal.

Noch nie war Elia mit größerer Erleichterung in ein Flugzeug geklettert als am frühen Morgen nach der letzten ›Figaro‹-Vorstellung. Sie ließ sich auf ihren Sitz fallen und versank augenblicklich in einen bleiernen Schlaf, sie, die selbst auf nächtlichen Langstreckenflügen kaum ein Auge zutun konnte. Als die Stewardess sie kurz vor der Landung vorsichtig weckte, fuhr sie so erschrocken hoch, dass die Arme um ein Haar den Kaffee über ihr verschüttete. Durch den kleinen Schreckensschrei wurde Elia vollends wach. Sie reckte sich, atmete tief ein und seufzte wohlig auf.

In Mailand waren sie alle da, Marcello, Carlos, Enrico, sogar Sylvia, zum ersten Mal wieder. Elia stürzte sich mit geradezu heiligem Eifer in die Arbeit, als ginge es um Leben und Tod. Ihre wilde Entschlossenheit und Energie übertrugen sich auch auf die anderen, und so kam eine aufregende ›Traviata‹ zustande. Carlos sang bezwingend wie immer, und wenn seine und Elias Stimme zum gemeinsamen Höhenflug ansetzten, war der Eindruck überwältigend. Enrico zog als Vater Germont alle Register, männlich-imponierend, väterlich-fürsorglich, demütig-bittend. Und Sylvia gab mit der Flora ein überzeugendes Scala-Debüt.

Die eigentliche Sensation aber war Elia, hier trafen dramatische Wahrhaftigkeit und herzzerreißende Expression mit dem Feuer einer voll erblühten Stimme zusammen. Ihre freischwebenden Spitzentöne und ihr makelloses Legato rissen selbst die kritischen Kenner droben auf den Stehplätzen zu Beifallsstürmen hin.

Nach dem letzten Vorhang sank Elia erschöpft an Carlos' Brust: »Nicht wahr, ich kann doch noch singen?« Erst nach der Premiere ließ ihre innere Anspannung etwas nach. Jetzt brachte sie es fertig, Enrico von Fiammas Tod zu erzählen. Sie ließ sich von ihm in den Arm nehmen und trösten: »Ich glaube, Fiamma und dein Vater, die amüsieren sich jetzt köstlich miteinander da droben, ich sehe sie richtig vor mir.« Sie war ihm dankbar, dass er ihr nicht anbot, ihr möglichst bald ein neues Hündchen zu schenken, denn Fiamma war nicht zu ersetzen.

Wie hatte Jens Arne gesagt: »So ein uralter Hund! Kauft

euch doch einen neuen.« Außer ein paar leeren Floskeln sagte sie nichts über Jens Arne und ihr Verhältnis zueinander. Robertino kam zu einer Vorstellung, er sah seine Schwester von der Seite an: »Na, soll ich mal in London nach dem Rechten schauen?« Elia wurde rot, aber sie schüttelte nur den Kopf: »Vielleicht später mal, jetzt nicht.«

Am letzten Tag ließ sie sich zum ersten Mal seit langer Zeit im Pressebüro die Mappe mit den Kritiken geben. Von der Fülle des Wohllauts ihrer Stimme war da die Rede, dem üppigen Volumen und der Grandeur ihres Timbres, dem atemberaubenden Raffinement der vokalen Linie. Vielleicht sollte ich mir das zu Hause hinter den Spiegel stecken, dachte sie in einem Anflug von Galgenhumor. In dieser Stimmung flog sie nach London zurück.

Dort hatte sich nichts verändert, allenfalls war Jens Arne noch mürrischer geworden. Zu Elias Erfolg bemerkte er: »Ich wollte ein Telegramm schicken lassen, aber Mrs Murphy ist krank, dann ging es im allgemeinen Trubel unter. Nun ja, deine Italiener waren offenbar von den Socken, also nachträglich noch Gratulation.« Dazu machte er eine so abwesende Miene, dass Elia nur die Schultern zuckte: »Danke, danke, alles halb so wild.« Auf diese wortkarge Art pendelten sich ihre Gespräche ein. Beide hatten sie viel zu tun, Jens Arne schien völlig in seine Arbeit versunken. Nicht gerade gemütlich, aber wenigstens verlief alles in manierlichen Bahnen.

Dann fingen auch schon die Proben zu ›Carmen‹ an. Elia sah in der Carmen die Verkörperung des Wilden, Unbändigen, Herben, das ihr an Spanien immer sehr gefallen hatte. Carmen war für sie kein sittenloses, sinnliches Luder, sondern eine Frau, die vollkommen frei ist von jeder einengenden bürgerlichen Moral oder Konvention. Sie gehorcht ihren eigenen Gesetzen, das heißt, wenn sie etwas haben will, nimmt sie es sich, und wenn sie keine Lust mehr darauf hat, will sie es wieder loswerden, auch wenn es sich dabei um einen Menschen, einen Mann handelt. Sie ist ebenso hart gegen sich selbst.

Diese Kompromisslosigkeit und elementare Unabhängigkeit strahlt Carmen aus, und genau das macht die Männer kirre. Jeder denkt, gerade er könne dieses stolze Wild zähmen.

Schon nach den ersten Proben musste Elia erkennen, dass sie mit ihrer Konzeption voll und ganz danebenlag. Carol Smith, der Regisseur, ein schmächtiges, kurzsichtiges Männlein, sah in der Carmen einen hüftschwingenden Vamp, der die Männer erotisch umgurrte, wie er es in einem zu Studienzwecken aufgesuchten Nachtlokal erlebt haben mochte. Das war für Elia grausam, und ein weiteres Übel nahte in Gestalt von Don José, das war niemand anders als Luciano da Monte, der sie schon als Otello niedergeschrien hatte und sich jetzt wieder als wahrer Kerl auszutoben gedachte.

Elia schwante wenig Gutes, aber bei Mr Smith hoffte sie auf eine Einigung, die schlimmsten Peinlichkeiten bei der Habanera hatte sie ihm schon ausreden können. Auch von Luciano würde sie sich diesmal nicht so leicht unterbuttern lassen, schließlich wusste sich die Carmen besser zu wehren als das feine Fräulein Desdemona.

Doch als sich Jens Arne bereits bei den szenischen Proben einzumischen begann, nahm das Ganze bedrohlichere Formen für sie an. Ihre beiden Widersacher witterten Morgenluft, nachdem sich schnell herausgestellt hatte, dass Jens Arne nicht im Traum daran dachte, Elia beizustehen. Zusammen beschlossen nun die drei Männer, jeder auf seine Art, notfalls die Sängerin aus Fleisch und Blut einem Wahngebilde zu opfern. Mr Smith träumte von seiner vollbusigen Bardame, Luciano wollte offenbar beweisen, dass Carmen vor einem richtigen Mannsbild doch ehrfürchtig zu schlottern begann, und in Jens Arnes Phantasie trieb eine hundsordinäre Zigeunerschlampe ihr dämonisches Unwesen.

Elia setzte sich zur Wehr, so gut sie konnte. Sie bettelte und drohte, sie versuchte zu demonstrieren, wie absurd und lächerlich vieles war, aber gegen die Macht der drei kam sie nicht an. Jens Arne verfolgte mit hämischem Grinsen, wie sie sich vor Peinlichkeit wand, und sparte nicht mit bissigen Kommentaren: »Los, los, nicht so prüde, Erotik hat man eben oder man hat sie nicht, da hilft die beste Schauspielkunst nichts.« Auch musikalisch ließ er Elia keinen Raum. Was er wollte, war ein vor Sinnlichkeit strotzendes, ordinäres Biest. Dafür durfte Luciano da Monte seinem Geröhre freien Lauf lassen, ohne dass ihn Jens Arne auch nur einmal zur Mäßigung angehalten hätte.

Es war eine scheußliche Zeit für Elia. Sie hatte das Gefühl, Jens Arne wollte sich für alles rächen, was in ihrer Ehe schiefgelaufen war. Zu Hause tat Elia den Mund nicht mehr auf, sie verschwand nach den Proben unverzüglich auf ihr Zimmer und ließ sich von Mrs MacNeill bemuttern. Die massierte Elia den Rücken mit ihrer Kräuteressenz und servierte ihr einen Teller Spaghetti ans Bett. Sie hatte sich extra ein italienisches Kochbuch besorgt, um herauszufinden, wie sie diese sonderlichen Gebilde zubereiten sollte.

Die Carmen hatte Elia lange gereizt, gerade weil sie nicht unbedingt auf ihrer Linie lag, und sie hatte ein genaues Gespür für die Figur gehabt. Das kam ihr im Verlauf der Proben vollkommen abhanden. Am Ende wusste sie nur noch eines: dass sie unaufhaltsam einer Katastrophe entgegenging. Sie sang mit Todesverachtung die Premiere und noch die nächste Vorstellung. Beide gerieten genauso peinlich, wie Elia es befürchtet hatte. Das Publikum und die Presse reagierten verdutzt, aber nicht hämisch, angesichts des Renommees der Künstler herrschte eher das Gefühl, man habe irgendetwas nicht richtig mitgekriegt.

Elia bekam starkes Kopfweh und Fieber. Der Arzt stellte einen stark geröteten Rachen und allgemeine Erschöpfung fest und verordnete Bettruhe. Zum ersten Mal in ihrem beruflichen Leben warf Elia das Handtuch! Wütend wollte Jens Arne sie zur Rede stellen, aber Mrs MacNeill hielt bereits Wache: »Sorry, Mr Holsteen, aber der Arzt hat mir gesagt, wir müssen Ihre Frau unbedingt schlafen lassen.«

Jens Arne glaubte nicht an Elias Krankheit. Er nahm ihr die Absage persönlich übel, als habe sie es gewagt, sich gegen ihn zu erheben. Das würde er ihr nicht vergessen. Was er vergaß, waren die vielen Male, die Elia, auch wenn es ihr wirklich schlecht ging, tapfer all ihre Kräfte mobilisiert hatte und auf die Bühne gegangen war, ohne um Schonung zu bitten. Jens Arne zischte nur feindselig: »Blödsinn, wenn man will, kann man immer.« Ihn kränkte am meisten, dass Elia die Entscheidung allein mit dem Arzt getroffen und die Direktion benachrichtigt hatte, ohne ihn zu fragen!

Die erzwungene Ruhe tat Elia gut, und nach einigen Tagen konnte sie wieder aufstehen. Aber müde war sie immer noch, und London war nicht schuld an ihrem Unbehagen, wie sie eine Zeitlang geglaubt hatte. Denn in Paris, wohin sie mit Jens Arne zu einem Gastspiel fuhr, erging es ihr nicht viel besser. Müde und schlapp, sie hätte im Stehen einschlafen können! Nicht einmal ein Besuch bei Yves Saint Laurent vermochte sie aufzumuntern. Im Grunde gefiel ihr dort nichts so recht, und nur um nicht unhöflich zu erscheinen, kaufte sie einen schwarzen Hosenanzug und ein hochgeschlossenes schwarzes Abendkleid. Schwarz! Wann hatte sie das jemals getragen? Das Kleid wählte sie für ein Essen im Tour d'Argent. Früher hätte Jens Arne wohl eine Bemerkung über die düstere Strenge fallen lassen, aber inzwischen schien er gar nicht mehr zu bemerken, was sie anhatte.

Dafür gab es eine lustige Überraschung in Paris: ein Wiedersehen mit Karlchen. Als sie ihn im ersten Überschwang so nannte und sich dann gleich verbesserte, lachte er nur: »Karl, Karlchen, Charles, Charly, nenn mich, wie du magst, aus deinem Mund gefällt mir alles.« Hübsch sah er aus, ein hochgewachsener, schlanker, immer noch sehr jung wirkender Herr, und er war noch genauso warmherzig und liebenswürdig wie in den längst vergangenen, glücklichen Zeiten.

Sie hatten sich mindestens seit zwei Jahren nicht gesehen, wenn nicht noch länger, aber die alte Vertrautheit war gleich wieder da. Sie spazierten an der Seine entlang und dann hinüber ins Quartier Latin. Schließlich setzten sie sich im Jardin du Luxembourg auf die alten Eisenstühle, die dort herumstanden, und schauten den spielenden Kindern zu. »Ich habe inzwischen eine kleine Tochter. Und auch eine Frau, wir leben in Brüssel«, sagte Karl. Er zog aus seiner Brieftasche ein Foto heraus. »Isabelle und die Kleine«, erklärte er. »Du hast mich ja nicht haben wollen«, sagte er treuherzig und griff nach ihrer Hand. »Gott, waren wir beide jung, damals«, meinte Elia weise. Karl wollte Elia unbedingt noch als Norma erleben und dann mit dem Nachtzug zu seiner Familie nach Brüssel zurückfahren. Die Vorstellung, ihn im Zuschauerraum zu wissen, verlieh ihr neue Kraft. Zum Abschied beschlossen sie, sich von jetzt an wieder häufiger zu sehen.

Ein anderes Mal in diesen Monaten fühlte sich Elia frisch und munter: Das war in Stockholm. Sie wohnte wie immer bei Birgit, die nur noch mühsam an zwei Stöcken herumhumpeln konnte, aber sonst recht gut beieinander war. Sie hatte für Elia die dicken Familienfotoalben hergerichtet, nun saßen sie nebeneinander auf dem Sofa und schauten sich die Bilder an. Birgit wusste dazu viele Geschichten zu erzählen, alte und neue. Elia liebte sie alle.

Björn Eksell hatte sich für Elias Auftritte eine erstaunliche Mischung von der ›Tannhäuser‹-Elisabeth bis zur Mimi ausgedacht, und Elia stürzte sich mit Lust in ihre alten Rollen. So viel Spaß hatte ihr das Singen schon lange nicht mehr gemacht. Jens Arne kam nur kurz für zwei Vorstellungen der ›Salome‹ angeflogen, dann eilte er schon wieder zum nächsten Termin. Nach den Vorstellungen saß Elia mit Ture und Björn und ein paar Sängern zusammen. Sie schwärmten von den alten Zeiten und schmiedeten neue Pläne. Elia schien wieder ganz die Alte.

In London fehlte ihr dann die gemütliche, vergnügliche Geselligkeit. Es gab Tage, da war Mrs MacNeill ihre einzige

Ansprechpartnerin, Jens Arne bekam sie kaum zu Gesicht. Manchmal sagte er sogar das gemeinsame Essen ab. Dann ließ sich Elia im Wohnzimmer decken und nahm dort ihr einsames Mahl ein. Sie hätte gerne Mrs MacNeill dazugebeten, aber so demonstrative Vertraulichkeiten mit dem Personal wünschte Jens Arne nicht. Dabei war Mrs MacNeill längst eine Art Ersatzmutter für Elia, und sie machte kein Geheimnis daraus.

Trotzdem gab es hin und wieder Veranstaltungen, denen er sich nicht entziehen konnte, und da legte er Wert auf Elias Anwesenheit: hochoffizielle Ehrungen uralter Würdenträger, achtzigste oder neunzigste Geburtstage, auch Begräbnisse, wo hinter düsteren Mauern endlose Reden verhallten. Mit anschließendem Stehempfang oder einem gesetzten Essen. Davor fürchtete sich Elia besonders, denn es gab kein Entrinnen.

Gelegentlich ging es auch mondän zu, eine bedeutende Ausstellung wurde eröffnet, ein internationaler Tanzstar gab einen Galaabend. Den affektierten Upperclass-Ton konnte Elia noch weniger leiden als das sanfte Gelabere der alten Herrn, höflich, aalglatt. Elia hätte es egal sein können, aber fatalerweise sprach auch Jens Arne immer häufiger mit ihr in diesem Ton. Sogar zu Hause! Auch er verstand sich auf dieses leere Lächeln. Elia kannte es von ihm, so hielt er sich lästige Bewunderer vom Hals. Mehr und mehr hatte Elia das Gefühl, als baue Jens Arne eine gläserne Wand zwischen ihnen auf.

Elia versuchte, sich Mut zuzusprechen. Sie machten doch immer noch sehr vieles zusammen, neben den Vorstellungen die Plattenaufnahme der ›Norma‹, wo der Dirigent sicherlich eine größere Verantwortung trug als eine einzelne Künstlerin. Bei Mahler sang sie das Sopransolo in der Vierten, eine neue, nicht ganz einfache Aufgabe für sie. Aber geradezu lächerlich klein, verglichen mit dem musikalischen Gebirge, das sich vor Jens Arne und dem Orchester auftürmte.

Ach was, mochte das Arbeitspensum auch beängstigend sein, bisher hatten sie immer noch alles hinbekommen. Nun ja, bis auf die Carmen. Statt zu viel in Jens Arnes Verhalten hineinzugeheimnissen, wollte sie lieber wieder damit anfangen, jeden Tag mindestens eine Stunde im Park herumzulaufen. Frische Luft und Bewegung halfen ihr immer, gerade wenn sie besonders schwere Partien singen musste. Ziemlich oft blieb es bei dem guten Vorsatz. Denn wenn sie abends als Abigaille oder Lady Macbeth oder Medea auf der Bühne gestanden hatte, war ihr nicht danach, in aller Herrgottsfrühe aufzustehen, um im Park herumzuspringen, bevor sie um die Mittagszeit wieder ins Aufnahmestudio oder zu einer Mahlerprobe aufbrach.

Bei den Aufnahmen der ›Norma‹ kam es wieder zu Schwierigkeiten. Sie hatten das Stück viele Male mit großem Erfolg zusammen auf die Bühne gebracht, und Elia liebte diese Rolle, immer noch blieben die Szenen mit Adalgisa für sie ein schmerzlicher Abschiedsgruß an Martina. Genau da hakte Jens Arne plötzlich ein. Den Vorwand dafür lieferte ihm die Neubesetzung der Adalgisa mit einer jungen Sängerin, die vor Ehrfurcht vor dem Maestro erstarrte. Jens Arne genoss seine Macht, er quälte die Arme, süß, zart und mädchenhaft sollte die Adalgisa plötzlich sein, wodurch sich auch für Elia die Gewichte in den gemeinsamen Szenen verschoben. Doch statt der Adalgisa etwas mehr Biss zu gestatten, behauptete er, Elia sei zu heftig und überdecke ihre Partnerin.

Das war der neueste Vorwurf, den er Elia seit einiger Zeit immer wieder machte: zu hart, zu gewaltig, ja schrill und rücksichtslos. Dabei hatte er Elia jahrelang wie ein Besessener zu immer größerer Raserei angetrieben, auch bei der Norma konnte ihm die Verzweiflung gar nicht maßlos genug sein.

Ein ungeheurer, ein verletzender Vorwurf, seine absurde Behauptung verschlug ihr den Atem. Sie zischte Jens Arne an: »Das lass ich mir nicht gefallen! Der Fehler liegt nicht bei mir, nur du willst plötzlich alles ändern!« Sie knallte ihre Noten auf den Tisch und ließ sich auf einen Stuhl fallen, mit verschränkten Armen funkelte sie Jens Arne an.

Noch nie hatte sie sich bei der Arbeit zu so einem Wutausbruch hinreißen lassen, die Verblüffung bei allen Anwesenden war entsprechend groß, selbst Jens Arne fiel nichts anderes ein als ein albernes: »Oho, die Primadonna!« Der Assistent machte beschwörende Handbewegungen, der Tonmeister deutete verzweifelt auf die Uhr, und Jens Arne blätterte wütend in seiner Partitur. Dann klopfte er ans Pult: »Gut, meine Herrschaften, noch mal zurück zum Anfang. Norma – Adalgisa, Miss Gladstone, bitte etwas mehr Nachdruck, nicht so piepsig.« Noch nie hatte Elia ihre Lieblingsszene so kalten Herzens gesungen.

Nach dem Ende der Aufnahme rannte sie aufs Klo und erbrach sich. Sie würgte und würgte, als könnte sie ein Gift wieder loswerden, von dem sie nicht erst seit heute spürte, dass es in ihr kreiste und an ihrem innersten Kern fraß. Sie hatte aus dem Singen ihre Lebensenergie bezogen, immer wieder hatte es sie hinweggetragen über alle Widrigkeiten und allen Kummer, wie auf machtvollen Schwingen. Die versuchte Jens Arne nun zu stutzen. Noch hatte Elia die Kraft, sich dagegen zu wehren, aber wie lange noch? Manchmal kam es ihr so vor, als hätte Jens Arne geradezu Spaß daran, sie an ihre Grenzen zu bringen, ja darüber hinaus! Irgendetwas Ungutes fand hier statt, was sie sich nicht erklären konnte.

Im Frühsommer stand Salzburg an, Elia flog mit Jens Arne nach München. Dort holte sie die gleiche Limousine ab wie im vergangenen Jahr, um sie in die Landhausvilla zu bringen. Es goss wie aus Kübeln, dort, wo Elia im vergangenen Jahr die schönen Berge gesehen hatte, waberten dicke blauschwarze Wolken bis auf die Bergwiesen herunter. Das Schauerwetter passte gut zu der Villa, nun sah sie vollends aus wie ein Gespensterschloss.

Salzburg, so fand Elia, bekam der Regen besser als der Sonnenschein mit seinem grellen Getriebe und Gelärme. Trotzdem hoffte sie auf wärmeres Wetter spätestens nach dem

›Don Carlos‹, denn sie hatte noch ein paar Ferientage ange-
hängt, um in der lieblichen Landschaft Spaziergänge zu machen. Und sie würde allein sein, endlich allein, die ganze Zeit
über, denn Jens Arne hatte gleich anschließend in Wien zu
tun.

Schon am Tag nach der Ankunft klopfte das Mädchen an
Elias Tür und sagte, ein Besuch warte auf sie. Es war Sisi, die
bei den Großeltern Ferien machte. Elia lud sie ein, zu den Verständigungsproben mitzukommen, und besorgte ihr auch
eine Karte für die erste Vorstellung. Und so kam es, dass Jens
Arne nicht nur mit seiner Frau zum Festspielhaus fuhr, sondern auch mit seiner Tochter, die sich hinten in den roten Porsche hineinquetschen konnte. Sie trug ein klassisches waden-
langes Dirndl ihrer Mutter. Jens Arne schaute sie überrascht
an, wie mädchenhaft jung und frisch sie doch aussah. »Was
macht deine Mutter?«, fragte er Sisi, die zog leicht die Schultern hoch: »Och ja, es geht so. Sie arbeitet viel im Garten, ihre
Rosen sind richtig berühmt.« – »Also alles wie immer. Dann
ist es ja gut«, meinte Jens Arne.

Elias Darstellung der Elisabeth war wie das Protokoll der
ausweglosen Zerstörung und Auslöschung einer hochherzi-
gen jungen Frau durch ein rigides, düsteres Machtsystem. Es
geriet umso beklemmender, als der Fontainebleau-Akt mit
der unbekümmert-offenen, glücklichen jungen Prinzessin
nicht stattfand. In ihrem strengen schwarzen Kostüm mit der
hohen Spitzenkrause wirkte Elia, als sei sie einem Bild von
Velásquez entstiegen, so schmal und blass und angespannt.

Manchmal holte Sisi Elia zu einem Spaziergang ab, sie
patschten dann in Gummistiefeln unter großen Regenschir-
men auf glitschigen Wegen durch den tropfenden Wald. Sisi
erzählte von ihrem Medizinstudium, das sie nach einigem
Hin und Her angefangen hatte und das ihr gut gefiel. Sie
spielte Geige in einem Orchester, und manchmal sang sie
auch, wie sie etwas verlegen zugab. Im Moment plagte sie sich
mit der Cavatina der Barbarina ab, und Elia schlug ihr vor, ihr

dabei zu helfen. Aber Sisi wehrte erschrocken ab; solange der Vater in der Nähe war, würde sie keinen Ton herausbringen. An sich fand sie Elias Vorschlag herrlich, und sie wollte gleich kommen, sobald der Vater weg war.

Gleich nach der letzten Vorstellung des ›Don Carlos‹ fuhren Elia und Jens Arne zurück in die Villa, wo sie in der Zirbelstube, überragt von Geweihen mancherlei Art, noch ein leichtes Abendessen verzehrten. Beide waren müde und wollten so schnell wie möglich schlafen gehen. »Ich fahre nach dem Frühstück los, zuerst nach Salzburg, da habe ich eine Besprechung, und dann weiter nach Wien. Ja, dann viel Spaß, falls wir uns nicht mehr sehen, und gute Nacht«, sagte Jens Arne und hauchte Elia ein flüchtiges Küsschen auf die Wange.

Am nächsten Morgen winkte ihm Elia von der Freitreppe ein kurzes Lebewohl nach. Mit einem Seufzer der Erleichterung schloss sie die Türe hinter sich zu. Sie war noch im Morgenrock, und wenn sie keine Lust dazu hatte, brauchte sie sich den ganzen Tag nicht anzuziehen, allein das versetzte sie in eine heitere Ferienstimmung.

Nach dem Mittagessen erschien Sisi, sie hatte alle möglichen Noten mitgebracht, darunter auch den Klavierauszug von ›Figaro‹. »Komm, wir machen es uns gemütlich. Trinken wir erst ein Tässchen Kaffee«, sagte Elia, sie sah, wie aufgeregt Sisi war. Zusammen blätterten sie die Noten durch, vergnügt entdeckte Elia auch ein paar altitalienische Arien, darunter sogar ihr geliebtes ›Amarilli‹ von Caccini. Damit fingen sie an. Zunächst brachte Sisi keinen Ton heraus, sie war völlig verkrampft und heiser. Elia hatte noch nie unterrichtet, aber sie erinnerte sich an ihre eigenen Anfängerübungen, mit denen Mariana sie in Schwung gebracht hatte. Sie wirkten auch bei Sisi. »Wenn du es mir vorsingen würdest, das wäre schön«, bat Sisi, wieder ganz verlegen. »Amarilli, mia bella ...«, wie schon vor Jahr und Tag ging Elia das Herz auf, schon bei den ersten Tönen, ein kleines Wunder, diese süße Melodie.

Schließlich machten sie sich zusammen an die Barbarina. Elia erzählte lachend, wie Mariana und sie vor lauter Ergriffenheit zusammen geschluchzt hatten, und Sisi wunderte sich überhaupt nicht darüber. Aber ihre Augen blieben trocken, sie war viel zu konzentriert, um sich durch ein verzagtes Moll erschüttern zu lassen. Jetzt klang ihre Stimme wieder reichlich verkrampft. »Komm, wir probieren es mal auf lalala, damit hat mich Mariana immer flottgekriegt«, schlug Elia vor. Diese einfache Übung half auch bei Sisi, schon bald konnten sie wieder zum Text übergehen. Sie hatten beide richtig Spaß an dieser Arbeit. Sisi war gerade bei Barbarinas ängstlichem »Cosa dira« angelangt, als von der Tür her Jens Arnes Stimme schneidend dazwischenfuhr: »Um Gottes willen, hör auf mit diesem Gepiepse! Das ist ja nicht auszuhalten!«

Jens Arne hatte etwas Wichtiges vergessen und war von Salzburg den Weg zurückgefahren, nervös und ärgerlich über den Zeitverlust. Elia und Sisi waren so in ihre Cavatina versunken, dass sie ihn nicht hatten kommen hören. Jetzt fuhren sie beide erschrocken zusammen und starrten zu Jens Arne hinüber. Er giftete Elia an: »Ja hast du keine Ohren mehr! Sie hat doch überhaupt keine Stimme, das muss man ihr doch sagen! Aber du machst es dir leicht, du bist die verständnisvolle, gütige Fee!« Sisi war kreideweiß geworden. Elia sprang auf und stellte sich neben sie, wie zum Schutz legte sie ihr eine Hand auf den Rücken. Sie fühlte, dass Sisi am ganzen Leib zitterte, aber ehe Elia auch nur ein Wort sagen konnte, brüllte Sisi plötzlich los: »Du mieser, gemeiner Kerl, alles, alles machst du kaputt. Ich hasse dich! Du hast das Leben meiner Mutter zerstört, und jetzt willst du meines auch noch kaputtmachen! Aber das wird dir nicht gelingen, ich bin nicht so zart und schwach wie Mama!« Ihre Stimme überschlug sich, ihr Gesicht war hassverzerrt. Sie ballte die Fäuste, Elia musste sie mit aller Kraft festhalten, dass sie nicht auf ihren Vater losging. Jens Arnes Gesicht war zur wütenden Fratze geworden. »Verschwinde, verlasse dieses Haus! Auf der Stelle! Raus mit dir!«, schrie er seine Tochter an. Sisi lachte gellend: »Ja, schmeiß mich nur raus! Aber es gehört dir gar nicht, es gehört dem Rudi!«

Jens Arne hob die Hand, als wollte er Sisi schlagen. Elia packte sein Handgelenk, jetzt fing sie an zu schreien, und ihre Stimme trug besser, als die der beiden anderen: »Hört ihr jetzt auf! Ihr seid wohl verrückt geworden. Alle beide!« Ihr herrischer Befehl tat seine Wirkung: Sisi brach in sich zusammen, sie warf sich schluchzend auf ein Sofa, sie keuchte und stöhnte, als müsste sie ersticken. Jens Arne schüttelte sich angeekelt, aus zusammengekniffenen Lippen zischte er zu Sisi hinüber: »Vollkommen hysterisch! Mach, was du willst, aber komm mir nie mehr unter die Augen!« Er drehte sich um und knallte die Tür hinter sich zu.

Elia lief ihm nach: »Aber so kannst du nicht gehen! Sie ist einfach nur verzweifelt, warum hast du sie so gemein gekränkt, sie hat dir doch nichts getan? Komm, sie ist deine Tochter, so dürft ihr nicht auseinandergehen!« Doch Jens Arne lachte nur höhnisch: »Ich denke nicht dran. Nie im Leben. Erst muss sie sich bei mir entschuldigen!« Elia kannte ihn gut genug, um zu wissen, dass er nicht nachgeben würde. Sie fasste ihn kurz am Arm: »Ich muss zu Sisi zurück. Pass auf dich auf. Wut tut nicht gut beim Fahren.« – »Mach dir um mich keine Sorgen!«, kam es kühl zurück.

Sisi weinte nur noch still vor sich hin. Elia setzte sich neben sie und strich ihr über die schweißverklebten Haare. »Warum hat er das gesagt, so gemein? Und so unnötig, weißt du«, wimmerte Sisi. »Ja, das war nicht recht von ihm, das hab ich ihm auch gesagt«, murmelte Elia tröstend und streichelte Sisi sanft. Plötzlich flüsterte Sisi: »Alles macht er kaputt, alles, alles.« Elia setzte sich aufrecht hin: »So ein Quatsch! Was soll das denn heißen!«

Auch Sisi setzte sich auf, ihr Gesicht war vom Weinen verquollen, aber ihre Stimme klang fest: »Er hat das Leben meiner Mutter zerstört. Sie hat sich seinetwegen umbringen wollen. Sie haben sie aus einem Bach rausgezogen, aber irgendwie hat sie's nicht mehr so richtig gepackt. Sie gibt sich große Mühe, damit ich mich nicht aufrege, aber mir macht sie nichts vor. Ich kann dir Fotos von ihr als jungem Mädchen zeigen, so was von süß. Jetzt sieht sie aus wie ihr eigener Schatten.« Elia schwieg, und Sisi wiederholte noch einmal: »Es ist so: Er hat ihr Leben zerstört!«

»So etwas darfst du nicht sagen«, sagte Elia streng. »Vielleicht hat er sich euch gegenüber schlecht benommen, aber er ist doch kein Teufel!« Sisi stand auf, sie legte ihren Kopf an Elias Schulter, dann sah sie ihr geradewegs in die Augen: »Du bist so lieb. Mein Vater hat einen guten Geschmack, das muss man ihm lassen. Aber beim ›Don Carlos‹ hab ich dich genau beobachtet, schon bei der Probe: Diese arme Elisabeth, das bist du selbst. Dein Leben hat er auch zerstört, schau dich doch bloß einmal an!«

Elia wurde wütend: »Das ist absurd! Ich spiele eine Rolle, meistens muss ich dabei sterben, das…«, empört fuchtelte sie mit den Händen. Eine Weile schwiegen sie beide, dann schüttelte Elia den Kopf und seufzte: »Komm, wir wollen uns nicht auch noch streiten. Ich bin jetzt ganz durcheinander, euch zwei zusammen, das halt ich nicht oft aus.« Sisi schnitt eine Grimasse: »Ja, das kann ich gut verstehen.«

Nachdem Sisi gegangen war, warf sich Elia aufs Bett, völlig benommen starrte sie an die Decke. Sie hielt es nicht aus, drunten in der Halle lief sie hin und her, hin und her, wie ein Raubtier im Käfig. Vor einem venezianischen Spiegel blieb sie schließlich stehen. Aus dem halbblinden Glas sah ein schemenhaft bleiches Gesicht mit tiefen Schatten unter den Augen Elia müde an. Sie blieb lange in diesen Anblick versunken: War das ihr wahres Gesicht? Trug sie auch im Leben etwas zur Schau, was nicht sie selbst war, nicht mehr? Etwas, mit dem sie sogar sich selbst zu täuschen wusste?

Eine dumpfe Angst kroch in Elia hoch, sie vermochte keinen klaren Gedanken zu fassen. Ratlos starrte sie lange ins Feuer. Schließlich setzte sie sich an Jens Arnes Schreibtisch und fing an zu schreiben: »Du hast mein Leben zerstört.« Sie zerknüllte das Blatt und fing von Neuem an: »Ich habe mein Leben zerstört.« Auch dieses Blatt zerknüllte sie. »Wir haben mein Leben zerstört«, auch das war es nicht. »Mein Leben ist zerstört.« Elia legte den goldenen Füller weg. Auch das letzte Blatt zerknüllte sie und warf alles ins Feuer. Sie schaute den Flammen zu, bis sie das letzte Papierknäuel verzehrt hatten.

Alles das stimmte so nicht, Sisi sah bei ihr zu sehr das Schicksal ihrer Mutter. »Er ist ein Machtmensch und muss allen anderen seinen Willen aufzwingen«, so hatte Panaiotis sie gewarnt. Aber was hieß das, woher kam so ein Zwang, die anderen unterjochen und bändigen zu wollen – und warum hatte sie mitgemacht und sich das gefallen lassen? Plötzlich war sie Sisi von Herzen dankbar, die sie auf unsanfte Weise aus ihrem Schneckenhaus gescheucht hatte, aus freien Stücken hätte sie sich vielleicht nicht so bald hinausbewegt. Nach diesem Gebrüll und den schlimmen Vorwürfen konnte sich Elia nicht länger etwas vormachen und sich totstellen. Es half alles nichts, sie musste es sich eingestehen: Es war aus mit Jens Arne und ihr! Beide waren sie aneinander gescheitert. Wollte sie nicht vollends Schaden nehmen an Leib und Seele, musste sie weg von ihm!

Weg! Wie das im Einzelnen gehen sollte, davon hatte sie keine Ahnung. Aber eines empfand sie ganz deutlich, sie war ihm keine Erklärung oder Rechtfertigung schuldig. Sie legte noch einen Buchenscheit nach, und während sie darauf wartete, dass das Feuer ihn annahm, wurde sie ganz ruhig. Als das Holz an der unteren Seite rot aufzuglühen begann, stand sie auf, ging in die Küche und sagte dem Mädchen: »Ich habe es mir anders überlegt. Ich werde doch nicht bleiben.«

In ihrem Zimmer packte sie ihre Sachen zusammen, in die Handtasche tat sie drei Kassetten, die sie aus London mitgebracht hatte, ihre uralte ›Tosca‹-Aufnahme aus Stockholm. Dann holte sie den Mercedes aus der Remise. Ohne auch nur zu überlegen, fuhr sie in Richtung Süden, nach Rom.

Der Wagen schoss wie ein Pfeil über die Autobahn, Elia war ganz in das berauschende Fahrgefühl versunken. Irgendwann auf der langen Fahrt wurde sie müde. Sie steckte die ›Tosca‹-Kassette in den kleinen Rekorder. In London hatte sie schon ein paarmal hineingehört, aus einer plötzlichen Sehnsucht nach Carlos' Stimme, immer nur die eine Stelle: »*E lucevan le stelle* ...«. Jetzt spielte sie die Aufnahme von Anfang an. »Die Zerstörung des Glücks und des Schönen durch das Böse«, so war ihr die ›Tosca‹ immer erschienen. Nun lauschte sie fasziniert, als hörte sie eine fremde Aufführung. Sie summte und sang mit, Gott, waren das Stimmen, alle drei, welch eine Frische und Wucht! Beim dritten Akt konnte Elia spüren, wie sich alle ihre Sinne schärften.

Als der Morgen graute, näherte sie sich Rom. Zur gleichen Zeit erklangen die Trommelwirbel des Erschießungskommandos. Elia zuckte nicht mit der Wimper, ihre Hände lagen ruhig auf dem Steuer, nur ihr Herz klopfte schneller. Bei Toscas letztem Aufschrei war sie zu Hause angekommen.

Sie hielt direkt vor der Haustür, hoffentlich waren um diese Zeit weder die Diebe noch die Polizisten auf den Beinen. Müde schleppte sie ihre Sachen in den Hauseingang, dann überlegte sie, was sie mit dem Wagen machen sollte, seinen wunderschönen Mercedes sollte Jens Arne nicht auch noch einbüßen. In diesem Moment kam Signor Paolo, der Besitzer der kleinen Bar unten im Haus, ein großer Verehrer Elias, auf seinem Mofa angeschnurrt und erbot sich, das edle Gefährt sicher unterzubringen.

Elia schlief bis in den Nachmittag hinein; als sie endlich aufwachte, wusste sie einen Augenblick lang gar nicht, wo sie war. Sie rief Massimo in der Praxis an, hoffentlich, hoffentlich hatte er heute Abend Zeit, er war der Einzige, den sie jetzt sehen wollte. Sie hätte auch Mariana anrufen können, niemand kannte Jens Arne besser, und sie würde auch nicht triumphieren, das wusste Elia, aber erst musste sie mit sich selbst ins Reine kommen. Massimo war höchst verwundert und auch bestürzt, als ihm Elia in ein paar Sätzen den Grund ihres Hier-seins erzählte. Er versprach, sie nach der Praxis abzuholen, vielleicht konnten sie bei Umberto zusammen essen.

In Paolos Bar aß Elia eine Kleinigkeit, dann nahm sie ein Taxi und fuhr zur Engelsburg. Sie ging die steinerne Rampe hoch und dann über die enge Treppe, bis hinauf zur obersten Plattform. Hier mochte Cavaradossi seinen Brief geschrieben haben, und dort hatten Tosca und er den fingierten Tod be-sprochen. Innerlich hörte Elia die ganze Szene, Ton für Ton. Jetzt war es so weit, die Gewehrsalven krachten, Tosca warf sich über den Geliebten: »*Mario, Mario, morto, così!*« Die Verfolger kamen, und mit ihrem schrecklichen Schrei stürzte sich Tosca in die Tiefe.

Elia trat an das Geländer. Im Schein der untergehenden Sonne lag vor ihr die Stadt Rom. Lange Zeit blieb sie stehen. Noch einmal schaute sie in die Tiefe, dann ließ sie das Gelän-der los und ging zurück zur Treppe. Von der Engelsbrücke blickte sie noch einmal hinauf zu dem mächtigen Gebäude: Plötzlich hatte sie keine Angst mehr, die Tosca wieder zu sin-gen.

Massimo hatte sich inzwischen überlegt, dass es in Umber-tos Lokal für ein vernünftiges Gespräch zu laut und hektisch zuging. Er lud Elia zu sich nach Hause ein, dort hatten sie am allermeisten Ruhe. »Ich habe unterwegs zwei Steaks gekauft, ich bin nämlich ein richtiger Meisterkoch«, tat er munter. In Wirklichkeit war er erschrocken, wie dünn und blass und ab-gespannt Elia aussah.

Elia war noch nicht in der Via Giulia gewesen, seitdem Massimo und seine Eltern die Wohnungen getauscht hatten. Marianas Stil war unverkennbar, sie hatte alles ausgesucht, von den Vorhängen bis hin zu den meisten Möbeln. Martinas Jugendstilschreibtisch hatte in der Bibliothek vor einer der tiefen Fensternischen seinen Platz gefunden, dort stand auch, neben den beiden Stofflämmchen, ein großes Foto von ihr. »Siehst du, wie gut er hierher passt. Ich sitze da oft und schreibe oder telefoniere oder schaue einfach zum Fenster raus, und Martina ist dann nah, auf luftige, leichte Art, ich glaube, so hat sie sich das vorgestellt«, sagte Massimo.

In der geräumigen Küche deutete Massimo auf die Bank mit dem Küchentisch davor: »Komm, setz dich, mach es dir gemütlich.« – »Ich kann ja Zwiebeln schneiden, dann darf ich wenigstens gleich losheulen«, meinte Elia. Sie schaute Massimo zu, wie er Wasser aufsetzte, die Steaks vorbereitete, ein paar Tomaten schnitt. Es ist wie zu Hause, dachte sie, die anderen werkelten herum, und sie saß dabei. Ach, wie gut das tat.

Massimo machte eine Flasche Wein auf und schenkte ein: »Worauf trinken wir jetzt? Auf dein Wohl, das ist ja klar. Und auf dein neues Leben, hm, Elia?« Elia seufzte: »Trinken wir darauf, dass ich die nächsten Wochen heil überstehe.« Ihre Energie der vergangen Stunden sank so langsam in sich zusammen. »Wo, meinst du, sollen wir essen? Im Esszimmer oder hier in der Küche?«, fragte Massimo. Mit wahrer Inbrunst rief Elia: »In der Küche natürlich, wo sonst! Nur nicht im Esszimmer!«

Heißhungrig schlang sie ihre Spaghetti hinunter und erzählte Massimo dabei von den hochgemütlichen Tafelrunden im Londoner Speisesaal. Auch ein paar weitere Familienidyllen gab sie mit viel Witz zum Besten. Doch dieses Strohfeuer erlosch wieder. Schon das saftige Steak brachte sie nur noch zur Hälfte hinunter. Sie ließ die Gabel sinken und sagte plötzlich: »Er kann so gemein sein.« Sie schaute Massimo kläglich an: »Vielleicht sollte ich einfach wieder zurückfahren, er weiß noch von nichts.«

Massimo hatte bisher nicht viel gesagt, jetzt schüttelte er energisch den Kopf: »Das wirst du nicht tun. Ich verstehe gut, dass du Angst hast, aber du musst hart sein, auch gegen dich selbst. Ich glaube, wenn du jetzt nicht den Absprung schaffst, dann bist du wirklich verloren.« Er fasste nach Elias Hand: »Ich mache mir Sorgen um dich. Ich hab's dir nicht sagen wollen, aber so, wie du jetzt aussiehst, das gefällt mir nicht. Das passt auch nicht zu dir, los, los, Leopardo, zeig endlich wieder deine Krallen!«

Als habe er ihre Gedanken gelesen, fragte Massimo: »Was glaubst du denn, was er dir antun könnte? Natürlich, eine Trennung ist grässlich, aber du bist ihm doch nicht hilflos ausgeliefert.« Elia versuchte, ihm Jens Arne zu schildern: von seiner anfänglichen Beschwingtheit, seinen Elogen auf sie, bis hin zur grämlichen Rechthaberei und eiskalten Glätte. »Ein richtig verklemmter Typ«, fasste Massimo ihre Beschreibung zusammen. »Da sehnt er sich nach Leben und Leichtigkeit und Wärme, und wenn er es hat, hält er es auf die Dauer nicht aus. Und dann bist du dahergekommen, ausgerechnet du, eine schöne, kraftvolle, warmherzige junge Frau und tolle Sängerin. Das hat ihm gefallen, ach was, es hat ihn begeistert und inspiriert. Richtig jung und leichtsinnig ist er darüber geworden! Aber irgendwann hat ihm das Angst gemacht. Denn eigentlich darf er nicht glücklich sein, weißt du, das verbietet ihm eine tiefinnerliche Lebensfeindlichkeit, die vergiftet bei ihm alles. Und dieses Gift ist auch in dich hineingeträufelt, hat dich durchdrungen und lahmgelegt!«

Elia hörte ihm verwirrt zu: »Woher weißt du das, du kennst ihn doch gar nicht?«

Massimo rief ärgerlich: »Solche Gestalten wie er laufen in Schweden zu Tausenden herum. Und nicht nur da.«

Sie hatten inzwischen die erste Flasche Wein geleert, eine zweite, so fanden sie, konnte nicht schaden. Elia schwankte zwischen mühsamem Optimismus und völliger Verzagtheit. Doch der Kummer war stärker: »Inzwischen versucht er mich als Sängerin fertigzumachen. Er nörgelt an mir herum und schikaniert mich, er hetzt mich zu Tode, und anschließend behauptet er, ich forcierte aus reiner Effekthascherei«, sagte Elia stockend. Nach einer Weile fuhr sie fort: »Singen, das ist mein Leben, weißt du. Und jetzt ist alle Leichtigkeit dahin, der Elan, auch die Freude ... Wie ein Vogel mit verklebten Schwingen, so fühle ich mich bei ihm.«

Massimo war außer sich vor Empörung: »Furchtbar. Der Mensch ist noch tausendmal schlimmer, als ich gedacht habe. Weil er selbst nicht mit dem Leben zurechtkommt, gönnt er auch dir deine Lebensfreude nicht. Aus reinem Neid versucht er, dich kaputtzumachen. Ich könnte ihn umbringen!«

»Da wärst du in bester Gesellschaft, deine Mutter wird dir mit Wonne dabei helfen, und Robertino wohl auch«, sagte Elia mit einem kläglichen Lächeln. Und plötzlich fing sie an zu weinen. Ihre ganze Verzweiflung brach aus ihr heraus, der Tränenstrom wollte gar nicht mehr aufhören.

Massimo legte den Arm um sie und wiegte sie sachte hin und her: »Ja, du hast ja recht.« Da gab es nichts zu trösten, das war zu schlimm, er konnte Elia nur festhalten und ihr nahe sein, mehr nicht. Es dauerte lange, bis Elia sich ein wenig beruhigte. Auch dann rührten sie sich nicht, sondern blieben eng aneinandergepresst sitzen.

»Ich geh mal ins Bad. Ich sehe sicher furchtbar aus. Und dabei hab ich dir schon vorher nicht gefallen«, murmelte Elia schließlich.

Massimo wischte ihr mit der Serviette ein paar Tränen von den Wangen. »Du bist wunderschön, Elia«, sagte er leise.

Als Elia aus dem Bad zurückkam, hatte Massimo den Tisch abgeräumt und einen Tee gemacht. Eine ganze Weile rührten sie schweigend in ihren Tassen. Endlich schauten sie sich an, im gleichen Augenblick, verlegen und verwirrt, alle beide. Sie saßen auf der Bank, wieder nahe beieinander, sie mussten nur die Köpfe noch ein wenig drehen, dann konnten sie sich küssen.

Zunächst war es ein vorsichtiger, zarter Kuss, aber ihre Lippen fanden schnell heraus, dass sie sehr gut zueinander passten, so, als hätten sie schon lange aufeinander gewartet. Und so schnell mochten sie nicht voneinander lassen. Schließlich blickten sie sich in die Augen.

»Du und ich. Elia und Massimo«, sagte Massimo staunend.

Elia nickte, genauso verwundert: »Ja, wir beide! Und gerade jetzt!«

Dann sanken sie sich erneut in die Arme. Auch ihre Hände machten sich auf die Suche. Irgendwann zog Massimo Elia sanft von der Bank hoch: »Komm.«

Als Elia am Morgen aufwachte, wusste sie einen winzigen Augenblick lang nicht, wo sie war, so licht und traut mochte es dereinst im Himmel sein. Doch dann schmiegte sie sich noch fester in Massimos Arm: Auch auf Erden konnte man wunderbar geborgen und glücklich sein! Massimo murmelte mit geschlossenen Augen: »Du hast mich einmal gefragt, ob ich glaube, dass ich mich noch mal im Leben verlieben kann. Ja, Elia, und nun ist's passiert. Auch Wünsche, von denen man nichts weiß, werden manchmal wahr.« Auch Elia sprach ganz leise: »Jens Arne wird sagen, dass ich ihn deinetwegen verlassen habe. Aber das macht mir keine Angst. Dass wir uns erst gestern Abend ineinander verliebt haben, das wird er mir nie glauben.« Massimo beugte sich über Elia und sah sie ernst an: »Wer weiß, am Ende hat er sogar recht damit. Was wissen wir schon von der Liebe...«